WYWIADOWCY

Tego autora:

Fałszerze

ANTOINE BELLO

WYWIADOWCY

Z języka francuskiego przełożyła
Elżbieta Janota

WYDAWNICTWO
SONIA DRAGA

Tytuł oryginału:
LES ÉCLAIREURS

Projekt graficzny okładki: Mariusz Banachowicz
Zdjęcie autora: C. Helie © Editions Gallimard

Redakcja: Agnieszka Radtke
Korekta: Magdalena Bargłowska, Anna Gauza, Joanna Rodkiewicz

ISBN: 978-83-7999-927-9

WYDAWNICTWO SONIA DRAGA Sp. z o.o.
Pl. Grunwaldzki 8-10, 40-127 Katowice
tel. 32 782 64 77, fax 32 253 77 28
e-mail: info@soniadraga.pl
www.soniadraga.pl
www.facebook.com/wydawnictwoSoniaDraga

Skład i łamanie: Wydawnictwo Sonia Draga

Katowice 2017. (N517)

Streszczenie *Fałszerzy*

W 1991 roku Sliv Dartunghuver, młody Islandczyk z dyplomem z geografii, zostaje zatrudniony jako kierownik projektu w biurze badań środowiskowych Baldur, Furuset i Thorberg. Gunnar Eriksson, jego przełożony, prędko wyjawia mu, że biuro stanowi przykrywkę dla działań tajnej organizacji zwanej Konsorcjum Fałszowania Rzeczywistości. Agenci KFR-u, rozproszeni po setkach biur i stacji na całym świecie, tworzą scenariusze, które następnie wprowadzają w życie, przygotowując fałszywe źródła oraz modyfikując istniejące dokumenty. I tak na przykład suczka Łajka, która podobno okrążyła Ziemię na pokładzie satelity Sputnik, nigdy nie istniała. Pomimo nalegań Sliva Gunnar nie chce mu zdradzić celów KFR-u ani tożsamości jego przywódców.

Sliv zgadza się dołączyć do KFR-u, nie zdając sobie sprawy ze wszystkich implikacji tej decyzji. Szybko demonstruje wyjątkowe zdolności scenopisarskie: jego pierwsza teczka (opis zabiegów pewnej międzynarodowej korporacji mających na celu wysiedlenie ludów buszmeńskich z ziem ich przodków) zdobywa nagrodę za najlepszy scenariusz. Podczas wręczenia trofeów na Hawajach poznaje Angouę Djiba, dyrektora Planu KFR-u, a także dwoje młodych agentów, Indonezyjkę Magawati Donogurai i Sudańczyka Youssefa Khrafedine, którzy staną się jego najlepszymi przyjaciółmi.

W 1993 roku Sliv obejmuje nowe stanowisko w argentyńskiej Córdobie. Tamtejsze biuro specjalizuje się w operacjach związanych z falsyfikacją, która stanowi akurat słaby punkt Sliva. Bohater pracuje pod komendą Leny Thorsen, tylko trochę od siebie starszej Dunki, która przed nim zaliczyła pobyt u Baldura, Furuseta i Thorberga. Pomiędzy Slivem, niezwykle utalentowanym scenarzystą, a piękną Leną, która jak nikt inny opanowała sztukę fałszowania źródeł odniesienia, pojawia się zdrowa rywalizacja. Bezwstydnie wykorzystując przywileje przysługujące jej jako przełożonej, Lena regularnie karci Sliva za jego beztroskę. Pewnego dnia, ponieważ spieszy mu się, by wyjechać na wakacje z Magą i Youssefem, Sliv zapomina zweryfikować jedno ze źródeł w teczce dotyczącej galosza, ryby, która w tajemniczy sposób pojawiła się w wodach Oceanu Spokojnego. Nieszczęśliwym zbiegiem okoliczności nowozelandzki rząd zaczyna interesować się sprawą galosza, próbując połączyć ją z francuskimi próbami nuklearnymi na Pacyfiku. Ogarnięty paniką, że zostanie odkryty, Sliv usiłuje zatrzeć za sobą ślady, lecz tylko ściąga na siebie jeszcze więcej uwagi. Szef biura w Córdobie czuje się zmuszony, by wezwać na pomoc Operacje Specjalne. Nazajutrz zjawiają się dwaj wyjątkowo niepokojący agenci, Jones i Khoyoulfaz. Thorsen, pełna niepokoju o własną karierę, pogrąża Sliva, którego protesty nie są jednak w stanie sprawić, by zapomniano, że przez swoją nieostrożność naraził KFR na niebezpieczeństwo. Zapada wyrok: aby zniwelować ryzyko, należy usunąć Johna Harkleroada, urzędnika nowozelandzkiej administracji. Lena Thorsen podpisuje rozkaz wykonania misji, lecz Sliv odmawia, ostro atakując pracodawcę: nikt mu nigdy nie powiedział, że KFR posuwa się czasem do zabójstwa. Thorsen zarzuca Slivowi naiwność: gdyby zastanowił się przez dwie minuty, zrozumiałby, że sekretny charakter organizacji zmusza ją w sytuacjach awaryjnych do sięgania po ekstremalne środki. W końcu Khoyoulfaz ogłusza Sliva. Kiedy chłopak się budzi, jest już za późno: Harkleroad nie żyje.

Sliv składa wypowiedzenie i wyjeżdża z Córdoby, nie zobaczywszy się ponownie z Thorsen. Znajduje schronienie u matki na Islandii, gdzie ogłupia się pracą fizyczną, by zapomnieć o ciążącej na nim winie. Wyprawia się na grób Johna Harkleroada na Nowej Zelandii. Ale poczucie winy go nie opuszcza. Ignoruje telefony Magi i Youssefa, bo nie ma odwagi wyznać im prawdy. W głębi duszy wie, że Thorsen ma rację: zachował się jak dziecko, nie zważając na konsekwencje swoich czynów. Slivowi nie udaje się wrócić do normalnego życia. Nie umie już czytać gazet, nie dopatrując się w nich śladów interwencji KFR-u. Zdaje sobie sprawę, iż falsyfikacja to narkotyk, bez którego trudno będzie mu się obyć, ostatecznie pisze więc do Gunnara, prosząc, aby przyjął go z powrotem. Kilka dni później otrzymuje nowy przydział: wyrusza do Krasnojarska na Syberii, żeby odbyć studia w Akademii, która kształci przyszłych szefów KFR-u.

Atmosfera w Krasnojarsku przesycona jest studencką pilnością oraz intensywnym współzawodnictwem. Pod koniec pierwszego roku najlepsi uczniowie mogą wybrać jeden z trzech elitarnych organów, Plan, Główny Inspektorat albo Operacje Specjalne, podczas gdy gorzej uplasowanych kandydatów kieruje się do dyrekcji funkcjonalnych. Sliv z łatwością utrzymuje się w peletonie wyścigu, a w czasie wolnym redaguje niezwykle imponującą teczkę o archiwach Stasi, tajnej wschodnioniemieckiej policji. Chociaż wcześniej w naturalny sposób skłaniał się ku Planowi, zarządzanemu przez jego mentora, Angouę Djiba, w ostatniej chwili, pod wpływem impulsu, decyduje się na Operacje Specjalne, których dyrektorem jest nie kto inny jak tylko Yakoub Khoyoulfaz. W tym wyborze towarzyszy mu nieuniknienie Lena Thorsen, a także Japończyk Ichiro Harakawa.

Później Gunnar wyjawia Slivowi, że epizod w Córdobie był jedynie teatrzykiem. John Harkleroad żyje. KFR chciał dać Slivowi nauczkę, pokazując, na jakie niebezpieczeństwa jego lekkomyślność może narazić organizację. Sliv z początku ma Gunnarowi za złe ten wybieg, ale zdaje sobie sprawę, że opiekun działał dla jego dobra. Od tego momentu Sliv odzyskuje smak życia. Odnawia kontakt z Magą i Youssefem. Przyjaciel ma nieco problemów ze zrozumieniem reakcji Sliva. Wyrzuca mu przede wszystkim to, że nie doniósł na KFR, ostatecznie mu jednak wybacza.

Sliv wiele się uczy od Khoyoulfaza. Przez dwa lata podróżuje po różnych jednostkach sieci KFR-u i rozminowuje dziesiątki delikatnych sytuacji... nigdy nikogo nie zabijając. Rozprawia się ze starą teczką o mapie Winlandii (która dowodzi, że Wikingowie odkryli Amerykę pięć wieków przed Krzysztofem Kolumbem) i dochodzi do przekonania, iż KFR powinien zaprzestać fizycznej falsyfikacji i skoncentrować się na dużo bezpieczniejszej falsyfikacji elektronicznej. Komitet Wykonawczy KFR-u, najwyższa instancja organizacji, zatwierdza analizę Sliva i prosi go, by objechał najważniejsze biura i wytłumaczył agentom reformę. Z kolei inny wielki projekt Sliva – pomoc Buszmenom w utworzeniu niezależnego państwa – zostaje odrzucony.

Pod koniec pierwszego tomu Sliv świętuje trzydzieste urodziny wraz z przyjaciółmi, w tym Youssefem i Magą, którzy w międzyczasie się zaręczyli i również zostali przyjęci do Akademii. Sliv spogląda wstecz. Poświęcił siedem lat organizacji, którą jednocześnie kocha i nienawidzi, i której celu działania wciąż nie zna. Temperament hazardzisty każe mu piąć się w hierarchii, by pewnego dnia móc odkryć tajemnicę KFR-u, nie potrafi się jednak powstrzymać, aby nie zadać sobie pytania: a co, jeśli obrałem złą drogę?

Dla Alice, która tak kocha opowieści.

Część pierwsza
Dili

1

Jak za każdym razem kiedy popychałem ciężkie przeszklone drzwi biura Baldura, Furuseta i Thorberga, podumałem chwilę nad torem, jakim nieomal potoczyło się moje życie przed dziesięcioma laty, tego dnia, gdy odpowiedziałem na ofertę pracy w charakterze kierownika projektu badań środowiskowych. Gdyby Gunnar Eriksson, dyrektor operacyjny przedsiębiorstwa, który mnie zatrudnił, nie dostrzegł we mnie predyspozycji do innego rodzaju działalności, dziś szacowałbym prawdopodobnie, z jakim ryzykiem zanieczyszczenia wód rzecznych wiąże się postawienie spalarni śmieci na przedmieściu Kopenhagi.

Recepcjonistka, zajęta udzielaniem informacji jakiemuś dostawcy, powitała mnie uśmiechem. Ponieważ uważała mnie za niezależnego konsultanta, który od czasu do czasu wykonuje zlecenia dla biura, nie dziwiły jej ani moje przedłużające się nieobecności, ani niestandardowe godziny pracy. Ta przykrywka, którą obmyśliliśmy z Gunnarem, kiedy ukończyłem Akademię, całkowicie nas satysfakcjonowała: zaspokajała ciekawość islandzkiego urzędu podatkowego i tłumaczyła moje podróże w najdalsze zakątki globu.

– Sliv, jakie dobre wiatry cię tu przygnały! – zawołał Gunnar, przyciskając mnie serdecznie do piersi. – Zastanawiałem się, czy nie zgubiłeś naszego adresu. Ileż to czasu minęło od twojej ostatniej wizyty?

Zadał to pytanie zbyt żartobliwym tonem, by mogło być całkowicie niewinne. Kristin, żona Gunnara, przed rokiem padła ofiarą błyskawicznie postępującego zatoru płucnego. Gunnar nie był w najmniejszym stopniu przygotowany na jej odejście i potrzebował nieco czasu, by przyjąć cios. Nie miał dzieci poza trzynastoma agentami, których w swojej karierze zrekrutował. Ponieważ byłem mu spośród nich najbliższy, a także jako jedyny nadal mieszkałem w Reykjavíku, zaglądałem do niego przynajmniej raz w tygodniu, pod warunkiem, oczywiście, że nie wypełniałem akurat zagranicznej misji.

– Zbyt wiele – westchnąłem. – Wracam z Sydney, wylądowałem dziś rano. Wcześniej zaliczyłem Londyn, Toronto i Los Angeles.

– Przerażające – wymruczał Gunnar pod nosem. – Muszę zamienić na ten temat słówko z Yakoubem. Na dłuższą metę ta praca cię wykończy.

Obaj wiedzieliśmy, że nic z tym nie zrobi. Operacje Specjalne liczyły sobie niecałą setkę agentów i bez żadnego nie mogły się obejść. Zresztą moje sporadyczne skargi nikogo nie zwodziły, a już na pewno nie Gunnara: uwielbiałem życie agenta trzeciej klasy i za nic w świecie z nikim bym się nie zamienił.

– A poza tym, po co leciałeś do Los Angeles? Nie mogli wysłać Leny? Mieszka w Hollywood, o ile się nie mylę.

Rana, jaką Lena Thorsen zadała Gunnarowi, zrywając z nim kontakt, nigdy w pełni się nie zagoiła. Dunka wyjechała z Reykjavíku przed dziesięcioma laty bez choćby słowa podziękowania dla człowieka, który wszystkiego ją nauczył. Od tego czasu nie dawała mu znaku życia – nawet kartki na Boże Narodzenie.

– Kiedy ostatnio sprawdzałem, nadal tam była – odparłem. – Ale moja misja nie podpadała tak do końca pod jej działkę. Słyszałem, że specjalizuje się w hakerstwie.

– Oto dziedzina, która zdaje się dla niej stworzona – wymamrotał Gunnar. – Cały dzień sam na sam z komputerem, bez ryzyka, że zetknie się z kimś mniej od siebie inteligentnym. Nie spotkałeś się z nią?

Brzmiał jak moja matka, kiedy wyrzucała mi, że nie dzwonię regularnie do siostry. Dziwne, jak z wiekiem zaczynamy mniej przejmować się własnymi relacjami, a bardziej cudzymi.

– Nie. Prawdę mówiąc, po ukończeniu Akademii widziałem się z nią tylko raz, na jednym seminarium. Słowem się nie odezwała, a mimo to tamtego wieczoru paru moich kolegów gotowych było smalić do niej cholewki.

Swoją drogą kryła się w tym tajemnica, której nie potrafiłem wyjaśnić. Zgodnie z prawami statystyki nasze drogi powinny krzyżować się częściej. François Bérard, dyrektor centrum w Paryżu, niedawno skarżył mi się, że nie poznał jeszcze Leny. Kilka razy osobiście prosił o kontakt z nią, powołując się na jej obeznanie z kwestiami cywilizacji antycznych. Planiści Operacji Specjalnych, być może tak jak ja wyczuwając inne, mniej nadające się do wyrażenia na głos intencje Bérarda, za każdym razem odpowiadali, że agentka Thorsen jest niedyspozycyjna.

– Ale nie stój tak. Chcesz herbaty? Właśnie dostałem przesyłkę z Cejlonu. Opowiesz mi, co nowego.

– Bez cukru – rzuciłem machinalnie, opadając na jeden z wygodnych skórzanych foteli Gunnara. – Dokonałem dwóch czy trzech odkryć, którymi chciałbym się z panem podzielić.

Otworzyłem teczkę i wyjąłem z niej stertę zapełnionych notatkami kartek. Porozkładałem je na kilku kupkach, podczas gdy za moimi plecami Gunnar pomstował na swoją sekretarkę Margrét.

– Znowu podwędziła mi cukierniczkę, to nie do wytrzymania! Jeżeli uważa, że przybieram na wadze, niech mi to powie prosto w oczy.

Faktycznie, od śmierci Kristin Gunnar przytył jakieś dziesięć kilo. Koszula wychodziła mu ze spodni i kątem oka zauważyłem, że dorobił w pasku dodatkową dziurkę. Przez ostrożność powstrzymałem się zatem od jakiegokolwiek komentarza.

Postawił przede mną filiżankę i zajął miejsce w drugim fotelu.

– No to powiedz, udało ci się zidentyfikować szóstego członka Komitetu?

Kiedy wróciłem do Reykjavíku, Gunnar rzucił mi wyzwanie: „Skoro nie chcą ci zdradzić celu KFR-u, czemu nie miałbyś spróbować go odgadnąć? Wiesz, że jedynie sześciu członków Komitetu Wykonawczego zna sekret KFR-u. Zacznij od odkrycia ich tożsamości, a analiza ich teczek i działań dostarczy ci cennych wskazówek co do kierujących nimi motywacji".

Było to o tyle niegłupie, że moje obecne stanowisko zapewniało mi idealny punkt obserwacyjny. Funkcja agenta Operacji Specjalnych pozwalała zapoznać się z dowolną teczką, o której istnieniu wiedziałem (to doprecyzowanie miało swoją wagę, nie mogłem ot, tak sobie wyciągnąć całego dorobku danego agenta, chyba że zamierzałem zasugerować, iż naraża on organizację na niebezpieczeństwo i powinno się go umieścić pod nadzorem). Ale korzystałem też z innej sprzyjającej okoliczności. Angoua Djibo, przewodniczący Planu, zlecił mi przed trzema laty objechanie głównych filii KFR-u w celu zaprezentowania istotnej reformy, której byłem inicjatorem: polegała na całkowitej rezygnacji z fizycznej falsyfikacji. Jako pierwszy powiedziałem wprost, że postępujące tempo rozwoju technologicznego nieodwołalnie skazuje staromodne fałszerstwa na porażkę. Podróbka, taka jak mapa Winlandii, nad którą kiedyś pracowałem, mogła zmylić ekspertów w epoce, w której powstała, ale prędzej czy później nauka pozwoli na określenie jej pochodzenia w sposób nieodwołalny, ściągając przy tym uwagę na okoliczności, w jakich wypłynęła na powierzchnię. KFR postąpiłby lepiej, pisałem więc, skupiając się na falsyfikacji elektronicznej, jednocześnie bardziej wydajnej i mniej niebezpiecznej. Włożyłem w powierzoną mi przez Djiba misję tyle energii, że samego go to zdumiało. W niespełna pół roku spotkałem się osobiście z dyrektorami czterdziestu centrów KFR-u oraz z szefami prawie dwóch trzecich naszych biur. Przepełniało mnie, rzecz jasna, poczucie ważności mojego posłannictwa, ale widziałem w nim przede wszystkim okazję do nawiązania relacji z zarządem średniego szczebla, z mężczyznami i kobietami, którzy na co dzień pilotowali nasz okręt i najchętniej zaspokajali moją nienasyconą ciekawość.

– Niestety nie – odrzekłem. – A do tego nie jestem pewien pięciu pozostałych.

– Podsumujmy. Co wiesz na pewno?

– Tak na sto procent? Niewiele. Wiem, że Angoua Djibo należy do Komitetu. To pan kiedyś mi to zdradził, a on nigdy nie zaprzeczył, kiedy w jego obecności robiłem do tego aluzje.

– Możesz to uznać za pewnik. Co jeszcze?

– Ponieważ Djibo przewodniczy też Planowi, skłaniam się do myślenia, że Yakoub Khoyoulfaz i Claas Verplanck, którzy kierują odpowiednio Operacjami Specjalnymi i Głównym Inspektoratem, również należą do Komitetu.

– Tak, rozumiem – zamyślił się Gunnar, dmuchając na gorącą herbatę. – To by znaczyło, że szefowie trzech głównych organów mają zapewnione miejsce w Komitecie, wydaje się to logiczne.

– Poza tym pozostają mi tylko domysły. Po pierwsze, można sprawę ugryźć pod kątem hierarchii. Nie twierdzę, że znam strukturę KFR-u szczegółowo, mam jednak stosunkowo jasne pojęcie na jej temat. Każdy z wielkich organów posiada pewną liczbę wiceprzewodniczących...

– Znasz ich nazwiska?

– Tak – potwierdziłem, zaglądając do notatek. – Ching Shao, Jim Lassiter i Per-Olof Anderson w Planie; Martin De Wet i Carolina Watanabe w Operacjach Specjalnych; Diego Rojas oraz Lee-Ann Mulroney w Głównym Inspektoracie.

– Nie ma równej liczby wiceprzewodniczących w każdym z organów?

– Mam podstawy, by sądzić, że nie. De Wet i Watanabe to jedyni wice w Operacjach Specjalnych, tyle ustaliłem. Naliczyłem trzech wiceszefów w Planie, ale to także najbardziej rozbudowany organ. Co do Głównego Inspektoratu, jest ich tylko trochę więcej niż nas; powinni móc funkcjonować z zaledwie dwoma wice.

– To nadal daje ci siedmiu kandydatów na trzy miejsca – porachował Gunnar.

– Stąd pomysł, żeby przyjrzeć się dyrekcjom funkcjonalnym: Działowi Kadr, Finansów i Informatyki. Ostatecznie agenci kończący Akademię kierują się albo do wielkich organów, albo do dyrekcji funkcjonalnych.

– Ale wiesz równie dobrze jak i ja, że studenci ze szczytu listy nieodmiennie wybierają najważniejsze organy. Dyrekcje funkcjonalne cieszą się raczej kiepską reputacją.

– Tak bym tego nie ujął. Są mniej prestiżowe, bo bardziej klasyczne. Po co wstępować do KFR-u, jeśli czeka cię praca w kadrach albo w dziale IT? A jednak te dyrekcje odgrywają ważne role: pomysł, że posiadają reprezentację w Komitecie, nie wydaje mi się wcale absurdalny.

– No nie wiem – powątpiewał Gunnar, popijając w zamyśleniu herbatę. – Kadry jeszcze do pewnego stopnia, ale Finanse i Informatyka, nie, naprawdę, trudno mi w to uwierzyć.

Nauczyłem się już, że należy ufać przeczuciom Gunnara. Choć oficjalnie zajmował bardzo niską pozycję w hierarchii KFR-u – nie był nawet szefem stacji – znał jego mechanizmy lepiej niż ktokolwiek inny. Ołówkiem postawiłem krzyżyk przy nazwisku dyrektorki Działu Kadr, Zoe Karvelis. Gunnar, nie wiedząc o tym, właśnie potwierdził jedną z moich teorii.

– I tu dochodzę do drugiego kąta ataku: jest nim harmonia. Przeczuwam, że skład Komitetu podlega najważniejszym zasadom równości…

– Płci, rasy – przerwał mi Gunnar. – Tak, ja też często o tym myślałem.

– Prawdopodobnie także religii. Zacznijmy od płci. Bazując na ostatnich listach absolwentów Akademii, można zauważyć, że w konsorcjum pracuje dziś prawie tyle samo kobiet co mężczyzn.

– Nie zawsze tak było – zaznaczył Gunnar. – Pierwszych pięciu agentów, których zwerbowałem, to sami mężczyźni.

– Nie szkodzi. Byłbym zaskoczony, a nawet trochę zszokowany, gdyby w Komitecie nie zasiadały przynajmniej dwie kobiety. Skoro Djibo, Khoyoulfaz i Verplanck to mężczyźni, na trzy pozostałe miejsca przypadałyby wobec tego dwie kobiety.

– Wydaje mi się w każdym razie wykluczone, żeby nie było żadnej – uznał Gunnar. – Stawiałbym na jedną albo dwie. Na pewno nie trzy.

– Przejdźmy do rasy i religii. KFR to prawdziwie międzynarodowa organizacja, działająca na pięciu kontynentach. Komitet niemal na pewno odzwierciedla tę różnorodność. Djibo pochodzi z Afryki; któregoś dnia zdradził mi, że wychowano go w animizmie, ale sądzę, że nie praktykuje żadnej religii. Khoyoulfaz jest azerbejdżańskim muzułmaninem. Verplanck to biały katolik. Czego nam brakuje?

– Ta kwestia wydaje mi się nieco wątpliwa – ocenił Gunnar, marszcząc brwi. – Sugeruje, że skład Komitetu zależy bardziej od uwarunkowań geograficznych niż od rzeczywistych kompetencji kandydatów. No ale załóżmy.

Odstawił filiżankę z herbatą na blat przed sobą i zapadł się głębiej w fotelu, zamykając oczy.

– Brakuje ci rdzennego Azjaty bądź Azjatki; kogoś z Ameryki Południowej; jeszcze jednego białego, pewnie zresztą z Ameryki Północnej; i może drugiego czarnego, najlepiej muzułmanina. Mój Boże! – wykrzyknął, z powrotem otwierając oczy. – Gdyby nas ktoś słyszał!

– Jeśli to pana pocieszy, moje rozumowanie przebiegało prawie dokładnie tak samo. Skrzyżujmy teraz ze sobą te cztery kryteria: pozycję w hierarchii, płeć, rasę oraz religię.

Gunnar namyślał się przez kilka sekund.

– Rozumiem teraz, dokąd zmierzałeś z tymi dyrekcjami funkcjonalnymi. Zdaje się, że dzięki Zoe Karvelis za jednym zamachem odhaczyć można całkiem sporo kratek: nie należy do żadnego z wielkich organów, to kobieta, Greczynka rasy białej, wyznająca… no, co? prawosławie?

– W dziesiątkę – odparłem z uśmiechem.

– Ha, ha! – tryumfował Gunnar, który wciągnął się w tę zgadywankę. – A teraz, jeśli chodzi o drugą kobietę, widziałbym Carolinę Watanabe. Wiceprzewodnicząca Operacji Specjalnych, japońscy rodzice, urodzona w Brazylii. Katoliczka czy buddystka?

– Buddystka, ale jej dzieci uczęszczają do szkoły katolickiej w Rio.

Gunnar posłał mi zdumione spojrzenie.

– A niech mnie, naprawdę zapoznałeś się z tematem!

– Chce pan wiedzieć, jak nazywają się jej dwa koty? A tak na poważnie, mam z Watanabe jeden problem. Nigdy nie mieszkała w Azji. Na mój rozum dwoje prawdziwych kandydatów pochodzenia azjatyckiego to Chinka Ching Shao, wiceprzewodnicząca Planu, i Hindus Marvan Nechim, dyrektor Działu Informatycznego.

– Zapomnij o informatykach – rozkazał Gunnar, który najwyraźniej nie darzył wyznawców kodu binarnego wielkim szacunkiem. – Shao to twoja druga kobieta.

Podczas swojej wędrówki spotkałem i Watanabe, i Shao: Chinka wydała mi się bardziej enigmatyczna niż Brazylijka, niewątpliwie dlatego, że kiedy mówiła po angielsku, rozumiałem jedynie co drugie słowo. Postawiłem krzyżyk obok jej nazwiska.

– Zostaliby nam wobec tego dwaj poważni kandydaci do ostatniego fotela: Jim Lassiter, czarny, Amerykanin, wiceprzewodniczący Planu…

– Kolejna osoba z Planu? Wykreśl go z listy.

– Albo Parviz Shajarian, Irańczyk, muzułmanin i dyrektor finansowy…

Gunnar pokręcił głową.

– Bogactwo KFR-u liczy się w miliardach, nie widzę potrzeby, żeby Komitet zawracał sobie głowę księgowym. Nie, bardziej prawdopodobne, że szósty członek to agent specjalny najwyższej klasy, o którym nigdy nie słyszałeś. Wiesz, co by było najgorsze?

– Nie?

– Gdyby okazał się Skandynawem! – Gunnar parsknął śmiechem. – Jeśli w twojej teorii o harmonii jest choć krztyna prawdy, mógłbyś się pożegnać z wizją dołączenia do Komitetu.

Podobny pomysł oczywiście przemknął mi przez myśl, ale inne niedawne odkrycie zmartwiło mnie jeszcze bardziej: spośród moich siedmiu czy ośmiu faworytów tylko jeden – Lassiter – przekroczył sześćdziesiątkę. Z pewnością w Komitecie nie istniał oficjalny wiek emerytalny, ale nie mogłem powstrzymać się od konstatacji, że młodość aktualnych członków nie działa na moją korzyść.

– Zapomnijmy na chwilę o tym szóstym gościu – podjął Gunnar, jakby chciał uchronić mnie przed pogrążeniem się w beznadziei – i pochylmy się zamiast tego nad teczkami pięciu domniemanych członków. Ile ich znalazłeś?

– Odpowiedź na to pytanie nie jest tak prosta, jak by się zdawało. Trzeba w końcu odrzucić teczki stworzone przez każdego z członków przed przyjęciem do Komitetu, to znaczy przed tym, jak wyjawiono mu cel działania KFR-u. Tyle że…

– Daty nominacji nie zostały upublicznione – dokończył Gunnar.

– Właśnie. Mimo to możemy próbować je odgadnąć. Zdaje się na przykład, że do tysiąc dziewięćset osiemdziesiątego ósmego Djibo pisał dwie teczki rocznie. Nie bez powodu mówię „zdaje się", bo archiwa odmawiają dostarczenia mi listy. Później nie publikował nic pomiędzy osiemdziesiątym dziewiątym a dziewięćdziesiątym pierwszym – przynajmniej nic, o czym doszłyby mnie słuchy – a od dziewięćdziesiątego drugiego – w uśrednieniu zaledwie jedną teczkę rocznie.

– A zatem, twoim zdaniem, przez pierwsze dwa lata zbytnio absorbowało go nowe stanowisko. To dość mizerna podstawa do snucia rozważań.

– Tym bardziej mizerna – przyznałem – że istnieją inne wyjaśnienia jego milczenia: mógł tamtego roku objąć inne obowiązki – przykładowo przewodniczenie Planowi – zafundować sobie urlop, bo ja wiem, co jeszcze? A jednak, mówiąc w skrócie, ustaliłem swego rodzaju prowizoryczną datę przyjęcia każdego z moich pięciu faworytów: rok osiemdziesiąty ósmy dla Djiba, dziewięćdziesiąty dla Khoyoulfaza, osiemdziesiąty szósty dla Verplancka, dziewięćdziesiąty szósty dla Shao i dziewięćdziesiąty siódmy dla Karvelis. Wedle moich informacji stworzyli łącznie dwadzieścia sześć teczek.

– Tylko?

– Przeciwnie, jestem zdania, że to dużo. Przygotowanie dobrej teczki pochłania całe tygodnie. Zastanawiam się, jak udaje im się to wcisnąć w swój rozkład zajęć.

Tak naprawdę sądziłem, że znam odpowiedź. Zwierzchnicy KFR-u pozostawali przede wszystkim agentami. Produkcja teczek stanowiła ich *raison d'être*. W klasycznej organizacji jednostki, które pną się w hierarchii, zwykle z radością porzucają codzienne zajęcia na rzecz zadań cieszących się większą renomą. KFR funkcjonował odwrotnie: pracownicy wyższego szczebla walczyli, by móc w dalszym ciągu wypełniać podstawowe obowiązki agenta.

– Na pewno ktoś im pomaga – wymamrotał Gunnar. – Nie wyobrażam sobie, żeby Djibo dzwonił do Berlina z prośbą, by przygotowali mu legendę. Ale mniejsza z tym, co wynika z tych teczek?

– Nic szczególnie przejrzystego, obawiam się. Poruszają wszelakie tematy, od najpoważniejszych, takich jak wojna w Rwandzie, po najbardziej trywialne, jak wymarcie wymyślonego języka mlahsô, pokrewnego z aramejskim.

– Potrafisz przynajmniej sklasyfikować je w jakieś większe grupy? – spytał Gunnar.

– Nie bardzo. Dwie teczki traktują o konfliktach terytorialnych. Khoyoulfaz wynajduje argumenty na rzecz Azerbejdżanu w sporze z Ormianami o korytarz laczyński...

– W życiu o tym nie słyszałem.

– To górski trakt, najkrótsza droga łącząca Armenię z Górskim Karabachem. Obie strony gorąco pożądają tej trasy, sprawa przestała już jednak być strategiczną rozgrywką stulecia. Tak samo w przypadku innego konfliktu, dotyczącego wyspy Kutuzow, do której prawa rościły sobie zarówno Chiny, jak i Rosja...

– I pozwól, że zgadnę – przerwał mi Gunnar. – Shao wzięła stronę Chin?

Skinąłem głową. Eriksson skomentował pogardliwie:

– Krótko mówiąc: każdy broni swojej flagi... To fałszywy trop.

– Mam trzy teczki, które można by zebrać pod wspólnym tytułem *Reforma kapitalizmu* – ciągnąłem.

– O, i to mnie bardziej interesuje – oświadczył Gunnar, przesuwając się bliżej skraju fotela, by dolać sobie herbaty.

– Verplanck tworzy fałszywe dowody w sprawie o nadużycie pozycji dominującej, którą Unia Europejska wytoczyła Microsoftowi; Karvelis pomaga związkowi zawodowemu artystów uzyskać przedłużenie praw autorskich o kolejnych dwadzieścia lat; i znowu Verplanck, który podburza Amerykę trzema fałszywymi przypadkami dzieci zmarłych na skutek braku leczenia, co przyspieszyło wprowadzenie programu State Children's Health Insurance.

Gunnar namyślał się, usiłując, tak jak ja przed kilkoma tygodniami, odkryć jakąś zgodność pomiędzy tymi trzema teczkami.

– Demaskowanie monopoli, uczciwe wynagrodzenie za twórczość intelektualną – odezwał się w końcu – to mi przypomina powrót do korzeni kapitalizmu. Ale ta obowiązkowa opieka medyczna dla dzieci mnie zdumiewa.

– Może to próba skrzyżowania anglosaskiego kapitalizmu z odrobiną humanizmu na modłę europejską? – strzeliłem, ale sam nie bardzo w to wierzyłem.

– Co jeszcze?

– Bardzo dobra teczka Djiba o nieślubnych dzieciach, które Thomas Jefferson miał z Sally Hemings, jedną ze swoich niewolnic...

– Historie związane z niewolnictwem to jego konik – wciął się Gunnar. – Świetnie mu zresztą wychodzą.

– Quasi-reedycja teczki o Łajce przy okazji wystrzelenia Kwangmyŏngsŏng, pierwszego północnokoreańskiego satelity. Rakieta zablokowała się na platformie startowej, ale Koreańczycy utrzymują, że satelita krąży nad naszymi głowami od września dziewięćdziesiątego ósmego. W podobnym tonie Karvelis fabularyzuje uwięzienie Hugona Cháveza w latach tysiąc dziewięćset dziewięćdziesiąt dwa – dziewięćdziesiąt cztery.

– Nie wiedziałem, że siedział w więzieniu. Za co?

– Kiedy jego zamach stanu przeciwko prezydentowi Pérezowi poniósł pożałowania godną klęskę, Chávez zwrócił się bezpośrednio do telewizji i podbił serca milionów Wenezuelczyków, prezentując siebie samego jako ratunek przed kleptokracją Péreza. Spędził w więzieniu dwa lata i wyszedł z niego z naroślą skórną na oku, która poważnie ograniczała jego pole widzenia. Karvelis utrzymuje, że Chávez nabawił się tego w okresie pozbawienia wolności, insynuując, iż nie zapewniono mu opieki medycznej, co umocniło jego wizerunek męczennika. W istocie Chávez miał tę brodawkę już jako nastolatek, ale aż do tamtej pory zachowywała umiarkowane rozmiary.

– Jaki jest związek między okiem Cháveza a północnokoreańskim satelitą? – zapytał Gunnar z wyraźnym sceptycyzmem.

– W obu przypadkach KFR faworyzował zdeklarowanych wrogów Stanów Zjednoczonych. Swoją drogą, dwie inne teczki ostrożnie sugerują, że wkrótce to Chiny będą wiodły prym. Jedna usiłuje wmówić ludziom, że jeśli chodzi o projekty skonstruowania lotniskowców nuklearnych, Republika Ludowa posunęła się dalej, niż ma to miejsce w rzeczywistości. Druga jednoczy kilku młodych chińskich artystów pod wspólnym sztandarem wymyślonego ruchu zwanego realizmem cynicznym.

– Nie bardzo wiem, co o tym myśleć. Czy KFR za pomocą swoich teczek sprzyja ekspansji Chin czy jedynie wspiera ich rozwój? Tak, proszę wejść!

Drzwi pchnęła młoda kobieta, w ramionach trzymała stertę segregatorów, która groziła zawaleniem. Zerwałem się, by uwolnić ją od części brzemienia, i znieruchomiałem na widok jej twarzy, na wpół skrytej za jasnymi kosmykami włosów. Ona też mnie poznała.

– Nina Schoeman! – zawołałem. – Co ty tu robisz?

– Pracuję na zastępstwo – odparła. – Zaczęłam w zeszłym tygodniu. – W stronę Gunnara, który nadal siedział, rzuciła: – Skserowałam trzy pierwsze segregatory, resztą zajmę się jutro.

– Dziękuję, panno Schoeman – odrzekł swoim najbardziej godnym tonem, odstawiając filiżankę z herbatą. – Zdaję sobie sprawę, że islandzka konstytucja gwarantuje pani pewną liczbę podstawowych praw, ale czy sądzi pani, że istnieje możliwość, by na przyszłość ubierała się pani nieco bardziej klasycznie? Regularnie przyjmujemy w biurze klientów i nie chciałbym, żeby pani... nazwijmy to, awangardowy styl sprawił, że niektórzy z nich skierują swój kapitał ku bardziej tradycyjnym przedsiębiorstwom.

Co za szkoda, że nie zdążyłem ostrzec Gunnara. Oszczędziłbym mu natychmiastowej ciętej riposty:

– A mnie się właśnie zdaje, że przydałoby się zrobić selekcję wśród waszej klienteli – odparowała cierpko Nina. – Jak możecie przyjmować kasę od tych zanieczyszczających środowisko drani z Mollenberga, którzy rozbierają swoje wypchane azbestem fabryki tylko po to, by odbudować je w krajach Trzeciego Świata?

Wobec tej uwagi, wymierzonej w najlepszego klienta Baldura, Furuseta i Thorberga, Gunnar omal się nie udusił. Dałem mu znak, że wrócę po swoje rzeczy, i brutalnie wypchnąłem Ninę z gabinetu.

2

Nina Schoeman należała do ludzi, których nigdy nie powinno się spotykać bez ostrzeżenia. Intensywność jej spojrzenia, szczerość gestów, poziom zaangażowania w rozmowę chwytały za gardło do tego stopnia, że zaczynałeś żałować, iż zawczasu nie przygotowałeś sobie tekstu wypowiedzi.

Poznałem ją pod koniec lat osiemdziesiątych na magisterce z geografii w ławach Uniwersytetu w Reykjavíku. Oboje robiliśmy równocześnie drugi kierunek: ona na politologii, a ja na historii. Na tym kończyły się podobieństwa między nami: ja pochodziłem z Húsavíku, małego miasteczka w północno-wschodniej Islandii, gdzie moja matka hodowała owce; ona przed kilkoma laty przyjechała z Afryki Południowej, bo jej matka powtórnie wyszła za mąż za Islandczyka. Ja nigdy nie wyprawiłem się poza Europę; ona odwiedziła wszystkie kontynenty. Ja do nikogo się nie odzywałem; ona mówiła głośno i zawsze jako pierwsza.

Nie była konwencjonalną pięknością. Nie potrafiłbym stwierdzić, czy rysy miała delikatne, czy grubo ciosane, czy jej twarz była okrągła, czy może trójkątna. Patrząc na Ninę, nie zatrzymywało się na tego rodzaju detalach. To, co przede wszystkim w niej uderzało, to bijąca od niej energia. Czasami sprawiała wrażenie, jakby stała na palcach, z napiętymi mięśniami, gotowa do startu, jak zawodniczki skoku wzwyż, ze stopą na belce, których ciało już szykuje się do pokonania przeszkody. W innych chwilach przywodziła mi na myśl karatekę, mocno trzymającego się na nogach, czekającego na przeciwnika, pewnego wybuchowej siły zgromadzonej we własnych pięściach. W jeszcze innych momentach – metodyczną wioślarkę, na której ramionach za każdym pociągnięciem wiosłem uwidaczniają się mięśnie. Nie była ani lalką, ani tancerką, lecz lekkoatletką, a celowo prowokacyjne ubrania nie mogły ukryć niemal idealnej sylwetki.

Uważałem Ninę za jedną z najbardziej błyskotliwych studentek naszego roku, choć niewielu kolegów i jeszcze mniej profesorów podzielało moje zdanie. Zbierała przeciętne stopnie – dużo niższe niż ja – i odebrała dyplom bez żadnego wyróżnienia. Olewała połowę wykładów, ale w przeciwieństwie do innych nie po to, by dłużej powylegiwać się w łóżku. Swój obóz rozbiła w bibliotece, gdzie na zmianę pożerała prasę międzynarodową, zagraniczne powieści oraz eseje historyczne napisane przez autorów, o których w życiu nie słyszałem. Zaanektowała sobie kąt na skraju sekcji literatury niemieckiej, gdzie zostawiała swoje rzeczy: płócienny plecak koloru khaki, parę butów do biegania, parasol, butelkę wody i paczkę ciastek. Nie zdziwiłbym się wcale, gdybym znalazł tam śpiwór. Czytała z łokciami na stole, z głową pomiędzy zaciśniętymi pięściami, od czasu do czasu robiąc krótką notatkę w dużym czarnym zeszycie, z którym nigdy się nie rozstawała. Kiedy zbliżała się godzina wykładu, który ją interesował, podnosiła się gwałtownie, zostawiając wszystko tak, jak leżało, wiedziała bowiem, że bibliotekarka będzie czuwała, aby nikt nie pogwałcił jej sanktuarium. Obie kobiety łączyła niezachwiana przyjaźń, odkąd Nina sprzeciwiła się projektowi zamknięcia biblioteki na czas wakacji. Rektor, który miał nadzieję nieco tym sposobem zaoszczędzić, musiał ustąpić wobec frondy zgromadzonej przez Ninę wokół kilku potężnych sloganów, takich jak: „Mój mózg nie robi sobie wakacji" albo „Wymieńmy trzech profesorów ze stałym etatem na jedną dobrą bibliotekarkę".

Bo to właśnie podczas działań bojowych Nina w pełni pokazywała, na co ją stać. Należała do wszystkich grup dyskusyjnych w kampusie, począwszy od Kolektywu przeciwko Kwaśnym Deszczom, a skończywszy na Stowarzyszeniu na rzecz Edukacji Muzułmańskich Dziewcząt. Łatwość i przekonanie, z jakimi się wysławiała, wymuszały na słuchaczach poparcie. Posiadała dar wynajdywania sformułowań, które elektryzowały audytorium, albo perspektywy historycznej, która wynosiła najbłahszą sprawę do rangi wyzwania cywilizacyjnego. Stopniowe wymieranie żółwia karetta wynikało zatem z nadmiernej eksploatacji głębin morskich, podczas gdy wyburzenie zaniedbanego meczetu w Hamburgu zagrażało pokojowemu współistnieniu religii abrahamowych. Nina z biegiem lat stworzyła sobie siatkę korespondentów na całym świecie. Islandia nie wystarczała, by zaspokoić jej głód sprawiedliwości, angażowała się więc w egzotyczne sprawy, a co jedna to bardziej nieprawdopodobna: ochrona patagońskich guanako i zapewnienie autonomii indonezyjskiemu terytorium Aceh to te, które po dziesięciu latach w pierwszej kolejności przychodzą mi do głowy, ale nigdy nie były to jedyne toczone przez nią walki.

W tamtym czasie nie kolegowałem się z nią, ale darzyłem szacunkiem i mogę chyba powiedzieć, że uczucie to było odwzajemnione. Pewnego dnia gorąco pogratulowała mi przy wyjściu z sali wykładowej, że podkreśliłem wkład geologa Alexandra Du Toita w teorię dryfu kontynentów. Du Toit pochodził z Afryki Południowej i Nina uważała, że nie zajmuje w naszych podręcznikach należnego mu miejsca. Od tego dnia, kiedy się mijaliśmy, zaczęliśmy pozdrawiać się skinieniem głowy. Z ostrożności na tym poprzestałem, bojąc się, żeby nie wciągnęła mnie w swoją aktywistyczną działalność, która jak podejrzewałem, musiała być przerażająco czasochłonna.

Nie umniejszało to wcale mojej radości z ponownego spotkania. Dwoje moich najlepszych przyjaciół mieszkało tysiące kilometrów stąd, straciłem kontakt prawie ze wszystkimi dawnymi kolegami, a poza tym – czemuż by tego nie przyznać? – nigdy nie potrafię się oprzeć powiewowi nostalgii.

– Chodź. – Pociągnąłem ją, zamykając drzwi gabinetu Gunnara. – Na dole jest bistro.

– Nie odmówię. Tak czy owak, już skończyłam.

Włożyła płaszcz, a na prawe ramię zarzuciła sobie plecak. Wcale nie zdziwiło mnie odkrycie, że był to ten sam plecak co dziesięć lat temu. Zgadywałem, że wierność Niny przejawia się na tysiąc różnych sposobów.

Zbiegliśmy po schodach jak dwoje gimnazjalistów i wkroczyliśmy do amerykańskiego baru, który właśnie otworzył swoje podwoje. Nina podskoczyła na widok karty.

– Zdajesz sobie sprawę, że latte kosztuje tyle, ile wynosi przeciętna pensja madagaskarskiego robotnika?

– Ja stawiam – rzuciłem, natychmiast przeklinając się za głupotę.

– Mam nadzieję, że żartujesz!

Zapłaciła za zamówienie drobnymi monetami. Gdy tylko usiedliśmy, ruszyłem na odsiecz Gunnarowi:

– Wiesz, wbrew pozorom nie jest z niego wcale taki zimny drań.

– Co w niego wstąpiło, do cholery! – burknęła Nina. – Wystarczy, że wynagrodzenie jest do niczego, nie sądzi chyba, że będę się stroić w ciuchy od Donny Karan!

Przyjrzałem się jej ukradkiem. Nosiła pomarańczowe dżinsy przytrzymywane przez nabijany ćwiekami pasek, biały podkoszulek, na którym, pod zdjęciem nastoletniej Azjatki o smutnym uśmiechu, rozciągał się następujący tekst: „Ratujcie dziesięcioletnią Sonię, sprzedaną przez rodziców alfonsom z Patpongu ku uciesze samców z Zachodu" oraz czarne glany. Nie jestem ekspertem w dziedzinie mody, pomyślałem sobie jednak, że z pewnością istnieje jakiś etap pośredni pomiędzy stylem Niny a tym preferowanym przez londyńskie finansistki.

– Jest obecnie trochę przeciążony pracą – ciągnąłem.

– Gadaj zdrów! Zbija bąki. Myślisz, że nie zauważyłam, jak funkcjonuje? Zjawia się o dziesiątej, rozdziela projekty przed lunchem i nie wychodzi więcej z gabinetu, chyba że do kuchni, żeby napełnić czajnik.

– Niedawno stracił żonę.

Widziałem, jak wyraz jej twarzy całkiem się zmienia. Mogłem z dużą dokładnością śledzić tok jej myśli. Współczucie kazało jej wznieść się ponad walkę klas.

– Och nie! – jęknęła, jakby w dzieciństwie wskakiwała Kristin Eriksson na kolana.

– Próbuje się pozbierać, ale to niełatwe – kontynuowałem bez poczucia, że dopuszczam się jakiegoś wielkiego kłamstwa.

– Trzeba walczyć – oznajmiła.

Już doszła do siebie i teraz opracowywała plan bitwy.

– Pierwsze tygodnie są najtrudniejsze, ale jakoś go przez nie przeprowadzimy.

Szybko zmieniłem temat, żeby nie musieć informować jej, że Gunnar został wdowcem szesnaście miesięcy temu. Uznałaby go za słabeusza, którym w żadnym razie nie był.

– No, a co u ciebie? Szukasz pracy?

Wyobrażałem sobie, że niedawno straciła zatrudnienie i zapisała się do agencji pracy tymczasowej do czasu znalezienia nowego stanowiska.

– Nie, czemu? Chcesz mi coś zaproponować? Ach, rozumiem, co sobie myślisz: jak ona w tym wieku może wciąż pracować na zastępstwo? O to chodzi, co? No cóż, wiedz, że od dziesięciu lat wypełniam jedna po drugiej różnorakie misje: sekretarki, recepcjonistki, hostessy, co tylko się nadarzy. Nigdy nie zostaję w danej firmie więcej niż trzy miesiące. Czuję, że gdyby to potrwało dłużej, mogłabym się przywiązać, a to odwróciłoby moją uwagę od istoty rzeczy.

Od istoty rzeczy? Kilka pomysłów przemknęło mi przez głowę: rodzina? Sport? Religia?

– Walka! – zawołała w końcu, jakby zwracała się do osoby niedorozwiniętej umysłowo.

– Ach, nadal funkcjonujesz tak jak na uczelni? – spytałem, nie zdając sobie sprawy, że z każdym kolejnym pytaniem coraz bardziej się pogrążam.

Nina przebiła mnie swoim metalicznym, błękitnym spojrzeniem.

– Bawicie mnie, wy, cała reszta! Jakby na wszystko był odpowiedni wiek! No, czy życie to właśnie dla ciebie oznacza? Do dwudziestych urodzin chodzimy do szkoły, zapisujemy się do związku studenckiego, żeby rozprowadzać ulotki i poznawać dziewczyny, a później, kiedy wpadniemy na odpowiednią mamusię, trzeba ją szybciutko zaobrączkować i spłodzić dwójkę dzieciaków? Porzucamy wtedy aktywizm tak samo, jak zrezygnowaliśmy z nauki hiszpańskiego, znajdujemy pracę w sektorze prywatnym i wypruwamy sobie żyły, żeby spłacić kredyt hipoteczny?

– Ja wcale nie...

– Walka nigdy się nie kończy, Sliv! Wiesz, co mnie dobija? Fakt, że za każdym razem kiedy taki fajny gość jak ty składa broń, te bydlaki podwajają wysiłki!

– Bydlaki? Jakie bydlaki?

– Dobrze wiesz, o kim mówię: o tych, którzy wyniszczają planetę, o tych, którzy obrzezują małe dziewczynki, o tych, którzy napuszczają nas przeciwko sobie, żeby móc nam sprzedawać armaty i potrójne zamki do drzwi.

Musiała wyczytać niezrozumienie z mojej twarzy, bo nagle zmieniła ton i obdarzyła mnie szerokim uśmiechem.

– No dobrze, wybacz, czasami mnie ponosi.

– Widzę.

– Koniecznie muszę bardziej uważać – ciągnęła, jakby chodziło o dbanie o linię czy kontrolowanie spożycia whisky. – Pomówmy raczej o tobie. Wiesz, od razu zauważyłam twoje nazwisko u Baldura i kogo-tam-jeszcze. Margrét powiedziała mi, że nigdy nie wiadomo, kiedy wpadniesz do biura.

– Pracuję jako freelancer – wyjaśniłem. – Mam innych klientów.

– To ciekawe zajęcie?

– Dość ciekawe, owszem – odparłem ze świadomością, że wkraczamy na pole minowe. – Dużo podróżuję, spotykam się z najróżniejszymi rozmówcami: ludźmi ze stowarzyszeń, ministrami, szefami przedsiębiorstw. Ogólnie rzecz biorąc, bardzo lubię swoje życie.

– To najważniejsze – przytaknęła Nina nieco zbyt serdecznie.

Postanowiła tymczasowo zakopać topór wojenny. Byłem jej za to wdzięczny, choć czułem, że jeszcze ze mną nie skończyła.

– Utrzymujesz kontakt z kimś z uczelni? – spytałem, żeby sprowadzić rozmowę na neutralne tematy.

Bez entuzjazmu wymieniliśmy kilka nazwisk, udając, że interesuje nas los osób, o które od dziesięciu lat nie przyszło nam do głowy się dowiadywać. Nagle Nina spojrzała na zegarek i wstała.

– Muszę lecieć, już jestem spóźniona. Prowadzę spotkanie na temat topnienia pokrywy lodowej. Chcesz przyjść?

– Bardzo bym chciał – skłamałem – ale mam dzisiaj wieczorem sporo spraw do załatwienia. Jutro wylatuję na ślub do Sudanu.

– Szczęściarz! – pogratulowała mi Nina. – Wykorzystasz to, żeby trochę pozwiedzać?

– Nie wiem jeszcze, co planują moi przyjaciele, ale pewnie tak. Jadę na dwa tygodnie.

Widziałem, że Nina zapisuje w pamięci datę mojego powrotu. Następnym razem, pomyślałem, będę mógł przynajmniej przygotować sobie fiszki.

3

Od miesięcy cieszyłem się na tę afrykańską przerwę, która miała mi zapewnić wyjątkowo wytęsknione wakacje, a przede wszystkim uświęcić związek dwojga moich najdroższych przyjaciół, Magawati Donogurai i Youssefa Khrafedine. Nasze spotkanie podczas wręczenia nagród za najlepszą pierwszą teczkę na Hawajach przed dziewięcioma laty stanowiło ważny etap w moim rozwoju osobistym. Zdałem sobie wtedy sprawę, z ulgą, ale i z odrobiną zazdrości, że nie jako jedyny zapytuję się o sens zaangażowania w działanie KFR-u i że mój los, a może i moje bezpieczeństwo, będą odtąd spoczywały w rękach innych młodych agentów, jednocześnie tak samo pełnych dobrych intencji i tak samo niezdarnych jak ja. Ponieważ tak cenną przyjaźń warto podtrzymywać, zdarzało mi się pokonywać dziesięć tysięcy kilometrów dla samej przyjemności spędzenia weekendu z Youssefem i Magą, którzy – z pewnością po to, by ułatwić mi sprawę – trzy lata temu postanowili już nigdy się nie rozstawać.

Wytyczyłem ścieżkę, jako pierwszy rozpoczynając naukę na Akademii w 1996 roku; jeśli chodzi o moich przyjaciół, dopiero co pożegnali się ze srogimi syberyjskimi zimami. Każde wstąpiło do swojego wymarzonego organu: Youssef do Planu, a Maga do Operacji Specjalnych. A jednak, zamiast dołączyć do ekipy Yakouba Khoyoulfaza, Maga uległa naciskom ze strony Działu Kadr, który chciał, by zrobiła dyplom magisterski z biznesu. Niewielu agentów zajmujących w konsorcjum wyższe stanowiska posiada dogłębną znajomość świata biznesu, a Zoe Karvelis poddała Madze pod rozwagę korzyści, jakie mogły wypłynąć ze studiów na amerykańskim uniwersytecie. Maga, która przed wstąpieniem do KFR-u pracowała w prywatnym przedsiębiorstwie, okazała się podatna na ten argument. Z zapałem zamierzała rozwijać swoją karierę i nie zaniedbywała żadnego sposobu na przyspieszenie awansu w hierarchii. A ponieważ nie robiła nic na pół gwizdka, zdecydowała się na Harvard, który poza świetną reputacją akademicką posiadał też tę zaletę, że znajdował się niecałe dwie godziny drogi samolotem od Toronto, gdzie miał pracować Youssef. Przyszli małżonkowie planowali spotykać się w weekendy.

Czytałem, jak wszyscy, że Sudan stopniowo pogrąża się w religijnym integryzmie, lecz mimo to nie spodziewałem się ujrzeć Magi w burce.

– To ty, Maga? – rzuciłem w kierunku wiotkiej sylwetki w hali przylotów trzymającej tabliczkę z napisem „Sliv".

Perskie oko, które puściła do mnie przez szparę w zasłonie, nie pozostawiało żadnych wątpliwości, cofnęła się jednak, kiedy zbliżyłem się, by ją przytulić.

– Mam na to ogromną ochotę, ale nie tutaj. Chodź za mną.

Odeskortowałem ją do wyjścia z terminalu, gdzie czekał sznur taksówek.

– Przywołaj którąś, dobrze? – poprosiła Maga.

Wpakowaliśmy się na tylne siedzenie rozlatującej się toyoty corolli. Maga pełnym wahania arabskim podała kierowcy adres, a potem zdjęła zasłonę.

– A niech mnie, ale w tym gorąco!

Ujęła moją dłoń i ścisnęła delikatnie w swoich.

– Cieszę się, że cię widzę, Dartunghuver. Wyglądasz jakoś nieswojo.

– Maga, to naprawdę ty? Ze wszystkich znanych mi dziewcząt jesteś ostatnią, którą spodziewałbym się zobaczyć w burce.

– A zdaje ci się, że mam jakiś wybór? Rozejrzyj się wokół siebie.

Opuściłem brudną szybę taksówki. Wjechaliśmy właśnie na przedmieścia Chartumu i przed moimi oczami rozgrywał się znajomy spektakl: szeroka, pylista droga zapchana minibusami, które Fiat i Renault przestały w Europie sprzedawać przed dwudziestoma laty, niskie budynki o białych i ochrowych fasadach, woń śmietników oraz przypraw, uliczni sprzedawcy z mozołem pchający swoje wózki.

– Niczego nie zauważyłeś? – naciskała Maga.

– Rany, nie. Nie można powiedzieć, żeby było tu bardzo nowocześnie, ale prawie wszystkie afrykańskie metropolie wyglądają podobnie.

– Nie o tym mówię. No nie, naprawdę nie widzisz? Kobiety, Sliv, gdzie są kobiety?

Przyjrzałem się uważniej grupce otaczającej zwierzęcą tuszę zwisającą ze stoiska rzeźnika. Postacie, które wziąłem za kobiece, okazały się w rzeczywistości mężczyznami ubranymi w dżellaby i – w przypadku niektórych – kefije.

– Kobiety nie mogą wychodzić z domu bez pozwolenia męża – uniosła się Maga. – Oficjalnie mają prawo prowadzić samochód, ale nie widziałam jeszcze żadnej, która podjęłaby takie ryzyko. Jedna połowa kraju podejmuje decyzje za drugą, doprowadza mnie to do szału.

– A twoi teściowie? – spytałem, bojąc się poznać odpowiedź.

Youssef określał swojego ojca mianem surowego. Jeśli znało się Youssefa, dawało to podstawy do niepokoju.

– Nie stanowią wyjątku od reguły. On wykłada prawo islamskie na Uniwersytecie Chartumskim. W kraju, który przestrzega szariatu, stawia go to praktycznie na równi z mułłą.

– A ona?

– Darzy bezgranicznym uwielbieniem swojego męża, który dał jej jedenaścioro dzieci, i patrzy na mnie jak na kosmitkę, bo zdarza mi się odzywać, mimo że żaden mężczyzna nie zadał mi pytania. Powinieneś widzieć jej minę, kiedy wyraziłam chęć odebrania cię z lotniska… Poza tym sądzę, że jest zrozpaczona, że jej syn poślubia cudzoziemkę. Biorąc pod uwagę jego pozycję w Banku Światowym, Youssef mógłby rościć sobie pretensje do dużo lepszej partii.

– Poczekaj tylko, aż cię lepiej poznają… Ale czy nie mieliście się pobrać w Indonezji?

– Tak by nakazywała tradycja, ale moim i Youssefa rodzicom nie udało się dojść do porozumienia. Khrafedine Senior żąda ceremonii odprawionej według zasad, „godnej", by użyć jego sformułowania: oczywiście zero alkoholu, ścisły podział między kobietami a mężczyznami i tak dalej, i tak dalej. Nie bardzo w stylu moich rodziców, jeśli rozumiesz, co mam na myśli.

Rozumiałem doskonale. Dwa lata temu poznałem matkę Magi: niską, dobrą, żywotną kobietę, która wraz z mężem zbiła fortunę na imporcie fordów do Indonezji, a w tamtym czasie wiodła już spokojne życie emerytki, ciągając swoje kije golfowe z Bali na Florydę i z powrotem.

– Mamie marzyło się raczej amerykańskie wesele, z wielkim diamentem dla córki, składaniem przysiąg na tle zachodzącego słońca, magikami i orkiestrą dętą. Kiedy pojęłam, że nigdy się nie dogadają, zaproponowałam podwójną ceremonię.

– Odważnie...

– W ostatnich dniach do głowy przychodzą mi inne określenia.

– A Youssef? – zapytałem, ciekaw, który obóz obrał przyszły pan młody.

– Youssef ma wiele zalet – odparła Maga rozdrażnionym tonem, który posłużył mi za odpowiedź.

– Nie mógł przyjechać?

– Ma sesję przymiarek. Znasz jego legendarną fircykowatość...

Dużo bardziej podobało mi się, gdy Maga żartowała, niż kiedy obgadywała swoich teściów. Taksówka zatrzymała się przed dużym jednopiętrowym domem w dzielnicy mieszkalnej. Moja przyjaciółka poprawiła zasłonę na twarzy i chyba dała kierowcy królewski napiwek, bo zaniósł mi walizkę pod same drzwi.

– Dwadzieścia dolców, że Khrafedine Senior zacytuje Koran w ciągu pierwszych pięciu minut – wyszeptała Maga, kiedy drzwi się otwierały.

– Zgoda – przystałem na to od razu.

Abdul Khrafedine, którego rozpoznałbym wśród tysiąca mężczyzn, tak bardzo Youssef był do niego podobny, przywitał mnie serdecznie literackim, cokolwiek przestarzałym angielskim. Nie pamiętam dokładnie użytych przez niego formułek, wyciągnąłem z nich jednak zapewnienie, że moja rodzina będzie odtąd cieszyła się ochroną przez sześć następnych pokoleń.

– Stokrotnie dziękuję za pańską gościnność, panie Khrafedine

– odpowiedziałem w imieniu wszystkich nienarodzonych małych Dartunghuverów.

– Prorok mówi: „Jeśli kto ma wystarczająco jedzenia dla dwóch osób, powinien podzielić się z trzema współtowarzyszami" – wygłosił sentencjonalnie.

Maga dyskretnie potarła kciukiem o palec wskazujący, żeby zasygnalizować mi mój dług. Khrafedine Senior dwukrotnie klasnął w dłonie, a jego żona nadbiegła pospiesznie. Również zakryta od stóp do głów, wymamrotała dwa niezrozumiałe zdania i czmychnęła do kuchni. Jej mąż wziął mnie za ramię i poprowadził do swojego gabinetu, ostentacyjnie ignorując Magę.

– Pochodzi pan z Islandii, nieprawdaż, panie Dartunghuver? – spytał bez wstępów.

– Zgadza się – przytaknąłem, dyskretnie rzucając okiem do przedpokoju.

Maga zniknęła.

– A niech mi pan, z łaski swojej, powie, jaki jest współczynnik płodności islandzkich kobiet?

– Przepraszam...?

– Ile dzieci rodzi średnio Islandka?

– Zdaje mi się, że nieco mniej niż dwoje. Skąd to pytanie?

– Moja żona, chwała jej za to, i ja podarowaliśmy Bogu i Sudanowi jedenaścioro żołnierzy. Wiedział pan, że dzieci poniżej piętnastego roku życia stanowią połowę sudańskiej populacji i że z każdym rokiem wzrasta ona o cały milion?

– Imponujące liczby – skomentowałem ostrożnie, nie mogąc powstrzymać się przed porównaniem ich z danymi dotyczącymi mojego kraju.

– Istnieje jednak ryzyko, że spadną, jeśli nie będziemy uważać. To dlatego nasz przywódca, czcigodny Omar Hasan al-Baszir, dopiero co przypomniał sudańskim muzułmanom o ich powinności. Koran pozwala mężczyźnie na poślubienie aż czterech żon, ale ilu z nas korzysta z tego przywileju?

– Tato, nie sądzisz, że powinieneś pozwolić naszemu gościowi odpocząć po tak długiej podróży? – zasugerował uprzejmie, acz stanowczo Youssef, wkraczając do pomieszczenia.

Przygarnął mnie do siebie, szepcząc mi do ucha: „Wybacz mu", a następnie obszedł biurko i usiadł obok ojca. Podobieństwo było doprawdy zdumiewające, miałem wrażenie, jakbym patrzył na tego samego człowieka w dwóch różnych stadiach życia.

– Jesteś zadowolony ze swojego stroju? – spytał syna Abdul Khrafedine.

– Pasuje jak ulał.

– Czy jest skromny, jak nakazuje Prorok?

– Nie mógłby być skromniejszy – zapewnił cierpliwie Youssef.

– A twoi bracia?

– Wszystko w najlepszym porządku.

Odwrócił się do mnie.

– Miałeś dobrą podróż?

Abdul nie pozostawił mi czasu na odpowiedź:

– Twój przyjaciel powinien sobie załatwić pozwolenie pobytu.

– Mam już wizę – poinformowałem go, wspominając mozolne zabiegi konieczne dla jej zdobycia.

– Niestety chodzi o inny dokument – wyjaśnił Youssef. – Bez pozwolenia na pobyt nie będziesz mógł wyjechać z Sudanu.

– Na pana miejscu zająłbym się tym bezzwłocznie – poradził Abdul, który jak wyczuwałem, martwił się, by nie ściągnąć sobie na głowę urzędników imigracyjnych.

– Doskonały pomysł – odparłem, nie żałując wcale, że przyjdzie mi porzucić towarzystwo Seniora.

Zaproponowałem Madze, by wybrała się z nami, ale przyszła jej kolej na spotkanie z krawcową. Youssef pożyczył samochód ojca, nienagannie utrzymanego volkswagena passata. Kiedy dotarliśmy do urzędu imigracyjnego, poczułem ucisk w sercu: kolejka niknęła za rogiem budynku. Youssef zamienił kilka słów po arabsku z trzymającym kartonową tabliczkę mężczyzną, którego lewy policzek zdobiła potworna brodawka.

– Daj mu swój paszport i opłatę za dokument, postoi za ciebie w kolejce. Będzie cię to kosztowało tylko dolara więcej. W międzyczasie przejdziemy się ulicą Szaria al-Nil do spływu Nilu.

Nil Biały, który przypływa z Ugandy, oraz Nil Błękitny, przybywający z Etiopii, łączą się w miejscu ochrzczonym Al-Mogran, które stanowi główną – albo jedyną, jak twierdzą złośliwi – atrakcję Chartumu.

– Z przyjemnością – zgodziłem się, myśląc przelotnie o gorzej poinformowanych turystach, którzy znaczną część pobytu w Sudanie poświęcali na uzyskanie prawa do opuszczenia go.

Ruszyliśmy na północ, szczęśliwie chronieni przed promieniami południowego słońca przez drzewa rosnące wzdłuż Szaria al-Nil, najbardziej prestiżowej alei w Chartumie. Jej styl można by określić mianem podupadłego kolonialnego; skupia się przy niej większość oficjalnych budynków, począwszy od pałacu prezydenckiego. Jakiś czas szliśmy w milczeniu, gdy raptem Youssef zapytał:

– Zdarzyło ci się już, że wróciwszy po długiej nieobecności, nie poznałeś własnego kraju?

Zastanowiłem się chwilę, zanim odpowiedziałem:

– Nie, nigdy. Nawet po trzech latach spędzonych w Akademii natychmiast odnalazłem się w Reykjavíku. Ale moje przywiązanie do Islandii różni się od tego, którym ty darzysz Sudan. Moje zakorzenione jest przede wszystkim w naturze i w magii żywiołów, wody, wiatru, ognia. Nie ogarnia mnie nostalgia za Islandczykami czy Reykjavíkiem, potrzebuję jednak regularnie widywać ocean, fiordy i lodowce.

– Dwanaście lat temu władzę w Sudanie przejął Islamski Front Narodowy – ciągnął Youssef, jakby nie dosłyszał mojej odpowiedzi. – Nie mieszkałem już wtedy w Chartumie, choć wciąż jeszcze okresowo wracałem. W przeciwieństwo do ciebie czy Magi niekoniecznie uważam demokrację za ostateczną formę rządów; pamiętam, że myślałem, iż jeden silny mężczyzna zapewniłby Sudanowi stabilność, której ten potrzebował, by odbudować tożsamość po całych wiekach brytyjskiej i egipskiej okupacji oraz po latach wojny domowej. Nie pozostawiało dla mnie żadnych wątpliwości, że tożsamość ta narodzi się poprzez islam. Zresztą zasady szariatu obowiązywały już od tysiąc dziewięćset osiemdziesiątego trzeciego roku. A później dołączyłem do KFR-u. Znasz drogę, jaką przebyłem: Kair, Ho Chi Minh, Akademia…

– Spotkanie z Magą – wtrąciłem.

– Spotkanie z Magą, oczywiście. A także spotkanie z tobą. Nigdy nie zapomnę tego tygodnia na Hawajach. Reprezentowaliście wszystko, do czego została mi wpojona nienawiść: niewierny udający cynika oraz prawie niepraktykująca muzułmanka, która ośmielała się rzucać kalumnie na Koran.

– Ja też od razu cię polubiłem – zażartowałem, żeby ukryć skrępowanie.

Youssef nigdy wcześniej nie zwracał się do mnie w tak brutalnych słowach.

– A jednak oboje nieodparcie mnie przyciągaliście. Jak by ci to wytłumaczyć? Nie wątpiłem w czystość waszych intencji: szczerze poszukiwaliście prawdy, chociaż wiedząc, przez jaki patrzyliście pryzmat, miałem wątpliwości, czy kiedykolwiek wam się ona ukaże. Jeżyłem się za to na wasz styl: tę mieszaninę brawury i nonszalancji, na sposób, w jaki szczególnie ty przypominałeś nam, że to jedynie gra.

– To jest grą – oznajmiłem. – I jednocześnie nią nie jest.

– No widzisz, tego rodzaju hasła. – Wykrzywił twarz w grymasie. – Odniosłem wrażenie, że jako jedyny zastanawiam się, jak bym zareagował, gdyby KFR popchnął mnie do działania przeciwko moim zasadom, a jednak ostatecznie to ty zostałeś skonfrontowany z tym pytaniem. Na początku cię potępiłem; moje serce ci wybaczyło, ale mój rozum wciąż trwał w przekonaniu, że powinieneś był zareagować inaczej. Z czasem zmieniłem zdanie. Teraz potrafię już krok po kroku odtworzyć twój tok myślenia i rozumiem cierpienia, jakich po drodze doświadczyłeś. Potrafię postawić się na twoim miejscu, potrafię…

– Potrafisz być mną – dokończyłem, myśląc, że nigdy bym się nie spodziewał, iż kiedyś wypowiem te słowa, które sprawiły mi wszakże niewymowną przyjemność.

Youssef zauważył to i uśmiechnął się do mnie.

– Potrafię być tobą, a momentami wydaje mi się, że umiem też po trosze być Magą. Ale nie jestem już swoimi rodzicami. Kocham ich nieskończenie, będę ich szanował aż do śmierci, ale ich nie rozumiem. Mój ojciec niczego więcej mnie nie nauczy. Już teraz wiem, że następne dwadzieścia lat spędzi na powtarzaniu się; to bardzo przykra myśl. Kiedy byłem dzieciakiem, poznałem w szkole sudański hymn: „Jesteśmy armią Boga i naszego kraju,/ Zawsze odpowiemy na wezwanie do poświęcenia,/ Jeśli trzeba stawić czoła śmierci, próbom lub cierpieniu,/ Oddamy życie jako cenę chwały".

– To zabawne – skomentowałem. – Twój ojciec dopiero co wspomniał, że podarował Bogu jedenaścioro żołnierzy...

– No właśnie! – przytaknął Youssef. – Jest przekonany, że ten hymn wzywa Sudańczyków do dżihadu, podczas gdy ja widzę w nim jedynie metaforę – pewnie, odrobinę militarną – dotyczącą zjednoczenia kraju.

– Ale czy zawsze uważałeś go za metaforę? Na przykład na Hawajach twoja interpretacja Koranu uderzyła mnie jako dość radykalna.

Youssef zatrzymał się i spojrzał mi prosto w oczy. Beduin, który deptał mu po piętach, zrobił unik, obrzucając nas inwektywami.

– To dobre pytanie. Chciałbym móc ci powiedzieć, że cechuje mnie naturalna skłonność do umiarkowania, ale prawda jest taka, że nie mam pojęcia, kim bym się stał, gdybym pozostał w Sudanie. Doskonale widzę, po jakiej równi pochyłej staczają się moi bracia. Sprzeciwienie się swojemu rodzinnemu środowisku wymaga odwagi, a ja nie jestem pewien, czy ją posiadam.

Przez kilka minut szliśmy w milczeniu.

– O czym myślisz? – zagadnął Youssef.

– O Madze. Znasz jej przekonania: dla niej to musiał być okropnie brutalny szok.

– Ależ tak, znam je! – zirytował się Youssef tonem, który kazał mi myśleć, że trafiłem w czuły punkt. – Czy wiesz, że poprosiła mnie, żebym w *nikah* zaświadczył, że nigdy nie wezmę innej żony?

Po tyradzie Abdula Khrafedine o świętej powinności sudańskich mężczyzn podobna prośba wydawała mi się niezwykle rozsądna, ale powstrzymałem się przed wyrażeniem tego na głos.

– No już – uspokoiłem go. – Ona nie chciała cię zranić. Przecież i tak nie miałeś zamiaru brać sobie drugiej żony, prawda?

– Oczywiście, że nie, i tak jej powiedziałem. Mimo to nalegała. Rozumiesz, co to oznacza? Moje słowo jej nie wystarcza.

Widać było, że ten epizod dogłębnie go zdruzgotał. Skoro już redakcja kontraktu ślubnego dawała przyszłym małżonkom powody do kłótni, zapowiadał się długi tydzień.

Wreszcie dotarliśmy do Al-Mogran, rozległego trójkąta ziemi, którego podstawę stanowi Chartum, odnogi Nilu zaś – jego ramiona. Błękitny dopływ, krótszy od białego, jest jednak potężniejszy i nanosi niezbędny rolnikom muł. Niebo było tego dnia bezchmurne, więc widok rozciągał się na kilkadziesiąt kilometrów. Wyjąłem aparat fotograficzny, ale Youssef wskazał mi tablicę w dwóch językach.

– Zakaz robienia zdjęć bez pozwolenia z Ministerstwa Spraw Wewnętrznych. Chcesz spędzić popołudnie na staniu w kolejce?

– Ale to miejsce publiczne i nie widzę tu żadnych instalacji wojskowych. Po kiego diabła wymagają pozwolenia?

– Niech pomyślę, żeby zarobić trochę grosza? Albo żeby zapewnić temu biednemu draniowi zajęcie – wyraził przypuszczenie Youssef, wskazując żołnierza w mundurze polowym, który obserwował nas, nerwowo manipulując karabinem maszynowym.

– Albo żeby wypłoszyć turystów, ot co! No dalej, może spróbowałbyś mnie zasłonić? Cofnij się troszkę...

– Żadnych zdjęć, Sliv – oświadczył stanowczo Youssef. – Tak bardzo chcesz zwiedzić sudańskie więzienie?

Podszedł do samego czubka trójkąta i objął spojrzeniem majestatyczny widok. Feluka z zielonym żaglem pozwalała leniwie, by niósł ją nurt Nilu Błękitnego.

– Jest jedna rzecz, o której od dawna chciałem z tobą porozmawiać. Pewnego dnia, tego jestem pewien, członkowie Komitetu cię zwerbują i wyjawią ci cel KFR-u. Nie proszę, żebyś zdradził ich zaufanie, powtarzając mi to, co ci powiedzą. Ale chciałbym, żebyś poważnie się zastanowił, czy ów cel zgadza się z moimi przekonaniami. Mam dobre powody, by w to wierzyć: przynajmniej jeden spośród członków Komitetu, Khoyoulfaz, jest muzułmaninem; mimo że nie praktykuje, trudno mi sobie wyobrazić, aby żył w całkowitej sprzeczności z Koranem.

– Myślę, że wszystkie główne religie posiadają swoją reprezentację w Komitecie, jeśli to ci doda otuchy.

– Widzisz – kontynuował Youssef, który zdawał się mnie nie słyszeć – choć uznaję obecnie prawo każdego człowieka do własnych przekonań, nie zniósłbym myśli, że przez tak długi czas działałem przeciwko tym, które sam wyznaję. Miałbym wrażenie, że zdradziłem swoje ideały.

– Rozumiem – zapewniłem, wiedząc, że słowa Youssefa jeszcze nie skończyły mnie prześladować.

Zdradzić swoje ideały? Jakie ideały?

Przez kilka minut śledziliśmy wzrokiem felukę, która pokonała zlew z białą odnogą. Silny zachodni prąd zepchnął ją w stronę prawego brzegu rzeki, lecz jej właściciel się nie trwożył: już dawno zawierzył swój los bogom Nilu.

– Wracajmy – rzucił nagle Youssef. – Twoje pozwolenie powinno być gotowe.

I rzeczywiście, było. Mężczyzna z brodawką oddał mi paszport i nalegał, by pokazać mi pieczątkę przybitą przez urzędnika Ministerstwa Spraw Wewnętrznych z boku mojej wizy. Stempel nosił dzisiejszą datę: 11 września 2001 roku.

4

Gdy wróciliśmy o siedemnastej dwadzieścia pięć, zastaliśmy rodzinę Youssefa stłoczoną w salonie przed niewielkim odbiornikiem telewizyjnym nastawionym na arabski kanał Al-Dżazira. Abdul Khrafedine zajmował najlepszy fotel w całym pomieszczeniu, bezpośrednio na osi telewizora. Maga, która siedziała na podłodze, natychmiast wyszła nam na spotkanie.

– Parę minut temu dwa samoloty wbiły się w wieże World Trade Center.

– Co?! – wykrzyknął Youssef.

– Samoloty pasażerskie? – spytałem.

– Jeszcze nie wiadomo.

– Która jest godzina w Nowym Jorku? – chciał wiedzieć Youssef.

– Dziewiąta dwadzieścia pięć – obliczyłem. – Pora, w której ludzie docierają do pracy.

Na Al-Dżazirze dwóch dziennikarzy ze studia bombardowało pytaniami amerykańskiego korespondenta stacji.

– Co oni mówią? – zapytałem Youssefa.

– Korespondent wie niewiele więcej. Mówi, że CNN nadaje bezpośrednio spod World Trade Center. Poczekaj. Tato – zwrócił się do ojca po angielsku – możesz ze względu na Sliva przełączyć na CNN?

– Już o to prosiłam – mruknęła Maga. – Powiedział, że powinnam szlifować swój arabski.

Zdawało się, że Abdul rozważa implikacje życzenia syna, a później sięgnął po pilota. Ekran wypełniły obrazy płonących wież. Prezenter podsumowywał właśnie wszystkie znane na tym etapie informacje. O ósmej czterdzieści pięć czasu lokalnego pierwszy samolot pasażerski wbił się w północną wieżę World Trade Center. Stacja CNN ogłosiła wiadomość minutę później i niemal natychmiast zaczęła transmitować. O dziewiątej zero trzy, podczas przekazu na żywo, drugi samolot uderzył w wieżę południową. FBI rozważało hipotezę, iż samoloty zostały porwane, przypominając, że World Trade Center stało się już obiektem ataku w 1993 roku. Otwarcie rynków finansowych odłożono *sine die*.

Następnie przemówił prezydent Bush ze szkoły podstawowej na Florydzie. Oświadczył, że natychmiast wraca do Waszyngtonu. „Przeżywamy dzisiaj narodową tragedię – ciągnął. – Dwa samoloty wbiły się w wieże World Trade Center w wyniku, jak się wydaje, ataku terrorystycznego wymierzonego w nasz kraj. Kontaktowałem się z wiceprezydentem, z władzami Nowego Jorku oraz z dyrektorem FBI i poleciłem, żeby odblokowali wszystkie rezerwy federalne, aby móc przyjść z pomocą ofiarom i ich rodzinom, a także by przeprowadzić dogłębne śledztwo w celu zidentyfikowania oraz pochwycenia sprawców zamachu. Terroryzm przeciwko naszemu krajowi skazany jest na porażkę. Proszę was teraz, byście złączyli się ze mną w minucie ciszy".

Instynktownie pochyliłem głowę, nie mogłem się jednak skoncentrować. Zadzwonił telefon. Abdul Khrafedine odebrał i wdał się w hałaśliwą rozmowę po arabsku, nie przejmując się nami. Maga spojrzała na mnie ze skonsternowaną miną i ujęła moją dłoń. Youssef zamknął oczy, nie zważając na ożywienie wokół. Jedynie jego wargi się poruszały: modlił się.

Około siedemnastej czterdzieści prezenter oznajmił, że w Waszyngtonie doszło do wybuchu. Ewakuowano Biały Dom i Pentagon. Wkrótce potem dowiedzieliśmy się, że trzeci samolot rozbił się o mury siedziby Departamentu Obrony Stanów Zjednoczonych. I wreszcie o siedemnastej pięćdziesiąt pięć John King, korespondent CNN przy Białym Domu, wypowiedział słowa, których obawiałem się usłyszeć, wymieniając Osamę bin Ladena jako jednego z głównych podejrzanych. Bin Laden uderzał już w przeszłości w Stany Zjednoczone, zauważył King, i wiadomo było, iż szuka sposobności, by zrobić to ponownie.

Na te słowa Abdul Khrafedine wyrzucił z siebie strumień inwektyw, porwał pilota i przełączył z powrotem na Al-Dżazirę, która zadowalała się retransmisją materiałów CNN-u opatrzonych własnym komentarzem.

– Czemu zmienił kanał? – zagadnąłem Youssefa.

Abdul dosłyszał moje pytanie i zaczął porywczo wyjaśniać coś po arabsku.

– Mówi, że zachodnie media obwiniają muzułmanów o wszystkie swoje nieszczęścia – przetłumaczył Youssef. – Mówi, że Osama bin Laden to wojownik wypełniający wolę bożą i że się za niego modli.

– I ty pozwalasz mu tak gadać? – spytała zszokowana Maga.

– Czekam, aż poznam fakty – odparł Youssef spokojnie. – Z tego co mi wiadomo, nie udowodniono jeszcze winy bin Ladena.

Wpatrywał się uparcie w odbiornik telewizyjny. Widać było, że nie chce wdawać się w tę dyskusję. Maga odwróciła się do mnie.

– Youssef ma rację – stwierdziłem. – Poczekajmy, aż ustalą fakty. To nie powinno potrwać długo.

Maga podciągnęła kolana pod brodę. Wiedziałem, że kiepsko rozumie po arabsku, ale udawała, że ją również pochłonął program.

Telefon odezwał się ponownie. Jeden z braci Youssefa odebrał i parsknął śmiechem, zdaje się, że po usłyszeniu dobrego kawału. Odpowiedział w podobnym tonie i teraz to jego rozmówca wybuchnął wesołością. W jednej chwili atmosfera radykalnie się zmieniła. Matka Youssefa wyszła do kuchni, żeby przygotować herbatę. Jeden z braci puścił w obieg talerz suchych ciasteczek. Abdul wstał, by przywitać sąsiada, który przyniósł winogrona. Nalegał, by syn zbliżył się i złożył gościowi wyrazy uszanowania. Dwie małe siostry Youssefa zaczęły rozmawiać. Nikt nie spoglądał już na ekran, gdzie, z braku nowych informacji, w kółko przewijały się obrazy z podwójnej kolizji. To było surrealistyczne.

– To jakiś koszmar – wymamrotała Maga.

– Niestety nie – odrzekłem – chyba że śnimy go oboje.

– Myślisz, że mogę przełączyć na CNN?

– Tak szczerze, Mago, nie radziłbym. W obecnej sytuacji może to zostać źle zinterpretowane.

Przez hol przewalał się nieprzerwany strumień nowych gości. Niektórzy przepychali się aż do salonu, większość stała w przedpokoju albo w kuchni z filiżanką herbaty w ręku. Trajkotali spiesznie; można by pomyśleć, że to przyjęcie koktajlowe. Harmider zagłuszył dzwonek telefonu, który usłyszałem teraz jako jedyny. Maga rozejrzała się wokół, wyciągnęła rękę po porzuconego przez Abdula pilota i dyskretnie pogłośniła fonię. Prezenterzy, którzy nie mieli komu zadawać pytań, zniknęli w końcu, zastąpieni surowymi obrazami współczesnej apokalipsy. Pentagon płonął, wieże się waliły, opasły biały tuman wzbijał się w niebo, pełzł nad wodą i wkrótce miał liznąć togę Statuy Wolności. Echa Nowego Jorku stopniowo nawiedzały salon. Wozy strażackie z wyjącymi syrenami mijały otępiałych, umorusanych biznesmenów, zgiętych wpół w atakach kaszlu. Karetki pogotowia przemykały slalomem pomiędzy pieszymi, którzy biegli ku północy, nieraz odwracając się z niedowierzaniem, by po raz ostatni utrwalić na siatkówce scenę, która miała ich prześladować do końca życia. Mężczyźni i kobiety płakali, ocierali oczy, przykucali za stojącymi samochodami, jakby chcieli uchronić się przed kolejną eksplozją. Zgarbiona staruszka doprowadzała do białej gorączki dwóch młodych policjantów: energicznie odmawiała przyjęcia pomocy i kręciła się zdezorientowana, gdy tylko ją puszczali. Na myśl cisnęły mi się niezliczone pytania – kto?, jak?, dlaczego? – ale póki co je od siebie odsuwałem, zahipnotyzowany tymi niemymi obrazami o niesłychanej sile, dumając mimo woli, że żaden scenarzysta nie byłby w stanie ich sobie wyobrazić.

Youssef wrócił i usiadł między nami. Nigdy nie widziałem go tak ponurego. Sądzę, że przeczuwał to, co miało nadejść.

– Czemu nie pójdziesz do nich? – zaatakowała go Maga.

– Ponieważ chcę być z wami.

– Uroczy wieczór – skomentowała już innym tonem. – Ale na co czeka twój ojciec, kiedy poda szampana? Och, przepraszam, zapomniałam, że Prorok nie lubił bąbelków.

Kiedyś, w innej epoce, Youssef nie puściłby płazem podobnej uwagi. Teraz jedynie westchnął przeciągle.

– Co usiłujesz mi powiedzieć, Mago? Że moja rodzina cieszy się z tych zamachów? Nie wiesz nawet, o czym mówią.

– A spróbuj tylko twierdzić inaczej! No, sam popatrz, jak twój ojciec świętuje!

Istotnie, na ustach Abdula gościł wąski uśmieszek konspiratora. Ojciec Youssefa otoczył swojego rozmówcę ramieniem, jakby zaraz miał mu zdradzić, gdzie ukryto skarb templariuszy.

– On wcale nie świętuje, tylko dyskutuje z sąsiadem – poprawił Youssef ze spokojem.

– Spróbuj tylko powtórzyć, że on nie świętuje, Youssefie Khrafedine, wyzywam cię.

Zdawało się, że Youssef waży wszystkie za i przeciw semantycznej sprzeczki, a w końcu pogodził się z rzeczywistością: nie miał żadnych szans.

– Nie ponoszę odpowiedzialności za moją rodzinę, Mago, tak jak ty nie ponosisz odpowiedzialności za swoją.

– Z tą tylko różnicą, że moi rodzice nie radują się właśnie ze śmierci tych nieszczęśników.

– Ja też się z tego nie raduję! – zaprotestował Youssef. – Widzisz, żebym się cieszył?

– Powstrzymujesz się – uznała Maga z agresją, o jaką dotąd jej nie podejrzewałem. – Powstrzymujesz się, ale w głębi duszy umierasz z pragnienia, by to robić.

– To nieprawda – zaprzeczył.

– Setki razy opowiadałeś mi, co myślisz o amerykańskim rządzie. Rzygasz Stanami Zjednoczonymi i wszystkim, co sobą reprezentują.

– Mylisz się. Owszem, uważam, że na Stany Zjednoczone spada główna odpowiedzialność za problemy na Bliskim Wschodzie. Wobec świata arabskiego dają dowód nieznośnej protekcjonalności, a ich bezwarunkowe wsparcie dla Izraela niweczy wszelkie szanse na pokojowe rozwiązanie konfliktu palestyńskiego…

Biedny Youssef, pomyślałem, a więc nie rozumie, że Magę przeraża wizja wejścia do rodziny radykałów. Zamiast wziąć ją w ramiona i zapewnić o swej miłości, robił jej wykład z geopolityki. Niewątpliwie zdał sobie sprawę ze swojej gafy, bo ujął maleńką dłoń Magi w swoją i uniósł ją do ust. Maga przez ułamek sekundy się opierała, lecz w końcu na to przystała.

Nic z tej sceny nie umknęło uwagi stojącego po drugiej stronie pokoju Abdula Khrafedine. O co mu chodziło? Czy ciągle miał nadzieję na powstrzymanie zaślubin? Jeśli tak, to po moim trupie.

– Wyjdźmy stąd – zaproponowałem. – Można się tu udusić.

Była dziewiętnasta, zapadł już zmrok. Kilka przecznic dalej w niebo wzniosła się niezwykle melodyjna pieśń i wokół nas zaczęły wyrastać podobne do duchów postaci w dżellabach.

– Muezin wzywa wiernych na wieczorną modlitwę – wyjaśnił Youssef. – Chodźmy zobaczyć.

Ulica wkrótce zapełniła się ludźmi. Boczne alejki wypluwały nieustający strumień pieszych; z najmniejszej nawet chałupki wynurzało się co najmniej dziesięciu mężczyzn i rzadko kiedy więcej niż jedna czy dwie kobiety. Wielu niosło w ręku zwinięty dywan, kilka latarni kołysało się do rytmu. Kolumna postępowała w milczeniu. Ogłuszająca melorecytacja muezina nie tylko uniemożliwiała rozmowę, ale też myślenie czyniła bolesnym.

Meczet wypełniony był po brzegi, kilkaset osób musiało zostać przed drzwiami i śledzić modlitwę przez głośniki. Ci najbardziej przewidujący rozwinęli dywany, inni uklękli na bruku. Za nami ludzie, którzy nie widzieli, że procesja się zatrzymała, parli do przodu. Nie mogliśmy w dalszym ciągu stać.

– Kobiety modlą się w środku – poinformował Youssef Magę. – Przepuszczą cię.

– Nie chcę się z wami rozdzielać – odparła Maga, instynktownie przyciskając się do Youssefa.

– Ja zostaję tutaj – oświadczył, upadając na kolana.

Chwyciłem Magę za ramię i zaprowadziłem pod palmę na skraju placu, gdzie wciąż dało się oddychać. Oszacowałem, że stale rosnący tłum składa się z dwóch lub trzech tysięcy osób.

– Zawsze jest taki tłok? – krzyknąłem, żeby mnie dosłyszała.

– Nie – szepnęła mi na ucho. – Dziś szczególny wieczór.

Śpiew muezina urwał się gwałtownie i niemal natychmiast zapanowała cisza. Byliśmy teraz jedynymi stojącymi osobami na placu. Nie spuszczałem Youssefa z oka, ale zachowywałem też gotowość, by się stamtąd ewakuować na najmniejszy przejaw wrogości.

Imam rozpoczął modlitwę śpiewnym tonem, od którego po plecach przebiegły mi dreszcze.

– Co on mówi? – wymruczałem.

– Zawsze zaczyna od tych samych siedmiu wersetów z pierwszego rozdziału Koranu. Prosi Boga, aby prowadził nas ścieżką prawości. Później wybiera któreś spośród licznych sur i modlitw.

– Ty się nie modlisz?

– Nie mam ochoty.

Ja także się nie modliłem. Odebrałem luterańskie wykształcenie, ale przestałem chodzić do zboru wraz ze śmiercią ojca, nie dlatego, że chciałem wyrazić nie wiadomo jaką złość, ale z tego powodu, że to on zabierał nas, mnie i Mathilde, do świątyni. Matka najzwyczajniej w świecie nie przejęła po nim tego obowiązku.

Czy wierzyłem w Boga? Za każdym razem gdy zwracałem się do kogoś z tym pytaniem, zauważałem, że odpowiada, rozwodząc się nad znaczeniem słowa „Bóg", tłumacząc na przykład, iż wierzy w wielkiego zegarmistrza, ale nie w ewangelicznego Zbawiciela, albo uszczykując po trochu z różnych religii w celu skomponowania idealnego dla siebie koktajlu. Ja ze swojej strony utrzymywałem, że w wyrażeniu „wierzyć w Boga" istotny element stanowi słowo „wierzyć", które słabe umysły chętnie utożsamiają z frazą „chcieć wierzyć", mnie jednak zbyt blisko było do Kartezjusza, abym w ten sposób je dewaloryzował. Czy posiadałem dowody na istnienie Boga? Nie. Czy nie pragnąłem wierzyć? Ależ oczywiście, że tak, nie rozumiałem tylko, w jaki sposób ta ostatnia kwestia miałaby się przyczynić do rozstrzygnięcia sprawy.

– Sliv...

– Tak, Mago.

– Nie dam rady.

– Nie dasz rady czego?

– Dobrze wiesz. Nie znajdę w sobie siły, żeby wejść do tej rodziny. Żeby patrzeć, jak Youssef płaszczy się przed imamem, który po modlitwie rekrutuje zamachowców-samobójców. Kocham go bardziej niż kogokolwiek na świecie, ale to zbyt trudne.

Widziałem jedynie jej oczy. Wyrażały niezgłębioną rozpacz. Chciałem przyciągnąć ją do siebie, lecz oboje wiedzieliśmy, że nie miałem do tego prawa.

– Będziesz odliczała dni – oznajmiłem, zmuszając się do uwierzenia, że to faktycznie takie proste. – Za dwa tygodnie i jeden dzień znajdziesz się w Indonezji, w otoczeniu własnej rodziny. Nigdy więcej nie postawisz stopy w Sudanie.

– Ale Youssef nigdy nie zerwie więzów ze swoją rodziną…

– Nie możesz go prosić, żeby to zrobił. Zresztą wcale nie musisz, rozłam już się dokonuje. Czy nie widzisz, jaką zdążył przebyć drogę? Mieszka za granicą, studiował Locke'a i Monteskiusza, zdarza mu się ominąć modlitwę. Jego ojciec z pewnością przedstawiał mu najlepsze kandydatki na żonę, a jednak zamierza poślubić Indonezyjkę o chwiejnej wierze, która dolewa sobie ginu do soku pomarańczowego. A poza tym – zawołałem, bo brakowało mi argumentów – mówimy przecież o facecie, który fałszuje rzeczywistość!

– On fałszuje rzeczywistość – powtórzyła z namysłem, jakby ten ostatni punkt zasługiwał, by wziąć go pod rozwagę.

Wyglądało na to, że modlitwa dobiegła już końca, lecz imam nadal przemawiał do odzianego na biało tłumu, który każde z jego gniewnych nawoływań przypieczętowywał donośnym *Allahu Akbar!*

– Co on mówi?

– Poczekaj, przysłucham się chwilkę – odparła Maga.

Skoncentrowała się.

– Mówi, że Bóg ukarał Stany Zjednoczone i że muzułmanie pilotujący samoloty już trafili do raju.

– *Allahu Akbar!* – ryknęli wierni.

– Mówi, że każdy, kto zabija Amerykanina, czci pamięć Proroka.

– *Allahu Akbar!*

– Mówi, że Izrael spotka wkrótce ta sama kara.

– *Allahu Akbar!*

Każda kolejna diatryba wzbudzała reakcję gwałtowniejszą od poprzedniej. Wierni podnieśli pięści na znak poparcia i wykrzykiwali coraz głośniej, zmuszając imama, by również podniósł głos.

– Widzisz Youssefa? – zapytałem, czując ciężar w żołądku.

– *Allahu Akbar!*

– Nie, jestem za niska. A ty?

– Poczekaj.

Wspiąłem się na palce. Panował totalny chaos. Mężczyźni gorączkowo kłaniali się na swoich dywanach, inni krzyżowali i rozkładali ramiona, trzęsąc się w rytm zwrotek imama. Przelotnie dostrzegłem Youssefa, ale zaraz niemal całkowicie zasłonili go dwaj mężczyźni, którzy nawzajem uderzali w swoje dłonie.

– No i? – dopytywała Maga gorączkowo.

– Nadal nic. Ach, tam jest, widzę go!

– *Allahu Akbar!*

„Co robi?" Odgadłem pytanie, którego nie odważyła się zadać.

– Nie wygraża pięścią wraz z innymi.

– *Allahu Akbar!*

– Powtarza: *Allahu Akbar*?

– Nie.

– No to co robi?

– Modli się wyprostowany, z zamkniętymi oczami. Widzę, jak poruszają się jego wargi.

– Przyprowadź go, Sliv, proszę cię.

– Zostań tutaj.

Nieświadom niebezpieczeństwa, przepchałem się przez kłębowisko, roztrącając kilku mężczyzn, którzy całkiem pogrążeni w transie nie zauważyli ani mojej jasnej karnacji, ani zachodniego ubioru. Youssef otworzył oczy, kiedy wsunąłem mu rękę pod ramię.

– Zamierzają pomaszerować na amerykańską ambasadę – poinformował mnie po angielsku.

– Kto?

– *Allahu Akbar!*

– Wszyscy. Imam o to poprosił.

Jakiś mężczyzna, pojąwszy, w jakim języku rozmawiamy, spojrzał na mnie z pogardą i trącił sąsiada łokciem. Pociągnąłem Youssefa ku skrajowi placu, prąc pod prąd tłuszczy, która ruszyła na północ. Maga z daleka zauważyła, że się zbliżamy, i wybiegła nam na spotkanie. Youssef wziął ją w ramiona. W ogólnym rwetesie jego gest pozostał niezauważony. Powtórzyłem Madze treść instrukcji imama.

– Ale dlaczego? – spytała.

– Trzy lata temu Stany Zjednoczone zbombardowały pobliską fabrykę farmaceutyczną, która produkowała większość stosowanych w kraju leków – wytłumaczył Youssef. – Ludzie nigdy im tego nie wybaczyli.

– To wszystko źle się skończy – przewidywałem. – Są gotowi jeszcze zlinczować ambasadora, jeśli go znajdą.

– No właśnie, pójdę za nimi, żeby ich powstrzymać – oświadczył Youssef.

– Nawet o tym nie myśl! – wykrzyknąłem. – Ciebie też zlinczują.

– Nie mogę przecież opuścić swoich rodaków. Spójrz na nich, całkiem stracili kontrolę. Potrzebują przewodnika.

– Nie możesz opuścić swoich rodaków, ale gotów jesteś pozwolić, żebyśmy błądzili, Maga i ja, po ulicach Chartumu? Proszę cię, Youssefie, zdajesz sobie sprawę, co wygadujesz?

Spodziewałem się, że Maga wpadnie w szał, pozostała jednak dziwnie spokojna i tylko obserwowała swojego narzeczonego z uwagą entomologa, który przeprowadza eksperyment, nie mając najmniejszego pojęcia, jakie przyniesie on wyniki. Nie musiała się zresztą odzywać. I ona, i on wiedzieli doskonale, o jaką stawkę toczy się w tej chwili gra.

– Wracajmy – zarządził w końcu Youssef.

5

Kolejne dwa tygodnie zaliczają się do najdłuższych w moim życiu. Przygotowania do ślubu, nieustanne wizyty szeroko rozgałęzionej rodziny Youssefa oraz konieczność dotrzymywania towarzystwa Madze sprawiały, że w ciągu dnia nie zostawałem nigdy sam na sam ze swoimi myślami, by móc zastanowić się nad pytaniem, które dręczyło mnie, odkąd ujrzałem transmisję Al-Dżaziry: czy to możliwe, by KFR ponosił część odpowiedzialności za ataki, które skąpały Amerykę we krwi? Kiedy w końcu nadchodziła noc, wyciągałem się na wąskim posłaniu i usiłowałem w ciemności dopasować do siebie elementy układanki, którymi dysponowałem.

Zainteresowanie KFR-u islamskim terroryzmem sięgało początku lat dziewięćdziesiątych. Upadek muru berlińskiego, a następnie rozpad Związku Radzieckiego wzięły społeczeństwa zachodnie z zaskoczenia. Mimo że Stany Zjednoczone od półwiecza metodycznie podkopywały fundamenty komunizmu, to właśnie one wydawały się najbardziej zdumione faktem jego obalenia i przyznały sobie czas do namysłu. Czy należało się rozbroić – co niektórzy nazywali „wypłaceniem pokojowej dywidendy" – czy wręcz przeciwnie, przygotować się do stawienia czoła nowym zagrożeniom? W ogólnym zarysie taka właśnie debata wstrząsała Waszyngtonem w 1992 roku.

KFR zajął się tym tematem dużo wcześniej. Już w roku 1987 Angoua Djibo, wówczas zaledwie obiecujący agent zasiadający w zarządzie Planu, przepowiedział w sławnym dziś raporcie nieuchronną klęskę gospodarki scentralizowanej. Mimo że cieszył się z powodu tego nieuniknionego upadku, Djibo uznawał za prawdopodobne, iż pociągnie on za sobą znaczące lokalne przejawy rozchwiania: ideologiczną dezorientację wśród populacji byłego bloku komunistycznego, wzrost przestępczości zorganizowanej, eksplozję żądań niepodległościowych, umocnienie się w państwach zachodnich antykapitalistycznej mniejszości. Ale przede wszystkim interesował się czymś, co nazwał „nowymi globalnymi rozłamami". Świat, pisał, nie pozwoli, by podział na Wschód i Zachód wyparował, nie zastępując go inną osią polaryzacji. Od zarania dziejów społeczeństwa rozumowały w oparciu o model binarny. Zawsze istnieli jacyś „my" i jacyś „oni", bez których nie mogliśmy się obejść, jeśli nie chcieliśmy zapomnieć, kim sami jesteśmy. A skoro ci „oni" mieli wkrótce zniknąć, Djibo nie wątpił, że świat Zachodu zastąpi ich innymi „onymi". Pozostawało jedynie przekonać się którymi.

Wiele argumentów przemawiało za Chinami. Populacja Chińczyków znacznie przewyższała pięćset milionów mieszkańców, którą to liczbę Djibo empirycznie ustalił jako znamienny próg, a przy tym wzbudzała głośne rasistowskie reakcje zarówno w społeczeństwach zachodnich, jak i w pozostałej części Azji; Amerykanie uznaliby walkę przeciwko gospodarce nakazowej za naturalną kontynuację zimnej wojny; konfucjanizm, filar chińskiej kultury, brutalnie naruszał zasady głównych religii monoteistycznych; i wreszcie, Pekin dostarczył w przeszłości – i ostatnio w sprawie z Tajwanem – poważnych dowodów swojego bojowego nastawienia. Jednakże Djibo odrzucił chińską hipotezę, jakkolwiek pociągająca by się wydawała, z dwóch powodów: w wyniku polityki jednego dziecka liczba ludności się ustabilizowała, a co ważniejsze, w kraju rozpoczęły się przemiany zmierzające ku wprowadzeniu gospodarki wolnorynkowej.

Przyszły szef Planu jeszcze szybciej wyeliminował Indie, kraj zbyt skory do zgody, którego mieszkańcy mówili na dodatek po angielsku, co stało w sprzeczności z podstawową zasadą głoszącą, iż łatwiej nam nienawidzić tych, których języka nie znamy.

Djibo rozważył więc rzecz pod nowym kątem: religii. Od kilku lat świat doświadczał „boskiej zemsty", by użyć sformułowania Gillesa Kepela, francuskiego politologa. Praktyki religijne wszędzie na nowo zyskiwały nieco na popularności. Wśród czynników tłumaczących to religijne odrodzenie eksperci chętnie wymieniali urbanizację (robotnicy, którzy opuścili swoje wioski i rodziny, usiłowali wtopić się w nową społeczność) i globalizację (wartości religijne jawiły się jako odpowiedź na oschłość społeczeństwa konsumpcyjnego). Djibo przewidywał, że zapowiadany tryumf kapitalizmu jedynie zwiększy fenomen desekularyzacji.

Spośród wszystkich religii islam zdawał się na bezapelacyjnie najlepszej pozycji, by przyjąć rolę nowego wroga Zachodu. Jego założycielski tekst, Koran, dzielił świat na trzy kategorie: muzułmanów, zimmi (praktykujących żydów oraz chrześcijan, których można tolerować pod warunkiem, że uiszczą specjalny podatek) i niewiernych, których koniecznie należy nawrócić, w razie potrzeby przy użyciu miecza. Muzułmanie mieli własny kodeks prawny zwany szariatem, już wtedy stosowany w kilku krajach. Fakt, iż trzy Ludy Księgi posiadały pewne wspólne święte miejsca, wzmagał napięcia, jak przed tysiącem lat pokazały krucjaty, a w mniej odległej przeszłości – konflikt izraelsko-palestyński. Do tego dokładały się inne czynniki, w większym stopniu zależne od doraźnych okoliczności, ale nie mniej znaczące: za sprawą ich demograficznego dynamizmu liczebność wyznawców islamu rosła z oszałamiającą prędkością; w roku 1973 Bliski Wschód zdał sobie sprawę ze strategicznej pozycji, jaką gwarantował mu tytuł pierwszego w świecie producenta ropy; i wreszcie, Związek Radziecki traktował mniejszości religijne w sposób haniebny, należało się więc spodziewać, że w razie upadku komunizmu wszystkie republiki o przeważającej muzułmańskiej populacji zażądają niepodległości mniej więcej w tym samym czasie.

Djibo prognozował zatem, że najbliższy konflikt planetarny z dużym prawdopodobieństwem przeciwstawi sobie Zachód oraz radykalny odłam islamu. Ta perspektywa nie napełniała go optymizmem, ponieważ, podczas gdy po drugiej wojnie światowej Stany Zjednoczone natychmiast pojęły, że komunizm i liberalizm nie mogą koegzystować, w obecnym przypadku bagatelizowały dwa istotne realia.

Po pierwsze, Ameryka poważnie zraziła do siebie świat muzułmański poprzez swoją niespójną politykę: głosiła demokrację, ale podtrzymywała autokratyczny reżim szacha Iranu czy saudyjską monarchię; żądała zamknięcia pakistańskiego programu nuklearnego, lecz przymykała oko na takie same wysiłki ze strony Izraela.

Po drugie, podjęła się wobec muzułmanów zobowiązań, których nigdy nie zamierzała dotrzymać. W ciągu ostatnich czterdziestu lat CIA systematycznie wspierała ruchy islamistyczne, które, jak i sama agencja, pragnęły przeciwstawić się hegemonicznym dążeniom Związku Radzieckiego (na przykład w Afganistanie) albo dojściu do władzy arabskich działaczy nacjonalistycznych pokroju Nassera, podczas gdy w istocie miała sprawę muzułmańską w głębokim poważaniu. Zasada, wedle której wrogowie moich wrogów są moimi przyjaciółmi, słynie z przynoszenia katastrofalnych skutków: Stany Zjednoczone ściśle współpracowały z islamistami, nie zdając sobie sprawy z pogardy i nienawiści, jakie w nich wzbudzały.

Djibo nie łudził się co do szans KFR-u na zapobieżenie cywilizacyjnej kolizji, której korzenie sięgały wydarzeń mających miejsce tysiąc lat wcześniej. Zasugerował nawet, że trzeba pozwolić, by historia się wypełniła. Dzień, kiedy ludzkość nie będzie już potrzebowała polaryzacji dla budowania własnej tożsamości, był jeszcze odległy. Djibo wydał jednak pewne zalecenie: KFR powinien zaalarmować Zachód, a szczególnie Stany Zjednoczone, pokazując, na co się zanosi.

Komitet Wykonawczy zatwierdził raport Angoui Djiba i powierzył mu nadzór nad wprowadzaniem go w życie. Po przeanalizowaniu kilku opcji Kameruńczyk postanowił sztucznie rozdmuchać zagrożenie ze strony islamu, a także ofiarować mu twarz.

Było to klasyczne posunięcie, do którego KFR uciekł się pod koniec lat sześćdziesiątych, aby uczulić kraje uprzemysłowione na niebezpieczeństwo, jakie przedstawiały sobą pewne skrajnie lewicowe, ultrabrutalne milicje. W tamtym czasie parę niemieckich ugrupowań utworzonych początkowo, w latach 1964–1965, w celu oprotestowania wojny w Wietnamie nagle drastycznie zmieniło ton, wysadzając supermarkety i dewastując liczne budynki rządu federalnego. Na początku establishment nie brał na poważnie owych ruchów, które nawoływały do zniszczenia kapitalizmu i domagały się prawa do osądzenia pokolenia swoich rodziców za udział w zbrodniach nazistowskich. Gazety publikowały jedynie króciutkie urywki z ich komunikatów; policja, nie chcąc wyjść na nieporadną, znacznie zaniżała bilans strat materialnych; kanclerz Kiesinger odmawiał publicznego poruszania tematu z obawy, że w ten sposób napuści swoich obywateli na siebie nawzajem. Przynajmniej pod tym względem dyrekcja Planu KFR-u zgadzała się z kanclerzem: Niemcy potrzebowały rekonstrukcji. W tym celu musiały jednak oprzeć się na solidnych fundamentach, nie zaś na milczącym porozumieniu, które zerwie się przy pierwszej lepszej okazji. Ludność niemiecka powinna jasno określić swoje preferencje: pragnęła gospodarki liberalnej czy socjalistycznej? W którym miejscu na skali biegnącej od anarchii do państwa policyjnego umieszczała swój wskaźnik? Czy wszyscy mieszkańcy powyżej pięćdziesiątego roku życia byli współodpowiedzialni za Holokaust? KFR, choć sam nie miał w tych kwestiach zdania, uważał, że pytania te koniecznie powinny zostać postawione.

By zmusić Niemców do wybrania obozu, biuro w Stuttgarcie podało, iż grupka zatwardziałych aktywistów zorganizowanych pod nazwą Frakcja Czerwonej Armii (w skrócie RAF) koordynowała ataki, pomiędzy którymi nikt dotąd nie dostrzegł najmniejszych powiązań. Kilka umiejętnie wydestylowanych przecieków pomogło odmalować obraz sytuacji. Andreas Baader – w rzeczywistości lider jednej z najmniej ustrukturyzowanych grup – i jego dziewczyna, Gudrun Ensslin, zarządzali organizacją funkcjonującą na wzór urugwajskiej miejskiej guerilli Tupamaros. Członkowie RAF-u, pasjonaci broni palnej, działali w małych ekipach i woleli umrzeć, niż się poddać. Ofiary wybierali z listy przygotowanej przez KGB oraz Stasi, obejmującej swym zakresem od prowincjonalnych przemysłowców aż po funkcjonariuszy na samym szczycie hierarchii państwowej. Te starannie sfabrykowane rewelacje przyniosły znaczny oddźwięk. W ciągu kilku tygodni liczne grupki zebrały się wokół Baadera, który zgodził się objąć funkcję przywódcy ruchu. Uczciwi ludzie gromadnie stanęli po stronie rządu, który obiecał podjąć nie lada kroki. Podniosły się głosy broniące rewolucjonistów, „którym nie dano żadnej szansy na wytłumaczenie się". Policja, nareszcie dysponująca jasnymi wytycznymi i pełna ulgi, że poznała nazwisko przeciwnika, przystąpiła do pierwszych aresztowań. Nikt już nie lekceważył zagrożenia ze strony skrajnej lewicy: KFR osiągnął cel. Teczka o Baaderze stała się klasykiem i figurowała w programie nauczania Akademii.

Postanowiwszy przyjąć ten sam model działania, Angoua Djibo sporządził portret pamięciowy idealnego rzecznika islamskiego zagrożenia. Szukał człowieka pobożnego, wystarczająco dogmatycznego, by uzyskać poparcie mułłów, i posiadającego doświadczenie militarne, bez którego Amerykanie nigdy nie potraktowaliby go poważnie. Rozważył setkę kandydatów, wszystkich nieznanych albo prawie nieznanych szerokiej publiczności.

Osama bin Laden narzucał się jako oczywisty wybór. Pochodził z zamożnej, licznej saudyjskiej rodziny, na początku lat osiemdziesiątych zaangażował się u boku mudżahedinów w walkę o wyzwolenie Afganistanu spod radzieckiej okupacji. Piął po szczeblach organizacji Maktab al-Khidamat, która miała za zadanie kierować dywidendy od Królestwa Arabii Saudyjskiej oraz CIA na rzecz sprawy afgańskiej. Jednakże z początkiem roku 1989 Djibo otrzymał kilka raportów sugerujących, że Stany Zjednoczone szykują się do pozostawienia Maktab al-Khidamat własnemu losowi. CIA tryumfowała: upokorzeni Sowieci wycofywali się z Afganistanu i odtąd zastanowią się dwa razy, nim wypuszczą się gdzieś daleko od swoich baz. W takich warunkach na co się zda eskortowanie mudżahedinów aż do Kabulu, na co uparcie nalegał młody bin Laden?

Drzemiący w Djibie scenarzysta natychmiast pojął, że sytuacja skrywa wyjątkowe możliwości. Dżihad znalazł się na rozstaju dróg. Stany Zjednoczone nie mogły jaśniej, niż to właśnie zrobiły, dać do zrozumienia, że sprawą muzułmańską interesowały się jedynie na tyle, na ile pozwalała im ona osłabić ich zaprzysięgłego wroga, Związek Radziecki. A zatem, w momencie gdy jego rozproszeni po całym świecie bracia w boju bardziej niż kiedykolwiek potrzebowali wsparcia, bin Laden musiał poczuć się okrutnie zdradzony. Jeśli nawet sam nie zamierzał powołać do istnienia własnej organizacji, Djibo już ją dla niego wymyślił.

Inicjatywa mająca na celu stworzenie Al-Kaidy (pojęcie „inicjatywa" oznacza w żargonie KFR-u długoterminową operację wykraczającą poza ramy zwykłej teczki) ciągnęła się przez kilka lat i zaktywizowała około dwudziestu agentów. To Djibo wybrał nazwę (znaczącą po arabsku „baza") z listy sporządzonej przez jednego z libańskich współpracowników. Oczywiście nie liczył na to, że bin Laden rzeczywiście przyjmie to miano; tak jak z Frakcją Czerwonej Armii to przeciwnika – w tym wypadku Stany Zjednoczone – należało przekonać. W 1990 roku CIA niby przypadkiem przechwyciła notatkę pisaną ręką jednego z poruczników bin Ladena, w której czynił on aluzję do „organizacji". Analitycy z Langley drgnęli jak ukłuci szpilką: o jaką tajemniczą organizację chodziło? Zdwoili wysiłki i grzecznie rozwiązali przygotowaną z myślą o nich układankę. Według naszych informacji jakoś jesienią 1992 roku dyrektor CIA po raz pierwszy wspomniał nazwę Al-Kaida podczas rutynowej odprawy w Gabinecie Owalnym. W roku 1994 wewnętrzny raport DIA (Agencji Wywiadowczej Departamentu Obrony) stwierdził, że „Al-Kaida to nie tyle organizacja w zwykłym tego słowa znaczeniu, co sieć finansująco-kompetencyjna islamskiego terroryzmu".

Długo się namyślałem, zanim przyjąłem propozycję Angoui Djiba, by dołączyć do Inicjatywy w sprawie Al-Kaidy. Mój francuski przyjaciel Stéphane Brioncet, którego również namawiano, odmówił, twierdząc, że to kwestia zasad. Instynktownie podzielałem jego zastrzeżenia, ale Djibo mnie przekonał. „W dzisiejszych czasach istnieją setki rozsianych po świecie grup zbrojnych powołujących się na przynależność do islamu – oznajmił. – Nie dysponujemy taką władzą, aby je wykorzenić, ale możemy pomóc Stanom Zjednoczonym dostrzec zagrożenie, jakie sobą reprezentują. Doświadczenie pokazuje, że społeczeństwa mobilizują się jedynie wówczas, gdy wiedzą, iż mają do czynienia ze zhierarchizowanym i zdeterminowanym przeciwnikiem. Zapowiadający się zatarg pomiędzy Zachodem a radykalnym islamem jest nieunikniony, lecz szczerze wierzę w to, że nasza akcja przyczyni się do skrócenia jego trwania oraz do ograniczenia liczby ofiar". A zatem wiedział, że pojawią się ofiary, myślałem, przewracając się w łóżku z boku na bok. Czy przyszło mu do głowy, że będzie ich tak wiele?

Udział w Inicjatywie w sprawie Al-Kaidy, do której przyłączyłem się z początkiem 1993 roku, dostarczył mi materiału do mojej trzeciej teczki. Opowiadałem w niej, że podczas wojny w Zatoce Osama bin Laden zaoferował królowi Fahdowi usługi milicji Al-Kaidy na wypadek, gdyby Saddam Husajn zaatakował Arabię Saudyjską. Fahd odrzucił propozycję, a drugi afront wymierzył bin Ladenowi, oddając się pod protekcję Stanów Zjednoczonych. Moja teczka miała na celu stworzenie nieco solidniejszych podstaw dla dwóch przekonań, na których Al-Kaida zaczynała budować swój wizerunek: obecność Amerykanów w Zatoce Perskiej stanowi rażące pogwałcenie Koranu, który głosi, że jedynie muzułmanie uprawnieni są do zaludniania świętych miejsc, saudyjska rodzina królewska zaś płaszczy się przed Stanami Zjednoczonymi, gdyż obawia się o swoje interesy.

A jednak, pomimo wszystkich naszych starań, Inicjatywa w sprawie Al-Kaidy odniosła zaledwie umiarkowany sukces. Pierwsza część rozegrała się zgodnie z przewidywaniami: ruchy islamistyczne zorganizowały się wokół postaci bin Ladena; klarowała się ideologia, zarysowywały sojusze. To był istotny punkt na liście. Za to amerykańska część projektu ugrzęzła. Głuchy na mnożone przez bin Ladena klątwy Biały Dom ani na jotę nie zmienił swojej polityki, nadal popierając saudyjską rodzinę królewską, coraz usilniej prezentowaną przez mułłów – po części dzięki mnie – jako symbol zachodniego zepsucia. Miałem w tamtym okresie inne sprawy na głowie (właśnie wstąpiłem do Operacji Specjalnych), ale Gunnar Eriksson doniósł mi pewnego dnia, iż Djibo się niepokoi: fatwa z roku 1996, wzywająca muzułmanów do zabijania amerykańskich żołnierzy stacjonujących w Zatoce, przeszła bez echa. Osama i jego klika przygotowywali się do walki niemal pod samym nosem administracji Clintona, ta jednak spoglądała w inną stronę. W lutym 1998 roku druga fatwa, podpisana dodatkowo przez trzech innych islamistycznych liderów, wywołała tylko minimalnie większe poruszenie, mimo że zawierała niezaprzeczalnie przerażające fragmenty: „Obowiązkiem każdego muzułmanina jest zabicie obywatela Ameryki, żołnierza czy cywila, za każdym razem gdy trafi się ku temu sposobność, aby zastosować się do słów wszechmogącego Allaha, który nakazuje zwalczać niewiernych, aż znikną zgiełk i opresja".

Dnia 7 sierpnia 1998 roku kilka samochodów pułapek eksplodowało przed amerykańskimi ambasadami w Nairobi i w Dar es

Salaam, zbierając żniwo w postaci ponad dwustu zabitych i czterech tysięcy rannych, a przy okazji pokazując, że istnieją osoby traktujące działalność bin Ladena poważniej niż CIA. Żeby zaspokoić pragnienia amerykańskiej opinii publicznej (która jednakowoż nie zdawała sobie sprawy, jak dawno temu pojawiły się pierwsze ostrzeżenia), Bill Clinton nakazał zbombardowanie rzekomo strategicznych obiektów w Sudanie – wśród których znalazła się wspomniana przez Youssefa fabryka farmaceutyczna – i w Afganistanie. Doszedłszy do wniosku, że ponoszę część odpowiedzialności za te ataki, Stéphane przez kilka dni, jeszcze w Akademii, traktował mnie z ogromnym chłodem. Cierpliwie wyłożyłem mu argumenty Djiba, z trudem ukrywając, jak bardzo sam jestem wstrząśnięty. Stéphane nie przychylił się do naszej opinii, ale tymczasowo uznał logikę naszego rozumowania. Wolałem sobie nie wyobrażać, co myśli obecnie.

Co się wydarzyło w ciągu ostatnich trzech lat? Czy Biały Dom wreszcie docenił swojego przeciwnika? Czy Angoua Djibo żałował, że pomógł Osamie bin Ladenowi ukuć swoją osobistą legendę? Specjalna komórka wewnątrz dyrekcji Planu w Toronto nadzorowała metodyczną ekspansję Al-Kaidy: czy wychwyciła znaki zwiastujące katastrofę? Zadawałem jedno pytanie za drugim, grając na czas, mając nadzieję, że zasnę, zanim dotrę do tych dwóch, które naprawdę mnie nękały.

Czy KFR jest za to odpowiedzialny?

Czy ja jestem odpowiedzialny?

Pomimo całej czułości, jaką darzyłem Magę i Youssefa, oparłem się pokusie podzielenia się z nimi swoimi wątpliwościami. Nazajutrz przyjaciele – już jako mąż i żona – odprowadzili mnie na lotnisko. Czekałem na ten moment od pierwszego dnia, wiedząc, że odpowiedzi na moje dociekania nie znajdę w Chartumie.

W dniach poprzedzających ślub Youssef mnożył miłe gesty wobec Magi, szeroko wychwalając jej zalety w obecności rodziny, przede wszystkim zaś deklarując, jaki jest dumny, że narzeczona zamierza kontynuować studia. Publicznie poprosił ją, by podjęła decyzje w kilku nierozstrzygniętych kwestiach dotyczących organizacji zaślubin. Przede wszystkim zaś doprowadził ojca do szału, kiedy zawiesił Madze na szyi okazały wisior ze szmaragdem. Jasne, zwyczaj nakazywał, aby mężczyzna ofiarował małżonce prezent – *mahr* – ale interpretatorzy Koranu zalecali, żeby kobieta zwolniła narzeczonego z tego obowiązku albo przynajmniej dała do zrozumienia, że zadowoli się jakimś drobiazgiem. Łzy, które pociekły Madze po twarzy, gdy ujrzała podarunek, lepiej niż słowa wyrażały jej ulgę: Youssef rozumiał tradycje na swój własny sposób i w ostatecznym rozrachunku nie bardzo troszczył się o to, że w ten sposób przeciwstawia się rodzinie.

Tym samym Maga zdwoiła wysiłki, by ofiarować Youssefowi i jego rodzicom tradycyjny ślub, do jakiego aspirowali. Powstrzymała się na przykład od jakiegokolwiek komentarza, kiedy dowiedziała się, że *walima* (albo bankiet) nie odbędzie się bezpośrednio po ceremonii, lecz nazajutrz, aby umożliwić uprzednie skonsumowanie związku. A co najważniejsze, rozsądnie zachowywała milczenie za każdym razem, gdy w rozmowie wypływał temat jedenastego września. Youssef musiał zresztą udzielić naszym gospodarzom pewnych wskazówek, bo w swoich rozważaniach wykazywali się większym umiarkowaniem, naśladując w tym takie reżimy jak Iran czy Egipt, które zdaje się, pojęły, że nic nie zyskają, oficjalnie wyrażając poparcie dla zamachów. W konsekwencji dyskusje dotyczyły raczej sposobów przyjścia z pomocą ofiarom i ich rodzinom niż politycznych, a tym bardziej religijnych, motywacji stojących za atakami. Nie trzeba dodawać, że jako gość chroniłem się za zasłoną ostrożnej neutralności.

Zaproszenia, ubiór małżonków, błogosławieństwa starszyzny: w dniu ślubu miałem tysiąc okazji, by kontemplować własną ignorancję w kwestii islamu, jego zwyczajów i wartości. Tkwiła w tym zagadka, której nie potrafiłem rozwikłać: blisko jedna czwarta ludzkości kierowała się Koranem – a procent ten ciągle wzrastał – lecz mimo to wydawało się, że ani zachodnie Kościoły, ani instytucje edukacyjne nie troszczą się, by wyjaśnić, jak muzułmanie widzą świat. Co się działo w głowach kuzynów Youssefa, tych profesorów, urzędników i rolników, z którymi wspólna znajomość angielskiego pozwalała na stworzenie pozorów porozumienia, ale których wargi rozciągały się w drwiących uśmiechach, kiedy tłumaczyłem im w skrócie, na czym polega doradztwo środowiskowe? Miałem nadzieję – choć nie bardzo w to wierzyłem – że specjaliści z Białego Domu posiadają na ten temat jaśniejsze wyobrażenie.

Może dlatego, że nie udało mi się nawiązać kontaktu z sąsiadami przy stole, nie spuszczałem oka z Youssefa i Magi. Wyczuwałem, że nawet najmniejsze gesty wykonują w pełni świadomie, chociaż z różnych powodów: Maga bała się naruszyć rytuał; Youssef czasem celowo go przełamywał, żeby pokazać, iż nie jest jego więźniem. Na szczęście czułe spojrzenia, jakimi obdarzali się moi przyjaciele, nie pozostawiały żadnych wątpliwości: ich miłość, nadwerężona przez pobyt w Sudanie, ostatecznie zatryumfowała. Za kilka godzin mieli wylecieć na Bali i opuścić Chartum z większą liczbą niezachwianych przekonań, niż mieli, gdy do niego zawitali.

Chciałbym móc powiedzieć to samo o sobie.

6

Nazajutrz po moim powrocie Nina Schoeman zaproponowała, żebym towarzyszył jej na spotkaniu grupy zajmującej się losem ludności tubylczej. Z chęcią się zgodziłem. Temat mnie interesował, a bardzo potrzebowałem zająć myśli czymś innym. Próby wyjaśnienia tajemnicy, która mnie zajmowała, spełzły na niczym: ani Djibo, ani Khoyoulfaz nie odpowiadali na moje telefony, ten jeden raz Gunnar nie wiedział więcej, niż podawano w gazetach, a moi zwykli korespondenci ograniczali się do odnotowywania nadzwyczajnego ożywienia na korytarzach dyrekcji Planu.

Pchnąłem drzwi pubu, w którym odbywało się spotkanie, i zauważyłem w głębi sali Ninę. Wykładała swoje racje młodej dziewczynie o pociągłej twarzy i długich rudych włosach; słuchała nabożnie, zaciągając się papierosem. Przy sąsiednim stoliku goguś w białej koszuli podsuwał jakiś dokument pod nosy bliźniaczek o porcelanowych cerach z tak przejętą miną, jakby chodziło o nigdy niepublikowane wyjaśnienie wielkiego twierdzenia Fermata.

– Jestem trochę przed czasem – rzuciłem, całując Ninę w policzek.

– Tym lepiej – odparła. – Mamy komplet.

Pięć osób, ze mną sześć: zaczynałem rozumieć, czemu tak bardzo nalegała, abym się zjawił.

– Przyjaciele – zaczęła, osuszając szklankę whisky – powitajcie proszę Sliva, mojego kolegę z uczelni, z którym niedawno odnowiłam kontakt. Pracuje jako konsultant środowiskowy i uważam, że może rzucić inne światło na naszą sprawę.

– Konsultant środowiskowy? – powtórzył pogardliwie goguś. – Jeden z tych, którzy kupują sobie sumienie, pomagając zanieczyszczającym rzeki konglomeratom chemicznym w uruchamianiu programów selekcji śmieci?

Nina ponownie zabrała głos, nie pozostawiając mi czasu na odpowiedź:

– Strzał w dziesiątkę. Sliv, przedstawiam ci Einara. Kończy właśnie pracę magisterską z socjologii na Uniwersytecie w Reykjavíku.

Zważywszy na to, że wspomniany Einar dobiegał czterdziestki, podejrzewałem, iż dopieszczał swoje arcydzieło od dobrej dekady.

– Na jaki temat? – spytałem słodko.

– Prawowitość Świetlistego Szlaku w peruwiańskich wioskach.

Trafiony, pomyślałem. Partyzanci z guerilli, znajdujący się u szczytu chwały, kiedy Einar rozpoczynał pisanie pracy, praktycznie nie dawali już znaków życia, odkąd przed dwoma laty aresztowano ich lidera, Oscara Ramíreza Duranda.

– Eva zdaje w tym roku maturę – ciągnęła Nina.

– Chcę zrobić kurs pielęgniarski i wyjechać do Afryki – dodała wysoka rudowłosa dziewczyna.

– Gdzie dokładnie? – dopytałem.

– Tam, gdzie będą mnie potrzebowali – odrzekła prosto, wypuszczając długą smrużkę dymu.

– Anna i Solveig są komediantkami.

– Specjalizujemy się w rolach bliźniaczek – wyjaśniła Anna.

– Ale nie tylko – dodała Solveig.

– Miło mi was poznać – rzuciłem. – Jak wygląda program na dziś, Nino?

– Einar opowie o Penanach, aborygeńskim plemieniu wyjątkowo źle traktowanym przez indonezyjski rząd.

– Źle traktowanym? Raczej: zamęczanym! – uniósł się Einar.

Kolejno przyjrzał się z powagą każdemu z nas, jakby chciał się upewnić, że będziemy w stanie znieść przerażającą historię Penanów. Z ukłuciem smutku zauważyłem, że Anna i Solveig już wydawały się pochłonięte.

– Penanie to wędrowny lud aborygeński żyjący częściowo w Indonezji, a częściowo w sułtanacie Brunei…

– Ilu ich jest? – przerwała Nina, która skrupulatnie robiła notatki. Znów miała na sobie jedną z tych zdumiewających koszulek: elegancka kobieta pudrowała nos, a jej spojrzenie krzyżowało się w lusterku ze spojrzeniem królika. Slogan krzyczał fluorescencyjnymi różowymi literami: „Testom kosmetyków na zwierzętach mówimy nie!".

– Około dziesięciu tysięcy – ocenił pedantycznie Einar. – Niestety większość z nich się osiedliła. Ostatni nomadzi – moje źródła podają, że mówimy tu o czterystu, maksymalnie pięciuset osobach – żyją w lasach stanu Sarawak. Żywią się owocami oraz tym, co uda im się upolować. Leczą się roślinami.

– I dobrze – ucieszyła się Eva, mentalnie wykreślając Sarawak z listy miejsc, w których jej usługi okażą się potrzebne.

– Ten durny Suharto kuma się z międzynarodowymi korporacjami, które karczują Sarawak – skomentowała Nina. – Ale to nic nowego. Dlaczego postanowiłeś dziś opowiedzieć o Penanach?

Powstrzymałem się od wtrącenia, że Suharto już od trzech lat nie dzierży władzy. Einar uśmiechnął się z zadowoleniem. Widać było, że uwielbia odpowiadać na pytania, zwłaszcza te zadane przez Ninę.

– Penanie są teraz bardzo na topie – oznajmił, jakby mówił o boysbandzie. – W zeszłym roku szwajcarski aktywista Bruno Manser, który zainteresował się ich sytuacją, zaginął w dżungli. Uważa się, że został zamordowany, bo stwarzał problemy.

– Suharto jest zdolny do wszystkiego – przyznała Nina tonem nieznoszącym sprzeciwu, który sugerował, że w przeszłości dzieliła życie z byłym prezydentem Indonezji i zaznała z jego strony okrucieństw przemocy domowej.

Bliźniaczki pokiwały głowami na znak zgody.

– Przede wszystkim zaś pewna indonezyjska organizacja pozarządowa opublikowała właśnie obciążający raport dotyczący wykroczeń rządu i przedsiębiorstw leśnych: gwałtów, okaleczeń, bestialskich wywłaszczeń, bezprawnych aresztowań, ci dranie przed niczym się nie cofną! – rozognił się Einar, zerkając na Evę, która notowała te występki, jakby skreślała pola podczas gry w bingo.

Czy ci ludzie naprawdę nie widzą, jak bardzo są śmieszni?, zastanowiłem się, popijając guinnessa, podczas gdy rozwścieczony

Einar zachwalał tysiąc i jeden przejawów nieocenionego dziedzictwa folklorystycznego Penanów. Moi rozmówcy przywodzili na myśl tych wolontariuszy ze stowarzyszenia Survival International, którym przed trzema laty pomagałem w negocjowaniu kompromisu między Buszmenami a władzami Botswany. Nasza pożałowania godna klęska (prezydent Masire zgodził się na spotkanie jedynie po to, by dać się sfotografować na ganku pałacu prezydenckiego) wywołała z ich strony reakcję diametralnie różną od mojej. Zaczęli, rzecz jasna, od pomstowania na tupet Masire'a. Jednakże po kilku minutach ich oczy zabłysły na nowo i przysięgli dalej toczyć walkę. Osobiście doszedłem do wniosku, że obraliśmy złą drogę. Wystarczyło postawić się na miejscu Masire'a, by pojąć, że nigdy nie przystanie na żądania Buszmenów; z drugiej strony bez wątpienia przyznałby im terytorium inne niż Kalahari, gdyby o to poprosili. Moi koledzy walili głową w mur, licząc, że pod naporem w końcu się skruszy; ja wolałem ten mur obejść.

Dobre chęci Niny oraz jej przyjaciół nie ulegały najmniejszej wątpliwości (z pewnymi zastrzeżeniami co do Einara, podejrzewałem bowiem, że bardziej zależy mu na zawieraniu znajomości niż na ochronie aborygeńskiego stylu życia). Ale co mieli nadzieję osiągnąć, siedząc w pięcioro wokół stołu w pubie przy Vesturgata?

– Jak im pomóc? – akurat spytała Nina.

Einar cały się napuszył.

– Istnieje wiele sposobów. Po pierwsze, możemy podpisać petycję przygotowaną przez stowarzyszenie Borneo Project, w której żądamy, aby indonezyjski rząd respektował prawa Penanów.

A zatem sześć islandzkich podpisów. W Dżakarcie pewnie już szaleją ze strachu.

– Poza tym poprzez zbieranie funduszy. Komunikacja dużo kosztuje, a Penanie nie dysponują żadnymi zasobami.

Od całej naszej szóstki wyjdzie maksymalnie trzysta dolarów. No dobra, bądźmy hojni i powiedzmy, że pięćset.

– A koszulki? – podsunęła Nina. – Moglibyśmy zrobić fotomontaż z Suhartem, który ściga Penanów jeepem po dżungli. W internecie rozeszłyby się jak świeże bułeczki.

Nagle przerwałem milczenie:

– Można się powołać na sto sześćdziesiątą dziewiątą konwencję Międzynarodowej Organizacji Pracy.

Nina rzuciła okiem na kufel guinnessa, wyraźnie próbując sobie przypomnieć, czy to mój pierwszy.

– Międzynarodowa Organizacja Pracy? – upewniła się. – Czy to przypadkiem nie ta nora gryzipiórków w Genewie?

– Zgadza się. To ciało podlegające ONZ-etowi, zrzeszające reprezentantów państw, pracodawców oraz pracowników. Ustanawia, w formie konwencji, uniwersalne zasady, które powinno się stosować we wszystkich krajach.

– A więc to rodzaj ponadnarodowego kodeksu pracy – podsumowała Nina.

– Można tak to ująć. Konwencja numer sto sześćdziesiąt dziewięć powstała jakieś dziesięć lat temu. Dotyczy wyłącznie kwestii ludności tubylczej i tak się składa, że w preambule potwierdza jej prawo do odmowy asymilacji.

– Tego nam właśnie trzeba!

– Nie pamiętam już całego tekstu, ale jestem prawie pewny, że wprost potępia wycinkę lasów ze względu na to, że to uniemożliwia Penanom prowadzenie dotychczasowego trybu życia. To z kolei oznacza, że prawdziwa trudność polega na wymuszeniu zastosowania się do tych dokumentów. Konwencje to trochę więcej niż zalecenia, nie mają jednak mocy prawnej. Nie precyzują na przykład, jakie sankcje grożą za ich nieuszanowanie.

– Wiedziałem, że to zbyt piękne – zadrwił Einar.

– A jednak to solidny punkt wyjścia – oceniła Nina, świdrując Einara wzrokiem. – Dziękuję, Sliv. Mógłbyś nam pomóc pogłębić poszukiwania?

– Z przyjemnością, chociaż sądzę, że wasi przyjaciele z Borneo Project już się tym zajęli. Dopiero co wygrali proces przeciwko przedsiębiorstwu papierniczemu z Sarawaku w oparciu właśnie o tę argumentację.

Moje słowa wywarły niezgorszy efekt. Anna i Solveig wręcz oniemiały.

– Skąd to wszystko wiesz? – spytał Einar, który chyba podejrzewał, że zorganizowałem całe spotkanie, aby zaimponować Ninie.

– Och, to nic takiego – odparłem skromnie. – Usłyszałem o tym podczas misji, którą prowadziłem w Peru dla konglomeratu chemicznego, wiesz, jednego z tych, co zanieczyszczają rzeki. To niesamowite, o ile bezpieczniej człowiek się tam czuje, odkąd Świetlisty Szlak złożył broń.

Einar o mało się nie udusił i wybełkotał kilka nieskładnych zdań, z których wyłowiłem takie frazy jak „powrót do przemocy" i „odizolowane ataki". Ledwie doszedł do siebie, gdy Nina zadała mu kolejny cios, prosząc, żebym ją odprowadził.

7

– Kompletnie mnie zaskoczyłeś, Dartunghuver – wyznała, kiedy szliśmy w dół ulicą Vestur w stronę jeziora Tjörnin. – Wytłumacz mi, skąd tyle wiesz na temat wycinki lasów w Indonezji. Tylko nie opowiadaj bzdur o jakiejś misji w Peru…

– To wcale nie bzdury – zaprotestowałem.

– Daj spokój! Doskonale widziałam, że umierałeś z chęci dopieczenia temu kretynowi Einarowi. Mów.

Wzięła mnie pod ramię i przycisnęła je łokciem do swojego boku, jakby zamierzała uniemożliwić mi ucieczkę.

– Kilka lat temu przeczytałem artykuł o Buszmenach, wędrownym ludzie z Afryki Wschodniej, poniewieranym przez historię, który obecnie zamieszkuje pustynię Kalahari.

– Znam Buszmenów – przerwała mi Nina. – Dorastałam w południowej Afryce, rzut kamieniem od Botswany.

– Racja, zapomniałem. Wiesz zatem, że botswański rząd utrudnia Buszmenom życie w nadziei, że zmusi ich do opuszczenia Kalahari, która wypluwa spod ziemi diamenty. Zacząłem od przesłania stowarzyszeniom odrobiny pieniędzy, a później jakoś tak wyszło, jedno prowadziło do drugiego…

Opowiedziałem jej wszystko albo prawie wszystko. Jak sfrustrowany brakiem postępów, zaoferowałem Survival International swoje usługi; jak spędziłem wśród Buszmenów trzy miesiące, szukając rozwiązania prawnego, które wykraczałoby poza pomoc humanitarną; jak prezydent Masire wciągnął nas w puste negocjacje, podczas gdy jego ludzie wysiedlali jedną buszmeńską rodzinę po drugiej;

jak zacząłem żywić przekonanie, że gdyby ktoś lepiej im doradził, Buszmeni mogliby uzyskać znaczne ustępstwa. Bardzo niewiele osób znało ten epizod z mojego życia – Gunnar, Youssef i Maga, moja matka. Nikt nigdy nie słuchał mnie z taką uwagą jak Nina.

– A co robisz teraz? – zapytała, gdy dobrnąłem do końca historii.

– Szczerze mówiąc, niewiele. Nadal wysyłam pieniądze, ale nie mam złudzeń: w tysiąc dziewięćset dziewięćdziesiątym roku żyło pomiędzy pięćdziesiąt a sto tysięcy Buszmenów. W ciągu dziesięciu lat ich liczba zmniejszyła się dziesięciokrotnie. Każdego dnia rodziny opuszczają pustynię, aby zamieszkać w rządowych barakach z prefabrykatów. W kilka miesięcy zatracają instynkt przetrwania. Po tym okresie nie mogą już wrócić.

Dotarliśmy do budynku, w którym mieszkała Nina. Zaproponowała, żebym wszedł. Zgodziłem się. Chciałem z kimś porozmawiać, nie miałem najmniejszej ochoty znów znaleźć się sam na sam ze swoimi myślami.

Nina zostawiła mnie w salonie i poszła zagotować wodę. Mieszkanie było odbiciem jej osobowości: bałaganiarskie, pełne kolorytu i wdzięku. Nachyliłem się do okna, by móc podziwiać widok na jezioro. Powietrze było ciepłe, zerwał się wiatr; odgłosy ulicy umilkły; dwoje zakochanych całowało się pod latarnią. Cisza.

Szklany stolik w rogu pomieszczenia nikł pod książkami, których tytuły składały się na odę do wojowniczej postawy właścicielki: *Nielegalne podsłuchy w NRD: czarne zeszyty oficera Stasi*, *Dokąd zmierza kapitalizm?*, *Prawdziwy bilans kolektywizmu rolnego*, *Pytanie nie brzmi: czy zabraknie nam ropy, tylko: kiedy nam jej zabraknie*. Obok zielonej teczki opisanej jako „powieść" zauważyłem spis absolwentów Uniwersytetu w Reykjavíku i przekartkowałem go machinalnie, aż znalazłem stronę z datą naszego ukończenia studiów w 1991 roku. Koło mojego nazwiska: „Sliv Dartunghuver – Baldur, Furuset i Thorberg – kierownik projektu" widniał narysowany ołówkiem krzyżyk. Muszę uaktualnić swoje dane, pomyślałem. Wpis Niny wywołał uśmiech na mojej twarzy: „Nina Schoeman – bojowniczka". W którym roku dyplom odebrała Lena Thorsen? 1988? 1989?

– Odłóż to, bardzo cię proszę – zwróciła się do mnie Nina, gdy zjawiła się z tacą – i usiądź. Chcesz herbaty?

Dla tego, kto zakosztował herbaty Gunnara, nie ma już powrotu.

– Napiję się soku, jeśli masz.

– A teraz – zaczęła, nalewając sok – chciałabym się dowiedzieć, co tak naprawdę robisz u Baldura, Furuseta i Thorberga.

Obserwowałem ją kątem oka, upijając kilka łyków. Czyżby coś podejrzewała? Ani trochę jej nie ufałem. Jeśli jakiś młody agent z biura nieszczęśliwym trafem zapodział gdzieś zeszyt ze swoim pierwszym scenariuszem, to czułem, że Nina byłaby w stanie nie tylko go znaleźć, ale też pojąć jego znaczenie.

– Co chcesz przez to powiedzieć? – broniłem się tak naturalnym tonem, jak tylko się dało. – To bardzo porządna firma…

– Tak, wiem – przerwała mi Nina. – Wypełniasz pasjonujące misje, dużo podróżujesz i ciułasz na emeryturę.

– No cóż, mniej więcej tak to wygląda – przytaknąłem, usiłując ukryć ulgę.

– Naprawdę masz mnie za naiwniaczkę! W twoim wieku wciąż jesteś kierownikiem projektu w drugorzędnej agencji badań środowiskowych?

– Pracuję jako freelancer. Baldur to tylko jeden z moich klientów, i to wcale nie najmniej prestiżowy, wbrew temu, co sądzisz.

– Ta, jasne! No co, chcesz skończyć jak Gunnar Eriksson, zatwierdzając trasy autostrad po tysiąc dolarów za kilometr? Nie, serio, nie jesteś z tych, którzy pozwalają, żeby niosła ich fala, a więc co cię napędza?

Ta dziewczyna miała w sobie coś z Magi: w ten sam sposób przechodziła do sedna sprawy, bez ostrzeżenia zadawała ważkie egzystencjalne pytania. W tamtej chwili nie byłem przekonany, czy należy to uznać za zaletę.

– W dniu moich jedenastych urodzin – powiedziałem, kontemplując zawartość szklanki – mój ojciec wyszedł po zakupy. Godzinę później zadzwonił i poprosił, żebyśmy go odebrali. Nie potrafił trafić do domu. Lekarz rodzinny wysłał go na badania do neurologa w Reykjavíku, ale doskonale widziałem, że się niepokoi. I miał rację: guz zdążył przybrać rozmiary mandarynki. Specjalista uznał, że operacja jest wykluczona. Mojemu ojcu pozostał miesiąc życia, co najwyżej dwa.

– Twoja matka...

– Niczego przed nami nie ukrywała. Razem z Mathilde, moją starszą siostrą, zalaliśmy się łzami, a jedyne słowa pociechy, jakie przyszły matce do głowy, brzmiały mniej więcej tak: dobrze wykorzystajcie ten moment, bo odtąd nie wolno wam już płakać. Sama nigdy się nie skarżyła. Ojciec również starał się robić dobrą minę do złej gry. Nie mówił o swoim stanie zdrowia wprost, ale regularnie wspominał o, jak to nazywał, „naszym życiu po", jakby czuł się odpowiedzialny za naszą przyszłość. Rzucił się w wir majsterkowania, wykonując wszystkie niewdzięczne prace, które odkładał całymi miesiącami: pomalował płot, naprawił dzwonek, poukładał zapasy drewna na zimę. Uporządkował swoje sprawy, zredagował testament i zadzwonił do agenta ubezpieczeniowego: chciał się upewnić, że świadczenie gwarantowane przez jego polisę zostanie wypłacone prędko po jego śmierci. Zostawił niewielką sumkę na sfinansowanie studiów Mathilde. Nie starczyło mu pieniędzy na moje, ale powiedział, że nie będę ich potrzebował, bo sam sobie poradzę. Popołudniami, po powrocie ze szkoły, wyzywałem go na pojedynek w warcaby. Zaczynałem w tym czasie grać poprawnie, ale miałem tylko jedenaście lat, więc zawsze rozkładał mnie na łopatki. Jednak pewnego dnia wpadł w jedną z moich niezdarnych pułapek, co wykorzystałem, żeby zdobyć damkę. Wyczułem, że to nim wstrząsnęło. Po raz pierwszy zepchnąłem go wtedy do okopów. Później zrozumiałem, że pewnie złożył to chwilowe roztargnienie na karb rozwijającego się guza, i miałem sobie okrutnie za złe.

– Nie mogłeś wiedzieć – podsunęła uprzejmie Nina, zsuwając buty i podciągając kolana pod brodę.

– Owszem, mogłem, bo faktycznie wykazywał symptomy pogorszenia. Codziennie rano przy goleniu recytował pierwszy rozdział *Sagi o Eryku Rudym*, który znał na pamięć. Za każdym razem zdawał się zachwycony, kiedy udało mu się dobrnąć do ostatniego zdania, aż pewnego dnia potknął się na jakimś słowie. Od tego momentu golił się w milczeniu. Mathilde była bliżej z matką, która potrzebowała wsparcia, nawet jeśli tego nie okazywała. Co do mnie, spędzałem z ojcem tyle czasu, ile się dało. Zawsze lubił sklejać małe modele samolotów, nie te plastikowe, jakie można kupić w supermarkecie, ale prawdziwe skalowane samoloty z drewna czy aluminium, których każdy element wymagał całych godzin pracy. Wieczorami towarzyszyłem mu w klubie modelarzy, gdzie nieznużenie dyskutował z innymi pasjonatami o wadze bomb transportowanych przez Messerschmitta Bf 110 albo o umiejscowieniu zbiorników paliwa w Lockheedzie P-38 Lightningu. Żaden z członków klubu nie wiedział o jego chorobie.

– Kiedy zmarł?

– Dwudziestego trzeciego maja siedemdziesiątego dziewiątego, osiem tygodni po diagnozie. Zbliżał się koniec drugiego miesiąca i zaczynaliśmy wierzyć, że lekarz przecenił zagrożenie. Ale w niedzielę wieczorem ojca dopadły wymioty oraz piekielne bóle głowy. Wiedzieliśmy, co to oznacza: w miarę jak guz rósł, coraz mocniej naciskał na ścianę czaszki. Wkrótce miał wpłynąć na zdolność mowy, widzenia, na równowagę. Ojciec nas ucałował i poszedł się położyć. Nazajutrz jeszcze spał, kiedy wychodziliśmy do szkoły. Po lekcjach przyszła nas odebrać sąsiadka. Późnym rankiem zapadł w śpiączkę. Przewieźli go do szpitala, gdzie czuwała przy nim matka. Umarł dwa dni później, nie odzyskawszy przytomności.

Nina płakała, tak samo jak Mathilde i ja płakaliśmy w dniu pogrzebu. Matka nie miała odwagi, by nam tego zabronić.

Wstałem i podszedłem do okna. Zakochani zniknęli, latarnia zgasła.

– Na kilka miesięcy przed śmiercią – ciągnąłem – ojciec spytał, co chciałbym robić, gdy dorosnę. Wypaliłem: „Zostanę odkrywcą!”. Wiedząc, że pasjonuję się kartografią, rodzice na dziesiąte urodziny podarowali mi atlas. Na kilku kartach przedstawiono wojaże wielkich eksploratorów. Śledziłem palcem trasy ich podróży, prąc w górę Zambezi z Livingstonem, przemierzając zakola Jedwabnego Szlaku wraz z Marco Polo, kursując pomiędzy Syberią a Alaską z nieustraszonym Vitusem Beringiem. Ojciec łagodnie się ze mną droczył, odkąd zaskoczył mnie kiedyś powtarzającego nazwy egzotycznych krain niczym mantrę: Valparaíso, Cejlon, Sumatra, Zanzibar… „Odkrywcą – powtórzył – a właściwie czemu nie? Ja nigdy nie wyściubiłem nosa poza Islandię i zobacz, jak na tym wyszedłem. Mam czterdzieści dwa lata i choćby bladego pojęcia, co robię na tym świecie. Ale obiecaj mi jedno: jeśli podczas którejś ze swoich wypraw odnajdziesz sens tego wszystkiego, wróć szybko i podziel się nim ze swoim starym ojcem. Będę na ciebie czekał".

– I obiecałeś?

– Już nie pamiętam. Na pewno. Jaki dziesięciolatek odmówiłby złożenia podobnej przysięgi?

– Co, twoim zdaniem, rozumiał przez „to wszystko"?

Odwróciłem się do Niny i odtworzyłem szeroki gest ręką, który zaobserwowałem u ojca.

– Swoją żonę, dzieci, pracę, swoje skalowane modele, bo ja wiem co jeszcze?

– Wojnę, głód na świecie? – podsunęła Nina.

Uśmiechnąłem się, po raz pierwszy tego wieczoru.

– Nie, nie sądzę. Kiedy czytał lokalną gazetę, zostawiał matce strony poświęcone Reykjavíkowi. „Za daleko jak dla mnie" – mawiał.

– Hodował razem z nią owce?

– Nie. Był pracownikiem biurowym w małym, lokalnym banku. Raczej nędzna praca, jeśli mam być szczery. Na tyle zresztą nędzna, że zawsze zastanawiałem się, czy coś się za tym nie kryje.

– Jak na przykład?

– Och, nic, oczywiście, ale przez długi czas trzymałem się tego pomysłu. Nie potrafiłem przyznać, że mój ojciec był tylko pracownikiem niskiego szczebla, który lubił grać w karty z kolegami i modelować miniaturowe śmigła w swojej pracowni.

– Rozumiem. A co z tym sensem?

– Szukam go. Na pewno istnieje. Skoro życie to gra, gdzieś tam muszą istnieć jakieś reguły, nie uważasz?

– Masz na myśli tabelę wyników, która pozwala zmierzyć sukces albo porażkę? Po dziesięć punktów za dziecko i bonus za nagrodę Nobla przed pięćdziesiątką? – rzuciła Nina ironicznie.

Znowu się uśmiechnąłem.

– Coś w tym rodzaju. W każdej grze można wygrać albo przegrać, a ja desperacko pragnę wygranej. Od tego zależy moje życie, nawet jeśli nigdy nie będę w stanie ci wytłumaczyć dlaczego. Może dlatego, że przeczuwam, iż droga do zwycięstwa usiana jest pułapkami i trzeba wykazać się pewną dumą, by wyjść z tej podróży cało. Nic nie wprawia mnie w takie uniesienie jak jakaś trudność.

– Starajcie się wejść przez ciasną bramę...* – powiedziała Nina, która znała na pamięć fundamentalne teksty.

Przyglądałem się jej przez kilka chwil i uznałem, że podoba mi się to, co widzę.

– Właśnie, poszukuję ciasnej bramy. Na pewno nie chodzi o pieniądze. Majątek alienuje. Przez kilka lat mieszkałem w Argentynie; z powodów, o których za długo by opowiadać, musiałem nagle wyjechać, zostawiając za sobą meble, książki, wszystkie swoje rzeczy. Niczego mi nie brakowało.

– A władza?

– Dystrakcja stworzona po to, by odwrócić uwagę graczy, którym trafiło się najlepsze rozdanie.

– Naprawdę? A co powiesz o takim na przykład Mandeli?

– Mandela robił wszystko w odpowiednim porządku. Najpierw wykuł sobie przekonania moralne, na tyle solidne, że nie zatrzęsło nimi nawet trzydzieści lat więzienia. Zanim zaczął pretendować do tego, żeby poprowadzić swój lud, posiadł kompas, podczas gdy ogromna większość ludzi pożądających władzy nigdy nawet nie zastanowiła się nad tym, co z nią zrobi, nie cofnie się jednak przed żadną podłością, by ją zdobyć, a następnie utrzymać.

– I to u Baldura, Furuseta i Thorberga zamierzasz wykuć swoje przekonania moralne? – zagadnęła Nina, nie ukrywając sceptycyzmu.

Gdybym chciał wprost odpowiedzieć na jej pytanie, musiałbym ją okłamać. A na to nie miałem ochoty.

– Określenie „przekonania moralne" nie jest w moim przypadku najtrafniejsze. Podróżuję, czytam, obserwuję, a wszystko to w poszukiwaniu stanu świadomości, którego nie potrafiłbym ci opisać, jestem jednak głęboko przekonany, że rozpoznam go, gdy się pojawi.

– Nie rozumiem – oświadczyła, marszcząc brwi.

Ponownie otworzyłem okno. Powiew świeżego powietrza uderzył mnie w twarz.

– Czy wiesz, że Einstein na próżno poświęcił ostatnie lata życia na próby pogodzenia praw grawitacji z prawami elektromagne-

---

* Cytat z Ewangelii według św. Łukasza (13,24) za Nowym Testamentem, Wydawnictwo Święty Paweł, Częstochowa 2009 – (wszystkie przypisy pochodzą od tłumaczki).

tyzmu? W tamtym czasie powszechnie przyjmowano, że te pierwsze, zebrane przez Newtona w formie równania, opisują ruch ciał o określonej masie (takich jak planety), podczas gdy drugie dotyczą zjawisk zachodzących na poziomie molekularnym. Podobna dychotomia nie szkodziła nauce, lecz drzemiący w Einsteinie esteta nie mógł się pogodzić z myślą, że fizycy na zmianę używają dwóch różnych zestawów narzędzi do obliczania trajektorii ciał w zależności od ich masy. Podzielam jego troskę, kiedy patrzę na świat. Przed chwilą rozmawialiśmy o Penanach: czy nie uderza cię siła wszystkich punktów widzenia składających się na tę sprawę? Rzecz w tym, że każda ze stron wkłada inne okulary: Penanie żądają prawa, by żyć na wzór przodków; państwo indonezyjskie usiłuje jak najlepiej wykorzystać swoje zasoby naturalne; przedsiębiorstwo leśne z koncesją na eksploatację domaga się jedynie, by wywiązano się z umowy; jeśli chodzi o twoje osobiste poparcie dla Penanów, jedynie w niewielkim – jakże niewielkim! – stopniu odwzorowuje ono rzeczywisty obraz sytuacji, za to w dużym stopniu ukazuje twoją wiarę w prawo ludów do samostanowienia.

Nina nie zadała sobie nawet trudu, by zaprotestować.

– Ta mnogość punktów widzenia mnie fascynuje i zaciekle bronię się przed pokusą karykaturalnego wykrzywienia jej. Penanie wydają się zacofani, ale ich wskaźnik samobójstw to prawdopodobnie zaledwie ułamek tego występującego w społeczeństwach zachodnich; indonezyjski rząd został wybrany, wobec czego reprezentuje wolę ludu; przedsiębiorstwo broni interesów akcjonariuszy oraz pracowników, dwóch wysoce szanowanych grup. Na zakończenie dodam, że wśród naukowców istnieje mniejszość, która kontestuje zgubny wpływ wycinki lasów na środowisko. A jednak mój zawód polega na codziennym godzeniu tych pozornie bardzo sprzecznych perspektyw.

– Jak?

– Och, w ten sam sposób, w jaki osiąga się wszystkie kompromisy. Zapewniam każdą ze stron, że zasadniczo szanuję jej punkt widzenia, a następnie wyjaśniam, dlaczego postawy pozostałych graczy zasługują na podobne zrozumienie. Moje doświadczenie pokazuje, że dzięki temu kładę podwaliny pod ogólną zgodę, ale zdaję sobie przy tym sprawę, że powodzenie negocjacji będzie tak naprawdę zależało od dziesiątek spraw pozornie nieistotnych, ale o silnym nacechowaniu symbolicznym.

– Kiedy tak się ciebie słucha, wydaje się to proste…

– Nigdy takie nie było, i to właśnie mnie smuci. Jeżeli osiągam sukces, to dzięki niezmordowanym targom i niekończącym się pertraktacjom, którym okrutnie brakuje elegancji. Einsteinowi marzyła się unifikacyjna teoria, która oznaczałaby syntezę wszystkich gałęzi fizyki. Ja, idąc w jego ślady, marzę o okularach z cudownie dopasowaną soczewką, które złączyłyby w jedną całość wszystkie pryzmaty, przez jakie patrzą ludzie, i które każdemu, kto je włoży, gwarantowałyby ostateczny przywilej ujrzenia świata w harmonii.

Nina przez kilka chwil medytowała nad moimi słowami.

– Ale Einsteinowi się nie udało, prawda? – rzuciła.

– Niestety – westchnąłem.

– Co każe ci wierzyć, że tobie się powiedzie?

Często zadawałem sobie to pytanie. Wahałem się jednak przed udzieleniem odpowiedzi, bojąc się, by Nina nie posądziła mnie o mistycyzm.

– Pewnego wieczoru, kiedy kontemplowałem jezioro wśród syberyjskiej tajgi – oznajmiłem wreszcie – poczułem, że niemal osiągnąłem ten stan świadomości. Było to niezwykle intensywne doznanie, wrażenie, że znalazłem się na skraju objawienia, dzięki któremu w końcu zrozumiem, jakie jest moje miejsce we wszechświecie, i otrzymam klucz do zagadki zadanej mi przez ojca.

– Opisz je – poprosiła Nina ze ściśniętym gardłem.

– Osiągnąłem jakby rodzaj wyższej umysłowej aktywności w stosunku do świata, który pozwalałby mi rozpoznać prawdę, za każdym razem gdy ją ujrzę, i podpowiadałby mi słowa, w jakich mógłbym odmalować ją bliźnim.

– Powiedz więcej – naciskała Nina.

– Intuicja kanonów piękna.

– Więcej.

– Pokonanie naszych sprzeczności.

Widząc, że ma kłopoty z zebraniem w całość chaotycznych skrawków, które ciskam jej pod nogi, dorzuciłem:

– Trwało to tylko ułamek sekundy. W jednej chwili spoglądałem na jezioro, a w następnej ta myśl rozpłynęła się w pamięci jak sen, którego wspomnienie rozwiewa się po przebudzeniu.

– Może to było właśnie to, sen – wymruczała Nina.

– Nie sądzę. A jeśli tak, to ogromnie chciałbym ponownie go doświadczyć. Próbowałem…

– I? – spytała Nina niecierpliwie.

– I nigdy mi się nie udało. Już nazajutrz warunki niemal niezauważalnie się zmieniły: ukąszenia mrozu stały się mniej dotkliwe; wiatr marszczył powierzchnię jeziora; woń wilgotnej ziemi tłumiła zapach brzozowej kory.

Powstrzymałem się przed wzmianką o jeszcze jednej zmianie: łzy, które poprzedniego dnia przelałem, wspominając swoją rolę w zamordowaniu Johna Harkleroada, nie miały w sobie ani krztyny sztuczności. Czyżby spektakl harmonii świata objawiał się jedynie szczerze cierpiącym duszom?

8

Miesiąc później otrzymałem rozkaz, aby stawić się w Nowym Jorku, gdzie miałem spotkać się z niejakim Harveyem Mitchellem, agentem specjalnym najwyższej klasy, z dyrekcji Planu. Powitałem tę nowinę z olbrzymią ulgą. Po jedenastym września Djibo tak ostentacyjnie zerwał ze mną kontakt, że obawiałem się już, iż popadłem w niełaskę.

Poza tym miejsce spotkania pozwalało żywić nadzieję na kilka nowych informacji dotyczących ostatnich wydarzeń. Wewnętrzne śledztwo, które prowadziłem od czasu powrotu z Sudanu, nie przyniosło żadnych rezultatów i nadal wiedziałem niewiele więcej, niż podawały gazety: dziewiętnastu zidentyfikowanych porywaczy co do jednego należało do Al-Kaidy, niektórzy stale mieszkali w Stanach Zjednoczonych, gdzie pobierali lekcje pilotażu. Moją wrodzoną paranoję podsycało uparte milczenie ze strony zwierzchników i powoli zaczynałem obmyślać coraz bardziej szalone hipotezy odnośnie do spadającej na mnie części odpowiedzialności za ataki, które wstrząsnęły Ameryką. Przynajmniej wkrótce miałem otrzymać potwierdzenie.

Współczucie, jakie żywiłem dla narodu amerykańskiego, zostało poddane ciężkiej próbie zaraz po moim przylocie. Zauważywszy w moim paszporcie sudańską wizę, urzędnik imigracyjny na lotnisku JFK dyskretnie wcisnął dzwonek alarmu, co sprawiło, że jak spod ziemi wyrosło dwóch jego kolegów w towarzystwie molosa, którzy poprosili, abym przeszedł z nimi do sąsiedniego pokoju na bardziej szczegółową kontrolę. Bez obrażania się pół tuzina razy opowiedziałem o okolicznościach mojego pobytu w Chartumie, podczas gdy, niewątpliwie po to, by wzbudzić moje zaufanie, pies obwąchiwał mój bagaż podręczny. Napięcie sięgnęło zenitu, kiedy odmówiłem podania nazwisk Magi i Youssefa, argumentując, że rozmówcy nie wykazali, w jaki sposób ta informacja okaże się niezbędna przy ocenie zagrożenia, jakie stanowię dla bezpieczeństwa Stanów Zjednoczonych. Zupełnie jakby od początku spotkania tylko czekał na ten moment, agent John J. Hantsch przypomniał mi moje prawa. Jak to często bywa w USA, zasadniczo ograniczały się one do wezwania adwokata – Hantsch zaproponował zresztą, że mi jakiegoś załatwi, gdyby tak przez przypadek pamięć mojego telefonu komórkowego nie zawierała nazwiska specjalisty od amerykańskiego prawa imigracyjnego. Tak czy inaczej, dorzucił z wojskową precyzją, adwokat prawdopodobnie doradzi mi, bym odpowiedział na pytania władz, bo w przeciwnym razie zostanę natychmiast odesłany pierwszym lotem do Reykjavíku. Myśląc sobie, że Djibo nie byłby zachwycony tym, że zgrywam uparciucha, zacisnąłem zęby i wyjawiłem nazwiska Youssefa i Magi. Kiedy już strażnik potwierdził, że nie figurują oni na żadnej liście terrorystów (co mnie zdumiało, zważywszy na liczbę błędów ortograficznych, jakimi ozdobiłem swoje wyznanie), Hantsch ogłosił, że mogę swobodnie opuścić lotnisko. Jego kolega posunął się nawet do tego, by życzyć mi miłego pobytu w Stanach Zjednoczonych, jak zapewne radził podręcznik małego cerbera.

Nazajutrz o ustalonej godzinie wkroczyłem do holu siedziby ONZ-etu, gdzie wyznaczono mi spotkanie z Mitchellem. Znałem to miejsce – uznawane za terytorium międzynarodowe, jak informowała tablica przy wejściu – gdyż kilka lat wcześniej odbyłem po nim wycieczkę z przewodnikiem, która wywarła na mnie głęboki wpływ, tak wyraźnie dało się wyczuć serce świata bijące w tym budynku zrodzonym w 1950 roku z wyobraźni jedenastu architektów różnych narodowości.

Od tamtej pory atmosfera bardzo się zmieniła. Przed dwoma tygodniami Stany Zjednoczone najechały Afganistan z dwojakim zamiarem: obalenia talibskiego reżimu oraz zlokalizowania Osamy bin Ladena, który podobno znalazł schronienie w jaskiniach Tora Bora niedaleko granicy z Pakistanem. Amerykanie wyłgali się z konieczności pytania o zdanie Rady Bezpieczeństwa, powołując się na artykuł pięćdziesiąty pierwszy z Karty Narodów Zjednoczonych, który w sytuacji usprawiedliwionej samoobrony upoważnia państwo do podjęcia akcji zbrojnej przeciwko agresorowi. Rada Bezpieczeństwa mogłaby zauważyć, że śledztwo formalnie nie wykazało odpowiedzialności Afganistanu, wolała jednak milczeć. Obecnie twierdziła, że uważnie nadzoruje rozwój wydarzeń na tym terenie, choć nikt nie wiedział, co to tak naprawdę oznacza.

Zatrzymałem się przed serią portretów sekretarzy generalnych, którzy zmieniali się na czele organizacji od momentu jej powstania w 1945 roku. Wszyscy pochodzili ze stosunkowo skromnych krajów: Norwegii, Szwecji, Birmy, Austrii, Peru, Egiptu, Ghany. To potwierdzało moje obserwacje na temat składu Komitetu Wykonawczego. Wielkie potęgi najwyraźniej wolały powierzyć wodze władzy reprezentantowi małego państwa, niż ryzykować, że same zostaną wygryzione z fotela przez jednego ze swoich konkurentów.

– Dartunghuver? – odezwał się głos za moimi plecami.

Odwróciłem się. Harvey Mitchell miał około czterdziestki i gębę kogoś, kto w przeszłości przesadził z brutalnymi sportami. Nos, skrzywiony i spłaszczony, musiał zostać złamany więcej niż raz, kalafiorowate uszy – mocno poturbowane w bijatykach, a poznaczone śladami policzki chyba przyjmowały uderzenia gruszki bokserskiej częściej, niżby im się należało. Ale Mitchell z pewnością oddawał cios za cios. Był zbudowany niczym byk, miał krótkie ręce, za to grubością dorównujące moim udom, tors fachowca od przeprowadzek oraz głowę tak głęboko schowaną w ramionach, że wydawało się, iż tkwi gdzieś między łopatkami. Uścisk dłoni, który wymieniliśmy, sprawił, że przez resztę dnia nie byłem w stanie pisać.

Usiedliśmy na uboczu, z dala od strumienia turystów.

– Cieszę się, że mogę pana poznać, Dartunghuver – rzekł Mitchell, a rękawy jego marynarki podjechały aż do łokci, odsłaniając przedramiona wyrzeźbione na podobieństwo plastikowych bochnów. – Djibo tyle mi o panu opowiadał, że mam wrażenie, jakbym spotykał się ze starym kumplem.

– Proszę mnie jako takiego traktować – odparłem w nadziei, iż koleżeński klimat skłoni go do zwierzeń. – A przyjaciele nazywają mnie Sliv.

– W porządku, Sliv. Ja mam na imię Harvey. Czterdzieści dwa lata, żonaty, dwoje dzieci. Pracuję w Planie dla Djiba od dziewięćdziesiątego siódmego. Przedtem trochę się najeździłem: najpierw Kansas City, potem zawinąłem do Malmö – byłem jeszcze wtedy kawalerem, jeśli rozumie pan, co mam na myśli! – następnie zrobiłem sobie małą wycieczkę na drugą stronę globu, do Canberry, w dziewięćdziesiątym drugim ukończyłem Akademię jako siódmy na roku – mówię to, żeby zaoszczędzić panu szukania – objąłem nowe stanowisko w Kuala Lumpur, no i wróciłem do domu. Osobiście chętnie zostałbym w Malezji, ale Victoria miała już dość: język, szkoła dla dzieciaków, a przede wszystkim różnica czasu, nie ma pan pojęcia.

Słuchałem Mitchella i usiłowałem spojrzeć na jego karierę z dystansu. Miejsce, w którym zaczynał, o niczym mnie nie informowało, może jedynie o tym, że prawdopodobnie pochodził ze Środkowego Zachodu. Ponieważ Malmö było jednym z trzech biur zajmujących się wyłącznie falsyfikacją (dwa pozostałe to Córdoba i Vancouver), wywnioskowałem, że Mitchell miał naturę scenarzysty i że jego przełożeni uznali niewątpliwie za stosowne podniesienie jego kompetencji fałszerskich. Musiał wyjść z tej próby z honorem, bo inaczej nigdy nie wysłaliby go do biura w Canberze, które ze względu na swoje geograficzne oddalenie cieszyło się reputacją jednostki przyjmującej jedynie dojrzałych agentów, wymagających minimalnego nadzoru. O tym, że skończył Akademię na siódmej pozycji, już wiedziałem; należycie doceniałem to osiągnięcie, gdyż rocznik dziewięćdziesiąty drugi uchodził za reprezentujący najwyższy poziom w ciągu ostatnich dwudziestu lat. Dalszy ciąg jego doświadczeń wprawiał mnie w zdumienie. Zwyczaj nakazywał, by wstępujący do Planu absolwenci spędzili dwa lata w Toronto, zanim osiedlą się w wybranym przez siebie kraju. Mitchell nie tylko przeskoczył pole z napisem „Kanada", ale też dał do zrozumienia, że to nie on zdecydował o objęciu posady w Kuala Lumpur, w biurze niewiele większym od stacji, znanym z biegłości w kwestiach kolonialnych. Nie wiedziałem, co takiego mógł robić w Malezji, nie mogłem się jednak powstrzymać od przypuszczenia, iż być może Anwar „Robert" Aziz, szef oddziału w Kuala Lumpur i bliski przyjaciel Djiba, wyświadczył temu ostatniemu przysługę, przygarniając jednego z jego podopiecznych. W jakim celu – nie miałem bladego pojęcia.

– Od dzisiaj aż do chwili otrzymania nowego rozkazu – powiadomił mnie Mitchell – będzie pan podlegał agentce specjalnej najwyższej klasy nazwiskiem Brinkman w ramach specjalnego projektu o kryptonimie „Homecoming". Yakoub Khoyoulfaz zatwierdził pańskie przeniesienie. Wszystkie operacje widniejące w pańskim harmonogramie zostały anulowane.

Brinkman? Nic mi to nie mówiło.

– Na czym polega projekt „Homecoming"?

– Słyszał pan o Timorze Wschodnim? – odparł Mitchell, ignorując moje pytanie.

– To indonezyjska prowincja, która domaga się niepodległości. Zdaje mi się zresztą, że gdzieś czytałem, że wkrótce ma ją uzyskać, czy tak?

Mitchell westchnął i popatrzył na mnie przeciągle, po czym kontynuował:

– Na początku była to portugalska kolonia, aż w roku tysiąc dziewięćset siedemdziesiątym czwartym demokraci obalili w Lizbonie rządy salazarowskie i całkowicie zmienili politykę państwa wobec kolonii. Nowa władza przyznała niepodległość Angoli i pewnie zrobiłaby to samo z Timorem, gdyby lokalny ruch inspirowany marksizmem, Fretilin, jej nie uprzedził, jednostronnie ogłaszając niepodległość dwudziestego ósmego listopada siedemdziesiątego piątego roku. Dziewięć dni później Indonezja zaatakowała Timor, ustanowiła marionetkową administrację i uczyniła z niego dwudziestą siódmą narodową prowincję.

– Jak zareagowały Narody Zjednoczone?

– Spokojnie. Potępiły aneksję i odmówiły uznania nowych granic Indonezji, ale ani razu nie zagroziły interwencją militarną. Podsumowując: zachowały się raczej typowo.

– A rząd portugalski? – drążyłem, nie odnosząc się do jego ostatniej uwagi.

– Tak samo. To powiedziawszy, trzeba zrozumieć, że Lizbona tak czy owak przymierzała się do zrzeczenia się kontroli nad Timorem. Jestem pewien, że portugalscy dygnitarze woleliby przekazać władzę samym Timorczykom, ale zdenerwowały ich mało subtelne metody Fretilinu, dlatego więc zajęli neutralne stanowisko.

– Wyobrażam sobie, że Fretilin, mimo że został zdyskredytowany, rozpoczął opór...

– Oczywiście, lecz armia indonezyjska odpowiedziała polityką systematycznych represji, nie wahając się przed potraktowaniem całych wiosek napalmem pod pretekstem, że dają one schronienie działaczom Fretilinu. Liczbę ofiar Suharta szacuje się na dwieście tysięcy osób, wśród populacji liczącej niecały milion mieszkańców.

– Prawdziwe ludobójstwo – wymamrotałem.

– Dochodzę teraz do roli, jaką w tej historii odegrał KFR. W tysiąc dziewięćset siedemdziesiątym siódmym Jane Brinkman z osobistych pobudek wybrała się podczas urlopu na Timor, aby pomóc timorskiemu Kościołowi katolickiemu w utworzeniu lokalnej struktury. No cóż, nie jestem wielkim fanem papistów, ale trzeba im przyznać, że mają pewien talent organizacyjny. Timor, wraz z Filipinami, to jedno z dwóch przeważająco katolickich terytoriów w Azji. Brinkman wróciła do Stanów Zjednoczonych z dwojakim przekonaniem: *primo*, Timorczycy to specyficzny naród zasługujący na niepodległość; *segundo*...

Czyżbym usłyszał *segundo*? Tylko Amerykanin mógł w taki sposób pomieszać w jednym zdaniu łacinę oraz hiszpański.

– *Segundo*, opór zbrojny skazany jest na porażkę. Brinkman wymyśliła więc sobie, że pomoże Fretilinowi w uzyskaniu dla Timoru niepodległości na drodze dyplomacji, świecąc ówczesnym członkom Komitetu po oczach korzyściami, jakie podobne rozwiązanie przyniosłoby KFR-owi: możliwość drukowania własnych paszportów, immunitet dyplomatyczny dla agentów... Co się dzieje, staruszku? Coś nie tak?

Pobladłem, słuchając, jak Mitchell przedstawia plan Brinkman w dokładnie tych samych słowach, których przed trzema laty użyłem, by sprzedać Djibowi pomysł utworzenia państwa buszmeńskiego.

– Coś to panu przypomina, prawda? – dowcipkował Mitchell. – Szef przekazał mi kopię pańskiego pisma o Buszmenach. Ach, można by pomyśleć, że jest pan jasnowidzem!

– A więc to dlatego, żeby nie narazić szans projektu „Homecoming", Djibo odrzucił mój? – zapytałem wciąż pod wpływem szoku.

Mitchell wzruszył ramionami, przez co jego głowa prawie całkiem znikła.

– Na co nam drugie państwo?

No jasne. Wciąż jednak nie rozumiałem do końca zamysłu Brinkman.

– Ale w jaki sposób KFR uzasadnił współpracę z Fretilinem?

– Brinkman podała się za wysłanniczkę Jesus Now!, bogatego amerykańskiego stowarzyszenia, gotowego sypnąć groszem, byle tylko wspomóc powstanie drugiego katolickiego reżimu w Azji. Fretilin długo się nie wahał: dzięki tym pieniądzom mogliby zatrudnić agencję PR-ową, opłacić lobbystę w Nowym Jorku, zaapelować do najlepszych kancelarii prawa publicznego na świecie…

– Kupić kałasznikowy – uzupełniłem, z niejasnych powodów zniesmaczony tym, co słyszałem.

Mitchell spojrzał na mnie, jakbym wypluł coś obscenicznego.

– Brinkman zastrzegła, że stowarzyszenie będzie ściśle nadzorowało wykorzystanie funduszy. Ani grosz nie trafił do kieszeni handlarzy bronią.

– A w zamian za to? – chciałem wiedzieć.

– W preambule do konstytucji przyszłego państwa pojawi się wzmianka o dominującej roli Kościoła katolickiego w wyzwoleniu Timoru…

– Jakie to ma znaczenie?

– Żadnego, rzecz jasna, ale konsekwentnie o to walczyliśmy. To nasza przykrywka.

– A poza tym?

– Prawo do mianowania jednej trzeciej ambasadorów Timoru Wschodniego, w tym tego przy ONZ-ecie. I jeszcze parę błahostek.

Niezły kompromis, oceniłem. Gwarantował KFR-owi kontrolę nad jakimiś sześćdziesięcioma delegacjami na całym świecie.

– Na jakim jesteście etapie?

– Przed nami ostatnia prosta. Wygraliśmy bitwę o opinię publiczną. W roku tysiąc dziewięćset dziewięćdziesiątym pierwszym indonezyjska armia popełniła głupotę, otwierając ogień do manifestantów na cmentarzu w Dili, stolicy. Dwieście zabitych. Tamtego dnia społeczność międzynarodowa się wzburzyła. Pewien kamerzysta nakręcił całą scenę. Portugalczycy nadal czuli się niejasno odpowiedzialni za porzucenie Timoru, poza tym wstrząsnęły nimi obrazy kobiet opłakujących zmarłych w swoim własnym języku. Podnieśli kwestię na gruncie europejskim, podczas gdy premier Australii zajął się uwrażliwieniem środowiska anglosaskiego. W dziewięćdziesiątym szóstym timorski polityk José Ramos-Horta otrzymał Pokojową Nagrodę Nobla. Trzy lata później rząd indonezyjski skapitulował wobec presji i przystał na organizację referendum, które w znacznym stopniu potwierdziło pragnienie niepodległości Timorczyków. Opłaceni przez Dżakartę wichrzyciele próbowali wprawdzie stworzyć insurekcyjny klimat, ale Narody Zjednoczone zainterweniowały i przywróciły porządek. Procedura oficjalnego uznania Timoru Wschodniego jest już jak najbardziej w toku i aż do zeszłego tygodnia wydawało się, że nic nie może jej zaszkodzić…

– Co się stało w zeszłym tygodniu?

– Stany Zjednoczone zwierzyły się Radzie Bezpieczeństwa ze swojej decyzji, aby zablokować wszelkie nowe przyjęcia do ONZ-etu.

– Dlaczego?

– Według analityków z Departamentu Stanu każde kolejne przyłączenie legitymizuje wszelkiego rodzaju ruchy niepodległościowe, z których, nie muszę panu przypominać, wiele jest muzułmańskich. W aktualnym kontekście politycznym administracja Busha troszczy się, by zminimalizować ryzyko niepokojów i sądzę, że nie możemy odmówić im racji.

Sposób, w jaki Mitchell wymówił te ostatnie słowa, kazał mi przypuszczać, że czeka na zgodę z mojej strony. Przeanalizowałem sytuację i doszedłem do wniosku, że nie ryzykuję wiele, przytakując mu.

– To się rozumie – przyznałem. – Ale czy Stany Zjednoczone mogą narzucać swoje poglądy reszcie Rady?

– Oczywiście, każdemu z członków przysługuje prawo weta przy podejmowaniu najważniejszych decyzji; przyjęcie nowego państwa się do takich zalicza.

– A zatem – zacząłem załamany – to koniec operacji „Homecoming"?

– Nie, ponieważ pozostali członkowie Rady Bezpieczeństwa wynegocjowali dwa wyjątki, dla Szwajcarii oraz Timoru Wschodniego. Wskazali na fakt, że procedury dotyczące tych dwóch krajów rozpoczęły się już przed kilkoma laty i niemalże dobiegły końca. Amerykanie wyznaczyli Narodom Zjednoczonym półroczny limit czasowy na rozstrzygnięcie tej sprawy, w jedną albo w drugą stronę.

– Szwajcarom na pewno się spodoba, że się ich pogania – skomentowałem.

– Bez dwóch zdań – rzucił z rozbawieniem Mitchell. – Mamy nad nimi nieco przewagi. Złożyliśmy dokumenty akcesyjne – a raczej Fretilin złożył dokumenty, które my dla niego przygotowaliśmy – w zeszłym roku. Dochodzenie, które normalnie potrwałoby rok, zostało znacznie skrócone i właśnie dowiedzieliśmy się, że w przyszły poniedziałek ekipa Rady Bezpieczeństwa wyląduje w Dili, żeby ocenić kandydaturę Timoru. Od ich raportu prawie na pewno będzie zależał wynik operacji „Homecoming".

– Macie jakieś szczególne powody do niepokoju?

– Właściwie to nie. Pracujemy nad tym projektem od dwudziestu pięciu lat. Ja sam wyprawiałem się na Timor ponad pięćdziesiąt razy...

Oto dlaczego przebywał w Kuala Lumpur, pomyślałem. Nadzorował dla Djiba postępy „Homecomingu".

– W przygotowanie dokumentów przez cały rok zaangażowani byli liczni agenci pracujący na pełen etat. Zresztą redakcję nadzorowała jedna z pańskich koleżanek. Spotka ją pan na miejscu, myślę o niejakiej Lenie Thorsen. Ładniutka z niej dziewczyna, nawiasem mówiąc.

Teraz wszystko było jasne: decyzja Leny o zamieszkaniu na Zachodnim Wybrzeżu, w połowie drogi pomiędzy Timorem a Toronto, jej relatywna dyskrecja w ciągu ostatnich dwóch lat, pełne uników odpowiedzi Khoyoulfaza na dotyczące jej pytania... W głębi duszy od początku podejrzewałem coś w tym rodzaju.

– Ona wie o moim przyjeździe? – zagadnąłem tak swobodnym tonem, jak to tylko możliwe.

– Nie. Djibo poinformował ją, że przyśle posiłki, ale nie wydaje mi się, żeby wymienił pana z nazwiska. Czemu pan pyta?

– Bez powodu – skłamałem. – Ale mam wrażenie, że świetnie radzicie sobie beze mnie. Czego dokładnie oczekuje ode mnie Djibo?

– Żeby pomógł pan Brinkman i Thorsen. Nie możemy sobie pozwolić na żaden błąd. Jeśli ta komisja odrzuci naszą teczkę, Bóg jeden wie, ile jeszcze lat przyjdzie Timorowi Wschodniemu czekać na niepodległość.

– Rozumiem, ale czy Djibo nie mówił nic konkretniejszego? Jakaś uwaga, jakiś komentarz, które rozjaśniłyby mi jego intencje?

Mitchell zdawał się grzebać w pamięci.

– Ha, nie – odrzekł w końcu. – Powiedział jedynie, że czułby się pewniej, wiedząc, że pan znajduje się na miejscu. Szczerze? Gdybym nie znał go tak dobrze, posądziłbym go o przesądność.

Nękało mnie jedno pytanie: dlaczego Djibo nie przekazał mi instrukcji osobiście? Niewątpliwie, pomyślałem, z tego samego powodu, który kazał mu ignorować moje telefony.

– Co się wydarzyło jedenastego września? – wyrzuciłem z siebie gwałtownie.

Mitchell rozejrzał się naokoło. Chmara japońskich turystów nacierała na sklep z pamiątkami.

– Nie tutaj – odparł, wstając. – Chce pan zobaczyć Strefę Zero?

– Nie śmiałem pana o to prosić.

9

W taksówce pędzącej po FDR Drive Mitchell wręczył mi parę dokumentów: bilet na samolot, obszerną kopię teczki przygotowanej przez Lenę, projekt konstytucji Timoru Wschodniego, wyjątek ze statutu ONZ-etu związany z przyjmowaniem nowych państw oraz życiorysy członków komisji śledczej. Mitchell zatrzymał taksówkę przy Battery Park, na południowym cyplu Manhattanu.

– Przejdźmy się kawałek – zaproponował.

Ktokolwiek postawił stopę na kontynencie amerykańskim, wie, że tamtejsze światło z niczym nie może się równać, nadając najprostszym rzeczom – pomnikowi, zwróconej ku oceanowi ławce, drżącym gałęziom drzewa – aurę doskonałości. Tamtego dnia niebo miało barwę nieskazitelnego błękitu, a Battery Park był podczas naszego spaceru opustoszały, nie licząc paru wiewiórek, które czmychnęły na odgłos naszych kroków. Mitchell przerwał ciszę, która zaczynała mi się wydawać nienaturalna.

– Z tego co czytałem, jest pan chłopakiem ze wsi. Ja dorastałem w mieście, po drugiej stronie East River, w dzielnicy Flatbush. Prawdziwy ze mnie *Brooklyn boy* – oznajmił, uderzając się pięścią w pierś z siłą, która mnie by ogłuszyła. – W każdą niedzielę wybieraliśmy się na obiad do mojej babci w Park Slope, a później przychodziliśmy tutaj, żeby rozprostować nogi. To było, jeszcze zanim miasto zbudowało promenadę, ale widok już wtedy przyciągał dzikie tłumy.

Potrafiłem to zrozumieć. Statua Wolności i Ellis Island, jedna obok drugiej, stanowiły niezapomniany pejzaż, mogący zachwycić estetę i poruszyć patriotę. Nigdy dotąd nie podziwiałem ich w tak dogodnych warunkach.

– Nikt nie może pozostać obojętnym na ten spektakl – podjął Mitchell. – Nie znam przechodnia, który nawet jeśli się spieszy, nie skierowałby wzroku ku południu, żeby pozdrowić Pannę Liberty. Mój ojciec również stosował się do tego rytuału, ale po chwili odwracał się plecami do oceanu i spoglądał na północ, gdzie wznosiły się bliźniacze wieże.

Idąc za jego przykładem, okręciłem się na pięcie.

– Poświęcił im trzy lata życia. Nie był głównym architektem ani nawet jednym z jego asystentów; jedynie naszkicował plany wind. To on zasugerował, żeby połączyć kabiny ekspresowe z kabinami lokalnymi, jak w nowojorskim metrze. Kiedy dowiedział się, że architekci wieżowca John Hancock Center zastosowali to samo rozwiązanie rok wcześniej, poczuł się w obowiązku napisać do wszystkich klientów, przed którymi zawczasu pochwalił się swoim wynalazkiem.

– Umarł?

– Wielkie nieba, nie! – zawołał Mitchell; pomysł zdawał się go bawić. – Ale jakaś jego część zgasła w zeszłym miesiącu. Przestał pracować i stracił apetyt. No, ale dojdzie do siebie; to tylko paskudny okres, który w końcu minie.

Optymizm Amerykanów nigdy nie przestanie mnie zadziwiać. W podobnych okolicznościach Europejczyk praktycznie pogrzebałby ojca.

– Był tu pan już kiedyś? – zapytał Mitchell.

– Tylko raz.

– A zatem nie będzie pan w stanie pojąć tego, co panu powiem. Kiedy patrzę stąd na Manhattan, zdaje mi się, że wciąż widzę bliźniacze wieże. Wiem dokładnie, między którymi budynkami rysowały się ich kontury, o której godzinie słońce znikało za jedną, a pojawiało się za drugą. Odcisnęły niezatarty ślad na mojej siatkówce, tak jak na siatkówkach wszystkich nowojorczyków.

– Harvey, co się wydarzyło j e d e n a s t e g o września?

– Ruszajmy – zachęcił. – Pójdziemy Broadwayem.

Przez kilka chwil szliśmy w milczeniu. Była pora lunchu. Pracownicy Wall Street w koszulach, ale bez marynarek przechodzili przez ulicę, by zniknąć w zatłoczonych salach restauracyjnych, nie zaszczycając uzbrojonych żołnierzy strzegących giełdy choćby jednym spojrzeniem. Minęła nas kolumna wypełnionych gruzem wywrotek, która skierowała się na południe. Mitchell odprowadził ją wzrokiem.

– Pracują dniem i nocą, także w soboty i niedziele. Idzie to wolno, bo nadal szukają wśród ruin ciał. Wkrótce przerzucą się na buldożery.

– Czytałem, że potrzeba będzie trzech lat, by całkiem oczyścić to miejsce.

– Uwiniemy się z tym w dwa – oświadczył wściekle Mitchell.

Smród z każdym krokiem przybierał na sile, smród spalenizny, zwęglonego betonu i rozpaczy. Starsza kobieta, która wynurzyła się ze stacji metra, powąchała powietrze, zatkała nos i zawróciła. W oddali kłębiasty, drażniący opar, wydobywający się, można by pomyśleć, wprost z trzewi Ziemi, wolno dryfował w kierunku East River. Zakaszlałem nerwowo.

– Do tej pory nie udało im się ugasić pożaru – wyjaśnił Mitchell. – Zdaje pan sobie sprawę, ilu strażaków pracowało tu na zmianę od miesiąca? Ile galonów wody wylali na zgliszcza? A to ciągle dymi...

Ruch pieszy znacznie zwolnił. Prąd zaniósł nas przed kapliczkę, którą rozpoznałem z telewizji. Setki anonimowych ludzi tłoczyły się przed kratą pokrytą ręcznymi notatkami, rysunkami oraz modlitwami. Niektórzy wspinali się na palce, by odczytać nie do nich skierowane wiadomości. Wielu się modliło. Kawałek dalej dwa rzędy barierek zabraniały wstępu na teren.

– To wszystko – oznajmił nieznoszącym sprzeciwu tonem Mitchell.

Wyglądał na mocno podenerwowanego, jakby kazano mu firmować coś, co uważał za maskaradę.

– Z drugiej strony nie widać lepiej? – spytałem, niejasno rozczarowany.

– Ale tu nie ma nic do oglądania! – wybuchnął mój przewodnik.

Obejrzało się na nas kilkoro przechodniów. Mitchell wskazał ich wściekłym gestem.

– Niech pan tylko popatrzy! Zlatują się z całego świata, żeby pokontemplować stertę gruzów! „Skąd najlepiej podziwiać wieże?", pytają. Co za różnica, skoro już ich nie ma! Wdrapcie się na Empire State Building, przebierzcie za dowódcę strażaków albo wypożyczcie helikopter, jeśli wam się podoba: i tak nie zobaczycie tego, co już nie istnieje.

Złapałem Mitchella za ramię i odciągnąłem go na bok, z dala od tłumu, z zawziętością, o jaką się nie podejrzewałem. Jego sentymentalny kuplet o ojcu windziarzu niemal mnie rozczulił, ale teraz Amerykanin mocno działał mi na nerwy.

– Niech to szlag, Mitchell, teraz w końcu mi pan powie, co się wydarzyło!

– A sądzi pan, że zdradzili mi na ten temat więcej niż panu? – odparł z nieufnym grymasem. – Pomogliśmy ptaszkowi uwić gniazdo i pewnego dnia zerwał się do lotu.

– Dziękuję za informację! – prychnąłem sarkastycznie. – Kiedy powstała nasza ostatnia teczka o Al-Kaidzie?

– A co ja mogę o tym wiedzieć! W dziewięćdziesiątym siódmym? Ósmym?

– Ta druga fatwa to nasza sprawka?

– Nie. Może. Niech mnie pan wreszcie puści.

Nie zdawałem sobie sprawy, że ciągle ściskam go za ramię.

– Mitchell, proszę się skoncentrować, to ważne. Co powiedział panu Djibo?

Mitchell poprawił marynarkę. Odzyskał panowanie nad sobą.

– Nic. Nikt nie może się z nim skontaktować. Dnie spędza na spotkaniach z pozostałymi członkami Komitetu.

– O czym rozmawiają? – naciskałem.

Mitchell uśmiechnął się z miną, która mówiła: „Miałem pana za inteligentniejszego”.

10

Najpierw myślałem, że to błąd; Mitchell musiał pogubić się w zmianach czasu. Przecież to niemożliwe, żebym miał wylądować w Dili trzy dni po starcie z Nowego Jorku. A jednak. Po iście homeryckiej przeprawie, podczas której przesiadałem się w Los Angeles, Sydney i Darwin, w końcu na własnych nogach pokonałem terminal malutkiego lotniska w timorskiej stolicy, zamroczony, ale szczęśliwy, niczym sardynka, której udało się zeskoczyć z taśmy produkcyjnej w fabryce konserw.

Hala przylotów była tego piątkowego wieczoru dziwnie opustoszała, bez trudu wypatrzyłem więc szofera, którego Jane Brinkman po mnie przysłała. Zamierzał zawieźć mnie bezpośrednio do swojej szefowej, która czekała na mnie z kolacją, lecz ja nalegałem, żebyśmy najpierw odbyli wycieczkę objazdową ulicami miasta, znając wagę, jaką Narody Zjednoczone przykładają do jakości infrastruktury. Byłem pozytywnie zaskoczony. Większość oficjalnych budynków, zniszczonych przez oddziały proindonezyjskiej milicji w roku 1999, została odbudowana; drogi, szerokie i bez dziur, były w lepszym stanie, niżbym się spodziewał, i mimo że zapadła już noc, nikt nie spał na ulicy.

Brinkman zajmowała zachwycającą, otoczoną murem, kolonialną willę w dzielnicy Motael. Czekała na nas na ganku, poinformowana o naszym przybyciu przez stróża, który otworzył bramę i wydał kierowcy serię poleceń w, jak przypuszczałem, języku tetum. Jane mogła mieć sześćdziesiąt pięć lat. Wysoka i wysuszona, z siwymi włosami spiętymi w kok, przypominała jedną z tych emerytowanych nauczycielek, które pamiętają każde dziecko, jakie przewinęło się przez ich klasę, a kiedy spotkasz je gdzieś przypadkiem, robią ci wyrzuty, że już nieczęsto się odzywasz. Mówiła słodkim, acz zdecydowanym głosem, którego nosowe brzmienia zdradzały pochodzenie z Nowej Anglii.

– Nasz drogi Sliv... Pozwoli pan, że będę się do niego zwracała Sliv? Cóż za cudowny pomysł, żeby złożyć nam wizytę! – powiedziała, jakbym zjawił się pod wpływem nagłego impulsu. – Przykro mi, że nie mogę zaoferować panu gościny, ale obiecałam zakwaterować u siebie delegację z Watykanu, która przyjeżdża w ten weekend.

Sprytny manewr, pomyślałem. Przysyłając swojego emisariusza w tym ważnym tygodniu, Watykan dawał niebezpośredni wyraz poparcia dla kandydatury Timoru Wschodniego. Członkowie komisji ONZ-etu na pewno nie pozostaną na ten fakt obojętni.

– Dobrze pani zrobiła – uspokoiłem, posyłając jej uśmiech idealnego zięcia. – Pozwoli pani, że trochę się odświeżę przed kolacją? Obawiam się, że kiepsko się prezentuję.

– Ależ oczywiście – zgodziła się przymilnym tonem. – Siądziemy do stołu, kiedy będzie pan gotowy.

Spryskałem twarz zimną wodą, a potem ogoliłem się, dumając, że rzadko która misja wydawała mi się tak dobrze prowadzona. Wszystko wskazywało na to, że Brinkman to wielka profesjonalistka, a w teczce Thorsen, którą przeczytałem w samolocie, nie znalazłem ani jednej wady. Prawdę powiedziawszy, Lenie po raz kolejny udało się mi zaimponować. Pod jej piórem zadanie narzucone przez Narody Zjednoczone przybierało zupełnie nowy wymiar. Każdy argument popierała półtuzinem przykładów, nie zacytowała żadnej cyfry bez podania źródła, a gwiazdka towarzyszyła nawet tak niewinnemu zdaniu jak: „Planujemy eksportować banany", odsyłając do zawartej w aneksie szczegółowej dyskusji o sposobach pomniejszenia wpływu ekwadorskich producentów na światowy rynek. Porównanie mogło okazać się dla naszych szwajcarskich przyjaciół okrutne: przy naszym składającym się z trzech tysięcy stron raporcie ich teczka bardziej przypominała wydruk z prognozą pogody.

Odnalazłem Brinkman, idąc za dźwiękiem jej głosu.

– Napije się pani jeszcze lemoniady? – spytała gospodyni, nadal dość kokieteryjnym tonem.

– Z przyjemnością, Jane – odparł głos, który znałem aż za dobrze.

Brinkman i Thorsen nie słyszały, jak się zbliżam. Rozsiadły się na drewnianym tarasie oświetlonym pochodniami, które wyrastały w ogrodzie. Piły aperitif, paplając jak dwie stare przyjaciółki. Lena rozpuściła włosy, które powiewały teraz swobodnie nad jej ramionami. Miała na sobie białe szorty i koszulę khaki z krótkim rękawem, a do tego espadryle – strój, który odsłaniał więcej opalonej skóry, niż widziałem kiedykolwiek wcześniej w ciągu ośmiu lat.

– Hej, Sliv – przywitała mnie Lena, odwracając głowę w moją stronę.

Hej? Odkąd to Thorsen mówi do mnie „hej"? Nie byłem nawet pewien, czy słyszałem już, by wypowiadała moje imię.

– Hej, Leno – odwzajemniłem się, pragnąc wierzyć w cuda.

Brinkman zaprosiła, żebym usiadł.

– Lena właśnie mi opowiadała, że znacie się z Akademii – oświadczyła radośnie, jakby nasze ponowne spotkanie było najlepszą rzeczą, jaka przydarzyła jej się od dłuższego czasu.

– Źle ją pani zrozumiała, Jane, albo to Lena ma słabą pamięć. Nasza relacja rozpoczęła się dużo wcześniej.

– Ależ oczywiście, gdzie ja mam głowę? – wykrzyknęła Lena. – Sliv przez dwa lata pracował pod moją komendą w Córdobie.

Droga Jane przyszła mi z odsieczą, nawet tego nie zauważając:

– A więc to tak! Właśnie sobie myślałam, że Sliv wydaje się znacznie od pani młodszy...

– Och, ledwo co – zaprotestowała Lena.

– A jednak, o dwa lata – sprecyzowałem z rozkoszą.

– Dwadzieścia dwa miesiące.

Brinkman przyjrzała nam się kolejno i wydała z siebie krótki, gardłowy śmieszek.

– Ojej, wygląda na to, że poruszyłam drażliwy temat. Napije się pan lemoniady, Sliv?

– Bardzo chętnie, Jane.

Przelała resztkę napoju z karafki do szklanki.

– To w zupełności wystarczy – zapewniłem.

– Ależ gdzie tam, w kuchni mam więcej.

– Proszę się nie kłopotać, Jane – powiedziała Lena, zrywając się na równe nogi.

– Niech pani siedzi, złociutka, to zajmie tylko minutkę.

Brinkman zniknęła, zostawiając nas samych w wilgoci wieczoru. Rozkwasiłem komara całkiem pochłoniętego swoim zajęciem na moim przedramieniu. Co to był za imbecyl, że wolał moją skórę od apetycznej, złotej od słońca skóry Leny?

– Żeby wszystko było jasne, Dartunghuver... – Czasy „Hej, Sliv" najwyraźniej dobiegły końca. – „Homecoming" to moja misja.

– Nikt temu nie przeczy.

– Poświęcam jej całą swoją energię od ponad trzech lat...

– Tym lepiej dla pani, pewnie zdobyła pani imponującą wiedzę.

– À propos, podróż minęła przyjemnie?

– Tak sobie – odrzekłem, zdumiony tym nagłym zainteresowaniem moimi peregrynacjami. – To w końcu łącznie czterdzieści siedem godzin.

– Poważnie? To mój siedemnasty pobyt tu, można by pomyśleć, że policzyłam. Jak będzie pan wyjeżdżał, proszę pamiętać o jednym: w Darwin niech pan kupi gazety przed przejściem odprawy bezpieczeństwa; dalej sprzedają jedynie lokalne piśmidło, w którym nie ma nic ciekawego. No chyba, oczywiście, że chciałby pan nacieszyć oko panienką z rozkładówki, wciśniętą w kozaki za kolana, wyrąbującą sobie maczetą ścieżkę przez busz.

– Dziękuję za radę, ale nie zamierzam ustanawiać tu swojej bazy.

– Niech pan to sobie wbije do głowy, Dartunghuver. Znajduje się pan na moim terytorium.

– Cicho, Brinkman wraca.

Pani domu rzeczywiście zbliżała się z napełnioną karafką w dłoni. Thorsen nachyliła się do mnie, tak blisko, że rozpoznałem zapach jej perfum.

– Ostatnia rzecz – wymamrotała. – Stara jest walnięta.

– Hę? – rzuciłem głupawo.

– No i już, wystarczyło poprosić – zaćwierkała Brinkman, dolewając mi napoju. – Niech pan weźmie szklankę, przejdziemy do stołu.

Służący – trzeci z kolei, jeśli dobrze liczyłem – przyniósł przystawkę (gazpacho), podczas gdy ja zastanawiałem się nad znaczeniem słów Leny. Co rozumiała przez „walnięta"? Doskonale wiedziałem, że Thorsen nieraz dość niefrasobliwie dobiera epitety. Nasza gospodyni bez dwóch zdań żyła rozrzutnie, ale na tym etapie nie miałem żadnego powodu, by wątpić w jej zdolności umysłowe. Postanowiłem skłonić ją do mówienia.

– Jane, proszę pozwolić, że wyrażę swój podziw: nie znam agenta, który nie śniłby o zorganizowaniu operacji tak błyskotliwej jak ta należąca do pani.

Twarz gospodyni się rozjaśniła. Otarła usta serwetką, nim odpowiedziała:

– Pański komplement to miód na moje serce, ale na litość, Sliv, bądźmy ostrożni: przyszły tydzień zapowiada się na rozstrzygający.

– Na co tak naprawę pani liczy?

– Że nasi goście osobiście potwierdzą poparcie, które już wielokrotnie deklarowali. Niczego nie należy być pewnym: nawet najszlachetniejsza instytucja posiada swoją pulę intrygantów, którzy jednym słowem mogą zniszczyć to, co z takim trudem zbudowaliśmy. Nie zaznam spokoju, póki nie dojdzie do oficjalnej promulgacji timorskiej konstytucji.

– Tak jak i my, Jane – zapewniłem, myśląc, że wydaje się wyjątkowo świadoma czekających nas trudności.

– „Państwo dostrzega i szanuje udział Kościoła katolickiego w procesie wyzwolenia Timoru" – wyrecytowała solennie. – Nie ma pan pojęcia, jakie sztuczki dyplomatyczne musiałam zastosować, żeby przekonać tę marksistowską bandę do uznania decydującego wkładu naszej kongregacji. No dalej, Sliv, niech mi pan wymieni inne państwo, które w konstytucji wspomina o roli Kościoła katolickiego…

– Polska? – strzeliłem, wzięty z zaskoczenia.

– Polska! – zakpiła, jakbym wpadł głową naprzód w prymitywną pułapkę. – Wyprowadzę pana z błędu, Sliv: polska konstytucja przywołuje chrześcijańskie dziedzictwo Narodu – dobrze mówię: chrześcijańskie, nie katolickie.

– Irlandia?

– Jeszcze lepiej! – Brinkman nie posiadała się z radości. – Proszę sobie wyobrazić, że w oryginalnej wersji z roku tysiąc dziewięćset trzydziestego siódmego artykuł czterdziesty czwarty irlandzkiej konstytucji uznawał szczególną rolę Kościoła katolickiego, jednak w siedemdziesiątym trzecim mniejszość protestancka zażądała jego usunięcia i osiągnęła cel...

Nagle zdałem sobie sprawę z rozmiarów nieporozumienia. Brinkman od początku posiłku rozprawiała o wizycie delegacji z Watykanu. Kiedy napomknęła o szlachetnej instytucji i jej puli aferzystów, odnosiła się do Kościoła katolickiego, a nie do ONZ-etu. Lena musiała zauważyć zmianę w wyrazie mojej twarzy, ponieważ dyskretnie uniosła dłoń do policzka i postukała się czubkiem palca wskazującego w skroń.

– A zatem – podsumowała tryumfalnie Brinkman – Timor już wkrótce zostanie pierwszym państwem, które odnotuje w konstytucji wkład Kościoła katolickiego. Wygląda na to, że sprawa odbija się w Rzymie głośnym echem; moje kontakty zapewniają, że Jego Świątobliwość we własnej osobie życzy naszemu przedsięwzięciu powodzenia. Wybaczcie na chwilkę...

Służący zatrzymał się na progu z telefonem w dłoni.

– A niech mnie, to szaleństwo! – wybuchnąłem, gdy tylko Brinkman zamknęła za sobą drzwi. – Ona gada wyłącznie o religii!

– Zdumiewające, nieprawdaż? – zadrwiła Lena. – Niepodległość Timoru interesuje ją tylko w takim stopniu, w jakim przysłuży się sprawie Kościoła. Wierzy zresztą niezłomnie, że ta jej watykańska delegacja przyjeżdża, żeby ustalić szczegóły dotyczące niechybnej oficjalnej wizyty papieża.

Przez głowę przemknęła mi ulotna wizja Jane Brinkman stojącej u boku Ojca Świętego, pozdrawiającej tłumy z jego papamobile.

– Komitet o tym wie?

Lena wzruszyła ramionami.

– Komitet, Djibo, wszyscy. Ale nasza lokalna pozycja jest dużo bardziej krucha, niż się wydaje. Na początku lat osiemdziesiątych Fretilinem wstrząsnęły poważne różnice zdań. Jeden z przywódców, Xanana Gusmão, wystąpił z partii, aby utworzyć własny ruch, który z biegiem lat wywalczył sobie pozycję faworyzowanego przez Narody Zjednoczone interlokutora. Dzięki pełnionym dawniej funkcjom Gusmão wie o pakcie łączącym Fretilin z Jesus Now! i postanowił go poprzeć, choć nic go do tego nie obligowało.

– Czemu?

– Ponieważ w przeszłości miał szansę docenić skalę przysług wyświadczonych Timorowi przez tę organizację, ale przede wszystkim dlatego, że Brinkman zdobyła zaufanie jego oraz jego australijskiej małżonki. Odesłanie Jane do Toronto naraziłoby KFR na nieprzewidywalne konsekwencje. Informowałam już kiedyś Djiba o moim przeświadczeniu, że „Homecoming" upadnie.

Lena nie przepuszczała żadnej okazji, by wspomnieć, że ma dostęp do Djiba. Zastanawiałem się, czy rozmawiała z nim w ostatnim czasie.

– Ale w takim razie kto zarządza tutaj operacjami?

Zwycięska mina, która pojawiła się na twarzy Leny, sprawiła, że od razu pożałowałem swojego pytania.

– Ja, oczywiście. I świetnie sobie radzę bez pana. Nie wiem zresztą, skąd Mitchellowi przyszło do głowy, że potrzebuję posiłków...

Przepełniło mnie w tamtym momencie takie poczucie niesprawiedliwości, że musiałem siłą powstrzymać się przed poinformowaniem Leny, że Djibo osobiście poprosił, bym zjawił się w Dili. O ile mogłem wydawać sądy w tej sprawie, „Homecoming" był najważniejszym projektem ostatniego dwudziestolecia. Rzecz jasna, agenta, który zbierze laury za jego sukces, czekały zaszczyty – a może nawet, kto wie, miejsce w Komitecie. Dlaczego Djibo zaoferował Thorsen ten stopień do chwały? Czyżby uważał mnie za mniej kompetentnego? Mniej godnego zaufania?

Po powrocie Brinkman zaczęła wypytywać mnie o Buszmenów. Czy byli podatni na nauki Pisma? Jaki procent dzieci otrzymał sakrament chrztu? Raptem straciła zainteresowanie całą sprawą, kiedy powiadomiłem ją, że buszmeńscy szamani nacierają ciała tłuszczem antylopy, żeby wprowadzić się w trans pozwalający na nawiązanie kontaktu ze światem duchów. Po raz kolejny spróbowałem – na próżno – skierować rozmowę na temat komisji śledczej. Dyskusja o detalach timorskiej kandydatury w widoczny sposób budziła w Brinkman odrazę. Jane twierdziła, że całkowicie zdaje się na Lenę, podczas gdy wszystko wskazywało na to, że ledwie zajrzała do jej raportu. W tych warunkach pospiesznie przełknąłem deser i przeprosiłem, wymawiając się potrzebą udania się na spoczynek.

– Alan zawiezie pana do hotelu Central – oznajmiła Brinkman. – Leno, może chciałaby pani skorzystać z transportu?

– Nie wiem... – wybełkotała Lena, wyraźnie rozdarta pomiędzy obawą przed dzieleniem ze mną siedzenia w samochodzie a lękiem przed znoszeniem męczącej konwersacji z gospodynią przez choćby minutę dłużej.

– Ależ tak – uciąłem jej wahanie. – Mamy jeszcze sporo spraw do omówienia.

Jane odprowadziła nas aż na ganek. W głębi ogrodu zauważyłem kapliczkę, prawie całkiem zasłoniętą przez bukszpanowy żywopłot, gdzie z pewnością odprawiała modły. Alan zręcznie manewrował wśród drzew, a potem bez trudu włączył się do ruchu. Niewątpliwie martwiąc się, bym nie zaczął mnożyć niepochlebnych komentarzy pod adresem naszej gospodyni, Lena przyłożyła palec do ust, zerkając w kierunku szofera, podczas gdy ja dumałem nad tym, jak bardzo obecne okoliczności przypominają te sprzed ośmiu lat, kiedy przybyłem do Córdoby. Tego wieczoru, tak jak wówczas, zgłosiłem się do lokalnego zwierzchnika KFR-u, by odkryć, iż niejaka Lena Thorsen podstępem wkradła się w jego łaski i zamierzała narzucić mi swoją władzę.

– Jaki jest plan na weekend? – zagadnąłem neutralnym tonem.

– Powinien pan odpocząć – uznała Lena, której troska była mniej więcej tak samo wiarygodna jak zapowiedź upałów w Reykjavíku.

– Dziękuję, jestem w pełni sił. Czym zajmie się pani jutro?

– Och, papierkową robotą, nieciekawymi, błahymi sprawami, które zostawiłam na ostatnią chwilę.

– Gdzie?

– W Kwaterze Głównej.

– Ach! To my mamy Kwaterę Główną? Gdzie się znajduje?

– W apartamencie na ostatnim piętrze hotelu Central – wyznała Thorsen z tak pokonaną miną, jakby właśnie wyjawiła na torturach sekret, którego przyrzekała dochować.

– A kto pracuje w tej Kwaterze Głównej, jeśli to nie zbytnia ciekawość z mojej strony?

– Tylko parę osób. Siedmiu czy ośmiu agentów, których pożyczył mi Mitchell.

– Nie więcej?

– Sądzi pan, że każdego ranka zabawiam się liczeniem ich? – wybuchła Lena. – Około dziesięciu. Maksymalnie dwunastu.

– Której klasy? Pierwszej? Drugiej? – naciskałem, bardziej powodowany pragnieniem zepchnięcia jej do okopów niż prawdziwą ciekawością.

– Pierwszej i drugiej. Wystarczy panu taka odpowiedź?

– Zajrzę jutro, żeby się przedstawić. Kto wie, może kogoś znam...

– Byłabym zdziwiona – odparła Lena odrobinę za szybko.

Zdaje się, że po zapowiedzi wizyty z mojej strony odesłała nieszczęśnika, który kiedyś natknął się na mnie na swojej drodze. Zmieniłem temat.

– Kiedy spodziewa się pani członków komisji śledczej?

– Nie mam pojęcia – skłamała Lena.

– Skoro z Darwin do Dili jest tylko jedno połączenie dziennie, mógłbym się założyć, że przylecą w niedzielę wieczorem. Co pani o tym sądzi?

– To możliwe – przyznała niechętnie.

– Wie pani, co by było miłe? Gdyby tak odebrać ich z lotniska i zaprosić na kolację – podsunąłem, pewien, że już zarezerwowała stolik w najlepszej restauracji w mieście.

– Będę o tym pamiętać – obiecała Lena.

– Wie pani, czytałem ich życiorysy. Szefa, Cengisa Buruka, Turka, i jego asystenta, Amerykanina Sama Hassella. Kontaktowała się pani z nimi?

– Po co miałabym robić coś podobnego? – wykrzyknęła Lena, a jej nos wydłużał się w oczach.

– Żeby się przedstawić? Wybadać ich pierwsze wrażenia odnośnie do teczki? Może ustalić harmonogram pracy?

Naturalnie zrobiła wszystkie te trzy rzeczy za jednym zamachem, ale prędzej dałaby się zabić, niż się do tego przyznała. Alan zatrzymał samochód przed luksusowym hotelem, nawet jak na zachodnie standardy, i wyskoczył ze swojego miejsca, żeby otworzyć nam drzwi. Może uznając, że nieuprzejmie byłoby udać się do swojego pokoju, podczas gdy ja czekałem na klucz do własnego, Lena została u mojego boku na recepcji. Zgarnąłem z lady ulotkę reklamową.

– O której jutro rano wyrusza wycieczka do Atauro? – spytałem pracownika, który kopiował dane mojej karty kredytowej.

– O szóstej, proszę pana.

– I wraca w niedzielę wieczorem?

– Około dwudziestej drugiej, proszę pana.

– Proszę mnie zapisać.

Lena, która śledziła naszą wymianę zdań z rosnącym zdumieniem, zwróciła się do mnie oszołomiona:

– Będzie pan nurkował?

– Wszystkie przewodniki turystyczne zachwalają rafę koralową w Atauro – wyjaśniłem z taką flegmatycznością, na jaką tylko potrafiłem się zdobyć.

– Ależ, niech pan nawet o tym nie myśli! Komisja przyjeżdża w ten weekend. Cała moja ekipa pozostaje w gotowości bojowej.

– Naprawdę? – spytałem z ironią. – Sądziłem, że ma pani do dopracowania jedynie detale. Niech pani posłucha, Thorsen, może dalibyśmy sobie spokój z tą dziecinadą? Chciałaby pani, żebym przez cały weekend siedział murem w pokoju, żeby móc oznajmić każdemu, kto zechce słuchać, że dochodzę do siebie po zmianie czasu. No cóż, nie dam pani tej satysfakcji! Jestem gotów do akcji, a ponieważ pani, zdaje się, postanowiła obejść się bez mojej pomocy, zamierzam odkryć uroki Timoru.

– Na plaży? – Lena niemal się udusiła. – Zabraniam panu. Zostanie pan w Dili na wypadek, gdybym pana potrzebowała.

– Do zobaczenia w poniedziałek – odrzekłem, chowając klucz do kieszeni i kierując się w stronę windy. – Proszę ode mnie życzyć Burukowi miłego dnia.

11

Liczba reprezentantów zgromadzonych owego poniedziałkowego ranka wokół owalnego stołu konferencyjnego w pałacu rządowym świadczyła o perypetiach, jakich Timor Wschodni doświadczył na swojej drodze do niepodległości.

Czekając na rozpoczęcie spotkania, Xanana Gusmão ponownie czytał notatkę przekazaną mu przez szefa jego gabinetu i gładził się po krótkiej siwej brodzie. Pięćdziesięciopięcioletni Gusmão niewątpliwie zrobił dla spopularyzowania sprawy Timoru za granicą więcej niż ktorykolwiek z jego rodaków. Był jednym z dawnych liderów Fretilinu, jednak stopniowo oddalał się od tej marksistowskiej organizacji, a ostatecznie, w latach osiemdziesiątych, powołał do życia swój własny ruch. Kiedy w listopadzie 1991 roku armia indonezyjska otworzyła ogień do tłumu na cmentarzu Santa Cruz, Gusmão mnożył oskarżenia na kanałach telewizyjnych z całego świata, ściągając przy tym sobie na głowę gromy ze strony Suharta, który przyskrzynił go w następnym roku i skazał na dożywocie. Jak to często bywa, uwięzienie nadało postaci Gusmão nowy wymiar. Narody Zjednoczone uczyniły z niego swojego nowego najważniejszego rozmówcę i wielokrotnie składały wizytę w jego celi, aby omówić przyszłość Timoru Wschodniego. Zwolniony w roku 1999, Gusmão został w październiku następnego roku mianowany rzecznikiem Rady Narodowej, organu będącego prekursorem przyszłego parlamentu. Zakładano, że pragnie zostać pierwszym prezydentem Timoru. Bezsprzecznie miał do tego predyspozycje.

Po drugiej stronie stołu siedział pięćdziesięciojednoletni Mari Alkatiri, który również miał powody, by ufać swej szczęśliwej gwieździe. Alkatiri, muzułmanin jemeńskiego pochodzenia, za którym ciągnęła się reputacja człowieka aroganckiego, wraz z Gusmão uczestniczył w tworzeniu Fretilinu. Skazany na wygnanie w roku 1975, spędził prawie ćwierć wieku na kontynencie afrykańskim, w Angoli, a następnie w Mozambiku. Po powrocie do kraju wyjątkowo korzystne warunki, jakie uzyskał od rządu australijskiego w kwestii podziału przyszłych dochodów z ropy z Morza Timor, wypchnęły Alkatiriego na przód sceny politycznej. Jako pierwszy kandydat na liście Fretilinu poprowadził partię do zwycięstwa w ostatnich wyborach do Zgromadzenia Konstytucyjnego. To z kolei wyznaczyło tymczasowy rząd, na czele którego stanął, rzecz jasna, Alkatiri. Obecnie piastował wielce oficjalne stanowisko sekretarza generalnego rządu i żywił prawdopodobnie te same prezydenckie ambicje co Gusmão. Obaj mężczyźni, powodowani podobnym rozumieniem interesu narodowego, na co dzień współpracowali, lecz ani trochę się nie lubili.

Po prawej stronie Alkatiriego zasiadał Taur Matan Ruak, kilka miesięcy wcześniej mianowany zwierzchnikiem timorskich sił zbrojnych.

Te wybitne osobistości sceny politycznej Timoru nie miały jednak brać udziału w naszych dyskusjach. Zostały poinformowane, że przyjdzie im nas opuścić podczas pierwszej przerwy w obradach, a obowiązek informowania ich o postępie prac powinni złożyć w ręce swoich asystentów.

Lena i ja zajęliśmy miejsca obok siebie, za jednym z członków ekipy Alkatiriego, który widział w nas dwoje prawników z amerykańskiej kancelarii specjalizującej się w sprawach międzynarodowych. Lena, która już od dwóch lat na co dzień stykała się z Gusmão i Alkatirim, uchodziła za ekspertkę od funkcjonowania oenzetowskich instytucji; notabene znając jej etykę zawodową, bez wątpienia faktycznie się nią stała. Przedstawiając mnie, zrobiła niejasną aluzję do mojego doświadczenia w kwestiach polityki publicznej. Wypłatę naszych honorariów, a także tych należnych tuzinowi naszych współpracowników, wzięło na siebie nowe Zgromadzenie

Narodowe, innymi słowy: ONZ, ponieważ było powszechnie wiadomo, że organizacja tymczasowo uiszczała koszty funkcjonowania nowego reżimu.

Podczas gdy Lena, tego ranka ubrana w granatowy kostium o wyjątkowo surowym kroju, nachylała się do swojego sąsiada, by zwrócić mu uwagę na błąd w jakiejś tabeli, ja obserwowałem nieprawdopodobny duet, który już za kilku minut miał przewodniczyć naszym debatom. Około sześćdziesięcioletni Cengis Buruk, niski i okrągły, sprowadzał się niemal wyłącznie do spektakularnie gęstych czarnych wąsów, które zasłaniały jego twarz i na których pielęgnację musiał poświęcać znaczną część swojego czasu wolnego. Nie można się było powstrzymać od spekulacji nad przyczynami, które skłoniły go do zapuszczenia włochatego atrybutu takich rozmiarów. Czyżby ukrywał zajęczą wargę, honorową bliznę albo krzywe siekacze? Próbował odwrócić uwagę od swojej woskowej cery człowieka chorego na wątrobę? Usiłował wzbudzić w rozmówcach przerażenie, podkreślając w ten sposób swoje niepokojące podobieństwo do Józefa Stalina? A może po prostu cenił sobie jedwabisty dotyk krzaka na dolnej wardze? Sam Hassell był tak bezwłosy, jak jego przełożony był owłosiony. Niewątpliwie pojąwszy, że jakikolwiek wysiłek w kierunku wyhodowania czupryny naraziłby go na śmieszność porównania, bezbrody Hassell świecił czaszką gładką niczym kula bilardowa. Chorobliwa cera oraz długie cienkie kończyny nadawały mu lekko androgeniczny wygląd. Zdawało się, że jego rozwój zatrzymał się nagle w samym środku tego boleśnie przejściowego etapu, kiedy chłopiec utracił już grację dziecka, a jeszcze nie posiadł pewności siebie mężczyzny. Miał bardzo bladą skórę i jasnoniebieskie niczym woda oczy, które sprawiały wrażenie, jakby przenikały cię na wylot.

Długie chrząknięcie dobiegające od strony wąsa Buruka raptownie przerwało rozmowy.

Zupełnie jakby tylko czekał na ten znak, by rzucić się na głęboką wodę, Xanana Gusmão włożył okulary i zaczął czytać oficjalną deklarację.

– Panowie emisariusze Rady Bezpieczeństwa, panie sekretarzu, panie dowódco sił…

– Dziękuję, panie Gusmão – przerwał mu obcesowo Buruk – proponuję, żebyśmy podarowali sobie te formalności. Mamy dziś do omówienia mnóstwo tematów i ani minuty do stracenia.

Jakby dla zilustrowania swoich słów, Turek postawił przed sobą zegar przypominający te używane przez szachistów. Gusmão wybełkotał coś niezrozumiałego, przyznając mu rację, a potem zajął się wyrównywaniem swoich nieporządnych notatek, jakby wykonywał niezwykle ważne zadanie. Po drugiej stronie stołu Alkatiri powstrzymywał uśmiech.

– Jedna z pańskich współpracownic – ogłosił Buruk, spoglądając na Gusmão – przekazała mi wczoraj harmonogram pracy tak optymistyczny, że niemal groteskowy.

Sposób, w jaki Lena poruszyła się na krześle, potwierdził moje podejrzenia co do tożsamości wspomnianej współpracownicy.

– Wiem, że dysponujemy jedynie tygodniem, ale czy naprawdę ma pani tak kiepską opinię o naszej zawodowej uczciwości – ciągnął Buruk – by szacować, że będziemy w stanie wyrobić sobie opinię w ciągu półdniowego seansu pracy? A do tego określenie „półdniowy seans" jest zbyt hojne. Dwugodzinna przerwa obiadowa, zakończenie debat o szesnastej trzydzieści, obawiam się, droga pani, że żywi pani niemiłe uprzedzenia wobec urzędników Narodów Zjednoczonych...

– Ależ skąd, nie w tym rzecz – zapewniła dzielnie Lena. – Po prostu myślałam, że będziemy kontynuować pracę w swobodniejszej atmosferze...

– Na przykład tego wieczoru, kiedy mamy omawiać plan infrastruktury przy languście i dzbanie sangrii? – spytał bezlitośnie Buruk, zaglądając do programu.

– Możemy zostać w tej sali i zamówić kanapki – zaproponowała Lena tonem sugerującym, że jej rozmówca kwestionuje wybór restauracji tylko dlatego, że ma alergię na skorupiaki.

Xanana Gusmão wtrącił się, by załagodzić rosnące napięcie.

– Nie wątpię, że uda nam się porozumieć co do formy wyżywienia najlepiej współgrającej z obradami – stwierdził z dyplomatyczną gładkością. – W międzyczasie, panie Buruk, czy pytanie o pańską wstępną opinię na temat naszej teczki byłoby niedyskretne?

Buruk wdusił jeden z przycisków zegara, jakby bał się, że zbyt długa odpowiedź zapewni obozowi przeciwnika niedozwoloną przewagę. Mari Alkatiri pochylił się lekko do przodu. Wyraźnie wystarczyłoby jedno słowo Turka, by wyrzekł się solidarności z Gusmão.

– Nie jestem pewien, czy uda nam się pomyślnie zamknąć tę sprawę w wyznaczonym terminie – ogłosił Buruk, nie zdradzając zbytniego niepokoju na myśl o porażce. – Rada Bezpieczeństwa naciska, żebym wyraził swoje zdanie, ale na tym etapie nie mogę jej z czystym sumieniem zarekomendować, by uznała Timor Wschodni.

Zgromadzeniem wstrząsnął dreszcz. Po mojej lewej Lena nerwowo przyciskała koniuszek długopisu do zawijasów daty, którą zapisała na kartce. Skrzyżowałem spojrzenia z Samem Hassellem; był jedynym, który nie okazał żadnego zaskoczenia, słysząc ocenę swojego zwierzchnika.

– Skąd wypływają pańskie zastrzeżenia? – dowiadywał się Alkatiri, smakując sytuację.

– Dotyczą części teczki związanej z gospodarką. Nie jestem po prostu przekonany, czy niepodległy Timor będzie w stanie zaspokoić własne potrzeby. Roczny dochód na mieszkańca nie przekracza trzystu dolarów, a eksport drzewa sandałowego nie sfinansuje dróg i szpitali, które są krajowi niezbędne.

– Jesteśmy potencjalnie bogaci dzięki istotnym morskim rezerwom węglowodorów – odparł Gusmão.

– Jak sam pan powiedział: potencjalnie. Kontrakty zawarte z amerykańskimi spółkami naftowymi dziesięć lat temu do dzisiaj nie przyniosły żadnego znaczącego zysku.

– Ale obecne odwierty...

Buruk uniósł dłoń.

– Odbędziemy tę rozmowę w stosownym czasie. Proszę posłuchać, łączy nas wspólny cel. W moich oczach najmniejszych wątpliwości nie pozostawia fakt, że naród timorski wycierpiał na przestrzeni wieków więcej niż należną mu dawkę niesprawiedliwości; przynajmniej w tym względzie wasza teczka jest niezwykle przekonująca. Mam szczerą nadzieję, że pod koniec pobytu będę mógł wydać przychylną opinię, ale aby nas przekonać, potrzeba będzie więcej niż talerz langust i spacer nad morzem. Wolę od razu państwa ostrzec.

– Dziękujemy – odparł kurtuazyjnie Gusmão, kryjąc rozczarowanie.

– Proponuję, żebyśmy ustalili nowy harmonogram pracy, koncentrując się na kwestiach gospodarczych i społecznych – podsunął Buruk.

– Wspaniały pomysł – pochwalił Gusmão. – Miałem dziś rano inne zobowiązania, ale poproszę asystentkę, żeby przeorganizowała mój rozkład.

– Będę wdzięczny, mogąc liczyć na dyspozycyjność z pańskiej strony.

Skoro niemiłe słowa już padły, rozpoczęła się walka o to, kto okaże się uprzejmiejszy.

– Proszę odwołać wszystkie dzisiejsze spotkania – nakazał z emfazą Alkatiri swojemu szefowi gabinetu.

Reszta poranka upłynęła na przygotowywaniu programu na sześć kolejnych dni. Uzgodniliśmy, że jeśli zajdzie taka potrzeba, będziemy pracować w sobotę i w niedzielę. Sesje plenarne miały odbywać się w tej sali, ale zamierzaliśmy wyprawiać się w teren tak często, jak okaże się to konieczne. W końcu Buruk wyraził zadowolenie z poczynionych postępów i zarządził przerwę. Byłem przygotowany na ten moment i przytrzymałem Lenę za ramię.

– Leno – wymamrotałem, upewniając się, że nikt nas nie słyszy – czy wtajemniczała pani Buruka w szczegóły mojej przykrywki?

Zdawało się, że po debatach tego poranka Lenę uspokoiła nieszkodliwość mojego pytania.

– Oczywiście, że nie.

– Co o mnie wie?

– Zna pana pod jego własnym nazwiskiem, jako adwokata zatrudnionego w Londynie w kancelarii Magee, Stone i McDowell.

– To wszystko? – naciskałem.

– Myślę, że nawet o tym zdążył już zapomnieć – docięła mi Lena.

– Dziękuję – odparłem, nagle ją porzucając.

Podszedłem do Hassella, który, tak jak się spodziewałem, usilnie trzymał się na uboczu.

– Sam – zawołałem do niego z daleka. – Sliv Dartunghuver.

– Miło mi – odrzekł ostrożnie Hassell, wyciągając do mnie długą, na wpół przezroczystą rękę.

– Mnie również. Proszę powiedzieć, czytałem w papierach, że studiował pan w Berkeley.

Jego twarz rozjaśniła się, jak oblicze każdego Amerykanina na wzmiankę o jego *Alma Mater*.

– Zgadza się. Obroniłem magisterkę z politologii w osiemdziesiątym ósmym.

– A więc w roku, w którym ja zjawiłem się w kampusie – skłamałem. – Wydział prawa, skończyłem w dziewięćdziesiątym pierwszym.

– A niech mnie! – wykrzyknął Hassell, ponownie ściskając mi dłoń, tym razem dużo energiczniej. – Cudowne lata, prawda?

– Najpiękniejsze lata mojego życia – rozpromieniłem się, wspominając opustoszałe sale wykładowe wydziału geografii w Reykjavíku.

– Prawo w Boalt Hall. Więc miałeś zajęcia z Fletcherem?

– Z Fletcherem, Dwyerem, Mishkinem i całą resztą – wymieniłem na chybił trafił nazwiska trzech akademickich weteranów, które zapamiętałem ze strony internetowej uniwersytetu.

– Mishkin nadal uczył? – zachwycił się Hassell. – Miał przecież ile? Siedemdziesiąt pięć na karku?

– Lekko licząc, jeśli chcesz znać moje zdanie – przytaknąłem, uzmysławiając sobie z przestrachem, że nie zapamiętałem dat urodzin ciała profesorskiego.

Postanowiłem się wycofać i pozwolić, by to on rozminował pola niebezpiecznych tematów, na które wkraczaliśmy.

– Gdzie mieszkałeś?

– W International House. A ty?

– Dzieliłem z dwoma Szwedami dom na dole Bancroft Avenue.

– Ach, Bancroft! – westchnął Hassell z nostalgią.

– Café Strada i to ich cappuccino! – dorzuciłem, cytując nazwę kawiarni, która pojawiała się na wszystkich blogach dawnych studentów.

– I Pacific Film Archive…

– Wyprzedaże płyt przy Telegraph Avenue…

Każde z tych odniesień wtrącało Hassella głębiej w otchłań błogostanu, do tego stopnia, że zaczynałem już żałować, iż naprawdę nie studiowałem nauk humanistycznych w tym kalifornijskim bastionie kontrkultury. Kiedy już omówiliśmy wyczyny drużyny futbolowej (*Go Bears*!), niebezpieczeństwa czyhające na ulicach sąsiedniego Oakland oraz mizerną jakość niektórych karykatur publikowanych w kampusowej gazecie, skierowałem rozmowę na tematy zarówno mniej ryzykowne, jak i bardziej opłacalne.

– Widziałem, że od początku robiłeś karierę w ONZ-ecie. To dobry pracodawca?

– Ma swoje wady, ale nie narzekam. Podróżuję, spotykam interesujących ludzi, zaczynam mieć trochę władzy.

Mógłbym powiedzieć słowo w słowo to samo o moim chlebodawcy.

– Jeśli nie skończymy dzisiaj za późno, moglibyśmy skoczyć na piwo.

Hassell lekko się zarumienił. Przez głowę przemknęła mi myśl, że nikt dotąd nie zaprosił go na drinka.

– Z przyjemnością – odrzekł.

Wróciłem na miejsce, gdzie Lena powitała mnie ze zwykłą serdecznością.

– Co pana opętało, żeby paktować z wrogiem? – wycedziła przez zęby, gdy ściągałem pokrywkę z tacki z posiłkiem.

– Hassell nie jest wrogiem – odparłem półgłosem. – Tylko gościem, który zna ważne sekrety, ale nikt nigdy nie zadał sobie trudu, żeby skłonić go do mówienia.

– Na wypadek gdyby pan o tym nie wiedział, wewnętrzny regulamin ONZ-etu zabrania mu utrzymywania z panem osobistych relacji podczas oficjalnej misji.

– Ależ Leno, ma przecież prawo przywitać się ze starym znajomym ze studiów – zaoponowałem, ze zdumieniem przyglądając się dziwnej, zielonkawej miksturze, którą łapczywie pochłaniał mężczyzna po przeciwnej stronie stołu.

– Co to znowu za banialuki? – zaniepokoiła się Thorsen, rozkładając serwetkę. – On skończył Georgetown i Berkeley, a pan, z tego co mi wiadomo, nigdy nie studiował w Stanach Zjednoczonych!

– Nie, faktycznie, ale zna pani moją skłonność do opowiadania bajek.

Odepchnąłem tacę, chwytając kartkę i długopis.

– Potrzebuję, żeby dopisała mnie pani do listy absolwentów wydziału prawa w Berkeley z dziewięćdziesiątego pierwszego roku. Wszedłem na ich stronę wczoraj wieczorem, oferują kilka kursów z zakresu polityki publicznej. Proszę sprawdzić, czy niejaki Mishkin jeszcze w tym czasie wykładał, możliwe, że trochę się przed chwilą zagalopowałem. Mieszkałem u dołu Bancroft Avenue, w domu dzielonym z dwoma Szwedami, i za nic w świecie nie przegapiłbym seansu w Pacific Film Archive, kampusowym kinie.

Wyciągnąłem pokrytą notatkami kartkę w stronę Leny, która spojrzała na mnie, jakbym był antychrystem.

– Jest pan kompletnie szalony. Ma pan pojęcie, ile operacji trzeba będzie przeprowadzić, żeby potwierdzić ten pański drobny wymysł?

– Począwszy od spisu absolwentów, poprzez umowę najmu Szwedów, a skończywszy na mojej wizie studenckiej, powiedziałbym, że około setki.

– Dużo więcej! A pański indeks? A obowiązkowe praktyki? A konto bankowe? Na co to wszystko?

– No widzi pani, już pomyślała pani o całej masie szczegółów, które mnie umknęły – pochlebiłem jej. – Ale nie mamy zbyt wiele czasu.

– To znaczy?

– Jakieś cztery do sześciu godzin. Istnieje ryzyko, że po skończonej sesji Hassell zadzwoni do swoich amerykańskich przyjaciół. Nasza przykrywka powinna być do tego czasu gotowa.

– Cztery godziny – powtórzyła Lena, ogłuszona.

– Widziałem, jak dokonuje pani dużo trudniejszych rzeczy. A poza tym w Berlinie dopiero świta.

Niemiecka stolica mieściła Wydział Legend; setki pracowitych rąk przyoblekały tam w ciało postaci wyrosłe z wyobraźni scenarzystów.

– Wkrótce znów rozpoczną się rozmowy – zdała sobie sprawę Lena.

– Niech pani powie Gusmão, że musi się zwolnić, żeby przedyskutować zmianę strategii z przełożonym w Nowym Jorku. Zastąpię panią.

– Pan nic o tym nie wie.

– Wiem więcej, niż się pani zdaje.

Rozejrzałem się wokół. Atmosfera znacznie się rozluźniła, pogawędki trwały w najlepsze. Buruk zezował na deser Gusmão. Hassell nie tknął swojego posiłku i wpatrywał się w nas uparcie.

– Leno, jeśli natychmiast nie zadzwoni pani do Berlina, ryzykujemy, że cała operacja „Homecoming" zawali nam się na głowy.

– Nie pozostawia mi pan wyboru – stwierdziła z wściekłością.

– To prawda i przepraszam za to, ale więź, jaką zadzierzgnąłem z Hassellem, to jedyna dobra nowina tego ranka.

– Zabraniam panu mówić w ten sposób. Wszystko potoczyło się zgodnie z planem.

– Naprawdę? – zakpiłem. – Proszę posłuchać, Leno, czy to się pani podoba czy nie, tworzymy zespół. Razem odniesiemy sukces albo razem poniesiemy porażkę.

– To moja misja – powiedziała, jak dziecko w parku oznajmiające: „To moje wiaderko".

– Nasza misja – poprawiłem cierpliwie.

Podniosła się, podeszła do Gusmão, by wyszeptać mu do ucha parę słów, a potem wróciła do mnie.

– Moja misja – podkreśliła z naciskiem, przyciszonym głosem. – Albo pańska klęska, to się jeszcze okaże.

12

– Tak czy owak – rzuciłem niedbale, dając znak barmanowi – zadaliście nam dziś rano potężny cios.

Hassell nie zareagował. Zakręcił kostkami lodu w pustej szklance. Ku mojemu wielkiemu zdziwieniu długo studiował kartę alkoholi hotelu Central, by wreszcie zdecydować się na podwójną szkocką, wyjątkową pod względem wieku oraz ceny. Zapłacił za swojego drinka, zanim zdążyłem wyjąć portfel. Z oczywistych względów nie nalegałem.

– Jeszcze raz to samo – poprosiłem, wskazując nasze opróżnione szklanki.

Ja sam rozważnie trzymałem się jasnego piwa, amerykańskiej marki, „którą odkryłem w Berkeley".

Minęła dwudziesta pierwsza, kiedy Buruk w końcu zgodził się odłożyć debaty na następny dzień. Lena czmychnęła, żeby dołączyć do swoich oddziałów, przygotować jutrzejsze spotkanie i przeczytać najnowsze raporty z Berlina. A ja byłem wykończony usilną koncentracją, jakiej wymagało godne odgrywanie roli przez całe popołudnie, znalazłem jednak dość siły, by zaproponować strzemiennego Hassellowi, który najwyraźniej tylko na to czekał. Usiedliśmy przy barze; za moimi plecami portugalski biznesmen podrywał młodą dziewczynę, która podawała się za studentkę, choć podejrzewałem, że rozpoczęła już karierę zawodową.

– Przykro mi, stary – usprawiedliwił się Hassell, odstawiając pustą szklankę – ale sytuacja jest niezwyczajna, i to nie tylko dla was. Pracuję w ONZ-ecie już trzynaście lat, a nigdy wcześniej nie wyczuwałem w sercu Rady Bezpieczeństwa takich napięć.

– Ze strony Amerykanów?

– Nie tylko. To prawda, że Stany Zjednoczone nigdy szczególnie nie lubiły naszej organizacji i że regularnie marudzą przy wpłacaniu składek. Neokonserwatyści bez cienia wstydu oświadczają, że oenzetowska koncepcja podziału władzy stopniowo podkopuje amerykańską dominację. Martwi ich również gwałtowny wzrost liczby nowych członków: między dziewięćdziesiątym pierwszym a dwutysięcznym rokiem przybyło aż trzydziestu, podczas gdy w poprzedniej dekadzie jedynie czterech.

Nie mówił nic nowego, pilnowałem się jednak, by go nie popędzać.

– A jednak jako stały członek Rady Bezpieczeństwa Stany Zjednoczone mogły przeciwstawić się tym przyjęciom – zauważyłem.

– To prawda – przyznał Hassell – ale jeśli spojrzysz na listę niedawno zaakceptowanych członków, zrozumiesz, że w większości przynależą oni do jednej z trzech kategorii. Po pierwsze mamy republiki powstałe po upadku ZSRR; sam przyznasz, że po tym, jak przez pół wieku toczyli bój przeciwko Związkowi Radzieckiemu, Amerykanie zachowaliby się niehonorowo, odmawiając uznania niepodległości krajów bałtyckich oraz republik muzułmańskich. Zresztą z punktu widzenia Waszyngtonu każdy skrawek terytorium wydarty Wspólnocie Niepodległych Państw osłabiał Moskwę i zmniejszał jej szanse na odzyskanie rangi supermocarstwa. W drugiej kategorii odnajdziemy państwa zrodzone z rozpadu Czechosłowacji i Jugosławii. Co do trzeciej: zrzesza jakieś pół tuzina pacyficznych wysp (Marshalla, Mikronezję, Kiribati i tak dalej), które interesują Stany Zjednoczone nie ze względu na ich malutkie gospodarki, ale na strategiczne położenie. Waszyngton doszedł z nimi do porozumienia: gwarantuje im niepodległość, a także regularny dopływ subwencji, w zamian za prawo stacjonowania dla swoich lotniskowców albo testowania pocisków.

– Krótko mówiąc – podsumowałem – Amerykanie kupili sobie bazy na Pacyfiku.

– Właśnie tak. To raczej symptomatyczne dla naszej dyplomacji. Chętnie odwołujemy się do wielkich idei, ale tak naprawdę ratyfikujemy jedynie porozumienia, dzięki którym możemy bezpośrednio zyskać.

Zauważyłem przy tym, że po raz pierwszy użył formy „my" w odniesieniu do Stanów Zjednoczonych.

– Dramat Timoru Wschodniego – wyjaśnił – polega na tym, że nie ma żadnego znaczenia geostrategicznego, no chyba że ewentualnie dla Australii. Szwajcaria istnieje, chociażby dzięki miliardom dolarów, które skrywa w swoich sejfach; Timor, no cóż, nie posiada żadnej wagi, a w tych ostatnich tygodniach stał się pionkiem w grze wpływów pomiędzy Stanami Zjednoczonymi a ONZ-etem. Zaobserwowałeś może, jak Sekretariat Generalny angażuje się na rzecz Timoru?

– W każdym razie bardziej niż na rzecz Szwajcarii.

Hassell wybuchnął gromkim śmiechem, bardziej na skutek wypitego alkoholu niż mojego kiepskiego żartu. Nachylił się do mnie i zdradził poufnym tonem:

– Kofi Annan osobiście nalegał, żeby przyspieszono procedurę uznania Timoru. Kładzie na szali wszystkie swoje odważniki, jakby chciał przeszkodzić Amerykanom w przeciwstawieniu się jego przyjęciu. „Macie prawo weta – zdaje się mówić. – Użyjcie go, jeśli taka wasza wola, ale nie liczcie na to, że ja ułatwię wam zadanie, wyrażając poparcie dla sprawy timorskiej w oszczędnych słowach".

Nareszcie interesująca informacja, pomyślałem, jeśli nawet nieużyteczna.

– Może się mylę, ale jakoś nie widzi mi się, żeby Amerykanie mieli podjąć ryzyko, korzystając z prawa weta w temacie, który jak sam przypomniałeś, w ich oczach ma jedynie poślednie znaczenie.

– Nie mylisz się – zapewnił Hassell – i właśnie dlatego, że brakuje im odwagi, by publicznie sprzeciwić się przyjęciu Timoru, wywierają naciski na Buruka, żeby wydał nieprzychylną opinię.

– Ale jaką presję może wywierać Waszyngton na urzędnika Narodów Zjednoczonych? – spytałem, a wszystkie moje zmysły raptem się ożywiły.

– Naprawdę nie wiesz? Buruk jest Turkiem. Stany Zjednoczone chronią Turcję w zamian za dostęp powietrznych i naziemnych sił zbrojnych do terenów Bliskiego Wschodu.

– A jednak – podjąłem – wydaje mi się, że obecnie Amerykanie w mniejszym niż kiedykolwiek stopniu mogą sobie pozwolić na odsuwanie się od swoich muzułmańskich sojuszników.

Hassell osuszył szklankę i gestem nakazał barmanowi, by nalał mu jeszcze raz to samo.

– Masz, oczywiście, rację, ale szychy z Departamentu Stanu nie rozumują w ten sam sposób co ja czy ty. Delektują się posiadaniem partnerów, ale uważają ich co najwyżej za swoich pachołków.

– Skoro jesteście naszymi przyjaciółmi, to chyba wyświadczycie nam tę drobną przysługę? – rzuciłem.

– Coś w tym rodzaju – zaśmiał się Hassell. – Możesz mi wierzyć, Turcy mają na głowie mnóstwo zmartwień.

Nie tyle co ja, pomyślałem.

– Czy na Buruka można liczyć? – zagadnąłem wprost.

Zdawało się, że moje pytanie nie zaskoczyło Hassella.

– To uczciwy gość. Niechętnie się ugina i zgaduję, że naciski, którym podlega, jedynie wzmagają jego determinację, by zgromadzić nienaganną dokumentację. Kiedy mówi, że nie jest przekonany, czy Timorczycy dadzą radę sprostać własnym potrzebom, wyraża swoje najszczersze myśli. Jednakże jeżeli pokażecie mu, że się myli, zmieni zdanie i nie będzie się bał przedstawić go na piśmie.

To już było coś.

– Nikomu nie przyszłoby do głowy im tego wyrzucać – podjął Sam – ale Timorczycy zarabiają niecałego dolara dziennie. Mimo sprzyjającego klimatu plony rolne tylko nieznacznie przewyższają te osiągane przez najsuchsze kraje afrykańskie; dziesięć najbardziej dochodowych przedsiębiorstw łącznie osiąga zyski niewiele większe niż bar z fast foodem na przedmieściu Dallas; ze względu na brak eksportu państwo nie może zdobyć zagranicznych walut, których będzie potrzebowało do zakupu dóbr kapitałowych i surowców naturalnych; tymczasowy rząd spekuluje nad hipotetycznymi dochodami z wydobycia ropy, ale nie ma żadnego doświadczenia w kwestii prawa koncesyjnego; nie przygotował alternatywnego planu energetycznego, na wypadek gdyby odwierty okazały się bezowocne, i – jeśli wierzyć wstępnemu budżetowi załączonemu do teczki – w ciągu najbliższych pięciu lat nie przewiduje żadnej poważnej inwestycji w infrastrukturę.

Kusiło mnie, żeby robić notatki, ale przeczuwałem, że w chwili, w której chwyciłbym za ołówek, mój sąsiad ponownie zacząłby uważać na słowa. Zamiast tego zapamiętałem więc te argumenty, wyrzucając sobie, że sam nie sformułowałem ich wcześniej. Hassell myślał trzeźwo. Bez wątpienia byłby z niego świetny agent.

– Mamy częściowe odpowiedzi na każdy z tych problemów – zapewniłem, choć doskonale wiedziałem, że to nieprawda. – Ale przyznaję, że niewystarczająco zaprezentowaliśmy gospodarcze atuty Timoru. Wierz mi, naprawimy ten błąd. Czy mogę cię jednak prosić o przysługę?

– To zależy – uśmiechnął się Hassell.

– Dawajcie nam na bieżąco znać o zmianach w waszej ocenie. Oenzetowskie intrygi wszystkich nas przerastają, ale bardzo bym nie chciał, żeby Buruk odrzucił naszą teczkę, nie oferując nam prawdziwej szansy obronienia jej.

Hassell zastanawiał się przez kilka sekund, obracając szklankę w dłoni. Mogłem ująć moją prośbę w niewinne słowa, on jednak bez pudła wychwycił podtekst: czy zgodzi się zabawić w informatora i przekazywać mi zwierzenia swojego szefa?

– Oczywiście – rzekł w końcu. – Utrzymanie płynnej komunikacji leży we wspólnym interesie nas wszystkich.

– Ja też tak uważam – przytaknąłem, usiłując ukryć ulgę.

Zamówiłem kolejne piwo i przez parę minut nie padło ani jedno słowo.

– Jest jedna rzecz, o której koniecznie musicie wiedzieć – wyrzucił z siebie Hassell wreszcie, nie patrząc na mnie.

– Słucham.

– Odnosimy wrażenie, że przyszłe państwo timorskie trochę za bardzo uprzywilejowuje pewne katolickie stowarzyszenie.

Proszę, proszę, pomyślałem.

– Mówisz o Jesus Now!?

– Tak. Z tego co mi mówiono, jego kierowniczka wiele zrobiła dla sprawy timorskiej, ale w obecnym kontekście politycznym ta kobieta bardziej jej szkodzi, niż pomaga.

– W jaki sposób? – zapytałem, wbrew sobie zaciekawiony i chętny, by dowiedzieć się nieco więcej o Jane Brinkman.

– Amerykanie nie chcą być oskarżeni o poparcie dla utworzenia państwa katolickiego, podczas gdy sami potępiają reżimy islamistyczne.

– Z wyjątkiem Arabii Saudyjskiej.

– Za godnym wzmianki wyjątkiem Arabii Saudyjskiej, przyznaję. Ale zgodzisz się, że świat muzułmański prawdopodobnie potraktowałby fakt, że pierwszy kraj przyjęty do ONZ-etu po jedenastym września będzie finansowany przez amerykańskie stowarzyszenie katolickie, jako niefortunny symbol.

– Słuszna uwaga – uznałem z namysłem. – Co konkretnie stanowi problem? Ta wzmianka o roli Kościoła w projekcie konstytucji?

– Nie, nieszczególnie. Istnieje precedens.

– Jaki? – spytałem wielce zaskoczony.

– Argentyńska konstytucja podkreśla poparcie federalnego rządu dla katolickiej, apostolskiej religii.

– Nie wiedziałem – oznajmiłem, myśląc, że nie chciałbym znaleźć się na miejscu tego, kto przekaże tę nowinę Jane Brinkman. – Czego w takim razie od nas oczekujecie?

– No cóż, na przykład, żeby przedstawiciele Jesus Now! nie uczestniczyli w naszych spotkaniach, bo bylibyśmy wówczas zobligowani do odnotowania ich obecności w protokole…

Tego niebezpieczeństwa na szczęście udało nam się uniknąć. Początkowo Lena zaprosiła Brinkman do udziału w naszych debatach, ta wymówiła się jednak później ze względu na przypadającą w tym samym terminie wizytę delegacji watykańskiej.

– Żeby Gusmão rzadziej wspominał o roli religii w wywiadach dla zachodniej prasy i przede wszystkim żeby zrezygnował z powoływania Ministerstwa do spraw Relacji z Kościołem.

– Przekażę wiadomość – obiecałem skwapliwie, by zademonstrować, że nasza wymiana dóbr działa w dwie strony. – To nie powinno sprawić trudności.

Hassell dopił drinka i położył na ladzie banknot o wysokim nominale.

– Moja kolej, żeby zadać ci pytanie – ogłosił – ale nie czuj się w obowiązku odpowiadać.

– Śmiało.

– Uznasz, że wtrącam się w nie swoje sprawy, ale czy twoje relacje z Leną Thorsen nie wykraczają nieco poza sferę zawodową?

Spodziewałem się każdego pytania poza tym jednym.

– W jakim sensie?

– Doskonale rozumiesz, co chcę powiedzieć. – Hassell uśmiechnął się oszczędnie. – Obserwowałem was przez cały dzień. Można między wami wyczuć elektryzujące napięcie. Mnóstwo napięcia.

Natychmiast dostrzegłem korzyść, jaką mogłem wyciągnąć z pomyłki Hassella. Będzie miał przede mną dużo mniej sekretów, jeśli uzna, że dopuściłem go do swoich własnych.

– Nikomu nie możesz o tym powiedzieć – zaznaczyłem, przybierając zażenowaną minę. – Nasza kancelaria zabrania związków wśród pracowników.

– Jakby tego rodzaju rzeczy dało się kontrolować – zakpił Hassell. – Nie martw się, będę trzymał język za zębami.

Zdawało się, że duma nad moją rewelacją, później zaś przerwał milczenie:

– Ma paskudny charakterek, ta Lena, co?

Widząc, że nie łyknąłem przynęty, dorzucił:

– Pracuję nad nią od dwóch lat i nigdy nie udało mi się wyciągnąć z niej choćby słowa, które nie dotyczyłoby bezpośrednio Timoru; prawnicy są zwykle bardziej gadatliwi. A jaka przy tym drażliwa! Widziałem, jak łaja jednego ze swoich współpracowników, nieszczęśnik praktycznie miał łzy w oczach…

– To nie jej wina – przerwałem mu bardziej obcesowo, niż zamierzałem. – Nie wyobrażasz sobie, co przeszła w dzieciństwie. Jej ojciec porzucił rodzinę, nie zostawiwszy adresu, kiedy miała dziesięć lat. Jej matka zamieszkała z uzależnionym od alkoholu mechanikiem, który prędko zaczął sobie pozwalać na pewne poufałości z pasierbicą, jeśli rozumiesz, co mam na myśli. Kilkakrotnie uciekała i w końcu, kłamiąc w sprawie swojego wieku, znalazła schronienie w domu dla dzieci z problemami.

– Nie mogłem tego wiedzieć – bronił się bardzo zawstydzony Hassell.

– Nikt o tym nie wie! – uniosłem się. – Była tak bystra, że większość najlepszych amerykańskich uniwersytetów rozwinęła przed nią czerwony dywan. Harvard, Princeton, pierwsza liga! Wybrała Cambridge, żeby nie oddalać się za bardzo od matki, z którą nadal widywała się po kryjomu, aż mechanik zwęszył sekret i pobił mamę tak brutalnie, że zapadła w śpiączkę. To niewątpliwie dlatego Lena dwanaście lat po tym, jak skończyła studia jako jedna z najlepszych na roku, nadal poświęca jeden dzień w tygodniu na darmowe bronienie ofiar przemocy domowej.

– Wybacz, czuję się okropnie – jęknął Hassell.

– Jej surowość to pancerz – wymamrotałem, wpatrując się w dno szklanki. – Trzeba być głupcem, żeby tego nie zauważyć.

Zdałem sobie sprawę ze znaczenia moich ostatnich słów i dotknąłem ramienia sąsiada.

– Nie mówiłem o tobie. Obiecaj mi, że nigdy nie wspomnisz jej o tej rozmowie, kazałaby mi drogo zapłacić za taką zdradę zaufania.

– Obiecuję – zapewnił pospiesznie Hassell, szczęśliwy, że może naprawić gafę.

Udał, że ziewa.

– Pójdę się położyć – oświadczył, wstając. – Buruk traktuje harmonogram bardzo poważnie. I jeszcze raz: przykro mi z powodu Leny.

– Nic się nie stało, stary. Ja jeszcze trochę posiedzę. Mam sprawy do dokończenia – dodałem, wskazując swoją na wpół pełną szklankę.

Ale co mnie ugryzło?, pomyślałem, patrząc, jak Amerykanin wzywa windę. Konwersacja, nad której przebiegiem aż dotąd panowałem, wymknęła mi się spod kontroli, gdy tylko Hassell wymienił imię Leny. Kiedy wyraził wątpliwości co do natury naszych relacji, od razu oceniłem, że z jego omyłką wiąże się dużo więcej plusów niż minusów. Poza tym, że poczuje się mi bliższy, Hassell nie zdziwi się dzięki temu, widząc, jak Lena wychodzi z mojego pokoju w środku nocy, albo zaskakując nas w najlepsze pogrążonych w rozmowie. Z drugiej strony, jeśli nawet, w najczarniejszym scenariuszu i pomimo moich ostrzeżeń, Sam by się wygadał, czekałoby mnie mnóstwo wyjaśnień, które prawdopodobnie raz na zawsze zrujnują moje stosunki z Thorsen, lecz nie narażą operacji „Homecoming". Ale czy zachodziła potrzeba, żebym rzucał się Lenie na ratunek, konfabulując na temat jej dzieciństwa, o którym, nie trzeba nawet dodawać, nie miałem bladego pojęcia? Zapędzając Hassella w kozi róg i zmuszając do przeprosin, zyskałem nad nim rodzaj psychologicznej władzy, która pewnego dnia mogła okazać się cenna. A jednak doskonale wiedziałem, że mój brawurowy popis nie wynikał z wyrachowania. Odpowiedziałem instynktownie, broniąc Leny z zawziętością i pasją, z jakimi chciałbym, aby mnie samego bronili Youssef czy Maga.

– Dlaczego? – wymruczałem.

Jakkolwiek interesująca zdawała się ta kwestia, odłożyłem ją na później. Hassell dostarczył mi paru istotnych informacji, które należało jak najszybciej wykorzystać. Zapłaciłem za wypite piwo i wstałem.

Mimo że dochodziła już północ, w apartamencie, w którym Lena ustanowiła swoją Kwaterę Główną, wrzało jak w ulu. Pół tuzina agentów wisiało na telefonie, podczas gdy inni męczyli klawiatury. Lena, która umieściła swoje biurko w głębi pomieszczenia, aby móc wszystkich nadzorować, wyszła mi na spotkanie.

– Fiu, ależ od pana czuć! – powitała mnie, wachlując się dłonią.

– Co z moją przykrywką? – spytałem gorączkowo.

– Dopięta na ostatni guzik – odparła, wręczając mi teczkę zatytułowaną *Dartunghuver w Berkeley*. – Nie pamiętam, żebym kiedykolwiek poświęciła tyle wysiłku na tak nieopłacalny projekt.

Klasnąłem w dłonie, żeby uciszyć zgromadzenie. Lena podskoczyła.

– Co pan wyprawia?

– Wygłaszam mowę.

Przez chwilę niewątpliwie rozważała wypchnięcie mnie z pokoju, ale skupiło się już na nas zbyt wiele par oczu, zadowoliła się więc wyszeptaniem:

– To ja tu rządzę, niech pan nie zapomina.

– Jak mógłbym zapomnieć? – zripostowałem z najszerszym z zestawu moich uśmiechów.

Kiedy ostatni z agentów odłożył słuchawkę, zacząłem:

– Dobry wieczór wszystkim. Nazywam się Sliv Dartunghuver. Jestem agentem drugiej klasy i członkiem Operacji Specjalnych, tak jak Lena. Jeszcze przed kilkoma dniami nie miałem pojęcia o operacji „Homecoming”. Nie miejcie mi więc za złe, jeśli czasem zgrzeszę jakąś nieścisłością. Przede wszystkim chciałbym wam podziękować za nadzwyczajną pracę, którą dziś wykonaliście – ciągnąłem, pokazując moją teczkę. – Z pewnością zastanawiacie się, jak mogę być tego taki pewny, skoro nie miałem jeszcze czasu, żeby ją przeczytać. Odpowiedź jest prosta: znam Lenę. To najlepsza fałszerka, jaką dane mi było spotkać, i świadomość, że to ona zabezpiecza moje tyły, wystarcza, aby mnie uspokoić.

Nie mogłem oprzeć się pokusie, by zerknąć na Lenę. Starała się pozostać niewzruszona, ale jej różowiejące policzki zdradzały zaskoczenie.

– Ponieśliśmy dzisiaj porażkę.

Z pomruku, który przywitał moje ostatnie słowa, wywnioskowałem, że Lena nie uznała za stosowne poinformować swojej ekipy o obiekcjach Buruka. Śmieszna postawa, stwierdziłem, powstrzymując się jednak przed wyrażeniem swoich zastrzeżeń na głos.

– Szef komisji śledczej oświadczył, że przy obecnym stanie teczki skłania się do przekazania Radzie Bezpieczeństwa negatywnej opinii.

Wyczułem, że Lena spina się u mojego boku, podczas gdy po zgromadzonych przetoczyła się fala niedowierzania. Uniosłem dłoń, by powstrzymać protesty.

– Dzień kończy się jednak pozytywnym akcentem. Sam Hassell, asystent Buruka, mając mnie za kolegę z uczelni, zdradził mi kilka poufnych informacji, które pomogą nam wrócić na prostą.

Na paru twarzach ponownie rozkwitły uśmiechy. Lena niemal niezauważalnie się rozluźniła.

– W ramach ostrzeżenia: rozpoczynający się tydzień zapowiada się na trudny, by nie powiedzieć: bezwzględny. Cieszcie się, jeśli uda wam się przespać trzy godziny na dobę. Zapomnijcie o reszcie świata i skupcie się na pracy. Bądźcie uprzejmi w każdych okolicznościach. Nie poddawajcie się irytacji. Rozgrywacie partię, która zadecyduje o waszej karierze. W przypadku wygranej pójdziecie na Akademię; w razie klęski czeka was Syberia.

Ci najbystrzejsi wydali z siebie stłumione śmiechy.

– Jestem tu, żeby wam pomóc. Możecie się do mnie zwrócić, kiedy tylko chcecie, ale nie zapominajcie, że nasz szef ma na imię

Lena. To ona najlepiej zna teczkę i to ona poprowadzi nas do zwycięstwa.

W ciągu siedmiu lat Lena uśmiechnęła się do mnie tylko raz: w dniu naszego pierwszego spotkania, kiedy skomplementowałem jej pierwszy projekt. Uśmiech, którym obdarzyła mnie tamtego wieczoru, był dużo piękniejszy, ponieważ znałem jego cenę.

– Dziękuję, Sliv – odezwała się, gdy umilkły brawa. – A teraz niech nam pan opowie, czego dowiedział się od Sama Hassella…

13

– Nie ukrywam – zwierzył się Buruk, przeczesując wąsy palcami – że komisja, której przewodniczę, ma poważne wątpliwości co do szans przetrwania Timoru przy dochodzie niższym niż czterysta dolarów rocznie.

Pierwsze posiedzenie dotyczyło gospodarki. Urzędnicy, których Gusmão i Alkatiri rozsądnie wyznaczyli jako swoich reprezentantów, zajmowali honorowe miejsca, lecz Lena i ja szykowaliśmy się do poprowadzenia najważniejszej części debat.

– Uważamy, że ta wartość nie oddaje sprawiedliwości żywotności timorskiej gospodarki – zaprotestowała właśnie moja sąsiadka. – W statystkach, na których się panowie opierają, pokutują jeszcze skutki zniszczenia głównych centrów produkcyjnych przez buntowników opłaconych przez indonezyjski rząd. Dane z roku dwa tysiące pierwszego bezapelacyjnie zaświadczą o dynamicznej odbudowie.

– To możliwe – przyznał Buruk, wzruszając ramionami – lecz ja bazuję na tych liczbach, które mam.

– Przede wszystkim zaś sądzimy – wtrąciłem – że pojęcie dochodu na mieszkańca nie jest najtrafniejszym miernikiem zamożności społeczeństw, gdyż nie bierze pod uwagę kosztów życia, które jak panowie wiedzą, są w tym kraju szczególnie niskie.

– Czy pan właśnie usiłuje zrobić mi wykład z koncepcji parytetu siły nabywczej, panie...?

Rzucił okiem na stojącą przede mną tabliczkę i uniósł brew.

– Młody człowieku...

– Przeliczamy, oczywiście, nasze dane tak, by uwzględniały ten czynnik – dorzucił Hassell, który zdawał się całkowicie wydobrzeć po wczorajszych ekscesach. – Dostosowany w ten sposób przychód Timoru z trudem osiąga poziom pięciuset pięćdziesięciu dolarów i nadal zalicza się do dziesięciu najniższych na liście.

– Myślimy, że prawdziwa wartość jest niemal dwukrotnie wyższa – ogłosiłem spokojnie.

Na to Buruk zostawił wąsy w spokoju. Ponownie spojrzał na moją tabliczkę i chyba tym razem uznał, że nie będzie szczędził sił na odszyfrowanie mojego nazwiska.

– To bardzo poważna insynuacja, panie Dartunghuver. Czy ma pan coś na jej poparcie?

– Podejrzewam, że panowie odwołują się do statystyki Międzynarodowego Funduszu Walutowego? – spytałem, wiedząc, że istnieje tylko ten jeden dokument.

Buruk odwrócił się do Hassella, który kiwnął głową.

– MFW nie dysponuje stałym reprezentantem na Timorze – wyjaśniłem. – To urzędnik z biura w Dżakarcie zjawia się każdego roku, by sporządzić wykaz cen. Wygląda na to, że – niewątpliwie z braku czasu albo środków – w ciągu ostatnich dwóch lat człowiek ten ograniczył swoje dochodzenie do samego Dili. A jednak ceny w Dili są znacznie wyższe od średniej krajowej; tym samym cytowane w raporcie opłaty mieszkalne czy ceny niektórych artykułów pierwszej potrzeby zostały nawet czterokrotnie zawyżone. Oddaję do panów dyspozycji badanie, które pozwoliłem sobie zamówić w zeszłym tygodniu.

– Krótko mówiąc – podsumował Hassell – twierdzi pan, że MFW przecenił koszty życia w Timorze.

– W znacznym stopniu. Ale przede wszystkim, pozwalając na takie pomieszanie z poplątaniem, popełnił poważny błąd metodologiczny. Skoro patrzymy na metki w stolicy, to nie powinniśmy brać pod uwagę przychodu narodowego, a wyłącznie ten osiągany przez mieszkańców Dili.

– Który, wedle naszych obliczeń, wynosi około ośmiuset pięćdziesięciu dolarów – dodała Lena.

– To logiczne – skomentował szef gabinetu Gusmão – życie jest w Dili droższe, ale ludzie zarabiają więcej.

– Możecie udokumentować wysuwane przez siebie tezy? – spytał Buruk gwałtownie.

To była chwila, na którą czekałem i której jednocześnie się obawiałem. W nocy Lena zredagowała fałszywy raport, który przypisała pewnej cieszącej się dobrą renomą australijskiej firmie. Dokument składał się głównie z tabel, które dla każdej kategorii produktów ukazywały spektakularne różnice cenowe pomiędzy Dili a prowincją. I tak litr mleka w sklepie po drugiej stronie ulicy kosztował dwadzieścia centów, podczas gdy za mleko prosto od krowy w Manatuto płaciło się sześć centów, tak samo było z kilogramem ryżu, kiścią bananów, wizytą u lekarza czy parą butów. Raport niczego nie dowodził ostatecznie, ale wcale nie robił przez to mniejszego wrażenia. Zdobnie oprawiony, wydrukowany na eleganckim papierze o dużej gramaturze, zawierał liczne kolorowe wykresy i ani jednego błędu ortograficznego.

Podniosłem się i podałem dokument Burukowi, który przekartkował go spiesznie i wręczył Hassellowi.

– Czy zasygnalizowaliście państwo ten błąd MFW? – dowiadywał się Turek, podczas gdy Hassell usiłował wykryć jakąś niezgodność w cenie wizyty u fryzjera w Fatuberliu.

– Czekałem na zgodę z panów strony – odpowiedziałem. – Ale zna pan te wielkie organizacje: rzadko kiedy przyznają się do błędu i nigdy nie każą winnych. Czy nie lepiej byłoby dołączyć nasz raport do teczki, żeby dać MFW czas na przeprowadzenie własnego śledztwa?

A naszym specjalistom na zhakowanie ich systemów komputerowych, mógłby dodać.

– Sam? – rzucił Buruk, wyraźnie wyprowadzony z równowagi.

– To poważna sprawa – ocenił Hassell, zamykając raport. – Prawdopodobnie poprosimy was o kontrekspertyzę, ale sądzę, że w międzyczasie możemy zadowolić się tym.

– Dziękuję panom za współpracę – rzekłem, ukrywając podekscytowanie. – Czy życzą sobie panowie, by drugie badanie powierzyć jakiemuś konkretnemu biuru?

– Proszę wziąć, kogo tylko chcecie! – wybuchnął Buruk. – Ach, mówię wam, co za zgraja partaczy! Całemu światu daje to to lekcje zarządzania, a nie potrafi wyliczyć średniej ważonej.

– Raport będzie na pana czekał po pańskim powrocie do Nowego Jorku – obiecała Lena, wiedząc, że jeden z jej młodych pomocników prawdopodobnie jest już w trakcie pisania.

– Ale nawet z dochodem podniesionym do tysiąca dolarów rocznie Timorczycy pozostają na samym dole klasyfikacji – uspokoił nastroje Hassell.

– Pozwolę sobie zauważyć – zaoponowałem – że około dwudziestu innych państw posiada przychód niższy lub równy tej kwocie.

– Ale one są członkami Narodów Zjednoczonych od dziesięcioleci i wątpię, czy przyjęlibyśmy je obecnie.

– A jednak Kiribati i Tonga, których dochód na jednego mieszkańca ledwie przekracza ten osiągany na Timorze, zostały przyjęte w tysiąc dziewięćset dziewięćdziesiątym dziewiątym.

– Sytuacja była inna – bronił się Buruk, sadowiąc się głębiej na krześle, jakby chciał pokazać, że nie da się wciągnąć w szeroko zakrojone porównania.

Nie nalegałem bardziej, ponieważ osiągnąłem swój cel: od tego momentu Buruk nieświadomie zaliczał Timor, kraj czterokrotnie biedniejszy, do tej samej kategorii co Kiribati i Tonga.

– Wczoraj zwrócili panowie naszą uwagę na rzekomy zastój eksportu – podjęła Lena. – Przeczytawszy ponownie nasz raport, rozumiem, jak mogliście dojść do takiego wniosku. Rzeczywiście, przez uchybienie nie zawarliśmy w nim kilku istotnych elementów.

Zrobiła pauzę, z której skorzystałem, aby nacieszyć się rzadkością tej chwili: Lena Thorsen właśnie skrytykowała własną pracę.

– Jeśli panowie na to przystaną, zachowamy analizę sektora paliwowego na następne spotkanie, a teraz pochylimy się zamiast tego nad pozostałymi siłami napędowymi timorskiej gospodarki – kontynuowała z niezmąconą powagą.

– Siłami napędowymi? – parsknął śmiechem Buruk. – Troszkę pani przesadziła, moja śliczna, żadna sfera eksportu nie przynosi więcej niż milion dolarów.

Hassell rzucił mi krótkie, skruszone spojrzenie, jakby chciał przeprosić za fallokrację swojego przełożonego.

– Dzisiaj owszem – zgodziła się Lena, nie pozwalając się zbić z tropu – ale jutro, kto wie? Companhia de Madeira, niewielka spółka z regionu Ambeno, przygotowuje się do podpisania wieloletniego kontraktu na kilkaset ton drzewa sandałowego z austriackim przedsiębiorstwem chemicznym, które zaopatruje w podstawowe olejki największe firmy kosmetyczne świata.

– Na jakim etapie zaawansowania znajduje się projekt? – spytał Buruk tonem naznaczonym sceptycyzmem.

– Prawnicy klienta dali mu w zeszłym tygodniu zielone światło. Umowa czeka tylko na podpis, a pierwszy ładunek o wartości dwóch milionów dolarów jest już gotowy do wysyłki.

Hassell gwizdnął mimowolnie. Szef gabinetu Alkatiriego robił notatki, nie okazując poruszenia faktem, iż nigdy wcześniej nie słyszał o kontrakcie, który samodzielnie stanowił jedną czwartą krajowego eksportu. Zamierzałem porozmawiać z nim przy pierwszej nadarzającej się okazji.

– Timorski przemysł kawowy – ciągnęła Lena – znajduje się u progu błyskawicznego rozwoju. Sektor ten, będący jednym z największych źródeł zysku w okresie portugalskiego kolonializmu, podupadł pod okupacją Indonezyjczyków, którzy narzucili monopol państwowy i nie stosowali nawozu. Na szczęście wielcy międzynarodowi kupcy wykazują obecnie ponowny wzrost zainteresowania kawą ekologiczną i pragną zawierać porozumienia z kooperatywami plantatorów. Przekażemy panom wyniki badania zrealizowanego przez jedną z największych sieci kawiarni na świecie: jej klienci preferują timorską arabicę. Po jej spróbowaniu trzy czwarte nawet wyraziło gotowość zapłacenia za nią nieco drożej niż za zwykle pijaną kawę.

– O ile drożej? – dociekał Buruk.

– Od dwunastu do czternastu procent – odpowiedziałem natychmiast.

– To nie byle co – rzekł z uznaniem Hassell, zapisując liczby w swoim zeszycie.

– Każę panom dostarczyć kopię badania, a także szczegółowe przewidywania dotyczące sprzedaży kawy ekologicznej w ciągu następnych pięciu lat – dorzuciła moja sąsiadka.

– To wszystko? – dopytywał Buruk, tłumiąc ziewnięcie.

Lena odwróciła się do mnie. Wystrzelała już wszystkie swoje pomysły. Dyskretnie opuściłem wzrok na sporządzone wczoraj notatki. „Zasoby naturalne: kawa, drzewo sandałowe, wanilia, marmur". Skoczyłem na głęboką wodę.

– Ależ skąd. Bo jak tu nie wspomnieć o najbardziej obiecującej gałęzi timorskiego przemysłu: produkcji marmurowych grobowców i nagrobków?

– Marmur? – powtórzył zdumiony Hassell. – Na początku raportu napomykacie o istnieniu kamieniołomów, ale nie wiedziałem, że są one eksploatowane.

– Ja sam do niedawna nie byłem tego świadom – wyznałem, wygłaszając pierwszą zgodną z prawdą uwagę na tym spotkaniu. – Ale zachodzą obecnie dwie potężne tendencje, które w połączeniu przyczynią się do rozkwitu lokalnego kamieniarstwa w marmurze. Po raz pierwszy od wieków Azja zaczęła się starzeć. W wyniku spowolnienia przyrostu naturalnego i polityki jednego dziecka wskaźnik umieralności w Chinach sięga niemal siedmiu promili. Powoli, acz nieubłaganie wzrośnie on do dziewięciu, dziesięciu czy jedenastu promili, które odnotowuje się w krajach rozwiniętych. Już teraz każdego roku umiera dziewięć milionów Chińczyków, wkrótce będzie to dziesięć, a później dwanaście milionów. Cóż za gratka dla przedsiębiorców handlujących śmiercią!

Asystent Gusmão patrzył na mnie tak, jakbym zwymiotował mu na buty. Powściągnąłem swój entuzjazm.

– Jednocześnie budżet, jaki Azjaci przeznaczają na grzebanie bliskich, rośnie zdecydowanie szybciej niż ich średni dochód. Nie ma w tym nic dziwnego, gdyż brytyjskie studium pokazuje, że jeśli osoba zarabiająca rocznie trzy tysiące dolarów otrzyma dolara dodatkowo, istnieje dwukrotnie większe prawdopodobieństwo, że przeznaczy go na coś innego niż artykuły pierwszej potrzeby. Kiedy pomyślimy, że Japończycy, najbogatszy naród Azji, wydają średnio… – Udałem, że biorę oddech. Aby zmniejszyć ryzyko palnięcia jakiegoś głupstwa, wyliczyłem kwotę w dolarach. Lena zawsze będzie mogła pomajstrować przy kursie wymiany walut. – …trzydzieści siedem tysięcy dolarów na pogrzeb, perspektywy stają się naprawdę oszałamiające.

– Sądziłem, że Japończycy poddają się kremacji – zauważył Buruk.

Ja też, przypomniałem sobie teraz, gdy o tym wspomniał.

Upiłem łyk wody, by powstrzymać wzbierającą panikę. W pamięci rozbłysły mi zdjęcia cmentarzy wojskowych, grobów w równych rzędach. Czyżby pomyliło mi się z innym krajem? A może Japończycy chowali puste trumny w hołdzie żołnierzom, których ciał nie odnaleziono?

– Sliv? – rzuciła gorączkowo Lena.

Nie, na pewno czytałem artykuł na ten temat. W Tokio nie było już miejsc na cmentarzach. A zatem grzebano popioły? Tak, oczywiście, że tak: dziennikarz podawał, że niektóre dzieci, zmęczywszy się czekaniem na działkę cmentarną, ostatecznie rozsypywały prochy rodziców.

– Jak najbardziej – potwierdziłem, odstawiając szklankę. – A następnie grzebią prochy.

– A, w porządku – uspokoił się Buruk.

– Krótko mówiąc, Chińczycy coraz chętniej wybierają marmur i tendencja ta będzie się umacniać.

– Po ile chodzi w dzisiejszych czasach tona marmuru? – dowiadywał się Hassell.

– Yyy... nie można postawić sprawy w taki sposób. Nie istnieje rynek marmuru podobny do rynków złota czy soi.

Taką przynajmniej miałem nadzieję.

– Od czego to więc zależy? – nalegał Hassell, który jak na absolwenta Berkeley wykazywał okrutny brak solidarności.

– Od ogromnych różnic w jakości – zaimprowizowałem – a także od kosztów transportu, które mogą stanowić nawet połowę całkowitej ceny.

– A właśnie – wtrącił się Buruk – w jaki sposób Timorczycy zamierzają transportować towar?

– Drogą morską, naturalnie.

– Sądziłem, że na okolicznych wodach roi się od piratów.

– Ależ, proszę pana – dokuczyłem mu łagodnie – nie trzeba wierzyć we wszystko, co ludzie gadają.

14

W tamtym tygodniu zrozumiałem sens wyrażenia „dotknięty łaską". Stałem się maszyną do produkcji scenariuszy. To, czego nie wiedziałem, wymyślałem, bez wysiłku i, co ciekawe, bez obawy, że przyłapią mnie na gorącym uczynku. Opisywałem rzeczywistość, w takim sensie, że ta dopasowywała się do moich słów. Kiedy Buruk spychał mnie do okopów, serwowałem mu nowe kłamstwo, zwykle jeszcze bardziej bezczelne niż poprzednie, oszałamiając go nieprawdopodobnymi porównaniami i zdumiewającymi statystykami. Topiłem jego prośby o wyjaśnienia w potoku liczb, których dokładność była odwrotnie proporcjonalna do mojej znajomości tematu. Żonglowałem wskaźnikami liczby urodzin, kursami walutowymi i plonami z hektara. Nie mówiłem: „wedle ekspertów", ale „wedle badania Uniwersytetu w Tel Awiwie", od sformułowania „większość Timorczyków" wolałem zaś „pięćdziesiąt siedem procent Timorczyków", czasem pokuszając się o podanie wartości po przecinku.

Jak atleci trenujący przez cztery lata dla dziesięciu sekund w finale olimpiady, doskonale zdawałem sobie sprawę, iż ten moment to ukoronowanie całej dekady pracy. Chętnie czerpałem ze wspomnień o górach teczek, które przewinęły się przez moje biurko, pamięć na zawołanie podsuwała mi nazwiska i cyfry, o których nie wiedziałem nawet, że je zgromadziłem. Hassell wypytywał mnie o politykę sanitarną Timoru Wschodniego, a ja przedstawiłem mu dane dotyczące Lesotho, które spisałem przed pięcioma laty w pokoju hotelowym w Minneapolis; wprawiłem prezesa krajowej spółki naftowej w osłupienie, opowiadając o metodzie stosowanej przez jego konkurentów do upłynniania łupków bitumicznych skrytych pod ziemią Alberty.

Nikt i nic nie mogłoby mnie powstrzymać przed osiągnięciem celu. Moi pracodawcy życzyli sobie przyjęcia Timoru do ONZ-etu, a ja nieodwołalnie zamierzałem podać im to na srebrnej tacy. Harowałem dla Djiba, Gunnara i dla tych, którzy wspierali mnie podczas żmudnego procesu nauki. Choć może się to wydawać niewiarygodne, nie myślałem już o własnej karierze, a jeszcze mniej o Timorczykach, niejasno przeczuwając, że gdybym rozwinął w sobie empatię wobec nich, poskutkowałoby to jedynie spadkiem mojej skuteczności. Życie ulicy było mi obojętne i rzadko kiedy odwzajemniałem uśmiechy przechodniów.

Z tym większą łatwością trzymałem się swojej roli, bo Lena kapitalnie wywiązywała się z własnej. Przekonała Brinkman, żeby trzymała się z boku, a Gusmão, aby dał nam wolną rękę. Jej zespół, ponieważ skala zadania prędko go przerosła, kierował teraz pracą tuzina biur działających w dwudziestu strefach czasowych: rano Madras fabrykował dyplomy ekspertów, których zacytowałem poprzedniego dnia, wieczorem Sztokholm bombardował timorskie manufaktury zapytaniami o cenę ekstrawaganckich ilości drzewa sandałowego, a w nocy Caracas cyzelował mapę indonezyjskich wód terytorialnych. Lena zachowywała dla siebie najdelikatniejsze misje. Stała się budzącą grozę hakerką i potrafiła zmodyfikować dwie cyfry na serwerach Narodów Zjednoczonych w czasie krótszym, niż mnie zajęłoby umycie zębów.

Nasze relacje znacznie się poprawiły. Zdawało się nawet, że Dunka czerpie ze wspólnych nieprzespanych nocy nieoczekiwaną przyjemność. Zamieniła swoją legendarną sztywność na rozluźnioną determinację, która szybko udzieliła się jej oddziałom. Presja, brak snu i miażdżący nawał obowiązków ani razu nie zepsuły dobrego humoru, który królował tego tygodnia w naszej Kwaterze Głównej. Zresztą tym, których ogarniała przelotna pokusa, by traktować sprawy zbyt poważnie, wystarczyło spojrzeć na Lenę, aby wróciło im jak najlepsze usposobienie: wdzięcznie wirowała od jednego biurka do drugiego, z uśmiechem na ustach rozdając pochwały jak niegdyś wyrzuty. Z wybiciem piątej nad ranem wysyłała swoje oddziały na krótki odpoczynek. Wówczas, wreszcie sami w ogromnym apartamencie skąpanym w promieniach wschodzącego słońca, wyciągaliśmy się na kanapie i strona po stronie odhaczaliśmy punkty z jej notatek, aby upewnić się, że o niczym nie zapomnieliśmy.

Potrzeba było niezdarnych insynuacji Sama Hassella, by ożywić relację, która znajdowała się w stanie śmierci klinicznej od czasu, kiedy przed sześcioma laty w Córdobie nastąpił bolesny finał afery z teczką dotyczącą galosza. Nadal nie wiedziałem, co pchnęło mnie do bronienia Leny. Spóźnione zrozumienie, że jej agresja musi mieć korzenie w nieszczęśliwym dzieciństwie? Czy wolta scenarzysty niezdolnego przyznać, że zachowanie jednej z postaci pozostaje dla niego niezgłębioną tajemnicą? Faktem było, że wychwalając ją publicznie – przed Hassellem, a później przed jej zespołem – wreszcie dałem Lenie powód, żeby przyznała mi przywilej wątpliwości. Cała gama znaków wskazywała, że odtąd uważała mnie – przynajmniej tymczasowo – za sojusznika, a nie rywala. Nigdy nie kwestionowała na przykład mojej strategii, którą mniej pobłażliwy obserwator prawdopodobnie uznałby za próbę ucieczki przed problemami. Poprzez sposób, w jaki komentowała niektóre z moich osiągnięć („Skąd ty bierzesz te wszystkie pomysły?" albo „Naprawdę, przeszedłeś dziś sam siebie"), nie wprost uznawała moją wyższość w dziedzinie scenariuszy. Z rozdziawionymi ustami śledziła moje numery linoskoczka i jeśli nawet wciąż zdarzało jej się marszczyć brwi na moje omyłki, lubiłem myśleć, że wynika to z ukłucia strachu o akrobatę. Przy wyjściu z sali konferencyjnej klepała mnie po ręce i zaśmiewała się z moich imitacji Buruka przeczesującego wąsa. Uśmiechała się do mnie.

Trzeci dzień poświęcony był ropie. Od roku 1992 dwie firmy, jedna amerykańska, druga australijska, bez większych sukcesów eksploatowały podmorskie złoże. Przekonaliśmy Buruka, że australijski rząd udzielił zasadniczej zgody na poszerzenie obszaru timorskich wód terytorialnych, co automatycznie zwiększy dopływ opłat na rzecz naszej wyspy. Następnie wyjaśniłem, dlaczego w niedługim czasie najważniejsze grupy paliwowe umieszczą Timor w centrum swojego zainteresowania. W aktualnym kontekście geopolitycznym Japonia oraz Chiny, odpowiednio drugi i trzeci największy konsument węglowodorów na świecie, usilnie poszukiwały zróżnicowanych źródeł zaopatrzenia spoza Zatoki Perskiej i bez zastrzeżeń wspierały powstawanie timorskiego przemysłu paliwowego. Wskazałem na mapie miejsca, gdzie Chińczycy skonstruują pierwsze rafinerie, a także szlaki morskie, którymi będą dostarczali towar do Szanghaju. Na koniec omówiłem możliwość wydania traktatu o ochronie środowiska, który ustrzegłby lokalną florę i faunę przed potencjalnie niszczycielskimi skutkami przyspieszonej industrializacji. Buruk przyjął moją koncepcję z entuzjazmem, nie zważając na fakt, że jak dotąd Timor uwalniał do atmosfery blisko sześćset pięćdziesiąt razy mniej dwutlenku węgla niż sam tylko stan Kentucky.

Czwartego dnia nasi goście wyrazili chęć rozprostowania nóg. Zabraliśmy ich najpierw do portu w Dili. Spostrzegłszy w kącie stertę rdzewiejących kontenerów, poinformowałem, że zawierają cenny ładunek drzewa sandałowego, o którym Lena wspominała dwa dni temu. Ponieważ Hassell chciał zobaczyć dokumenty przewozowe, przywołałem jakiegoś dokera i przekonałem go, by wyrwał kartkę ze swojego notatnika w zamian za dyskretną obietnicę otrzymania banknotu dziesięciodolarowego. Hassell przestudiował bazgroły w języku tetum i oznajmił, że to go zadowala. Później odwiedziliśmy kooperatywę produkującą ekologiczną kawę, tak skromną, że wytwarzane przez nią dobra ledwie starczyłyby na zaspokojenie potrzeb Kwatery Głównej naszej kampanii. Buruk zapytał właściciela, czy planuje rozwój firmy, aby móc stawić czoła gwałtownemu rozkwitowi rynku. Dzielny jegomość poprzez moje usta powiadomił, że właśnie zakupił dodatkowe osiemset hektarów dzięki honorowej pożyczce przyznanej mu przez nowozelandzką organizację pozarządową.

Po hojnie zakrapianym obiedzie ponownie ruszyliśmy w drogę na wschód, w stronę atrakcji, która miała stanowić gwóźdź programu. I faktycznie, Lena zorganizowała w opuszczonym kamieniołomie marmuru przedstawienie godne hollywoodzkiej superprodukcji. Setka zatrudnionych tego ranka pracowników z mozołem ciosała marmur, w pełnym słońcu i pod strumieniem obelg sadystycznego brygadzisty, następnie pakowała go na wywrotkę, która gdy tylko się zapełniła, odjeżdżała, by pozbyć się ładunku kilka kilometrów dalej, w innym podobnym kamieniołomie. Zmartwiony mizernym wyglądem robotników Hassell dostarczył mi pretekstu, abym podszedł do brygadzisty i poprosił o przerwę. Przy okazji zwróciłem uwagę tego człowieka, który wczoraj przyleciał prywatnym samolotem z biura w Dżakarcie, że jego wiedza z zakresu geologii pozostawia wiele do życzenia: jego ludzie od dwóch godzin kruszyli gres; marmur znajdował się po drugiej stronie kamieniołomu.

Piątego dnia poruszyliśmy delikatny temat infrastruktury. Przekonałem Buruka, że Comoro oraz Presidente Nicolau Lobato International to dwa różne lotniska. Hassellowi unaoczniłem, że – ze swoimi czterystoma kilometrami dróg i pojedynczym heliportem – Timor w ostatecznym rozrachunku posiada niewiele mniejszy wskaźnik rozwoju transportu niż przeciętny kraj zindustrializowany (powstrzymałem się, rzecz jasna, przed dodaniem, że w tym narzędziu mojego autorstwa pociągi, metro oraz płatne autostrady zostały opatrzone wartością ujemną). Okazałem się na tyle przekonujący, że Buruk zasugerował, by zmodyfikować plan modernizacji głównej trasy łączącej Dili z Baucau, argumentując, że zaoszczędzone sumy bardziej przydadzą się na budowę stacji oczyszczania wody, której projekt zarysowałem mu wcześniej.

Owego wieczoru spotkałem Sama Hassella w barze hotelu Central. Amerykanin wpadł w zachwyt na widok mojej bejsbolówki w barwach UC Berkeley, którą sprowadziłem przed kilkoma dniami z biura w San Francisco, płacąc jak za zboże. Przy trzeciej szklance podwójnej whisky wyznał, że Buruk jest pod wrażeniem postępów poczynionych od czasu jego ostatniej wizyty. Kraj nie tylko podniósł się po szkodach wyrządzonych w 1999 roku, ale też rozsądnie zwrócił się ku przyszłości, gotowy pochwycić fantastyczne możliwości oferowane przez zglobalizowaną gospodarkę. „Czy Buruk skłonny jest zmienić zdanie na tyle, żeby zarekomendować przyjęcie Timoru Wschodniego?", spytałem. Hassell nadal miał wątpliwości. Istniało duże ryzyko, że jutrzejsze spotkanie poświęcone kwestii rolnictwa okaże się decydujące. Ciągnięcie rozmowy nie przyniosłoby mi żadnej dodatkowej informacji, wymówiłem się więc nagłym bólem głowy, twierdząc, że muszę się położyć. Zamiast tego poszedłem na górę do Leny, by przedyskutować strategię.

Kończyły nam się cuda. Grzebanie przy statystykach nikogo jeszcze nie wykarmiło. Te wygłodniałe dzieciaki, które żebrały przy wejściach do hoteli, te kobiety zgromadzone wokół śmietników restauracji... Buruk widział je tak samo jak i ja. Utrzymywanie, że Timorczycy jedzą do syta, niechybnie zwróciłoby się przeciwko nam i zainfekowało resztę naszej teczki. Podzieliliśmy się więc rolami. Szóstego dnia Lena zaczęła od wskazania na zmianę, jaka nastąpiła w timorskich zwyczajach żywieniowych. Mimo że ilość pozostawała niewystarczająca, przeciętna wartość odżywcza posiłku stopniowo zbliżała się do minimów zalecanych przez Organizację Narodów Zjednoczonych do spraw Wyżywienia i Rolnictwa. Hassell robił mnóstwo notatek, ale nie wyglądał na przekonanego. Lena zabrała się wówczas, popierając swoje słowa kolorowymi tabelami, do mozolnego wywodu, który miał na celu udowodnienie, iż Timorczycy umierają mniej licznie niż mieszkańcy regionu Sahel. Prezentacja, choć prawdziwa, była nie do zniesienia i Buruk położył jej kres, nie kryjąc irytacji. Pospiesznie przystąpiłem wówczas do obnażania pożałowania godnego stanu, w jakim znalazło się krajowe rolnictwo: timorski chłop nie miał pojęcia o nawet najbardziej podstawowych zasadach trójpolówki czy wzbogacania ziemi; nie używał ani nawozów, ani polepszaczy gleby; nie chronił roślin przed owadami i pasożytami; ponieważ nie zwoził zbiorów w porę, duża ich część padała łupem zwierząt. I tu dochodziłem do sedna mojej argumentacji: gdyby Timor rokrocznie zwiększał plony rolne o pięć procent, wykorzeniłby problem złego odżywiania w niespełna dekadę.

– Sami panowie przyznają, że mowa tu o bardzo rozsądnie wyznaczonym celu – podekscytowałem się, wykrzesując z siebie cały entuzjazm, na jaki jeszcze było mnie stać po pięciu prawie całkiem nieprzespanych nocach. – Proszę pozwolić, że wyłożę, w jaki sposób zamierzamy nie tylko go osiągnąć, lecz także nawet przekroczyć.

– Dziękuję, panie Dartunghuver – przerwał mi Buruk. – Nie chcę wysłuchiwać pańskich recept, a to z tego prostego powodu, że neguję pańską diagnozę. Timor cierpi przede wszystkim z powodu swojego położenia geograficznego, górzystego ukształtowania terenu oraz fatalnego systemu nawadniania. Pomyśleć tylko, że jedynie sześć procent terytorium zostało zirygowane...

– Prawdziwa wartość zbliża się raczej do ośmiu procent – zaprotestowałem dla zasady.

Buruk wzruszył ramionami.

– Poza tym – ciągnął – tutejszy zwyczaj wypalania poważnie zubożył gleby. Utrzymuje pan, że wierzy w możliwość zwiększenia plonów. Ja, przeciwnie, oceniam, że będą się one powoli, acz nieubłaganie zmniejszały.

Ten jeden raz zabrakło mi słów. Miał, niestety, rację. Timorczycy, podobnie jak ich indonezyjscy sąsiedzi, nadużywali systemu żarowego, który polega na podpaleniu ziemi przed jej obsianiem. Po trzech lub czterech sezonach okazywało się, że gleba dała już z siebie wszystko, co mogła. Ponieważ zniknęły próchnica oraz mikrofauna, które ją chroniły, stawała się podatna na erozję wywołaną działaniem wody i wiatru i stopniowo traciła całą płodność.

– Obawiam się, że stanęliśmy wobec nierozwiązywalnego równania – dobił nas Buruk. – Populacja rośnie, a produkcja rolna spada.

– Japonia czy Anglia zużywają więcej artykułów rolno-spożywczych, niż produkują, a różnicę importują – przypomniałem.

– Ależ, Sliv, dobrze pan wie, że pozwala im na to ich sytuacja gospodarcza – uśmiechnął się Hassell.

– Równowaga handlowa już jest mocno zachwiana – kontynuował bezlitośnie Buruk, ciągnąc się za wąsy. – Timorczycy są skazani na samowystarczalność żywieniową: od tego zależy ich przetrwanie.

Ci dwaj powinni występować w cyrku, pomyślałem mimowolnie. Wąsacz i Łysol skłonili was do śmiechu, czy uda im się doprowadzić was do łez? Zerknąłem na Lenę. Nagle zwaliło się na nią zmęczenie z całego tygodnia. Jej sina twarz, zapadnięte policzki i cienie pod oczami poruszyły mnie bardziej, niż dałoby się wyrazić słowami.

– Leno – odezwałem się – czy mogłaby pani zamówić samochód?

– Już się robi – odparła machinalnie, wstając.

Odwróciłem się do Buruka.

– Jeśli pan pozwoli, chciałbym coś panom pokazać.

Turek się zawahał. Wyraźnie kusiło go, by odmówić, musiał jednak dojść do wniosku, że jest mi winny ostatnią przysługę.

– Jesteśmy do pańskiej dyspozycji – oznajmił, schylając głowę.

– Mamy zabrać swoje rzeczy? – dopytywał Hassell.

– Tak, już tu nie wrócimy.

Wszyscy pojęliśmy wagę mojej odpowiedzi. Wiedziałem, że Buruk, mimo iż początkowo nie wykluczył pozostania na miejscu o jeden dzień dłużej, miał nadzieję wyjechać nazajutrz, ogłosiwszy werdykt. W domyśle właśnie dostosowałem się do jego terminarza. Zostawiłem obu mężczyzn przy zbieraniu notatek i dołączyłem do Leny przy drzwiach.

– Dokąd nas zabierasz? – spytała obojętnym tonem, jakby dowiadywała się o cel spaceru.

– Ty mi to powiesz – wyszeptałem. – Znasz jakąś rozległą, niezagospodarowaną równinę usytuowaną w pobliżu ważnej rzeki i jeśli to możliwe, niezbyt daleko od drogi?

– Tylko tyle? – rzuciła, uśmiechając się smutno.

– Proszę cię, Leno. Przemierzyłaś ten kraj wzdłuż i wszerz, postaraj się.

Zamknęła miękko oczy i przez chwilę sądziłem, że zasnęła.

– Gdzieś przy brzegu Laclo – ogłosiła wreszcie.

– Można tam dojechać?

– Tak sądzę. Godzinę drogi stąd trafimy na szosę, która wychodzi z Manatuto i biegnie niemal równolegle do rzeki.

– Poprowadzisz kierowcę.

Usiadłem z tyłu, między Burukiem a Hassellem. Ani jeden, ani drugi nie pałał radością na myśl o naszej eskapadzie, zwłaszcza kiedy odmówiłem wyjawienia im celu podróży. W końcu Buruk poluźnił krawat i wdał się w szczegółową relację ze swojego pobytu w Tamilnadu, podczas którego gospodarze, eminentni indyjscy dygnitarze, podali małpi móżdżek utopiony w czymś w rodzaju sosu beszamelowego. Lena, dotychczas skupiona na drodze, powstrzymała mdłości, opuściła szybę i wychyliła głowę za okno. Manatuto: dwadzieścia kilometrów, głosiła tablica.

Buruk, który nie pozwolił, by zniechęcił go wiatr czochrający mu wąsy, opowiadał, że po tym, jak dyskretnie zsunął zawartość talerza do serwetki, miał ogromny problem z odgonieniem od siebie psów gospodarza, które trochę za bardzo interesowały się kieszenią jego spodni. Hassell, choć podejrzewałem, że słyszy tę anegdotkę nie po raz pierwszy, śmiał się do rozpuku i koniecznie chciał wiedzieć, w jaki sposób szef pozbył się tej kompromitującej sztuki bielizny stołowej. Buruk przez chwilę dawał się prosić, „przez wzgląd na pannę Thorsen", a później poddał się i wyjawił nam, że schronił się w łazience, wepchnął serwetkę do toalety i pociągnął za spłuczkę, aby zaraz z przerażeniem zdać sobie sprawę, że zatkał muszlę.

Manatuto: dwanaście kilometrów. Ta doskonale niedorzeczna historia przeszkadzała mi w uporządkowaniu myśli w chwili, w której najbardziej tego potrzebowałem. Co gorsza, tragikomiczna natura całej sceny nieodparcie przywodziła na myśl inną sytuację, którą wszak miałem nadzieję na zawsze pogrzebać w najdalszych zakamarkach pamięci. Buruk przejął rolę Khoyoulfaza, a Hassell – Jonesa, ale u mojego boku wciąż tkwiła Lena, a scenariusz nie zmienił się ani na jotę: dwa paskudne typki wysiadły z samolotu, żeby sumarycznie nas osądzić, uznać za winnych i zaprowadzić na szafot przy wtórze niewybrednej paplaniny.

Buruk długo rozważał swoje opcje, przyglądając się kawałkom móżdżku, które wirowały w muszli. Delikatne pukanie do drzwi skłoniło go, by przejść do działania. Uklęknął, zakasał rękaw i zanurzył rękę w muszli klozetowej aż po łokieć, wywołując przy tym powódź, która zrujnowała jego odświętny strój. Każda kolejna próba wydobycia materiałowej kulki skutkowała jedynie wepchnięciem jej nieco głębiej w syfon i Buruk już widział oczyma duszy chwilę, w której będzie musiał, wyżymając koszulę, oświadczyć pani domu, że zatkał ubikację jej kolacją. Szczęśliwym zrządzeniem losu udało mu się w końcu złapać róg serwetki. Syfon żywiołowo wypluł zawartość muszli, wyrzucając z siebie niespodziewaną zdobycz: drugą serwetkę, która sprawiła, że wyrzuty sumienia Buruka się rozwiały.

– I co pan zrobił? – spytał Hassell ubawiony do granic.

– Ach! Ach! – wykrzyknął Turek. – Widzicie, mój poprzednik przygotował mały węzełek. Rozwiązałem supły i już szykowałem się, żeby wrzucić zawartość serwety do ustępu, kiedy naszła mnie niepohamowana ochota, by spróbować tego smakołyku, którym zajadali się moi sąsiedzi przy stole i który kosztował mnie mój najlepszy garnitur.

– Nie…? – rzucił Hassell z niedowierzaniem.

– O tak! – ryknął Buruk. – No cóż, nie zgadniecie: było przepyszne!

– Dojeżdżamy do Manatuto – ogłosiła Lena bezbarwnym głosem.

Kierowca skręcił w prawo tuż przed ujściem Laclo. Lena się nie myliła. Nieutwardzona droga wiła się między górami, biegnąc jednak wzdłuż rzeki i nigdy nie oddalając się od niej na więcej niż kilkaset metrów.

– Proszę zwolnić – poleciłem, pochylając się do przodu samochodu.

– Jesteśmy na miejscu? – spytał Buruk, wyraźnie rozzłoszczony, że jego anegdota nie odniosła większego sukcesu.

– Już wkrótce – odpowiedziałem nieuważnie, szukając w gęstwie roślinności wskazówek odnośnie do jakości gleby.

Wjechaliśmy w gęsty, niezamieszkany las, a mój niepokój przekształcił się w panikę. Za każdym kolejnym zakrętem rozciągała się panorama mająca coraz mniej wspólnego z tą, którą opisałem Lenie i która jak zaczynałem wierzyć, istniała wyłącznie w mojej wyobraźni. Że też nie wziąłem zdjęć satelitarnych, które leżały na mojej szafce nocnej!

– Zbliżamy się do szczytu – wskazała Lena, odwracając się. – Trasa ciągnie się jeszcze kilka kilometrów.

Ostatnie zdanie było w oczywisty sposób skierowane do mnie. Nie ma żadnej gwarancji, że po drugiej stronie pejzaż okaże się bardziej sprzyjający, próbowała mi powiedzieć Lena.

– Niech pan zatrzyma samochód na szczycie – rozkazałem na tyle głośno, by obudzić Hassella, który przysnął.

Kierowca zaparkował na poboczu. Z udawaną nonszalancją skierowałem się ku skupisku sandałowców, które zasłaniało widok, wiedząc, że od tego, co znajduje się za nim, zależy dużo więcej niż tylko przyszłość Timoru Wschodniego czy miejsce w Komitecie Wykonawczym.

Wstrzymałem oddech, rozsunąłem gałęzie i uśmiechnąłem się, odkrywając krajobraz dokładnie odpowiadający temu, który opisałem Lenie przed godziną. Turysta zachwyciłby się tysiącem odcieni zieleni, które pokrywały dywanem strome zbocza sięgające aż po horyzont, ale ja nie potrafiłem oderwać oczu od innego spektaklu: rzeka, wypływając z przesmyku między drzewami, zataczała długą pętlę wokół pagórka dominującego nad obszernym, leżącym odłogiem terenem.

– Zachwycający punkt widokowy – wymamrotał za moimi plecami Buruk.

– Panowie, chciałbym, żebyście nacieszyli oczy miejscem wybranym przez ministra rolnictwa do eksperymentalnego programu polepszania gleb – wydeklamowałem nieco górnolotnie.

– A na czymże to polega ten cudowny program?

Nie zaszedłem tak daleko tylko po to, by zły humor Buruka miał mi pokrzyżować plany.

– Górzyste ukształtowanie terenu, nieprzystające metody, erozja gleb – wymieniłem. – Chwilę temu z rzadko spotykaną bystrością umysłu zidentyfikował pan problemy, którym stawia czoła timorskie rolnictwo. Rząd, który, niestety, nie posiada pańskiej przenikliwości, kilka miesięcy temu zatrudnił islandzką agencję badań środowiskowych, aby przygotowała plan działania.

– Dlaczego nigdy nic o tym nie słyszeliśmy? – spytał Hassell podejrzliwym tonem. – Narody Zjednoczone powinny zatwierdzać każdy wydatek powyżej stu tysięcy dolarów.

– Wspomniana agencja zgodziła się początkowo pracować *pro bono*, pod warunkiem że to jej powierzone zostaną zredagowanie zeszytu specyfikacji oraz nadzór nad pracami. Miałem w ręku wstępną wersję raportu, którą w przyszłym tygodniu otrzyma Xanana Gusmão. Nie przesadzę chyba, jeśli powiem, że zawarte w niej konkluzje zrewolucjonizują timorskie rolnictwo.

– Mimo wszystko – wymruczał Hassell – powinniście byli nam o tym wspomnieć.

– Niech mu pan pozwoli mówić, Sam – zaprotestował Buruk, nareszcie zainteresowany.

– Timorska gleba – podjąłem wyjaśnienia – jest z natury płodna, między innymi dzięki porastającym te ziemie tysiącletnim drzewom, które obficie wyposażyły ją w materię organiczną.

– Jakże to więc możliwe, że nic na niej nie rośnie? – dociekał Hassell.

– Nic jadalnego, chciał pan powiedzieć, ponieważ niektóre gatunki bambusa potrafią w ciągu doby urosnąć o cały metr. Ale ma pan po części rację: rośliny, które nas interesują – warzywa, dajmy na to, żeby sprawę ułatwić – potrzebują wody albo – gwoli ścisłości – niemal nieustannego podlewania. Na tym właśnie polega uchybienie Timoru: pięć czy sześć głównych cieków wodnych zasila zaledwie kilka procent jego terytorium, podczas gdy eksperci z islandzkiego biura obliczają, że mogłyby nawodnić prawie jedną czwartą!

– Ależ! – obruszył się Buruk. – Komu próbuje pan to wmówić?

– Proszę więc spojrzeć na meandry tej rzeki – powiedziałem, ignorując jego uwagę. – Niech pan zobaczy, jak po wypłynięciu z lasu okrąża ten pagórek z lewej strony, nawadniając przy tym jedynie ten kamienisty wąwóz absolutnie nienadający się pod uprawę.

– No i?

– Gdyby z kolei pokonywała przeszkodę z prawej strony, na odcinku kilkuset metrów toczyłaby wody równo z grzbietem wzniesienia, później spłynęłaby niżej po najbardziej stromym zboczu, przecinając po przekątnej tę równinę w kształcie rombu, która zajmuje dobrych trzysta hektarów i gdyby porządnie ją nawodnić, mogłaby według naszych obliczeń zapewnić przetrwanie pięciuset rodzinom.

– Zaraz, zaraz – powstrzymał mnie Buruk. – Mówi pan o zawróceniu rzeki?

– Gdzie tu problem? Sprawimy, że chwilowo opuści swoje koryto. Przecież wiemy, że dzięki topografii płaskowyżu wkrótce trafi do niego z powrotem. Niech pan podąża wzrokiem za moim palcem – poleciłem, wyciągając ramię. – W nowej konfiguracji Laclo zakręci aż do najbardziej na wschód wysuniętego rogu naszego rombu, przepłynie pod tym wielkim występem skalnym i zniknie w lesie, gdzie wkrótce powróci do swojego prawdziwego koryta. Proszę mi wierzyć, mowa tu o operacji dużo mniej poważnej niż budowa tamy czy kanałów irygacyjnych.

– Przesadziliśmy ze wznoszeniem tam w latach siedemdziesiątych – skomentował sentencjonalnie Buruk, jakby brał na siebie część odpowiedzialności za ten błąd.

– Zamierzacie wysadzić wzgórze dynamitem? – zapytał Hassell.

– To byłoby najprostsze i niewątpliwie najtańsze rozwiązanie

– przyznałem. – Jednakże, z oczywistych względów ekologicznych, nasi eksperci radzą raczej przesunąć pagórek o kilka metrów.

Lena zadrżała.

– Niemożliwe! – wykrzyknął Hassell.

– Myli się pan! – odparłem, czując krew pulsującą w skroniach. – Czy przenosił pan kiedyś babkę z piasku? Procedura wygląda niemal identycznie: wsuwamy bardzo cienką płytę pod podstawę wzgórza i przeciągamy je o kilka metrów.

– Wspaniałe! – podekscytował się Buruk, najwyraźniej niezbyt zorientowany w naukowym aspekcie robót publicznych.

– Nie ukrywam, że jest to operacja kosztowna, którą nieczęsto się stosuje – zaznaczyłem, częściowo po to, by uspokoić Lenę. – Nasi specjaliści sporządzili listę osiemdziesięciu siedmiu priorytetowych lokalizacji, które po takim przeorganizowaniu wyżywią dodatkowe trzydzieści tysięcy rodzin. Czasami będziemy musieli usunąć jakieś wzniesienie albo przebić się przez skałę, ale w większości przypadków skoncentrujemy się na relatywnie nieinwazyjnych pracach związanych z tarasowaniem stoków.

– Trzydzieści tysięcy rodzin – powtórzył Buruk w zamyśleniu. – Ale skąd weźmiecie fundusze?

– Parę organizacji pozarządowych już zaangażowało się w sprawę, oferują nawet po kilka milionów dolarów, ale wolałbym być z panem szczery: liczymy na hojność ze strony Narodów Zjednoczonych. Bez mrugnięcia okiem ponieśliście koszty funkcjonowania Timoru; dziś macie niepowtarzalną okazję, by pomóc mu zainwestować w przyszłość.

– I nie zawiedziemy go – zapewnił z powagą Buruk.

– Ale trzeba będzie wypełnić formularze – dorzucił Hassell.

– A właśnie – odbiłem piłeczkę – jak wygląda harmonogram? Cengis, zdaje się, że planował pan załapać się na jutrzejszy lot, prawda?

– Tak jest – zaśmiał się Buruk. – Damy wam trochę odpocząć, zasłużyliście sobie.

– Leno – ciągnąłem ostrożnie – uważam, że powinniśmy przekazać naszym przyjaciołom kopię wstępnego raportu Baldura, Fuguseta i Thorberga. Co o tym sądzisz?

Lena nadal wpatrywała się w meandry Laclo. Odwróciła głowę w moją stronę, a w jej oczach ze zdumieniem wyczytałem to jedno uczucie, którego nigdy nie spodziewałbym się tam ujrzeć: podziw.

– Ma się rozumieć. – Skinęła głową. – Ale czemu by nie wręczyć im od razu ostatecznej wersji?

– Już ją dostałaś? – spytałem, obawiając się jakiegoś nieporozumienia, które wszystko zepsuje.

– Spodziewam się jej dziś wieczorem – odparła Thorsen, obdarzając mnie jaśniejącym uśmiechem. – Będziemy mieli całą noc, żeby ją poprawić.

Część druga
Waszyngton

1

– Spotkanie wkrótce się zacznie – poinformowała mnie Olga. – Zechciałby pan poczekać razem z pozostałymi gośćmi?

Nie udało mi się stłumić pełnego ulgi westchnięcia. A więc to w takich kategoriach postrzegała mnie ukraińska sekretarka Angoui Djiba: jako gościa. Wiadomość od jej szefa bowiem bardziej kojarzyła się z wezwaniem niż zaproszeniem. Nakazywała mi stawić się przed Komitetem Wykonawczym – najwyższą instancją KFR-u z siedzibą w Toronto – 3 grudnia 2001 roku o godzinie jedenastej. Tępe uczucie wywołane brakiem programu obrad nieco powściągnęło moje podekscytowanie na myśl, że wreszcie zostanę przedstawiony sześciu osobom, które dzierżą mój los w swoich rękach.

– Z przyjemnością – zgodziłem się.

Olga otworzyła drzwi za swoim biurkiem i wprowadziła mnie do niewielkiego pomieszczenia, które przypominało poczekalnię u dentysty dla miliarderów. Lena Thorsen i Jane Brinkman, niemal całkowicie niknąc w siedzisku monumentalnej skórzanej kanapy, gawędziły przyjacielsko z filiżankami kawy w dłoniach, nie potrafiły jednak ukryć lekkiego podenerwowania.

– Och, witaj, młody człowieku! – zawołała Brinkman. – Zjawia się pan w samą porę…

– Taki już jego zwyczaj – skomentowała Lena, wstając.

Gdy dostrzegła moje niezdecydowanie co do tego, jak powinienem zinterpretować tę uwagę, dorzuciła:

– Dobry zwyczaj, rzecz jasna. Dzień dobry, Sliv.

Nie przypominałem sobie, bym kiedykolwiek widział ją tak wystrojoną. Miała na sobie perłowoszary kostium i dopasowaną bluzkę w cienkie czarne paski. Nałożyła dyskretny makijaż, włosy spięła w idealny kok i brakowało jej tylko długich białych rękawiczek, żeby upodobnić się do którejś z bohaterek Hitchcocka.

– Dzień dobry, Leno – odparłem, żałując, że nie jestem Carym Grantem.

Popatrzyliśmy na siebie skrępowani, czekając, aż to drugie przejmie inicjatywę. Uścisk dłoni wydawał się śmieszny w świetle tego, co przeszliśmy razem w Dili. Ale w takim razie co? Przytulić ją? Pocałować w policzek? Choć kusiła mnie ta ostatnia opcja, nie byłem gotowy na ryzyko brutalnego odtrącenia, zwłaszcza na oczach Brinkman. Wyciągnąłem rękę. Lena się zawahała, być może rozczarowana moim brakiem śmiałości, ale w końcu ją uścisnęła.

– Cieszę się, że cię widzę – powiedziała, siadając ponownie. – Miałeś dobrą podróż?

– Bardzo dobrą, dziękuję – odrzekłem; przezornie pozostałem w pozycji stojącej. – Od czasu pewnego lotu z Dili do Reykjavíku odzwyczaiłem się od tego, że wylot i przylot mają miejsce w tym samym tygodniu.

Obie kobiety zaśmiały się z mojego dowcipu, Lena może trochę głośniej, niż na to zasługiwał.

– A w pracy w porządku? – zagadnęła.

– Och, wiesz, jak jest. Po tym, jak przesuwałem góry w tropikalnym lesie, trochę trudno mi znaleźć motywację do poprawiania przecinków w raporcie Banku Światowego.

Tylko połowicznie się wygłupiałem. Po powrocie z Timoru po raz pierwszy w swojej karierze nie byłem w stanie podjąć zwykłych obowiązków. Idąc za radą Gunnara, wyruszyłem naładować baterie u matki w Húsavíku, gdzie głównie spałem, rąbałem drewno, no i… spałem.

– A ty? Kiedy wyjechałaś z Dili?

– Dwa tygodnie po tobie – odparła Lena. – Mogłam rozesłać ekipę do domów i koordynować ostatnie operacje z Los Angeles, ale wolałam nadal mieć wszystkich pod ręką. Wykorzystałam to, żeby spotkać się z Gusmão i Alkatirim. Kazali ci przekazać podziękowania. Choć tak między nami mówiąc, niepokoją ich koszty prac, którymi oczarowałeś Buruka...

– Niech się nie martwią na zapas – prychnąłem, dość mocno zirytowany taką niewdzięcznością.

Zapadło ciężkie milczenie. Bardzo chciałem wznowić rozmowę, ale do głowy nie przychodziło mi żadne pytanie. Poza tym, mimo że Brinkman udawała pochłoniętą swoją podróżną Biblią, wiedziałem, że nie uroniła ani słowa z naszej wymiany zdań.

– Jeśli masz czas po spotkaniu, może skoczylibyśmy coś przegryźć? – zaproponowałem w końcu.

– Jasne, czemu nie? – zgodziła się Lena takim samym fałszywie obojętnym tonem jak mój.

Szczęśliwie w tym samym momencie otworzyły się drzwi.

– Proszę za mną – poleciła Olga.

Przez moje ciało przemknęła gwałtownie uwolniona dawka adrenaliny. Wielka chwila nadeszła. Wątpiłem, aby miano dziś przede mną odkryć cel działania KFR-u, ale przynajmniej poznam tożsamość sześciu członków Komitetu. Wszystko wskazywało na to, że Lena podziela moją nerwowość: zerwała się z kanapy jak z bramki startowej. Co do Brinkman, ostentacyjnie zaznaczyła stronę, jakby bała się oskarżenia o niecierpliwość.

Olga zaprowadziła nas do prywatnej windy. Jednym kluczem otwarła drzwiczki specjalnego schowka; za nimi ukazała się skomplikowana dziurka, w którą wsunęła drugi, pozłacany klucz. Kabina ruszyła, ale nie dało się z całą pewnością stwierdzić, czy jedzie w górę czy w dół. Napotkałem spojrzenie Leny i uśmiechnąłem się do niej machinalnie. Niezaprzeczalnie zasługuje na to, by tu być, pomyślałem, ale od teraz każde z nas musi pilnować swego.

Po jakichś dwudziestu sekundach kabina znieruchomiała. Będzie tam Djibo, snułem domysły, podczas gdy drzwi powoli się rozsuwały, Khoyoulfaz, Verplanck, Karvelis, Shao i Lassiter. To nic, że przez ostatnie pół roku obracałem te nazwiska w głowie, i tak wstrzymałem oddech i instynktownie napiąłem mięśnie w oczekiwaniu na jakiś niespodziewany zwrot akcji.

– Witajcie, przyjaciele! – wykrzyknął serdecznie Djibo, który czekał na nas przy wyjściu z windy i – celowo lub nie – zasłaniał nam widok.

Skłonił się Brinkman, unosząc jej dłoń do ust.

– Dziękuję, że zadała sobie pani trud, by być tu dzisiaj z nami, Jane. Leno, jak miło cię znowu widzieć po tylu latach!

Latach? Słuchając Leny na Timorze, doszedłem do wniosku, że co tydzień jadała z Djibem kolację.

– I Sliv, mój drogi chłopcze, ależ miałem natchnienie, że się do pana zwróciłem! Naprawdę uratował pan sytuację.

– Nie przesadzajmy – pohamowałem go skromnie, czując, jak Lena sztywnieje u mojego boku.

Djibo odwrócił się twarzą do sali równie przestronnej co boisko do koszykówki, wyłożonej beżową wykładziną, której całkowicie przeszklone ściany oferowały spektakularny widok na biznesową dzielnicę Toronto. W głębi pomieszczenia pozostałych pięcioro członków Komitetu zasiadało przy akacjowym stole w kształcie podkowy, wewnątrz której ustawiono mniejszy stolik i trzy krzesła. Uśmiechali się, ale najwyraźniej nie mieli zamiaru wstać, aby nas przywitać.

– Rozgośćcie się, proszę – zachęcił Djibo, na powrót zajmując swoje miejsce w fotelu.

Brinkman wybrała krzesło po prawej. Lena spojrzeniem zbadała moje zamiary. Ponieważ się wahała, autorytatywnie usiadłem pośrodku.

– W przeciwieństwie do Jane, która jest w tym kręgu stałą bywalczynią – zaczął Djibo, zwracając się do Leny i do mnie – spotykacie się z nami po raz pierwszy, poproszę więc kolegów i koleżanki, żeby się przedstawili.

Ze zdumieniem zdałem sobie sprawę, że Brinkman już wcześniej znała skład Komitetu i że niewątpliwie z przyjemnością by mi go wyjawiła, gdyby tylko przyszło mi do głowy ją o to poprosić. Ależ ze mnie beznadziejny detektyw!

– Zoe Karvelis – oznajmiła piękna, około czterdziestopięcioletnia brunetka po naszej lewej. – Jestem dyrektorką Działu Kadr KFR-u oraz członkinią Komitetu Wykonawczego od dziewięćdziesiątego siódmego roku.

– My już się znamy – uśmiechnął się Yakoub Khoyoulfaz. – Dla waszej informacji, dołączyłem do Komitetu w tysiąc dziewięćset dziewięćdziesiątym.

Następny fotel zajmował Djibo, który potwierdził to, co od zawsze podejrzewałem.

– Mam zaszczyt przewodniczyć temu zgromadzeniu od dziewięćdziesiątego trzeciego roku – poinformował Kameruńczyk. – A jego członkiem zostałem pięć lat wcześniej.

– Claas Verplanck – powiedział wysoki, szczupły mężczyzna o kanciastych rysach. – Spotkaliśmy się w Krasnojarsku. Zarządzam Głównym Inspektoratem, a członkiem Komitetu jestem od osiemdziesiątego piątego.

Oczywiście pamiętałem Verplancka. Przyjechał do Akademii, aby zachwalić nam zalety organu, którym kierował. Grzecznie wysłuchałem jego laudacji, błagając niebiosa, by mój końcowy wynik pozwolił mi na wstąpienie do Planu lub Operacji Specjalnych.

– Ching Shao – wyrecytowała jego sąsiadka, wyświadczając nam uprzejmość i wymawiając swoje nazwisko na modłę zachodnią. – Jestem wiceprzewodniczącą Planu i członkinią Komitetu od dziewięćdziesiątego szóstego roku.

Aż do tego momentu rozgryzłem wszystko niemal bezbłędnie. Moje hipotezy dotyczące równowagi geograficznej, kulturowej i religijnej w Komitecie w pełni się potwierdzały. Co więcej, z dokładnością do jednego czy dwóch lat odgadłem daty objęcia funkcji przez poszczególnych członków. Ale na ostatnim fotelu nie siedział ani Jim Lassiter, ani żaden z pozostałych zidentyfikowanych przeze mnie kandydatów. Był to biały, około siedemdziesięciopięcioletni mężczyzna o kończynach kruchych jak zapałki, jednak jego czarne, niezwykle ruchliwe spojrzenie świadczyło o nieuszczuplonej żywotności.

– Pierre Ménard. Jestem agentem specjalnym najwyższej klasy i członkiem Komitetu Wykonawczego od sześćdziesiątego szóstego roku – oświadczył z wyraźnym francuskim akcentem.

Nie potrafiłbym stwierdzić, która z tych rewelacji bardziej mnie wówczas zdumiała. Fakt, że Ménard – którego nazwisko absolutnie nic mi nie mówiło – zasiadał w tej radzie jeszcze przed moimi narodzinami, czy że nie wzniósł się ponad relatywnie skromną rangę agenta najwyższej klasy. Francuz zauważył chyba moje zdziwienie, bo mrugnął do mnie porozumiewawczo.

– Dziękuję, moi drodzy – podjął Djibo. – Jane, Leno, Sliv, zebraliśmy was dziś tutaj, żeby podzielić się z wami wielką nowiną: Rada Bezpieczeństwa ONZ-etu ogłosi jutro, że przychyla się do opinii komisji śledczej i oficjalnie zaleca przyjęcie Timoru Wschodniego. Ratyfikacja dekretu przez Zgromadzenie Generalne będzie już tylko formalnością i powinna nastąpić w ciągu kilku miesięcy.

W zwycięskim geście zacisnąłem w pięść dłoń leżącą na blacie. Decyzja Rady Bezpieczeństwa nie stanowiła takiej znowu niespodzianki, ale od tygodni żyliśmy w strachu, by jakaś niesprzyjająca okoliczność (jak kolejny atak na Stany Zjednoczone albo zbrojna akcja Indonezyjczyków) nie skazała raportu Buruka na odstawienie w kąt.

– Nasza organizacja zacznie wkrótce czerpać nieocenione korzyści ze swojego zaangażowania w operację „Homecoming" – ciągnął Djibo. – Naszym agentom w jednej trzeciej państw świata będzie przysługiwał status ekstraterytorialny, nasza namacalna korespondencja będzie odtąd przekazywana za pośrednictwem poczty dyplomatycznej, a ponadto będziemy dysponowali permanentnym miejscem w ONZ-ecie, które – nawet jeśli nie da nam żadnej politycznej władzy – pozwoli przynajmniej na śledzenie projektów rezolucji prawie od momentu ich powstania. Ale mamy też świadomość długu, jaki zaciągnęliśmy wobec narodu timorskiego. Zamierzamy partycypować w kosztach kilku przedsięwzięć z zakresu infrastruktury, a także wspierać rozwój przemysłu eksportowego. Swoją drogą, ze swojej strony szykuję się do zamówienia mauzoleum z autentycznego timorskiego marmuru. Zachęcam kolegów i koleżanki, aby zrobili to samo.

– Nie ma mowy! – odparował Khoyoulfaz. – Za bardzo bym się bał, że wcisną mi gres.

Z ogólnego wybuchu śmiechu wywnioskowałem, że członkowie Komitetu kazali się szczegółowo informować o postępach prac komisji śledczej.

– W operacji „Homecoming" udział wzięły setki agentów – zaznaczył Djibo – ale żaden z nich nie może się pochwalić tak rozstrzygającym wkładem jak wasz.

Nadszedł czas podziękowań.

– Droga Jane, jak tu wyrazić naszą wdzięczność za zrodzony przed dwudziestu pięciu laty pomysł, aby zaproponować pomoc KFR-u liderom Fretilinu? Poślubiła pani sprawę Timoru tak, jak przyjmuje się powołanie, nigdy nie pozwalając, by niezliczone pułapki, którymi usiana była droga, pomniejszyły pani zaangażowanie. Przykrywka, którą cierpliwie tworzyła pani wraz z upływem lat, oparła się ciekawości naszych partnerów oraz pogłębionym dochodzeniom Rady Bezpieczeństwa. Jednak pani główne osiągnięcie polega na utrzymaniu równowagi pomiędzy różnymi niepodległościowymi liderami, nieraz bardziej zatroskanymi o własną karierę niż o los kraju. Jane, chciałbym złożyć na pani ręce, w imieniu Komitetu Wykonawczego oraz tysięcy agentów, którzy w ten czy inny sposób skorzystają na wyniku „Homecomingu", nasze najszczersze podziękowania.

Lena i ja zaczęliśmy bić brawo wraz z sześciorgiem członków Komitetu. Brinkman uniosła dłoń, by przywrócić ciszę.

– Ależ proszę bardzo – rzekła skromnie. – Ja tylko podążałam ścieżką, którą mi wyznaczono.

– Leno – kontynuował Djibo, nie tracąc czasu na zastanawianie się nad niejednoznacznością tej odpowiedzi. – Dołączyła pani do projektu „Homecoming" w chwili, gdy ten wszedł w fazę krytyczną. Na przestrzeni trzech ostatnich lat owocnie sekundowała pani Jane, dając dowody całkowitego oddania oraz zdolności do wytężonej pracy, dzięki którym zyskała sobie pani jej zaufanie i nasz szacunek. Przygotowanie zbioru dokumentów akcesyjnych dla Narodów Zjednoczonych stanowi iście herkulesowe zadanie, z którego wywiązała się pani wspaniale, zważywszy na niewielką ilość czasu, jaką pani dysponowała. Słyszałem także, że udzieliła pani Slivowi nie lada wsparcia logistycznego, kiedy operacja znalazła się na ostatniej prostej. Za to nieskończenie pani dziękujemy.

Nagrodziłem Thorsen oklaskami tym gorętszymi, że mowa pochwalna Djiba wydała mi się trochę licha. Lena nie sekundowała Brinkman, lecz nią sterowała. Kameruńczyk postąpił też niesprawiedliwie, sprowadzając pomoc, którą zapewniła mi koleżanka, wyłącznie do aspektu logistycznego. Prawda była taka – co zamierzałem sprostować, gdy nadejdzie moja kolej – że podczas tamtego tygodnia żyłem snem każdego scenarzysty: mogłem improwizować do woli, nie obawiając się zdemaskowania.

Wszystkie oczy zwróciły się ku Lenie. Byłem niewątpliwie jedynym, który zauważył, że poczuła się urażona komentarzem Djiba. Wahając się przed wyrażeniem swoich zażaleń na głos, zdecydowała się ostatecznie na niezręczną obserwację:

– Dziękuję. Chciałabym przy tym podkreślić, że Szwajcaria do dzisiaj nie złożyła w sposób formalny swojej teczki akcesyjnej.

Cała Lena, uznałem z irytacją. Po co tak się wywyższała, przypominając członkom Komitetu o fakcie, który z pewnością był im dobrze znany?

– Owszem, zgadza się, a to jedynie uwypukla pani zasługi – przyznał nieco zaskoczony Djibo. – Przejdę teraz do pana, Sliv...

Instynktownie wypiąłem pierś.

– Brak mi słów, by wyrazić podziw, jaki wzbudził w nas pański popis w Dili. Wkraczając w sam środek delikatnej, by nie powiedzieć: krytycznej sytuacji, wykazał pan... Tak, Leno?

– Proszę wybaczyć, że przerywam – odezwała się moja sąsiadka – ale nie sądzę, żeby sytuację można było określić mianem krytycznej.

– To rzeczywiście odrobinę za mocne słowo – przytaknąłem. – Choć prawdą pozostaje, że Buruk wyraził poważne zastrzeżenia co do naszej teczki.

– Poważne? Mam nadzieję, że żartujesz? – wykrzyknęła Lena, odwracając się do mnie.

– Nie, dlaczego? Jak ty byś je nazwała?

– Standardowymi zastrzeżeniami, co najwyżej.

– Bardzo was proszę! – zagrzmiał Djibo.

Przyjrzał nam się kolejno z niedowierzaniem, jakby podejrzewał, że odgrywamy przygotowany zawczasu numer. Ku mojej dogłębnej konsternacji Karvelis wyszeptała coś Khoyoulfazowi do ucha. Z kolei Pierre Ménard wyraźnie powstrzymywał szaleńczy uśmiech. Przez Lenę i jej wybujałe ego oboje ośmieszyliśmy się w oczach Komitetu.

– No już – podjął Djibo sztucznie radosnym tonem – nie czas na akademickie spory, ale na świętowanie. Jak więc mówiłem, Sliv, moi koledzy i ja byliśmy oszołomieni pewnością pańskich osądów oraz brawurą, której pan dowiódł, zaprzyjaźniając się z członkiem komisji śledczej, a następnie wymyślając tę bajeczkę o timorskiej gospodarce, która już pędzi po pasie startowym. Powstrzymam się więc przed dopisaniem pańskich wyczynów do programu Akademii z obawy, żeby jakiś mniej utalentowany student nie wbił sobie do głowy pana naśladować.

Djibo nigdy wcześniej nie okazał mi takich względów. Khoyoulfaz, Verplanck i Karvelis również patrzyli na mnie przychylnie. Jedynie Shao pozostawała dziwnie niewzruszona.

– Jesteśmy w pełni usatysfakcjonowani, choć nie tak znowu zaskoczeni – ciągnął Djibo. – Już poprzednio wyświadczył pan temu zgromadzeniu nieocenioną przysługę, doradzając rezygnację z falsyfikacji fizycznej. Niewielu agentów może się w tak młodym wieku pochwalić, że już dwukrotnie zapisało się w historii naszej organizacji. Nie zaryzykuję chyba szczególnie, przewidując, że na tym nie koniec.

Skłoniłem głowę, zbyt wzruszony, by odpowiedzieć, niewystarczająco jednak, żeby przegapić fakt, iż Lena nie przyłączyła się do aplauzu. Co ciekawe, jakoś nie umiałem mieć jej tego za złe. Słowa Djiba wprawiły mnie w taką euforię, że znalazłbym okoliczności łagodzące dla samego Pola Pota.

– To wszystko, co mamy wam dziś do powiedzenia – zakończył Djibo. – Mam nadzieję, że zamierzacie zostać kilka dni w Toronto i że przed waszym wyjazdem będziemy mieli przyjemność zobaczyć się ponownie.

– Przykro mi – wyznałem półgłosem Lenie, która wyglądała już na gotową do wyjścia.

– A to dopiero! – odparowała. – Niby z jakiego powodu?

– Z powodu tego, co powiedział Djibo. Ja tak nie myślę. Dałaś mi dużo więcej niż tylko wsparcie logistyczne.

– Serio? – zakpiła Lena.

– Tworzyliśmy zespół – nalegałem. – Bez ciebie nie mógłbym nic zrobić.

Obrzuciła mnie wściekłym spojrzeniem.

– Wydaje ci się, że tego nie wiem? To im trzeba to było uświadomić.

– Oczywiście. Ale chciałem najpierw powiedzieć to tobie. Co? Co się dzieje?

Lena dawała mi znaki, żebym się odwrócił. Khoyoulfaz zmierzał w naszą stronę.

– Dobra robota, dzieciaki – pogratulował nam Azerbejdżanin. – Sliv, mogę cię prosić na słówko?

– Pewnie. Poczekasz na mnie, Leno?

Odszedłem za szefem na bok.

– Djibo i ja chcielibyśmy chwilkę z tobą pogadać, jeśli to możliwe.

– Teraz?

– A co, masz coś ważniejszego do roboty? – spytał Khoyoulfaz ironicznie.

– Po prostu… miałem zjeść z Leną lunch.

Yakoub zerknął ponad moim ramieniem.

– Będzie to trzeba przełożyć na inny raz – oznajmił. – Właśnie się zmyła.

2

Angouę Djiba i mnie łączyła pasja do starych map, z tą tylko różnicą, że on posiadał środki, by podsycać swoją. Ściany jego gabinetu zdobiło kilka rzadkich egzemplarzy. Zbliżyłem się, aby przyjrzeć się najnowszemu nabytkowi, średniowiecznej mapie imperium mongolskiego.

– Z jakiego dokładnie okresu pochodzi? – zapytałem.

– Z drugiej połowy trzynastego wieku – odparł Djibo. – Mongołowie zdążyli podbić teren odpowiadający dzisiejszej Bułgarii, ale Serbia wciąż się broniła. Chan rządził więc terytorium o pięć do sześciu razy rozleglejszym od Imperium Rzymskiego.

– Oszałamiające.

– Można i tak to nazwać – burknął Khoyoulfaz.

– W tysiąc dwieście trzydziestym piątym roku Mongołowie zniszczyli Szyrwan, dawny Azerbejdżan – wyjaśnił łagodnie Djibo. – Yakoub wciąż chowa urazę.

– Wybacz, jeśli nie podzielam twojego entuzjazmu dla dziedzictwa Czyngis-chana – wymamrotał jego kolega z Komitetu, zajmując miejsce przy małym szklanym stoliku.

Djibo nakazał mi gestem, abym usiadł. Wcześniej tego nie zauważyłem, ale miał ogromne worki pod oczami.

– Wie pan, co najbardziej nas poruszyło, Yakouba i mnie? – zaczął. – Sposób, w jaki udało się panu zneutralizować Jane Brinkman.

– Nie mam w tym względzie wielkich zasług – wyjawiłem. – Akurat w tamtym tygodniu złożyła jej wizytę delegacja z Watykanu. Wyglądała, jakby jej ulżyło, kiedy zaproponowaliśmy, że usprawiedliwimy ją przed Burukiem.

Tak naprawdę to Lena zajęła się tym niewdzięcznym zadaniem. Ja ze swej strony pieczołowicie unikałem Brinkman przez cały pobyt. Teraz na usta cisnęło mi się jedno pytanie.

– Co taka Jane Brinkman robi w konsorcjum? – sformułował je za mnie Djibo, którego umiejętność czytania rozmówcom w myślach stała się wręcz przysłowiowa.

– Przyznaję, że zadawałem sobie to pytanie.

– Nie pan jeden. Kariera Jane w naszej organizacji potoczyła się, niestety, dość banalnie. Dane zebrane na jej temat podczas rekrutacji kwalifikują ją jako okazjonalnie praktykującą katoliczkę i, tak po prawdzie, zdaje się, że w stronę religii zwróciła się dopiero na starość.

– Ustalił pan, jaki czynnik ją do tego skłonił?

– Niedokładnie, nie. To skomplikowana historia i nie jestem pewien, czy znam wszystkie szczegóły. Faktem pozostaje, że pewnego dnia mój poprzednik wezwał ją do siebie i poinformował, że nigdy nie dołączy do Komitetu. Szczerze wierzę, że Jane miała w nosie zasiadanie w Komitecie. Napędzała ją przede wszystkim chęć poznania celu KFR-u. Pogrążyła się więc w swego rodzaju depresji, dobrze znanej naszym psychologom i ochrzczonej przez nich mianem „syndromu przerwanego śledztwa".

– Jakie są objawy? – spytałem z niepokojem, żebym w razie potrzeby potrafił je zidentyfikować.

– Nieznośne uczucie pustki – opisał Djibo, jakby sam tego stanu doświadczył. – Agent zatraca radość z pracy. Niektórzy przez całe lata nie tworzą ani jednej teczki.

– Można to wyleczyć?

– Zazwyczaj tak.

– Jak?

– Prawie zawsze w ten sam sposób: angażując się w nową misję, dla jednych będzie to sprawa religijna, dla innych polityczna albo związana z aktywizmem. Tak też się stało z Brinkman. Na nowo odkryła wiarę katolicką i na przestrzeni kilku lat jej przykrywka misjonarki świetnie służyła naszym interesom. Później, stopniowo, nasze motywacje zaczęły się rozchodzić, aż w pewnym momencie Jane odmówiła przygotowania teczki akcesyjnej Timoru i musieliśmy zwrócić się do Leny.

– Co się z nią stanie?

– Z Brinkman?

Djibo zerknął na zegarek.

– W chwili gdy my tu rozmawiamy, Zoe Karvelis powiadamia ją o otrzymanym awansie na stanowisko specjalnej doradczyni przewodniczącego.

– Zachowa emeryturę pod warunkiem, że zrezygnuje z funkcji operacyjnych – dorzucił Khoyoulfaz.

Krótko mówiąc, odstawiali ją do lamusa. Djibo pochwycił moje spojrzenie, być może obawiając się, że wyczyta w nim ślad dezaprobaty. Widząc, że mnie to nie poruszyło, kontynuował:

– Ale dość już o Brinkman. Yakoub i ja jesteśmy ci winni przeprosiny. Nie oddzwanialiśmy do ciebie po jedenastym września.

– Doszedłem do wniosku, że macie inne sprawy na głowie – skłamałem, nie chcąc okazać zbyt dużej ciekawości.

– Byliśmy zajęci – przyznał Khoyoulfaz. – Ale nie do tego stopnia, by usprawiedliwiało to trzymanie naszego najlepszego agenta w niewiedzy.

Nie zareagowałem na ten komplement, ale zełgałbym, twierdząc, że nie sprawił mi przyjemności.

– Musimy się trochę cofnąć w czasie – oświadczył Djibo. – Zna pan rolę, jaką KFR odegrał w powołaniu do życia, a następnie rozwoju Al-Kaidy. Po rozpadzie bloku komunistycznego konfliktowe relacje między islamem a Zachodem wydawały nam się największym zagrożeniem dla pokoju. Jednakże społeczność międzynarodowa, która pławiła się wówczas w swego rodzaju błogostanie anielskiej niewinności, pozostawała głucha na nasze argumenty, które traktowała wyłącznie jako przepowiednie Kasandry.

Doskonale to pamiętałem. Był to okres, w którym amerykański historyk, Francis Fukuyama, uznał niedawne zwycięstwa demokracji za zapowiedź końca historii.

– Postanowiliśmy więc zradykalizować stanowiska zajmowane przez obie strony, aby wyraźniej ukazać niebezpieczeństwo; technika ta, jak pan wie, sprawdziła się w innych okolicznościach. Wybraliśmy wiarygodnego lidera, Osamę bin Ladena, i zrobiliśmy z niego rzecznika ekstremistycznego wojującego islamu. Jednocześnie wspomagaliśmy pojawienie się w Stanach Zjednoczonych ruchu neokonserwatywnego opartego na przekonaniu, iż amerykański model demokratyczny, przewyższający wszystkie inne modele, należy rozszerzyć na resztę świata, w ostateczności przy użyciu siły.

Nadstawiłem ucha, bo choć islamska część projektu była mi znana, nigdy nie przypuszczałem, że może istnieć jej lustrzane odbicie po stronie amerykańskiej. A zatem KFR współuczestniczył w budowaniu teoretycznych podstaw neokonserwatyzmu. Plan Djiba objawił mi się nagle w całej okazałości i – po co udawać, że było inaczej? – w pełni blasku.

– A później sytuacja wymknęła nam się spod kontroli – ogłosił brutalnie Khoyoulfaz.

Djibo spiorunował go wzrokiem. Najwyraźniej każdy z nich miał własną interpretację tych zdarzeń.

– Faktycznie napotkaliśmy parę trudności – stonował wypowiedź kolegi Kameruńczyk. – Kilka poruszonych przez Al-Kaidę tematów, jak pogwałcenie świętych miejsc podczas wojny w Zatoce, wzbudziło niezwykłe poparcie w madrasach, powodując wielokrotny wzrost liczby datków i przystąpień.

Czy wspomniał o tej teczce celowo, ponieważ to ja byłem jej autorem? Znów zalało mnie poczucie winy, które ściskało mi żołądek w Sudanie.

– Poza tym bin Laden wykazał się nadzwyczajnym talentem do utrzymywania wszystkiego w sekrecie. Wiedząc, że nigdy nie będzie w stanie rywalizować z CIA na polu technologicznym, z paranoiczną skrupulatnością podzielił swoją organizację na odrębne komórki. Sam schronił się w Sudanie, a następnie w afgańskich górach, gdzie mógł liczyć na wsparcie lokalnych społeczności. W tym samym czasie umiarkowani muzułmanie potępiali jego retorykę z mniejszą stanowczością, niż liczyliśmy. Ulegając oporom przed zabraniem głosu, pozwolili, by to ekstremiści stali się uosobieniem islamu w oczach świata…

– Podczas gdy neokonserwatyści zacierali ręce – uzupełniłem.

– Właśnie – zgodził się Djibo, w widoczny sposób uszczęśliwiony faktem, że przyjąłem jego punkt widzenia. – Radykalizacja mułłów świadczyła o tym, że mieli rację, i usprawiedliwiała zajęcie twardszego stanowiska, co z kolei niosło ze sobą ryzyko zdenerwowania wspomnianych mułłów jeszcze trochę bardziej.

– Koło się zamyka – podsumował Khoyoulfaz zajadle.

– Można spojrzeć na to w ten sposób. Tak czy inaczej, cywilizacja zachodnia nie wyciągnęła ręki do umiarkowanych muzułmanów. Każda ze stron wycofała się w głąb siebie, budując własną tożsamość na nienawiści do tej drugiej.

Aż do tej pory Djibo nie powiedział mi prawie nic, czego sam bym się nie domyślił. Pozostawało jedno pytanie, bez mała najważniejsze.

– A ataki z jedenastego września? – rzuciłem, wstrzymując oddech.

– Wzięły nas całkowicie z zaskoczenia – dokończył Djibo natychmiast.

Zalała mnie ogromna fala ulgi, prawie tak potężna jak wtedy, gdy dowiedziałem się, że nie zabiłem Johna Harkleroada.

– Mówiąc dokładniej, od dziewięćdziesiątego ósmego wiedzieliśmy, że Al-Kaida zamierza uderzyć w Stany Zjednoczone, ale daleko nam było do przypuszczenia, żeby mogła podjąć działanie na amerykańskiej ziemi, a przede wszystkim – z takim wysublimowaniem.

Khoyoulfaz prychnął pogardliwie.

– W ten subtelny sposób Yakoub usiłuje panu przekazać – wyjaśnił Djibo ironicznie – że niektórzy członkowie Komitetu już w dziewięćdziesiątym ósmym…

– W dziewięćdziesiątym siódmym – sprostował Khoyoulfaz.

– …już w dziewięćdziesiątym ósmym przestrzegali mnie przed zagrożeniami płynącymi z naszej polityki. Sądzę, że spełniłem wówczas swój obowiązek, przyznając, że rozczarował mnie obrót, jaki przybrały sprawy, i prosząc członków Komitetu, aby podzielili się ze mną sugestiami co do możliwości odwrócenia sytuacji. Od razu panu powiem, że ochotnicy nie rwali się do odpowiedzi jeden przez drugiego.

– Było już za późno – wymruczał Khoyoulfaz.

– Bez wątpienia. A teraz, Sliv, podejrzewam, że zadaje pan sobie pytanie, czy KFR można uznać za winnego ataków z jedenastego września…

Ten jeden raz przenikliwość Djiba nie zrobiła na mnie wrażenia: to pytanie nękało mnie od początku naszej rozmowy. Z powagą skinąłem głową.

– Jeśli pozwolisz, pozostawię odpowiedź Yakoubowi – wycofał się Kameruńczyk.

– Komitet ocenia, że interwencja KFR-u, jakkolwiek niefortunna, nie przyczyniła się do wydarzeń z jedenastego września – wyrecytował wolno Khoyoulfaz, oddzielając każde słowo. – Zagrożenie dostrzeżone przez Angouę na początku lat dziewięćdziesiątych opierało się na jak najbardziej realnych przesłankach: spór pomiędzy islamem a Zachodem wpisany był w bieg historii. Usiłowaliśmy go uniknąć i ponieśliśmy klęskę.

Khoyoulfaz i Djibo zamilkli, dając mi czas do namysłu. Miałem doświadczenie z subtelnościami języka dyplomacji, dlatego też natychmiast wyobraziłem sobie kryjące się za tym oficjalnym stanowiskiem burzliwe debaty, które podzieliły Komitet. Wyglądało na to, że Djibowi udało się narzucić pozostałym swoją wersję wydarzeń. Komitet przyznawał mu zasługę (w domyśle: jemu, nikomu innemu) zidentyfikowania zagrożenia, by następnie odnotować, że opierało się ono na jak najbardziej realnych przesłankach. Wybór terminologii wiele zdradzał: „wpisany w bieg historii spór pomiędzy islamem a Zachodem" nie dawał ludzkości wielkich szans na zmianę swojego losu i relatywizował porażkę Djiba, którego Komitet chwalił nawet za próbę zapobieżenia katastrofie. Kameruńczyk ocalił głowę, lecz jego krytycy nie całkiem mu odpuścili, o czym świadczyły dwa wyjątkowo surowe słowa: jego interwencja okazała się „niefortunna" (co i tak brzmiało mniej obciążająco niż „feralna"), a do tego poniósł „klęskę".

– Wspólnie usiłowaliśmy go uniknąć i razem ponieśliśmy klęskę – podkreślił Djibo, kładąc nacisk na liczbę mnogą.

Śledził mój tok myślowy i starał się coś mi przekazać. Nagle zrozumiałem. Khoyoulfaz zaznaczył, że przedstawia stanowisko Komitetu. Nie większości jego członków. Odwróciłem się do Yakouba.

– Stoimy za Angouą murem – oznajmił.

Przyjrzałem się mojemu szefowi. W jego oczach lojalność brała górę nad gniewem, ale zdawało się, że odwzajemnia moje pytanie: „A ty, Sliv, co ty sądzisz?".

Tak, to było cholernie dobre pytanie. Choć zostałem wzięty z zaskoczenia, instynktownie skłaniałem się do wersji Djiba. Odpowiadała wizerunkowi Kameruńczyka, jaki sobie stworzyłem: śmiałego wizjonera, który nie ucieka przed odpowiedzialnością. Przez cztery miesiące żyłem w strachu, że usłyszę, iż KFR zatwierdził, a nawet zainicjował zamachy z jedenastego września; dziś dowiadywałem się, że członkowie Komitetu biczowali się za to, że nie udało się im zapobiec. W świetle posiadanych przeze mnie informacji KFR nie ponosił winy za ataki. Nie wywołaliśmy ich.

– Zgadzam się z opinią Komitetu – ogłosiłem.

Atmosfera od razu się rozluźniła. Wyczułem, że obaj mężczyźni naprawdę obawiali się mojej reakcji. To tylko wzmogło ulgę, jaka mi towarzyszyła.

Djibo podjął:

– Komitet przegłosował utworzenie specjalnego zespołu, któremu powierzona zostanie dwojaka misja. Po pierwsze będzie ona polegała na przeanalizowaniu wszystkich podjętych przez nas w ciągu ostatnich dziesięciu lat działań dotyczących Al-Kaidy, bin Ladena oraz amerykańskich neokonserwatystów.

– Będziemy mieli na karku FBI, CIA i połowę tajnych służb z całego świata – zapowiedział Khoyoulfaz. – Dochodzenie potrwa prawdopodobnie kilka lat, a swoją intensywnością przewyższy wszystkie, z którymi zetknęliśmy się w Operacjach Specjalnych.

Pojąłem, że to eufemizm.

– A po drugie? – spytałem.

– Chcemy zniwelować ryzyko, że dojdzie do zaognienia sytuacji między Zachodem a islamem – odparł Djibo.

Sądząc po moim wieczorze w chartumskim meczecie, to zadanie zapowiadało się na dużo delikatniejsze.

– Macie jakieś szczególne powody do niepokoju?

– Na tym etapie właściwie nie. W swych pierwszych wypowiedziach po atakach Bush wyraźnie poprosił Amerykanów, aby nie utożsamiali terrorystów z muzułmanami. Po drugiej stronie obserwujemy taką samą ostrożność: najważniejsze państwa muzułmańskie potępiły zamachy i wyraziły nadzieję, że winni zostaną zatrzymani i ukarani.

– Imamowie nie mają takich skrupułów jak politycy – wyjawiłem. – Głoszą przerażające poglądy.

Które w dużej mierze sami im podszepnęliśmy, mógłbym dodać.

– Nie roszczę pretensji, by pogodzić Stany Zjednoczone ze światem arabskim – odrzekł Djibo – pragniemy jedynie uniknąć incydentu, który w obecnym kontekście politycznym mógłby dolać oliwy do ognia.

– Krótko mówiąc: uniknąć eskalacji – podsumował Khoyoulfaz.

Podczas gdy pierwsza misja trzymała się podstawowych zasad logiki, druga wprawiała mnie w zdumienie.

– W jaki sposób wpisuje się to w kompetencje KFR-u? – spytałem.

– W żaden – przyznał Djibo. – Proszę potraktować to jako okazję do naprawienia naszych błędów.

I wybielenia sobie sumienia, pomyślałem.

– To Yakoub, z racji pełnionej funkcji dyrektora Operacji Specjalnych, będzie zarządzał tą ekipą.

– Nie sądzę, żeby ktokolwiek inny miał po temu większe kwalifikacje – oceniłem całkiem szczerze.

– Właśnie kompletuję zespół – oświadczył Khoyoulfaz. – Chciałbym, żebyś do niego dołączył.

Poczułem zastrzyk adrenaliny mknący przez moje ciało. Czekałem na te słowa od powrotu z Sudanu.

– Zgadzam się, oczywiście.

– Witaj w klubie, drogi chłopcze! – zawołał jowialnie Azerbejdżanin, wyciągając do mnie rękę.

– Nie tak prędko – przerwał mu Djibo.

Najwyraźniej nie spodziewał się, że tak szybko zaakceptuję nową misję.

– Jestem panu winny ostrzeżenie, Sliv. Nie pogodzi pan ze sobą islamu i Zachodu z taką łatwością, z jaką wywiódł pan w pole Cengisa Buruka. A w razie porażki ryzyko będzie nieskończenie większe, zarówno dla pana, jak i dla KFR-u. Od dziś bawi się pan w wojnę z użyciem prawdziwych kul.

– Mam tego świadomość – oznajmiłem, siląc się na doniosły ton.

A jednak w głębi duszy czułem, że podekscytowanie bierze górę nad powagą sytuacji. Misja na Timorze dała mi pogląd na tworzenie się małej historii. Teraz miałem okazję wpłynąć na tę wielką.

3

Khoyoulfaz nie tracił czasu. Trzy dni później nasza ekipa zebrała się w biurze KFR-u w Waszyngtonie.

Jednym z jej członków okazał się Harvey Mitchell. Nie byłem wcale zdziwiony ponownym spotkaniem z Amerykaninem, którego rola w operacji „Homecoming" dowodziła, iż cieszy się zaufaniem Komitetu.

Rozpoznałem również Ling Yi, jedną z koleżanek z Krasnojarska, przezwaną „źródłem referencji" ze względu na cudowną pamięć do liczb. Po ukończeniu Akademii Ling przez dwa lata pracowała w Toronto, a następnie osiedliła się w Hongkongu, gdzie studiowała model chińskiej gospodarki. Uściskaliśmy się serdecznie.

O ostatnim członku zespołu słyszałem, lecz nigdy nie miałem okazji go poznać. Pedro Barreda był Peruwiańczykiem. Po otrzymaniu dyplomu Akademii pod koniec lat osiemdziesiątych działał w Głównym Inspektoracie i był uważany za jednego z potencjalnych następców Claasa Verplancka, a co za tym idzie – za przyszłego członka Komitetu. Gunnar, który się z nim zetknął, przedstawił mi go jako niesamowitego pracoholika.

Khoyoulfaz bez dwóch zdań zgromadził świetną drużynę. Wszyscy przeszliśmy przez Akademię. Mój młody wiek – byłem o pięć lat młodszy od Ling Yi – sprawiał, że pozostali przewyższali mnie rangą. A jednak skład naszej grupy mnie zdumiewał. Nie licząc Khoyoulfaza, byłem jedynym przedstawicielem Operacji Specjalnych przy stole. Obecność reprezentantów Planu do pewnego stopnia dawała się wytłumaczyć – bin Laden, by tak to ująć, narodził się w Toronto

– ale obecność Barredy dopuszczała tylko jedno wyjaśnienie: Główny Inspektorat chciał mieć oko na postęp naszych prac. Ostatnie dni poważnie naruszyły moją wyidealizowaną wizję Komitetu. Patrząc na wymęczone kompromisy i zażarte walki o wpływy, dochodziło się do wniosku, że jego członkom daleko do grona porozumiewających się półsłówkami mędrców, które od dawna sobie wyobrażałem.

Męczyła mnie ostatnia wątpliwość.

– Z tego co wiem – zauważyłem, kiedy wszyscy się przedstawili – żadne z nas nie mówi po arabsku.

Spostrzegłem reakcję na twarzy Barredy; podzielał moją troskę.

– Za pozwoleniem – zaprotestował Khoyoulfaz. – Ja mówię po arabsku.

– Potrafi pan też czytać? – spytał Barreda wprost.

– Lepiej, niżby się panu zdawało.

Przekląłem swoją głupotę. Jak mogłem zapomnieć, że Khoyoulfaz jest muzułmaninem? Teraz lepiej rozumiałem jego nieufność wobec Djiba. A jednak Yakoub reprezentował postawę umiarkowaną; nigdy nie widziałem nawet, by się modlił. Przez co nasuwało się inne pytanie: jak zareagowałby taki Youssef, gdyby dowiedział się, że KFR praktycznie zapoczątkował istnienie Al-Kaidy i pchnął ją do działania? Rodziło się we mnie nieprzyjemne przeczucie.

– Ilu muzułmańskich agentów wie o naszej roli w stworzeniu Al-Kaidy? – wypaliłem nagle.

Zdawało się już, że Khoyoulfaz coś powie, potem jednak się rozmyślił.

– Do czego zmierzasz? – wtrącił się Barreda.

Spojrzałem na szefa; wciąż ważył słowa. Postanowiłem dać mu szansę, by sam wyjawił nam prawdę.

– Dziwię się po prostu, że Yakoubowi nie udało się znaleźć osoby pochodzenia arabskiego godnej przynależeć do tej grupy. Osobiście znam takich kilka.

Azerbejdżanin westchnął.

– Około dwudziestu muzułmańskich agentów pracowało przy Al-Kaidzie, ale tylko ja znam plan w całości – wyznał w końcu.

Okrucieństwem byłoby pytać dlaczego, zwłaszcza że domyślałem się odpowiedzi: już w tamtym czasie Djibo zdawał sobie sprawę ze śmiałości swojego planu i bał się, by podwładni nie odmówili mu poparcia. Nie mogąc z czystym sumieniem podsycać dżihadu bez aprobaty ze strony muzułmańskiej frakcji KFR-u, znalazł zabezpieczenie w postaci Yakouba Khoyoulfaza, właśnie mianowanego członkiem Komitetu i bez wątpienia bardziej podatnego na wpływy niż obecnie. Ogarnęła mnie gwałtowna fala współczucia dla przełożonego, skoczyłem mu więc na pomoc:

– To oczywiste – oznajmiłem, jakby zatajanie części informacji przed niektórymi uczestnikami projektu było na porządku dziennym. – A teraz może lepiej wyjaśni nam pan, czego od nas oczekuje…

Khoyoulfaz zaraz chwycił się koła ratunkowego, które mu rzuciłem.

– Podczas gdy my tu sobie rozmawiamy, tysiące pracowników CIA rozkłada biografię Osamy bin Ladena na czynniki pierwsze, zastanawiając się, jak syn saudyjskiej rodziny mógł tuż pod ich nosem utworzyć najbardziej zabójczą organizację terrorystyczną wszech czasów. Na nowo zaglądają do swoich teczek, odgrzebują stare zdjęcia satelitarne, każą tłumaczyć wiadomości, które kiedyś przechwycili, ale zarchiwizowali bez czytania. Przesłuchują więźniów ujętych w Afganistanie: kiedy wstąpiłeś do Al-Kaidy?, kiedy po raz pierwszy o niej usłyszałeś?, gdzie i kiedy spotkałeś bin Ladena? Stopniowo odtwarzają pozorną chronologię wydarzeń, którą porównują z danymi Mosadu: czy możecie potwierdzić obecność az-Zawahiriego w Egipcie w dziewięćdziesiątym trzecim? Wiecie, w jaki sposób przekroczył granicę?

Khoyoulfaz zrobił pauzę.

– To śledztwo nie przypomina innych. Ten jeden raz nie możemy liczyć na niekompetencję czy lenistwo naszych przeciwników. Niektórzy z nich stracili w zamachach przyjaciół lub bliskich. Wszyscy bez wyjątku chcą się upewnić, że winni zgniją w więzieniu albo usmażą się na krześle elektrycznym.

Po mojej prawej Mitchell zacisnął zęby. Aż do tej chwili nie uświadamiałem sobie, że prosimy go, by działał przeciwko własnemu rządowi.

– Będziemy pracowali równocześnie na dwóch frontach – tłumaczył Khoyoulfaz. – Sliv i Harvey, przeanalizujecie wszystkie teczki w mniejszym lub większym stopniu związane z bin Ladenem. Poprawcie najbardziej rażące błędy, bez korzystania ze zwykłych kanałów, a przy okazji zaktualizujcie listę źródeł odniesienia w świecie arabskim. Dysponujecie nieograniczonym budżetem.

– To znaczy? – dociekał Harvey.

– Nieograniczonym – powtórzył Khoyoulfaz tonem świadczącym, że nie lubi, gdy się mu przerywa. – Ling, pani będzie w zespole z Pedrem. Wasz cel to nie pozwolić, by wydarzenia z jedenastego września przekształciły się z pierwszego starcia w cywilizacyjny armagedon. Żeby była jasność: Al-Kaida nie jest mrocznym, szeroko rozgałęzionym tworem, który opisują media, ale organizacją w głównej mierze saudyjską, złożoną z garstki fanatyków, z których prawie wszyscy zostali zidentyfikowani.

– Podsumowując: rzeczywistość to dokładne przeciwieństwo tego, co od dziesięciu lat wmawiamy CIA – zauważył sarkastycznie Barreda.

Khoyoulfaz postanowił go zignorować.

– Nic mnie nie obchodzi, gdzie pracujecie. Będziemy spotykali się w tej sali w każdy czwartek o dziesiątej, aż do odwołania. Nie uznaję nieobecności. A teraz – rozejść się.

Raczej zadowoleni z faktu, że wylądowaliśmy w jednej parze, Mitchell i ja schroniliśmy się w małym gabinecie wyposażonym w dostęp do bazy danych w Toronto. Między 1990 a 1998 rokiem KFR wyprodukował czternaście teczek o bin Ladenie oraz Al-Kaidzie, począwszy od wyboru nazwy dla organizacji, a skończywszy na okolicznościach, w jakich Osama został pozbawiony saudyjskiego obywatelstwa. Podzieliliśmy się nimi, nie kierując się żadną szczególną logiką, z wyjątkiem mojej własnej teczki, którą bez pytania umieściłem na kupce Harveya. Każdy otrzymał też kopie teczek tego drugiego.

Postanowiłem zatrzymać się na kilka tygodni w Waszyngtonie i ulokowałem się w hotelu w dzielnicy Foggy Bottom, wśród asystentów parlamentarnych oraz funkcjonariuszy wywiadu, których miałem nadzieję wystrychnąć na dudka. Zacząłem od przeczytania wszystkich czternastu teczek, z których większość, powstała po roku 1993, była mi nieznana. Z perspektywy czasu dało się w działaniach KFR-u wyróżnić trzy okresy.

Pierwszy, który przypadał w przybliżeniu na lata 1990–1992, rozpoczynał się od stworzenia Al-Kaidy w małym arcydziele sygnowanym nazwiskiem Angoui Djiba. Wiedząc, jaką podejrzliwość wzbudziłby w analitykach CIA zbytnio wygładzony scenariusz, Kameruńczyk oparł się pokusie wskazania dokładnej daty czy miejsca powstania organizacji; wyprowadził parę hipotez, każda równie wiarygodna co pozostałe. Według jednej z nich spotkanie założycielskie odbyło się w listopadzie 1989 roku w górach Pakistanu; wedle innej doszło do niego w styczniu 1990 roku w afgańskiej jaskini. Djibo korzystał tu z wyjątkowo skutecznej metody: kiedy krążyło kilka wersji tej samej opowieści, obserwatorzy tak bardzo trudzili się, by poznać okoliczności wydarzenia, że zapominali zadać sobie pytanie, czy faktycznie miało ono miejsce. Później autorzy kolejnych teczek starannie utkali sieć fikcyjnych połączeń pomiędzy Al-Kaidą a niezliczonymi grupami dżihadystycznymi ze świata islamu, przykładowo czyniąc bandę bin Ladena współodpowiedzialną za kilka zamachów w Jemenie, z którymi ta nie miała nic wspólnego.

W latach 1993–1997 KFR postawił sobie za cel uczynienie z Al-Kaidy głównego wroga Stanów Zjednoczonych. Nagle bin Laden był wszędzie. W Somalii, gdzie torpedował operację „Restore Hope"; w Sudanie, gdzie pomagał Egipskiemu Dżihadowi Islamskiemu w próbie zamachu na prezydenta Mubaraka; a nawet, pośrednio, w Nowym Jorku: bo choć Ramzi Yousef, autor pierwszego ataku na World Trade Center, twierdził, że działał w pojedynkę, czyż nie schwytano go w pakistańskiej kryjówce należącej podobno do Al-Kaidy? Jeśli wierzyć naszej twórczości, bin Laden obracał setkami milionów dolarów, każdego tygodnia otwierał nowy obóz szkoleniowy i podpisywał fatwy tak jak Sinatra rozdawał autografy. Rzeczywistość wyglądała dużo skromniej: Al-Kaida uczestniczyła tylko w dwóch trzecich akcji, które jej przypisaliśmy, i posiadała zaledwie pół tuzina baz.

Gdybyśmy tylko na tym poprzestali.

Niestety Angoua Djibo ponownie chwycił za pióro w styczniu 1998 roku. „Stany Zjednoczone poprawnie zidentyfikowały zagrożenie, jakie stanowi Al-Kaida, mylą się jednak poważnie co do jego natury – pisał. – Ponieważ niegdyś walczyli u jego boku przeciwko radzieckiej okupacji Afganistanu, szefowie CIA upatrują w bin Ladenie przede wszystkim lidera militarnego, którego głównym celem jest obalenie państwa Izrael. Jednakże od tamtego czasu bin Laden znacząco zmodyfikował głoszone poglądy. Nie ogranicza się już do żądania, by niewierni opuścili święte miejsca, lecz jasno i wyraźnie wzywa do zagłady zachodniej cywilizacji, wynosząc akt zabójstwa obywateli amerykańskich do rangi uświęconego czynu. Decydując się na pogardliwe traktowanie tych deklaracji, Biały Dom paradoksalnie sprawia wrażenie, jakby wątpił we własne wartości i odmawiał podjęcia dyskusji, podtrzymując tym samym reputację tchórzliwej instytucji, jaką cieszy się w świecie muzułmańskim". Djibo zamierzał więc skierować do Ameryki wiadomość tak brutalną, że kraj ten nie będzie mógł jej zignorować. „Jak zareaguje? – zastanawiał się. – Czy rozpocznie jedną z tych szeroko zakrojonych operacji wygrywania poparcia, w których jest mistrzynią? Czy na nowo rozważy swoje sojusze na Bliskim Wschodzie? A może, uznając starcie za nieuniknione, wreszcie ustawi się w szyku bojowym? Jest jeszcze za wcześnie, by to stwierdzić, ale tak czy inaczej radzę działać bezzwłocznie, zanim Al-Kaida faktycznie stanie się ogromnym zagrożeniem, którym na razie jest tylko na papierze".

Tą „brutalną wiadomością", którą zalecał Djibo, okazała się przyprawiająca o mdłości fatwa z lutego 1998 roku, przypisywana bin Ladenowi oraz trzem innym islamistycznym liderom, której lektura sprawiła, że naprawdę miałem ochotę zwymiotować. „Obowiązkiem każdego muzułmanina jest zabicie obywatela Ameryki, żołnierza czy cywila, za każdym razem gdy trafi się ku temu sposobność, aby zastosować się do słów wszechmogącego Allaha, który nakazuje zwalczać niewiernych, aż znikną zgiełk i opresja". Nawet odwołując się do ówczesnego kontekstu politycznego, nie potrafiłem pojąć zamysłu Djiba, w którym widziałem w najlepszym wypadku potwornie ryzykowny manewr postawienia wszystkiego na jedną kartę, a w najgorszym – odrażające wezwanie do rzezi. Zresztą inicjatywę Kameruńczyka spotkał haniebny los: Bill Clinton ani razu nie wspomniał o fatwie publicznie; amerykańskie gazety zepchnęły wiadomość o niej na dalsze strony, a polityka Departamentu Stanu nie zmieniła się ani na jotę. Pół roku później zsynchronizowane eksplozje przed amerykańskimi ambasadami w Kenii oraz Tanzanii zebrały ponad dwieście ofiar. Od tego czasu KFR nie napisał już o Al-Kaidzie ani słowa.

Nie czułem się uprawniony do osądzania Djiba. Przede mną zrobił to Komitet po, jak się domyślałem, mozolnym, acz drobiazgowym śledztwie. Znając Kameruńczyka, pewnie zaproponował, że złoży dymisję. Taką w każdym razie miałem nadzieję.

Chwilowo przegnałem te myśli z głowy i skupiłem się na dogłębnej analizie moich siedmiu teczek, jak zwykle zadając sobie pytanie, kto z największym prawdopodobieństwem może nas zdemaskować. Według mnie bin Laden i jego klika nie stanowili wielkiego zagrożenia. Zbyt wiele zyskali na naszych machinacjach, żeby ryzykować ich ujawnienie. Uważałem Saudyjczyka za dość inteligentnego, bo bezzwłocznie przypisał sobie zasługę stworzenia Al-Kaidy. Zresztą, tak jak Andreas Badeer przed nim, nigdy nie przepuszczał okazji, aby potwierdzić naszą wersję wydarzeń. Czyż ostatnio nie oświadczył do mikrofonów Al-Dżaziry: „Nazwa Al-Kaida zrodziła się przypadkiem, dawno temu. Określaliśmy tym mianem obozy szkoleniowe mudżahedinów założone przez zmarłego Abu Ebeidę El-Banashiriego. Nazwa została". Poza tym członkowie organizacji chętnie rozpowszechniali wieści o okolicznościach jej powstania, pragnąc powiększyć rolę, jaką sami w nim odegrali. I tak z początkiem 2001 roku Dżamal al-Fadl chełpił się podczas swojego procesu (był sądzony za udział w zamachu na ambasadę w Nairobi), że uczestniczył w tworzeniu Al-Kaidy wraz z bin Ladenem i az-Zawahirim. Z naszego punktu widzenia było to świadectwo na wagę złota. Przywodziło mi na myśl wypowiedź reżysera Claude'a Chabrola, który utrzymywał, że wziął udział w projekcji filmu istniejącego jedynie w mojej wyobraźni.

Bardziej martwili mnie Amerykanie, aż do momentu gdy zdałem sobie sprawę z bijącej po oczach lichości ich systemu wywiadowczego. Powołując się na kilka różnych źródeł (kilka na wpół publicznych raportów doradcy do spraw bezpieczeństwa narodowego, oceny naszych własnych lokalnych stacji), doszedłem do wniosku, że CIA dysponuje w rejonie Zatoki Perskiej zaledwie tuzinem agentów pochodzenia arabskiego, czyli liczbą trzykrotnie mniejszą niż samo nasze biuro w Kairze. Ponadto prawie wszystkich znaliśmy z nazwiska, gdyż w fazie szerzenia pogłosek wykorzystaliśmy ich jako platformę dystrybucyjną. A zatem systematyczna kontrola źródeł, o której wspomniał Khoyoulfaz, musiała wyglądać mniej więcej tak: Jack (w mieście Langley): „Słuchaj, John, góra pyta, czy jesteśmy pewni, że bin Laden przebywał w Sudanie w lutym dziewięćdziesiątego trzeciego". John (w Islamabadzie): „Potwierdzam. Moje źródło utrzymuje, że przyjechał pod koniec dziewięćdziesiątego drugiego, a wyjechał z początkiem dziewięćdziesiątego szóstego". Jack (nieufnie): „To twoje źródło ma jakieś imię?". John (zirytowany): „Ali. To jeden z ochroniarzy Hasana al-Turabiego". Jack: „Ali? A-L-I? Bądź tak miły i zadzwoń do Billa, żeby sprawdzić, co on wie". John: „Halo, Bill, co masz na temat bin Ladena w Sudanie? W lutym dziewięćdziesiątego trzeciego?". Bill (w Rijadzie): „To wszystko prawda, stary. Słyszałem od bratanka kucharza al-Turabiego. Mustafy". John: „Przez «f» czy przez «ph»? To dla tego kretyna Jacka z Langley". Bill (ze śmiechem): „Przez «f» jak «fiut» oczywiście!". Ali i Mustafa – oba imiona to pseudonimy – należeli, ma się rozumieć, do KFR-u.

Popełniliśmy, rzecz jasna, kilka błędów. Jednak większość nie pociągała za sobą żadnych konsekwencji i łatwo dała się zwalić na aurę tajemniczości otaczającą Al-Kaidę. Jedyna teczka, jaką poprawiłem całościowo, dotyczyła operacji „Bojinka". W roku 1995 trzej złowieszczy osobnicy nienależący do Al-Kaidy zaplanowali zamach na papieża Jana Pawła II oraz nakierowanie dwunastu samolotów pasażerskich na budynki, wśród których miały znaleźć się także cztery cele z jedenastego września. Szczęśliwym zbiegiem okoliczności ich zamiary zostały udaremnione, a jednego z nich złapano w Manili. Wyczuwając niezłą gratkę, leniwy agent KFR-u prędko powiązał nazwisko Mohammeda Dżamala Chalify, szwagra bin Ladena, ze sfinansowaniem operacji. Na chybcika stworzył teczkę ledwie akceptowalnej jakości, zaniedbując udokumentowanie paru transakcji finansowych stanowiących samo sedno historii. Pewien komputerowy spec z Moskwy spędził trzy dni na zlokalizowaniu archiwów filipińskiego banku, a następnie na zrekonstruowaniu przelewów jeden po drugim.

Każdego wieczoru dzwoniłem do Harveya, żeby zdać sprawozdanie z postępów. On przejawiał mniejszy niż ja optymizm, mimo że w swoich teczkach nie wykrył żadnego poważnego błędu. Amerykańskie tajne służby, którym przypisywał nieograniczoną wszechwiedzę, budziły w nim niemal nabożny szacunek i któregoś dnia wyznał mi, że na ulicy ogląda się przez ramię z obawy, że ktoś go śledzi. Jego paranoja okazała się w pewien sposób pożyteczna, bo zmusiła mnie, bym wywindował wymagania wobec samego siebie do poziomu zarezerwowanego, jak wierzyłem do tej pory, dla Leny Thorsen. Zresztą nie miałem na co się skarżyć: Harvey był osobą, z którą przyjemnie się pracowało, dostarczał mi też niezrównanej perspektywy na funkcjonowanie amerykańskich mediów.

Podczas naszych cotygodniowych spotkań Ling i Pedro również nie sprawiali wrażenia szczególnie zaniepokojonych. Jasne, w kilku muzułmańskich stolicach zawalenie się wież World Trade Center zainicjowało sceny zbiorowej radości, jakich nie widziano od czasu zamachu na izraelskich sportowców w trakcie Igrzysk Olimpijskich w Monachium w 1972 roku. Jednakże reakcja rządów napawała otuchą. Nawet państwa znane ze swej wrogości wobec Ameryki, takie jak Libia, Syria czy Korea Północna, potępiły ataki. Tysiące Irańczyków przemaszerowało ulicami Teheranu ze świecami w dłoniach. Jedynie Saddam Husajn oświadczył, iż Stany Zjednoczone zbierają owoce swoich zbrodni przeciwko ludzkości (nie bał się przeczyć samemu sobie, bo w następnej kolejności wyraził współczucie dla narodu amerykańskiego). Biały Dom również starał się nie dolewać oliwy do ognia. Choć przez jakiś czas błąkał się po omacku, George W. Bush sformułował w końcu swoje przesłanie do społeczności muzułmańskiej: islam to wspaniała religia, która nie pozwoli, aby garstka fanatyków ją wykoślawiła. Było to stanowisko subtelniejsze, niż mogłoby się wydawać: Bush zapewniał umiarkowanych muzułmanów o swoim wsparciu, jednocześnie między wierszami wytykając im nieudolność w neutralizowaniu ekstremizmu. Prezydent uznał to więc za osobistą odpowiedzialność i dowiódł swojego zaangażowania już w następnym miesiącu, nakazując zbombardowanie afgańskich gór, gdzie rzekomo ukrył się bin Laden. Żaden z sojuszników nie ośmielił się mu wypomnieć, że w ten sposób *de facto* wypowie wojnę jednemu z muzułmańskich państw. Talibowie faktycznie nazwali to „atakiem na islam", ale ponieważ ich wskaźnik popularności był bliski zeru, protesty te nie bardzo wzruszyły opinię publiczną. Społeczność międzynarodowa uznawała prawo Stanów Zjednoczonych do ścigania mózgu operacji stojącego za zamachami z jedenastego września i mniejsza z tymi, którzy postanowili udzielić mu schronienia. Jednakże Amerykanom, którzy przez kilka tygodni nacierali na jaskinie Tora Bora, gdzie zgrupowały się siły talibskie po upadku Kabulu, nie udało się pochwycić bin Ladena. Znaleźli pociechę w ustanowieniu w Afganistanie rządu tymczasowego, a więc w postawieniu pierwszego kroku na długiej drodze ku nowemu, demokratycznemu reżimowi.

W dniu, w którym ogłosił nam tę dobrą nowinę, Pedro nie mógł się powstrzymać przed zauważeniem, że nadal nie zanosi się na to, by Amerykanie zamierzali zniwelować poparcie okazywane Izraelowi, choć w dużej mierze tłumaczyło ono ich niepopularność w krajach arabskich.

Sparafrazowałem jego słowa:

– Zasadniczo próbujesz powiedzieć, że Amerykanie zaczęli przeciwdziałać skutkom dżihadu, ale wciąż nie zabrali się za jego przyczyny?

– Przyczyny? Jakie przyczyny? – spytał Harvey nieco agresywniej, niż to było konieczne.

Pedro posłał mi zdumione spojrzenie, jakby wątpił, czy Harvey będzie w stanie udźwignąć prawdę.

– No cóż, na przykład wasze praktycznie bezwarunkowe poparcie dla Izraela – wyjaśnił. – Świat arabski chętnie ujrzałby, jak z podobną determinacją walczycie na rzecz utworzenia państwa palestyńskiego.

Wypominanie Mitchellowi jego narodowości było ze strony Pedra olbrzymią gafą. Bo jeśli nawet Harvey czuł się rozdarty pomiędzy patriotyzmem a lojalnością wobec KFR-u, jak dotąd wcale tego nie okazywał.

– Albo wasze podwójne standardy w kwestii praw człowieka i demokracji – rzuciła Ling, którą również miałem za subtelniejszą.

– Jakie znowu podwójne standardy? – zaprotestował Harvey. – Chcemy nieść światu demokrację i nie wstydzimy się o tym mówić.

Domyślam się, że nawiązujesz do naszych historycznych związków z Arabią Saudyjską? A poza tym…

Zagryzł wargę, jakby powiedział za dużo.

– Poza tym co? – powtórzyła Ling szyderczo.

– Nic.

– Uważasz, że Chinka nie ma prawa robić ci wykładów o prawach człowieka? No dalej, przyznaj się. Ale wiesz, ja jestem gotowa spisać ci listę kwestii, w których nie zgadzam się ze swoim rządem.

– Bardzo nam to pomoże – mruknął Harvey.

– To wszystko? – wtrącił nagle Khoyoulfaz, odgwizdując koniec przerwy.

Ling pochyliła głowę. Widziałem, że żałuje, iż się uniosła. Harvey też nie wyglądał na szczególnie dumnego z siebie. Khoyoulfaz podjął:

– Tym, którym wyleciało to z głowy, przypominam, że agenci KFR-u muszą odwiesić własną narodowość w szatni. No dobrze, myślę, że nasza misja dobiega końca. CIA nie wykryła naszej ingerencji. Amerykanie wreszcie pojęli sens słowa „dżihad"; dajmy im czas na pogrzebanie zabitych i złapanie bin Ladena: potem będą myśleć na spokojnie. Tymczasem zawieszam działanie naszej grupy. Śledźcie dalej wiadomości i bądźcie czujni. Coś mi mówi, że to jeszcze nie koniec tej historii.

4

Po przebudzeniu 30 stycznia 2002 roku włączyłem telewizor, ciekaw, co islandzkie media mają do powiedzenia o amerykańskim orędziu o stanie państwa. Każdego roku prezydent Stanów Zjednoczonych w odezwie do parlamentarzystów, uważanej za jedną z mocnych stron amerykańskiej demokracji, wykłada swoje plany ustawodawcze na nadchodzący rok.

W dzienniku stacji Sjónvarp, islandzkiej telewizji państwowej, temat pojawił się jako pierwszy. George Bush wywołał poruszenie, określając trzy kraje podejrzane o finansowanie terroryzmu mianem „osi zła". Sformułowanie wywarło zamierzony efekt. Jak podkreślał prezenter, nawiązywało do terminu stosowanego dotychczas wobec Trzeciej Rzeszy i jej sojuszników. Użycie słowa „zło" (po angielsku *evil*), wyjątkowo brutalne i – wedle mojej wiedzy – bezprecedensowe w relacjach dyplomatycznych, także nie wróżyło niczego dobrego.

Odłożyłem śniadanie na później i wszedłem na stronę internetową Białego Domu, skąd ściągnąłem cały tekst orędzia. Tak jak się spodziewałem, lwia jego część dotyczyła wojny z terroryzmem; Bush przypominał o osiągnięciach minionych stu dni: odbudowa Nowego Jorku, uwolnienie Kabulu, ustanowienie w Afganistanie demokracji. „To, co zastaliśmy w tym kraju – mówił – potwierdza, że wojna przeciwko terroryzmowi dopiero się rozpoczyna. Na wolności pozostają dziesiątki tysięcy wyszkolonych terrorystów, a my dopadniemy ich, gdziekolwiek się ukryją". Następnie przedstawiał swoje dwa główne cele. Pierwszy, nie dziwota, polegał na zamknięciu obozów szkoleniowych i doprowadzeniu terrorystów przed oblicze sprawiedliwości. Drugi z kolei zwiastował gwałtowną zmianę w amerykańskiej retoryce: Biały Dom ogłaszał, że jest zdecydowany powstrzymać państwa sprzyjające terroryzmowi, żeby nie groziły Stanom Zjednoczonym oraz ich sprzymierzeńcom bronią masowego rażenia. Bush nie zawahał się przed wymienieniem tych państw. „Pewne kraje przyczaiły się po jedenastym września, ale my znamy ich prawdziwą naturę. Korea Północna gromadzi arsenał złożony z pocisków odrzutowych oraz broni masowej zagłady, jednocześnie głodząc swoich obywateli. Iran goni za taką samą bronią, podczas gdy garstka przez nikogo niewybieranych dygnitarzy tłumi dążenia wolnościowe narodu irańskiego. Irak wciąż okazuje Stanom Zjednoczonym wrogość i wspiera terroryzm. Iracki reżim od dziesięciu lat usiłuje wyprodukować wąglika, bojowe gazy trujące oraz broń nuklearną. [...] Jest to reżim, który ma coś do ukrycia przed cywilizowanym światem. Z takich właśnie krajów oraz z ich sojuszników składa się oś zła, która zbroi się, by zagrozić światowemu pokojowi. Usiłując pozyskać broń masowego rażenia, państwa te stwarzają poważne i stale rosnące zagrożenie. Mogłyby przekazać tę broń terrorystom, zaatakować naszych sprzymierzeńców albo próbować dyktować Stanom Zjednoczonym warunki. W każdym z tych przypadków nasza obojętność przyniosłaby katastrofalne skutki".

Wybrałem numer Khoyoulfaza, łącząc się przez bezpieczną linię. Odebrał niemal natychmiast.

– Widziałeś? – zapytał zdyszanym głosem.

– Właśnie przeczytałem całość. Nie rozumiem, do czego on zmierza.

– Ja też nie. Fakt, że Iran, Irak i Korea Północna nie darzą Stanów Zjednoczonych ciepłymi uczuciami, nie jest dla nikogo tajemnicą. Ale co mu da takie wytykanie ich palcem?

– Twierdzi, że próbują zdobyć broń masowej zagłady...

– Już jego ojciec mówił to samo...

– I nie mylił się. Tak czy owak, dziwię się, że wspomina o irackim programie nuklearnym. Inspekcje ONZ-etu jasno wykazały, że został on wstrzymany.

– Neokonserwatyści twierdzą co innego. Sądzą, że Saddam utrzymał analogiczny program.

– Trzeba by jeszcze móc to udowodnić.

Usłyszałem, że Yakoub podaje adres taksówkarzowi.

– Czyżby mieli jakąś nową poszlakę? – zasugerował.

– Na przykład?

– Jakiegoś eksperta od fizyki jądrowej, który z dnia na dzień zniknął z powierzchni ziemi, kradzież głowic z magazynu po Armii Czerwonej, coś w tym guście.

Do głowy przyszedł mi pomysł.

– Być może mam sposób, żeby się tego dowiedzieć: Abhishek Kumar.

– Szef z Ho Chi Minhu? – rzucił Yakoub. – Znasz go?

– Lepiej: jest mi winny przysługę.

Parę lat temu Operacje Specjalne przydybały pozbawionego skrupułów agenta, który samowolnie zainicjował szeroko zakrojone przedsięwzięcie mające na celu manipulację cenami ropy. Podczas późniejszego śledztwa Główny Inspektorat próbował zwalić winę na specjalizujące się w surowcach naturalnych biuro w Ho Chi Minhie, a konkretnie na młodego indyjskiego dyrektora odpowiedzialnego, ich zdaniem, za to, że nie zauważył, co się wyrabia pod samym jego nosem. Oprotestowałem ten punkt widzenia, przypominając, że Kumar jedynie zastosował się do rozkazu wykonania misji należycie zaparafowanego przez Toronto, i wyliczając niedociągnięcia proceduralne Głównego Inspektoratu, który nie potrafił powstrzymać szemranego agenta Planu przed zorganizowaniem jednej z największych inicjatyw w historii KFR-u bez zgody przełożonych. W końcu Claas Verplanck zmitygował się w liście z przeprosinami skierowanym do Kumara, który od tamtej pory okazywał mi zawstydzającą wdzięczność.

Udało mi się połączyć z Abhishekiem później tego samego dnia. Podzielał nasze zdumienie, również nie mając pojęcia, na jakich przesłankach opiera się Bush, twierdząc, że iracki program nuklearny został wznowiony. Obiecał jednak, że się rozpyta.

Moja komórka odezwała się dwa miesiące później, kiedy czekałem przed swoim blokiem na taksówkę, która miała zawieźć mnie na lotnisko. Wyjeżdżałem, by spotkać się z Magą i Youssefem w Bostonie na parodniowe wakacje.

– Dartunghuver – odebrałem, modląc się, żeby to była pomyłka.

– Sliv, przyjacielu! – rozradował się głos z silnym indyjskim akcentem, który rozpoznałbym wśród tysiąca innych.

– Abhi? Jak się masz?

– Dobrze, dobrze. Posłuchaj, nadal interesuje cię uran?

– Niestety – odparłem, myśląc sobie, że rozpoczynająca się rozmowa nie należy do tych, które chciało się prowadzić na tylnym siedzeniu taksówki.

– Ach! Ach! No to słuchaj uważnie: tajny raport krążący obecnie w środowisku wywiadowczym podaje, jakoby dwa lata temu Irak próbował kupić od Nigru pięćset ton uranu.

Aż upuściłem torbę podróżną.

– Widziałeś ten raport?

– Nie. Ale Amerykanie z całą pewnością mieli go w ręku. Wysłali dawnego ambasadora, niejakiego Josepha Wilsona, żeby przeprowadził na miejscu własne dochodzenie. Spotkał się z lokalnymi przedstawicielami CIA i ze wszystkimi ludźmi, którzy zajmują się uranem w Nigrze.

– Oficjalnie?

– Nie, ale też za bardzo się z tym nie krył. Niemniej wygląda na to, że Wilson nie łyknął tej historii; wyznał kilkorgu spośród swoich rozmówców, że wątpi w autentyczność raportu.

– A ty, co o tym myślisz?

– Jestem sceptyczny. Niger eksportuje około trzech tysięcy ton uranu rocznie; trudno byłoby zakamuflować pięćset ton jako błąd przy zaokrąglaniu.

– Jasne. Tak czy inaczej, dzięki za cynk.

– Nadal jestem ci zobowiązany – oznajmił Kumar, rozłączając się i nie dając mi czasu na sprostowanie.

Taksówka zatrzymała się przy rzędzie zaparkowanych samochodów. Wcisnąłem kierowcy do ręki banknot, serwując jakąś niejasną wymówkę, a potem, wzdychając, wróciłem z powrotem do mieszkania. Telefon od Abhiego obudził we mnie bolesne wspomnienie sprzed siedmiu lat: spiesząc się, by odebrać Magę i Youssefa z lotniska w Córdobie, odbębniłem sprawdzanie niedopracowanej teczki i przegapiłem błąd, za który jak się okazało, miałem zapłacić astronomiczną cenę. Nie zamierzałem popełnić tego samego głupstwa po raz drugi.

Ponownie włączyłem komputer. Nie znalazłem w internecie żadnego śladu po ewentualnym zakupie nigerskiego uranu, przeczytałem za to uważnie biografię Josepha Wilsona. Nie można by sobie wyobrazić kandydata lepiej wykwalifikowanego do opisanej przez Abhiego misji. Wilson całe życie pracował w korpusie dyplomatycznym, zajmował liczne stanowiska w Europie i Afryce (w tym w Niamey w latach 1976–1978), a następnie został asystentem Billa Clintona do spraw afrykańskich.

Zadzwoniłem do Khoyoulfaza i powtórzyłem mu swoją rozmowę z Kumarem najwierniej, jak się dało.

– Jakie są twoje odczucia? – spytał, wysłuchawszy mnie.

– Wilson nie jest typem gościa, którego wysyła się gdzieś przez czyjeś widzimisię – odparłem. – Nie znamy treści raportu, ale Amerykanie najwyraźniej uznali ją za na tyle przekonującą, że szybko wyprawili w drogę jednego ze swoich najlepszych specjalistów.

– Potrafiłbyś załatwić kopię?

Miałem w tym względzie pewien pomysł.

– Może – zaznaczyłem, celowo unikając zdecydowanych zapewnień – ale nie dostanę go za darmo.

– Ile?

– Trudno powiedzieć. Pięćdziesiąt tysięcy dolarów?

– Możesz dobić do stu tysięcy – uspokoił mnie Khoyoulfaz – ale będę potrzebował rachunku.

Kolejne miesiące upłynęły pod znakiem gwałtownego utwardzania się amerykańskiego stanowiska. Pierwszego czerwca George Bush przemówił do oficerów akademii wojskowej w West Point. Nie wspominając wprost o Iraku, po raz kolejny pomstował na kraje wyposażające się w broń chemiczną oraz nuklearną, a skończył na mesjanistyczną nutę: „Misja naszego kraju zawsze wykraczała poza zwykłą troskę o obronę granic. Nadarza się wspaniała sposobność, by zaprowadzić gdzieś na świecie sprawiedliwy pokój, zastępując biedę, ucisk i urazę nadzieją na lepsze jutro". Następnego dnia „New York Times" przestrzegł Stany Zjednoczone przed „pokusą samowolnego najeżdżania na inne państwa i obalania obcych rządów".

Bush zdementował jednak pogłoskę, jakoby szykował się do wojny. „Nie trzymam na biurku planu działań wojennych" – oświadczył przy trzech różnych okazjach w maju. Jednakże już pod koniec lipca „Washington Post" i „New York Times" szczegółowo opisały różnorodne opcje strategiczne rozważane przez Pentagon. Niektórzy oficerowie opowiadali się za doktryną powstrzymywania, inni za priorytetowym atakiem na Bagdad; nikt już nie wątpił, że Stany Zjednoczone rozpoczną wkrótce wojnę z Irakiem.

Khoyoulfaz reaktywował nasz zespół z początkiem sierpnia.

– To, co chciałbym zrozumieć – oznajmił na wstępie – to skąd Amerykanie czerpią tak wielką pewność, że Saddam Husajn coś przed nimi ukrywa. Czy inspektorzy Narodów Zjednoczonych nie zniszczyli po wojnie w Zatoce całej broni niekonwencjonalnej, jaką znaleźli?

– Całą, jaką znaleźli – odrzekł Mitchell – ale niekoniecznie całą, jaka istniała.

Nieufność, którą budził w Amerykanach Saddam Husajn, sięgała początku lat dziewięćdziesiątych. Po wojnie w Zatoce Stany Zjednoczone zgodziły się przekazać ONZ-etowi obowiązek oceny oraz zamknięcia irakijskiego programu zbrojeń niekonwencjonalnych, w którego istnienie nikt nie wątpił. Saddam już kilkakrotnie stosował trujący gaz przeciwko swojemu zaciekłemu wrogowi, Iranowi, a także przeciwko własnym obywatelom pochodzenia kurdyjskiego. Powstrzymał się przed tym jednak podczas wojny w Zatoce, niewątpliwie z obawy przed odwetem nuklearnym.

Inspektorzy UNSCOM-u, specjalnej komisji powołanej przez Narody Zjednoczone, szybko zaczęli się skarżyć na utrudnienia, jakie napotykali podczas wykonywania misji. Wyglądało na to, że ich w założeniu niespodziewane naloty prawie zawsze bywały zawczasu zapowiadane, a rozmówcy uparcie przeczyli dowodom, nawet jeśli wymachiwało im się fiolką wąglika przed twarzą. Prowadzona przez Saddama polityka systematycznej obstrukcji okazała się, wedle powszechnej opinii, katastrofalna. UNSCOM wzmógł kontrole i odkrył kilka składów broni biologicznej. Stany Zjednoczone posłużyły się irakijską postawą jako argumentem za odmową zastosowania się do przegłosowanego przez Radę Bezpieczeństwa złagodzenia sankcji gospodarczych. Udało im się nawet przekonać ONZ, aby we wrześniu, a następnie w grudniu 1998 roku pozwoliła im bezpośrednio zbombardować irackie instalacje militarne. Niektórzy eksperci niuansowali jednak tę opinię: ich zdaniem, ostentacyjnie odmawiając współpracy, Saddam umocnił swój wizerunek lidera świata arabskiego i jeszcze nieco bardziej zszargał opinię Stanów Zjednoczonych w regionie.

– Rozumiem Amerykanów – oświadczył Pedro Barreda. – Saddamowi Husajnowi nie można wierzyć ani na jotę. Za każdym razem kiedy zapewniał, że zaprzestał produkcji broni chemicznej, UNSCOM znajdował nowy magazyn toksyny botulinowej.

– Najpotężniejszej znanej obecnie trucizny – przypomniała Ling. – Pięć gramów wystarczyłoby do zabicia sześciu miliardów ludzi żyjących na naszej planecie.

– Ja to wszystko wiem – ziewnął Khoyoulfaz – ale co się zmieniło ostatnio?

– Ameryka została zaatakowana – zauważył głucho Harvey.

– Przede wszystkim zaś od momentu wycofania UNSCOM-u nie ma już żadnych informacji na temat tego, co się dzieje w Iraku – dodałem.

Komisji Narodów Zjednoczonych nie udało się zapobiec plotkom, wedle których CIA sterowała poszukiwaniami kilku spośród jej reprezentantów. Inspektorów odwołano w 1998 roku, a rok później organ rozwiązano.

– No, a wobec braku wiadomości Stanom Zjednoczonym łatwo wyobrażać sobie najgorsze – uznał Pedro. – Zresztą, tak szczerze, kiedy wie się, jaką nienawiścią Saddam darzy rodzinę Bushów, nie sposób całkiem się z nimi nie zgodzić.

Przeczytałem wszystkie raporty UNSCOM-u, więc pozwoliłem sobie się wtrącić.

– Cała rzecz polega na zdobyciu wiedzy, czy Saddam był w stanie odbudować swoje programy chemiczne w ciągu ostatnich dwóch lub trzech lat. Już w roku tysiąc dziewięćset dziewięćdziesiątym ósmym inspektor Scott Ritter zanotował, że Irakijczycy zdążyli rozmontować większość instalacji, rozsyłając poszczególne elementy po całym kraju, i że na ponowne ich złożenie wystarczy kilka miesięcy.

– No to poczyniliśmy ogromne postępy – westchnął Khoyoulfaz. – Czy wiemy chociaż, na jakiej podstawie Bush twierdzi, że Saddam wznowił swój program nuklearny? Sliv?

Opowiedziałem, w jakich okolicznościach dowiedziałem się o istnieniu raportu sugerującego, że Irak kupił od Nigru pięćset ton uranu. Harvey nie wierzył własnym uszom.

– Masz ten raport? – zapytał.

– Od przedwczoraj.

Wyciągnąłem jeden egzemplarz z plecaka, żeby puścić go w obieg. Harvey praktycznie wyrwał mi go z rąk.

– Co dokładnie w nim piszą?

– Że w lipcu dwutysięcznego roku, po kilku wizytach przygotowawczych, irakijski ambasador w Watykanie, Wissam al-Zahawie, podpisał z nigerskim rządem porozumienie dotyczące zakupu pięciuset ton uranu.

– W każdym razie rzecz jest cholernie dobrze udokumentowana – skomentował Harvey, kartkując maile, faksy i teleksy dołączone do raportu.

– Wiesz, kto jest autorem? – dopytywała Ling.

– Nie, ale nie ma w tym nic dziwnego. Jedynie wysoko postawiony przedstawiciel irackiej lub nigerskiej administracji mógł zgromadzić te wszystkie dokumenty. Musiałby być szalony, żeby zdradzić swoją tożsamość.

– Jak sądzisz, co nim kieruje? – dociekał Harvey.

– Pieniądze, rzecz jasna. Za wersję, którą trzymasz w ręku, zapłaciłem sto tysięcy dolarów.

Nie odczuwałem z tego powodu najmniejszej dumy. Jedna czwarta tych pieniędzy trafiła do pośrednika, emerytowanego agenta Stasi nazwiskiem Otto Dreppner, który przekwalifikował się do pracy w lukratywnym biznesie handlu informacjami. Poznałem Dreppnera przed kilkoma laty, kiedy chciałem uwiarygodnić teczkę na temat archiwów wschodnioniemieckiej tajnej policji. Był niskim, tęgim mężczyzną o znużonym spojrzeniu, posiadającym tę ogromną zaletę, że nigdy nie zadawał żadnych pytań, które nie byłyby absolutnie niezbędne.

Harvey wydał z siebie pełne podziwu gwizdnięcie i z jeszcze większą uwagą pogrążył się w lekturze.

– Wyczuwam, że nie jesteś przekonany – zauważył Pedro.

– Faktycznie, nie jestem – przyznałem niechętnie. – W załączniku znajdziemy na przykład szczegółowe sprawozdanie z domniemanego tajnego spotkania emisariuszy Iraku, Iranu i jeszcze kilku krajów pragnących utworzyć zbrojne przymierze przeciwko Stanom Zjednoczonym. Jakoś trudno mi uwierzyć, żeby na tego typu zebraniach wyznaczało się protokolanta.

– Kto sprzedał ci raport? – spytał Khoyoulfaz.

– Niejaki Rocco Martino, który zanim zaczął działać na własny rachunek, długo pracował dla Sismi, włoskich tajnych służb.

– Co o nim wiesz?

– Nic, poza tym, że dwukrotnie aresztowano go za próbę wyłudzenia oraz posiadanie kradzionych czeków.

– A w jaki rzekomo sposób wszedł w posiadanie tego raportu? – dowiadywał się Pedro.

– Odmawia udzielania informacji.

– Och, naprawdę? – prychnął Yakoub szyderczo.

Zawahałem się chwilę, a potem wyznałem odważnie:

– W zeszłym roku włamano się do Ambasady Nigru w Rzymie. Raport policji podaje, że zginęło kilka bloków papieru z oficjalnym nagłówkiem.

– To może być zbieg okoliczności – zaznaczył Harvey.

– Oczywiście – mruknął ironicznie Khoyoulfaz. – Coś jeszcze, Sliv?

Zarumieniłem się ze wstydu i pokręciłem głową, postanawiając zachować dla siebie komentarz Dreppnera. „Jeśli chcesz znać moje zdanie – zadrwił, podpisując mi rachunek – Martino sam spłodził ten raport. Następnym razem, gdy będziesz gotów wydać sto patyków, daj je mnie, wysmażę ci coś lepszego".

– Dobrze, zapomnijmy na chwilę o okolicznościach, w jakich ten raport wpadł nam w ręce – zaproponował wspaniałomyślnie Khoyoulfaz. – Powiedz nam lepiej, co o nim myślisz.

– To się zwyczajnie nie trzyma kupy – odparłem, wcale zadowolony ze zmiany tematu. – Kumar, któremu przesłałem kopię, okazuje jeszcze większą powściągliwość niż ja. Mamy trzy główne zastrzeżenia. Pierwsze dotyczy rozmiarów transakcji. Na wyprodukowanie głowicy nuklearnej wystarcza dziesięć ton uranu; jakkolwiek zaawansowany byłby ich program, jakoś nie widzi mi się, żeby Irakijczycy kupili taką ilość uranu i żeby Nigerczycy sprzedali im ekwiwalent dwumiesięcznej produkcji.

Yakoub pokiwał głową. Harvey z kolei powstrzymywał się, żeby mi nie przerwać.

– Po drugie, Nigerczycy nie eksploatują swoich kopalń sami. Powierzyli to zadanie pewnemu konsorcjum kierowanemu przez francuskie przedsiębiorstwo publiczne. Przystępując do układu o nierozprzestrzenianiu broni jądrowej, Francja zobowiązała się, że nie będzie sprzedawać uranu krajom, które nie dysponują bronią atomową, a nic nie wskazuje na to, by kiedykolwiek naruszyła te zobowiązania. I wreszcie, dla mnie to kluczowy argument, Niger nie ma nic do zyskania na sprzedaży swojej rudy Irakowi...

– Pozwolisz? – wtrącił się Harvey. – Wiesz, ile kosztuje pięćset ton uranu?

Ling mnie uprzedziła.

– Przy obecnym kursie, osiem dolarów za funt, pięćset ton poszłoby za jakieś dziewięć milionów dolarów – obliczyła.

– Phi! – prychnął Harvey. – Saddam byłby gotów zapłacić dużo więcej.

– Bez wątpienia – przytaknąłem. – Pięćdziesiąt, może sto milionów, ale suma ta tak czy owak byłaby znacznie niższa od tych, które państwo otrzymuje z pomocy międzynarodowej.

– Same tylko Stany Zjednoczone przekazują osiem milionów rocznie – przypomniała Ling, która z równą łatwością potrafiłaby podać kwotę japońskiego wsparcia finansowego dla Madagaskaru.

– Słuszna uwaga – przyznał Harvey – ale nigerscy urzędnicy są zbyt kiepsko opłacani, żeby ulegać tego rodzaju skrupułom.

– Myślałem o tym, ale nawet zakładając, że daliby radę zdobyć zezwolenia potrzebne do wydobycia dodatkowych pięciuset ton, tym twoim urzędnikom nigdy nie udałoby się przetransportować towaru niezauważenie. Cały proces produkcji odbywa się na miejscu, a Francuzi kontrolują jedyną drogę wyjazdową z kopalni.

Harvey zamilkł; najwyraźniej brakło mu argumentów.

– Dobra robota – oznajmił Khoyoulfaz, jakby cieszył go widok marnych strzępów pozostałych z raportu, który kosztował go jedną dziesiątą z miliona dolarów. – Harvey, Sliv, powierzam wam zdyskredytowanie tego steku bzdur.

– To nie powinno być trudne – zapowiedziałem. – Zdaje się, że były ambasador, którego CIA wysłała na miejsce, doszedł do tych samych wniosków co my.

– W takim razie wracamy do punktu wyjścia – uznał Khoyoulfaz w zamyśleniu. – Na jakich poszlakach opiera się Bush?

Nastało długie milczenie, które w końcu przerwał Harvey:

– Trochę cierpliwości. Jeśli Biały Dom zamierza przekonać Kongres i stworzyć koalicję, już wkrótce będzie musiał odkryć karty.

5

Harvey miał rację.

Miesiąc później, siódmego września, brytyjski premier Tony Blair spotkał się z George'em Bushem w Camp David i zapewnił o wsparciu Wielkiej Brytanii. Podczas późniejszej konferencji prasowej Bush oświadczył bez ogródek: „Saddam Husajn posiada broń masowej zagłady".

Nazajutrz „New York Times" na pierwszej stronie niedzielnego wydania ujawnił, że irakijska administracja już od czternastu miesięcy usiłuje zdobyć tysiące rur ze wzmocnionego aluminium. Według amerykańskich oficjeli, stanowiły one jeden z elementów potrzebnych do skonstruowania wirówek przeznaczonych do wzbogacania uranu. „Owe transakcje – pisał dalej autor artykułu – nie są jedynym przejawem na nowo rozbudzonego zainteresowania Irakijczyków bronią atomową. W ciągu ostatnich miesięcy Saddam Husajn kilkakrotnie spotykał się z najlepszymi fizykami jądrowymi w kraju i – jak podają amerykańskie źródła – podkreślał wagę ich wkładu w walkę przeciwko Zachodowi. [...] Zwolennicy rozwiązania siłowego przypominają, że przed wojną w Zatoce CIA nie doceniła stopnia zaawansowania irackiego programu nuklearnego, i obawiają się, że rząd zechce poczekać na formalne dowody, nim przejdzie do działania. Ich zdaniem istnieje ryzyko, że tym żywo poszukiwanym dowodem okaże się grzyb atomowy".

Kilka grubych ryb z administracji Busha pojawiło się następnie w telewizji i nie wprost potwierdziło, że Biały Dom celowo dopuścił do tych przecieków. Wiceprezydent Cheney, którego zaproszono do sławnego programu *Meet the Press*, powrócił do tematu irakijskiego programu nuklearnego. „Nadal próbujemy złożyć wszystkie elementy w całość, ale jedno jest pewne: Saddam usiłuje nabyć sprzęt niezbędny do wzbogacania uranu i konstrukcji bomby atomowej. [...] Kiedy zaczął? Podczas trwania inspekcji? W tysiąc dziewięćset dziewięćdziesiątym ósmym, kiedy inspektorzy opuścili kraj? W mniej odległej przeszłości? Tego nie wiemy, tak samo jak nie wiemy, kiedy jego pierwsza bomba będzie gotowa". Jeszcze tego samego dnia w CNN Condoleezza Rice, doradczyni prezydenta do spraw bezpieczeństwa narodowego, powtórzyła z kolei złowieszcze sformułowanie „New York Timesa" dotyczące grzyba atomowego.

Ale przemową, na którą czekał cały świat, była ta, którą George Bush miał wygłosić dwunastego września w ONZ-ecie. Khoyoulfaz zaproponował, żebyśmy obejrzeli ją wszyscy razem w biurze KFR-u w Waszyngtonie. Cieszyłem się z obrotu, jaki przybrały ostatnio sprawy: Bush ewidentnie skłaniał się ku obraniu ścieżki dyplomatycznej. Przychylał się więc do zdania Tony'ego Blaira oraz ministra spraw zagranicznych, Colina Powella, jednocześnie odżegnując się od opinii wiceprezydenta i ministra obrony, którzy byli zwolennikami jednostronnej akcji.

Amerykański prezydent po raz kolejny dał tamtego dnia dowód swoich talentów oratorskich. Ubrany w granatowy garnitur i czerwony krawat, z którymi nie rozstawał się już od roku, od razu uderzył w odpowiedni ton. „Gromadzimy się tu rok i jeden dzień po ataku terrorystycznym, który pogrążył mój kraj oraz obywateli wielu innych państw w cierpieniu. Wczoraj upamiętniliśmy śmierć niewinnych ofiar, które zginęły tego okropnego poranka. Dziś zwracamy się w stronę naglącego obowiązku chronienia życia innych, bez złudzeń i bez lęku".

Zebrał pierwsze brawa, kiedy ogłosił, że Stany Zjednoczone wkrótce przyłączą się do UNESCO, z której wystąpiły w 1984 roku, następnie zrobił parę ogólnych uwag o zagrożeniu terrorystycznym, aby wreszcie skoncentrować się na Iraku. „W jednym miejscu, pod panowaniem jednego reżimu, odnajdujemy wszystkie te niebezpieczeństwa w ich najgroźniejszej i najbardziej agresywnej postaci –

Narody Zjednoczone zostały stworzone właśnie po to, by przeciwstawiać się tego rodzaju agresywnym zagrożeniom".

– No patrzcie, oś zła schodzi ze sceny – rzucił Pedro Barreda.

Harvey, który gorączkowo robił notatki, gestem nakazał mu milczenie. Przez dobry kwadrans Bush przypominał liczne przewinienia, których dopuścił się Saddam Husajn od czasu zakończenia wojny w Zatoce: próbował zamordować emira Kuwejtu oraz byłego amerykańskiego prezydenta (rodzonego ojca Busha), w dalszym ciągu produkował broń chemiczną, pomimo obietnic, że z tym skończy, ukrył znaczące zapasy gazu musztardowego i w tej właśnie chwili rozbudowywał instalacje mogące służyć do wytworzenia broni biologicznej.

„W tysiąc dziewięćset dziewięćdziesiątym piątym roku, po czterech latach oszustw, Irak przyznał wreszcie, że przed wojną w Zatoce posiadał szybko rozwijający się program nuklearny. Obecnie wiemy, że gdyby nie ta wojna, iracki rząd dysponowałby bombą atomową najpóźniej w dziewięćdziesiątym trzecim".

To ostatnie zdanie sprawiło, że Khoyoulfaz podskoczył i odwrócił się do mnie. Wzruszyłem ramionami na znak bezradności.

„Dziś Irak nadal ukrywa istotne informacje na temat swojego programu jądrowego, szczególnie te związane z koncepcją broni, detalami transakcji kupna, danymi o eksperymentach, spisem surowców nuklearnych oraz dokumentami dotyczącymi pomocy udzielanej mu przez inne kraje. Irak zatrudnia kompetentnych naukowców i techników nuklearnych. W dalszym ciągu rozporządza infrastrukturą potrzebną do zbudowania bomby atomowej".

– Nareszcie – wymruczał Khoyoulfaz, prostując się na siedzeniu. – A teraz, ty stary pryku, pokaż nam, co masz w zanadrzu.

„Irak kilkakrotnie próbował nabyć rury z mocno utwardzonego aluminium stosowane w procesie wzbogacania uranu używanego w bombach atomowych".

– I co dalej? – naciskał Azerbejdżanin ku rozdrażnieniu Harveya, który nie ważył się jednak ponownie prosić o ciszę.

„Jeśli Irak zakupi materiał rozszczepialny, będzie w stanie wyprodukować broń jądrową w ciągu niespełna roku. Kontrolowane przez państwo irackie media relacjonowały liczne spotkania Saddama Husajna z naukowcami nuklearnymi, które nie pozostawiają wielkich wątpliwości co do niesłabnącego apetytu Husajna na tego rodzaju broń".

– Spotkania, nic nowego – zaryzykował komentarz Pedro.

„Irak posiada również dużą liczbę pocisków rakietowych typu «Scud» o zasięgu przekraczającym dozwolone przez ONZ sto pięćdziesiąt kilometrów. Prace prowadzone przy instalacjach przeznaczonych do testowania i produkcji świadczą o tym, iż Irak wytwarza nowe pociski dalekiego zasięgu, które mogłyby zebrać ogromne żniwo w regionie".

– To wszystko? – zdumiał się Khoyoulfaz, kiedy stało się jasne, że Bush nie dostarczy nam już żadnych dodatkowych informacji na temat irakijskiego programu zbrojeń.

– Dajmy mu skończyć – zasugerowała Ling. – Może najlepsze zachowuje na koniec.

Ale Bush przechodził teraz do politycznej części swojej przemowy. Wyliczył punkty, na podstawie których Stany Zjednoczone będą od tego momentu sądzić Saddama. Jeśli rzeczywiście chce pokoju, zniszczy całą swoją broń masowego rażenia, wycofa poparcie dla terrorystów i przestanie prześladować mniejszości etniczne oraz religijne. Ameryka we współpracy z Radą Bezpieczeństwa Narodów Zjednoczonych zredaguje rezolucję odzwierciedlającą te zobowiązania – operację tę amerykański prezydent przedstawił jako czystą formalność, lecz ja wiedziałem, że będzie wymagała długich tygodni negocjacji.

Khoyoulfaz wyłączył telewizor, nie czekając, aż umilkną brawa.

– Co o tym myślicie? – spytał.

– Jasno wykazał, że Saddam prowadzi podwójną grę – odparł Harvey. – I wydaje się, że CIA zgromadziła cholernie dobrą dokumentację.

– Wręcz przeciwnie – zaprotestował Pedro. – Widzę niewiele nowych danych.

– Nie wiem, czego byś chciał – odparował Harvey, przeglądając swoje notatki. – „Jeśli Irak zakupi materiał rozszczepialny, będzie w stanie wyprodukować broń jądrową w ciągu niespełna roku". „Irak posiada również dużą liczbę pocisków rakietowych typu «Scud» o zasięgu przekraczającym dozwolone przez ONZ sto pięćdziesiąt kilometrów".

– Ale nie przedstawia żadnego dowodu swoich racji. Jeśli CIA faktycznie wie o tych pociskach, Bush powinien podać ich lokalizację i dokładną liczbę.

– Daj spokój, naprawdę sądzisz, że powie: „Saddam ukrył pięćdziesiąt pocisków ziemia–powietrze o zasięgu dwustu pięćdziesięciu kilometrów w koszarach straży pożarnej na przedmieściu Tikrit"?

– A czemu nie? – upierał się Pedro. – To na nim spoczywa ciężar zaprezentowania dowodu.

– Tego rodzaju informacje nigdy nie wychodzą poza próg sztabu generalnego – oznajmił Harvey z przekonaniem godnym pięciogwiazdkowego generała.

– Sliv? – rzucił Khoyoulfaz, zwracając się w moją stronę.

– Zgadzam się zarówno z Harveyem, jak i z Pedrem. Od dziesięciu lat Saddam bezkarnie kpi sobie z Narodów Zjednoczonych; najwyższy czas, żeby ktoś napiętnował jego szelmostwo z oficjalnej mównicy. Z drugiej strony, dziwię się, że Bush ograniczył się do tak mglistych oskarżeń. Jeśli pominiemy dawne przewiny z okresu inspekcji oraz nieweryfikowalne deklaracje pod tytułem: „Saddam coś przed nami ukrywa", możemy wyłuskać tylko dwie namacalne informacje: Irak posiada pociski o zasięgu przekraczającym sto pięćdziesiąt kilometrów, no i próbował kupić rury ze wzmocnionego aluminium, zresztą ten drugi punkt to jedynie potwierdzenie artykułu z niedzielnego „New York Timesa".

– No właśnie – zagadnął Khoyoulfaz. – Co znaleźliście na temat tych sławnych rur?

Spojrzałem na Harveya, który razem ze mną od trzech dni niezmordowanie rozpracowywał temat. Pozwolił, bym to ja odpowiedział.

– Najpierw fakty. W dwutysięcznym roku Irak złożył zamówienie na sześćdziesiąt tysięcy aluminiowych rurek u importowo-eksportowej firmy z Hongkongu. Ważne szczegóły: żądany stop, o numerze referencyjnym 7075-T4, znany jest z odporności i trwałości; zewnętrzna średnica rurki miała wynosić osiemdziesiąt jeden milimetrów, a grubość ścianki – trzy i trzy dziesiąte milimetra. CIA przechwyciła faks z zamówieniem i przekazała go jednostce specjalizującej się w kwestiach uzbrojenia, która prędko stwierdziła, że jedynym możliwym zastosowaniem tych rur jest konstrukcja wirówki w rodzaju tych używanych do wzbogacania uranu.

– Jedynym możliwym, naprawdę? – spytał powątpiewająco Khoyoulfaz.

– No właśnie, oto jest pytanie. Udało mi się porozmawiać z dwoma inżynierami z Departamentu Energii, którym przedstawiłem się jako angielski dziennikarz pragnący zweryfikować dane „New York Timesa". Pod warunkiem zachowania anonimowości zdradzili mi, że nie zgadzają się z wersją głoszoną przez CIA. Rury, o których mowa, są dwukrotnie cieńsze niż te stosowane w irakijskim programie nuklearnym przed wojną i niewystarczająco solidne, by dało się je zamontować do wirówki.

– Do czego więc mogą służyć? – dociekała Ling.

– To tylko domysł, ale niemal w stu procentach przypominają te, których Irakijczycy używają do produkcji konwencjonalnych wyrzutni rakiet.

– Dlaczego nic nie powiedzieli? – zdziwił się Khoyoulfaz.

– Obaj zapewnili mnie, że owszem, zrobili to, ale CIA odparła rzekomo, że Irakijczycy prawdopodobnie korzystają z wirówki innego typu, opracowanej w latach pięćdziesiątych przez austriackiego naukowca nazwiskiem Gernot Zippe.

– Brzmi jak kiepski scenariusz...

– Niech pan poczeka na ciąg dalszy. Kiedy Harvey się do niego zwrócił, Zippe kategorycznie wykluczył hipotezę CIA. Opracowany przez niego model wirówki działa przy użyciu rur dwukrotnie krótszych, których grubość ścianek nie może przekraczać jednego milimetra. Dla czystego sumienia skontaktowałem się z Davidem Albrightem...

– To nazwisko coś mi mówi – wymamrotała Ling, która łatwiej zapamiętywała liczby niż nazwiska.

– Przez długi czas pracował dla Międzynarodowej Agencji Energii Atomowej. To on w latach dziewięćdziesiątych ocenił program jądrowy Saddama.

– Co sądzi o artykule „New York Timesa"? – zapytał Khoyoulfaz.

– Zaraz w poniedziałek zadzwonił do Judith Miller, żeby podważyć wersję CIA. Miller odpowiedziała, że przyjmuje jego zdanie do wiadomości, ale że nie pokrywa się ono z opinią większości osób, z którymi rozmawiała.

– Co wiemy o tej dziennikarce?

Popatrzyłem na Harveya, który zwrócił się kolejno do wszystkich swoich kontaktów w środowisku prasowym.

– Nie miałem czasu drążyć – oświadczył – ale *a priori* Miller pozostaje poza wszelkim podejrzeniem. Trzydzieści lat w zawodzie, specjalizuje się w kwestiach Bliskiego Wschodu. W zeszłym roku otrzymała Nagrodę Pulitzera za serię artykułów o międzynarodowych siatkach terrorystycznych.

Twarz Azerbejdżanina zmarszczyła się w grymasie zdumienia.

– Co próbujecie nam właśnie oznajmić? Że CIA z pełną świadomością przekazuje Białemu Domowi błędne informacje?

– Oczywiście, że nie – wtrąciłem się. – Mam raczej wrażenie, że agencja posługuje się tymi rurami jako czynnikiem odwracającym uwagę, gdyż dysponuje bardziej obciążającymi dowodami.

– Czemu miałaby robić coś takiego? – zapytał Pedro.

Harvey wyręczył mnie w udzieleniu odpowiedzi.

– Istnieje wiele możliwych wytłumaczeń. Ponieważ chce chronić swoje źródła w irakijskiej administracji; ponieważ ma nadzieję w odpowiednim momencie przyłapać Saddama na gorącym uczynku...

– Nie zapominajmy – dodałem – że inspektorzy wyjechali z Iraku. Jeśli CIA ujawni swoje podejrzenia, ryzykuje, że Saddam zlikwiduje lub przemieści swoje instalacje, jak zrobił to już wcześniej.

– Może są dwa rodzaje rur – poddała Ling. – W końcu artykuł „New York Timesa" wspomina o kilku transakcjach.

– Albo kupujący i sprzedający używają kodu – dorzucił Pedro. – Irak zamawia rurki o średnicy osiemdziesięciu jeden milimetrów, a chińska firma wysyła cieńsze.

– To niezbyt prawdopodobne, z dwóch powodów. Po pierwsze, według moich informatorów CIA udało się zeszłego lata przechwycić jedną z dostaw; zdobyte w ten sposób rury dokładnie odpowiadały opisowi widniejącemu na fakturze. Co więcej, Irakijczycy nie przedsięwzięli żadnych środków ostrożności, które mogłyby sugerować, że świadomie podejmują nielegalne działania: opublikowali specyfikacje w internecie, zebrali kosztorysy od kilku firm tradingowych i negocjowali ceny jak każdy inny nabywca.

– Zachowywali się z doprawdy niepokojącą swobodą – zauważył Harvey.

– Albo jak ktoś, kto nie ma nic do ukrycia – uściślił Khoyoulfaz.

Chwycił butelkę i z zamyśloną miną nalał sobie szklankę wody.

– Czy uważacie, że CIA i Biały Dom mogą świadomie kłamać, kiedy utrzymują, że mają dowód na wznowienie przez Irak programu nuklearnego? – rzucił prosto z mostu.

Pytanie wyraźnie skierowane było do Harveya i do mnie. Pedro i Ling przypatrywali nam się z zaciekawieniem.

– Wszystko zależy od sposobu, w jaki się rzecz sformułuje – odrzekłem. – Jak przed chwilą wspomniałem, skłaniam się ku myśleniu, że ta historia z rurami to tylko jeden z wielu argumentów, którymi dysponuje Biały Dom, i to z pewnością nie najlepszy. Ale „New York Times", poświęcając tematowi pierwszą stronę, postawił administrację Busha przed dylematem. Albo jakoś nie wprost potwierdzi tę pogłoskę, narażając się na żywy sprzeciw ze strony ludzi takich jak David Albright...

– Albo ją zdementuje, ryzykując osłabieniem własnego przekazu... – dokończył Pedro.

– Dlaczego? – spytała Ling.

Poszukałem analogii, by łatwiej jej było zrozumieć.

– Czy widziałaś już, żeby prokurator w sprawie karnej cytował świadków obrony? Nie, oczywiście, że nie, ponieważ prokurator ma tylko jeden cel: doprowadzić do tego, że oskarżony zostanie skazany. Jeśli zacznie przyznawać, że niektóre dowody winy są mniej solidne, niżby się zdawało, zasieje wątpliwość w sercach przysięgłych i osłabi całość swojego oskarżenia.

Ling skinęła głową, ale Khoyoulfaz nie był przekonany.

– Odwołując się do twojego porównania, czy nie sądzisz, że nasz prokurator podejmuje dużo większe ryzyko, w ogóle dopuszczając argument, o którym doskonale wie, że nie oprze się kontrekspertyzie? Zwłaszcza jeśli, jak sugerujesz, dysponuje innymi dowodami, dzięki którym zyskałby przychylność ławy przysięgłych?

– Szczególnie jeżeli zdaje sobie sprawę, że wszystkie jego argumenty zostaną poddane szczegółowej analizie – nalegał Pedro. – Spójrz tylko na to, co odkryliście z Harveyem w ciągu trzech dni. Inni wykonają taką samą robotę i w dniu, w którym opublikują swoje wnioski, CIA będzie pluć sobie w brodę, że nie wyłożyła kawy na ławę.

– Harvey? – odezwałem się, oszołomiony pewnością siebie Pedra.

– Ani przez chwilę nie potrafię sobie wyobrazić, żeby prezydent mógł zwodzić naród amerykański w tak ważnej sprawie. Gdyby udowodniono mu winę, podlegałby impeachmentowi.

– Naprawdę? – zdziwiłem się. – A jednak Bill Clinton skłamał pod przysięgą.

Twarz Harveya rozjaśniła się, jak za każdym razem gdy wkraczał na temat amerykańskiej konstytucji.

– Impeachment stosuje się jedynie w przypadku zdrady, korupcji lub ciężkiego przestępstwa czy przewinienia. To pod tą ostatnią kategorię Kenneth Starr, prokurator w sprawie Moniki Lewinsky, próbował podciągnąć krzywoprzysięstwo Clintona. Rozgorzała wówczas debata, co właściwie oznacza „ciężkie przestępstwo". Większość posłów i senatorów uznała ostatecznie, że owszem, prezydent skłamał, ale w sprawie zasadniczo osobistej i pod naciskami stronniczego prokuratora, wobec czego postawienie mu zarzutu ciężkiego przestępstwa byłoby nierozsądne.

Epizod ten, który w mojej pamięci zapisał się jako fantastycznie bezwstydna wsypa, w ustach Harveya nabierał szlachetności godnej głosowania w sprawie praw obywatelskich z 1964 roku.

– Żaden kraj nie przywiązuje takiej wagi do zasad sprawowania władzy co Stany Zjednoczone – ciągnął Harvey. – Nasi ojcowie założyciele, w swej ogromnej mądrości, przyznali równorzędne znaczenie jej trzem gałęziom, władzy wykonawczej, ustawodawczej i sądowniczej.

Powstrzymałem się przed powiadomieniem Harveya, że Monteskiusz już w 1748 roku wyrzekł decydujące słowa o rozdziale władzy.

– Zdaje się, że obawiacie się, czy George Bush nie najedzie Iraku na podstawie jakichś wątpliwych informacji. Otóż, zwyczajnie nie ma prawa tego zrobić. Artykuł pierwszy, paragraf ósmy konstytucji: „Kongres ma prawo wypowiadać wojnę, wystawiać listy kaperskie i wydawać przepisy dotyczące prawa do łupu na lądzie i wodach”*.

– Sądziłam, że Roosevelt samodzielnie wypowiedział wojnę Japonii po ataku na Pearl Harbor – sprzeciwiła się Ling.

Nie mogłaby sprawić większej przyjemności Harveyowi, który poczuł się uprawniony do pogłębienia wykładu.

– Nawiązujesz niewątpliwie do jego sławnego przemówienia o „dacie, która pozostanie niesławną”, ale na koniec Roosevelt powiedział – cytuję z pamięci – „Proszę Kongres, aby w następstwie haniebnego ataku z siódmego grudnia tysiąc dziewięćset czterdziestego pierwszego roku Stany Zjednoczone wypowiedziały wojnę Imperium Japońskiemu”.

Ling wzruszyła ramionami.

– Co za różnica, czy wypowiedział wojnę, czy poprosił Kongres, żeby to zrobił?

Harvey spojrzał na Chinkę z przerażeniem, jakby właśnie napluła do kropielnicy.

– Ależ – czknął – to przecież jasne. Prezydent wyraża swoje zalecenie, a Kongres zupełnie niezależnie wprowadza je w życie. Widzisz, w roku tysiąc siedemset osiemdziesiątym siódmym delegaci Konwencji Konstytucyjnej szykowali się do zatwierdzenia nieco innej wersji pierwszego artykułu – „Kongres ma prawo prowadzić wojnę” – kiedy James Madison zwrócił ich uwagę na niebezpieczeństwo płynące ze złożenia odpowiedzialności za wypowiadanie i prowadzenie wojny w te same ręce. Zasugerował zatem, żeby zastąpić słowo „prowadzić” terminem „wypowiadać”, troskę o „odpieranie nagłych ataków” powierzyć zaś prezydentowi.

– Ale czy prezydent nie może przemieścić oddziałów bez zgody Kongresu? – upierał się Pedro. – Z tego co wiem, Stany Zjednoczone nigdy nie wypowiedziały wojny Wietnamowi.

– Świetne pytanie, Pedro! – podekscytował się Harvey, który przyznawał teraz punkty niczym gospodarz teleturnieju. – Nie chcę

---

* Wszystkie cytaty z amerykańskiej konstytucji pochodzą z *Konstytucji Stanów Zjednoczonych Ameryki* w tłumaczeniu Andrzeja Pułły, Wydawnictwo Sejmowe, Warszawa 2002.

rozwodzić się nad różnicami pomiędzy wojną a zaangażowaniem zbrojnym, ale wiedz, że nawet w tym drugim wypadku prezydent potrzebuje zgody Kongresu.

Być może wyczuwając, że nie jesteśmy całkiem przekonani, Amerykanin dorzucił:

– Wierzcie mi, Bush nie ruszy na wojnę w wyniku jakiegoś nieporozumienia. Konstytucja jasno określa zakres jego uprawnień i jeśli spróbowałby go nagiąć, juryści Kongresu z przyjemnością trzepną go po łapach. No i nie zapominajmy o władzy sądowniczej: dowolny obywatel może w każdej chwili złożyć skargę na prezydenta, jeśli uzna, że naruszył konstytucję.

Od Harveya biła taka ufność, że w tamtej chwili nikt nie odważył się mu sprzeciwić.

6

Nazajutrz „New York Times" poświęcił kolejny artykuł aluminiowym rurom. Judith Miller zdradzała w nim, że specjaliści wywiadu długo naradzali się nad ich potencjalnym zastosowaniem, by następnie dodać: „Obecnie wszystkie agencje wywiadowcze zgadzają się, że rury te mogą służyć jedynie do budowy wirówek". Przyznawała, że wśród pracowników Departamentu Stanu oraz Departamentu Energii pojawiły się nieznaczne głosy sprzeciwu, kończyła jednak nieodwołalną konkluzją: „Najlepsi eksperci ze środowiska techników i fizyków jądrowych [...] podzielają opinię CIA".

Następne dwa tygodnie spędziliśmy z Harveyem na drobiazgowym studiowaniu białej księgi opublikowanej przez White House Irak Group, specjalnego zespołu, któremu przewodniczył Karl Rove, najbliższy doradca George'a Busha. Doszliśmy do wniosku, że argument dotyczący pocisków dalekiego zasięgu opiera się głównie na świadectwach byłych żołnierzy Saddama, zasugerowałem więc, żebyśmy nieco uważniej przyjrzeli się tym gadatliwym dezerterom.

Trudno mi oddać słowami stan ducha, w jakim przeżyliśmy wrzesień. Harvey w końcu uznał dwulicowość CIA w sprawie aluminiowych rurek, lecz nadal uparcie wierzył, że George Bush jest jedynie jej pierwszą ofiarą. Osobiście w to powątpiewałem. Bush Senior kierował amerykańskimi tajnymi służbami i na pewno przestrzegł syna przed nieraz zbyt kategorycznymi ocenami Langley. Do tego uśpionego niepokoju dokładało się pewne poczucie winy: nad naszymi głowami zbierały się chmury, a mnie nadal nie udało się wybić w nich najmniejszego choćby prześwitu. Khoyoulfaz dotąd nie zrobił mi na ten temat żadnej uwagi, ale doskonale widziałem, że jest trochę rozczarowany.

Pewnego ranka, kiedy pracowałem bez wytchnienia w swoim pokoju hotelowym, nagle rzuciłem w kąt notatki i złapałem włoski raport dostarczony mi przez Dreppnera. Coś mi w nim nie grało, coś wykraczającego poza kwestię autentyczności dokumentu, ale aż do tej pory nie udało mi się dojść, co takiego. Dziś to znajdę, pomyślałem, odchylając oparcie fotela, choćby miało mi to zająć cały dzień.

Potrzebowałem sześciu godzin. Mniej więcej w dwóch trzecich raportu nigerski pośrednik określany jedynie inicjałem N. sugerował, by skorzystać z usług międzynarodowej firmy transportowej o nazwie Giovanneli. Znaleźliśmy dwa przedsiębiorstwa – zresztą wielce szanowane – mogące odpowiadać temu opisowi: bolońską spółkę rodzinną Giovanelli e Fratelli oraz mediolańską filię grupy logistycznej Giovanelli International Shipping Services. Naturalnie żadna z nich nie miała ani jednego irackiego czy nigerskiego klienta, z czego wywnioskowałem, że autor raportu wymyślił włoską nazwę, żeby ustanowić jakiś związek z narodowością Rocca Martina. Przypomniałem sobie teraz, że podczas pierwszej lektury zatrzymałem się na tym akapicie. Moje oko zauważyło szczegół, któremu mój umysł pozwolił się wymknąć. Tylko jaki?

– Guido Giovanneli – wymamrotałem w końcu.

Nazwisko Giovanneli jest bardzo popularne, ale rzadko kiedy pisze się je przez dwa „n" i jedno „l". A jednak spotkałem się już z tą formą: na pierwszym roku Akademii Guido Giovanneli przeprowadził wykład na temat spadku znaczenia związków zawodowych po drugiej wojnie światowej. Quinteros, dyrektor Akademii, przedstawił nam tego starca o drżącym głosie jako jednego z najlepszych specjalistów w dziedzinie relacji społecznych na Starym Kontynencie.

Wszedłem na stronę z włoską genealogią, która dla każdego nazwiska wpisanego przez użytkownika podawała przybliżoną liczbę noszących je osób. Przetestowałem wszystkie warianty. Giovanellich było kilka tysięcy, prawie tyle samo Giovannellich, ale tylko jeden Giovanneli.

Długo siedziałem zamyślony przed ekranem komputera.

Wreszcie podniosłem słuchawkę i zarezerwowałem bilet na najbliższy lot do Toronto.

7

Około dwudziestej trzeciej zadzwoniłem do drzwi Angoui Djiba. Przewodniczący Komitetu rezydował na trzydziestym piątym piętrze wieżowca mieszkalnego górującego nad jeziorem Ontario. Otworzył mi w szlafroku, z kieliszkiem wina w dłoni. Z salonu sączyły się dźwięki suity na wiolonczelę Bacha.

– Dobry wieczór, Sliv – przywitał mnie, nie okazując śladu zdziwienia. – Proszę, niech pan wejdzie.

– Proszę wybaczyć, że przeszkadzam o tak późnej porze, Angouo, ale koniecznie musiałem z panem pomówić z pominięciem zwykłych kanałów.

– Oczywiście – zgodził się Djibo, jakby co wieczór przyjmował kilka podobnych wizyt.

Cofnął się, aby mnie przepuścić. Wnętrze domu Kameruńczyka przypominało wystrojem jego gabinet. Kryte lamperią ściany obwieszone były nowoczesnym malarstwem. Dwie zielone lampy, podobne do tych, które można spotkać w bibliotece, rzucały przyćmione światło, tworząc intelektualną atmosferę. Nie mogłem nie zauważyć niedawno wykonanej fotografii stojącej na stoliku w stylu art déco, a przedstawiającej mojego ubranego w żakiet gospodarza u boku młodej kobiety w sukni ślubnej. Niewielu agentów zawiera małżeństwa. Nigdy nie podejrzewałem, że Djibo może mieć żonę, a tym bardziej córkę w moim wieku. Dużo bym dał za informację, co jego połowica wie o zawodzie męża.

– No dobrze, niech pan usiądzie – zaprosił Djibo, wskazując mi najlepsze miejsce, fotel obity czekoladową skórą ustawiony przodem do ogromnego panoramicznego okna wychodzącego na jezioro. – Napije się pan czegoś?

– Nie, dziękuję. Domyślam się, że Yakoub Khoyoulfaz na bieżąco informuje pana o postępach, a raczej braku postępów naszej grupy.

Djibo skinął głową, a ja nie potrafiłem stwierdzić, czy zgadza się z moją oceną sytuacji.

– Być może wie pan zatem, że przez włoskiego pośrednika nabyliśmy raport, który miał rzekomo dowodzić, że Irak kupił od Nigru pięćset ton uranu.

– Yakoub wspominał mi o tym raporcie. Mówił, że to pan odkrył jego istnienie. Gratulacje.

– Och, wcale się tym nie szczycę. Zapłaciłem za niego małą fortunę, podczas gdy wszystko wskazuje na to, że mamy do czynienia z fałszerstwem.

– Kto mógłby być jego autorem?

– Aż do dzisiejszego ranka gotów byłem się założyć, że sam pośrednik, ale teraz sądzę, że winowajcy należą do KFR-u.

– Co?

Starannie zaplanowałem tę wypowiedź, by móc obserwować reakcję Djiba. Podniósł głos, a następnie instynktownie zerknął w stronę sypialni, jakby bał się, że obudził żonę. Jego twarz miała szczery wyraz – na tyle, na ile potrafiłem to ocenić.

– Na czym opiera pan to przypuszczenie? – spytał przyciszonym głosem.

Przedstawiłem mu kolejne etapy mojego rozumowania. Wyglądał na nieco rozczarowanego, kiedy wytoczyłem swój koronny argument.

– Ale sam pan twierdzi, że mowa tu o bardzo popularnym nazwisku – zaprotestował Kameruńczyk.

– Nie jeśli zapisze się je w taki sposób. Najlepszy dowód, że obaj zidentyfikowani przez nas właściciele firm transportowych nazywają się Giovanelli, przez jedno „n" i dwa „l". Miałem czas zastanowić się nad tym w samolocie; niech pan pozwoli, że wyłożę, jak się to, moim zdaniem, rozegrało. Pierwszy etap: autor raportu chce ustanowić powiązanie z Włochami, żeby wytłumaczyć, w jaki sposób Martino mógł posiąść dokument. Początkowo nic w oczywisty sposób się nie narzuca: jak wprowadzić włoski akcent do iracko-nigerskiej teczki? Proszę to rozważyć, a przekona się pan, że pomysł z włoskim przedsiębiorstwem transportowym jest dość sprytny. Drugi etap: nasz gość otwiera włoską książkę telefoniczną na haśle „transport", zauważa dwie firmy o podobnej nazwie i myśli sobie, że ta zbieżność może mu się jedynie przysłużyć. Trzeci etap: redaguje swój raport; kiedy nadchodzi czas, by podać nazwisko spedytora, zdradza go własna podświadomość, podsuwając pisownię, z którą zetknął się, gdy widział je po raz pierwszy: „Giovanneli".

Djibo uważnie słuchał mojego wykładu, a po jego późniejszym milczeniu poznałem, że ponownie odtwarza w głowie jego przebieg.

– Możliwe, że wszystko rozegrało się tak, jak pan twierdzi – przyznał w końcu. – Ale czy nie przeoczył pan przypadkiem innych wyjaśnień? Autor mógł przecież zrobić literówkę.

– Szczerze wątpię. Zauważyłby. Pisownia „Giovanneli" wyda się naprawdę szokująca każdej osobie oswojonej z językami romańskimi.

– Ale nie Afrykaninowi.

– Właśnie. Afrykanin starannie przepisałby nazwisko spedytora, obawiając się pomyłki.

– Prawdopodobnie ma pan rację – zgodził się Djibo. – Załóżmy, że pańskie wytłumaczenie jest słuszne: autor raportu spotkał się kiedyś z jakimś Giovannelim...

– Z tym Giovannelim – poprawiłem, kładąc nacisk na drugie słowo. – W całych Włoszech żyje tylko jeden.

– Ale nie tylko my go znamy...

– Ależ proszę, Angouo – perswadowałem łagodnie. – Skoro już przyznaje pan, że autor sfałszowanego raportu zna niejakiego Guida Giovannelego, to w którą stronę kierują się pańskie podejrzenia: jego gospodyni czy absolwentów Akademii KFR-u?

Muzyka umilkła. Djibo podniósł się machinalnie i umieścił w napędzie inną płytę. Wkrótce w noc popłynęły pierwsze takty *Dobrze nastrojonego klawesynu*.

– Czego właściwie pan ode mnie oczekuje? – zapytał, siadając ponownie.

– Czy Komitet prowadzi jakąś tajną operację?

Przyleciałem do Toronto wyłącznie po to, aby zadać to pytanie.

Djibo długo mi się przyglądał, jakby zastanawiał się, czy wypada udzielić mi odpowiedzi.

– Komitet zatwierdził tylko jedną misję: tę, którą kieruje Yakoub i w której bierze pan udział – oznajmił w końcu.

– Naprawdę?

– Daję panu moje słowo – odparł Djibo, łaskawie postanawiając złożyć moją zuchwałość na karb zmęczenia.

– Tego się właśnie obawiałem – westchnąłem.

– Obawiał się pan? – powtórzył Djibo, marszcząc brwi.

– Jakże, Angouo, nie rozumie pan, co się tu dzieje? KFR fabrykuje źródła, na które Amerykanie mogą się powołać, by zaatakować Irak.

– Niepojęte – wybełkotał Djibo ogłuszony moją prostolinijnością.

Tym razem, wyjątkowo, nadeszła moja kolej, żeby czytać mu w myślach: po nieszczęsnym epizodzie z powołaniem do życia Al-Kaidy KFR nie mógł sobie pozwolić na jakiekolwiek powiązania z kolejną wpadką. Zwyczajnie by tego nie przetrwał.

– Czy ma pan powody podejrzewać, że któryś z członków Komitetu podjąłby podobną inicjatywę, nie skonsultowawszy się z panem? – dowiadywałem się dla porządku.

– Oczywiście, że nie – odrzekł Djibo, potrząsając energicznie głową.

– Może to jakaś grupa najemników pracująca dla CIA? – naciskałem. – Proszę, niech się pan zastanowi.

Djibo starał się odzyskać ducha, ale moja rewelacja wyraźnie go zdruzgotała. Odsunął pusty kieliszek z dala od siebie, jakby musiał opierać się pokusie, by ponownie go napełnić.

– Ma pan rację – uznał wreszcie. – Znajdźmy motyw, a on doprowadzi nas do winowajców.

– Zanotował pan ostatnio jakieś przypadki wystąpień z organizacji?

– Ani jednego.

– Były agent?

– Zawsze udaje nam się polubownie załatwić sprawę z tymi, którzy nas opuszczają.

– Pieniądze?

– Nie wykluczałbym tego na tym etapie, chociaż wątpię. Bardzo należycie wynagradzamy naszych współpracowników.

– Pozostaje ideologia. Czy to możliwe, że neokonserwatyści mają w konsorcjum zwolenników?

Było to w moich oczach najbardziej prawdopodobne wyjaśnienie. Garstka amerykańskich agentów, instynktownie przekonanych o udziale Saddama Husajna w zamachach z jedenastego września, postanowiła samodzielnie sfabrykować dowody. Djibo musiał myśleć o tym samym, bo starannie ważył odpowiedź.

– Nie, powiedziałbym, że wręcz przeciwnie. Moi koledzy z Planu w większości nie aprobują interwencjonizmu neokonserwatystów. Musiałem zaciekle walczyć, by przeforsować swoje pomysły.

– No właśnie. Wiem, że jest pan ogromnie zaangażowany w to przedsięwzięcie, czasami na przekór opinii niektórych członków Komitetu. Trochę mi wstyd zadawać panu to pytanie, ale czy to możliwe, że jeden z pańskich wrogów usiłuje podważyć pańską pozycję?

Djibo uśmiechnął się – smutno – po raz pierwszy tego wieczoru.

– Boję się, że moja rozmowa z Yakoubem mogła panu dać pożałowania godny obraz wyższych instancji KFR-u. Proszę nie żywić w tym względzie żadnych obaw. Naszymi dysputami rządzi rozsądek, nie ambicja czy jakieś tam pragnienie zemsty. Członkowie Komitetu nie wahają się przed wyrażeniem własnych opinii, ale bez sprzeciwów dostosowują się do zdania większości.

– A jeśli głosy rozkładają się po równo?

– Głos przewodniczącego liczy się podwójnie – wyjawił Djibo.

Choć wcześniej nie wiedziałem o istnieniu tej klauzuli, natychmiast zrozumiałem najważniejszą wypływającą z niej implikację. Kameruńczyk musiał przekonać jedynie dwoje spośród pięciorga członków Komitetu, aby zwolnili go z odpowiedzialności za wydarzenia z jedenastego września. O ile, ma się rozumieć, sam nie wstrzymał się od udziału w głosowaniu. Nawet jeśli Djibo czytał w moich myślach, tym razem pohamował się przed udzieleniem odpowiedzi na pytanie, którego nie odważyłem się zadać na głos.

– Po namyśle chętnie się czegoś napiję – stwierdziłem.

– Mam jedynie wino.

– To mi bardzo pasuje – odparłem, przypominając sobie, że mój gospodarz nigdy nie ryzykuje sięgania po wina z niższej półki.

Wstałem i zbliżyłem się do okna. Chudy sierp księżyca skąpał jezioro w bladej, jakby nadnaturalnej poświacie. Djibo wyciągnął w moją stronę hojnie napełniony kieliszek. Jego dłoń lekko drżała.

– Czuje się pan na siłach, żeby zdemaskować zdrajcę? – spytał, doskonale wiedząc, że przyjechałem tu, by zaoferować mu swoje usługi.

– Zdrajcę albo zdrajców, bo nic nie sugeruje, że działa on w pojedynkę. Tak, sądzę, że mamy szansę ich przyskrzynić. Popełnili pierwszy błąd, popełnią i inne. Zresztą, mamy nad nimi ogromną przewagę, którą musimy za wszelką cenę utrzymać: nie wiedzą, że ich wykryliśmy.

Umoczyłem usta w winie, żałując, że nie mogę w pełni poświęcić się kontemplacji jego bukietu.

– Jutro wracam do Waszyngtonu – ogłosiłem. – Podróżowałem pod fałszywym nazwiskiem, nikt nie dowie się, że złożyłem panu wizytę. Najważniejsze, żeby nikomu nie powtarzał pan ani słowa z naszej rozmowy. Nikogo z góry nie wykluczam.

– Owszem, wykluczył pan mnie – sprzeciwił się Djibo. – Dlaczego pan do mnie przyjechał?

– Planowałem działać sam – rzekłem, uciekając od niego spojrzeniem – ale potem powiedziałem sobie, że będę potrzebował środków, a może i ochrony.

– Ale dlaczego ja? – nalegał. – Mógł pan zwrócić się do Yakouba...

To prawda, uzmysłowiłem sobie. A jednak ten pomysł nie przyszedł mi do głowy. Khoyoulfaz już raz mnie okłamał, bez wątpienia dla mojego własnego dobra, ale jednak – okłamał mnie. Djibo z kolei zawsze mówił prawdę, nawet jeśli bywała nieprzyjemna. Zdobył sobie mój szacunek, nigdy nie zakładając, że po prostu mu się on należy. Traktował mnie jak równego sobie. Raptem w pamięci zaświtało mi wspomnienie rozmowy, którą odbyliśmy przed czterema laty. Angoua, którego zapytałem, dlaczego powinienem mu zaufać, odparł, że nie może odpowiedzieć na to pytanie za mnie.

– Ponieważ panu ufam – wyznałem, patrząc mu prosto w oczy.

– Dziękuję ci – odpowiedział Djibo, po raz pierwszy zwracając się do mnie na ty.

Podjąłem przerwaną wypowiedź nieco szybciej, niż to było konieczne:

– Mamy mało czasu, a moje dni są już mocno wypełnione. Za pańskim pozwoleniem, chciałbym utworzyć niewielki zespół złożony z agentów, z którymi już pracowałem i za których osobiście ręczę.

– Zajmę się włączeniem ich do grupy Yakouba. Akurat prosił mnie o posiłki. O kim myślisz?

– O Youssefie Khrafedine i Magawati Donogurai.

– Tego się spodziewałem. Nie obawiasz się reakcji Youssefa, kiedy dowie się, że KFR uczestniczył w powoływaniu do życia Al-Kaidy?

Djibo uparcie stosował termin „uczestniczyć", podczas gdy do wyrażenia moich najskrytszych myśli należałoby użyć innych słów. Podejrzewałem, że Youssefowi nie umknie to rozróżnienie.

– Owszem – przyznałem – ale sądzę, że dam radę przeciągnąć go na swoją stronę.

– W takim razie ustalone.

– Poza tym myślałem o Lenie Thorsen – dorzuciłem, zastanawiając się krótko, czy ona w podobnych okolicznościach wybrałaby mnie.

– Źle byś postąpił, obywając się bez jej pomocy.

– I na koniec o Gunnarze Erikssonie.

– O Gunnarze? – Kameruńczyk drgnął. – Co za śmieszny pomysł!

– Zna funkcjonowanie KFR-u lepiej niż ktokolwiek z nas – usprawiedliwiłem się.

– Nie przeczę, ale wolałbym, żebyś wyznaczył kogoś innego – oświadczył Djibo, potwierdzając tym samym moje niejasne przeczucie, wedle którego członkowie Komitetu traktowali Gunnara nieufnie.

– Ale dlaczego miałbym rezygnować z dobrodziejstw jego doświadczenia? – naciskałem, mając nadzieję, że skłonię go w ten sposób do zwierzeń.

Po raz kolejny wyczytałem w oczach Kameruńczyka, że przejrzał mnie na wylot.

– Posłuchaj, nie sprzeciwiam się wyborowi Gunnara, ale wolałbym, żeby działał poza grupą Yakouba.

Udałem, że nie zauważam, iż pod tą grzecznościową formułką kryje się w rzeczywistości rozkaz.

– To wydaje się do zrobienia – uznałem.

– Zadzwonię do Yakouba jutro z samego rana – podsumował Djibo, któremu wyraźnie ulżyło, gdy znaleźliśmy kompromis. – Tymczasem pokażę ci twój pokój.

Widząc, że zamierzam protestować, dorzucił:

– Śpij, póki możesz. W nadchodzących miesiącach z pewnością nieczęsto będziesz miał po temu okazję.

8

Po dobrze przespanej nocy telefonicznie zaprosiłem członków mojego zespołu na spotkanie mające odbyć się za dwa dni w Reykjavíku. Gunnar łatwo się zgodził, Maga wprost rzuciła się na okazję, by urwać się z zajęć, a Youssef przestał się opierać, gdy wspomniałem o patronacie Djiba. Pozostawała Lena. Wybrałem jej numer w Los Angeles. Odebrała po pierwszym dzwonku.

– Thorsen.

– Leno, z tej strony Sliv.

– Sliv? – powtórzyła tonem, któremu bliżej było do zaskoczenia niż zachwytu. – Co ty robisz w Toronto?

– Och, nic takiego – skłamałem, żałując, że nie ukryłem numeru, z którego dzwoniłem. – Jak się masz?

– Od kiedy to interesuje cię moje zdrowie? – odparowała oschle.

W obliczu tego serdecznego powitania postanowiłem darować sobie uprzejmości i od razu przejść do powodu mojego telefonu.

– Djibo poprosił mnie, żebym przeprowadził śledztwo w bardzo delikatnej sprawie. Właśnie montuję ekipę: chcesz do niej dołączyć?

– A w czym rzecz? – spytała Lena, nagle zainteresowana.

– To poufne. Spotykamy się pojutrze w Reykjavíku. Wtedy powiem ci więcej na ten temat.

– Sekundka, zajrzę do kalendarza.

Położyła gdzieś słuchawkę. Usłyszałem szelest przewracanych kartek.

– W czwartek rano? – zaproponowała, ponownie chwytając telefon. – Powiedzmy o jedenastej: wcisnę lot do Reykjavíku i z powrotem pomiędzy kurs jogi a wizytę u fryzjera.

– Słuchaj, Leno, nie lubię, kiedy ktoś stroi sobie ze mnie żarty...

– Nie, ale poważnie, naprawdę liczysz, że wskoczę w pierwszy samolot bez choćby słowa wyjaśnienia?

– Inni tak właśnie zrobili! – odparłem dotknięty do żywego.

– Niech zgadnę: pan i pani Khrafedine? Stéphane Brioncet? Ach, nie, ależ ze mnie idiotka! Na pewno mowa o naszym starym dobrym Gunnarze... Spotykacie się w Reykjavíku, żeby zaoszczędzić mu trudów podróży?

– Nie mieszaj w to Gunnara. I zważ, że prośba wyszła od Djiba.

– Poważnie? To dlaczego sam do mnie nie zadzwoni?

– Ponieważ woli nie pchać się przed szereg – odpowiedziałem ostrożnie.

– On czy Komitet?

– On. Słuchaj, decyduj, więcej ci nie powiem.

Przez kilka sekund panowała cisza. Już myślałem, że nas rozłączyło. W końcu Lena podjęła sarkastycznym tonem:

– Znów poprosił cię, żebyś zbawił świat, co?

– Nie wiem, o czym mówisz.

– Sliv Dartunghuver, człowiek, który poratuje cię w krytycznej sytuacji! – zawołała gromko, jakby zapowiadała gwiazdkę music-hallu.

– Leno... – zaapelowałem.

– Niezapowiedziana kontrola z ONZ-etu? – ciągnęła. – Wezwij Dartunghuvera: bez mrugnięcia okiem odpowie na pytania inspektorów i zaprezentuje twoją raczkującą gospodarkę jako nowe Eldorado.

– Skończyłaś?

– Ale uwaga, jego usługi nie są na każdą kieszeń. Licz się z wydatkiem opiewającym na dwa czy trzy miliardy za standardową interwencję, a nawet więcej, jeśli przyjdzie mu do głowy przesunąć pasmo górskie.

– Zamknij się albo odłożę słuchawkę.

– Co jest? Wstydzisz się? Zeszłej zimy przed Komitetem nie byłeś taki skromny.

– A czy ty nie rozumiesz, co usiłuję ci powiedzieć? – wykrzyknąłem na granicy furii. – KFR jest w niebezpieczeństwie, a ja cię potrzebuję.

Minęła chwila, nim Lena odpowiedziała. Wiedziałem, że napawa się faktem, iż wydusiła ze mnie to przyznanie się do własnej słabości.

– Potrzebujesz mnie? Dobrze słyszałam? A co mogę zyskać, jeśli ci pomogę? – zapytała chłodno.

– Masz na myśli: poza ulgą płynącą ze świadomości, że uratowałaś tysiące agentów?

– Phi! Zachowaj tego rodzaju argumenty dla Gunnara Erikssona.

– Wdzięczność Komitetu – zaryzykowałem, natychmiast żałując wypowiedzianych słów.

– Och, naprawdę? Już to widzę. Leno – zaczęła, naśladując głos Djiba – dziękujemy za wsparcie logistyczne, jakiego udzieliła pani superagentowi Dartunghuverowi. Gdyby nie szklanki wody, które mu pani serwowała, prawdopodobnie umarłby z pragnienia.

– Jesteś niesprawiedliwa…

Głośno wciągnęła powietrze.

– Ja jestem niesprawiedliwa? Ja jestem niesprawiedliwa?! – wrzasnęła.

Wzięła oddech i wyczułem, że próbuje odzyskać nad sobą kontrolę. Wreszcie odezwała się ponownie:

– To mi wystarczy, dość już usłyszałam. Możesz wykasować mój numer z pamięci. Nie zamierzam już nigdy więcej z tobą pracować. Co do Djiba, jeśli potrzebuje moich usług, musi osobiście do mnie zadzwonić. Tylko przekaż mu, żeby zachował należyte formy: przewodniczący Komitetu czy nie, szkoda by mi było odesłać go w diabły.

Rozłączyłem się na chwilę przed nią, tkwiąc w szponach potężnej wściekłości. Bez protestów przyznawałem się do kilku błędów: bez wątpienia powinienem był poprawić Djiba, kiedy umniejszył rolę Leny w obecności członków Komitetu; nie skorzystałem też z okazji, by naprawić to przeoczenie podczas późniejszej rozmowy z Angouą i Yakoubem. Ale czy Thorsen miała prawo kamienować mnie za to, że Komitet tak nisko cenił jej osiągnięcia? Czy sam Buruk nie oznajmił bez ogródek, że jej teczka jest niewystarczająca, mimo że poświęciła na nią trzy lata? Gdybyśmy chociaż mieli szansę o tym porozmawiać... Ale Dunka wzgardziła moim zaproszeniem na lunch, a ja, pochłonięty nowymi obowiązkami, nie znalazłem czasu, żeby do niej zadzwonić. Nadal targany gniewem, postanowiłem nie szukać zastępstwa za Lenę. Dała do zrozumienia, że mogłaby ugiąć się pod wpływem uprzejmie sformułowanej prośby ze strony Djiba, ale jakoś nie wydawało mi się, by Kameruńczyk miał ulec szantażowi agentki trzeciej klasy. Wystarczy, jak poinformuję go, że Thorsen nie zgodziła się pracować pod moimi rozkazami.

Dwa dni później odbyliśmy pierwsze spotkanie w moim salonie, miejscu zapewniającym większą dyskrecję niż sala konferencyjna u Baldura, Furuseta i Thorberga. Gunnar, który zapoznał się z Magą i Youssefem kilka lat wcześniej, składał im najlepsze życzenia, a ja tymczasem nalewałem wody do czajnika. Byłem nerwowy. Podczas gdy poparcie Gunnara brałem za pewnik, nie wiedziałem, jak mogłem zapewnić Djiba, że Maga i Youssef wykażą się pobłażliwością. Uczepiłem się nadziei, że istnieje jakiś niezrównany sposób przedstawienia przyjaciołom sytuacji i że po uważnym wysłuchaniu mojej przemowy bez zastrzeżeń przełkną politykę Komitetu.

Wcześniej przećwiczyłem tekst i przez kilka minut wyczuwałem, że słuchacze podpisują się pod moimi argumentami. Zdawało się, że Youssef zgadza się z historyczną analizą Djiba dotyczącą powiększającego się pęknięcia między Zachodem a islamem. Kilka razy kiwnął potakująco głową, gdy rozwodziłem się długo nad Frakcją Czerwonej Armii, a nawet wydał z siebie pełen aprobaty pomruk, kiedy opisałem, jak wymyślenie bandy Badeera zmusiło niemieckie społeczeństwo do opowiedzenia się w kwestii terroryzmu. Przy odrobinie szczęścia doszedłby do tych samych wniosków co Djibo, gdyby Maga, zawsze bardziej energiczna niż mąż, nie wykrzyknęła:

– Na miłość boską, tylko nie mów, że KFR majstrował przy tworzeniu Al-Kaidy!

Poczułem, że napięcie gwałtownie wzrasta. Gunnar, który od pewnego czasu mieszał herbatę, uderzył łyżeczką o brzeg filiżanki i odłożył ją na spodeczek.

– Zaraz wam wyjaśnię, dlaczego ten pomysł nie jest tak zły, na jaki wygląda – odparłem, myśląc sobie, że jest jeszcze nieco za wcześnie, by dystansować się od poglądów Djiba.

– Powodzenia – rzucił Youssef głucho, krzyżując ramiona.

Wyłożyłem w szczegółach plan Djiba: od wyboru Osamy bin Ladena po przypisanie Al-Kaidzie zamachów zorganizowanych przez inne ugrupowania, po drodze wspominając o mojej własnej teczce na temat wojny w Zatoce.

– Co?! – zawołał Youssef. – A zatem wiesz o wszystkim od dziesięciu lat?

– Od dziewięciu – sprostował Gunnar, który w tamtym czasie pomógł mi dopiąć scenariusz na ostatni guzik. – Uderzająco dobra teczka. Ledwie poprawiłem w niej jakiś przecinek. Rok później już każdy muzułmanin wiedział, że Amerykanie zahaczyli o Arabię Saudyjską, zanim najechali Irak.

– I w czym to miało nam pomóc?

– Taka jest rzeczywistość, Youssefie – oznajmił Gunnar, odstawiając filiżankę. – Amerykanie spacerowali sobie po świętych miejscach islamu, czy ci się to podoba czy nie. Djibo chciał jedynie ukazać prawdę: chciał, by muzułmanie przyznali, że nie tolerują obecności niewiernych na swoich ziemiach, a jednocześnie, żeby Amerykanie zdali sobie sprawę z niechęci, jaką budzą w Zatoce. W idealnej sytuacji obie strony zasiadłyby wokół stołu, aby jakoś wyjść z tego impasu.

– W idealnej sytuacji – wymruczał Youssef.

– Sprawy niestety nie potoczyły się w ten sposób – podjąłem. – Al-Kaida zyskała wpływy, administracja Clintona zaś nie doceniła skali niebezpieczeństwa. W dziewięćdziesiątym ósmym Djibo szalenie podbił stawkę, na przekór opinii niektórych członków Komitetu.

– Niech zgadnę – rzucił drwiąco Youssef. – Rozprowadził w meczetach zdjęcia bin Ladena z uszami Myszki Miki?

– Prawie – przytaknąłem ze wstydem. – Ale zanim zdradzę wam jego pomysł, chcę, żebyście wiedzieli, że absolutnie go potępiam.

– Czy to znaczy, że popierasz całą resztę? – wywnioskował Youssef.

– Nie wiem, czy popieram, ale przynajmniej rozumiem. Za to dla ostatniej inicjatywy Djiba nie znajduję żadnego wytłumaczenia.

– Boję się najgorszego – wymamrotała Maga.

– I słusznie. To Djibo napisał słynną fatwę, która nakazuje muzułmanom zabijać Amerykanów, żołnierzy czy cywilów, za każdym razem kiedy nadarzy się sposobność.

– Co?! – wykrzyknęła Maga.

– Co za parszywiec! – uniósł się Youssef, zrywając się na równe nogi, jakby zamierzał natychmiast zażądać od Kameruńczyka zadośćuczynienia.

– Nigdy nie sądziłem, że Angoua jest zdolny do takiego głupstwa – skomentował Gunnar, jedyny, który zachował spokój.

– Ja także – wyznałem z bólem.

– Jak to możliwe, że po takim potknięciu nadal piastuje swoje stanowisko? – zastanowił się Gunnar na głos.

– Najwyraźniej nie uznał za konieczne podać się do dymisji – prychnął Youssef, drepcząc tam i z powrotem.

– Być może członkowie Komitetu uznali, że Djibo zna sytuację lepiej niż ktokolwiek inny i że będzie najodpowiedniejszą osobą do naprawienia własnych błędów.

Wyszło na to, że wbrew sobie brałem Komitet w obronę.

– Pięknie tego dowiódł… – stwierdził ironicznie Youssef.

– Jaką rolę odegrał KFR w tych atakach? – dociekała Maga.

– Żadną. Zamachy z jedenastego września całkowicie zaskoczyły Komitet.

Youssef zbliżył się do mnie z nieufnym wyrazem twarzy i spojrzał mi prosto w oczy, przyciskając swoje sto kilogramów mięśni do mojego ciała, jakby liczył, że się cofnę.

– Jesteś tego całkiem pewny?

– Absolutnie – odparłem, nie ustępując ani na krok. – Od dziewięciu miesięcy pracuję z Yakoubem Khoyoulfazem nad ustaleniem przebiegu wydarzeń. Ostatnia ingerencja KFR-u miała miejsce w lutym dziewięćdziesiątego ósmego.

Youssef odsunął się i obrzucił mnie pogardliwym spojrzeniem.

– Mniejsza o to i tak uważam, że ponosicie odpowiedzialność, ty i twoi kumple z Komitetu.

– Youssef! – krzyknęła Maga.

– Co „Youssef"?! Spójrz na Sliva! – wrzasnął. – Bierze udział w największej konspiracji kryminalnej stulecia i wszystko, co ma do powiedzenia na swoją obronę, to że Djibo chciał złożyć rezygnację! No naprawdę, cóż za wielkoduszność!

– Wiem, co czujesz – oświadczyłem najspokojniej jak się dało. – Sam przez to przechodziłem.

– Ach tak? No to chyba niedługo tam zabawiłeś! Ale to prawda, że masz krótką pamięć: ostatnim razem sądziłeś, że zabiłeś człowieka, ale nie powstrzymało cię to przed potruchtaniem do Akademii na pierwsze gwizdnięcie.

– Przekraczasz granice, Youssef – ostrzegłem, czując, jak wzbiera we mnie złość.

– A ty nigdy żadnych nie miałeś! – odparował.

– Spokojnie, aniołeczki – polecił Gunnar, wciskając się energicznie pomiędzy nas.

Pozwoliłem się odsunąć, nie stawiając oporu, wzburzony tym nagłym wybuchem pretensji. Nawet w Barcelonie Youssef nigdy nie mówił do mnie w taki sposób.

– Przez ciebie muzułmanów na całym świecie wytyka się palcami! – ryknął spomiędzy ramion Gunnara, który spychał go w kąt pokoju. – Lżą nas! Diabolizują! Podczas gdy my jesteśmy pokojowo nastawionymi ludźmi!

– Pokojowo nastawionymi? – zachłysnąłem się. – Jak w takim razie nazwiesz bin Ladena? Dobrotliwym brodaczem?

– To fanatyk zaślepiony nienawiścią.

– A ten tłum, który ruszył, żeby zlinczować amerykańskiego ambasadora w Chartumie do wtóru okrzyków *Allahu Akbar*?

– To ofiary machinacji Djiba!

– Ofiary? Ręce opadają, Youssef. Istnieje jednak różnica pomiędzy utworzeniem organizacji terrorystycznej na papierze a wbiciem samolotów pasażerskich w drapacze chmur: to bin Laden ma krew na rękach, nie Djibo.

– Och, daj spokój! Całymi latami dolewał oliwy do ognia.

– Bez wątpienia, ale kto ten ogień rozpalił? W głębi duszy doskonale znasz odpowiedź: mułłowie pokroju twojego ojca, zawsze gotowi obrzucić kogoś klątwą, żądający prawa do czczenia własnego Boga, ale chcący mieczem nawracać tych, którzy wyznają innego.

– Zabraniam ci mówić o moim ojcu! – huknął Youssef.

– Niech będzie, pomówmy raczej o twojej skromnej osobie. Chcesz, żebym ci coś powiedział? Jeśli Djibo odczuł potrzebę napisania swojej teczki, to dlatego, że ludzie tacy jak ty nie mieli odwagi, aby przeciwstawić się radykalizmowi.

– Jak śmiesz? – wrzasnął Youssef, wymuszając na Gunnarze kolejną interwencję.

– Obserwowałem cię w Sudanie. Ani razu nie postawiłeś się ojcu. A przecież okazji nie brakowało.

– Wróciłem po raz pierwszy od dziesięciu lat i miałem brać ślub! Naprawdę uważasz, że to był moment na urządzanie scen?

– Och, nie, z pewnością nie – szydziłem z niego. – Poczekaj lepiej, aż upłynie kolejna dekada, zasady szariatu zapanują na połowie kuli ziemskiej, a Maga będzie musiała prosić o azyl polityczny w Stanach Zjednoczonych.

Pożałowałem tych słów, gdy tylko wydostały się spomiędzy moich warg. Youssef gwałtownym szarpnięciem uwolnił się z uchwytu Gunnara i podszedł do mnie powoli.

– Wybacz, Youssefie. Nie powinienem był tego mówić.

– Sliv – odezwał się głosem, z którego zniknęły wszelkie ślady gniewu – aż do dziś byłeś moim najlepszym przyjacielem. Ale jeśli jeszcze raz wmieszasz Magę w nasz spór, zabiję cię gołymi rękami.

– To się więcej nie powtórzy, obiecuję.

– Sliv ma rację – oznajmił głos za mną.

Odwróciliśmy się do Magi, która na powrót usiadła i wpatrywała się w nas z rękami ciasno założonymi na piersi.

– Kto ma rację? – spytał Youssef z niedowierzaniem.

– Sliv. Wyraził to, czego nie miałam odwagi wyznać ci w Sudanie. Te trzy tygodnie w towarzystwie twojej rodziny okazały się podwójną męką: z przewidywalnych przyczyn, związanych z wysłuchiwaniem kazań twojego ojca, ale i – co nieskończenie bardziej rozczarowujące – dlatego że musiałam patrzeć, jak mężczyzna, którego kocham, bez protestów przełyka łyżkę dziegciu.

– Ale, Mago, przecież dobrze wiesz, że nie aprobuję poglądów ojca – wybełkotał Youssef, który nie spodziewał się tego ciosu.

– Tak twierdzisz – odpaliła Maga bezlitośnie. – Może nadszedł czas, żebyś to udowodnił. Przypomnij sobie te telefony, które twój ojciec odbierał jedenastego września. Może i kiepsko rozumiem po arabsku, ale nie odniosłam wrażenia, żeby był pogrążony w rozpaczy. Powinniśmy byli opuścić dom tamtego dnia.

– I dokąd pójść? – spytał Youssef nieszczęśliwym głosem.

Jego świat się walił. Teraz wzbudzał we mnie litość. Chętnie otworzyłbym przed nim ramiona, ale się nie odważyłem.

– Nieważne dokąd. Do hotelu. Na ulicę.

– Ale to moja jedyna rodzina – jęknął Youssef.

– Nie zasługuje na ciebie – uznała Maga nieugiętym tonem, jakiego dotąd u niej nie słyszałem. – Przynajmniej na razie. Może któregoś dnia.

Youssef nie odpowiedział. Zgadywałem, że w głowie odtwarza niezliczone perory ojca, zadając sobie pytanie, jak mógł przegapić tyle okazji, żeby mu się przeciwstawić.

– Pomogę ci – wymruczała łagodnie Maga, jakby Gunnara i mnie nie było w pomieszczeniu.

Wstała i ujęła męża pod ramię. Mimo że Youssef przewyższał ją o dobre pół metra, w tamtej chwili to on przypominał małego chłopca.

– Pójdziemy się przejść – oświadczyła Maga. – Kontynuujcie bez nas.

9

Przez chwilę wpatrywałem się w drzwi, nadal pod wpływem szoku po brutalnej sprzeczce, która poróżniła mnie z Youssefem.

– Podejrzewam, że nie dało się tego uniknąć – skomentował spokojnie Gunnar, dolewając sobie herbaty. – Ale to sporo do przełknięcia nawet dla takiego starego wyjadacza jak ja.

– Wiem – westchnąłem. – Wolałem wyjawić im wszystko za jednym zamachem. Sądzi pan, że źle postąpiłem?

– Nie. Pozbiera się po tym. Ma szczęście, że trafiła mu się taka fajna dziewczyna.

Zerknął na mnie kątem oka, a ja aż za dobrze pojąłem znaczenie tego spojrzenia: dlaczego ja nie znajdę sobie takiej towarzyszki jak Maga?

– Powiedz – podjął Gunnar – nie boisz się, że popełni jakieś głupstwo? Może powinienem kazać go śledzić...

Silił się, by nadać tej ostatniej wypowiedzi żartobliwy ton, ale widziałem, że się niepokoi.

– Proszę się nie obawiać: nie zrobi nic pod wpływem impulsu.

Odczuwałem mniejszą pewność, niż okazywałem. Jasne, Youssef zwykle walczył ze swoim temperamentem i jego – z czego zdawał sobie sprawę – kategorycznymi nakazami. Ale obecnym okolicznościom daleko było do zwyczajności.

– Co takiego mówiłeś przed chwilą o Angoui? – zapytał Gunnar.

– Zdaje się, że cudem uratował głowę. Osobiście uważam, że Yakoub i jeszcze co najmniej jeden członek Komitetu żądali jego odejścia.

– Zastanawiam się przede wszystkim, jak zdołał przekonać współdecydentów o zasadności tej swojej fatwy.

– Moim zdaniem użył wszystkich swoich politycznych wpływów. Nowo przybyli, jak Karvelis czy Shao, nie odważyli się naruszyć hierarchii.

– To możliwe – przyznał Gunnar w zamyśleniu. – Ale dość spekulacji: czego od nas oczekujesz?

Opowiedziałem mu, w jaki sposób stopniowo doszedłem do wniosku, że członkowie KFR-u dostarczali administracji Busha fałszywych dowodów. Kiedy skończyłem, miał oczy jak spodki.

– Niewyobrażalne! – wykrzyknął. – Co zrobiłeś, kiedy się spostrzegłeś?

– Poleciałem do Toronto, żeby podzielić się swoimi odkryciami z Angouą.

Gunnar uniósł brew.

– Ha? A dlaczego z nim?

Był drugą osobą, która zadawała mi to pytanie, i zaserwowałem mu tę samą odpowiedź co Djibowi:

– Nie powinienem był tego robić?

– Ależ tak, tak – zgodził Gunnar.

– No już, doskonale widzę, że coś leży panu na wątrobie – naciskałem.

– No cóż, powiedzmy, że na twoim miejscu nie zwróciłbym się instynktownie ku Angoui, tym bardziej teraz, kiedy zdradziłeś mi, jak delikatna jest sytuacja.

– Jak to?

– Zastanów się. Jedenasty września w znaczący sposób nadszarpnął jego wizerunek. Nawet jeśli Komitet oficjalnie uwolnił go od wszelkiej odpowiedzialności, paru członków przestało pokładać w nim wiarę. Widzę tylko jedną możliwość, aby odzyskał ich zaufanie: musiałoby się okazać, że przez te wszystkie lata nie tylko Al-Kaida spiskowała, by zniszczyć Zachód.

– Irak – wymamrotałem oszołomiony, że sam na to nie wpadłem.

– Odkrycie irackiego programu nuklearnego zepchnęłoby zamachy z jedenastego września na dalszy plan, na tyle, na ile to w ogóle możliwe. Przede wszystkim zaś zapewniłoby Djibowi cudowne wyjście z sytuacji. „A wy sądziliście, że wyolbrzymiam islamistyczne zagrożenie – powiedziałby. – A tu wręcz przeciwnie, nie doceniliśmy go: od prawie dwudziestu lat muzułmański kraj, zdeklarowany wróg Stanów Zjednoczonych, próbuje zdobyć broń jądrową".

– Czy pan chce powiedzieć, że podejrzewa Djiba o sterowanie fałszerzami?

– Ależ skąd. Ograniczę się do zwrócenia twojej uwagi na fakt, że spośród wszystkich członków Komitetu ty udałeś się do jedynego, który ma motyw.

Słowa Gunnara wprawiły mnie w konsternację. Myślałem, że obejście zwierzchników i skontaktowanie się bezpośrednio z przewodniczącym Komitetu to sprytny wybieg; tymczasem być może udało mi się jedynie wejść prosto w paszczę lwa.

– Następnym razem – rzucił Gunnar – przyjdź najpierw do mnie.

Po jego szorstkim tonie poznałem, że go zraniłem. Moje zaufanie wobec Gunnara w niczym nie ustępowało temu, którym darzyłem Djiba. A jednak, z niezrozumiałych dla siebie powodów, wolałem zwrócić się do Kameruńczyka. Teraz tego żałowałem.

– Maga i Youssef dołączą do grupy Khoyoulfaza – ogłosiłem. – Pomogą mi rozebrać dowody administracji Busha na czynniki pierwsze. Jeśli chodzi o pana, chciałbym, żeby sporządził pan listę podejrzanych.

– Nie będę należał do zespołu Yakouba?

– Nie wydało mi się to konieczne – odparłem z nadzieją, że Gunnar nie zapyta o szczegóły. – Równie dobrze może pan pracować z Reykjavíku.

– Tym lepiej. Mniej czasu stracę w samolotach – ucieszył się z nutką ironii w głosie.

Na próżno szukałem w jego twarzy śladu rozczarowania. Jeśli znał powody swojego odsunięcia, to nie dał nic po sobie poznać.

– Jak sobie życzysz, żebym postępował?

– No cóż, Guido Giovanneli wygłasza swój wykład od osiemnastu lat…

– Po dwudziestu studentów na roku, to daje nam trzystu sześćdziesięciu podejrzanych – obliczył Gunnar.

– A do tego trzeba dorzucić członków Komitetu oraz wszystkich agentów, którzy w ciągu ostatnich dwudziestu lat przynajmniej raz zjawili się w Akademii.

– Toż to herkulesowa praca!

– Nikt nie nadaje się do tego zadania lepiej niż pan.

– Niech ci będzie – mruknął Gunnar. – Przygotuję fiszkę na każdego agenta. Większość poznałem osobiście. Mam się ograniczyć do tych, którzy pozostają aktywni zawodowo?

– To się tyczy prawie wszystkich. Do Akademii nie przyjmują nikogo po czterdziestce.

– Racja. Czego dokładnie szukasz?

– Motywu: potrzeby pieniędzy, ideologicznej sympatii do Stanów Zjednoczonych, wrogości wobec Komitetu lub jego przewodniczącego…

– A względy religijne?

– Na tym etapie ich nie wykluczam. Proszę przyjrzeć się przede wszystkim muzułmanom, praktykującym chrześcijanom oraz specjalistom w kwestii uzbrojenia. Ach, no i niech pan nie zapomni o agentach, którzy mówią po arabsku albo stworzyli jakąś teczkę na temat Bliskiego Wschodu.

– No to posunąłem się bardzo do przodu – westchnął Gunnar.

– Tak szczerze, wątpię, by miał pan przydybać winnych jedynie na podstawie ich biografii. Ale prędzej czy później znowu popełnią błąd, który pozwoli nam skrócić listę podejrzanych.

– Miejmy nadzieję – rzekł w zamyśleniu Gunnar – bo na razie istnieje ryzyko, że będzie ona długa.

10

Maga i Youssef wrócili późnym popołudniem, kiedy zaczynała mnie już ogarniać panika. Lecz gdy tylko otworzyłem drzwi, wiedziałem, że niepotrzebnie się martwiłem. Maga miała zaczerwienione oczy, ale na jej ustach gościł szeroki uśmiech. Youssef zaś padł mi w ramiona, nim zdążyłem wymówić choćby słowo.

– Wybacz, stary, powiedziałem okropne rzeczy.

– Ja też cię nie oszczędzałem.

– Wymagania, które sobie stawiamy, świadczą o wartości przyjaźni – rzekł, przyciskając mnie do serca.

Odsunąłem się i przyjrzałem się mu, trzymając go za ramiona. Wyglądał, jakby ulżyło mu tak samo jak mnie.

– Wejdźcie – zaprosiłem, by ukryć zalewające mnie emocje.

Maga ponownie zajęła miejsce na kanapie, jakby te kilka godzin, które upłynęło, stanowiło jedynie krótką przerwę. Youssefowi z kolei zebrało się na mówienie.

– Pamiętasz tę rozmowę, którą odbyliśmy w Chartumie?

– Którą? – uśmiechnąłem się. Tyle ich było.

– Tę o celach konsorcjum. Powiedziałem ci, że całym sercem żywię nadzieję, że zgadza się on z moimi przekonaniami.

– Pamiętam – przyznałem ostrożnie, czekając, by się przekonać, do czego zmierza.

– Djibo za przyzwoleniem Komitetu tworzący Al-Kaidę to mój najgorszy koszmar, który staje się rzeczywistością. Wierz albo nie, ale wstąpiłem do KFR-u, żeby promować dialog między narodami.

– Wierzę.

– I nagle zdaję sobie sprawę, że od trzynastu lat pracuję dla organizacji, która napuszcza religie na siebie nawzajem. Jak byś się czuł na moim miejscu?

– Oszukany. Zdradzony. Wściekły.

Wyglądał na zdziwionego, że wyszedłem mu naprzeciw.

– Właśnie – przytaknął. – Teraz wytłumacz mi, dlaczego się mylę.

– Nie mylisz się. Ale musisz spojrzeć na sprawę z dystansu. Miałem w ręku oryginalny raport Djiba. To nadzwyczajny dokument, który przewiduje wszystkie wielkie zmiany na świecie na pięć czy dziesięć lat do przodu i przestrzega Stany Zjednoczone oraz Europę przed religijnym integryzmem w momencie, gdy ich oczy zwrócone są jeszcze na blok socjalistyczny. W tamtym czasie Djibo był przekonany, że Zachód może jeszcze zahamować rozwój islamizmu – pod warunkiem że zacznie działać niezwłocznie. W głowie miał tylko jeden cel: uniknąć kolejnego starcia cywilizacji.

– Trudno mi w to uwierzyć. Musiał wiedzieć, że utworzenie Al-Kaidy poprzez strukturyzację pomniejszych grup terrorystycznych odniesie wręcz przeciwny skutek.

– I tu się mylisz. Ta metoda już się sprawdziła, zresztą bez wątpienia zadziałałaby znowu, gdyby nie karygodne zaniedbania administracji Clintona. Przy okazji, nie myśl sobie, że członkowie Komitetu bezczynnie patrzyli, jak plan grzęźnie w miejscu. Wedle moich informacji, już w dziewięćdziesiątym siódmym wezwali Djiba, żeby naprostował sytuację. Niestety, wynik znamy: była nim nieszczęsna fatwa z lutego dziewięćdziesiątego ósmego.

– Nie mów mi, że i tym razem znajdujesz dla Komitetu wymówkę.

– Nie. Djibo zachował się jak spłukany gracz w bakarata, który wręcza krupierowi klucze do domu, mając nadzieję, że odegra się w ostatnim rozdaniu. Ale rozumiem logikę jego postępowania. Gdyby Stany Zjednoczone potraktowały tę fatwę poważnie, mogłyby jeszcze wyrwać Al-Kaidę z korzeniami.

– Czyli próbujesz mi powiedzieć – podsumował Youssef – że Djibo nigdy nie zamierzał doprowadzić do ataków z jedenastego września.

– Posunąłbym się nawet dalej: zrobił wszystko, by im zapobiec.

– Ale poniósł katastrofalną porażkę.

– Nigdy się nie dowiemy, jak potoczyłyby się sprawy bez ingerencji KFR-u. Moim zdaniem niewiele inaczej – oświadczyłem, wyrażając głębokie, osobiste przekonanie.

– Czy w Komitecie zasiada jakiś muzułmanin? – wtrąciła się Maga.

– Z tego co wiem, tylko jeden: Yakoub Khoyoulfaz.

– Niekoniecznie akurat jego wybrałbym na swojego reprezentanta – burknął Youssef.

– Wręcz przeciwnie – uznała energicznie Maga. – Nie wyobrażam sobie lepszego rzecznika.

– Jakie stanowisko zajął w tej sprawie? – spytał Youssef, zerkając z ukosa na małżonkę.

– Głosował przeciwko fatwie, a później zażądał – na próżno – głowy Djiba.

– Hm – mruknął pod nosem Youssef, jakby żałował, że nie może obciążyć winą Khoyoulfaza.

– Komitet nie ma nic przeciwko islamowi, Youssefie.

– To możliwe, ale w ogóle powinien trzymać się z dala od religii.

– I skoncentrować się na chrzcie Corteza albo geometrii w mrowiskach? – odparowałem, wymieniając dwie pierwsze teczki, które przyszły mi do głowy. – Daj spokój, wówczas już dawno machnąłbyś na to ręką. Ale zanim wydasz sąd, poczekaj, aż poznasz wszystkie szczegóły. Wygląda na to, że przynajmniej jeden z argumentów, na które powołuje się Biały Dom przy stygmatyzowaniu Saddama, został sfabrykowany przez agentów KFR-u...

Opowiedziałem swoją historię po raz drugi tego dnia. Początkowe niedowierzanie ustąpiło miejsca szczeremu podekscytowaniu, kiedy wyjaśniłem przyjaciołom, że Djibo powierzył mi zdemaskowanie zdrajców. Już wcześniej zauważyłem, że Youssef nigdy nie odczuwa takiej dumy z przynależności do KFR-u jak w chwilach, gdy organizacja ściga swoje czarne owce.

– Oficjalnie dołączycie do grupy Yakouba z bazą w Waszyngtonie. W rzeczywistości będziecie przede wszystkim poszukiwali wskazówek, które pozwolą nam dotrzeć do fałszerzy. Gunnar przygotuje listę podejrzanych.

– Nie mogę się doczekać, żeby zabrać się do dzieła! – wykrzyknął Youssef.

– A ja, żeby rzucić w kąt moje książki do marketingu – dodała Maga.

Odezwał się dzwonek.

– Spodziewasz się kogoś? – spytał Youssef czujnie.

– Nikogo.

– Może to Gunnar? – zgadywała Maga.

Otworzyłem drzwi i znalazłem się twarzą w twarz z Niną Schoeman.

– Cześć, Dartunghuver – przywitała się, składając na moim policzku całusa.

– Nina, co za niespodzianka!

– Miła czy niemiła?

– Ależ oczywiście, że miła.

– Nie, tak pytam, bo ostatnimi czasy nie widywaliśmy cię zbyt często w biurze. A ponieważ szanowny pan nie odbiera telefonów...

Wiedziałem, że wciąż pracuje u Baldura, Furuseta i Thorberga, gdzie Gunnar, który w końcu uporał się ze swoimi uprzedzeniami, należycie ją teraz doceniał.

– Trafiło mi się pod rząd parę zagranicznych misji. W ten weekend znów wyjeżdżam do Stanów Zjednoczonych.

– Twoje szczęście. No dobra, zaprosisz mnie do środka na jakiegoś drinka czy utniemy sobie pogawędkę na wycieraczce?

– Wejdź, wejdź – zachęciłem, żałując, jak to się często przy Ninie zdarzało, że brakuje mi ciętej riposty. – Czego się napijesz?

– Piwa. Tylko zimnego. Masz takie na składzie czy wyłączyłeś też lodówkę?

– Jedno powinno się jeszcze znaleźć.

Weszliśmy do salonu, gdzie Youssef i Maga już podnieśli się z miejsc.

– Przedstawisz mnie? – poprosiła Nina, nawet nie uniósłszy brwi na widok Youssefowych dwóch metrów wzrostu.

– Nina Schoeman, koleżanka ze studiów, z którą niedawno odnowiłem kontakt. Maga i Youssef Khrafedine, których poznałem w czasie misji na Hawajach jakieś dziesięć lat temu.

Nina zignorowała wyciągnięte dłonie i rozdzieliła dwa nowe zestawy buziaków. Youssef był nieco zawstydzony. Maga powstrzymywała śmiech.

– Wy też działacie w doradztwie środowiskowym? – zaciekawiła się Nina.

– Nie, ja pracuję w Banku Światowym w Toronto – odparł Youssef.

– A ja na nowo podjęłam studia w szkole handlowej w Bostonie – dorzuciła Maga.

– Moje biedactwa – zakończyła temat Nina bez żadnej innej formy wyjaśnienia. – To jak z tym piwem, Dartunghuver?

– Już się robi – odrzekłem, pędząc do kuchni.

Kiedy wróciłem, Maga i Nina gawędziły, jakby znały się od zawsze. Youssef wyglądał na zdominowanego przez nowo przybyłą.

– Patrzysz na moją koszulkę? – rzuciła Nina.

– Tak – przyznał Youssef trochę zażenowany. – To Clintonowie?

Od razu rozpoznałem karykaturę byłej pary prezydenckiej. Hillary pytała małżonka, czego najbardziej żałuje z lat spędzonych w Białym Domu. „Tego, że niektóre sprawy załatwiało się pod stołem" – odpowiadał Bill, wznosząc rozmarzone oczy do nieba.

– Nie rozumiem – oznajmił Youssef.

– Chyba jako jedyny – zaśmiała się Nina.

– Już zapomniałeś, co się działo pod stołem w Gabinecie Owalnym, kochanie? – spytała złośliwie Maga.

Youssef spiekł raka i odwrócił wzrok.

– Och, ale to nie szkodzi! – orzekła Nina. – Wolę prezydenta, który od czasu do czasu funduje sobie małego lodzika, niż tego drugiego półgłówka, który nie potrafi nawet wymówić słowa „nuklearny".

– Serio? – zdumiałem się. – Bush nie umie powiedzieć „nuklearny"?

– Nigdy nie zauważyłeś? Gada o „bombie nukielarnej". Doprowadza tym swoich doradców do białej gorączki.

– Powinien mówić „bomba atomowa" – zauważyła Maga. – To płynie samo.

– Albo raczej mógłby się nauczyć wymawiać słowo „nuklearny", o tak! – odparowała Nina. – Nie wymagam chyba zbyt wiele.

Przyznaliśmy jej rację, że na osobach uprawnionych do korzystania z broni jądrowej powinien ciążyć obowiązek poprawnego jej nazywania.

– A właśnie – podjęła Nina – wstąpiłam, żeby sprawdzić, czy masz dziś wolny wieczór. Idę na spotkanie dotyczące sytuacji w Iraku.

– Chętnie bym się wybrał, ale Maga i Youssef jutro wyjeżdżają i planowałem, że spędzę z nimi wieczór.

– Rozumiem.

– Pozdrów ode mnie Einara.

– Och, ten worek na piwo zniknął już z radaru. Kiedy skumał, że nigdy się z nim nie prześpię, próbował szczęścia z Evą i dostał srogiego kosza. Od tamtej pory więcej go nie widziałyśmy.

Youssef pospiesznie zmienił temat:

– Czym dokładnie zajmuje się ta grupa, do której należysz?

– Usiłujemy powstrzymać Stany Zjednoczone przed inwazją na Irak – wyjaśniła z taką samą prostotą, z jaką wyznałaby, że we własnej kuchni pracuje nad szczepionką na raka.

– Nie uważacie, że Saddam posiada broń masowej zagłady? – spytał Youssef, który zawsze chciał poznać opinię rozmówcy, nawet jeśli sam dysponował nieskończenie większą ilością informacji.

Nina wzruszyła ramionami.

– Jasne, że nie. Inspektorzy ONZ-etu całymi latami starannie przeczesywali kraj. Zniszczyli wszystko, co mogło z mniejszym lub większym prawdopodobieństwem posłużyć do produkcji bomb.

– Bomb może i tak, ale co z trującym gazem, którego Saddam użył przeciwko Kurdom?

– Czekaj, żebyśmy się dobrze zrozumieli: Saddam Husajn to odrażający łajdak, który po stokroć zasługuje, żeby smażyć się w piekle. Sądzę tylko, że nie ma już środków, by zaszkodzić komukolwiek, a zwłaszcza Amerykanom.

– A jednak – nalegał Youssef – zdaje się, że CIA zgromadziła więcej niż poważne dowody, wedle których Husajn reaktywował swój program nuklearny.

– Nukielarny – poprawiła Maga.

– Daj spokój! Słyszałeś Busha w ONZ-ecie przed dwoma tygodniami: nie mają w co wbić zębów. Możesz być pewien, że gdyby mieli choć zalążek prawdziwego dowodu, już byśmy o nim usłyszeli! Ha, wygląda na to, że Cheney powtarza każdemu, kto chce słuchać, że Irak niedawno kupił od Nigru pięćset ton uranu. Nie pięćset gramów. Nie pięćset kilo. Pięćset ton. Tak po prostu. „Coś jeszcze do tego?" „Nie, to wszystko, dziękuję". „Zapakować?" „Bardzo proszę, to na prezent". Nie no, naprawdę...

To pewnie nie był najlepszy moment, by zdradzić Ninie, że zapłaciłem równowartość stuletnich dochodów afrykańskiej rodziny za zdobycie raportu na wspomniany temat.

– Co ty insynuujesz? – spytałem. – Że Stany Zjednoczone fabrykują dowody, aby usprawiedliwić inwazję na Irak?

Nina wytrzeszczyła oczy, jakbym oświadczył, że wierzę w Świętego Mikołaja.

– Proszę cię, Sliv, wszyscy o tym wiedzą... Biały Dom zamawia potrzebne kłamstwa, a nazajutrz CIA podaje mu je na tacy.

– Nie sądzisz, że trochę przesadzasz? Zgadzam się, że CIA pozwala sobie czasem na dość swobodne traktowanie prawdy, ale żeby zaraz twierdzić, że wyniosła opowiadanie państwowych kłamstw do rangi sztuki...

W oczach Niny wyczytałem, że jedynie pogarszam swoją sytuację.

– Czy nazwa „operacja Northwoods" coś ci mówi?

– Mgliście... Miała coś wspólnego z Kubą, prawda?

– Och, tylko troszeczkę... Chodziło w niej jedynie o zainscenizowanie fałszywych zamachów terrorystycznych wymierzonych w amerykańskie interesy i zrzucenie odpowiedzialności na Kubę, żeby usprawiedliwić zbrojną interwencję przeciwko Fidelowi Castro.

– To w każdym razie zaproponowała CIA. Ale o ile dobrze pamiętam, Biały Dom nigdy nie podpisał rozkazu przeprowadzenia akcji.

– To prawda – przyznała Nina. – Nie miał jednak podobnych skrupułów, gdy chodziło o projekt „Mockingbird". Przez ćwierć wieku tajne biuro podlegające bezpośrednio dyrekcji CIA płaciło amerykańskim dziennikarzom za zalewanie mediów artykułami o niebezpieczeństwach komunizmu.

– To udowodnione? – upewnił się Youssef sceptycznym tonem.

– Czy to udowodnione? – powtórzyła Nina. – Church Committee, komisja senacka, ujawniła całą sprawę w tysiąc dziewięćset siedemdziesiątym piątym.

Zauważyłem już, że Amerykanie mają skłonność do egzorcyzmowania swoich demonów podczas starannie zaplanowanych seansów odtajniania informacji, kiedy to parlamentarzyści wśród wielkiej wrzawy oburzają się na praktyki, które tolerowali od zarania dziejów.

– Ówczesny minister obrony nazywał się Donald Rumsfeld – dodała Nina. – To z pewnością zbieg okoliczności...

– Nie sądzisz, że czasy się zmieniły? – zasugerowała Maga.

– Ależ tak: Stany Zjednoczone robią obecnie dużo gorsze rzeczy! Ich prawna perwersja nie zna już żadnych granic. Armia amerykańska uchyla się od konwencji genewskiej, odmawiając zatrzymanym z Guantanamo statusu więźnia wojennego. Może również trzymać ich w niewoli przez czas nieokreślony, nie informując o stawianych zarzutach.

Wiedziałem to wszystko, a mimo to potrzebowałem, by ludzie tacy jak Nina od czasu do czasu mi o tym przypominali.

– W jaki sposób zamierzacie zapobiec wojnie? – spytałem.

– Masz na myśli: nie licząc ustawienia naszych czołgów na irackiej granicy?

– Nie licząc tego – przyznałem z uśmiechem.

– Robiąc piekielny hałas. Głosząc prawdę z dachów domów. Pisząc do reprezentantów każdego z krajów koalicji, aby skonfrontować ich z ciążącymi na nich obowiązkami.

– Jedyny obowiązek, do którego poczuwają się członkowie Kongresu – wtrąciła Maga – to ten wobec narodu amerykańskiego. Mają głęboko gdzieś wzruszenia Amnesty International czy osąd historii.

– Masz absolutną rację. To dlatego skupimy wysiłki na krajach europejskich. Blair, Aznar, Berlusconi, wszyscy oni lepiej zrobią, jeśli zastanowią się dwa razy, zanim zaangażują się u boku Stanów Zjednoczonych. Bez wątpienia nie uda nam się powstrzymać wybuchu wojny, ale możecie być pewni, że postaramy się, aby wspólnicy tej błazenady zapłacili należytą cenę za swoją niekonsekwencję. Co się dzieje, Dartunghuver, bawię cię?

Nie mogłem powstrzymać uśmiechu, słysząc, jak Nina grozi głowom państw, których nie była nawet obywatelką. A jednak w głębi duszy wiedziałem, że ma rację: nieskończenie łatwiej było zatrząść opinią publiczną Wielkiej Brytanii czy Australii, niż zachwiać przekonaniami parlamentarzysty ze Środkowego Zachodu.

– Ani trochę – broniłem się. – Żałuję po prostu, że nie będzie mnie tu w przyszłym tygodniu, żeby pomóc ci przyklejać znaczki.

– Wydurniaj się, proszę bardzo. Zobaczysz, że jeszcze nie jest dla ciebie za późno: zajmę się wykuciem ci politycznego sumienia.

Maga już zbyt długo się hamowała. Parsknęła śmiechem i zaproponowała Ninie, że pójdzie z nią na spotkanie. Dziewczyny wyszły, trzymając się pod rękę.

11

Yakoub Khoyoulfaz cieszył się z przybycia Magi i Youssefa tak samo jak ja – choć z innych względów. Z jego punktu widzenia dwoje nowych agentów nie stanowiło wcale nadmiernej pomocy w próbach uporania się z nieustającym strumieniem wiadomości, który zalewał teraz nasze biuro. Biały Dom bowiem prowadził obecnie dwie ważne batalie i nie szczędził wysiłków.

Pierwsza z nich rozgrywała się w kuluarach ONZ-etu, gdzie stali członkowie Rady Bezpieczeństwa krok po kroku negocjowali kształt rezolucji, której George Bush zażyczył sobie przed paroma tygodniami. Stany Zjednoczone optowały za pozbawioną dwuznaczności deklaracją, która z góry autoryzowałaby je do obalenia Saddama, jeśli ten sprzeciwi się nakazowi rozbrojenia. Z kolei Rosja i Francja krzywiły się na danie Białemu Domowi wolnej ręki. Ich zdaniem to do Narodów Zjednoczonych należało wypowiedzenie się w sprawie ewentualnych następstw irakijskiego nieposłuszeństwa. Mogło się wydawać, że debata dotyczy szczegółów technicznych, była jednak niezwykle istotna: jeśli Rada Bezpieczeństwa uległaby żądaniom Departamentu Stanu, złożyłaby swój osąd w ręce Ameryki i nie przyznając się do tego głośno, przyjęłaby rolę obserwatora.

Druga była batalią wewnętrzną: Bush próbował zapewnić sobie poparcie Kongresu, bez którego jak mówił, Saddam nigdy nie weźmie amerykańskich gróźb na poważnie. Żądał wyjątkowo rozległych uprawnień – na miarę powagi sytuacji, jak utrzymywało jego otoczenie – co wprawiało w zakłopotanie posłów Partii Demokratycznej, rozdartych pomiędzy lękiem, że naruszony zostanie duch konstytucji, a obawą, by nie wyjść na tych, co skąpią poparcia.

Pierwszego października Narodowa Rada Wywiadu, organ zrzeszający reprezentantów różnorodnych amerykańskich tajnych służb, opublikował państwowy raport ewaluacyjny na temat irakijskich programów zbrojeń. Mimo że dokument objęto tajemnicą wojskową, Biały Dom pozwolił, by płynące z niego wnioski przeciekły do prasy: teraz ustalono już z całą stanowczością, iż Saddam Husajn posiada broń masowego rażenia. Natychmiast zadzwoniłem do Dreppnera, mając nadzieję, że będzie w stanie załatwić mi egzemplarz raportu.

– Powinno dać się zrobić – ocenił; wcale nie chciał znać moich motywów. – Już teraz krąży pewnie kilkadziesiąt kopii.

– Ile? – zapytałem gorączkowo.

– Minutkę – poprosił, jakby musiał zajrzeć do cennika.

Kazał mi czekać nieco dłużej, niż obiecał.

– Pięćdziesiąt tysięcy dolarów – ogłosił wreszcie.

– Zgoda – odparłem, myśląc, że gotów byłbym zapłacić dziesięć razy więcej.

Dreppner odchrząknął.

– Nie powinienem panu tego mówić, ale jedno z moich źródeł twierdzi, że skrócona, odtajniona wersja zostanie w najbliższych dniach zamieszczona na stronie internetowej CIA.

– Doceniam pańską szczerość, ale potrzebna mi pełna wersja.

– Oddzwonię do pana jutro, żeby umówić się na spotkanie.

Poszedłem zapukać do drzwi Magi i Youssefa, którzy wynajęli pokój w tym samym hotelu co ja, żeby przekazać im nowinę. Youssefa nie było. Maga prawie mnie nie słuchała.

– Wydaje mi się, że coś znalazłam – powiedziała bardzo podekscytowana.

Wreszcie!, pomyślałem. Nasze równoległe dochodzenie nie przyniosło jak dotąd żadnych rezultatów.

– Opowiadaj – poleciłem, biorąc sobie krzesło.

– Chodzi o tę historię z aluminiowymi rurami. CIA przechwyciła pierwsze zamówienia dwa lata temu. Nie zastanawiałeś się nigdy, czemu czekała aż do zeszłego miesiąca, żeby nagłośnić sprawę?

– Pewnie, że się zastanawiałem. Wszystko wskazuje na to, że starannie wybrała najodpowiedniejszy moment: rok po jedenastym września i kilka dni przed przemówieniem Busha w ONZ-ecie.

– No i tutaj w pełni się zgadzamy. Ale skoro chcieli puścić informację w obieg, to czemu nie zorganizowali konferencji prasowej? Taki George Tenet tłumaczący, z rurką w dłoni i schematem na podorędziu, jak skonstruować wirówkę, wypadłby dużo bardziej spektakularnie niż artykuł w „New York Timesie".

– Ależ, Mago! To wybieg stary jak świat. CIA pozwala twierdzić, że stoi za przeciekiem, ale zastrzega sobie prawo do zdementowania pogłoski w razie, gdyby pojawił się problem.

– Jaki problem? Jeśli naprawdę przechwyciła ładunek aluminiowych rur, to nie ma się czego bać.

– Chyba że wtedy uznała, że rury te nie mogą posłużyć do produkcji wirówek.

Maga skinęła głową.

– Nie wątpię w realność tych transakcji, ale myślę, że analitycy z Pentagonu szybko doszli do wniosku, że rury są przeznaczone do wytwarzania tradycyjnych pocisków. Och, na pewno znalazło się paru bojowo nastawionych pajaców, którzy utrzymywali, że Saddam wznowił swój program nuklearny, ale fakty są uparte i mimo wszystko rozsądek musiał ostatecznie wziąć górę.

– Co próbujesz mi powiedzieć? Że przeciek nie pochodził z CIA?

– Że być może – Maga położyła nacisk na te dwa słowa – nie pochodził z CIA. Załóżmy na chwilę, że mam rację. Tajemniczy informator zahacza Judith Miller i wyłuszcza jej całą sprawę, nie dodaje tylko, że CIA już dawno wykluczyła teorię o wirówkach. Miller wyczuwa gorący temat i próbuje zweryfikować fakty. Telefonuje do swoich kontaktów w świecie wywiadu. W Langley zamieszanie jak przed bitwą. Tenet wzywa najbliższych współpracowników i pyta, skąd ten przeciek. Cisza na sali. Tenet pilnie zwraca się do Rumsfelda. Prosi o dokładne instrukcje: czy powinni wyprowadzić Miller z błędu? Potwierdzić przecież nie mogą. „Nie róbcie ani jednego, ani drugiego – odpowiada Rumsfeld po naradzie z Cheneyem. – Niech inni gadają za was. Zawsze będzie czas, żeby oficjalnie rzecz zdementować".

– Po tym, co powiedziała nam Nina, uznasz mnie może za naiwniaka, ale jakoś trudno mi uwierzyć, że CIA pozwala sobie na tak swobodne podejście do prawdy.

– Jeżeli czegoś się nauczyłam, żyjąc w Stanach Zjednoczonych, to tego, że forma liczy się tam nieskończenie bardziej niż treść. Kłamstwo pod przysięgą to zbrodnia, ale nigdy nie wysłano nikogo do więzienia za to, że pozwolił szerzyć się plotce.

– Przykro mi – zacząłem, kręcąc głową – ale nadal mnie nie przekonałaś.

Ku mojemu wielkiemu zdziwieniu, Maga się uśmiechnęła.

– Tego się spodziewałam. I właśnie dlatego najlepsze zostawiłam na koniec. Gdybyś upichcił taki scenariusz, to jakie byłoby twoje główne źródło odniesienia?

Wreszcie zrozumiałem, do czego zmierza.

– Artykuł w gazecie codziennej, oczywiście. Spośród wszystkich mediów to właśnie prasa drukowana wzbudza największy szacunek.

– W jakiej gazecie? – dopytywała Maga.

– W „Washington Post" albo w „New York Timesie". „USA Today" nie przeprowadza własnych śledztw, a „Wall Street Journal" jest zbyt otwarcie republikański.

– Kontynuuj.

– Wybrałbym doświadczonego dziennikarza…

– Judith Miller pracuje w zawodzie od trzydziestu lat.

– Poważanego…

– Na początku roku otrzymała Nagrodę Pulitzera.

– Specjalistę w sprawach Iraku i w kwestiach zbrojeniowych.

– Raportowała dla „New York Timesa" wojnę w Zatoce, a Pulitzera zawdzięcza serii artykułów na temat międzynarodowego terroryzmu.

Próbowałem doprecyzować profil idealnego źródła:

– Musiałby cieszyć się zaufaniem szefa, który wspierałby go, w razie gdyby pojawiły się jakieś kłopoty.

– Miller spędza wakacje z Arthurem Sulzbergerem, właścicielem „New York Timesa".

– Naprawdę?

– I nigdy nie zgadniesz najlepszego: znalazła się wśród osób, które w zeszłym roku otrzymały koperty z wąglikiem.

Zmarszczyłem brwi.

– Nie rozumiesz? To sprawia, że jest bardziej niż inni dziennikarze podatna na żywienie uprzedzeń wobec kraju zajmującego się produkcją broni biologicznej.

– Naturalnie...

Maga wpatrywała się we mnie z niepokojem, szukając jakiegoś śladu aprobaty.

– Dobra robota, Mago – pochwaliłem, byłem pod wrażeniem ilości informacji, jaką zgromadziła w tak krótkim czasie. – Sądzę, że coś w tym jest: gdybym chciał dodać scenariuszowi wiarygodności, postarałbym się, by wypłynął spod pióra Judith Miller.

– Z tą tylko różnicą, że twój scenariusz byłby trochę lepszy niż ta niedorzeczna historia z aluminiowymi rurkami!

– Trochę lepszy? Uważaj, bo się zdenerwuję!

Rozważyłem perspektywy, które otwierały się przed nami w świetle tego odkrycia.

– Pozostaje obmyślić, w jaki sposób to wykorzystamy...

– Miller to nasza jedyna szansa na dotarcie do zdrajców – odparła Maga. – Załóżmy jej podsłuch.

– Albo zhakujmy jej komputer – zasugerowałem, po raz kolejny bolejąc nad nieobecnością Leny. – Kto wie, może wymieniła jakieś maile ze swoim informatorem.

Dało się słyszeć odgłos karty przesuwanej przez czytnik magnetyczny przy drzwiach i do środka wszedł ociekający potem Youssef z ręcznikiem wokół szyi. Pewnie wzbudził na siłowni sensację.

– Maga ci mówiła? – rzucił, porywając butelkę wody z minibaru.

– Tak. Powiem Djibowi, żeby założył Miller podsłuch.

Youssef prawie się udławił.

– Odkąd to uzurpujemy sobie prawo do wtrącania się w prywatne życie innych ludzi?

Maga dyskretnie przyłożyła palec do ust, prosząc mnie, bym nie zdradzał Youssefowi, że pomysł wyszedł od niej.

– Odkąd banda renegatów stosuje metody KFR-u, aby wywołać wojnę – odparowałem.

– Cel uświęca środki, czy tak? – wypalił Youssef sardonicznie.

– W pewnym sensie.

– A więc powiedz mi…

Instynktownie zacisnąłem pięści w oczekiwaniu na kolejną konfrontację. Youssef, zauważywszy ten gest, urwał gwałtownie.

– Nie chcę się z tobą kłócić – zwierzył się znużonym tonem, przysiadając na łóżku.

– Ja też nie chcę, Youssefie.

– Nie odstępuj od swoich zasad, o tyle tylko cię proszę. Przypomnij sobie, jak po śmierci Johna Harkleroada poprosiłeś, żeby przyjęli cię z powrotem. Tak się tego wstydziłeś, że nie dawałeś znaku życia.

Jak mógłbym zapomnieć? Ten pierwszy rok w Akademii był najsmutniejszym w całej mojej egzystencji.

– Tym razem to co innego.

– Naprawdę? – rzucił Youssef.

– Obiecałem Djibowi, że wyjaśnię tę sprawę, i mam szczery zamiar doprowadzić rzecz do końca.

– Djibowi, człowiekowi, który w wolnych chwilach pisuje fatwy?

– Myślał, że postępuje dobrze, Youssefie. Nie wracajmy do tego, proszę cię.

– Tyle że wszyscy myślą, że postępują dobrze! Czy kiedykolwiek słyszałeś, by ktoś przyznawał: „Zauważyłem okazję, żeby schrzanić na całej linii, więc czym prędzej ją wykorzystałem"? Nie, oczywiście, że nie; piekło jest wybrukowane dobrymi chęciami. Nie ufam temu twojemu Djibowi: już raz cię okłamał i nie zawaha się przed zrobieniem tego ponownie, jeśli dostrzeże w tym jakiś interes.

– Nie okłamał mnie – zaprotestowałem.

– Wybacz szczerość, stary, ale pobłażliwość, jaką w tym przypadku okazujesz, graniczy z rewizjonizmem. Naprawdę, nie wiem, czego ci więcej trzeba! Kazał ci wierzyć, że zabiłeś człowieka. Mogłeś się wtedy rzucić z okna!

– Zrobił to dla mojego dobra! – krzyknąłem, czując, że z jakiegoś niewytłumaczalnego powodu do oczu napływają mi łzy.

Youssef spostrzegł moje wzburzenie i złagodził ton:

– A także dla własnego dobra. Próbuję ci powiedzieć, że Djibo jest większym manipulantem, niż ty i Maga chcielibyście przyznać. Zrób mi więc tę przyjemność i zachowaj trzeźwy osąd.

– Dotarło. Dzięki – powiedziałem, ocierając łzę z kącika oka.

– Nie ma za co – odrzekł i zniknął w łazience.

Nazajutrz rano zadzwoniłem do Gunnara, żeby poinformować go o najnowszym rozwoju wydarzeń. Po raz kolejny w wiadomych intencjach wychwalał Magę pod niebiosa, a potem, co bardziej mnie zdumiało, oznajmił, że podziela zastrzeżenia Youssefa.

– Ma rację. Póki definitywnie nie skreślimy Angoui z listy podejrzanych, bylibyśmy głupcami, gdybyśmy powiadomili go o postępach w śledztwie. Zresztą nie potrzebujesz go, żeby umieścić Miller na podsłuchu. Zwróć się do Dreppnera, z przyjemnością wyświadczy ci tę przysługę.

– Nie wątpię, za cenę dwudziestu pięciu tysięcy dolarów. Ale jak uzasadnimy taki wydatek przed Yakoubem?

– Ten twój szpicel nie da ci kredytu na miesiąc albo dwa?

– Gdyby go pan znał, nie przyszłoby panu do głowy o to pytać.

– Szlag. Dobra, wrzucę to w swoje koszty i wcisnę Baldurowi jakąś bajeczkę.

– Nie śmiałem pana o to prosić.

– Ale będę potrzebował…

– Rachunku – przerwałem mu. – Wiem.

– W porządku – wymamrotał Gunnar poirytowany. – Chcesz wiedzieć, na jakim jestem etapie z poszukiwaniami?

– W pewnej mierze także po to dzwonię.

– Mówiąc w skrócie, odkryłem kilka interesujących faktów, ale na razie nic, co pozwoliłoby nam zidentyfikować zdrajców.

Westchnąłem. Nie mogłem się powstrzymać: liczyłem na dobrą wiadomość.

– Na przykład?

– No cóż, po pierwsze, jeden z moich informatorów zdradził mi pewne istotne obwarowanie w zasadach funkcjonowania Komitetu.

Instynktownie nadstawiłem ucha, jak za każdym razem gdy rzecz dotyczyła wewnętrznego mechanizmu działania kierowniczego organu KFR-u.

– Wyobraź sobie, że kiedy członek Komitetu chce napisać teczkę – opowiadał Gunnar – musi przedłożyć ją współdecydentom i zebrać przynajmniej cztery głosy za, nie licząc własnego.

– Innymi słowy, wystarczą dwa głosy sprzeciwu, żeby zastopować teczkę...

– Podobno taka sytuacja zdarza się niezwykle rzadko, ale w dziewięćdziesiątym ósmym roku, kiedy Djibo przedstawił swój projekt fatwy, nieomal zaistniała.

– Khoyoulfaz głosował za, choć dziś tego żałuje.

– Rozumiem, że pluje sobie w brodę, ponieważ Verplanck zagłosował przeciwko.

– A zatem jego głos mógł wiele zmienić...

– W tamtym czasie owszem, ale Yakoub pozwolił, by szansa przeszła mu koło nosa. Kiedy odsunął się od Djiba, było już za późno: wygląda na to, że aby odwołać przewodniczącego Komitetu, potrzebne są trzy głosy.

– Verplanck, Khoyoulfaz, jednego brakuje.

– Poza tym szeregi pozostaną zwarte – orzekł Gunnar. – Ani Claas, ani Yakoub nie mogą się mierzyć z Angouą.

Nigdy nie wyobrażałem sobie Claasa Verplancka w charakterze buntownika. Holender cierpiał na brak charyzmy, który właściwie pozbawiał go szans w walce przeciwko Djibowi. Co do Khoyoulfaza żywiłem mniej kategoryczne poglądy. Azerbejdżanin był stworzony na przywódcę. Na jego nieszczęście Djibo wydawał się stworzony na ojca chrzestnego.

– Interesuję się też absolwentami Akademii, którzy wypisali się z KFR-u – ciągnął Gunnar.

– To są tacy? – spytałem z ogromnym zdziwieniem.

– Pół tuzina. Jak na czterysta osób to nie tak wiele.

– Dlaczego odeszli?

– Jeden z nich złożył wypowiedzenie ze względów osobistych. Skarżył się, że nie jest w stanie pogodzić wykonywania zawodu ze zrównoważonym życiem rodzinnym.

Nie czułem się uprawniony, by rzucić na niego kamień.

– A pozostali? – dociekałem.

– Mam swoją teoryjkę. Wszyscy zrezygnowali wkrótce po swoich czterdziestych urodzinach...

– No i?

– Krąży uporczywa pogłoska, że w tym wieku Komitet daje

najbardziej obiecującym pracownikom znać, czy mają szanse na zostanie dokooptowanymi.

– Och!

Pomyślałem o wszystkich starszych ode mnie agentach, którzy już przez to przeszli. Stéphane Brioncet. Harvey Mitchell. Alfredo Quinteros. Biedne czorty. Spróbowałem wyobrazić sobie tę scenę. Kto przekazywał wieść? Djibo? Zoe Karvelis? Jak brzmiała uświęcona formułka? „Niech pan się nie łamie, staruszku, wprawdzie nigdy nie dowie się pan, po co pan harował, ale jesteśmy diabelnie dumni, że zasilił pan nasze szeregi"?

– Jak to panu oznajmili, Gunnarze?

– Co takiego? – zapytał, udając, że nie rozumie.

– Że nigdy nie zostanie pan członkiem Komitetu.

– W moim przypadku rzecz rozegrała się nieco inaczej.

– Jak? – nalegałem.

– Opowiem ci kiedyś przy okazji.

Pozostawało mieć nadzieję, że rzeczona okazja nadarzy się jeszcze za mojego życia.

– W każdym razie nie można zarzucić KFR-owi skąpstwa – podjął Gunnar. – Tych pięciu odchodzących agentów otrzymało pokaźną odprawę.

„Zawsze udaje nam się polubownie załatwić sprawę z tymi, którzy nas opuszczają" – powiedział Djibo. Jakby pieniądze mogły w retrospektywie nadać życiu jakiś sens.

– Krótko mówiąc, żaden nie ma szczególnych powodów, by mieć coś KFR-owi za złe – stwierdziłem ironicznie. – Jakieś inne poszlaki?

– Koncentruję się na motywie ideologicznym, jak dotąd bez większego sukcesu. Osobiście znam dwóch spośród trzech agentów, którzy obmyślili doktrynę neokonserwatystów, i ręczę za nich jak za siebie samego.

– A ten trzeci?

– Odkrył w sobie nagłą pasję do ornitologii. Niedawno przeniósł się do biura w Wellington.

– Nie jest to jakaś przykrywka?

– Wątpię – zaśmiał się Gunnar. – Jego następna teczka ma dotyczyć diety albatrosa galapagoskiego i dostał od swojego szefa pozwolenie, by wyruszyć i zebrać materiały na miejscu.

– To nie jest zabawne – oświadczyłem ponuro. – Wszystkie nasze tropy utykają w martwym punkcie.

– Ach, mimo to dokonałem odkrycia, które cię zaciekawi. Czy wiesz, ilu Amerykanów naliczyłem pośród prawie czterech setek podejrzanych?

– Nie mam pojęcia. Pewnie ze czterdziestu.

– Mylisz się. Zaledwie dziewiętnastu.

– Tylko?

– Prawda? To bardzo niska liczba w stosunku do proporcjonalnego udziału narodu amerykańskiego w światowej populacji. Dla porównania: piętnaście krajów Unii Europejskiej o tylko nieznacznie większym łącznym zaludnieniu jest reprezentowanych przez stu pięćdziesięciu agentów.

– Jak to możliwe?

– Nie mogę do tego dojść. A jednak mamy w Stanach Zjednoczonych solidne umocowania. Może amerykańska gospodarka jest po prostu zbyt kwitnąca.

Trudno mi było złożyć taki rozdźwięk na karb czynników równie trywialnych, co stopa bezrobocia czy początkowa pensja młodych absolwentów uczelnianych. Zauważyłem już – i cieszyłem się z tego – że Amerykanie nie sprawują w konsorcjum takiej kontroli, jaką cieszą się gdzie indziej w świecie. Na moim roku w Akademii było ich na przykład tylko dwoje, nie zajmowali też żadnych spośród najbardziej prestiżowych stanowisk w organizacji. Jednakże tak rażąca dysproporcja stanowiła zagadkę, którą obiecałem sobie rozwikłać.

– Wszystko to bardzo pasjonujące – westchnąłem – ale niewiele posuwa nas do przodu.

– Wiem – przyznał Gunnar. – Obawiam się, że motywy sprawców sięgają głębiej, niż ja czy ty potrafimy sobie wyobrazić.

12

Większą część października spędziłem, pracując nad państwowym raportem ewaluacyjnym dostarczonym mi przez Ottona Dreppnera. Na prośbę Yakouba zaprezentowałem swoje wnioski podczas jednego z naszych tradycyjnych czwartkowych spotkań.

– Co najbardziej mnie uderza – zacząłem – to niewiarygodnie kategoryczny ton „kluczowych osądów" umieszczonych we wstępie dokumentu. Cytuję: „Z dużym stopniem pewności sądzimy, że: po pierwsze, Irak w dalszym ciągu prowadzi, a nawet rozwija, programy zbrojeń chemicznych, biologicznych oraz nuklearnych, co stoi w sprzeczności z rezolucjami Organizacji Narodów Zjednoczonych; po drugie, niektóre elementy tych programów pozostają niewykryte; po trzecie, Irak posiada broń oraz pociski chemiczne lub biologiczne zakazane przez wspomniane rezolucje; po czwarte, Irak jest w stanie skonstruować broń jądrową w ciągu kilku miesięcy od momentu nabycia wystarczającej ilości materiału rozszczepialnego". Ktokolwiek ograniczy się do przeczytania jedynie pierwszej strony raportu – a możemy sądzić, że tak postąpi większość parlamentarzystów – zyska przekonanie, że Irak posiada broń masowej zagłady.

– Co każe ci myśleć, że jest inaczej? – spytał Harvey.

– No cóż, jakkolwiek ciekawe się to wydaje, reszta raportu okazuje się dużo mniej stanowcza. W pewnych momentach można by nawet pomyśleć, że za pióro chwycił biurokrata, który dba głównie o zabezpieczenie własnych tyłów.

Podkreśliłem kilka fragmentów.

– „Choć dysponujemy niewieloma konkretnymi informacjami

na temat składów broni chemicznej w Iraku, Saddam prawdopodobnie zgromadził zapasy co najmniej stu, a być może pięciuset ton czynników wchodzących w skład broni chemicznej".

– Trudno o bardziej mglistą wypowiedź – ocenił Pedro.

– Albo dalej: „Saddam prawdopodobnie zezwolił swoim oficerom na użycie broni chemicznej lub biologicznej w pewnych ściśle określonych sytuacjach". Wyrażenia „prawdopodobnie", „być może" i „przypuszczamy, że" powracają praktycznie w każdej linijce, ale jak za sprawą magii znikają z odtajnionej wersji dostępnej dla szerokiej publiczności.

– Nie prowadzi się kraju na wojnę na podstawie „być może" – stwierdził Harvey.

– Całkowicie się z tobą zgadzam – odparła złośliwie Maga.

– Mówiłeś o materiale rozszczepialnym. Czy raport wspomina o zakupie nigerskiego uranu? – dopytywała Ling.

– Tak, poczekaj, niech no znajdę ten ustęp. O, proszę: „Na początku dwa tysiące pierwszego roku Niger i Irak wciąż jeszcze dopracowywały szczegóły transakcji opiewającej na pięćset ton yellowcake'u. Nie znamy obecnego statusu negocjacji".

– To niedorzeczne – skomentowała Ling. – Po co im ekspert na miejscu, skoro w ogóle nie biorą pod uwagę jego opinii?

– Tak samo z aluminiowymi rurami – dorzuciłem. – Uciszono tych, którzy wyrażali odmienne zdanie. Nagle nikt już nie wątpi, że rury służą do produkcji wirówek.

– Czy raport zawiera przynajmniej jakieś nowe elementy? – zapytał Pedro.

– Tylko jeden, ale istotny. Saddam dysponuje rzekomo mobilnymi jednostkami do produkcji broni biologicznej, ciężarówkami przerobionymi na laboratoria, gdzie podobno hoduje się wysoce toksyczne bakterie. Ich główna zaleta: ciężarówki można łatwo przemieścić w razie inspekcji.

– Wierzysz w to? – chciał wiedzieć Yakoub.

– No cóż, raport opiera się przede wszystkim na świadectwie irakijskiego dezertera, który utrzymuje, że uczestniczył w budowie mobilnych jednostek, i któremu Amerykanie nadali pseudonim Curveball...

– Curveball? – powtórzyła Ling. – Co to znaczy?

– To termin z bejsbolu – wyjaśnił Harvey. – Określa zwodniczą piłkę, która rzucona z dużą siłą gwałtownie opada, gdy zbliża się do pałkarza.

– Zabawna ksywka jak dla informatora – zauważył Pedro.

– Poczekaj, aż usłyszysz resztę – odparłem. – Rafid Ahmed Alwan – bo tak brzmi prawdziwe nazwisko Curveballa – ląduje w Monachium w listopadzie dziewięćdziesiątego dziewiątego. Podczas kontroli paszportów prosi o azyl polityczny, twierdząc, że zdefraudował publiczne irackie fundusze i że po powrocie do kraju groziłaby mu śmierć. Jednak agentom BND – niemieckich tajnych służb – mającym odebrać od niego zeznania serwuje zupełnie inną opowieść. W dziewięćdziesiątym czwartym ukończył studia na wydziale chemii w Bagdadzie jako najlepszy student na roku i dołączył do programu produkcji broni biologicznej kierowanego przez Rihab Rashid Tahę, wykolejoną uczoną przezwaną przez inspektorów ONZ-etu „Doktor Bakterią". Jego rolą miał być nadzór nad konstrukcją mobilnych laboratoriów przeznaczonych do hodowli czynników biologicznych.

– Skąd to wszystko wiesz? – spytał Harvey.

– Od byłego agenta BND – odparłem, unikając bezpośredniej wzmianki o Dreppnerze.

– Mów dalej – polecił Khoyoulfaz, który już znał tę historię.

– Niemcy uznają świadectwo Alwana za wiarygodne i kierują raport do DIA…

– Agencji Wywiadowczej Departamentu Obrony – rozwinął skrót Harvey. – Młodszej siostry CIA, odpowiadającej przed ministerstwem obrony.

– Później raporty trafią również do agencji WINPAC, międzyinstytucjonalnego biura utworzonego w dwa tysiące pierwszym roku w celu ewaluacji programów zbrojeń prowadzonych przez wrogów Stanów Zjednoczonych. Curveball stopniowo zyskuje zaufanie Niemców. Trzeba przyznać, że jego wyznania obfitują w wiele noszących ślady autentyczności anegdot. Curveball tłumaczy na przykład, że najniebezpieczniejsze operacje zawsze odbywały się w piątek (w Iraku to dzień święty), ponieważ inspektorzy Narodów Zjednoczonych w swej naiwności przeprowadzali tego dnia mniej nalotów. Relacjonuje też, jak, w czasie gdy zajmował jedno z pierwszych stanowisk, koledzy z pracy pokątnie pożyczali czarne służbowe land cruisery, by pojechać na przyjęcie albo ślub. Przede wszystkim zaś zagłębia się w szczegóły, które w największej mierze interesują ekspertów z DIA. Doktor Bakteria zapewniła inspektorów ONZ-etu, że nigdy nie znalazła satysfakcjonującego sposobu wysuszenia półstałej zawiesiny zawierającej kultury bakterii. Curveball z kolei twierdzi coś całkiem przeciwnego. Wyjawia też, że laboratoria zostały ulokowane w silosie na zboże w Dżerf al-Nadaf, dwadzieścia kilometrów na południowy wschód od Bagdadu.

– Potwierdziłeś to wszystko? – zagadnął nerwowo Pedro. – To najbardziej przerażająca rzecz, jaką słyszałem dotychczas o Saddamie.

– Dla naszego spokoju ducha Youssef wyprawił się do Bagdadu. Wrócił wczoraj.

– Poleciałeś do Iraku? – wykrzyknął zdumiony Harvey.

– Z przystankiem w Sudanie – odrzekł Youssef. – Ostatni etap podróży odbyłem z paszportem mojego brata, żeby nie zostawić śladów.

– Nieznana strona jego osobowości: tajny agent – zażartowałem.

– Czy to czyni ze mnie dziewczynę Bonda? – spytała kokieteryjnie Maga.

Wszyscy parsknęli śmiechem, nie licząc Harveya, który nie miałby chyba bardziej osłupiałej miny, gdyby Youssef pochwalił się, że grał z Saddamem w chińczyka.

– Może opowiesz nam, co odkryłeś na miejscu? – zaproponowałem.

– No cóż – zaczął Youssef. – Curveball wykazuje wszystkie symptomy mistrza konfabulacji. Gdyby go porządnie przeszkolić, mógłby nawet pretendować do nagrody za najlepszą pierwszą teczkę…

– Więc kłamał? – zapytał Pedro.

– Jak najęty. Możesz zachować w pamięci jego nazwisko, a o reszcie zapomnieć. Faktycznie studiował chemię na Uniwersytecie Bagdadzkim, ale skończył jako ostatni na roku. Nie mógł pracować z Doktor Bakterią w latach tysiąc dziewięćset dziewięćdziesiąt siedem–dziewięćdziesiąt osiem z tego prostego powodu, że zwolniono go z Chemical Engineering and Design Center w dziewięćdziesiątym piątym za – nigdy nie zgadniecie – nieobyczajne zachowanie. Następnie parał się różnymi drobnymi zajęciami w Bagdadzie, między innymi prowadził taksówkę. Ach, byłbym zapomniał, spędził też kilka miesięcy w więzieniu, chociaż jego matka bardzo niejasno wypowiadała się na temat postawionych mu zarzutów.

– Żartujesz sobie? – przeraził się Harvey. – Chcesz powiedzieć, że najlepszy świadek CIA to recydywista?

– Jego przyjaciele chętniej wspominają o jego hojnej i buntowniczej naturze, ale ogólnie rzecz ujmując, na to mniej więcej wygląda.

Harvey przesunął ręką po twarzy.

– Nie obraź się, Youssefie, ale bardzo chciałbym wiedzieć, jak udało ci się rozgryźć sprawę, na której CIA połamała sobie zęby.

– Och, ja się wcale nie obrażam – oświadczył spokojnie Youssef. – CIA nigdy nie przesłuchała rodziny Curveballa.

– Przecież to niemożliwe! – zawołał Harvey.

– Prawdę mówiąc – wtrąciłem się – nie jesteśmy nawet pewni, czy Amerykanie znają tożsamość Curveballa.

– Czemu BND im jej nie zdradzi?

– Bo Niemcy też mają swoje małe sekrety: zdaje się, że w latach dziewięćdziesiątych bawarskie przedsiębiorstwa za przyzwoleniem Berlina sprzedawały Saddamowi zakazane materiały. Mój informator podsunął nam jeszcze inne wyjaśnienie: podobno BND wywiera na CIA presję, żeby amerykańska agencja zwróciła jej archiwa Stasi przechwycone po upadku muru. Zresztą nieważne: Niemcy utrzymują, że Curveball nie mówi po angielsku, że nienawidzi Amerykanów i kategorycznie odmawia spotkania z nimi.

– Kolejna bujda – oznajmił Youssef. – Ściany pokoju Curveballa obwieszone są plakatami przedstawiającymi amerykańskich aktorów. Poza tym, zdaniem matki, bardzo dobrze mówi po angielsku.

– Jakby CIA nie mogła ściągnąć niemieckojęzycznego agenta…

Harvey protestował dla zasady, lecz nie wkładał w to już serca.

– Wiemy chociaż, czy Niemcy poddali Curveballa badaniu wykrywaczem kłamstw? – dopytywał Pedro.

– Z tego co mi wiadomo, to nie – odparł Youssef.

– Na obronę Amerykanów dodam – włączyłem się – że paru innych irakijskich dezerterów potwierdza zeznanie Curveballa.

– Naprawdę? – rzucił Harvey, odzyskując kolory.

Maga zajęła się unicestwieniem jego ostatnich nadziei.

– Już my wiemy, co myśleć o tych dezerterach – ogłosiła. – Słyszeliście kiedyś o INC?

– Irackim Kongresie Narodowym? Oczywiście – przyznał Harvey. – To partia stanowiąca główną opozycję dla Saddama.

– Zapomniałeś dodać, że INC to twór Amerykanów, którzy w wyniku bardzo kontrowersyjnej procedury postawili na jego czele Ahmada al-Dżalabiego. Rodzina al-Dżalabiego uciekła z Iraku, gdy ten miał dwanaście lat, i znalazła schronienie w Anglii, a następnie w Stanach Zjednoczonych. Po krótkiej karierze naukowej nasz spryciarz założył bank, który upadł w więcej niż wątpliwych okolicznościach...

– Jaki to ma związek z Curveballem? – spytała Ling.

– Pomiędzy CIA a INC istnieje niepisany pakt – wyjaśniła Maga. – Jeśli al-Dżalabi pomoże Stanom Zjednoczonym w obaleniu Saddama, zostanie nowym prezydentem Iraku...

– Nie widzę, co można by takiemu porozumieniu zarzucić – wymruczał Harvey, nie kontestując jednak stwierdzenia Magi. – To się nazywa *Realpolitik*.

– Nie powiedziałam, że można mu coś zarzucić – sprostowała nieporuszona Maga. – Ale otwiera ono drogę pewnym nadużyciom, na przykład w momencie, gdy CIA zwierza się INC, że chciałaby dowieść, iż Saddam nie zamknął programu produkcji wąglika. „Nie ma problemu – uznaje al-Dżalabi – załatwimy wam jednego z inżynierów, którzy pracują przy tym projekcie". Czasami ów inżynier naprawdę istnieje; czasami INC zatrudnia biologa, przygotowuje go do przesłuchania, a w niektórych przypadkach nawet do zaliczenia testu wariografem.

– INC dostarcza fałszywych świadków? – oburzył się Pedro.

– Nie musi im nawet płacić – ciągnęła Maga. – Saddam zamordował tylu ludzi, że INC zawsze znajdzie kogoś gotowego opowiedzieć to, co CIA chce usłyszeć.

– Załóżmy, że te praktyki faktycznie mają miejsce. Co jednak daje ci tak wielką pewność, że w wypadku Curveballa sprawy rozegrały się właśnie w taki sposób? – spytał Harvey.

– Powiedzmy, że opieram się na poziomie wiarygodności poprzednich dezerterów. Sam oceń. W czerwcu dwa tysiące pierwszego roku iracki inżynier, który prosi o azyl polityczny, twierdzi, że pociski o głowicach bakteriologicznych skonstruowane przez zespół Curveballa przechowuje się w Karbali; o dziwo, zdjęcia satelitarne nie ukazują żadnej podejrzanej instalacji. W lutym dwa tysiące drugiego INC przedstawia DIA majora Mohammeda Haritha. Ten utrzymuje, że kupił siedem ciężarówek marki Renault w celu przekształcenia ich na mobilne laboratoria; według przesłuchujących go ekspertów jedynie wypluwa z siebie wyuczony tekst. Dalej, w zeszłym miesiącu irakijski oficjel nazwiskiem Abdul Hamid al-Wahadi…

Brutalnie przerwałem Madze:

– Jak powiedziałaś?

– Abdul Hamid al-Wahadi. Czemu pytasz?

– Bez powodu – zapewniłem, usiłując przypomnieć sobie, gdzie wcześniej słyszałem to nazwisko. – Kontynuuj.

– Ów urzędnik informuje MI6, że ruchome laboratoria służą oficjalnie do wzbogacania w proteiny paszy dla zwierząt; Anglicy są tak sceptyczni, że nie zadają sobie nawet trudu, żeby przekazać al-Wahadiego CIA.

Po prezentacji Magi zapadła długa cisza. Wreszcie Youssef podsumował wspólne dla wszystkich odczucie:

– Coś mi tutaj umyka. Amerykanie najpierw dyskwalifikują zeznanie Mohammeda Haritha, a następnie posługują się nim w celu potwierdzenia równie wątpliwego świadectwa Curveballa. Jakby dwa zgodne kłamstwa równały się jednej półprawdzie.

– Widzę tylko jedno wyjaśnienie – oświadczyła Maga. – W chwili obecnej wewnątrz CIA walczy ze sobą kilka frakcji: z jednej strony ultrapatriotyczni neokonserwatyści, którzy za wszelką cenę pragną wyrównać rachunki z Saddamem; z drugiej zaś poszukujący prawdy profesjonaliści, którzy nie godzą się na uleganie wszechobecnej politycznej i medialnej presji.

– Sliv? – rzucił Khoyoulfaz, widząc, że chcę coś wtrącić.

– Zapomniałem wspomnieć o fakcie, który zdaje się współgrać z teorią Magi. Departamentowi Stanu udało się załączyć do państwowego raportu ewaluacyjnego około dziesięciostronicowe pismo, które roztacza wizję całkiem odmienną od tej prezentowanej przez CIA, szczególnie w kwestii programu nuklearnego. Autor ocenia – cytuję z pamięci – że „aktualnie posiadane dowody nie pozwalają na wyciągnięcie jednoznacznego wniosku, iż Irak prowadzi planowe i wyczerpujące starania zmierzające do nabycia broni jądrowej".

– Brzmi jak mowa adwokata, który powołuje się przed przysięgłymi na uzasadnioną wątpliwość – słusznie zauważył Pedro.

Peruwiańczyk czynił aluzję do jednego z kamieni milowych amerykańskiego systemu sądownictwa: jeżeli przysięgli mają jakąś uzasadnioną wątpliwość co do winy oskarżonego, to mają obowiązek uwolnić go od zarzutów.

– Harvey – odezwałem się – możesz nam przypomnieć, w jaki sposób prawoznawcy definiują uzasadnioną wątpliwość?

– Wątpliwość, która kazałaby rozsądnie myślącej w danej chwili osobie zawahać się przed podjęciem istotnej decyzji – wyrecytował Harvey mechanicznie.

– Czy to możliwe, że niektórzy urzędnicy Departamentu Stanu trzęsą portkami? – spytała Maga.

– Colin Powell nigdy nie ukrywał, że ma wątpliwości co do istnienia broni masowego rażenia – przypomniałem. – Zresztą to właśnie dlatego tak zaciekle broni rozwiązania dyplomatycznego: uważa, że Bush w życiu nie odważy się rozpętać wojny, skoro inspektorzy z ONZ-etu formalnie ustalili, że Saddam rozmontował arsenał.

Ufałem w uczciwość Powella. Sekretarz Stanu przez całą długą i błyskotliwą karierę potrafił pogodzić szacunek dla hierarchii z niezależnym myśleniem. Otwarcie – acz w sposób umiarkowany – popierając Partię Republikańską, służył w czterech różnych administracjach. Jego doświadczenie bojowe oraz dobra orientacja w rozgrywkach dyplomatycznych zapewniały mu perspektywę absolutnie wyjątkową w situation roomie, gdzie wojskowi z krwi i kości oraz jajogłowi, którzy nigdy w życiu nie pociągnęli za spust, już tradycyjnie spierają się o posłuch u prezydenta. Powell głosił, że Ameryka powinna angażować się w operacje militarne jedynie wówczas, gdy odpowie twierdząco na kilka pytań. Czy w grę wchodzą jej podstawowe interesy? Czy dysponuje poparciem opinii publicznej? A także społeczności międzynarodowej? Czy wyczerpała wszystkie możliwości w kwestii rozwiązań dyplomatycznych? Przeanalizowała koszty oraz ryzyko, na które się naraża? Przeciwnicy doktryny Powella nadali jej autorowi przydomek „niechętnego wojownika" (*reluctant warrior*), nie zdając sobie sprawy, że składają mu tym sposobem wspaniały hołd.

– Chciałbym być tego taki pewien.

Wszyscy odwróciliśmy się do Khoyoulfaza. Była to pierwsza opinia, jaką wygłosił od początku spotkania. Zawsze czekał, aż pozostali wyrażą swoje zdanie, zanim przedstawił własne.

– Jak wszyscy przy tym stole, darzę Colina Powella dużym szacunkiem. To dżentelmen i jeden z gigantów Ameryki, być może nawet ostatni spośród nich. A jednak odnoszę wrażenie, że w chwili obecnej odgrywa jedynie rolę w filmie, który go przerasta.

– Rolę? – drgnął Harvey. – Jaką rolę?

– Własną. Generała, który w pełnieniu służby stawia ojczyznę przed prezydentem, prezydenta przed żołnierzami, a żołnierzy przed sobą samym. Rolę człowieka honoru, który bez zapału rusza na wojnę, a jednak rusza, ponieważ zależy od tego przyszłość wolnego świata. Tak między nami, kto może sprzedać tę wojnę Amerykanom? Cheney? Jeszcze dwa lata temu zarządzał jednym z największych dostawców Pentagonu. Rumsfeld? Ten facet tak kocha stukot wojskowych buciorów, że nie zdziwiłbym się, gdyby organizował manewry we własnym ogródku. O CIA nawet nie wspomnę: biorąc pod uwagę, jak sobie radzili, począwszy od Zatoki Świń, a skończywszy na aferze Iran–Contras, są mniej więcej tak samo wykwalifikowani do prowadzenia operacji militarnych jak ja do prognozowania pogody…

– Bush? – zaryzykowałem.

– Niemożliwe. Na kogo zrzuciłby odpowiedzialność w razie klapy? Bush potrzebuje w tej chwili więcej bezpieczników niż elektryk. Wypycha więc weterana Powella na przód sceny. „Colin, przeczyta pan te raporty i powie mi, czy nie mam powodów do niepokoju".

„Oczywiście, panie prezydencie, ale musimy w to włączyć Narody Zjednoczone". „Niech pan robi, co uzna za stosowne, Colin, ale w ostatecznym rozrachunku podejmę decyzje, które wydadzą mi się słuszne z punktu widzenia ochrony narodu amerykańskiego". „Naturalnie, panie prezydencie".

Khoyoulfaz tak udatnie naśladował przeciągłą intonację Busha, że Harvey rozejrzał się wokół, aby się upewnić, że nie przeniósł się prosto do Gabinetu Owalnego.

– Nie, wierzcie mi – kontynuował Yakoub już swoim zwykłym głosem – stary dobry Powell stanowi jednocześnie alibi i najważniejszy atut Białego Domu.

– Zastanawiam się, czy zdaje sobie z tego sprawę – rzekł Youssef w zamyśleniu.

Całym sercem żywiłem nadzieję, że tak, bo właśnie dotarło do mnie, dlaczego wspomniane przez Magę nazwisko irakijskiego dezertera zabrzmiało w moich uszach znajomo. Abdul Hamid al-Wahadi nie istniał. Było to wymyślone przeze mnie miano, które nadałem fikcyjnemu mudżahedinowi w teczce, którą napisałem o Al-Kaidzie przed dziewięcioma laty.

13

Przez kilka dni trzymałem swoje odkrycie w tajemnicy, przez ten czas starannie analizując jego implikacje.

Djibo, którego epizod z Giovannelim nie zdołał do końca przekonać, będzie teraz musiał spojrzeć prawdzie w oczy: agenci renegaci wewnątrz KFR-u trudzili się, by przekonać świat, że Saddam Husajn posiada albo próbuje zdobyć zakazaną broń.

Jednakże rola, jaką odgrywała w całej tej aferze CIA – wspólnika czy ofiary – pozostawała dla mnie beznadziejnie niejasna. Zachodziła tu bowiem jedna z dwóch sytuacji: albo Amerykanie wiedzieli o istnieniu KFR-u i korzystali z jego usług za każdym razem, gdy chcieli wpłynąć na opinię międzynarodową, albo dali się omamić – świadomie lub nie – partii INC, która wcisnęła im lewego dezertera. A ponieważ znaliśmy budżet CIA, druga hipoteza była tylko trochę mniej przerażająca niż pierwsza.

Z drugiej strony pojawienie się Abdula Hamida al-Wahadiego rozbijało w drobny mak teorię, wedle której autor raportu o Nigrze tylko przez przypadek zapisał nazwisko Giovannelego w jego najrzadszej formie. Po raz drugi używając nazwiska tak ściśle związanego z KFR-em, fałszerze nie tylko dawali o sobie znać: oni bawili się z nami – a szczególnie ze mną – w kotka i myszkę. Wiedzieli, że podążam ich śladem, przypominali mi więc w najbardziej upokarzający sposób, że wciąż mają dużą przewagę. Och, oczywiście, ich bezczelność dostarczała nam kolejnej wskazówki: Gunnar będzie mógł wykreślić z listy podejrzanych agentów, którzy nigdy nie mieli dostępu do mojej teczki o Al-Kaidzie. Niestety, gotów byłem iść o zakład, że ich liczba okaże się niewielka. Tak jak i inni laureaci nagrody za najlepszą pierwszą teczkę, cieszyłem się wątpliwym przywilejem patrzenia, jak każdy z moich projektów zostaje rozczłonkowany przez egzegetów najróżniejszej maści: począwszy od kierowników Akademii wypatrujących nowych koncepcji scenopisarskich, poprzez dyrektorów stacji, którzy zazdrościli mi tak wczesnego sukcesu, a skończywszy na całych batalionach młodych agentów cierpiących na brak inspiracji, którzy w snutych przeze mnie intrygach poszukiwali zarodka sagi.

Rzadko kiedy odczuwałem taką bezsilność. Jakie namacalne dowody mogłem zaprezentować Djibowi po czterech tygodniach, odkąd wpadłem na trop przestępców i nieco pochopnie wziąłem na siebie obowiązek zidentyfikowania ich? Rozmowy telefoniczne Judith Miller jedynie potwierdziły to, co już wiedzieliśmy: dziennikarka „New York Timesa" była budzącą respekt profesjonalistką o przenikliwym umyśle i ciętym języku, która raczej nie sprawiała wrażenia osoby dającej się zwieść swojemu rozmówcy, czy ten nazywał się Scooter Libby (szef gabinetu Dicka Cheneya), czy Condoleezza Rice. Youssef na próżno ślęczał nad tysiącami stron z raportów inspektorów ONZ-etu. Maga znała teraz statut INC lepiej niż jego przewodniczący, a jednak miała problem z ustaleniem związku pomiędzy KFR-em a organizacją Ahmeda al-Dżalabiego. Co do Gunnara, nie miał w co wbić zębów, nie licząc dokumentów tak mało konkretnych jak statystyki ukazujące wzrost średniego wieku studentów Akademii.

Na domiar złego nieprzespane noce, którymi przypłacałem te żałosne rezultaty, zaczynały zaważać na mojej wydajności w grupie Yakouba. Ze wstydem przerzucałem znaczną część obowiązków na nieszczęsnego Harveya, który – jeśli nawet to zauważył – zachował się elegancko i nie pisnął ani słowa. Pewnego wieczoru, żeby jakoś mu to wynagrodzić, zaprosiłem go na kolację do najsłynniejszego steak house'u w Waszyngtonie. Zgodził się z nieskrywaną przyjemnością.

Przez trzy kwadranse czekaliśmy przy barze, aż zwolni się stolik, opróżniając trzy miseczki orzeszków i dalece większą liczbę kufli piwa. Kiedy pracownik restauracji zaproponował w końcu, że wskaże nam miejsce, ruszyłem za nim nieco chwiejnym krokiem.

– Życzą sobie panowie coś do picia? – spytała Karen, nasza kelnerka, która ze swoimi jasnymi kucykami, srebrnym krzyżykiem na szyi i zbyt dopasowanym fartuszkiem stanowiła pewnie uosobienie fantazji teksaskiego asystenta parlamentarnego.

– Ja zostanę przy piwie – odparłem – ale mój przyjaciel z pewnością skusi się na wino.

Harvey długo studiował kartę win, którego niezliczone odmiany sprowadzały się, jak zwykle w Stanach Zjednoczonych, do fundamentalnej alternatywy: cabernet czy merlot? Ostatecznie postanowił zdać się na osąd Karen, choć osobiście podejrzewałem, że jej doświadczenie w kwestii napojów owocowych ogranicza się do wiśniowej coca-coli.

– Co mi pani radzi? – zapytał.

– Wino dnia. To bardzo krzepkie cabernet o długim finiszu, którego subtelność może przywodzić na myśl merlota.

– Poproszę – zdecydował Harvey.

Połączenie w jednym łyku dwóch sławnych gatunków amerykańskiej enologii miało swoją cenę: czternaście dolarów za kieliszek. Jeśli Harvey utrzyma tempo, zapowiadało się, że ten wieczór pozostawi wyrwę w moim budżecie.

– Czy dokonali panowie wyboru? – zagadnęła kelnerka. – Podajemy dziś kilka specjalności. Na przystawkę…

– Dla mnie stek – uciąłem.

Po urażonym uśmiechu, który mi posłała, poznałem, że dziewczyna nie jest przyzwyczajona, że ktoś przerywa jej na samym początku popisowego monologu.

– Naturalnie – rzuciła, koniuszkami palców odsuwając na bok tlenioną grzywkę – ale mamy kilka rodzajów steków.

– Proszę mi dać funt tego waszego najlepszego mięsa.

– Wszystkie nasze sztuki mięsa są wyśmienite. Trudno mi polecić jeden rodzaj.

– Naprawdę? A sądziłem, że jest pani rzeźniczką – zauważyłem drwiąco, wskazując jej fartuszek.

Harvey zainterweniował, nim zdążyłem jeszcze bardziej się pogrążyć.

– Proszę mu podać sirloin, Karen. Wysmażony, stary?

– Krwisty.

– Dla mnie porterhouse, średnio wysmażony. Do tego talerz frytek i fasolki szparagowej.

– Już się robi – powiedziała kelnerka, z pogardą obracając się na pięcie.

– Rany, co cię ugryzło? – uniósł się Harvey. – Nie pozwoliłeś jej nawet wyrecytować specjalności! Chcesz ją wkurzyć czy co?

– Ależ skąd!

– Wiesz, że te dziewczyny żyją z napiwków? Teraz będzie myślała, że masz ją w nosie, i kiepsko nas obsłuży.

– Co masz na myśli? Przyniesie nam majonez zamiast ketchupu?

Harvey wybuchnął śmiechem.

– Jesteś już wstawiony?

– Możliwe. – Uśmiechnąłem się nieco zażenowany, że narobiłem swojemu gościowi wstydu. – Ciepło tu, nie?

Moja mokra od potu koszula kleiła się do ławy obitej moleskinem.

– Na pewno cieplej niż w Reykjavíku! – zarechotał Harvey.

– I jaki cyrk robią wokół tego swojego mięcha…

– Wierz mi, stary, nigdy jeszcze nie jadłeś tak pysznego steka.

Tak drogiego – to na pewno. Czy tak pysznego, to się jeszcze okaże.

– Wiesz – zwierzyłem się – naprawdę chciałbym ci podziękować. Diabelnie mi ostatnio pomogłeś. Byłem trochę bardziej zajęty, niż się spodziewałem. Przebudziła się stara teczka.

– Nic się nie martw, przyjacielu. Zrobiłbyś to samo dla mnie. Słuchaj, przyjrzałem się tej historii z Mohammedem Attą. Jest tam parę rzeczy, które mi nie pasują.

Mohammed Atta był saudyjskim terrorystą, który skoordynował ataki z jedenastego września. Osobiście pilotował boeinga 767, który wbił się w pierwszą z wież World Trade Center. Wkrótce po zamachach pewien urzędnik z irackiej ambasady w Pradze, który po cichu pracował dla czeskich tajnych służb, wyznał swojemu bezpośredniemu przełożonemu, że w fotografii Atty rozpoznał człowieka, który w 2001 roku złożył wizytę irakijskiemu konsulowi. CIA otworzyła śledztwo i wszystko wskazywało na to, że w nieodwołalny sposób ustaliła fakty, gdyż Dick Cheney już od ponad roku regularnie powoływał się na to spotkanie w celu potwierdzenia hipotezy o tajnym układzie łączącym Al-Kaidę z reżimem Saddama Husajna.

– Tylko mi nie mów, że Atta nigdy nie postawił stopy w Pradze...

– Poczekaj, to bardziej skomplikowane.

Zjawiła się Karen z naszymi napojami. Delikatnie postawiła przed Harveyem kieliszek wina, a moim wypełnionym po brzegi kuflem grzmotnęła o blat.

– Ups – rzuciła, studiując tworzącą się wokół szklanicy kałużę.

– Nic się nie stało – zapewniłem zrezygnowanym tonem.

Cisnęła w moją stronę garść papierowych serwetek i oddaliła się, kołysząc biodrami.

– A nie mówiłem? – jęknął Harvey.

– Zapamiętam to sobie na przyszłość. No dobrze, Atta...

– Rozmawiałem z twoim niemieckim przyjacielem. Bardzo zaradny człowiek.

Niechętnie skontaktowałem go z Dreppnerem.

– Uprzedzałem cię. Wszędzie ma kontakty. Podejrzewam, że orientował się w temacie?

– Och, tak – westchnął Harvey. – W Langley mówi się tylko o tym. We wrześniu zeszłego roku, kiedy ten podwójny agent rozpoznał Attę, archiwiści wyciągnęli zdjęcia, które CIA cyka każdemu gościowi odwiedzającemu którąkolwiek z irackich ambasad na całym świecie.

– Zidentyfikowali Attę?

– Nieformalnie. Fotka jest trochę nieostra, a widniejący na niej typ wygląda na bardziej postawnego niż Atta. Ale fizjonomiści z agencji nie wykluczyli też kategorycznie, że to on. FBI zrekonstruowało zresztą plan jego podróży. W dwa tysiące pierwszym roku dwukrotnie wyjeżdżał ze Stanów Zjednoczonych: w styczniu do Niemiec, by zobaczyć się z Ramzim Binalshibhem, jednym ze swoich wspólników, a w lipcu do Hiszpanii, znów na spotkanie z Binalshibhem. W obu przypadkach nie podjął żadnych szczególnych środków ostrożności i posłużył się własnym paszportem.

– Co czyni hipotezę sekretnej eskapady do Pragi jeszcze bardziej wątpliwą – oceniłem.

– To jeszcze nie koniec. Spotkanie w irackiej ambasadzie miało miejsce dziewiątego kwietnia. Ale czwartego kwietnia Atta przebywał w Wirginii – kamera monitoringu uchwyciła go, kiedy realizował czek na osiem tysięcy dolarów. Jedenastego kwietnia podpisał umowę na wynajem mieszkania w Coral Springs. Szóstego, dziewiątego, dziesiątego i jedenastego kwietnia z jego komórki zlokalizowanej na Florydzie przeprowadzono liczne rozmowy.

– Telefony o niczym nie świadczą – analizowałem. – Mógł pożyczyć komórkę jakiemuś podstawionemu jeleniowi.

– Tak właśnie utrzymuje Paul Wolfowitz. Jego zdaniem pomiędzy czwartym a jedenastym kwietnia Atta bez problemu mógł polecieć tam i z powrotem, posługując się pseudonimem.

– Co za szkoda, że nie zachował jego karty pokładowej – stwierdziłem ironicznie.

Harvey schował nos w kieliszku z winem. Nie lubił, kiedy żartowałem sobie z nieudacznictwa CIA.

– Porterhouse?

– Dla mnie – oświadczył Harvey, ponownie nabierając kolorów.

Karen postawiła talerz z moim zamówieniem na środku stołu i popchnęła go w moim kierunku z taką wyższością, jakby serwowała mi miskę kociej karmy.

– Jeszcze kieliszek wina? – szepnęła do Harveya słodkim jak miód głosem.

– Na razie dziękuję.

– Ja chętnie wezmę kolejne piwo – oznajmiłem, wskazując pusty kufel.

– Zobaczę, czy jeszcze mamy – odparła nasza kelnerka z wdziękiem.

Spojrzałem na swój sirloin otoczony murem z brokułów. Był celowo przypalony, jakby Karen poprosiła szefa kuchni, żeby przetrzymał go parę minut na patelni.

– No i jak? – zapytał nerwowo Harvey.

– Rozkosz dla oczu poprzedza rozkosz dla podniebienia.

Długo żułem pierwszy kęs, myśląc, że moje usta nie doświadczyły takiej uczty od czasu ostatniego znieczulenia u dentysty.

– Wyśmienity – skomentowałem, nakładając sobie pokaźną górę frytek.

– Lepszy niż w Argentynie?

– Może trochę mniej bogaty w smaku, ale o wiele bardziej mięsisty! A twój?

– Przechodzi najśmielsze oczekiwania – odparł Harvey.

Harvey potwierdzał refleksję, która naszła mnie pewnego dnia, gdy usłyszałem, jak jakiś dziadek określa swoją sałatkę cezar mianem „fenomenalnej": Amerykanie nie szczędzą komplementów dla gastronomii, ponieważ sami rzadko kiedy porywają się na coś więcej niż jajka sadzone.

– Krótko mówiąc – podsumowałem – to znów ta sama historia. CIA wpada na trop, bada go pod wszelkimi możliwymi kątami i na przekór dowodom dostrzega w nim kolejne potwierdzenie nieuczciwości Saddama.

– Zaczyna się to stawać tradycją – przyznał Harvey. – Najpierw zakup uranu od Nigru, potem aluminiowe rury, wyznanie Curveballa, a teraz niepokojące wycieczki Mohammeda Atty.

– Zapominasz o pseudodezerterach z INC – dorzuciłem ponuro.

– Najbardziej mnie zdumiewa to, że z pominięciem może sprawy Curveballa wszystkie fakty są na wyciągnięcie ręki. Co powstrzymuje prasę przed tym, żeby pogrzebać tak, jak my to robimy?

– Może strach przed pchaniem się pod prąd? – zasugerowałem, zastanawiając się, czy Harvey naprawdę jest tak głupi, na jakiego pozuje.

– Ależ, proszę cię! Rola mediów polega na alarmowaniu opinii publicznej o wybiegach egzekutywy. Nigdy nie słyszałeś o czwartej władzy?

Karen, przechodząc obok, bez patrzenia na mnie postawiła kufel piwa na brzegu stołu. Zażenowany uśmiech Harveya wprawił mnie w niespotykaną wściekłość.

– Czwarta władza? – wybuchnąłem. – Pomówmy może raczej o drugiej!

– O legislatywie? Dlaczego? – spytał Harvey, rzucając okiem na sąsiednie stoliki.

– Och, bez powodu… Może dlatego, że po twoich peanach na cześć systemu rządów byłem trochę zdziwiony, gdy Kongres bez problemu przyznał Bushowi pełne prawo do zaatakowania Iraku.

– Tak działa demokracja – pouczył mnie Harvey. – Odbyła się debata i ludzie wyrazili swoje zdanie.

– Debata? – prychnąłem. – Ośmielasz się nazywać to debatą? W Senacie wystarczyło jedno posiedzenie, żeby załatwić sprawę! Że republikanie stanęli na baczność, to do pewnego stopnia potrafię zrozumieć. Ale że demokraci, struchlali przed zbliżającymi się wyborami w połowie kadencji, zagłosowali dwadzieścia dziewięć do dwudziestu jeden za wojną, no, to już przechodzi ludzkie pojęcie!

– Nie głosowali za wojną – łagodził Harvey, wyraźnie zatroskany, by moja złość nie przekroczyła dopuszczalnych granic. – Zezwolili prezydentowi na użycie siły w celu narzucenia rezolucji Narodów Zjednoczonych.

– Sam siebie oszukujesz, bracie. Prawda jest taka, że przeczytali naszpikowany przypuszczeniami raport ewaluacyjny, po czym jednomyślnie zaakceptowali tekst wniosku, nie zmieniwszy w nim choćby przecinka.

– Nie dlatego, że nie próbowali – odparował Harvey. – Opozycja zgłosiła pięć poprawek.

Gwizdnąłem kpiąco.

– Pięć poprawek? Takie coś nazywa się protestowaniem dla zasady… Sam powiedz: jeżeli spojrzeć na to, jak propozycja Barbary Lee, która żądała, aby prezydent współpracował z ONZ-etem dla pokojowego rozwiązania kryzysu, zostaje odrzucona osiemdziesięcioma trzema procentami głosów, od razu widać, że aktywiści nie mają co liczyć na sukces…

– Do czego zmierzasz? – zapytał skonfundowany Harvey. – Wierz mi, jeśli Bush wpuścił Kongres w maliny, historia nie obejdzie się z nim łagodnie.

– Ale, mój biedny Harveyu, cóż nas może obchodzić historia? Liczy się tu i teraz. Gdzie się podziała zdolność Amerykanów do wzniecania rebelii? Stać was było tylko na jedną?

– Uważaj sobie, Sliv…

Mięśnie Harveya falowały niebezpiecznie pod marynarką. Nie

wyglądał, jakby mu było do śmiechu. Tym lepiej. Najwyższy czas, żebyśmy przeprowadzili poważną rozmowę.

– Ile już się znamy?

– Rok – mruknął Harvey.

– Nawet trochę dłużej. Od pierwszego dnia dręczy mnie jedno pytanie, ale nigdy nie miałem odwagi, żeby ci je zadać.

– Wal, zdaje się, że nadeszła odpowiednia chwila – zachęcił Harvey, wpatrując się ze zrezygnowaną miną w moją szklankę z piwem.

– Nie rozumiem letargu, w jakim pogrążyło się amerykańskie społeczeństwo podczas ostatnich wyborów prezydenckich. Gdzie byli ludzie, kiedy sędziowie Sądu Najwyższego decydowali w swoich wykładanych lamperią gabinetach, do kogo będzie należała Floryda?

– Przed telewizorami, oczywiście, gdzie chciałbyś, żeby byli?

– Nie wiem, może na ulicach.

– Co by to zmieniło? – zadrwił Harvey. – Wam, Europejczykom, wydaje się, że rozwiążecie problemy, maszerując z transparentami...

– To nie mniej skuteczne niż siedzenie z założonymi rękami na kanapie – odrzekłem kwaśno. – Zresztą o ile dobrze pamiętam, to dzięki manifestacjom położyliście kres wojnie w Wietnamie, a czarnoskórzy zyskali prawo do siadania z przodu autobusu.

– Ejże, to Sąd Najwyższy zniósł segregację.

– Bo ulica tego zażądała!

– Naprawdę myślisz, że sędziowie Sądu Najwyższego oglądają z balkonu pochody? Interpretują konstytucję, a nie plakaty bitników!

Harvey zawsze powracał do tematu ojców założycieli. Naciskanie na niego w tym względzie na nic by się zdało.

– Ale masz rację – przyznał niechętnie. – To masy dzierżą władzę. Spójrz na Nixona: łykał sondaże na śniadanie, razem z kawą i jajkami. Przez cztery lata sądził, że uda mu się wyjść z honorem z tej wietnamskiej klapy. A potem, pewnego pięknego ranka, zdał sobie sprawę, że definitywnie przegrał walkę o opinię publiczną, i wysłał Kissingera, żeby negocjował z Wietkongiem zawieszenie broni.

– No właśnie, nie uważasz, że problem wyborów z dwutysięcznego roku powinien zostać rozstrzygnięty inaczej niż przez dziewięciu starców?

Za nic w świecie nie zdradziłbym tego Harveyowi, ale owego jedenastego grudnia, kiedy William Rehnquist, prezes Sądu Najwyższego, potwierdził zwycięstwo George'a Busha, rozpłakałem się jak dziecko. Nie użalałem się nad Alem Gorem; szlochałem nad honorem narodu, który wolał zezwolić na niesprawiedliwość niż przyznać się do swoich niedociągnięć.

Amerykanin zrobił obrażoną minę.

– Ci starcy, jak ich nazywasz, to najlepsi juryści w kraju. Skoro w zgodzie z własnym sumieniem ustalili, że ponowne podliczenie głosów na Florydzie stanowiłoby naruszenie konstytucji, to myślę, że możemy im zaufać.

– W zgodzie z własnym sumieniem? Nie rozśmieszaj mnie! Pięciu sędziów mianowanych przez republikańskiego prezydenta opowiedziało się po stronie George'a Busha, podczas gdy czterech mianowanych za czasów administracji demokratycznej popierało Ala Gore'a. Ostrożnie z tym zaufaniem, bo jeszcze się rozczarujesz!

– Zatem komu ty powierzyłbyś obowiązek wskazania zwycięzcy? – dociekał Harvey, który nie próbował już ukryć podenerwowania.

Odpowiedź wydawała mi się tak oczywista, że nie rozumiałem, jak w ogóle może o to pytać.

– No przecież, że ludziom, Harvey!

– Daj spokój! Z nacierającymi wściekle adwokatami obu stron ponowne przeliczenie Florydy ciągnęłoby się całymi tygodniami.

– Ale kto mówi o przeliczaniu Florydy? Trzeba było zorganizować nowe wybory. I to nie tylko na Florydzie, ale też w całym kraju.

– Bredzisz – skomentował Harvey gwałtownie.

– Niby dlaczego? Pierwsze głosowanie zostało skażone przez zbyt dużą liczbę nieprawidłowości. W Ohio niektórzy wyborcy czekali sześć godzin na możliwość podejścia do stanowiska wyborczego. Tak szczerze, uważasz za normalne, żeby mieszkańcy największej światowej potęgi musieli brać dzień wolnego, aby spełnić swój obywatelski obowiązek?

– Część maszyn do głosowania się zepsuła. To przecież nie moja wina – bronił się Harvey.

– Nie zastanawialiście się nigdy, dlaczego stara Europa nadal głosuje w ten sam sposób co za czasów naszych pradziadów? Urny się nie psują. A poza tym żaden Europejczyk nie oddał nigdy głosu na jakiegoś kandydata, sądząc, że głosuje na kogoś innego...

– Jeśli masz na myśli te nieczytelne karty do głosowania z Palm Beach, to przyznaję, że zasiały nieco zamętu...

– Najpierw ktoś musiałby mi wyjaśnić, dlaczego w ogólnokrajowych wyborach każde hrabstwo drukuje własne karty. Te z Palm Beach były tak kiepsko pomyślane, że jeśli krzywo się je chwyciło, to osoba chcąca zaznaczyć kratkę Ala Gore'a przypadkiem głosowała na Pata Buchanana. W związku z czym ten ostatni otrzymał o dwa tysiące więcej głosów, niż przewidywano, podczas gdy o losie Florydy i w konsekwencji całej Ameryki przesądziło pięćset trzydzieści siedem głosów.

Nie zamierzałem niczego Harveyowi udowadniać, ale wolałbym, gdyby bronił stanowiska Sądu Najwyższego, zamiast wpatrywać się we mnie z apatycznym wyrazem twarzy. Posunąłem się więc jeszcze dalej:

– Zresztą ta pomyłka z kartami do głosowania byłaby dziś jedynie anegdotą, gdyby w roku poprzedzającym wybory brat Busha nie pozbawił praw obywatelskich dziewięćdziesięciu sześciu tysięcy recydywistów obdarzonych paskudną skłonnością do głosowania na demokratów.

– On jedynie wprowadzał w życie obowiązujące w jego stanie prawo – sprzeciwił się Harvey.

– Dobrze o tym wiem, ale czy musiał angażować, i to za wielkie pieniądze, prywatną firmę, która ochoczo skreśliła z list tysiące czarnych, których jedyną zbrodnią było to, że w więzieniu siedział ich imiennik?

– Przestań! – krzyknął Harvey, w końcu otrząsając się z odrętwienia.

Nareszcie, pomyślałem. Uzyskałem reakcję, ale za jaką cenę? Harvey wyglądał na zdruzgotanego.

– Przestań, Sliv. Nie jestem dumny ze sposobu, w jaki odbyły się te wybory. Żaden Amerykanin nie jest. Ale to wszystko stare dzieje. Przewróciliśmy kartę.

– Wybacz, że tak naciskam, ale dlaczego nie zarządziliście nowego głosowania? Podaj mi choć jeden powód.

– Nie wiem.

– Zastanów się, ja mam czas.

Nagle poczułem się dziwnie przytomny. Dziabnąłem zimny stek widelcem: podeszwa.

– Z obawy przed ośmieszeniem – rzekł w końcu Harvey. – Organizacja drugich wyborów oznaczałaby przyznanie, że nie byliśmy w stanie wybrać prezydenta za pierwszym razem. Może zapomniałeś, ale deliberacje trwały pięć tygodni; pięć tygodni, w ciągu których Ameryka była sparaliżowana. Przedsiębiorstwa nie podejmowały decyzji, giełda dreptała w miejscu, nasi partnerzy zastanawiali się, czy tym samolotem ktoś jeszcze steruje.

Jakież to symptomatyczne, pomyślałem, słuchając, jak Harvey kładzie nacisk na konsekwencje gospodarcze kryzysu, podczas gdy mnie chodziło wyłącznie o zasady.

– Każdego dnia zagraniczna prasa mnożyła nagłówki na temat niedociągnięć naszego systemu wyborczego. Cały świat zwrócił na nas oczy.

– Bo od Ameryki wiele się oczekuje – stwierdziłem.

– Zbyt wiele – wymamrotał Harvey.

Po raz pierwszy słyszałem, by wątpił w swój kraj.

– Być może. Ale w przeszłości przyzwyczailiście nas do takiego poziomu stawianych sobie wymagań, że naprawdę liczyliśmy na inną reakcję z waszej strony. Wybacz mi szczerość, ale nie stanęliście na wysokości prawdziwie historycznego zadania.

– Powinniśmy byli przeliczyć – zgodził się Harvey. – Powinniśmy byli przynajmniej przeliczyć.

O dziwo, jego kapitulacja nie sprawiła mi najmniejszej przyjemności.

– Widzisz – podjąłem – nie mogę się wyzbyć myśli, że te wybory dały Bushowi fantastyczne poczucie bezkarności. To tak, jakby przerwała się tama i kraj zalało morze cynizmu. Skoro potrafiłem ich przekonać, że mnie wybrali, duma sobie pewnie Bush, bez trudu powinni łyknąć wiadomość, że Saddam destyluje wąglika we własnej kuchni.

– Przesadzasz – zaprotestował Harvey. – Mimo wszystko jest bardziej subtelny.

– Ale czy amerykańska opinia publiczna też taka jest? – spytałem. – Ta historia z bronią masowej zagłady wnika do głów jak nóż w masło. Kiedy opowiadasz mi o przygodach Mohammeda Atty, odnoszę wrażenie, że Bush równie łatwo mógłby przekonać Kongres do najazdu na Mongolię Zewnętrzną w celu zamknięcia jej fabryk atomowych korniszonów.

Harvey westchnął.

– Czego ty chcesz? Jakaś część mnie wie, że masz rację, ale Ameryka znajduje się w stanie wojny, a Bush, czy tego chcemy czy nie, jest prezydentem.

– Ale Bush to nie Ameryka. Jest jedynie lokatorem Białego Domu i coś mi mówi, że jego umowa najmu nie zostanie przedłużona.

– Nie dałbym sobie za to ręki uciąć – odparł Harvey proroczo, zgniatając serwetkę w kulkę.

Nasza dyskusja odebrała mu apetyt. Ledwie tknął swój stek.

– Znasz przysięgę na wierność fladze? – zapytał nagle.

– Chyba tak. „Ślubuję wierność fladze Stanów Zjednoczonych Ameryki"... Jak to dalej leci?

– „Ślubuję wierność fladze Stanów Zjednoczonych Ameryki i republice, którą ona symbolizuje, jednemu, niepodzielnemu narodowi przed Bogiem, oferującemu wolność i sprawiedliwość dla wszystkich".

Nie zdołałem się powstrzymać, aby nie podskoczyć na to „przed Bogiem" – dodatek, który uczniowie zawdzięczali prezydentowi Eisenhowerowi – to sformułowanie w rażący sposób stało w sprzeczności z zasadą rozdziału kościoła od państwa, zapisaną wszak w konstytucji.

– Recytowałem tę przysięgę każdego ranka przez piętnaście lat – oznajmił Harvey; zdawał się pogrążony we wspomnieniach. – Wyryła się w moim sercu, tak jak w sercach wszystkich Amerykanów.

Te słowa przywiodły mi na myśl inne, wypowiedziane przed kilkoma laty przez Youssefa. Właśnie dowiedziałem się, że Gunnar i Khoyoulfaz wyreżyserowali śmierć Johna Harkleroada, żeby raz na zawsze wyleczyć mnie z fatalnej skłonności do beztroski. Ogarnięty chwilową euforią znalazłem dla swych katów usprawiedliwienie, ale Youssef okazał się mniej wyrozumiały. „Możesz mnie głodzić, wtrącić do więzienia albo torturować – wyjaśnił – lecz nigdy nie pozbawisz mnie zdolności myślenia. I to właśnie mam im za złe – że zaciemnili twój osąd".

Harvey musiał wziąć moją zadumaną minę za oznakę sprzeciwu, gdyż podjął:

– Nie każ mi wyprzeć się przysięgi na wierność amerykańskiej fladze, Sliv, proszę cię.

– Nie każę ci tego robić – oświadczyłem, po raz pierwszy w życiu odczuwając tę pewność, która płonęła w Youssefie. – Pod warunkiem że złożysz inną, jeszcze ważniejszą.

– Komu? – spytał nerwowo Harvey. – KFR-owi?

– Duchowi ludzkiemu – odparłem, żywiąc płomienną nadzieję, że rozumiemy pod tym pojęciem to samo.

14

W kolejnych tygodniach administracja Busha zajęła się wyprawieniem państwowego pogrzebu temu duchowi ludzkiemu, o którym marzyłem, że pokona wszystko. Każdego dnia Donald Rumsfeld albo Condoleezza Rice wbijali nowe gwoździe w jego trumnę. W każdej chwili na Nowy Jork mogły spaść drony wypełnione gazem musztardowym. Chemicy Saddama produkowali wąglika jak mleczarze jogurt. W roku 1996 bin Laden spotkał się z dyrektorem irackich tajnych służb w Sudanie. Jeśli chodzi o głównego grabarza, zwanego też Dickiem Cheneyem, ograniczał się do znajomych argumentów, tych samych, które jego analitycy od miesięcy uznawali za nie do przyjęcia: aluminiowe rury służyły do wytwarzania wirówek; Saddam zaopatrywał się w nigerski uran; Mohammed Atta miał dojścia w irackich ambasadach w Europie Wschodniej. Zdawało się, że jedynie Colin Powell potrafi jeszcze wypowiadać się rozsądnie. Ze wszystkich jego wystąpień czerpałem niezmierzoną otuchę.

Nasza grupa na próżno trwoniła siły w tej walce. Niezwykła moc rażenia Białego Domu sprawiła nagle, że arsenał KFR-u na nic nie mógł się zdać. Działania, które obalały afrykańskie reżimy – czego byłem świadkiem – teraz ledwie zarysowywały pancerz wokół prezydenckiego stanowiska. Ponieważ „New York Times" i CNN, nasi dwaj dawni sojusznicy, wzgardziły naszymi szczegółowymi argumentacjami, doraźnie przekazaliśmy efekty wszystkich wysiłków stacji Fox News, oficjalnemu kanałowi Partii Republikańskiej. Niestety! Ze stu depeszy, które codziennie lądowały na biurku szefa redakcji, z niezawodną intuicją wyławiał on najbardziej spektakularne kłamstwo. Stacje telewizyjne już wyznaczyły specjalnych korespondentów z zamiarem wysłania ich do Iraku i wyobrażając sobie, że kontynuują tradycję wielkiego reportażu, kazały im nauczyć się trzech słów po arabsku, które ci mieli wypluwać z siebie na antenie. Agencje reklamowe dyskretnie zwracały się do reklamodawców, by spytać, czy zgodziliby się pojawić między wywiadem z Tommym Franksem a programem o nowych noktowizorach marines. Krótko mówiąc: Ameryka przygotowywała się na największy komercyjny zryw w historii.

Zyski zapowiadały się gigantyczne. Bo jeśli coś nie pozostawiało żadnych wątpliwości, to apetyt telewidzów na wszystko, co mniej lub bardziej dotyczyło militarnych aspektów szykującego się konfliktu. Kanał Fox News, którego dziennikarze zdawali się nieustannie walczyć z pokusą ogłoszenia, że doszło do pierwszych starć, bił rekordy oglądalności i dawał w skórę zbyt strachliwemu CNN-owi. Tak szanowani medialni weterani jak Dan Rather czy Peter Jennings rozkoszowali się wyrażeniami w stylu: „teatr operacji", „siła obronna" czy „chirurgiczne uderzenia". Stacje wyciągnęły z naftaliny siedemdziesięcioletnich generałów, których prestiż mierzyło się nie tyle w ilości zdobiących mundur odznaczeń, ale w liczbie godzin antenowych odsłużonych podczas wojny w Zatoce.

Tygodnie następowały jeden po drugim, a każdy okazywał się bardziej frustrujący od poprzedniego. Ósmego listopada Rada Bezpieczeństwa jednogłośnie przyjęła rezolucję numer 1441, która nakazywała Irakowi się rozbroić pod groźbą „poważnych konsekwencji". Inspekcje, które rozpoczęły się wkrótce potem, stały się okazją do odegrania zwyczajowej komedii: inspektorzy – co znamienne, tacy, którzy chętnie nadstawiali ucha na teorie CIA – skarżyli się na obstrukcjonizm Irakijczyków, podczas gdy ci brali cały świat na świadka swoich domniemanych dobrych chęci. Siódmego grudnia rząd Saddama Husajna przedstawił Narodom Zjednoczonym raport złożony z dwunastu tysięcy stron, który Amerykanie odrzucili tak szybko, że można się było zastanawiać, czy w ogóle zadali sobie trud przeczytania go. Dziewiętnastego grudnia Hans Blix, szef inspektorów, oświadczył członkom Rady Bezpieczeństwa, że katastrofalna pasywność Iraku w kwestii niedotrzymanych zobowiązań skłania go do niepokładania zbyt wielkiej wiary w deklaracjach Saddama. Bardzo martwiono się pewnymi składami wąglika, których istnienie potwierdziła inspekcja z 1998 roku. Irakijczycy utrzymywali, że później je zniszczyli, nie potrafili jednak przedstawić na to dowodu; Amerykanie żądali, by zapasy ponownie ujrzały światło dzienne, pewni, że zbiorą punkty niezależnie od rozwoju wydarzeń: albo Irakijczycy odnajdą wąglika i potwierdzą w ten sposób, że wcześniej skłamali, albo będą się upierać przy swojej wersji, dając rzecznikowi prasowemu Białego Domu okazję do perorowania na temat tysięcy litrów trujących substancji, które gdzieś się straciły.

Spędziłem święta Bożego Narodzenia z matką w Húsavíku, myśląc o milionach małych Amerykanów, którzy znajdą pod choinką figurkę GI Joe, i wróciłem do Waszyngtonu w pierwszych dniach stycznia. Panował okrutny ziąb, wzmagany przez lodowaty wiatr docierający tu z Kanady, który zamiatał korytarz kwadrantu Północno-Wschodniego. Potomak zamarzł. Turyści zdezerterowali z Pennsylvania Avenue, nadając Białemu Domowi wygląd opuszczonej cytadeli, i znaleźli schronienie w Bibliotece Kongresowej, gdzie wciąż jeszcze biło serce Ameryki.

W tym czasie Bush, okopany w swoim donżonie, metodycznie budował koalicję. Wyobrażałem go sobie z nogami na owalnym biurku, wiszącego na telefonie od rana do nocy, skreślającego z listy nazwy państw, których nie potrafiłby wskazać na mapie. Zwierzę z nadzwyczajną wprawą posługujące się kijem i marchewką, obiecujące stronnikom umowy i subwencje, a przeciwnikom – bariery celne. Wujek Sam nie obdarowywał swoich przyjaciół tak hojnie od czasu planu Marshalla; manna z nieba liczyła się w miliardach dolarów.

Każdy nowy sojusz stwarzał okazję do wydania komunikatu. W ustach prezydenta tak godne wzmianki potęgi jak Łotwa czy Uganda stawały się nagle „znaczącymi sprzymierzeńcami, których wsparcie umacnia nas w naszej słusznej sprawie". Ku mojemu wielkiemu zasmuceniu Islandia dołączyła do cyklu koalicji. Przynajmniej nie zamierzała wysyłać do Iraku żołnierzy jak Anglia, Australia czy Polska.

Media ledwie wspominały o inspekcjach, które wszak wciąż szły pełną parą. Ale jak mieć im to za złe, skoro Donald Rumsfeld oświadczał z rozbrajającą szczerością, że „brak dowodów (na istnienie broni masowego rażenia) nie jest dowodem na jej nieistnienie"? Coraz bardziej oczywiste stawało się to, że Biały Dom zgodził się na te inspekcje jedynie po to, by zadowolić ONZ, lecz nie przykładał do nich żadnej wagi.

Osiemnastego stycznia kilkadziesiąt tysięcy manifestantów pod wodzą wielebnego Jessego Jacksona przemaszerowało ulicami Waszyngtonu przy minus piętnastu stopniach Celsjusza. Dzienniki telewizyjne poświęciły im niecałą minutę. Nina, którą Gunnar poinformował o moim pobycie w amerykańskiej stolicy, spytała w mailu, czy szedłem w pochodzie. Nie miałem odwagi jej odpisać.

Dwudziestego stycznia francuski minister spraw zagranicznych, Dominique de Villepin, oświadczył podczas konferencji prasowej, że „nic, absolutnie nic" nie usprawiedliwia wojny. Wiedziałem, słuchając jego przemówienia w radiu, iż oznacza ono przełom. Francuzowi wydawało się, że skasował bilet do potomności; w rzeczywistości właśnie zniweczył ostatnie szanse na rozwiązanie konfliktu drogą dyplomatyczną. Dlaczego taki Saddam, już znany ze swojej skłonności do uników, miałby teraz zastosować się do wymagań ONZ-etu, skoro jeden z członków Rady Bezpieczeństwa publicznie wyraził swój sprzeciw wobec wojny? Co do Stanów Zjednoczonych, po co miałyby przedstawiać ONZ-etowi drugą rezolucję, narażając się na upokorzenie weta?

Ale niesłuszne byłoby oskarżanie Villepina. Później dowiedziałem się przez Dreppnera, że w tym samym momencie, w którym Francuz wypowiadał swoje słowa, George Bush prezydenckim dekretem powołał Biuro do spraw Odbudowy i Pomocy Humanitarnej (ORHA), organ mający za zadanie skoordynować różnorodne aspekty administracyjne w Iraku po zwycięstwie Stanów Zjednoczonych. Wojna nawet się nie zaczęła, a biurokraci już uzgadniali szczegóły okupacji.

Można więc zrozumieć, dlaczego czułem ciężar na sercu, kiedy wczesnym wieczorem dwudziestego dziewiątego stycznia wchodziłem do holu Hay-Adams, jednego z najbardziej prestiżowych hoteli w Waszyngtonie, położonego rzut kamieniem od Białego Domu. Przecisnąłem się między kilkoma parami w strojach wieczorowych czekającymi na taksówki i wjechałem prosto na ostatnie piętro, gdzie Gunnar, który tego samego dnia przyleciał z Reykjavíku, nie wiedzieć jakim cudem załatwił sobie apartament prezydencki. Otworzył mi Youssef. Rysy miał ściągnięte, a oczy ponure – obnosił się ze swoją miną na złe czasy.

– Wejdź – zaprosił.

Rzuciłem płaszcz na fotel w stylu empire; mimo woli byłem pod wrażeniem rozmiarów pokoju.

– Magi nie ma? – spytałem.

– Gunnar oprowadza ją po włościach. Są chyba w łazience.

– Nie włączasz telewizora?

– Bush przemawia o dwudziestej pierwszej. Zastanawiam się zresztą, co tu właściwie robimy – wymruczał Youssef pod nosem. – Może tekst da się już znaleźć w internecie.

To ja nalegałem, żebyśmy wspólnie śledzili orędzie o stanie państwa. Nie liczyłem na żaden cud, ale – bez wątpienia nieco egoistycznie – nie wyobrażałem sobie, bym miał przetrwać tę próbę bez przyjaciół u boku.

Akurat w tej chwili Maga i Gunnar wynurzyli się ze śmiechem z łazienki. Gunnar uściskał mnie po przyjacielsku.

– Sliv, drogi chłopcze, jak się masz?

– Jestem trochę podupadły na duchu. A pan?

– Nie postawiłem stopy w Waszyngtonie od co najmniej dziesięciu lat. Boże, jak ja kocham to miasto!

– Trzeba przyznać, że korzysta pan z wizyty w jak najlepszych warunkach – zauważyłem z uśmiechem.

– Zbliżam się po prostu do wieku, w którym nie widzi się już powodów, by czegoś sobie odmawiać. Czego sobie życzysz na aperitif?

– Nie tak do razu. Zostawię to na później. Może się okazać, że będę potrzebował drinka.

– Maga?

– Krwawą Mary, jeśli ma pan składniki.

– Och, mam, możesz mi wierzyć.

Gunnar odsunął drewniany panel, ukazując barek godny czasów największego rozkwitu prohibicji.

– Colę, Youssefie? – zaproponował, zręcznie wychwytując buteleczkę wódki spośród setki flaszek stojących przed nim w rzędzie.

– A niech mnie, Gunnarze, naprawdę pan sądzi, że mam teraz ochotę cokolwiek pić?!

– Coś cię martwi, drogi chłopcze? – dopytywał Gunnar niewzruszenie, otwierając karton soku pomidorowego.

– Skąd to panu przyszło do głowy? Puściliśmy z dymem wszystkie argumenty Busha, a jednak za piętnaście minut ten pajac będzie mnożył kłamstwa, patrząc Amerykanom prosto w oczy!

Podzielałem udrękę – i zmęczenie – Youssefa. Chyba nikt nigdy nie pracował ciężej niż ja przez ostatni rok. Nie żeby harówka kiedykolwiek mnie odstraszała, ale po raz pierwszy doświadczałem śladów, jakie na człowieku odciska, kiedy na końcu drogi nie czeka sukces.

– To faktycznie niepojęte – przyznałem. – Nawet najgorzej obmyślone kłamstwo bez trudu przyjmuje się wśród opinii publicznej.

– Najgorzej obmyślone? – powtórzył Youssef. – Zapominasz, że połowa argumentacji Białego Domu wywodzi się z umysłów małych geniuszy KFR-u…

– To właśnie mnie boli. Mimo całego naszego wysiłku odkryliśmy tylko trzy ingerencje zdrajców: nigerski raport, artykuł Judith Miller o aluminiowych rurach i fałszywe świadectwo irackiego dezertera. Gunnarze, jakby pan zareagował, gdybym przedłożył panu te teczki w okresie, kiedy pracowałem u Baldura?

Gunnar wyrwał się z odpowiedzią, jakby sam wcześniej rozważał tę kwestię.

– Można to było zrobić lepiej. Raport o Nigrze budzi podziw, ale scenariusz nie jest w stanie przetrwać dochodzenia. Tak samo z aluminiowymi rurami, chociaż zdrajcy wykazali się błyskotliwością, wkładając pióro w dłoń Judith Miller. Jeśli chodzi o dezertera, technicznie rzecz biorąc, nie mamy tu do czynienia ze scenariuszem, ale ze zwyczajnym potwierdzeniem wcześniej znanych faktów.

– Właśnie tak. – Skinąłem głową. – Nie chciałbym wyjść na zarozumialca, ale nie mogę się oprzeć wrażeniu, że poradziłbym sobie dużo lepiej, zwłaszcza gdybym dysponował nieograniczonymi środkami.

– Może bardziej subtelne falsyfikacje nam umknęły? – zasugerowała Maga.

– Wątpię. Poddaliśmy państwowy raport ewaluacyjny sekcji linijka po linijce, na pewno byśmy je zauważyli.

– Do czego zmierzasz? – wtrącił się Gunnar.

– Zawsze przypuszczaliśmy, że zdrajców jest kilku i że są doskonale zorganizowani. Zaczynam się zastanawiać, czy nie poszliśmy fałszywym tropem i czy nasz człowiek nie działa sam, przy użyciu środków, które ma pod ręką.

Moje słowa przywitała pełna sceptycyzmu cisza.

– Czemu nie? – rzuciła wreszcie Maga. – To by wiele tłumaczyło, między innymi dlaczego tak trudno nam go zidentyfikować.

Lista podejrzanych, którą prowadził Gunnar, w dalszym ciągu zawierała około stu nazwisk. Od kilku tygodni nie skreślił z niej ani jednego.

– Rozumiecie coś takiego? – ciągnąłem poruszony. – Pojedynczy agent, który wywołuje wojnę?

– Bo właśnie tak to postrzegasz? – wzburzył się Youssef. – Jako wyczyn sportowy?

Przybrał oficjalny ton:

– W kategorii „Rozpętanie konfliktu zbrojnego w pojedynkę" nagroda przypada w tym roku wspaniałej teczce na temat irackiej broni masowej zagłady.

– Nie bądź głupi. Chciałem jedynie zauważyć, że czasy się zmieniają. Jeszcze dziesięć czy dwadzieścia lat temu taka operacja pewnie wymagałaby zaangażowania pięćdziesięciu agentów.

– Więc mówisz, że dokonał się postęp – zadrwił Youssef.

– Już dziewiąta – oznajmił Gunnar.

Włączył telewizor i zgasił światło. Pokój zalały ciemności, a później, stopniowo, na ogromnym ekranie pojawiły się rysy Busha, podczas gdy ze wszystkich stron dobiegały oklaski kongresmenów.

– Prawie jak w kinie – wymamrotałem.

– Tak świetnie wiem, co zaraz powie, że mogłabym mu służyć za prompter – rzuciła Maga, opadając na kanapę.

Myliła się, przynajmniej częściowo. Po skrótowym omówieniu zagadnień wewnątrzpaństwowych (podatków, ubezpieczenia zdrowotnego, polityki energetycznej) Bush wywołał zdumienie, przedstawiając spektakularny plan pomocy trzydziestu milionom Afrykańczyków dotkniętym wirusem HIV.

– Co za spryciarz! – skomentował Gunnar z nutą podziwu w głosie.

– Prawdziwy dobroczyńca ludzkości – szydził Youssef.

Bush, który troszczył się również o zdrowie Amerykanów, ogłosił następnie, że państwo przeznaczy sześć miliardów dolarów na zakup szczepionek przeciwko wąglikowi, zatruciu jadem kiełbasianym, dżumie oraz wirusowi Ebola.

– Niech mnie powieszą, jeśli w całych Stanach Zjednoczonych występuje w ciągu roku łącznie sto przypadków tych czterech chorób – powiedziałem.

– Lepiej zapobiegać niż leczyć – stwierdził Youssef ironicznie.

– Tak czy owak, popatrzcie, jakie zręczne przejście – odezwał się Gunnar; niewiele brakowało, by zaczął robić notatki.

Bush bowiem docierał właśnie do sedna swojego przemówienia. „Prawie trzy miesiące temu Rada Bezpieczeństwa dała Saddamowi Husajnowi ostatnią szansę na rozbrojenie się. W tym czasie okazał on Narodom Zjednoczonym oraz międzynarodowej opinii publicznej jedynie pogardę. Zadaniem inspektorów nie jest staranne przeczesywanie kraju o rozmiarach Kalifornii. Ich praca polega na ocenieniu, czy Irak faktycznie się rozbraja. To Irakijczycy muszą zdradzić, gdzie ukryli zakazaną broń, a następnie ją zniszczyć. Jak dotąd nic podobnego nie miało miejsca".

Wówczas zaczęła się nużąca litania. Bush oskarżał Saddama o zmagazynowanie dwudziestu pięciu tysięcy litrów wąglika, trzydziestu ośmiu tysięcy litrów toksyny botulinowej, pięciuset ton sarinu, gazu musztardowego i związków V. Irakijczycy zapewniali, że zniszczyli składy, ale nie mogli wskazać dowodu.

Curveball dostąpił swoich pięciu minut sławy. Prezydent nie wymienił go imiennie, ograniczając się do wzmianki o „trzech irackich dezerterach". Ławami Kongresu wstrząsnęły dreszcze przerażenia, gdy Bush opisał funkcjonowanie sławetnych mobilnych laboratoriów. W końcu doszedł do kwestii irakijskiego programu nuklearnego.

„Brytyjski rząd otrzymał informację, iż Saddam Husajn próbował niedawno zdobyć znaczną ilość afrykańskiego uranu".

– Słucham? – zachłysnął się Youssef.

– Myślicie, że nawiązuje do transakcji z Nigrem? – spytała Maga.

– Takie odnoszę wrażenie – przyznałem. – Dreppner twierdzi, że MI6 położyło łapę na kopii raportu Rocca Martina.

– Musieli przekazać Langley jego streszczenie – wysunął przypuszczenie Gunnar.

– A zatem – ciągnąłem ponuro – mimo że sama CIA nie wierzy w ten raport, może się teraz powoływać na „liczne i zgodne sygnały".

Takie to proste, pomyślałem.

– Myślisz, że zdaje sobie z tego wszystkiego sprawę? – spytała nagle Maga.

– Ale kto?

– Bush. Czy wie, że raport w sprawie Nigru to fałszerstwo?

– Że szalbierz, który ci go sprzedał, ma kartotekę policyjną dłuższą niż moje ramię? – dorzucił Youssef. – Że okradziono ambasadę Nigru w Rzymie? Że Francuzi kontrolują jedyną drogę wyjazdową z kopalni?

– Pewnie nie – odparłem. – Zresztą Harvey powiedziałby ci, że prezydent nie musi znać wszystkich szczegółów.

– Ale Powell je zna – odrzekł Youssef. – Na co czeka z interwencją?

– Ciii! – syknął Gunnar. – Słuchajcie.

„...Radę Bezpieczeństwa, aby zebrała się piątego lutego w celu zbadania dowodów na to, że Irak uparcie stoi w opozycji wobec reszty świata. Sekretarz stanu Colin Powell zaprezentuje fakty i pozyskane informacje na temat irackich programów zbrojeń, sposobu, w jaki państwo gnębi inspektorów Narodów Zjednoczonych, oraz relacji, jakie utrzymuje z grupami terrorystycznymi".

– Zdaje się, że wkrótce dostaniesz, czego chciałeś – skomentowała Maga.

Youssef wstał i poszedł wyłączyć telewizor, przerywając Bushowi w samym środku porywającego wywodu o wkładzie Ameryki w pokój na świecie.

– Hej! – zaprotestował Gunnar. – Chciałem zobaczyć, jak się skończy. Czy łagodny kowboj uratuje nas wszystkich przed śliskim cudzoziemskim zuchwalcem?

– To nie jest zabawne, Gunnarze – stwierdził Youssef oschle.

Objął nas pogardliwym spojrzeniem, nie oszczędziwszy nawet swojej małżonki.

– Spójrzcie na siebie, rozwalonych na kanapie, gotowych przyznawać noty. To łatwiejsze niż wypranie własnych brudów, prawda? Ale kto stworzył Al-Kaidę? Kto napuścił islam na resztę świata? Może CIA?

– Uspokój się, Youssefie – poprosiła Maga.

– Mam się uspokoić? Za miesiąc od teraz na Bagdad spadnie deszcz bomb, a ty chcesz, żebym się uspokoił? Nie rozumiesz, co tu się dzieje, Mago? Djibo, Sliv, ty, ja, wszyscy będziemy wkrótce odpowiedzialni za śmierć tysięcy niewinnych ofiar, ale siedzimy z założonymi rękami i nic nie robimy?

Znałem Youssefa. Nigdy nie złorzeczyłby na próżno.

– Co sugerujesz? – spytałem.

– O, to bardzo proste. Mam zamiar wszystko wyznać.

15

Spojrzałem na Youssefa ze zdumieniem. Wyglądał na całkowicie opanowanego. Nagle uświadomiłem sobie, że wprowadza w życie plan, który dawno już w nim dojrzał.

– To chwila prawdy – oznajmił Youssef, odsuwając krzesło i siadając na nim okrakiem. – Możemy jeszcze zapobiec wojnie, pod warunkiem że wszystko wyjawimy: istnienie KFR-u, sprawę z fatwą, z fałszywym raportem o Nigrze...

– Nie sądzę...

– Nie trudź się – przerwał mi. – Będziesz próbował mnie odwieść, powołując się na wyższy interes KFR-u, ale ja w to nie wierzę.

– Jak możesz tak mówić, skoro ani ja, ani ty nie znamy racji bytu KFR-u?

– No właśnie. Może i KFR jest wart wojny. Ale nie zgadzam się powierzyć tej kwestii ocenie Djiba. Jak dla mnie stracił wszystkie uprawnienia w dniu, w którym zredagował swoją fatwę.

– Do czego zmierzasz? Chcesz błagać Djiba, żeby zdradził ci cel KFR-u? Nie zrobi tego.

– Mnie nie – przyznał Youssef. – Tobie może.

– A jeżeli odmówi?

– Wtedy skierujemy szczegółowe wyznanie do dziesięciu największych agencji prasowych na świecie.

– Daj spokój, dobrze wiesz, że tego nie zrobię.

– Ale ja tak.

– Prosisz mnie, żebym szantażował Djiba?

– Właśnie tak.

– A niby dlaczego miałbym wykonywać za ciebie brudną robotę?

Youssef potrząsnął głową.

– Nie zrozumiałeś. Nie proszę, żebyś mi powtórzył, co ci powie Djibo, ale jedynie byś zadecydował w swoim sercu, czy chęć utrzymania KFR-u przy życiu usprawiedliwia rozlew krwi.

– I uwierzysz mi na słowo?

– Uwierzę.

– Odkąd to ufasz w mój osąd moralny? – spytałem oszołomiony.

– Od kiedy zdobyłeś się na odwagę, aby przyznać się przede mną, że brałeś udział w tworzeniu Al-Kaidy.

Widząc moje osłupienie, Youssef wyjaśnił:

– Dla mnie był to znak, że naprawdę się zmieniłeś. Gdyby dawny Sliv dowiedział się, że KFR zrodził potwora, wycofałby się do islandzkiego lasu, żeby lizać rany; nowy Sliv poprosił, aby dano mu szansę na naprawienie błędów.

– Nie miałem wyboru – wymamrotałem.

– Ja też nie. Widzisz, równowaga w konsorcjum opiera się na niepisanym pakcie pomiędzy Komitetem a agentami. Służymy organizacji, której celu nie znamy, ponieważ wierzymy, że jej zwierzchnicy kierują się prawdziwymi nakazami moralnymi. Weźmy mój przykład. Zaliczałem góry i doły – zwątpiłem w KFR, gdy podejrzewałem, że mój szef manipuluje cenami ropy z niewłaściwych powodów; odzyskałem zaufanie do naszej organizacji, kiedy zrozumiałem, że bezlitośnie tropi renegatów w swych szeregach – ale ogólnie rzecz biorąc, miałem wrażenie, że działam w słusznej sprawie. Angoua Djibo zerwał ten pakt. W celu zaspokojenia nie wiadomo jakiej demiurgicznej fantazji zaangażował tysiące agentów w operację, którą miażdżąca większość z nich uznałaby za niegodną, gdyby ktoś zadał sobie trud spytania ich o zdanie.

– Zapomniałeś dodać, że cieszył się poparciem Komitetu…

– A ty powinieneś przestać mówić o nim, jakby chodziło o jakąś nieomal boską instancję. Członkowie Komitetu to tylko ludzie, sześć osób z krwi i kości, takich jak my, mających własną historię i własne wątpliwości. A zresztą, wielka mądrość dwóch spośród nich, których znam osobiście, jakoś nie rzuciła mi się w ostatnim czasie w oczy.

– Nigdy nie spotkałeś czworga pozostałych...

– I właśnie dlatego nie pozwolę im w moim imieniu decydować, czy amerykańska armia powinna zbombardować Bagdad czy nie.

– Zdajesz sobie sprawę, że możesz zniszczyć KFR od środka?

– To problem Djiba, nie mój. Powinien był o tym pomyśleć, zanim zaczął igrać z ogniem.

Maga wyglądała na spiętą. Zgadywałem, że już od dłuższego czasu wiedziała o zamiarach męża.

– A ty, Maga? – rzuciłem.

– To, co wystarczy Youssefowi, wystarczy także mnie – oświadczyła. – Przychylimy się do twojego zdania.

Odwróciłem się do Gunnara. Nie wymówił jeszcze ani słowa, ale jego połyskujące spojrzenie dość jasno mówiło, co sądzi o metodach Youssefa.

– Nie brakuje ci tupetu! – wzburzył się teraz. – Gdybym miał dwadzieścia lat mniej, porządnie złoiłbym ci skórę.

Nie potrafiłem stwierdzić, czy żartuje. Nie tylko lata tworzyły przepaść pomiędzy nimi.

– Dziękuję niebiosom za tę różnicę wieku – odparł drwiąco Youssef.

– I jeszcze się ze mnie naigrywa! Chętnie wsadziłbym cię do paki...

– Gunnarze! – zawołała Maga, zrywając się na równe nogi.

– Odpuść, Mago – powiedział Youssef stanowczo. – Gunnarowi się zdaje, że może zrobić na mnie wrażenie jak na jakimś żółtodziobie. Chyba wyraziłem się niejasno. Szczegółowe wyznanie, o którym przed chwilą wspomniałem, leży sobie bezpiecznie w sejfie. I tam też zostanie, jeśli wrócę dziś cały i zdrowy do hotelu.

Gunnar posłał mi zdesperowane spojrzenie, jakby przepraszał, że nie może bardziej pomóc.

– Co myślicie o moim planie? – spytał Youssef.

Gunnar wzruszył ramionami.

– Jest absurdalny, oczywiście, ale nie będę cię pouczał.

– Zda się pan na osąd Sliva?

– Posłuchaj, kolego! – wybuchnął Gunnar, tracąc panowanie nad sobą. – Przykładasz mi nóż do gardła, w porządku. Ale nie proś mnie teraz, żebym rozkoszował się dotykiem ostrza na tętnicy szyjnej. Mam do Sliva tysiąckroć większe zaufanie niż do ajatollahów twojego pokroju. Proszę, zadowolony?

– Niezadowolony, ale mi ulżyło – oznajmił Youssef, wstając. – Przynajmniej wszystko zostało powiedziane. Nie lubi mnie pan. Może pan być pewien, że uczucie jest odwzajemnione.

– A to ci dopiero nowość! – zadrwił Gunnar.

– A więc jestem ajatollahem? Za to pan, Gunnarze, pan jest burżujem! Niech pan tylko spojrzy na ten pokój: tak wiele mówi o pańskich priorytetach. Należy pan do organizacji, która może zmienić świat na lepsze albo na gorsze, a jedyna rzecz, jaka pana interesuje, to grubość dywanu w pańskim gabinecie i zwrot kosztów podróży. Po trzydziestu latach kariery nie jest pan nawet dyrektorem stacji, a pańska ostatnia teczka, napisana przed dziesięciorna laty, dotyczyła wpływu islandzkiej mitologii na zasady gry w hokeja na lodzie!

– Czytałeś? – spytał Gunnar, jakby szczerze pragnął poznać opinię Youssefa.

– Pan i panu podobni jesteście plagą tej organizacji. Jest pan cyniczny, egoistyczny i leniwy, do tego stopnia, że zadaję sobie pytanie, dlaczego jeszcze nie wysłali pana na wcześniejszą emeryturę!

– Lubisz sekrety? To posłuchaj tego: Djibo uwielbia hokeja – wyszeptał Gunnar kpiąco.

Youssef zamierzał coś jeszcze dodać, ale gwałtownie odwrócił się do nas plecami i ruszył w stronę okna. Maga pobiegła za nim. Byłem jak sparaliżowany. Moi dwaj najbliżsi przyjaciele właśnie obrzucili się błotem, a ja nawet nie próbowałem ich powstrzymać. W głębi duszy bez wątpienia wiedziałem, że ich punktów widzenia nie da się pogodzić. Youssef niezaprzeczalnie był ajatollahem, a Gunnar w nie mniej oczywisty sposób – burżujem, co jednak nie przeszkadzało mi lubić ich obu.

– Chętnie napiłbym się wódki – ogłosiłem, zbierając się w sobie.

– Wiedziałem, że do tego dojdziesz – odparł jowialnie Gunnar, który nie wydawał się nadmiernie dotknięty krytyką, jaka na niego spadła.

– Przykro mi, Gunnarze.

– To zupełnie bez znaczenia – zbagatelizował sprawę, wręczając mi wypełniony po brzegi kieliszek.

– To ja wpędziłem pana w tę pułapkę...

– Posłuchaj, Sliv, nie masz sobie nic do zarzucenia. Ale nie wiem, jak zareaguje Djibo. Nie lubi, kiedy się go prowadzi za uzdę.

– Już wkrótce się dowiemy – oświadczył Youssef z drugiego końca pokoju. – Sliv od razu do niego zadzwoni.

– O tej porze? – spytałem trochę głupawo.

– A co? – odparował Youssef sarkastycznie. – Boisz się, że go obudzisz?

Wręcz przeciwnie, aż za dobrze wyobrażałem sobie tę scenę. Djibo właśnie wyłączył telewizor i medytował przy oknie, z lampką burgunda w dłoni.

– Skorzystaj z mojego telefonu – poradził Gunnar. – To bezpieczna linia.

Wziąłem kilka głębokich oddechów, a następnie wybrałem numer. Wszystko działo się za szybko. W mojej czaszce kłębiły się tysiące sprzecznych myśli. Youssef miał rację. A także się mylił. Niedługo poznam sekret KFR-u. Oto koniec moich szans na dołączenie pewnego dnia do Komitetu.

Djibo odebrał po pierwszym dzwonku. Nie chce obudzić żony, pomyślałem machinalnie.

– Angouo – odezwałem się z bijącym mocno sercem. – Dartunghuver.

– Dobry wieczór, Sliv.

Głos Kameruńczyka otoczył nas z taką wyrazistością, jakby ten stał pośród nas. W tle grała kantata Bacha.

– Przełączyłem pana na głośnomówiący, Angouo. Jest ze mną Gunnar Eriksson, Youssef Khrafedine i Magawati Donogurai.

– Dobry wieczór wszystkim – odparł Djibo po króciutkim zawahaniu.

– Angouo, nie będę owijał w bawełnę. Obecny tu Youssef grozi, że ujawni istnienie KFR-u, aby zapobiec wojnie w Iraku.

– Och? – rzucił Djibo, jakby mechanik informował go właśnie, że zapomniał o przeglądzie po stu tysiącach kilometrów.

– Przygotował bardzo wymowny dokument...

– Wyobrażam sobie. A na jakich warunkach odstąpi od realizacji projektu?

– Żąda, żeby zdradził mi pan cel KFR-u.

– Tylko tyle? – spytał Djibo ironicznie. – A dlaczego tobie?

– Uważa, że odmówiłby pan wyjawienia go jemu…

– Ma rację.

– Zdaje się na mój osąd. Jeśli uznam, że warto, aby KFR przetrwał, zniszczy swoje zeznanie.

– A jeśli dojdziesz do przeciwnego wniosku?

Zawahałem się.

– Wtedy wszyscy będziemy mieli poważny problem.

– Rozumiem.

Podziwiałem opanowanie Kameruńczyka. Nie wymówił ani jednego zbędnego słowa.

– Muszę się zastanowić – oświadczył. – Oddzwonię do ciebie później.

Youssef wyrwał mi z ręki słuchawkę.

– Obawiam się, że to niemożliwe – oznajmił, pilnując, by zachować uprzejmy ton. – Warunki targu są jasne. Niech się pan decyduje.

– Muszę skonsultować się z Komitetem – opierał się Djibo, wyraźnie usiłując zyskać na czasie.

– Poinformuje ich pan już po fakcie – stwierdził Youssef. – Zrozumieją.

– Powinienem najpierw…

– Nie ma pan wyboru, Angouo – przerwał mu Gunnar.

– Ale…

– Niech pan robi, co mu każą – rozkazał Gunnar sucho, jakby zwracał się do początkującego agenta.

Djibo zamilkł, a ja po raz kolejny mogłem jedynie spekulować, co daje Gunnarowi prawo odzywać się w tak bezceremonialny sposób do przewodniczącego Komitetu.

– Posłuchaj, Sliv – podjął ten ostatni – oto, co proponuję. Piątego lutego Colin Powell będzie przemawiał w ONZ-ecie. Osobiście znam Colina i darzę go ogromnym szacunkiem. Wciąż mam jeszcze nikłą nadzieję, że uda mu się powstrzymać to szaleństwo. Przyjedź obejrzeć jego wystąpienie razem z Komitetem. Jeśli dalej będzie kroczył wytyczoną dziś przez Busha militarną ścieżką, nie przedstawiając dowodu na to, że Irak pogwałcił rezolucję Rady Bezpieczeństwa, zdradzę ci cel istnienia KFR-u. A ty zrobisz z nim to, co uznasz za stosowne.

Spojrzałem na Youssefa pytająco. Skinął głową.

– Zgoda, Angouo. Dziękuję.

Ale on już się rozłączył.

16

Audytorium Rady Bezpieczeństwa Organizacji Narodów Zjednoczonych pękało w szwach. Colin Powell, z ziemistą cerą, wciśnięty w szary garnitur ozdobiony małą amerykańską flagą wpiętą w klapę, wydawał się przynajmniej tak samo poddenerwowany jak ja. Z trudem odrywał wzrok od swoich notatek i mocno ściskał razem dłonie, jakby bał się, że zdradzą go przy pierwszej nadarzającej się okazji. Za nim, po jego prawej, George Tenet, dyrektor CIA, przywdział niewzruszoną maskę pokerzysty, który właśnie podbił stawkę z parą dwójek w ręku.

„Panie przewodniczący, panie sekretarzu generalny, szanowni koledzy, na początek chciałbym podziękować, że zadaliście sobie trud, aby tu dzisiaj być. To dzień ważny dla nas wszystkich, którzy musimy ocenić, czy Irak stosuje się do rezolucji numer 1441 wydanej przez Radę Bezpieczeństwa".

– Kim jest sąsiad Teneta, ten po lewej? – spytał Djibo. – Wygląda jak goryl.

Ponieważ nikt nie odpowiadał, poczułem się uprawniony, by się wtrącić:

– To John Negroponte, amerykański ambasador przy ONZ-ecie.

Moje słowa powitało niewyraźne mamrotanie. Nie umiałem stwierdzić, kto je z siebie wydał. Siedziałem w tym samym miejscu co rok wcześniej, w równej odległości pomiędzy telewizorem a sześcioma członkami Komitetu, czując ich spojrzenia na karku.

„Rezolucja numer 1441 dawała Irakowi ostatnią szansę na zastosowanie się do żądań Rady Bezpieczeństwa, w przeciwnym razie miał on stawić czoła poważnym konsekwencjom. Członkowie obecni w dniu głosowania doskonale wiedzieli, co należy przez to sformułowanie rozumieć".

– No to dlaczego nie powiedzieliście tego wprost? – zagderał drżący głos, który bez wahania przypisałem Pierre'owi Ménardowi.

Spośród sześciu członków Komitetu jedynie ten starzec wydawał się ucieszony na mój widok, kiedy otworzyły się przede mną drzwi windy. Yakoub Khoyoulfaz wykonał w moją stronę dyskretny gest. Verplanck, Shao i Karvelis tak starannie unikali mojego wzroku, że zacząłem się zastanawiać, czy przypadkiem Djibo za moimi plecami nie zwalił na mnie postępku Youssefa.

„Dzięki argumentom, które wam za chwilę przedstawię, zrozumiecie, że Saddam Husajn i jego reżim usiłują ukryć, że produkują broń masowej zagłady. Najpierw chciałbym, żebyście wysłuchali przechwyconej przez mój rząd rozmowy, która odbyła się dwudziestego szóstego listopada zeszłego roku, w przeddzień ponownego rozpoczęcia oenzetowskich inspekcji w Iraku. Toczy się ona pomiędzy dwoma wysokimi stopniem oficerami, pułkownikiem oraz generałem brygady Gwardii Republikańskiej, elitarnej jednostki irackiej armii".

W martwej ciszy rozbrzmiały dwa chrzęszczące głosy, podczas gdy tłumaczenie dialogu wyświetlało się na gigantycznym ekranie.

„Pułkownik: Mamy pytanie w związku ze zbliżającym się spotkaniem z Muhammadem el-Baradeiem (dyrektorem Międzynarodowej Agencji Energii Atomowej).

Generał: Tak?

Pułkownik: Mamy ten zmodyfikowany pojazd. Co powinniśmy powiedzieć el-Baradeiowi, jeśli go zobaczy?

Generał: Nie masz żadnego zmodyfikowanego pojazdu. Nigdy nie miałeś.

Pułkownik: Kiedy właśnie mam!

Generał: Skąd się wziął? Z warsztatu?

Pułkownik: Od spółki Al-Kindi.

Generał: Dobrze, zajrzę do ciebie rano. Mam parę uwag. Boję się, że coś przeoczyliście.

Pułkownik: Nie, ewakuowaliśmy wszystko.

Generał: Zajrzę jutro".

Zadrżałem na dźwięk nazwy Al-Kindi.

– Tak, Sliv? – zachęcił Djibo. – Znasz to nagranie?

Odwróciłem się.

– Słyszę je po raz pierwszy, ale wcześniej czytałem transkrypcję. Jestem więcej niż sceptyczny co do jego autentyczności.

– Dlaczego? – spytał Verplanck, marszcząc brwi.

– Odkryliśmy tożsamość obu uczestników rozmowy, mimo że ich dane nie figurują w żadnym oficjalnym dokumencie. Stamtąd poprowadziliśmy własne śledztwo. Oficer, którego Powell przedstawia jako pułkownika, został awansowany do tej rangi dopiero w zeszłym miesiącu.

– Jaki stopień miał wcześniej? – dociekał Verplanck.

– Podpułkownika. Dwudziestego szóstego listopada zeszłego roku brał udział w manewrach w regionie an-Nasirii, kilkaset kilometrów od miejsca, gdzie rzekomo odbyła się ta rozmowa.

– To niczego nie dowodzi – ocenił Verplanck. – Mogliście się pomylić.

– Zna pan tę spółkę, Al-Kindi? – spytała Zoe Karvelis.

– Istnieją dwa Al-Kindi – wyjaśniłem. – Centrum badań zlokalizowane w Mosulu, którego nazwa często powraca w raportach z inspekcji z lat dziewięćdziesiątych, oraz fabryka szczepionek weterynaryjnych usytuowana w Abu Ghurajb, na przedmieściu Bagdadu.

– Można chyba rozsądnie założyć, że generał odnosi się do centrum badań, prawda? – poddał Verplanck.

– Albo że Al-Kindi dostarczało mu szczepionki dla koni – odparłem.

– Dla koni?

– To prawda – zapewniłem. – Powell powinien był doprecyzować, że ci dwaj oficerowie służą w kawalerii.

Moje słowa powitało ciężkie milczenie.

– Dziękujemy, Sliv – oświadczył wreszcie Djibo. – Możesz się wtrącać za każdym razem, gdy uznasz to za słuszne.

Odwróciłem się z powrotem w stronę ekranu, próbując odnaleźć wątek przemówienia.

„Saddam Husajn powołał wysoki komitet do spraw nadzorowania inspekcji – ciągnął Powell. – Spróbujcie to sobie wyobrazić: Irak posiada komitet wysokiego szczebla, którego zadaniem jest kontrolowanie inspektorów Narodów Zjednoczonych – nie współpraca z nimi, nie pomoc, lecz szpiegowanie i utrudnianie wykonywania pracy. Komitet ów odpowiada bezpośrednio przed Saddamem Husajnem. Kieruje nim iracki wiceprezydent, Taha Jasin Ramadan, a do jego członków zalicza się rodzony syn Saddama, Kusajj".

Pozwoliłem sobie parę spraw uściślić:

– Zapomniał powiedzieć, że to Stany Zjednoczone zażyczyły sobie, żeby inspektorzy mieli do czynienia z rozmówcami z najwyższego szczebla irackiej administracji. Stanowisko przewodniczącego jest w przypadku Ramadana czysto honorowe. Co do Kusajja, pełni w rządzie ojca funkcje porównywalne z obowiązkami ministra spraw zagranicznych. Jego przynależność do tego rodzaju organu nie ma w sobie nic zaskakującego.

„Wiemy, że Kusajj Husajn kazał wynieść całą zakazaną broń z rezydencji Saddama. Wiemy też, że irakijscy oficjele, zwierzchnicy partii Baas, a także naukowcy ukrywają w domach zakazane przedmioty".

– W tej kwestii opiera się na zeznaniach czterech dezerterów. Pierwszy z nich wyjechał z Iraku w roku tysiąc dziewięćset dziewięćdziesiątym siódmym i powtarza jedynie odgrzewane plotki z tamtego okresu. Drugi to kuzyn jednego z szefów INC; nie pokładam żadnej wiary w tym, co mówi. Trzeci jako jedyny zgodził się poddać badaniu wykrywaczem kłamstw, które katastrofalnie zawalił. Jeśli chodzi o czwartego dezertera, Abdula Hamida al-Wahadiego…

W ostatniej chwili powstrzymałem się przed wyjawieniem, że wyrósł on z mojej wyobraźni. Komitet nadal nie mógł wiedzieć o zdrajcach.

– Tak? – ponaglił Verplanck.

– Najzwyczajniej w świecie nie istnieje – oznajmiłem, mając nadzieję, że mój nieznoszący sprzeciwu ton zadowoli przełożonego Głównego Inspektoratu.

W ten sposób obaliłem może z dziesięć argumentów Powella. Mój umysł pracował na najwyższych obrotach. Z tysięcy faktów, nazwisk czy liczb, które dryfowały swobodnie pomiędzy moimi uszami, wyławiałem te potrzebne z taką łatwością, z jaką łapie się siatką motyle. Wspominałem o jakimś raporcie i z zachwytem odkrywałem, że jestem w stanie zacytować całe jego akapity, odtwarzałem niekończące się arabskie nazwiska, nad którymi moja pamięć nie miała do tej pory żadnej władzy, mentalnie obracałem mapy sztabu generalnego, aby nałożyć je na skandalicznie opisane zdjęcia satelitarne, którymi Powell usiewał swoje wystąpienie. Znowu ogarnęło mnie to przyprawiające o zawroty głowy poczucie niezwyciężoności znane mi z Dili. Poprawianie sekretarza stanu okazało się, ku mojemu ogromnemu zdumieniu, równie upajające, co modelowanie gospodarki Timoru, jakby obnażanie prawdy i wymyślanie jej stanowiło dwie strony tego samego medalu.

„Szczególnie niepokoi nas istnienie mobilnych jednostek produkcji czynników biologicznych. Nasze źródło, irakijski inżynier chemik, nadzorowało jedną z lokalizacji, gdzie takie jednostki powstawały".

– Dezerter, do którego odnosi się Powell, nazywa się Curveball. Mieszka w Niemczech, pod kuratelą BND. Amerykanie nigdy się z nim nie spotkali.

„W tysiąc dziewięćset dziewięćdziesiątym ósmym roku osobiście uczestniczył w dramatycznym wypadku: dwunastu techników zmarło wskutek wystawienia na działanie czynników biologicznych".

– Gdyby, jak utrzymuje CIA, technicy ci zostali zarażeni wąglikiem, organizm Curveballa powinien był wyprodukować przeciwciała. Jednakże badania nie tylko przyniosły negatywny wynik, ale też lekarz, który pobierał krew, zanotował w swoim raporcie, że Curveball wykazywał wszelkie objawy ciężkiego kaca.

„Pewien major armii irackiej potwierdził, że Irak posiada centrum badań nad mobilnymi jednostkami biologicznymi".

– A jednak w kwietniu dwa tysiące drugiego roku CIA uznała świadectwo Mohammeda Haritha za nieautentyczne. Cytuję: „Większość jego twierdzeń można znaleźć w internecie. Reszta jest albo nieprawidłowa, albo niemożliwa do sprawdzenia". W następnym miesiącu DIA dodała: „Zeznania Haritha są mało wiarygodne; niektóre z nich to czyste wymysły. Poza tym Harith ewidentnie został przeszkolony przez INC".

„Tych mobilnych jednostek może być aż osiemnaście. To, jak trudno będzie je zlokalizować wśród tysięcy ciężarówek codziennie przemierzających Irak, pozostawiam waszej wyobraźni".

Nalałem sobie szklankę wody. Te zarzuty były tak mgliste, że nawet nie zadawałem sobie trudu, by je odpierać.

Ménard zakaszlał głośno. Czułem na plecach wzrok członków Komitetu, nie mogłem pozbyć się dziwnego wrażenia, że właśnie zdaję egzamin, choć wiem więcej niż egzaminator. Yakoub, który przecież znał temat prawie tak dobrze jak ja, pozwalał, bym sam wydobywał się z matni podchwytliwych pytań Verplancka, na które odpowiadałem teraz bez odwracania się w jego stronę. Byłem boleśnie świadom stawki, o jaką toczy się gra. Od moich słów zależały przyszłość KFR-u i los tysięcy agentów. Od słów Powella – wojna oraz poznanie sekretu, za którym goniłem od prawie dwunastu lat.

Jeśli Amerykanin dysponował niepodważalnym dowodem na nieuczciwość Saddama, nie spieszyło mu się z zaprezentowaniem go. Nie przedstawił jeszcze żadnego nowego dokumentu, nie licząc paru zdjęć satelitarnych ukazujących jakieś hangary – chciał, żebyśmy uwierzyli, że kryją się w nich trąby Apokalipsy.

„Saddam Husajn próbował pozyskać aluminiowe rury od jedenastu różnych państw. Zbadawszy rury, które posiedliśmy, wszyscy eksperci twierdzą zgodnie, iż mogą one zostać zastosowane w wirówce".

– Niespełna miesiąc temu, dziesiątego stycznia, Powell, Cheney, Rumsfeld i Rice otrzymali tajny raport zatytułowany *Dlaczego Irak kupuje aluminiowe rury – oto co sądzi Międzynarodowa Agencja Energii Atomowej*. Nie mam tego dokumentu, ale znam jego główne wątki: miażdżąca większość specjalistów z MAEA, z ministerstwa energii oraz z INR-u ocenia, że rury służą do produkcji dużo bardziej konwencjonalnych wyrzutni rakiet.

– Możesz nam przypomnieć, czym jest INR? – poprosił Djibo.

– To wewnętrzna centrala wywiadowcza Departamentu Stanu. Zatrudnia około trzystu osób.

– Przed kim odpowiada?

– Bezpośrednio przed sekretarzem stanu, Colinem Powellem.

– Tak mi się właśnie zdawało – westchnął Djibo.

„Jeden z działaczy Al-Kaidy przyznał, iż zaopatruje się w czynniki biologiczne u irackiego reżimu".

– Powell ma prawdopodobnie na myśli Ibn al-Shayakha al-Libiego. Al-Libi kierował jednym z obozów szkoleniowych Al-Kaidy w Afganistanie. Kiedy w grudniu dwa tysiące pierwszego roku został aresztowany przez pakistańskie służby bezpieczeństwa, które następnie przekazały go władzom amerykańskim, współpracował z przesłuchującymi go agentami FBI, przyznając między innymi, że wyszkolił Zacariasa Moussaoui i Richarda Reida. Jednakże konsekwentnie zaprzeczał jakiemukolwiek związkowi z reżimem Saddama. Ponieważ CIA uznała metody FBI za zbyt łagodne, przeniosła al-Libiego do Egiptu, gdzie na torturach wydobyła z niego dalsze zeznania.

– Na jakiego rodzaju torturach? – spytała Karvelis.

– Al-Libi został pogrzebany żywcem – oznajmiłem, patrząc, jak Colin Powell peroruje o prawach człowieka w Iraku.

„Drodzy koledzy, mamy pewne zobowiązanie wobec naszych obywateli. Mamy pewne zobowiązanie wobec Rady Bezpieczeństwa, której nakazy muszą być przestrzegane. Nie napisaliśmy rezolucji numer 1441 po to, aby rozpocząć wojnę. Napisaliśmy ją, żeby utrzymać pokój. Napisaliśmy ją, by dać Irakowi ostatnią szansę. Jak do tej pory Irak z tej szansy nie skorzystał. Nie możemy się wycofać. Musimy wypełnić swoją powinność i zobowiązania wobec obywateli państw członkowskich Rady Bezpieczeństwa. Panie przewodniczący – dziękuję".

Konkluzję Powella powitała burza oklasków. Tenet i Negroponte nie należeli wcale do najmniej entuzjastycznych słuchaczy.

Djibo wyłączył telewizor.

– To musiał być dla Colina niezwykle trudny moment – rzucił. – Słuchając go, odnosiłem czasem wrażenie, że wygłasza własną mowę pogrzebową. Mam w jego imieniu nadzieję, że kara nie okaże się proporcjonalna do winy.

Powell także we mnie budził mieszane uczucia. Rekomendował ścieżkę dyplomatyczną, kiedy zwolennicy rozwiązań siłowych z administracji Busha już kładli palec na spuście. Złożył na szali własną reputację, aby wydębić od ONZ-etu rezolucję numer 1441.

Prywatnie krytykował zbytni optymizm Rumsfelda, podkreślając niebezpieczeństwo, na jakie narażą się Stany Zjednoczone, występując jako siła okupacyjna na Bliskim Wschodzie. Ale ciężar poczucia obowiązku przeważył w nim nad mocą dowodów. Nie podał się do dymisji, lecz posunął się do tego, aby użyczyć swojej wiarygodności tej całej maskaradzie, i choć nie był jej pomysłodawcą, stał się dziś jednym z jej najbardziej znamiennych współautorów. Zupełnie jak Harvey, znalazł się w sytuacji rozdarcia pomiędzy dwoma wartościami, wobec których czuł się lojalny. Zupełnie jak Harvey, spojrzał prawdzie prosto w oczy i spuścił wzrok.

– A teraz, Sliv, może byś tak obrócił krzesło? – zaproponował Djibo. – Mam ci do opowiedzenia pewną historię.

Część trzecia
Toronto

1

Te niezliczone razy, kiedy zadawałem sobie pytanie, co poczuję na dźwięk tych słów, szczęście tak silnie wypierało wszystkie pozostałe emocje, że początkowo zdziwiłem się, iż teraz odczuwam je w tak niewielkim stopniu.

Co ciekawe, dominowała ulga i to – czy odważę się wyznać – związana nie tyle z faktem, że odniosłem tryumf, a raczej z tym, że nie poniosłem klęski. W końcu występowałem z trudzących się w pocie czoła, przepełnionych szeregów ludzi, których wysiłków nigdy nie wieńczy sukces. Osiągnąłem wyznaczony cel. Dokądś doszedłem. Pozostawało tylko przekonać się dokąd, istniało bowiem duże prawdopodobieństwo, że rewelacje Djiba zmuszą mnie do dokonania wyboru pomiędzy osobistymi przekonaniami a obietnicą złożoną Youssefowi. W pierwszym przypadku groziła mi utrata przyjaciela; w drugim – pogrzebałbym KFR. Czarująca alternatywa...

Odwróciłem krzesło w stronę sześciu członków Komitetu z nadzieją, że z ich spojrzeń zaczerpnę odrobinę tego spokoju, którego tak okrutnie mi brakowało. Niestety... Khoyoulfaz mamrotał coś do ucha Djibowi, który wyglądał na zatopionego w myślach; Karvelis nalewała sobie wody do szklanki; Verplanck robił notatki; Ménard czytał swoje; Shao splatała ramiona na piersi. Wszyscy znali sekret KFR-u, a żadne nie sprawiało wrażenia opanowanego. Ja, który dotychczas miałem ich za nadludzi, nagle dostrzegłem w nich to, czym byli naprawdę: wycieńczonych generałów, przytłoczonych ciężarem obowiązków i zżeranych strachem przed zdemaskowaniem. Zatrzymałem się zwłaszcza na Zoe Karvelis, która dołączyła jako ostatnia. Nic w znużonym spojrzeniu Greczynki nie wskazywało, żeby objawienia, których miałem za chwilę dostąpić, jakoś ją zmieniły ani nawet by była tak samo szczęśliwa, jak w momencie gdy składała swoją pierwszą teczkę przed dyrektorem stacji w Salonikach. Zalała mnie przerażająca fala niepokoju: a co, jeśli najlepsze dni w konsorcjum mam już za sobą?

– W plotkach krążących na temat powstania KFR-u kryje się ziarno prawdy – rozpoczął Djibo – ale myślę, że po wysłuchaniu autentycznej historii zgodzisz się, że jest ona jeszcze bardziej porywająca niż cokolwiek, co mógłbyś sobie wyobrazić. Wszystko zaczyna się we Francji, pod koniec roku tysiąc siedemset dziewięćdziesiątego pierwszego, kiedy pewien ekscentryczny kawaler wkracza w świat interesów. Nosi nazwisko Pierre Ménard.

– Pański przodek? – spytałem z niedowierzaniem, zwracając się w stronę starca, który był jego imiennikiem.

– Dzieli nas osiem pokoleń – uściślił. – Przedstawiciel każdego z nich zasiadał w Komitecie.

To by tłumaczyło, dlaczego aż do zeszłego roku nigdy nic słyszałem o Ménardzie. Francuz został dokooptowany ze względu na swoje nazwisko, nie zaś zasługi. Odczułem z tego powodu odrobinę rozczarowania.

– Ménard – podjął Djibo – zakłada instytucję finansową specjalizującą się w handlu rentami. Czasy temu sprzyjają. Dwa lata wcześniej Zgromadzenie Konstytucyjne zniosło przywileje. Dzierżawców ziemskich zachęca się, by odkupowali pola, które uprawiają. I dobrze się składa: szlachta potrzebuje pieniędzy. Drżąc o własne życie, wielu jej przedstawicieli emigruje w pośpiechu i gotowych jest sprzedać swój majątek ziemski za bezcen. W tym gorączkowym okresie, kiedy nic nie przeraża kupców i sprzedających bardziej niż wizja, że padną ofiarą oszustwa, Ménard dysponuje fantastycznym atutem, który z miejsca ucina wszelkie spory: jest to spis nadań senioralnych od czasów Ludwika XIV, który stworzył, przetrząsając lokalne archiwa. Dżentelmenowi tłumaczy, prezentując dane liczbowe, że ćwierć akra terenu ze stawem nie sprzeda się po tej samej cenie co analogiczny obszar porośnięty lasem; rolnikowi – że rzeka przecinająca jego parcelę podnosi jej wartość o dobrą jedną czwartą. Zręcznie spienięża swą salomonową reputację, zyskując po kilka procent na każdej transakcji, którą aranżuje. Wkrótce Paryż już mu nie wystarcza. Aby poszerzyć rynek zbytu, otwiera biura w Londynie, Amsterdamie i Berlinie, gdzie stopniowo schroniła się większość jego klienteli.

– A jego samego nie kusi, żeby opuścić Francję?

– Patrząc z perspektywy czasu, to właśnie powinien był zrobić – przyznał Ménard. – Ale mój przodek nie sądził, żeby groziło mu niebezpieczeństwo. Nie urodził się jako szlachcic, został nim w tysiąc siedemset osiemdziesiątym drugim roku, gdy Ludwik XVI mianował go kawalerem Orderu Ducha Świętego z rekomendacji markiza de La Fayette.

– Order Ducha Świętego? Czyżby chodziło o katolickie odznaczenie?

– Początkowo tak. Henryk III Walezy, który ustanowił je w tysiąc pięćset siedemdziesiątym ósmym roku, wybrał tę nazwę, ponieważ urodził się, a następnie został królem Francji w dzień Pięćdziesiątnicy. Z biegiem lat zgromadzenie otwarło się na arystokratów oraz oficerów. Jednakże w tysiąc siedemset dziewięćdziesiątym pierwszym Zgromadzenie Konstytucyjne ogłasza jego rozwiązanie i zabrania członkom w dalszym ciągu legitymować się przynależnością do niego.

– Ale Ménard ignoruje zakaz, przypieczętowując tym samym swój los – wtrącił Djibo, pragnąc, zdaje się, utrzymać kontrolę nad opowieścią.

– Co go spotkało?

– Został aresztowany w lipcu tysiąc siedemset dziewięćdziesiątego drugiego, osadzony w więzieniu Grand Châtelet w oczekiwaniu na wyrok i zamordowany w swojej celi podczas masakr wrześniowych.

– Masakr wrześniowych? Nigdy o nich nie słyszałem.

– Nie jest to najbardziej chwalebny epizod z okresu rewolucji francuskiej – stwierdził Djibo. – Garstka spragnionych krwi barbarzyńców, podjudzona przez Santerre'a i Marata, wdarła się do głównych więzień Paryża i zadźgała bagnetami ponad tysiąc zatrzymanych. Ménard znalazł się w złym miejscu w złym czasie.

Nie chciałem wydać się niedelikatny, ale nadal nie rozumiałem, do czego właściwie Djibo zmierza.

– A opowiada mi pan tę historię, ponieważ…

– Ponieważ Pierre Ménard był inspiratorem KFR-u – dokończył Kameruńczyk.

– Inspiratorem? – powtórzyłem zaskoczony wyborem epitetu.

– Na kilka tygodni przed aresztowaniem Ménard zatrudnia trzech współpracowników, którzy mają kierować zagranicznymi biurami: Anglika Jacka Abernathy'ego, Holendra Jana Petera Diepenbrocka oraz Niemca Wilhelma Hüfnagela. Spotyka się ze wszystkimi trzema oddzielnie, ale przekazuje im tę samą wiadomość: Kompania Francuska do spraw Rent to jedynie przykrywka…

– Kompania Francuska do spraw Rent? A więc to oznacza skrót KFR? – zawołałem z niedowierzaniem.

– Nie tak romantyczne jak Konsorcjum Fałszowania Rzeczywistości, prawda? – rzucił Ménard, ponownie wcinając się do rozmowy.

– Przykrywka, pod którą odbywa się fałszerska operacja na wielką skalę – ciągnął niewzruszenie Djibo. – Rzecz w tym, by, wedle słów samego Ménarda, „umożliwić rozwój rzeczywistości innej niż ta powszechnie znana". W tym celu, tłumaczy, konieczne będzie „otwarcie filii na całym świecie" i „zatrudnienie osób o nieprzeciętnych umysłach ze wszystkich klas społecznych". Abernathy, Diepenbrock i Hüfnagel bombardują Ménarda pytaniami, lecz Francuz nie zgadza się wyjawić więcej. „Nie wybrałem was przez przypadek – oznajmia jedynie. – Sądzę, że mogę śmiało powiedzieć, iż nie tylko docenicie mój projekt, ale też doskonale mu się przysłużycie. Pozwólcie mi dopracować kilka szczegółów, a wówczas zdradzę wam prawdziwą naturę naszego przedsięwzięcia". Piętnaście dni później Ménard zostaje uwięziony. Cztery miesiące później umiera.

– Jak udało mu się przekazać instrukcje? – spytałem, czując, że niecierpliwość bierze nade mną górę.

– Pod koniec lata tysiąc siedemset dziewięćdziesiątego drugiego, wobec braku nowin ze strony Ménarda Abernathy zjawia się w paryskim biurze Kompanii Francuskiej do spraw Rent, gdzie informują go, że Francuza aresztowano. Abernathy szybko się orientuje, że jego rozmówcy nie mają bladego pojęcia o sekretnych zamysłach swojego pracodawcy. Zdobywa jednak nazwiska Diepenbrocka i Hüfnagela, a także adres małżonki Pierre'a, Constance, do której udaje się w następnej kolejności.

– Wciąż miała kontakt z mężem?

– Tak. Odwiedzała go raz w tygodniu, jako jedyna zresztą miała pozwolenie na wizyty. Jednakże wygląda na to, że ich dyskusje dotyczą raczej materialnego zabezpieczenia przyszłości Constance niż wielkiego dzieła jej męża.

– Sądziłem, że Ménardom bardzo dobrze się powodziło...

– Wcześniej, owszem – przytaknął Djibo – ale Pierre zainwestował cały majątek w przeprowadzenie swojego zamiaru, pozostawiając małżonce sumę ledwie starczającą na pokrycie kosztów edukacji ich dwóch synów.

– Bzdura! – wykrzyknął Ménard. – Odciął ją od pieniędzy, bo miał jej już powyżej uszu!

– To pan tak twierdzi, Pierre, mój drogi – odrzekł spokojnie Djibo.

– Och, wiem, co mówię, my, Ménardowie, nigdy nie pozostajemy żonaci na długo – rzucił kpiąco Francuz i puścił do mnie oko, jakby wiadomości o jego pozamałżeńskich wyskokach dotarły nawet do islandzkiej prasy brukowej.

– To z pewnością tłumaczy, dlaczego drzewo genealogiczne pańskiej rodziny sięga jedynie czasów Filipa Augusta – zauważył Djibo z kamienną twarzą.

– Panowie, proszę! – zainterweniowałem, wytrącony z równowagi tą dziecinadą.

Djibo posłał Ménardowi wściekłe spojrzenie, a potem kontynuował:

– Abernathy wyjaśnia Constance, że potrzebuje instrukcji od jej męża, by móc zarządzać Francuską Kompanią Rentową. Odzyskuje nadzieję, kiedy dowiaduje się, że Ménard poświęca noce na pokrywanie drobnym maczkiem wąskiego zwoju pergaminu, który za dnia chowa między dwoma kamieniami w murze. Constance zgadza się wynieść dokument...

– Za opłatą w wysokości jednego écu – dorzucił Ménard, nie mogąc się powstrzymać.

– Abernathy, tknięty złym przeczuciem, postanawia przedłużyć swój pobyt w Paryżu. W kolejną środę towarzyszy Constance do Grand Châtelet. Kobieta spędza w więzieniu niecały kwadrans i wychodzi z pustymi rękoma, ale za to z obietnicą, że Ménard przekaże jej skończony manuskrypt następnym razem. Niestety, nie będzie miał już po temu okazji.

Opowieść Djiba zaczynała przypominać *Baśnie z tysiąca i jednej nocy*, których puenta nieustannie odsuwa się w czasie.

– Spodziewam się, że Abernathy wówczas postanowił odnaleźć zwój…

– Ponieważ nie figuruje on na liście przedmiotów zwróconych Constance, Anglik przekupuje jednego strażnika, potem drugiego. Kilka écu wyparowuje, nie przynosząc rezultatów. Abernathy rozważa, czy samemu nie dać się aresztować, by móc przeprowadzić śledztwo na własną rękę, odstępuje jednak od tego pomysłu ze względu na wiążące się z nim ryzyko. W końcu, całkiem podupadły na duchu, opuszcza Francję w tym samym dniu, w którym Konwent Narodowy znosi monarchię i ogłasza Republikę.

– Wraca bez manuskryptu? – zawołałem osłupiały.

– W rzeczy samej. A jednak historia na tym się nie kończy. Abernathy zaprasza Diepenbrocka i Hüfnagela na spotkanie w Londynie, gdzie wszyscy trzej dzielą się tymi skąpymi informacjami na temat Ménarda, które posiadają. Wywodzący się z rodziny orleańskich włókniarzy Francuz nie zaznał spokoju, póki nie wyrwał się z tego środowiska. Studia humanistyczne, które rozpoczął na Sorbonie, doprowadziły go do Oksfordu, Kolonii i Mediolanu. Pasjonowały go języki obce oraz ekonomia, ku wielkiej niechęci profesorów zazdrosnych o jego predyspozycje do nauk ścisłych. W roku tysiąc siedemset sześćdziesiątym drugim zajął się ubezpieczeniami morskimi, nie tyle z chęci zysku, ile w celu przetestowania pewnych teorii prawdopodobieństwa sformułowanych przez Fermata w jego korespondencji z Pascalem. Niemal wbrew własnej woli zbija fortunę na ubezpieczaniu ładunku statków handlowych kursujących pomiędzy Europą a Nowym Światem. Sam kilkakrotnie przeprawia się przez Atlantyk i powoli dochodzi do przekonania, że Amerykanie wkrótce wyzwolą się spod panowania Anglików. W tysiąc siedemset siedemdziesiątym piątym oferuje swoje usługi George'owi Washingtonowi, którego niedawno wybrano na naczelnego wodza Armii Kontynentalnej mającej walczyć z brytyjskim ciemiężcą, i tym hojniej łoży na wysiłek wojenny, że właśnie sprzedał swój interes. Mężczyźni zostają przyjaciółmi. Ménard nieformalnie pełni rolę ambasadora Stanów Zjednoczonych na dworze francuskim, dopóki Thomas Jefferson nie utworzy oficjalnego stanowiska. Z racji swoich obowiązków poznaje młodego markiza de La Fayette na krótko przed tym, nim ten wchodzi na pokład statku płynącego do Georgetown. Ménard udziela mu cennych wskazówek, za co La Fayette podziękuje mu później, załatwiając tytuł szlachecki.

– Był już w tym czasie żonaty? – spytałem pod ogromnym wrażeniem porywających doświadczeń Ménarda.

– Nie. Poślubił Constance w tysiąc siedemset osiemdziesiątym ósmym, po powrocie ze Stanów Zjednoczonych, gdzie spędził pięć ostatnich lat, i szybko dał jej dwóch synów. Związek nie należał bynajmniej do szczęśliwych. Pierre gardził życiem światowca, do jakiego predestynowała go fortuna, Constance zaś odmawiała towarzyszenia mu w nieustających podróżach. Gdy wybuchła rewolucja, Ménard wkładał całą swą energię w tworzenie Francuskiej Kompanii Rentowej.

Nagle wśród tego wszystkiego olśnił mnie przebłysk, którego nie mogłem zignorować.

– Niech pan rozwieje moje wątpliwości, Angouo: czy to możliwe, że właśnie oznajmia mi pan, iż Abernathy nigdy nie odnalazł zaleceń Ménarda?

– Ani on, ani nikt inny. Segregując rzeczy męża, Constance natrafia wprawdzie na kilka dokumentów, żaden jednak nawet w najmniejszym stopniu nie rzucał światła na intencje Ménarda. Jeśli chodzi o więzienie Grand Châtelet, zostało zburzone w tysiąc osiemset dziesiątym.

– Ale co w takim razie robią porucznicy Ménarda?

– To, co sam prawdopodobnie zrobiłbyś na ich miejscu – odparł Djibo. – Prowadzą dochodzenie. W ciągu kolejnych lat spotykają się ze wszystkimi, którzy znali Ménarda: z jego siostrą Marie-Louise, z jego starym nauczycielem łaciny, z jego klientami, konkurentami, partnerami szachowymi, towarzyszami podróży. W tysiąc siedemset dziewięćdziesiątym dziewiątym roku Hüfnagel składa wizytę samemu Washingtonowi.

– I co z tego wynika?

– Nic i jednocześnie bardzo wiele. Każda rozmowa ujawnia nieznaną dotąd stronę oszałamiającego eklektyzmu Ménarda. Francuz potrafił tego samego dnia czytać traktat Locke'a o prawie naturalnym i patent maszyny parowej Jamesa Watta. Gromadził całe góry danych na najróżniejsze tematy: informacje o transakcjach ziemskich czy szkodowości morskiej, o tym już wiedzieliśmy, ale także daty pierwszych przymrozków, wahania wysokości podatku na sól czy czas przejazdu wierzchem pomiędzy poszczególnymi europejskimi stolicami. Zapisywał całe tomy. Zawdzięczamy mu między innymi tabelę ukazującą szybkość rozprzestrzeniania się epidemii na zamkniętych obszarach, podręcznik do na wpół automatycznego tłumaczenia we francusko-angielsko-włoskim zestawie językowym oraz uwagi na temat zasady terytorialności w amerykańskiej konstytucji. A jednak, w wyniku jakiegoś dziwnego paradoksu, ten świetny mówca pogardzał opowiadaniem o sobie. Miał mnóstwo admiratorów, niewielu bliskich i nikogo, z kim utrzymywałby prawdziwie intymną relację.

– Wiadomo czemu?

– Wygląda na to, że świat idei interesował go nieskończenie bardziej niż świat ludzi, studium społeczeństw bardziej niż obserwacja jednostek. Z filozoficznego punktu widzenia zgadzał się z tezami Woltera czy Monteskiusza: nadejście demokracji uważał za nieuniknione, nie znosił niewolnictwa i przewidywał, że przed upływem wieku kobiety otrzymają prawo głosu. Wydaje się tym nowocześniejszy, że z zachwytem głosił różnorodność kulturową, wyśmiewał koncepcję granic i kładł fundamenty pod system władzy na szczeblu europejskim.

– Czy nie byłoby logiczne założyć, że jego przedsięwzięcie falsyfikacyjne miało na celu szerzenie tych idei? – poddałem.

– Naturalnie – zgodził się Djibo. – Nie mamy jednak w tym względzie żadnej pewności. Tak czy inaczej, dla Abernathy'ego, Diepenbrocka i Hüfnagela te lata egzegezy okazały się decydujące. Trzej mężczyźni powoli postanawiają spojrzeć prawdzie w oczy: nigdy nie odkryją zamiarów człowieka, który ich zatrudnił. A jednak w dalszym ciągu poszukują inspiracji w życiu oraz pismach Ménarda. Dopełniają się nawzajem w podziwu godny sposób. Hüfnagel to natchniony marzyciel, drobny szlachcic o wielkim sercu, od którego ludzie równi mu pozycją się odcięli, kiedy oddał swe ziemie uprawiającym je rolnikom. Fascynowała go śmiałość Ménarda; te same kwestie napawały ich obu oburzeniem czy entuzjazmem. Diepenbrock to barwna postać: dumny ze swoich skromnych korzeni, w ciągu jednej nocy przegrał w ruletkę przedsiębiorstwo handlu kakao, które budował przez dwadzieścia lat. I wreszcie Abernathy to urodzony organizator. Bardzo szybko podjął kilka istotnych decyzji, których dobrodziejstwa odczuwamy do dzisiaj. Zlikwidował paryski oddział Kompanii Francuskiej do spraw Rent i ochronił kapitał przed pazernością rewolucjonistów, a także przed bardziej uzasadnioną chciwością Constance, której przyznał wygodną pensję.

– Idealista, gracz i krzyżowiec – wymamrotałem, rozpoznając trzy typowe profile agentów KFR-u.

– Przypomnij sobie słowa Ménarda: „Nie wybrałem was przez przypadek". Francuz pojął, że różnorodność triumwiratu stanowi najlepszą gwarancję jego przetrwania. Zresztą trzej mężczyźni, choć tak od siebie różni, zadzierzgnęli trwałe więzy przyjaźni. W roku tysiąc osiemsetnym uroczyście odstąpili od zamiaru rozwiązania organizacji. Zachowali inicjały, lecz zmienili ich rozwinięcie na Kompania Falsyfikacji Rzeczywistości. Ustanowili też kilka zasad, które wydadzą ci się znajome: bezpieczeństwo Kompanii przeważa nad wszystkim innym; zarządzanie odbywa się kolegialnie; kadry będą odwzorowywać różnorodność społeczeństwa.

– Kadry? Przecież nikogo jeszcze nie zatrudnili!

– To prawda. Dzielą się rolami. Diepenbrock zajmie się rekrutacją, postępując zgodnie ze schematem, którego każdy etap został starannie przemyślany. Hüfnagel poświęci się pierwszej teczce dotyczącej niedawnej kampanii egipskiej Bonapartego. I wreszcie pieczę nad intendenturą obejmie Abernathy, który przekonuje współpracowników, żeby odłożyli połowę kapitału Ménarda, aby – jak argumentuje – móc wypełnić wolę Francuza, gdyby ta kiedykolwiek została odkryta.

– Dwa wieki później mamy do czynienia z całkiem okrągłą sumką, może mi pan wierzyć – zapewnił żartobliwie Ménard.

– Pieniądze nigdy nie stanowiły dla KFR-u problemu – przyznał Djibo. – Nasz najkosztowniejszy jak do tej pory projekt – gorączka złota roku tysiąc osiemset czterdziestego ósmego – ledwie nadszarpnął budżet.

– Co tyle kosztowało? – spytałem zdumiony.

– Złoto – odparł Djibo.

W innych okolicznościach zachwyciłbym się geniuszem kolegi, który rozsiewając w rzece drobiny kruszcu, przesunął środek ciężkości Ameryki o kilkaset kilometrów na zachód, ale dziś zwyczajnie nie miałem na to siły. Djibo wyczuł chyba, że nadszedł czas, aby mnie dobić:

– KFR nie ma celu, Sliv. Wiem, że to trudna do przyjęcia wieść, ale taka jest prawda.

2

Spodziewałem się tego, pomyślałem, wściekły nie tyle na członków Komitetu, co na siebie samego. Moja głowa aż do samego końca żywiła nadzieję, ale moje trzewia wiedziały już od dawna. Niczym chirurgowie wprawieni w sztuce powiadamiania o zgonie w kilku oddzielnych etapach, Djibo stopniowo przygotował mnie na przyjęcie niewyobrażalnego. „Pani mąż miał wypadek samochodowy... Stracił dużo krwi... Bezzwłocznie operowaliśmy... Pojawiły się komplikacje... Jego serce nie wytrzymało... Zmarł". Każda kolejna informacja sprawia, że coraz bardziej obniżacie oczekiwania, aż wreszcie ostatnia przybiera niemalże formę wybawienia.

– Przykro mi – oznajmił Kameruńczyk, wkładając w te słowa całe współczucie, na jakie potrafił się zdobyć.

– Dwanaście lat – wymamrotałem, bardziej do siebie niż do sąsiadów. – Dwanaście lat wysiłków i po co? Po nic.

– Po nic, naprawdę? – obruszył się Djibo. – Powiedz to Buszmenom albo Timorczykom.

Ching Shao uniosła brew, co jak zdążyłem się nauczyć, należało interpretować jako znak, że umiera z ochoty, by się wtrącić.

– Ching, pani nadal pisze teczki. Co też panią motywuje?

– To samo co i pana – odparła Chinka z opanowaniem – przyjemność płynąca z opowiadania historii oraz chęć szerzenia swoich poglądów.

– Ale kto decyduje, czy te poglądy są dobre czy złe?

– Komitet – wyjaśnił Djibo. – Z biegiem lat doszliśmy do konsensusu: każdy projekt zasługuje na to, by istnieć, pod warunkiem że nie naraża organizacji na szwank (nazywamy to zasadą ostrożności), nie zaprzecza jakiejś wcześniejszej teczce (zasada zgodności) i nie narusza przekonań jednej trzeciej członków Komitetu (zasada przyzwoitości). Twoi Buszmeni przeszli jednogłośnie, moja fatwa – ledwo co, ale rokrocznie odrzucamy dziesiątki teczek.

– Dlaczego Abernathy, Diepenbrock i Hüfnagel arbitralnie nie wyznaczyli celu? W końcu mieli do tego pełne prawo.

– Próbowali, ale mimo że darzyli się nawzajem dużym szacunkiem, nigdy nie udało im się zgodzić na wspólny zamysł. Dla przykładu Hüfnagel pokładał niezłomną wiarę w systemie demokratycznym i pragnął propagować go na całym świecie. Próbował wpisać ten swój priorytet do statutu KFR-u. Diepenbrock głosował za. Prawdę mówiąc, miał demokrację w nosie, ale chciał, by w zamian za jego głos Hüfnagel poparł jego konika, to jest rozwój medycyny. Jednak Abernathy, jak na porządnego Anglika przystało, był wściekle przywiązany do monarchii; zgłosił więc veto.

– Rozumiem, że trudno jest uzyskać jednomyślność w kwestii idealnego modelu rządzenia. Ale kto może z czystym sercem sprzeciwiać się postępowi medycznemu?

– Dużo więcej ludzi, niż ci się zdaje. Wszystkie wielkie przełomy naukowe pociągają za sobą skutki moralne i religijne. Ilu chrześcijan potępia przeszczepy organów, ponieważ uważa, że człowiek nie powinien zajmować miejsca Boga? Nie mówiąc już o demografach w rodzaju Malthusa, którzy postrzegają epidemie jako czynnik wyrównujący liczbę ludności. Abernathy, który właśnie przeczytał esej rodaka, sądził zresztą, że zwalczenie trzęsawki u owiec jest sprawą pilniejszą niż wyleczenie świnki czy trądu.

Wciąż nie byłem przekonany.

– Mimo wszystko – upierałem się – wydaje mi się, że obecni członkowie Komitetu łatwiej by się porozumieli.

– Przeprowadźmy test – zaproponował Djibo. – Kto spośród was głosowałby za zasadniczą rezolucją wychwalającą cnoty medycyny?

Uniosły się cztery dłonie. Claas Verplanck i Pierre Ménard ani drgnęli. Holender zaczął mówić:

– Pogoń za dobrym samopoczuciem fizycznym odwraca uwagę

człowieka od poszukiwań duchowych. Co komu przyjdzie z życia dłuższego o dziesięć lat, jeśli nie zdoła zbawić duszy?

Wiedziałem, że Verplanck jest żarliwie wierzący. Nie przypuszczałem jednak, że może kontestować dobrodziejstwa medycyny. Djibo chyba odgadł moje pomieszanie, bo wtrącił:

– Nie myśl sobie, że Claas odrzuca ideę postępu naukowego. Z pewnością przeciwstawia się manipulacjom genetycznym, ale nie dalej niż w zeszłym tygodniu zatwierdził inicjatywę dotyczącą malarii.

– Ale uwaga: fakt, że popieram jakąś teczkę, nie znaczy jeszcze, że byłbym gotów poświęcić życie zasadzie, na której się ona opiera – zaznaczył Verplanck.

Zoe Karvelis skinęła głową na znak aprobaty.

– To rozróżnienie może się panu wydać nic nieznaczące. Jest jednak ogromnie ważne. Możemy odczuwać sympatię wobec jakiejś kwestii, ale nie poświęcać się jej całkowicie.

Zdawałem sobie z tego sprawę. Podziwiałem niesłabnące zaangażowanie Magi w zagadnienie równości pomiędzy mężczyznami a kobietami, byłbym jednak rozczarowany, gdybym dowiedział się, że jedyną ambicję KFR-u stanowi zapewnienie równouprawnienia płci.

– Dlatego też regularnie głosuję za teczkami mającymi na celu przestrzeżenie opinii publicznej przed zagrożeniami, jakie niosą ze sobą gazy cieplarniane, chociaż uważam, że ludzie jedynie w marginalnym stopniu ponoszą odpowiedzialność za zjawisko ocieplenia klimatu – ciągnęła Karvelis.

– Ależ! – żachnąłem się. – Przecież fakty...

– Znam fakty równie dobrze jak pan – przerwała mi Greczynka. – Po prostu wyciągam z nich odmienne wnioski. Odmawia mi pan tego przywileju?

– Nie, skądże – odrzekłem z zawstydzeniem.

Przypomniałem sobie teraz, że Karvelis ma doktorat z biologii. Nie mnie pouczać ją w sprawach nauki.

– Proszę jednak pozwolić, że będę nalegał. Rozumiem, że ma pani własne zdanie na temat ocieplenia klimatu, ale czy nie zgodziłaby się pani, aby uczynić z ochrony środowiska jedną z fundamentalnych misji KFR-u?

– Nigdy w życiu – odparła Karvelis zdecydowanie.

– No ja mam nadzieję, bo inaczej z miejsca składam dymisję! – dodał Khoyoulfaz.

– Nie jesteśmy Greenpeace'em, do diabła – wymruczał Ménard pod nosem.

Nie wierzyłem własnym uszom. Djibo z kolei z trudem ukrywał rozbawienie.

– Nie uda ci się – poinformował z uśmiechem. – Żaden cel nie pokona dzielących nas różnic religijnych i filozoficznych.

– Proszę wybaczyć, Angouo, ale nie jestem tego wcale tak pewny jak pan.

– Ach tak? – rzucił Djibo. – No dalej, wymień jedną sprawę, wokół której mogliby zjednoczyć się twoi przyjaciele, Youssef, Lena i Harvey.

Namyślałem się przez kilka chwil, udając, że nie dostrzegam kpiących spojrzeń co poniektórych członków Komitetu.

– Edukacja?

Wargi Djiba rozciągnęły się w okrutnym uśmiechu.

– Ależ oczywiście! – zawołał, uderzając się ręką w czoło. – Że też wcześniej o tym nie pomyśleliśmy! Wiesz co? Ustalimy wspólnie program nauczania z zakresu nauk przyrodniczych. Zacznijmy od początków życia...

– Już dobrze – westchnąłem. – Pojąłem.

– Osobiście jestem zwolennikiem pozostawienia nauczycielowi pewnej swobody – kontynuował bezlitośnie Djibo. – „Świat został stworzony przez: Boga, Allaha, Wielki Wybuch. Niepotrzebne skreślić".

– Przecież mówię, że pojąłem – wymamrotałem.

– Tym lepiej. Zaufaj naszemu doświadczeniu, Sliv: zebrane tu osoby czasem zgadzają się w drugorzędnych kwestiach, ale nigdy w tych najważniejszych. Zresztą, jak myślisz, dlaczego Ménard wybrał trzech tak różnych pomocników? Każdy stanowił produkt swojego kraju, swojej kultury, swojego języka, nie mówiąc już o rozbieżnościach charakterów. Ménard wiedział – więcej: miał nadzieję – że Diepenbrock otoczy się ludźmi w gorącej wodzie kąpanymi, że Hüfnagel będzie wolał towarzystwo nieuleczalnych romantyków i że Abernathy zatrudni armię kontrolerów, którzy będą ten światek nadzorować.

– Nasza różnorodność jest naszym bogactwem – oświadczyła Karvelis. – Wspólny zestaw poglądów, nawet na tematy pozornie tak jednoznaczne jak postęp naukowy czy ekologia, jedynie by nas zubożył.

– To właśnie dlatego, że Claas i Yakoub nie myślą w ten sam sposób co ja, mam ochotę usłyszeć, co mają do powiedzenia – włączył się Djibo. – Kiedy dowiaduję się, że jakaś instytucja wypowiada się jednomyślnie, wiem, że w jej skład wchodzą albo fanatycy troszczący się o ujednolicenie przekonań, albo tchórze przerażeni wizją, że mogliby wyjść na podzielonych.

– No dobrze – zgodziłem się – ale dlaczego nie zdradzić wszystkim agentom, że KFR nie ma celu?

– Ponieważ byliby dogłębnie rozczarowani – wyjaśnił Djibo. – Wszyscy żądaliby, jak ty przed chwilą, żeby Komitet wybrał jakieś dążenie. Oczywiście zastrzegliby sobie prawo do złożenia rezygnacji, jeśli im się ono nie spodoba. Zwyczajnie nie możemy podjąć takiego ryzyka.

– Kto mówi, że by zrezygnowali? Wy jesteście żywym dowodem na to, że można służyć KFR-owi, wiedząc, że nie ma on nadrzędnego sensu.

– Nas jest tylko sześcioro – przypomniał Djibo. – Żadne z nas nie zostało wtajemniczone wcześniej niż po piętnastu czy dwudziestu latach.

Kiedy wykrzywiłem twarz w grymasie, dodał:

– Zatrudnił cię Gunnar Eriksson. Czy przyjąłbyś jego ofertę, gdyby powiedział ci to, co ja ci dzisiaj przekazuję?

– Pewnie nie – przyznałem.

– Być może nigdy nie zdałeś sobie z tego sprawy, ale sekret KFR-u to spoiwo, które cementuje organizację. Stanowi powiązanie między żółtodziobem a rekruterem, pomiędzy agentem pierwszej klasy z Budapesztu a szefem biura w Caracas.

Nagle przypomniałem sobie Hawaje, gdzie po raz pierwszy spotkałem Magę i Youssefa. O czym rozmawialiśmy w moim pokoju przez całą noc? O celu KFR-u. Moi przyjaciele mieli w tym względzie wyidealizowane hipotezy, ja – już wtedy – żywiłem więcej wątpliwości.

Cztery lata później w Krasnojarsku Amanda Postlewaite na zawsze zjednoczyła nasz rocznik, wprost pytając dyrektora Akademii: „Jaki jest cel działania KFR-u, panie Quinteros?".

W zeszłym miesiącu przypadkiem natknąłem się na jeszcze niepublikowane dzieło Ching Shao. Dziwiłem się liczbie teczek traktujących o podboju kosmosu. Czy to możliwe, spekulowałem w obecności Gunnara, że ostatecznym zamysłem Komitetu jest kolonizacja Marsa?

– To dlatego, że nie znają celu, dalej podążają wytyczonym szlakiem – podjął Djibo. – Wyjaw im, że żadnego celu nie ma, a połowa natychmiast złoży wypowiedzenie, powodując *de facto* śmierć organizacji.

– A to byłoby złe? – odparowałem hardo.

Djibo posłał mi zatroskane spojrzenie, jakby mocno obawiał się, że się co do mnie pomylił.

– Sądzę, że to właśnie tobie przyjaciele powierzyli rozstrzygnięcie tej kwestii – oświadczył poważnym tonem. – Osobiście uważam, że to by była tragedia. Pomyśl o bilansie osiągnięć KFR-u, o tysiącach teczek, które odzwierciedlają niezwykłą różnorodność naszych członków...

O bin Ladenie i o jego fatwie, o naszych małostkowych wewnętrznych sporach..., uzupełniłem w myślach. Słuchając Kameruńczyka rozpływającego się w zachwytach nad dokonaniami KFR-u, prawie dało się zapomnieć, że był on twórcą Al-Kaidy.

– Ale nie chcę odpowiadać w twoim imieniu – oznajmił. – Rozumiem, że potrzebujesz czasu na przetrawienie tych wszystkich rewelacji. Pierre, tak sobie myślałem, że może zabrałbyś gdzieś Sliva na lunch?

– Z przyjemnością – odparł spiesznie Ménard wyraźnie uradowany nadarzającą się gratką.

– Opowie mu pan o swoim przodku... Tak, Sliv?

Byłem oszołomiony beztroską Djiba.

– Pozwala mi pan wyjść? Zdaje pan sobie sprawę, że mogę udać się na pierwszy z brzegu komisariat i wypaplać wszystko, co wiem?

– Zawsze miałeś taką możliwość – odrzekł Djibo spokojnie, porządkując notatki na blacie przed sobą.

Ma rację, pomyślałem. Prawie o tym zapomniałem.

– Ale mogę też wyjawić wszystkim agentom, że KFR nie ma celu!

Kameruńczyk wepchnął swoje rzeczy do aktówki i wstał.

– Podejmujemy takie ryzyko za każdym razem, kiedy przyjmujemy do Komitetu nowego członka. Lubię myśleć, że to właśnie stanowi o wielkości naszej organizacji.

3

Przeszklone obrotowe drzwi restauracji Le Relais były więcej niż tylko wejściem; były otwartą szczeliną w czasie i przestrzeni. W jednej chwili włóczyłeś się po złowrogiej dzielnicy biznesowej Toronto, w następnej odwieszałeś marynarkę na wieszak autentycznej paryskiej knajpki.

– A niech mnie, jeśli to nie pan Ménard! – przywitał nas właściciel, baryłkowaty mężczyzna o głowie w kształcie gruszki, który za ladą wycierał szklanki.

– Dzień dobry, Louis, nie za wcześnie na lunch? – odpowiedział starzec, wskazując pustą salę.

– Ale gdzie tam! Jako pierwsi skosztujecie panowie moich ślimaków.

– Bez obrazy, Louis, ale nie jestem szczególnym amatorem brzuchonogów z puszki.

Na twarzy restauratora odmalowała się konsternacja.

– Zadaje mi pan ból, panie Ménard. Naprawdę sądzi pan, że truję swoich klientów konserwami albo tymi hodowlanymi świństwami…? Ślimaki przyjechały wczoraj z Burgundii w walizce mojej siostry.

– I celnicy je przepuścili? – spytałem po francusku.

W oczach Louisa błysnęła panika.

– Chyba pan na mnie nie doniesie?

– Oczywiście, że nie – zapewnił spiesznie Ménard, gestem każąc mi zamilknąć.

– Po prostu nie ma pan pojęcia, jak potrafią nas tu wpieprzyć – proszę wybaczyć słownictwo, panie Ménard – tymi swoimi bezsensownymi przepisami sanitarnymi. Gdybym chciał ich wszystkich przestrzegać, serwowałbym pastis na wodzie destylowanej i camemberta w czopkach.

– Żyjemy w aseptycznym świecie – ogłosił sentencjonalnie Ménard.

– W gównianym świecie, jeśli chce pan znać moje zdanie – uznał Louis, który wiedział, jak pobudzić apetyt klientów.

Mamrocząc pod nosem, zaprowadził nas do małego stolika na uboczu. Zostawiłem obitą moleskinem ławę starszemu towarzyszowi i otworzyłem menu.

– Nieszczęśniku, niech pan to zamknie! – wykrzyknął Ménard. – Tylko bardziej go pan zdenerwuje.

– Ależ skąd – zaprotestowałem – chcę tylko wybrać danie.

– Po pierwsze, tutaj je się przystawkę, danie, sery i deser. Po drugie, sądzę, że popełnił pan już na dziś wystarczająco wiele głupot. Louis!

– Tak, panie Ménard! – zawołał właściciel, nadbiegając.

– Weźmiemy dwa tuziny pańskich ślimaków, a także danie dnia.

– Już się robi – oświadczył Louis, wkładając długopis za ucho. – A co podać do tego?

– Też mi pytanie! Wino szefa, oczywiście.

U podstawy gruszki uformował się szeroki uśmiech.

– Nie mogliście panowie lepiej trafić. Właśnie otwarłem doskonałe chablis, które trzymałem na specjalną okazję. Producentem jest przyjaciel mojego syna. Powiecie mi, co o nim myślicie…

– A zatem, drogi chłopcze – zaczął Ménard, gdy Louis zniknął w kuchni, gdzie zapewne jego żona i córka krzątały się przy piecu – ukrył pan przede mną, że mówi po francusku.

– Jest o tym mowa w mojej teczce.

– Och, teczki – mruknął tonem wyraźnie zdradzającym pogardę dla biurokracji.

– Panie Ménard…

– Pierre.

– Dziękuję. Zastanawiałem się, jak doszło do tego, że członek pańskiej rodziny zaczął zasiadać w Komitecie. Bo, o ile dobrze zrozumiałem opowieść Angoui, Constance nigdy nie dowiedziała się o projekcie męża.

– To bardzo proste. Zanim go uwięziono, mój przodek powierzył swojemu adwokatowi list, prosząc, aby przekazał go jego starszemu synowi, gdy ten osiągnie pełnoletniość. Zachęcał w nim młodego Pierre'a – imię to nadawano wszystkim pierworodnym synom w linii – by nawiązał kontakt z Johnem Abernathym.

– Abernathy podjął diabelne ryzyko, wtajemniczając we wszystko Pierre'a – zauważyłem. – W końcu zawłaszczył jego spadek.

– Moim zdaniem było to dużo prostsze, niż się panu zdaje. Jak wszystkie sieroty, Pierre otaczał ojca prawdziwym kultem. Za nic w świecie nie przegapiłby okazji, by kontynuować jego dzieło.

Trafiony, pomyślałem, wspominając, jak sam przez cały okres dojrzewania składałem modele spitfire'ów, zanim pewnego dnia odważyłem się przyznać przed sobą, że nie sprawia mi to żadnej przyjemności.

– Abernathy również sporo na tym zyskał – dodał Ménard – ponieważ młody Pierre zapewnił mu dostęp do rodzinnych archiwów.

– Czego nowego się dowiedział?

– Przede wszystkim tego, że nie docenił wpływu, jaki na mojego przodka wywarł udział w tworzeniu Encyklopedii. Był jeszcze smarkaczem, kiedy na publicznym wiecu spotkał Diderota. Połączyło ich natychmiastowe wzajemne przyciąganie. Diderot próbował właśnie odzyskać motywację do pracy. *Słownikowi rozumowanemu nauk, sztuk i rzemiosł*, któremu poświęcił dwadzieścia lat życia, daleko do sukcesu, na jaki liczył jego autor. Dzieło, potępione przez papieża Klemensa XIII, szkalowane przez jezuitów, którzy z czasem doprowadzą do wpisania go na listę ksiąg zakazanych, kiepsko się sprzedawało. Odkąd jego wspólnik d'Alembert ostatecznie wycofał się z projektu, Diderot samodzielnie koordynował ponad setkę kontrybutorów, wśród których znajdują się Condorcet, Rousseau oraz Wolter. Mój przodek wstąpił na służbę u tego wielkiego człowieka, żeby uwolnić go od niewdzięcznych sekretarskich zadań. Wkrótce zredagował swoje pierwsze artykuły z zakresu ekonomii oraz geografii, które zostały (niestety) przypisane bardziej szanowanym Turgotowi i La Condamine'owi. Wypowiadał swoje zdanie na każdy temat: od jakości papieru, przez wybór ilustratorów, po sposób organizacji warsztatów drukarskich. W tysiąc siedemset sześćdziesiątym czwartym zdarzyło się coś, co głęboko go naznaczyło. Odkrył, że André Le Breton, wydawca Encyklopedii, łagodzi teksty, które wydają mu się przesadzone, zanim odda je pod prasę. Diderot pozwolił sobie skierować do sprytnego Le Bretona wspaniały list: „Zapomina Pan, że być może nie istnieje w społeczeństwie ani jeden człowiek, który zadałby sobie trud, by sprawdzić w Encyklopedii hasło z geografii, matematyki czy sztuki, i że to, czego ludzie w niej poszukują, to zdecydowana i śmiała filozofia kilku spośród Pańskich pracowników".

– To pierwsze spotkanie pańskiego przodka z falsyfikacją – zauważyłem.

– Istotnie. Nie potrafił znaleźć wystarczająco ostrych słów, by opisać postępowanie Le Bretona, i radził Diderotowi, by zmienił wydawcę. To oczywiście niemożliwe, ale od tego dnia Ménard narzucił sobie obowiązek sprawdzenia każdego arkusza, który ma iść do składu.

– W ilu egzemplarzach ostatecznie sprzedała się Encyklopedia?

– W prawie dwudziestu pięciu tysiącach egzemplarzy w okresie od ukazania się pierwszego tomu do rewolucji francuskiej. Ale liczby słabo odzwierciedlają doniosłość przedsięwzięcia. Jak pisał Michelet: „Encyklopedia to dużo więcej niż książka, to zwycięski spisek ludzkiego umysłu".

Kontemplowałem ten cytat, kiedy Louis tryumfalnie postawił przede mną tuzin ślimaków ociekających masłem doprawionym pietruszką.

– Nigdy wcześniej pan tego nie jadł, co? – domyślił się Ménard na widok mojej spanikowanej miny.

– Przyznaję się bez bicia – odrzekłem z uśmiechem.

Wręczył mi widelec o długich, cienkich zębach.

– Proszę. Będzie go pan potrzebował, żeby wyjąć ślimaka z muszli.

Poszedłem za jego przykładem i, ku mojemu wielkiemu zdumieniu, odkryłem, że mięso mięczaka jest wyborne. Ménard nalał mi kieliszek białego wina.

– Niech pan pije, nic nie równa się z chablis, żeby spłukać smak ślimaków.

– Dziękuję, Pierre, są przepyszne.

– Proszę to powiedzieć Louisowi, może panu wybaczy. Na czym stanęliśmy?

– Na zwycięskim spisku ludzkiego umysłu.

– A, tak! Mój przodek tylko raz w późniejszym życiu doświadczył podobnego pobudzenia intelektualnego: w tysiąc siedemset osiemdziesiątym siódmym roku, kiedy jako wolny słuchacz uczestniczył w Konwencji Filadelfijskiej mającej za zadanie opracować amerykańską konstytucję. Odpowiedział na zaproszenie George'a Washingtona, który przewodniczy konwencji, wciąż opromieniony blaskiem zwycięstwa nad Anglikami. Większość delegatów już go znała. Przywitali go serdecznie.

– Brał udział w dyskusjach?

– Nie, chociaż wiernie spisywał swoje przemyślenia, z których co tydzień zdawał sprawę Washingtonowi. Był pod wrażeniem szczerości oraz energii, jakimi emanują debaty. Historia pisze się na jego oczach. Najtęższe umysły w kraju – pięćdziesięciu pięciu mężczyzn reprezentujących trzynaście stanów – na czas jednego lata odsuwają na bok osobiste ambicje, by wspólnie pracować w imię sprawy, która co wyznają z dumą, ich przewyższa. Ponieważ uważają Stany Zjednoczone za nową ziemię obiecaną, mają szczery zamiar uczynienia ze swojego tekstu założycielskiego przykładu dla całego świata. Chaotycznie cytują Locke'a i Monteskiusza, Magnę Cartę oraz angielską Deklarację Praw z tysiąc sześćset osiemdziesiątego dziewiątego…

– Krótko mówiąc: wszystkie teksty, które ukształtowały osobowość Ménarda…

– Właśnie tak. Jestem przekonany, że to właśnie wtedy, uczestnicząc w tej niezwykłej syntezie idei swoich czasów, wpadł na pomysł z KFR-em. Za dowód uznaję fakt, że niemal natychmiast wrócił do Francji, nie czekając nawet na promulgację konstytucji. Plan opracował podczas przeprawy przez morze: gdy tylko dotarł do Paryża, ożenił się, podjął swój majątek i położył podwaliny pod Kompanię Francuską do spraw Rent.

– No właśnie, jedna rzecz w rewelacjach dzisiejszego poranka nie daje mi spokoju. Ménard wykazuje ogromną troskę w kwestii przykrywki, tworzy zalążki międzynarodowej sieci, rekrutuje poruczników, ale o dziwo nie znajduje czasu na stworzenie swojej pierwszej teczki.

Ménard upił długi łyk chablisa, spoglądając gdzieś ponad moim ramieniem. Wyraźnie wahał się, czy mi o czymś powiedzieć.

– Angoua byłby wściekły, gdyby mnie słyszał – zaczął wreszcie. – Uważa, że bredzę.

– Gdzie tam, mnie się wydaje, że jest pan w pełni władz umysłowych – odparłem i nie było to wcale czcze pochlebstwo.

– No cóż, sądzę, że mój przodek jednak pozostawił po sobie fałszerstwo.

– Jakie? – zawołałem nagle nad wyraz zainteresowany.

– Swoje aresztowanie. Widzi pan, Sliv, wedle mojej osobistej opinii – może pan to nazwać przeczuciem, jeśli pan woli – mój przodek zbudował dokładnie taką organizację, jaką sobie umyślił: rodzaj konfraterni, gdzie każdy może swobodnie przeprowadzać własne projekty, pod warunkiem że nie szkodzi innym. Przewiduje, że cel – jakikolwiek by był – uniemożliwi najprzedniejszym umysłom wspólne działanie, a jednak przeczuwa, że nie może ufundować KFR-u, nie nadając mu wyraźnego kierunku. Dylemat wydaje się nierozwiązywalny...

– Chyba że wszyscy uznają, że nie zdążył przekazać instrukcji współpracownikom – dokończyłem z pełnym zachwytu zdumieniem.

– Za tą hipotezą przemawiają liczne szczegóły, począwszy od okoliczności jego aresztowania. Ménard, kiedy zgłaszał narodziny swojego drugiego syna, nalegał, żeby w urzędzie stanu cywilnego zarejestrowano jego tytuł kawalera Orderu Ducha Świętego, chociaż wiedział, że Konstytuanta surowo karze tego rodzaju ostentację.

– Może był bardzo przywiązany do tego tytułu – zasugerowałem, choć sam w to nie wierzyłem.

Ménard energicznie potrząsnął głową.

– Order Ducha Świętego to zgromadzenie proboszczów. Ménard zgodził się zostać jego członkiem jedynie przez wzgląd na przyjaźń z La Fayette'em. Poza tym, jakby ta komedia w ratuszu nie wystarczyła, w czerwcu tysiąc siedemset dziewięćdziesiątego drugiego publicznie skrytykował dekret rozwiązujący straż przyboczną Ludwika XVI. Wiem, co pan zaraz powie – miał prawo wyrazić swoją opinię – ale w tamtym czasie żaden rozsądny człek nie narażałby własnego bezpieczeństwa po to, by bronić króla.

– Czy pan próbuje mi wmówić, że chciał, aby go aresztowano?

– Jestem tego prawie pewny. W przeddzień zatrzymania zjawił się u niego w domu żandarm, żeby spytać, „czy to tu mieszka obywatel Pierre Ménard". Jednakże zamiast wziąć nogi za pas albo napisać do Abernathy'ego, mój przodek spędził ostatnią noc na paleniu nieistotnych listów.

– To rzeczywiście zastanawiające – przyznałem.

– Ale nie aż tak bardzo jak jego zachowanie w więzieniu. Proszę tylko pomyśleć o wszystkich sposobach, na jakie mógł przekazać instrukcje Abernathy'emu.

– To prawda. Mógł przekupić strażnika...

– Zatrudnić adwokata, powierzyć zaszyfrowaną wiadomość Constance, a nawet, w ostatniej drodze ratunku, wyłożyć jej całą sprawę. Ale zamiast tego spisał nieprawdopodobne wyznanie, którego nikt nigdy nie przeczyta.

– Słuchając pana, można by dojść do wniosku, że ono nigdy nie istniało...

– Uwaga, gorące! – zagrzmiał Louis, wsuwając mi pod nos parujący talerz.

– Andouille, cudownie! – ucieszył się Ménard na widok kiełbasy.

– I to nie byle jaka – wypiął pierś właściciel. – Przyjechała prosto z Guémené.

– Pański brat? – zażartowałem.

– Kuzyn – odparł Louis oschle i oddalił się.

– Pan to nigdy nie odpuszcza! – wzburzył się Ménard. – Wydaje się panu, że łatwo jest znaleźć porządną knajpę w pobliżu biura?

– Przepraszam, nie mogłem się oprzeć.

– Musi się pan nauczyć nad sobą panować. Ale proszę powiedzieć, czytał pan de Sade'a?

– Nie – wyznałem ze wstydem. – Pisał coś o andouille?

– Nie do końca – zaśmiał się Ménard. – Skoro nie jest pan zaznajomiony z dziełem boskiego markiza, nie wie pan pewnie, że w latach tysiąc siedemset osiemdziesiąt cztery–osiemdziesiąt dziewięć przebywał w Bastylii. W ostatnim roku, drugiego lipca, de Sade wywołał zamieszanie na ulicy, wrzeszcząc z okna swej celi, że go mordują. Naczelnik więzienia, zdecydowany pozbyć się tego kłopotliwego skazańca, zarządził jego przeniesienie. W nocy z trzeciego na czwartego lipca strażnicy wpadli do celi markiza, który spał na pryczy nagi jak niemowlę, i siłą zaciągnęli go do szpitala psychiatrycznego w Charenton. Dziesięć dni później, podczas obalania Bastylii, niejaki Arnoux de Saint-Maximin znalazł za obluzowanym kamieniem w ścianie niedokończony manuskrypt *Stu dwudziestu dni Sodomy*.

Na widok mojego pełnego niedowierzania wyrazu twarzy Francuz dorzucił:

– Czy muszę dodawać, że miał on formę wąskiego zwoju, długiego na dwanaście metrów i zapisanego z obu stron?

– A zatem Pierre Ménard inspirował się historią markiza de Sade'a? Ale w jakim celu?

– I tu właśnie zdania są podzielone. Angoua uważa, że John Abernathy, świadomy albo nieświadomy zbieżności, zmyślił opowieść ze zwojem. Ja skłaniam się raczej ku hipotezie, że Ménard, wzięty z zaskoczenia, zadowolił się pierwszą lepszą historią, jaka przyszła mu do głowy. Zwierzeń de Sade'a wysłuchał na jesieni tysiąc siedemset dziewięćdziesiątego, gdy ten, właśnie zwolniony z Charenton, zapukał do drzwi Kompanii Francuskiej do spraw Rent, by zamówić ekspertyzę dotyczącą jego prowansalskich ziem.

Zrobiłem powątpiewającą minę. Nasz kawaler nie wyglądał mi na plagiatora.

– No chyba – ciągnął Ménard, jakby czytał mi w myślach – że mój przodek chciał puścić oko do przyszłych pokoleń. Mógł w końcu przeczuwać, że de Sade i jego zaginiony manuskrypt staną się pewnego dnia sławni i że młody islandzki agent będzie spekulował nad powodami, które pchnęły założyciela KFR-u do wyreżyserowania własnego aresztowania.

Francuz wykorzystał moje milczenie, aby wpakować do ust pokaźny kęs kiełbasy. Ja już nie byłem głodny.

– Mimo wszystko – rzuciłem w zamyśleniu – zastanawiam się, co by powiedział Abernathy'emu, gdyby ci opętańcy nie zamordowali go w celi.

Ménard, który właśnie unosił kieliszek do ust, zatrzymał się w pół ruchu.

– Nie rozumie pan, co próbuję mu wytłumaczyć. Mój przodek wiedział, że nigdy nie zostanie zwolniony.

– Nie mógł przecież przewidzieć masakr wrześniowych?

– Nie, oczywiście, że nie. Choć dobrze posłużyły jego zamiarom. Widzi pan, jestem przekonany, że postanowił umrzeć w niewoli i że prędzej czy później zadałby sobie śmierć.

– Ale dlaczego?

– Ponieważ w przeciwnym razie musiałby wyznać Abernathy'emu, że KFR nie ma sprecyzowanego celu. Jego projekt nigdy nie przetrwałby takiej rewelacji.

Czy to za sprawą wina? Poczułem zawroty głowy.

– Twierdzi pan, że pański przodek umarł, żeby doprowadzić do końca swoją falsyfikację?

– I żebyśmy my mogli przeprowadzać własne. Ale, raz jeszcze, to tylko moja prywatna opinia. Niewielu członków Komitetu ją podziela.

– Ja w to wierzę! – wykrzyknąłem żywiołowo.

– Tego się spodziewałem – oświadczył Ménard dobrotliwym tonem. – Widziałem, jak pan pobladł, kiedy Djibo chwilę temu oznajmił, że KFR nie ma sensu. Niewątpliwie pomyślał pan, że całej tej sprawie brakuje powagi. Mam nadzieję, że udało mi się pana przekonać, iż – przynajmniej dla niektórych – KFR to więcej niż tylko zabawa.

Louis, który od pewnego czasu czaił się z tyłu, runął na nas nagle, jednym ruchem ręki zbierając talerze. Prawdopodobnie całkowitym przypadkiem wywrócił przy tym mój kieliszek.

– Ma pan ochotę na ser? – zaproponował Ménardowi, pozostawiając osuszenie obrusa mnie.

– Jeszcze jak! – przytaknął Francuz, wskazując czubkiem noża zapadający się krążek reblochona.

– Dla mnie nic – podziękowałem. – Ściśnięty żołądek.

Nie potrafiłbym już przełknąć ani kęsa. Mimo całej sympatii, jaką budził we mnie Ménard, pragnąłem w tej chwili tylko jednego: znaleźć się w samotności, by móc na spokojnie przeanalizować tę lawinę nowych wiadomości. Być może dochodząc do wniosku, że nie mam ich jeszcze dosyć, Francuz rzucił niespodziewanie:

– Swoją drogą to zdumiewające, że jedyni dwaj agenci, którzy poznali cel KFR-u, nie zasiadając w Komitecie, wywodzą się ze stacji w Reykjavíku.

4

Porzuciłem Ménarda, wskoczyłem do taksówki, a następnie wsiadłem do samolotu do Minneapolis, gdzie z największym trudem zdążyłem na przesiadkę do Reykjavíku. Była jeszcze noc, kiedy zapukałem do drzwi Gunnara. Otworzył mi z zaspanymi oczyma, jego wielki brzuch wyzierał spod jedwabnego szlafroka.

– Dlaczego nic mi pan nie powiedział? – zaatakowałem bez wstępów.

Przesunął ręką po twarzy, jak gdyby ten gest, o ile wykonywać go wystarczająco długo, mógł sprawić, że natręci wyparują.

– Wejdź – zaprosił ochrypłym głosem, gdy przekonał się, że wciąż tam jestem. – Zrobię nam herbaty.

Nie postawiłem stopy w mieszkaniu Gunnara od śmierci Kristin. W moje nozdrza uderzył okropny smród stęchlizny. Apartament był całkowicie zaniedbany. Pod drzwiami spiżarni piętrzyło się kilka pełnych worków na śmieci, na podłodze trzepotały w przeciągu koty z kurzu, a żarówkę w lampie sufitowej należało wymienić. Postawiłem walizkę obok dwóch stert książek ustawionych bezpośrednio na ziemi.

– Zadzwonię do mojej gospodyni – ogłosiłem, dołączając do niego w kuchni. – Tyle tu brudu, że równie dobrze moglibyśmy siedzieć w rurze wydechowej motorynki. Wolę nie myśleć o stanie, w jakim znajdują się pańskie płuca.

– Zachowaj swoje pieniądze – odparł Gunnar, napełniając czajnik. – I nie martw się o mnie. Jestem w olimpijskiej formie.

– Właśnie widzę – rzuciłem ironicznie, zagłębiając dwa paliczki palca wskazującego w jego obwisłym brzuszysku.

– Przecież ćwiczę – zaprotestował.

– W jaki na przykład sposób?

– No cóż, po pierwsze nie korzystam już z windy...

– Mieszka pan na pierwszym piętrze!

– W zeszły piątek grałem w kręgle z księgowością.

– Poważnie? Powinien pan spróbować curlingu, wygląda na jeszcze bardziej wysiłkowy.

Wybuchnął głośnym śmiechem, który przerodził się w atak kaszlu.

– Ach, Sliv, dobrze cię widzieć. Już zaczynałem myśleć, że nigdy nie wrócisz.

– Dlaczego nic mi pan nie powiedział? – spytałem, tym razem łagodniej.

Wyłowił dwie filiżanki z góry brudnych naczyń i dokładnie je opłukał.

– Chodź – polecił.

Ruszyłem za nim do salonu, który przypominał jego gabinet u Baldura, Furuseta i Thorberga: ta sama kanapa w kolorze czekoladowym, ten sam gruby dywan. Otworzył okiennice.

– Nie zapalaj – poprosił, kiedy wyciągnąłem rękę w stronę przełącznika. – Lubię patrzeć z fotela, jak wstaje dzień.

– Ja też – wyznałem. – Przypomina mi to Dili i moje noce z Leną.

Gunnar nie podjął tematu. Nigdy nie wypytywał mnie o naturę moich relacji z Thorsen. I dobrze, bo miałbym kłopot z udzieleniem mu odpowiedzi. Od paru miesięcy nie miałem z nią kontaktu.

– Byłem w twoim wieku – zaczął Gunnar, siadając naprzeciwko mnie. – Pomagałem Arnemu Mathisenowi, agentowi z Oslo, który borykał się z teczką o Clausie von Stauffenbergu.

– O kim? – zapytałem, pewien, że już to nazwisko słyszałem.

– O Clausie von Stauffenbergu, oficerze Wehrmachtu, który w lipcu czterdziestego czwartego próbował zabić Hitlera.

– Oczywiście! – zawołałem. – Teraz pamiętam, ukrył walizkę z bombą w gabinecie Führera.

Gunnar potrząsnął w mroku głową.

– Nie w gabinecie, w sali konferencyjnej jego kryjówki w Kętrzynie. Von Stauffenberg ustawił mechanizm zapłonu na piętnaście minut, umieścił walizkę pod stołem, tak blisko Führera, jak się tylko dało, a później wyszedł z pomieszczenia pod pretekstem, że musi wykonać telefon do Berlina. Walizka wybuchła w przewidzianym czasie. Niestety, inny oficer ją przesunął i choć czterech uczestników spotkania zginęło na miejscu, Hitler wyszedł z tego jedynie lekko ranny. Po paru perypetiach von Stauffenberg został aresztowany i rozstrzelany jeszcze tej samej nocy.

– Na czym opierała się teza teczki? – spytałem, nie mogąc się powstrzymać.

– Arne, którego dziadkowie zginęli w obozach, chciał uczcić ducha oporu Stauffenberga. Ta historia z przesuniętą walizką stała mu ością w gardle. Nie mógł się pogodzić z faktem, że o losie Rzeszy zdecydowało kilka centymetrów albo – jak sugerują niektóre rekonstrukcje – grubość dębowego stołu. Trywialne okoliczności umniejszały jego zdaniem znaczenie heroicznego czynu Stauffenberga, sprawiając, że jawił się on jako tchórz zbyt przywiązany do własnego życia, by porwać się na Führera z bliska.

– Jak zabrał się do upiększenia odegranej przez Stauffenberga roli?

– Walizka zawierała dwie odrębne bomby. Każdą należało uzbroić oddzielnie, używając obcęgów. Ale von Stauffenberg stracił prawą dłoń oraz dwa palce u lewej w wypadku lotniczym w czterdziestym trzecim roku. Arne wysnuł teorię, że niepełnosprawność przeszkodziła mu w uzbrojeniu jednej z dwóch bomb, co zmniejszyło siłę wybuchu o połowę.

– To rzeczywiście dużo bardziej honorowe – przyznałem.

– Ale bardzo trudne do udokumentowania, zważywszy na liczbę historyków, którzy pochylali się nad tym epizodem. Ale żeby nie przedłużać, faktem pozostaje, że spędziłem kilka tygodni na studiowaniu różnych prób zamachu na życie Hitlera.

– A więc było ich kilka? Słyszałem tylko o tej jednej.

– Och, naliczyłem dobre pół tuzina. W listopadzie trzydziestego dziewiątego Georg Elser, stolarz blisko związany z partią komunistyczną, wydrąża kolumnę w monachijskiej restauracji, gdzie ma przemawiać Führer, aby umieścić wewnątrz bombę z opóźnionym zapłonem. Na nieszczęście podnosi się tego wieczoru mgła i Hitler, który wcześniej planował wrócić do Berlina samolotem, skraca wystąpienie, żeby zdążyć na ostatni pociąg. Bomba wybucha o trzynaście minut za późno, zabijając osiem osób.

Gunnar wiedział, że jestem łasy na tego rodzaju anegdoty, które udowadniają, iż determinacja jednego człowieka wystarcza czasem, by odmienić bieg Historii.

– W czterdziestym pierwszym pułkownik Henning von Tresckow, dowiedziawszy się o projekcie inwazji na Rosję w ramach operacji „Barbarossa", zaczyna rekrutować wspólników z zamiarem obalenia Hitlera. Wkrótce sprzymierza się z dwoma generałami, Hansem Osterem oraz Friedrichem Olbrichtem. Następuje kilka bezowocnych prób. W marcu czterdziestego trzeciego chłód blokuje mechanizm bomby ukrytej wśród zapasów koniaku w samolocie Hitlera. Kilka dni później przyjaciel von Tresckowa, Rudolf von Gersdorff, zgadza się rzucić na przechodzącego Hitlera podczas wystawy uzbrojenia w Berlinie, ale Führer przemierza salę niemal biegiem i Gersdorff musi wymknąć się do toalety, żeby zatrzymać odliczanie. Takiej samej porażki doświadcza parę miesięcy później Axel von dem Bussche: wizyta, podczas której zamierzał zaatakować Hitlera granatem, zostaje przełożona. Dwaj inni aspirujący męczennicy, Ewald von Kleist i Helmut Stieff, natrafiają na podobne przeszkody.

– Dziwi mnie, że Niemcy bardziej nie czczą pamięci tych mężczyzn – stwierdziłem.

Bardziej domyśliłem się, niż zobaczyłem, że Gunnar wzrusza ramionami.

– Przez długi czas dawne Niemcy Wschodnie przyznawały sobie monopol na walkę z nazizmem. To prawda, że tysiące komunistów zapłaciło życiem za sprzeciw wobec Hitlera. A jednak przywódcy RFN-u nigdy nie ośmielili się zauważyć, że prawie wszystkie najważniejsze próby zamachu na życie Führera należy przypisać członkom Wehrmachtu.

– Jak pan sądzi, dlaczego?

– Ponieważ jakkolwiek szlachetna byłaby postawa tych mężczyzn pod koniec wojny, nie zmienia to faktu, że towarzyszyli Hitlerowi w jego początkach.

– Przyznanie się do pomyłki stanowi nieraz najwyższą formę heroizmu – oświadczyłem, mając w głębi duszy nadzieję, że Colin Powell pewnego dnia to zrozumie.

Gunnar medytował nad moimi słowami, gładząc pasek szlafroka.

– Dlaczego opowiada mi pan o tej teczce? – chciałem wiedzieć.

– Ponieważ ona dosłownie we mnie wrosła; to trochę jak z tobą i Buszmenami. Wyczuwałem, że zawiera się w niej jakaś ukryta prawda, aż pewnego dnia udało mi się ją wyłuskać. Widzisz, każda organizacja w końcu doczekuje się wewnętrznej rebelii. Demokracje mają anarchistów, armie – zdrajców, tajne służby – podwójnych agentów, ale zasada jest zawsze ta sama: lepiej lub gorzej zorganizowana mniejszość spiskuje, aby podminować system. Nawet tak uhierarchizowana struktura jak Trzecia Rzesza nie uchroniła się od tej reguły. Garstka mężczyzn, wznosząc się ponad indoktrynację, tradycję wojskową i lęk przed konsekwencjami, zbuntowała się przeciwko nazizmowi, ponieważ doszła do wniosku, że godzi w ich fundamentalne wartości. Pojmujesz, do czego zmierzam?

– W konsorcjum nie ma buntowników – odrzekłem.

– Właśnie. Nie zrozum mnie źle, nie zaprzeczam demokratycznemu charakterowi KFR-u, choć długo moglibyśmy rozprawiać o wadach naszej rekrutacji. Sam dobrze wiesz, że zdarza się, że niektórzy członkowie Komitetu sprzeciwiają się przewodniczącemu. Ale kto sprzeciwia się KFR-owi?

– Nikt – wymamrotałem oszołomiony faktem, iż potrzeba było dwunastu lat, bym doszedł do tak prostego wniosku.

– Pozostaje tylko ustalić dlaczego. Wróćmy do moich wcześniejszych przykładów. Anarchiści marzą o zniesieniu praw. Wiedzą, że mają niewielkie szanse powodzenia, ale to nie powstrzymuje ich przed podkładaniem bomb. Tak samo w przypadku podwójnych agentów, którzy przekazując tajne dokumenty, próbują zapewnić swojemu prawdziwemu pracodawcy decydującą przewagę. Zadanie von Stauffenberga mogłoby się wydawać dużo mniej skomplikowane – wystarczyłoby zabić Hitlera – a jednak mu się nie udało. Dlaczego? Z pewnością nie z braku pomysłowości czy odwagi. Nie, dlatego że zwyczajnie nie miał po temu okazji. Przez dwa lata wypatrywał jakiejkolwiek możliwości zbliżenia się do Führera. Ale ciągle prześladował go pech: a to Hitler zmieniał plany, a to jego samego coś zatrzymywało na froncie. Rozumiesz, co usiłuję ci powiedzieć?

– Tak sądzę. Gdybym to ja sprzeciwiał się KFR-owi, żeby go zniszczyć, wystarczyłoby ujawnić jego istnienie.

– Nie trzeba by czekać, aż gwiazdy znajdą się w odpowiedniej konfiguracji albo aż Djibo wygłosi publiczne przemówienie: wysyłasz jednostronicowy anonim do „New York Timesa" i po herbacie.

– A jednak nikt tego nigdy nie zrobił…

– Co znaczy, że nikt nigdy na poważnie nie kontestował misji KFR-u – ciągnął niewzruszenie Gunnar. – Wiesz dlaczego?

– Bo ona nie istnieje – stwierdziłem mechanicznie, nie zdając sobie sprawy z wagi tych słów.

– To właśnie nazywamy dowodem nie wprost – oznajmił Gunnar. – Gdyby KFR posiadał cel, nieuniknienie doczekałby się swojej puli opozycjonistów w szeregach. Ci mogliby go obrócić w pył jednym słowem. A jednak KFR nadal istnieje. A zatem nie ma celu.

Od razu wiedziałem, że rozumowanie Gunnara jest bez skazy.

– Wykazał pan, dlaczego KFR nie mógłby mieć sensu! – wykrzyknąłem pełnym podziwu tonem, w którym pobrzmiewała też nutka zazdrości.

– I to nie wychodząc z pokoju – zażartował Gunnar.

– I co pan zrobił dalej?

– Wprosiłem się na najbliższe spotkanie Komitetu i przedstawiłem swoją opowieść ówczesnemu przewodniczącemu, Vittoriowi Tontiemu.

– Jak zareagował?

– Absolutnym niedowierzaniem. Byłem pierwszym, który zwąchał pismo nosem. Wypełnił luki, opowiadając mi historię kawalera Ménarda, a następnie, z wielkim zawstydzeniem, zaproponował, żebym dołączył do Komitetu.

– Sądziłem, że liczba jego członków jest statutowo ograniczona do sześciu.

– Najwyraźniej gotów był zrobić dla mnie wyjątek, do czasu, aż któryś z urzędujących członków przejdzie na emeryturę.

Moim oczom ukazała się nagle cała ogromna połać z życia Gunnara. Rozumiałem już teraz, czemu Khoyoulfaz okazuje mu taki szacunek i czemu Djibo wydawał się tak zażenowany, kiedy wspomniałem o włączeniu Erikssona do mojego zespołu. Należał kiedyś do Komitetu. Był jednym z nich.

– Co ostatecznie skłoniło pana do złożenia dymisji? – spytałem, przeczuwając, że będę musiał wyduszać z niego każde słowo.

– Och, nie musiałem składać dymisji – odparł Gunnar spokojnie. – Odrzuciłem propozycję starego Tontiego.

– Odmówił pan zasiadania w Komitecie? Ale dlaczego?

– Z tego samego powodu, dla którego wcześniej zrezygnowałem ze studiów na Akademii: żeby móc zostać na Islandii.

Oniemiałem.

– Czego chcesz? – rzucił Gunnar, wzruszając ramionami. – Kocham ten kraj bardziej niż cokolwiek na świecie, a – uśmiejesz się – praca konsultanta środowiskowego całkiem mi pasuje. Poza tym Kristin właśnie dostała posadę nauczycielki w Landakotsskóli po dwóch latach oczekiwania. Nie miałem odwagi prosić jej, żeby się przeprowadziła.

– Mimo wszystko – powiedziałem, starając się nie okazać zawodu – miał pan niepowtarzalną okazję, by zmienić świat.

Wydał z siebie cichy śmieszek.

– Zabawne, dokładnie tych samych słów użył Tonti. Ale widzisz, nie jestem pewien, czy mam ochotę zmieniać świat. Pozostawiam to ludziom takim jak ty lub Djibo. Zresztą, znasz mnie, nie gonię za obowiązkami. Dnie spędzane na spotkaniach w sprawie zatwierdzenia budżetu to nie dla mnie. Za bardzo bym się bał, że zamienię się w gryzipiórka. Wiedz jednak, że nie powstrzymało mnie to przed zażądaniem pensji oraz przywilejów należnych członkom Komitetu.

Cały Gunnar. Na pytanie: „Czy chciałby pan definiować priorytety rodzaju ludzkiego?" odpowiadał: „Nie ma szans, ale nie pogardzę podwyższoną emeryturą".

– Nie za bardzo rozczarowany? – zagadnął wesołym tonem, który nie do końca maskował odrobinę zaniepokojenia.

Nie byłem rozczarowany. O tym, że Gunnar jest hedonistą i domatorem, wiedziałem od dawna. Po wszystkim, co dla mnie zrobił, nie czułem się uprawniony, by go osądzać, a tym bardziej potępiać.

– Nie – zaprzeczyłem. – Zdumiony, osłupiały, pod wrażeniem, co pan tylko chce, ale nie rozczarowany. A pan?

– Co ja?

– Co pan poczuł, kiedy Tonti potwierdził pańską teorię?

– Masz na myśli: poza autentyczną dumą z faktu, że wprawiłem ważniaków z Komitetu w zmieszanie?

– Poza tym – przytaknąłem z uśmiechem.

Zamyślił się głęboko na kilka chwil. Zrozumiałem, że starannie waży słowa.

– Nagle zdałem sobie sprawę, że przez piętnaście lat życia ścigałem chimerę. Że zarówno życie, jak i KFR nie mają innego sensu niż ten, który sami im nadamy, i że najlepiej postąpię, jeśli zacznę się zastanawiać, co tak naprawdę chcę osiągnąć na tym świecie.

Znów zrobił przerwę, a potem dorzucił:

– Wyszłoby ci na dobre, gdybyś zrobił to samo.

Był to pierwszy raz, kiedy udzielił mi osobistej rady. Wyczułem, że oto przeżywam wyjątkowo ważny moment, podobny do przekazania pałeczki. Mój ojciec zachęcał mnie do poszukiwania sensu życia; Gunnar z kolei zalecał, abym sam go stworzył.

– Co pan wybrał? – spytałem z gardłem ściśniętym z emocji.

– Ludzi. Całościowo doceniałem wszystkie aspekty mojej pracy w konsorcjum – wolność twórczą, podróże, ludzi, których spotykałem – ale ten ostatni element dominował nad pozostałymi. Szczęśliwym trafem mam pewne uzdolnienia w kierunku rekrutowania. W mgnieniu oka rozróżniam genialnego wizjonera, który zachwieje przekonaniami Planu, i skostniałego mózgowca wręcz stworzonego do Głównego Inspektoratu.

– Muszę przyznać, że rzadko kiedy się pan myli – zgodziłem się, przebiegając w myślach kariery zawodowe moich poprzedników.

– Rzecz w tym, że trzymam się prostej reguły. Czy wiesz, czego w pierwszej kolejności szukam u kandydata? Wyjątkowości. Co takiego posiada, czego inni nie mają? Jakie unikalne doświadczenia przeżył? Czy okaże się na tyle silny, aby pozwolić, żeby jego głęboka oryginalność przeważyła nad konformizmem, który drzemie w każdym z nas? Zanim spotkałem ciebie, nie zdarzyło mi się odpowiedzieć na te trzy pytania z tak wielkim entuzjazmem.

– Dziękuję – powiedziałem, dyskretnie rozmazując łzę palcem.
– Cała przyjemność po mojej stronie. A właśnie, skoro mowa o rekrutacji, nie wiem, co powiedziałeś Ninie Schoeman na mój temat, ale dogadujemy się teraz jak dwie kumoszki.
– To niesamowita dziewczyna.
– Więcej niż niesamowita – poprawił. – Szczera.
W jego ustach stanowiło to olbrzymi komplement. Być może nawet największy ze wszystkich.
– Sądzisz, że byłaby z niej dobra agentka? – dopytywał z miną smakosza.
Naturalnie zadawałem sobie to pytanie już wcześniej.
– Przede wszystkim sądzę, że jest potrzebna tam, gdzie jest.
– Z pewnością masz rację – przyznał Gunnar z żalem.
W głębi zatoki Ellidaárvogur rodziło się słabe światło i rozlewało majestatycznie po morzu.
– Sliv?
– Tak, Gunnarze?
– Kiedy Djibo wyjawił ci sekret KFR-u, rozerwał twoje łańcuchy.
– Wcale nie czułem się jak więzień – zaprotestowałem dla zasady.
– Ale nim byłeś. Bałeś się własnego cienia i osądu innych. Robiłeś to, czego jak ci się zdawało, od ciebie oczekiwano. Od teraz jesteś swoim własnym panem.
Czyżby?, pomyślałem. Miałem wrażenie, że tyle rzeczy wciąż jeszcze owianych jest tajemnicą, począwszy od tożsamości zdrajców, którzy tak usilnie pomagali administracji Busha. Choć Djibo od początku przysięgał, że nic o tym nie wie, w sekrecie i tak żywiłem nadzieję, iż poruszy ten temat przed Komitetem.
– To dziwne. Przez te wszystkie lata wznosiłem się w hierarchii, wierząc, że z każdym awansem zbliżam się do celu, podczas gdy w rzeczywistości…
– Celu nie ma – dokończył Gunnar, którego rysy zaczynałem rozróżniać. – Cel jest w każdym z nas. Jest w tobie. Zawsze tam był.
– Chciałbym być tego pewien. Męczy mnie od wczoraj jedna rzecz. Nie mogę przestać myśleć, że każda teczka, która przeszła

przez moje ręce, mogłaby głosić stanowisko całkowicie odmienne od tego, jakie zabrał jej autor.

– Co chcesz przez to powiedzieć?

– Łajka mogła udusić się podczas startu Sputnika; wikingowie mogli wyruszyć na wschód i odkryć Japonię; Bettlerkönig mógł stanąć po stronie seniora, zwracając się przeciwko chłopom. Wcześniej, kiedy ta myśl przemykała mi przez głowę, otuchy dodawała mi świadomość, że przecież członkowie Komitetu zatwierdzili każdy z tych scenariuszy, ponieważ wpisywał się on w plan, o którym ja nie mam bladego pojęcia. Teraz wiem, że równie łatwo zatwierdziliby scenariusz odwrotny. Wydaje mi się to ogromnie przygnębiające.

– Mylisz się – oznajmił Gunnar, potrząsając głową. – Przypomnij sobie swoją pierwszą teczkę. Zdecydowałeś się pisać o Buszmenach. Nie brakowało kątów, pod którymi mogłeś rozpatrywać temat. Jak wytłumaczysz fakt, że mając do dyspozycji tyle opcji, postanowiłeś uczynić z Buszmenów ofiary pazerności międzynarodowej korporacji?

– To nieistotne, bo równie dobrze mogłem z nich zrobić zacofany lud albo bandę pasożytów żyjącą na garnuszku botswańskiego rządu.

– Ale nie zrobiłeś! – zauważył Gunnar. – To właśnie kocham w konsorcjum: każda teczka zdradza coś o swoim autorze. Spójrz na projekty Leny: żaden nie wywołał nigdy najmniejszego poruszenia...

I nie bez powodu: Thorsen z najwyższą starannością wybierała jedynie aseptyczne tematy, które następnie traktowała z niemal szwajcarską neutralnością. W jej pojęciu żarliwą polemiką byłaby sugestia, że Matka Teresa podjadała słodycze w trakcie Wielkiego Postu. Maga, wręcz przeciwnie, zabierała się do każdej nowej teczki tak, jakby od tego zależało jej życie, i wypatroszyłaby każdego, kto ważyłby się zmienić w niej choćby przecinek. Jeśli chodziło o scenariusze Youssefa, człowiek kończył ich lekturę, nie do końca wiedząc, po której stronie opowiada się autor, mając jednak pewność, że metodycznie rozważył wszystkie związane z tematem zagadnienia.

– Youssef spyta mnie, czy KFR zasługuje na to, by istnieć – rzuciłem, wreszcie zbierając się na odwagę, aby poruszyć kwestię, która dręczyła mnie od dwudziestu czterech godzin.

– Ciii – psyknął Gunnar, odwracając się w fotelu. – Wstaje dzień.

Rzeczywiście, pierwsze promienie słońca rozświetlały horyzont, wydobywając z półmroku meble, jeden po drugim. Język światła liznął leniwie górną półkę biblioteczki, gdzie Gunnar poustawiał ulubionych autorów. Rozpoznałem okładkę niemieckiego wydania *Tako rzecze Zaratustra*, które podarowałem mu na pięćdziesiąte urodziny.

– „Gdy Zaratustra trzydziestu lat dożył, opuścił kraj swój i jezioro ojczyste i poszedł w góry"* – wymamrotałem, drżąc. – Ja wkrótce skończę trzydzieści pięć i nie mam najmniejszej ochoty opuszczać Islandii.

Po chwili Gunnar zwrócił się w moją stronę.

– Twój przyjaciel tego nie wie, ale to on poprzez swoje czyny każdego dnia determinuje sens istnienia KFR-u. Jeśli uważasz, że świat potrzebuje ludzi takich jak Youssef, wówczas powinieneś utrzymać KFR przy życiu.

---

* Friedrich Nietzsche, *Tako rzecze Zaratustra*, przeł. Wacław Berent.

5

Spędziłem kilka kolejnych dni na roztrząsaniu ostatnich wydarzeń. Gdy minęło zdumienie, musiałem przyznać, że rewelacje Djiba nie są mi niemiłe. Przez dwanaście lat KFR moich marzeń walczył o wszystkie sprawy drogie mojemu sercu: godność Buszmenów, dzikie piękno Islandii, tryumf rozumu nad ideologią – mimo że w głębi duszy wiedziałem, iż żadna organizacja nie może dążyć do tylu celów naraz. Obierając jeden, KFR *de facto* zdegradowałby pozostałe do rangi misji podrzędnych. Dzięki Pierre'owi Ménardowi w cudowny sposób pokonał tę pozorną sprzeczność. Bałem się, że stał się programem; on wciąż jednak był projektem.

Wszystko wskazywało na to, że własne miejsce w tym projekcie musiałem dopiero określić. Nie byłem przygotowany na to, co usłyszałem. Jeszcze w zeszłym tygodniu wierzyłem, że poznanie sekretu KFR-u jest ważniejsze niż sekret sam w sobie, że dołączenie do Komitetu liczy się bardziej niż to, co się na jego spotkaniach omawia. Gunnar otworzył mi oczy: moje życie nie będzie miało sensu, chyba że sam mu go nadam. Czekało mnie gigantyczne przedsięwzięcie introspektywne. O dziwo, wcale mnie to nie przerażało.

Któregoś wieczoru zadzwoniłem do Youssefa. Wrócił do Bostonu, gdzie Maga miała wkrótce na nowo podjąć studia.

– Zaczynałem się niecierpliwić – poinformował, choć jego głos brzmiał bardzo spokojnie.

– Musiałem się zastanowić.

– Tak właśnie myślałem. Znasz cel KFR-u?

– Znam – przytaknąłem, przygryzając wargę.

Było to niewinne kłamstwo, ale jednak kłamstwo.

– I?

– I ręczę za niego – oświadczyłem tak zdecydowanie, jak to tylko możliwe.

Usłyszałem, jak na drugim końcu linii przyjaciel długo wydycha powietrze, lecz nie wiedziałem, czy to wyraz ulgi czy frustracji.

– Sliv – odezwał się po chwili ciszy – chciałbym postawić sprawę jasno. Wedle wszelkiego prawdopodobieństwa nigdy nie zostanę dokooptowany do Komitetu. Zdajesz sobie sprawę, że poświęcę KFR-owi całe swoje życie w oparciu tylko i wyłącznie o twoje zapewnienie?

– Mam tego pełną świadomość; mówię to z czystym sumieniem.

– A twojemu sumieniu mogę zaufać.

Formułował opinię czy zadawał pytanie? Ponieważ miałem wątpliwości, zadecydowałem na korzyść tej drugiej opcji.

– Nie, Youssef, możesz zaufać swojemu.

Wydawał się kontemplować moją odpowiedź. Wiedziałem, że umiera z ochoty, aby poprosić mnie, żebym powtórzył mu rozmowę z Djibem, ale że tego nie zrobi. Youssef dotrzymywał raz danego słowa.

– Obiecaj mi, że nigdy nie będę działał w sprzeczności z moimi przekonaniami – nalegał.

– Obiecuję – odparłem szczęśliwy, że mogę uspokoić go w ten sposób bez obawy, że coś kiedyś zada kłam moim słowom.

Znów westchnął, tym razem z wyraźną ulgą.

– Dziękuję, Sliv.

– To ja dziękuję. Za twoją sprawą widzę teraz dużo jaśniej.

– Masz szczęście – zażartował. – Maga i ja błądzimy we mgle. Do widzenia.

– Youssef! – zawołałem, zanim zdążył się rozłączyć.

– Tak?

– Wierz mi, to jest tego warte.

W równej mierze zależało mi na tym, by wymówić te słowa, jak i na tym, żeby on je usłyszał.

– Pokój z tobą, Sliv.

Ktoś kiedyś powiedział, że prawdziwy przyjaciel to osoba, która pomoże ci nieść zwłoki. Youssef i Maga zrobili o wiele więcej: powierzyli mi własne życie. Byłem teraz za nich odpowiedzialny.

6

Na nowo podjąłem pościg za zdrajcami. Pewność, że KFR bardziej niż kiedykolwiek zasługuje, aby go bronić, podwoiła mój zapał. Po raz setny poddawałem sekcji naręcza dokumentów, które wytyczyły szlak ku wojnie. Kończąc orędzie o stanie państwa z dwudziestego dziewiątego stycznia, zauważyłem, że jednego elementu brakuje: tekstu przemowy Colina Powella w ONZ-ecie. Dobrze ją pamiętałem, ponieważ na żywo komentowałem tę egzegezę, jednak wszedłem na stronę Departamentu Stanu na wypadek, gdyby jakiś szczegół mi umknął.

Skupiłem się na materiałach dodatkowych: dwóch nagraniach wideo oraz czterdziestu pięciu slajdach. Nie przypominałem sobie, żebym widział ich aż tyle w dniu prezentacji. Może Powell nie wykorzystał wszystkich, a może to ja, pochłonięty odpowiadaniem na pytania Verplancka, niektóre przegapiłem. Zacząłem od filmów. Pierwszy, trwający ledwie kilka sekund, ukazywał samolot Mirage w locie, a także wydobywającą się z niego mglistą smugę, która, zdaniem Powella, stanowiła dowód, iż Irakijczycy szkolą się w rozprowadzaniu trujących gazów. Drugi nieodwołalnie – nadal według opinii sekretarza stanu – świadczył o tym, że Irak posiada arsenał zdolny obrócić w perzynę teren pięciokrotnie większy od Manhattanu. Ja widziałem natomiast jedynie białego mężczyznę w czapce z daszkiem rozpakowującego skrzynkę rakiet; z tego co mi było wiadomo o zwyczajach panujących w wiejskich regionach Ameryki, równie dobrze mógł przygotowywać wypad na polowanie w Wyoming.

Slajdy zawierały więcej treści. Dobry tuzin był w istocie zdjęciami satelitarnymi instalacji wojskowych, które CIA uprzejmie opisała na użytek tych, którzy jak ja mieli kłopoty z odgadnięciem, co też może skrywać budynek widoczny na fotografii wykonanej z wysokości trzydziestu sześciu tysięcy kilometrów. Zwykły hangar stawał się w ten sposób „warsztatem produkcji pocisków", podczas gdy stojąca ciężarówka została automatycznie awansowana do rangi „pojazdu dekontaminacyjnego".

Slajdy od dwudziestego do dwudziestego drugiego wiele zawdzięczały dowcipnej wyobraźni Curveballa. Tym razem nie mając – i nie bez powodu – do zademonstrowania żadnego zdjęcia, Powell pomógł sobie dwoma stylizowanymi wizualizacjami sławnych mobilnych laboratoriów produkujących czynniki chemiczne. Otuchą przepełniała konstatacja, że niedobór analityków mówiących po arabsku z nawiązką nadrabiał w Langley zastęp grafików.

Slajdy numer trzydzieści jeden i trzydzieści dwa pokazywały słynne aluminiowe rury albo – jak objaśniał podpis – „aluminiowe rury służące do wzbogacania uranu".

Wreszcie zatrzymałem się na slajdzie trzydziestym czwartym, to jest mapie Bliskiego Wschodu, na której wyrysowano cztery koncentryczne kręgi oznaczające zasięg irakijskich pocisków wystrzelonych z wyrzutni arbitralnie umiejscowionej w Bagdadzie. Pierwsze koło, koloru czerwonego, korespondowało z dozwolonym przez Narody Zjednoczone limitem stu pięćdziesięciu kilometrów. Trzy pozostałe, odpowiednio zielone, niebieskie oraz czarne (to ostatnie wykropkowane), rozciągały się daleko poza ten obszar, wywołując wrażenie, że żaden kraj na Bliskim Wschodzie nie da rady uchronić się przed morderczym szałem Saddama.

Gdzie wcześniej widziałem ten graf? Najbardziej prawdopodobnym rozwiązaniem wydawało się, że widniał w państwowym raporcie ewaluacyjnym. Przekartkowałem jego egzemplarz. Na próżno. Może więc w artykule z gazety? Był to rodzaj ilustracji, za jakimi przepadał „New York Times". Przetrząsnąłem moje archiwa i znalazłem kilka podobnych obrazków, ale żadnego identycznego.

I nagle już wiedziałem, kto jest zdrajcą. To nie mapę widziałem wcześniej, ale kręgi. „Szkoda, że nie ma żółtego – pomyślałem wtedy – wyglądałyby jak pierścienie olimpijskie". Włamując się na serwery Departamentu Stanu, zdrajca chciał po raz kolejny zabawić się moim kosztem, tym razem jednak popełnił błąd. Tylko jeden członek KFR-u poza mną widział te koła. Mogłem nawet dokładnie wskazać gdzie i o której godzinie.

Sięgnąłem po telefon, ale potem się rozmyśliłem. Sprawa była zbyt poważna, by dyskutować o niej inaczej, jak tylko osobiście. Która była godzina w Toronto? Południe? Zdążę złapać lot do Montrealu. Wezwałem taksówkę. Może powinienem powiadomić Gunnara? Mój samolot mógł się rozbić. Trudno, musiałem podjąć to ryzyko. Nie ma też potrzeby drukować slajdu, wiedziałem, gdzie go znaleźć.

Taksówka pędziła autostradą, kiedy zadzwoniła moja komórka. Jeżeli to Gunnar, uchylę przed nim rąbka tajemnicy, pomyślałem. Ale to nie był on.

– Nina? – spytałem, z przerażeniem zdając sobie sprawę, że nie odpowiedziałem na ostatnich pięćdziesiąt wiadomości od niej.

– Wielkie nieba, co to się dzieje! – zawołała kpiąco. – Już nie filtrujesz połączeń?

– Byłem dość zajęty – wybełkotałem, żałując, że odebrałem.

– Do tego stopnia, że nie mogłeś znaleźć dwóch minutek, żeby oddzwonić do starej znajomej? Ciii! Nic nie mów, bo zaraz skłamiesz!

– Jak się masz? – zagadnąłem, świadomy, że mi się upiekło.

– A jak sądzisz? Jak ktoś, kto mości się w fotelu, żeby obejrzeć Rambo występującego w remake'u *Najdłuższego dnia*.

– To prawda, zdaje się, że tym razem nie uda nam się tego uniknąć.

Intelekt Niny był tak iskrzący, że podczas rozmowy z nią zawsze odnosiłem wrażenie, że mnożę banały. Kiedy w końcu udawało mi się zebrać myśli, ona zdążyła już zmienić temat.

– Wyczytałeś to w programie telewizyjnym? – zadrwiła. – No dobra, słuchaj, co robisz piętnastego?

– W sobotę? Nic specjalnego, ale...

– W takim razie jedziesz ze mną na manifestację w Londynie. Skopiemy tyłek temu zdrajcy, Blairowi, to będzie coś wielkiego!

Faktycznie, przypomniałem sobie, że gdzieś czytałem, że tego dnia zwolennicy pokoju zamierzają przemaszerować przez wszystkie duże stolice świata.

– Tyle że nie jestem pewien, czy zdążę wrócić – wybełkotałem. – Właśnie jadę na lotnisko.

– Daj spokój, Dartunghuver, ile jeszcze razy wymówisz się podróżą służbową? – odparowała Nina ostrym tonem. – Lepiej dla ciebie, żebyś dotarł na czas, w przeciwnym razie skreślam cię z listy kontaktów. Czy to jasne?

– Jak słońce; zrobię co w mojej mocy – obiecałem.

Rozłączyłem się, wzdychając.

– Co za smoczyca! – wykrzyknął taksówkarz. – Pańska dziewczyna?

– Nawet nie.

– A zatem była?

– Gorzej – zażartowałem. – Moje sumienie.

Spojrzał na mnie w lusterku wstecznym z ogłupiałą miną.

– Nieważne – wymruczał. – To nie powód, żeby pozwalać jej wygadywać co ślina na język przyniesie. Potraktowała pana jak wycieraczkę.

Wylądowałem w Toronto chwilę przed północą. Zadzwoniłem do Djiba z samolotu. Zamierzał zostać do późna w pracy i miał czekać na mnie w swoim gabinecie. Ochroniarz poznał mnie i pozwolił wjechać na górę. Zapukałem do drzwi jedynego pokoju, w którym wciąż paliło się światło.

– Wejdź! – zawołał Djibo.

Z trudem ukryłem zdumienie, kiedy podniósł się, by mnie powitać. Jeszcze schudł i wyglądał jak kłębek nerwów, co do niego niepodobne, bo zawsze nosił się nienagannie; zdjął marynarkę i podwinął rękawy koszuli. Sprawiał wrażenie, jakby szykował się do podjęcia jakiegoś olbrzymiego wyzwania, z góry wiedząc, że przerasta ono jego siły.

– Przychodzisz mnie poinformować, że Youssef nas zadenuncjował, prawda?

Potrząsnąłem głową.

– Nic nie powie, przekonałem go.

Jego twarz się rozjaśniła.

– To najlepsza nowina w ciągu całego tego kiepskiego dnia. Dziękuję, Sliv, KFR ma u ciebie dług.

Nagle zdał sobie sprawę, że pomylił się co do powodu mojej wizyty, i zapytał z niepokojem:

– W takim razie co tu robisz?

– Zidentyfikowałem zdrajcę.

Zdawało się, że moje słowa go przybiły, niewątpliwie dlatego, że nigdy nie przestał żywić nadziei, że podążam fałszywym tropem.

– Zrobię nam kawy – oznajmił. – To będzie długa noc.

Odstawiłem bagaże i rozsiadłem się w fotelu. Fortuna kołem się toczy, pomyślałem, obserwując, jak Djibo zagotowuje wodę. Pięć lat temu Kameruńczyk pogrzebał mój projekt państwa buszmeńskiego. Dziś to ja trzymałem jego los w swoich rękach.

– Wyjawię panu jego nazwisko tylko pod jednym warunkiem – ogłosiłem.

– Ach tak? – prychnął. – A jakimż to?

– Chcę, żeby pan obiecał, że nie spotka go żadna krzywda.

– Czemu mielibyśmy wyrządzić mu krzywdę?

Wyglądał na szczerze zdziwionego.

– Nie wiem, jaką karę wymierzacie zwykle zdrajcom, ale znam wasze metody wobec młodych agentów, którzy narażają KFR na szwank.

Dziesięć lat później nadal zdarzało mi się budzić w nocy z krzykiem i nazwiskiem Johna Harkleroada na ustach. Nikt na to nie zasługiwał, a już na pewno nie osoba, której tożsamość miałem Djibowi ujawnić.

– Zdaje się, że już ci to mówiłem: zawsze udaje nam się polubownie załatwić sprawę z tymi, którzy nas opuszczają.

– Niech pan obieca – nalegałem.

– Obiecuję – rzekł solennie, unosząc prawą dłoń.

– Jest coś jeszcze.

– Kolejny warunek? – spytał znużonym głosem.

– Nie, nie do końca. Gunnar powiedział mi, że kiedy odgadł cel KFR-u, Tonti zaproponował mu miejsce w Komitecie. Zastanawiałem się, dlaczego pan nie postąpił w taki sam sposób ze mną.

Djibo zamknął oczy, jakby zbierał siły, by nie zacząć ciskać wokół przedmiotami.

– Po pierwsze – odezwał się w końcu – pozwól mi zauważyć, że w przeciwieństwie do Gunnara ty nie odkryłeś sekretu KFR-u. Wiesz równie dobrze jak ja, że nigdy byśmy ci go nie zdradzili, gdyby nie szantaż twojego przyjaciela Youssefa.

Oczywiście, że wiedziałem. Ale to jeszcze nie znaczyło, że lubiłem, gdy mi o tym przypominano.

– Jednakże to powiedziawszy, zdaję sobie sprawę, że nie odpowiedziałem na twoje pytanie. Prawda jest taka, że nie mam pewności, czy za tydzień od teraz KFR wciąż będzie istniał.

– Jeżeli to Youssef pana niepokoi, zapewniam, że będzie trzymał język za zębami.

– To nie on jest problemem. Kilku członków Komitetu grozi ujawnieniem istnienia KFR-u w celu zapobieżenia wojnie. Żądają debaty oraz głosowania z zachowaniem wszelkich należytych formalności. Zbieramy się w piątek.

Osłupiałem. Tak byłem pochłonięty troską o zneutralizowanie Youssefa, że nie przyszło mi do głowy, że niektórzy członkowie Komitetu mogą podzielać jego sposób myślenia. A jednak można się było tego spodziewać. Przetrwanie KFR-u kontra tysiące istnień niewinnych ofiar, któż by się nie zawahał?

Postanowiłem postawić wszystko na jedną kartę.

– Skoro o tym mowa, sądzę, że wyjaśnienia zdrajcy rzucą nieco światła na sprawę. A jeśli skończy się na tym, że KFR będzie musiał zniknąć, nie wyobrażam sobie, bym mógł być nieobecny na spotkaniu, na którym zostanie przegłosowane jego rozwiązanie.

Djibo wstał i poszedł po dzbanek z kawą. Nie byłem pewien, czy mnie usłyszał.

– Angouo – zaklinałem, wymawiając słowa, które powtarzałem sobie od tak dawna – proszę, żeby w trybie natychmiastowym rozważył pan przyjęcie mnie do Komitetu.

Podał mi filiżankę kawy. Mimo woli zarejestrowałem chiński wzorek na porcelanie, bez wątpienia będącej prezentem od Gunnara.

– Nie pamiętam już, czy pijesz z cukrem.

Zwykle tak, ale nie miałem najmniejszej ochoty patrzeć, jak rusza na poszukiwania cukiernicy.

– Nie, dziękuję – odparłem, obejmując filiżankę.

– Posłuchaj, Sliv, rozumiesz, że nie mogę podjąć tej decyzji sam…

– Komitet dostosuje się do pańskiego zdania.

Po jego twarzy przemknął cień nostalgii. Epoka, w której narzucał kolegom swoje poglądy, najwyraźniej dobiegła końca.

– Niczego nie obiecuję – oznajmił – ale spróbuję.

– Dziękuję, o nic więcej nie proszę.

– Czy teraz jesteś gotów wyjawić mi tożsamość zdrajcy? – zagadnął z wyczuciem czasu, które sprawiło, że na chwilę zwątpiłem w jego szczerość.

– Jestem. Ale niech pan pozwoli, że najpierw wyłożę, jak moim zdaniem powinniśmy dalej postąpić…

7

Gdy tylko rozsunęły się przede mną drzwi windy, zrozumiałem, że sprawa wygląda pomyślnie. Sześcioro członków Komitetu czekało przy wyjściu z kabiny z uśmiechami na ustach.

– Panie i panowie – wygłosił Djibo nieco patetycznie – przywitajcie, proszę, Sliva Dartunghuvera, który oficjalnie dołączy dziś do nas w charakterze członka Komitetu.

Policzki mi zapłonęły z dumy przy wtórze oklasków, podczas gdy Djibo przyciągnął mnie do siebie w długim uścisku. Później Khoyoulfaz, Verplanck, Karvelis i Shao kolejno uścisnęli mi dłoń, składając życzenia szybkiego odnalezienia się w nowym otoczeniu, chociaż równie dobrze jak ja wiedzieli, że to zebranie może okazać się pierwszym i ostatnim, w jakim kiedykolwiek przyjdzie mi uczestniczyć. Kiedy nadeszła kolej Pierre'a Ménarda, starzec przycisnął mnie do piersi i wspinając się na palce, szepnął mi do ucha: „Cieszę się, że został pan jednym z nas" – słowa stanowiące, choć o tym nie wiedział, wierne echo tych, którymi przed dwunastoma laty Gunnar przypieczętował podpisanie przeze mnie umowy o pracę. Nieobecność mentora w tym jakże szczególnym dniu była zresztą moim jedynym powodem do żalu.

– Nie bardziej niż ja – wyznałem, serdecznie odwzajemniając uścisk Francuza.

– Ile ma pan lat? – zagadnął.

– Trzydzieści cztery – odparłem, mając cichą nadzieję, że poinformuje mnie, iż jestem najmłodszym zwierzchnikiem KFR-u w historii.

– Tyle samo miałby mój syn – rzucił drżącym głosem i odwrócił spiesznie głowę.

Oto dlaczego w wieku siedemdziesięciu kilku lat nadal tu jest, pomyślałem ze smutkiem. Linia Ménardów miała wygasnąć wraz z nim.

Koledzy i koleżanki już zajęli miejsca. Zauważyłem, że Djibo usadził mnie po swojej lewej stronie, obok Claasa Verplancka. Fotel obracał się niezwykle cicho. Opierając się pokusie, by okręcić się na nim wkoło, wyjąłem z teczki notatnik, choć nie miałem bladego pojęcia, co mógłbym w nim zapisać.

– Posiedzenie uważam za otwarte – oświadczył Djibo bez dalszych ceremonii. – Na początek kwestia proceduralna. Nasz statut ogranicza liczbę członków tego organu do sześciu. Proszę was o zgodę, ze względu na zupełnie wyjątkowe okoliczności, na odbycie dzisiejszego spotkania w siedem osób. Wraz z jego końcem przejdę na emeryturę i pozostawię wam wybór nowego przewodniczącego.

Ze zdumienia głośno wciągnąłem powietrze, nie mogłem się powstrzymać. Zwróciłem się ku pozostałym, by sprawdzić, czy podzielają moje oszołomienie, lecz po ich niewzruszonych obliczach poznałem, że Djibo zawczasu powiadomił ich o swoich zamiarach. Wiedział, że jest spalony, więc wynegocjował moje przyjęcie w zamian za własne odejście, wywnioskowałem, jednocześnie pełen podziwu dla Kameruńczyka i zasmucony, że KFR w taki sposób pozbywa się jednego ze swoich najwierniejszych sług. To twoje karierowiczostwo zmusiło go do usunięcia się na bok, podszepnęło mi natychmiast sumienie. Jeśli faktycznie tak było, zostałem surowo ukarany: właśnie straciłem najlepszego sojusznika w tej sali.

Djibo zaczął recytować tekst, który wspólnie przygotowaliśmy:

– Jak wiecie, zebraliśmy się tutaj, żeby omówić dalszą drogę postępowania w świetle ostatnich wydarzeń. Chciałbym jednak dopisać do porządku obrad także dodatkowy, nie mniej pilny punkt. Pod koniec września Sliv poinformował mnie, że niektóre spośród dowodów, jakimi administracja Busha wymachuje nam przed oczami w celu usprawiedliwienia inwazji na Irak, w sposób niezaprzeczalny noszą piętno KFR-u.

Zgromadzeniem wstrząsnął dreszcz zaskoczenia.

– Przecież to niedorzeczne! – wykrzyknął Khoyoulfaz. – O jakich dowodach mowa?

Opowiedziałem w szczegółach o epizodzie z Giovannelim.

– To wszystko? – spytał Verplanck z wyraźnym powątpiewaniem.

– Przyznaję, wówczas zareagowałem dokładnie tak samo – oznajmił Djibo. – Ale ponieważ miałem wątpliwości, zleciłem Slivowi przeprowadzenie śledztwa niezależnie od jego zadań w grupie Yakouba...

– Co?! – wybuchnął Azerbejdżanin, uderzając pięścią w stół. – Jak śmiałeś?

– Yakoub ma rację – poparł go Verplanck, włączając się do rozmowy. – Powinieneś był nas powiadomić. Zresztą doskonale wiesz, że takie dochodzenie wchodzi w zakres obowiązków Głównego Inspektoratu.

– Oczywiście – przytaknął Djibo pojednawczym tonem. – Zrozumcie jednak, że nie mogłem wykluczyć, iż któreś z was jest w to zamieszane.

– Ach, cudownie! – prychnął Verplanck. – Więc teraz podejrzewa się nas o pracę na zlecenie Amerykanów!

– Jakbyśmy nie dali wystarczająco wielu dowodów naszej lojalności – burknął Khoyoulfaz, czyniąc prawdopodobnie aluzję do swojego zgubnego głosu popierającego fatwę.

– Angoua ma rację – oświadczył głos po mojej lewej.

Nic w nieprzeniknionym wyrazie twarzy Ching Shao nie wskazywało, iż to ona była autorką wypowiedzi. Zresztą Chinka rzadko kiedy zadawała sobie trud uzasadniania swoich opinii, co jedynie przydawało jej tajemniczości. Zauważyłem już, że przy takich okazjach Zoe Karvelis stara się wyjaśnić punkt widzenia swojej koleżanki, nie zaznaczając przy tym, w jakim stopniu sama się z nim zgadza.

– Uważa pani, że Angoua dobrze postąpił, zachowując milczenie, na wypadek gdyby zdrajca znajdował się wśród nas, czy tak, Ching?

Chinka tylko mrugnęła, pozostawiając każdemu z nas swobodę w kwestii interpretacji jej słów. Djibo podjął:

– Tak czy inaczej, posiadamy obecnie dowód, że w ciągu ostatnich dwunastu miesięcy agent KFR-u przekazał administracji Busha co najmniej trzy sfałszowane dokumenty.

– Amerykanie o tym wiedzą? – zapytał Ménard, spoglądając na mnie.

– Wygląda na to, że nie – odrzekłem. – Sądzą, że elementy, o których mowa, zostały pozyskane zwykłymi kanałami.

Starannie opisałem każdy z nich, kładąc nacisk na fakt, że dwa ostatnie zawierały wiadomości skierowane, jak się zdawało, bezpośrednio do mnie.

– Zabawny zbieg okoliczności – zauważył chytrze Verplanck. – Spośród wszystkich agentów, którym mógł zagrać na nosie, zdrajca wybrał akurat tego, który deptał mu po piętach.

– Kto wiedział o twoim śledztwie? – dociekał Khoyoulfaz. – Poza Angouą, oczywiście.

Kameruńczyk nie zareagował na ten docinek.

– Parę osób – przyznałem z zawstydzeniem. – Potrzebowałem wsparcia, rozumie pan.

– Ale kto dokładnie? – upierał się Khoyoulfaz. – Chcę znać ich nazwiska.

– Youssef Khrafedine...

– Powinienem był się tego domyślić – odparł Azerbejdżanin. – Naprawdę, ten chłopak odnosi same sukcesy. Spodziewam się, że w takim wypadku Magawati Donogurai również w tym siedzi?

– Tak.

– Kto jeszcze?

– Gunnar Eriksson – wyznałem zażenowany.

– Stary dobry Gunnar! – zawołał radośnie Ménard, jakbym wspomniał nazwisko kolegi z wojska, którego później stracił z oczu.

– Minęło sporo czasu – wymruczał Verplanck.

– Bardzo mi pomógł – powiedziałem na jego obronę. – Nikt nie zna mechanizmów działania KFR-u tak dobrze jak on.

– Nie przesadzajmy – usadziła mnie Karvelis, która jako dyrektorka Działu Kadr uważała najwyraźniej, że ten tytuł prawnie należy się jej.

Khoyoulfaz zmrużył oczy.

– To wszystko? – naciskał, próbując przybrać groźną minę. – Bo chociaż nie jestem wielkim fanem trzech osób, które właśnie wymieniłeś, to jednak nie sądzę, żeby były zdolne do zdrady.

Azerbejdżanin już od dawna mnie nie onieśmielał. Podziwiałem jednak jego przenikliwość. Za pomocą trzech pytań rozwiązał właśnie zagadkę, nad którą ja głowiłem się od pięciu miesięcy.

– Jest jeszcze ktoś – westchnąłem.

Djibo wdusił przycisk znajdującego się przed nim interkomu.

– Olgo? Przyślij tu, proszę, Lenę Thorsen.

8

Komitetem targnął powiew zdumienia.

– Lena? – wykrzyknęła Karvelis. – Jest pan pewien?

– Niestety tak – odparł Djibo. – Dysponujemy niepodważalnym dowodem.

– Ale dlaczego? – spytała Karvelis.

– I dla kogo ona pracuje? – dorzucił Khoyoulfaz.

– Mała suka – wycedził Verplanck przez zęby, na tyle głośno, bym mógł go usłyszeć. – Jak udało jej się prześlizgnąć przez nasze sieci?

Mimo że nic w postawie Leny nie uzasadniało takiej uprzejmości, byłem zdeterminowany, by nie pozwolić kalać imienia zainteresowanej pod jej nieobecność. Tak naprawdę myślę, że w głębi duszy nie straciłem jeszcze resztek nadziei na cud.

– Wysłuchajmy jej, zanim ją osądzimy – zaapelowałem.

Winda zaczęła mruczeć i nie padło już ani jedno słowo. Jeśli sądzić po ich zamyślonych minach, moi sąsiedzi próbowali odgadnąć motywacje Thorsen. Nie dawałem im żadnych szans. Jedynie Khoyoulfaz mógł się pochwalić, że miał z Dunką choć trochę styczności: osobiście nadzorował jej szkolenie, a od pięciu lat był jej bezpośrednim przełożonym. Nie lubił jej jednak wcale; uważał ją za chłodną i nieubłaganą – opinia ta była w Operacjach Specjalnych szeroko rozpowszechniona – i nie zrobił nic, żeby podtrzymać kontakt, kiedy przeprowadziła się do Los Angeles. Djibo, który nerwowo obgryzał nakrętkę pióra, spotkał Lenę nie więcej niż sześć razy w ciągu piętnastu lat. Poprzedniego dnia wyznał mi, że nigdy nie udało mu się nawiązać z nią osobistej relacji porównywalnej do tej, która łączyła go ze mną. Pozostawała Zoe Karvelis. Jako dyrektorka Działu Kadr z bliska śledziła karierę Leny, chociażby ze względu na to, że była jedną z najlepiej zapowiadających się kandydatek do tego, aby pewnego dnia zastąpić ją samą w Komitecie. Jednakże utrzymywanie, że poznało się człowieka dzięki kartkowaniu jego rocznych ewaluacji, wydawało mi się taką samą ułudą jak próba wyobrażenia sobie *Panien z Awinionu* na podstawie wpisu w słowniku malarstwa.

Dźwięczne brzęknięcie oznajmiło przybycie kabiny, a ja nagle zdałem sobie sprawę, że sam nie mam bladego pojęcia o tym, co znajduje się za drzwiami. Och, bez trudu mogłem spekulować na temat jej wyglądu: włożyła szary, niebieski lub zielony kostium, włosy spięła w kok albo pozwoliła im opadać na ramiona, może trochę się opaliła, ale nic z tego nie rozjaśniało mi kwestii jej osobowości. Lena nigdy nie mówiła o sobie. Nie wiedziałem, gdzie dorastała, ile miała rodzeństwa ani czy posiadała kota. Jej gabinet w Córdobie był prawie tak przytulny jak poczekalnia w jakimś urzędzie. Nigdy nie zaprosiła mnie do siebie, a do tego nie mogłem nawet przypuszczać, co trzymała w biblioteczce albo w lodówce. Co gorsza, uświadamiałem sobie teraz, że tych kilka elementów biograficznych, które uznawałem do tej pory za pewne, pochodziło od dwóch wielce podejrzanych grup: rywali Leny oraz tych, którym złamała serce. Ja sam, rozdarty pomiędzy tymi dwoma kategoriami, obficie wzbogaciłem jej legendę niewiarygodnymi opowieściami, które w ostatecznym rozrachunku mniej mówiły o Dunce, a więcej o mojej własnej podświadomości. Znałem Youssefa. Odgadywałem Gunnara. Od dwunastu lat wyobrażałem sobie Lenę.

– Co ty tu robisz? – Podskoczyła, widząc mnie usadowionego po lewej stronie Djiba.

– Sliv od kwadransa należy do Komitetu – poinformował ją Kameruńczyk. – Mam nadzieję, że jego obecność pani nie przeszkadza.

– Wręcz przeciwnie – odrzekła oschle Lena, siadając twarzą do nas, na miejscu, które zajmowałem przed tygodniem.

Rozpięła marynarkę, skrzyżowała pod stołem opalone nogi i wyjęła z torebki plik złożonych na pół kartek.

– Leno – zaczął Djibo – nie wezwaliśmy pani na dzisiejsze zebranie po to, aby wyłożyła pani Komitetowi swoje poglądy na temat sytuacji międzynarodowej...

Był to pretekst, którym postanowiliśmy z Angouą się posłużyć, aby ściągnąć Lenę do Toronto bez wzbudzania jej podejrzeń.

– ...ale po to, by odpowiedziała pani przed najwyższą instancją naszej organizacji na niezwykle poważny zarzut: zarzut zdrady.

Wszyscy wpatrywaliśmy się w Dunkę. Nie drgnął ani jeden mięsień w jej twarzy.

– Proszę wybaczyć, że pana poprawię, panie przewodniczący – odezwała się spokojnie – ale stawiam się przed Komitetem w wybranym przez siebie terminie. Nie wezwaliście mnie, to ja przyjęłam wasze zaproszenie. Wiem, do jakich faktów pan nawiązuje, i wcale im nie zaprzeczam. Wręcz przeciwnie, celowo rozsiałam wskazówki, które pozwoliły do mnie dotrzeć.

Słuchałem tego z rozdziawionymi ustami. Wiedziałem, że Lena jest na tyle arogancka, by chcieć podpisać się pod swoim przekrętem. Nie spodziewałem się jednak, iż pragnie zostać złapana.

– Proszę nam oszczędzić tych bezczelnych przechwałek, panienko – oburzył się Verplanck po mojej lewej. – Niech pani lepiej powie, dla kogo pracuje.

– Nie wierzy mi pan? – spytała z rozbawieniem Lena. – Nie dziwi mnie to: Dartunghuver pewnie nieźle się pysznił, skoro wymusił na was miejsce w Komitecie. A jednak, wierzcie mi, nie można mu przypisać żadnej wielkiej zasługi w zidentyfikowaniu mnie. Powiedziałabym nawet, że wykazał się diabelną głupotą i że bez tej ostatniej, wyjątkowo siermiężnej wskazówki przemyconej do przemowy Colina Powella z pewnością nie spotkałaby mnie dzisiejszego ranka przyjemność znalezienia się wśród was.

Djibo zadrżał na wzmiankę o Powellu.

– Ta wskazówka – zaczął. – Czy mogłaby ją pani opisać?

– Jeszcze jak! – wykrzyknęła Lena, jakby tylko czekała na okazję, żeby mnie ośmieszyć. – Na planszę przedstawiającą irakijską siłę rażenia naniosłam te same cztery koncentryczne kręgi – czerwony, zielony, niebieski i czarny – których użyliśmy na Timorze do zilustrowania skutków zawrócenia rzeki Laclo.

– To prawda? – zapytał mnie Verplanck.

– Niestety – westchnąłem, rumieniąc się.

– A niech mnie, jak mógł pan przegapić tak kłującą w oczy aluzję?

Lena zmierzyła mnie drwiącym spojrzeniem, jakby wzywała do odpowiedzi. Czemu ona do tego stopnia mnie nienawidzi?, zastanowiłem się, z nostalgią wspominając nasze wspólne seanse na ostatnim piętrze hotelu Central. Tej nocy, do której nawiązywała Lena, osiągnęliśmy rzadko spotykany poziom osmozy. A później nasze przymierze się skruszyło, choć co dziwne nie potrafiłem sobie przypomnieć jak ani dlaczego.

– Nie wiem – przyznałem pokornie. – To pewnie wina zmęczenia.

Djibo przyszedł mi z pomocą:

– Nieważne, Claas. Pozwólmy lepiej Lenie się wytłumaczyć.

Lena rzuciła okiem na swoje notatki, a następnie odłożyła je na stół tekstem do dołu. Usiłowała dodać sobie otuchy. W Dili zdradziła mi, że regularnie uczy się swoich wystąpień na pamięć.

– Na początek chciałabym wyjaśnić pewne nieporozumienie – zaczęła. – Jestem tak samo przywiązana do tej organizacji jak którekolwiek z was. Służę jej lojalnie od czternastu lat i wierzę, że przy niezliczonych okazjach przyczyniłam się do jej umocnienia, zarówno podczas mojego pobytu w Córdobie, jak i od czasu wstąpienia do Operacji Specjalnych – mówiła jasno, ze spokojną pewnością siebie, która nie pozostawiała cienia wątpliwości co do szczerości jej słów. – Jestem tu dziś, by pomóc KFR-owi zwalczyć jego grzech pierworodny, a mianowicie haniebne faworyzowanie scenarzystów kosztem falsyfikatorów.

– Słucham? – rzucił Khoyoulfaz, rozglądając się wokół, aby upewnić się, że nie śni.

Djibo gestem nakazał, żeby dał Lenie mówić.

– Już pracując nad pierwszą teczką, zrozumiałam, że zawód agenta wymaga pozornie sprzecznych umiejętności – podjęła Dunka. – Mimo najszczerszych chęci nie udało mi się odczuć pasji dla własnego scenariusza: historii emigrującej do Nebraski greckiej osady, której perypetie wydawały mi się banalne i prawdę mówiąc, nieco bezcelowe. Bohater mojej przygody, Spyros Tadelitis, zbił fortunę na mięsie, ale równie dobrze mogłam mu podarować imperium ziemniaczane. Podobnie było ze wszystkim: jego matka, Lea, mogła nosić imię Melina, a parowiec, na który wsiadł, mógł go zabrać do Southampton zamiast na Ellis Island.

Znałem to upajające doznanie, w którym moim zdaniem kryło się całe piękno zawodu scenarzysty. Ale Lena nigdy nie umiała dać się porwać swoim opowieściom.

– Cóż za kontrast z drugą częścią zadania, która z kolei zdawała się rządzona prawami konieczności! Nie wymyślałam swoich źródeł, one narzucały mi się same, z nieodwołalną jasnością, jakby od momentu, w którym skończyłam kreślić kontury swojej historii, istniał już tylko jeden sposób na udokumentowanie wędrówki Spyrosa... Gunnar Eriksson, któremu napomknęłam o tej asymetrii, wyjawił mi wielki sekret: agenci KFR-u dzielą się na dwa obozy, scenarzystów i fałszerzy. Jego zdaniem bez cienia wątpliwości należałam do tej drugiej kategorii. Wówczas nie zwróciłam na to rozróżnienie najmniejszej uwagi. Wspomniałam je jednak kilka lat później, gdy Eriksson zadzwonił do mnie do Córdoby, żeby powiadomić mnie o przybyciu – cytuję – „najlepszego scenarzysty swojego pokolenia"...

No to koniec, jęknąłem w duchu, zaraz opowie wszystkim o epizodzie z galoszem.

– Gunnar nie kłamał: Dartunghuver – bo to o niego chodziło – jest wspaniałym okazem, którego obserwacja dostarcza mnóstwa informacji. Jak wszyscy jego pobratymcy, swą sztukę postrzega w kategoriach mentalnych. Jego umysł przeciwko światu, jego rozum przeciwko prawom natury, jego wyobraźnia przeciwko pleniącej się rzeczywistości. „Myśleć" i „robić" to dla niego synonimy. To, co obmyśli, uznaje automatycznie za już stworzone, do tego stopnia, że przestaje się interesować swoimi opowieściami, kiedy tylko je zwerbalizuje. Wydaje rzeczywistości rozkaz i – ponieważ oczywiście wyklucza, by ta mogła go nie usłuchać – uważa się w związku z tym za niepokonanego, a KFR idzie za jego przykładem.

– Do czego właściwie zmierzasz? – spytałem z nieprzyjemnym poczuciem, jakby ktoś mieszał mi w mózgu łyżeczką.

– W tysiąc dziewięćset dziewięćdziesiątym piątym roku – ciągnęła Lena, nie patrząc na mnie – Gunnar i Yakoub postanowili dać

Dartunghuverowi nauczkę. Kazali mu – a przy okazji i mnie – wierzyć, że naraził na szwank bezpieczeństwo KFR-u. Powinniście byli widzieć jego minę, kiedy Yakoub zasugerował eliminację pewnego nowozelandzkiego urzędnika w celu oddalenia groźby. Biedak całkiem zbaraniał. Jak to! KFR zniża się do morderstwa, aby zapewnić sobie przetrwanie? Cóż za ordynarność! Przyznaję, że wówczas jego reakcja dogłębnie wytrąciła mnie z równowagi. Jak można być jednocześnie tak inteligentnym i tak naiwnym? Sądzę, że znalazłam już odpowiedź: w świecie Sliva problemy załatwia się, skreślając je jednym pociągnięciem pióra...

– Ty miałaś mniej skrupułów, to pewne. – Zgrzytnąłem ze złości zębami. – Wyrysowałabyś tarczę na plecach tego nieszczęśnika, gdyby Yakoub cię poprosił!

– Oczywiście – przytaknęła Lena. – A wiesz dlaczego? Ponieważ w przeciwieństwie do ciebie nie wyznaję wiary w mit o nieśmiertelności KFR-u. Dla mnie to kwestia prostej arytmetyki: nasza organizacja liczy sobie tysiące agentów, z których każdy tworzy kilkadziesiąt teczek; prędzej czy później w jednej z nich znajdzie się błąd, który wszystkich nas pogrąży.

– Niekoniecznie – zaprotestowałem, w głębi duszy wiedząc, że ona ma rację.

Lena prychnęła pogardliwie.

– Biedactwo, ty naprawdę żyjesz w świecie ułudy! Na szczęście dla KFR-u, podczas gdy ty i tobie podobni upieracie się, by przeczyć faktom, my, falsyfikatorzy, walczymy jak lwy, żeby odwlec klęskę. Niczym współcześni Syzyfowie dzielnie zmieniamy źródło po źródle, udając, że nie zauważamy, iż każdego dnia powstaje setka nowych, tworzymy całe prace naukowe, żeby wcisnąć tytuł wymyślonego dzieła w przypis u dołu strony, przy...

Rozkładając ramiona w porywie uczuć, Lena strąciła szklankę, która roztrzaskała się o podłogę. Thorsen podskoczyła z kompletnie zdezorientowaną miną, spuściła głowę. Kiedy ponownie zabrała głos, nie było w nim już tej samej pewności.

– Moi szefowie często zarzucali mi, że haruję jak wół: ale ja po prostu nigdy nie mogę zmusić się do wyjścia z biura... Zawsze jest jakiś fakt do potwierdzenia, alternatywne źródło informacji do sprawdzenia, legenda do uwiarygodnienia. Ten zawód cię pochłania. W dziedzinie falsyfikacji lepsze nie jest wrogiem dobrego – jest absolutnym imperatywem, wymaganiem, które zostaje spełnione, albo nie, niepokojem, który ściska ci wnętrzności i gwałtownie wyrywa ze snu w środku nocy. Czy dobrze zatarłam za sobą ślady w Kuala Lumpur? A ten drugoklasowiec z Mediolanu? Miejmy nadzieję, że posiada taki sam talent do podkolorowywania rocznych raportów, jak do bałamucenia sekretarek...

Nadstawiłem ucha, by wyłapać jej ostatnie słowa. Lena nie zwracała się już do nas. Jej myśli błądziły, jak musiało się to zdarzać tyle razy w przeszłości, kiedy czekała przy drukarce o trzeciej nad ranem.

– Och, pewnie, jak wszyscy moi koledzy, miałam nadzieję, że rozwój technologii ułatwi nam zadanie. Ha, zdążyłam zmienić zdanie! Spróbujcie konkurować z CIA... Chmary satelitów szpiegowskich celują w naszą planetę przez cały boży dzień: postawcie chatę na pustyni, a w Langley zrobi się zamieszanie jak przed bitwą. Nie wspominając już o internecie czy o tych robotach, które przetrząsają bazy danych na całym świecie i bezlitośnie sygnalizują najmniejszą niezgodność... Kiedy mam pięć minut wolnego czasu, wyciągam z archiwum stare teczki: trzy czwarte z nich zostałoby zdemaskowane na pierwszy rzut oka. Na samą myśl jestem chora...

Aż za dobrze wyobrażałem ją sobie, jak podczas urlopu przetrząsa jeden za drugim postarzałe kartony. Ale co ją motywowało? Nigdy nie słyszałem, by wyrażała jakiekolwiek zainteresowanie celem KFR-u. Czyżby czuła się odpowiedzialna względem agentów? Czy również złożyła obietnicę swojemu ojcu? Po raz kolejny pożałowałem, że tak słabo ją znam.

Podniosła wzrok i przez moment wydawała się zdziwiona odkryciem, że pilnie śledzimy każde jej słowo. Widać było, że pozwoliła sobie odejść daleko od notatek i że zgubiła wątek.

– Gdyby chociaż nasze poświęcenie było doceniane! – podjęła z pasją. – Ale nie! KFR darzy uznaniem jedynie scenarzystów, te rozpieszczone dzieciaki, które nigdy nie pozostają na stanowisku wystarczająco długo, by uczestniczyć w konsekwencjach popełnionych przez siebie błędów, a mają nawet swoje własne wyróżnienie,

Nagrodę za Najlepszą Pierwszą Teczkę. Bo w tej organizacji zaszczyty zawsze przypadają scenarzystom. Sądzicie, że przesadzam? No to sami oceńcie. Poświęciłam trzy lata życia operacji „Homecoming". Och, nie chwalę się tym zbytnio: któregoś dnia obliczyłam, że ponad osiemset osób w mniejszym lub większym stopniu przyczyniło się do powstania tej teczki, niektórzy pracowali nad nią od dwudziestu pięciu lat. A zatem, panie przewodniczący – zwróciła się do Djiba – niech mi pan wytłumaczy, dlaczego, gdy nadszedł czas podziękowań, pamiętał pan jedynie o Dartunghuverze?

Lena wyraźnie czekała na odpowiedź. Djibo jedynie wzruszył ramionami. Pod wpływem gwałtownego impulsu postanowiłem naprawić swoje uchybienia.

– Lena ma rację, Angouo. Bez jej pomocy niczego bym nie osiągnął. Odwaliła w ciągu tamtego tygodnia kawał wspaniałej roboty.

– Moje gratulacje – mruknął Djibo. – Nie widzę jednak, w jaki sposób miałoby to usprawiedliwiać jej zachowanie.

– Tworzyliśmy zespół – naciskałem, desperacko próbując pochwycić spojrzenie Leny. – Być może najlepszy w całej historii KFR-u.

Dlaczego tak długo odkładałem te wyznania? Nie kosztowały mnie wiele, przeciwnie, sprawiły, że odczułem nieopisaną ulgę. Dostrzegałem teraz, w co mogła przerodzić się nasza relacja, gdybym tamtego dnia miał odwagę wygłosić sprostowanie. Lena nie siedziałaby dziś na ławie oskarżonych. Więcej, we dwoje na pewno udałoby nam się zapobiec wojnie.

– Już za późno – wymamrotała znużonym tonem.

– Nie mów tak – poprosiłem. – Możemy się jeszcze cofnąć.

Uśmiechnęła się smutno.

– Posłuchajcie go tylko! Zaraz nam oznajmi, że potrafi na nowo napisać przeszłość. Ale nie, Sliv, nie naprawisz krzywdy, którą mi tamtego dnia wyrządziłeś. To wezwanie przed Komitet tyle dla mnie znaczyło. Och, nie spodziewałam się niczego spektakularnego: tylko poklepania po ramieniu i paru słów zachęty, żadna to ekstrawagancja ze strony kogoś, kto właśnie spędził trzydzieści sześć miesięcy w przeciekających czterech ścianach nieklimatyzowanego pokoju hotelowego. Jak widać, mimo wszystko oczekiwałam zbyt wiele. Na jednym oddechu wymieniając moje „wsparcie logistyczne" i twoją

„niezwykłą brawurę", Angoua potwierdził to, co zawsze przeczuwałam: fałszerze to dla niego popychadła zasługujące co najwyżej na to, by tachać za scenarzystami ich dobytek w drodze na szczyt.

Słowa potrafią ranić. Zarówno te wypowiedziane, jak i te, przed których wygłoszeniem się powstrzymujemy. Lena uniosła nagle głowę na znak, że pokonała ten chwilowy przystęp słabości.

– Postanowiłam pokazać KFR-owi, do czego jestem zdolna. Wystarczająco wiele razy słyszałam, że jako scenarzystka jestem pracowita, ale przeciętna. Zapytałam więc samą siebie, czego by trzeba, żeby Komitet zmienił o mnie opinię. Wojna, pomyślałam, to powinno wystarczyć, a może nie? Po jedenastym września ludzie byli zdezorientowani i gotowi łyknąć każde łgarstwo, jeśli tylko potwierdzało ono ich uprzedzenia. Na Hawajach szczególnie zafrapowała mnie teczka o Łajce: historia o tym, jak długa na dwadzieścia słów depesza oficjalnie rozpoczęła kosmiczny wyścig. Wyznaczyłam sobie parę ograniczeń: zamierzałam wywołać wojnę w ciągu roku, sama, działając na marginesie KFR-u i nie zwracając na siebie niczyjej uwagi, nie licząc członków tej organizacji. Irak sam się nasunął. Wypytując moje kontakty w świecie wywiadu, dowiedziałam się, że CIA podejrzewa Irak o próbę pozyskania uranu od Nigru, ale że do tej pory nie udało jej się przydybać Saddama. Ponieważ szczęśliwym zbiegiem okoliczności kilka miesięcy wcześniej włamano się do nigerskiej ambasady w Rzymie, zabrałam się za redakcję raportu dokumentującego transakcję na pięćset ton…

– Zaczekaj chwilę – przerwałem jej. – W jaki sposób to włamanie miało służyć twoim celom?

Pamiętałem, jak tłumaczyłem Khoyoulfazowi, że ta kradzież stanowi najlepszy dowód oszustwa.

– Miało zatrzeć ślady – wyjaśniła Lena, nadymając się instynktownie, jak za każdym razem gdy prezentowała swoją pracę. – Gdyby włoskie tajne służby nabrały wątpliwości co do autentyczności raportu, skierowałyby swoje podejrzenia na personel ambasady.

Naturalnie. Co za wspaniała zapora przeciwogniowa!, pomyślałem, wbrew sobie pełen podziwu dla genialności tej strategii.

– A wzmianka o Giovannelim? – spytałem.

Zawahała się ułamek sekundy.

– To była omyłka – przyznała. – Wiedziałam, że to bardzo popularne nazwisko, ale zapisałam je w pierwszej formie, jaka przyszła mi do głowy.

– Każdemu mogło się zdarzyć – zapewniłem uprzejmie.

Zgromiła mnie wzrokiem, najwyraźniej nie życząc sobie, bym szukał dla niej wymówek.

– Zrozumiałam swój błąd, kiedy zadzwoniłeś do mnie do Los Angeles, żeby zaproponować mi dołączenie do twojej osobistej eskadry. Śmiechu warte! To tak, jakby Szymon Wiesenthal próbował zwerbować Josefa Mengelego do swojego polowania na nazistów. Ale kiedy już się obśmiałam, odczytałam to jako potwierdzenie faktu, że Komitet naprawdę niczego się nie nauczył: powierzyli tak delikatną misję tobie, człowiekowi, który w dziewięćdziesiątym trzecim zadzwonił w środku nocy do pewnego urzędnika, żeby spytać, czy nie zauważył jakichś anomalii w raporcie ministerialnym…

– Wygląda na to, że nasze gołąbeczki mają rachunki do wyrównania – rzucił sarkastycznie Khoyoulfaz.

– Już nie – odparowała Lena tryumfalnie. – Sędzia właśnie odgwizdał koniec pierwszej połowy. Thorsen: jeden, Dartunghuver: zero.

– To nie jest żaden mecz – zaprotestowałem słabo.

Kogo chciałem nabrać? Oczywiście, że to był mecz. Bo w przeciwnym razie po co trzymałem w szufladzie wykaz liczby dni, przez które Lena sprawowała każde ze swoich stanowisk? Dlaczego przez tak długi czas opatrywałem swój podpis gwiazdką, udając, że stanowi ona znak rozpoznawczy zdobywców Nagrody za Najlepszą Pierwszą Teczkę, jeśli nie w celu rozwścieczenia Dunki? I dlaczego poszedłem w jej ślady, przystępując do Operacji Specjalnych, skoro w dzień przed ogłoszeniem wyników twierdziłem, że zdecydowałem się na Plan? Lena miała rację: istotnie rozgrywaliśmy mecz. Myliła się tylko co do wyniku, ponieważ oboje przegraliśmy.

Djibo pozwolił nam dokończyć wyjaśnienia, nie okazując żadnych emocji. Potem podjął ostrym tonem, jakiego nigdy wcześniej u niego nie słyszałem:

– Nie wiem, Leno, co jest trudniejsze do zniesienia: zuchwalstwo, z jakim zbrukała pani tę instytucję, czy płaczliwy ton smarkuli domagającej się uwagi ze strony rodziców. W to, że jest pani utalentowaną fałszerką, nikt przy tym stole nigdy nie wątpił. Proszę mi zresztą pozwolić zauważyć, że nigdy nie szczędziliśmy pani zachęty. Wczoraj prześledziłem przebieg pani kariery: drugie miejsce w konkursie pierwszych teczek, agentka drugiej klasy w wieku dwudziestu siedmiu lat, absolwentka Akademii w wieku lat trzydziestu jeden. Naprawdę, wydaje mi się, że nie miała się pani na co uskarżać... Jak śmie pani twierdzić, że ta organizacja nie docenia talentu falsyfikatorów? Czworo spośród sześciorga obecnych tu członków reprezentuje profil przeważająco fałszerski. Troje wywodzi się z Głównego Inspektoratu lub Operacji Specjalnych. Czyżby insynuowała pani, że zdradzili własną klasę? A może uważa ich pani za gorszych od siebie, bo żadne z nich nie miało odwagi rozpętać wojny, żeby udowodnić swoim koleżkom, że jest do tego zdolne?

Thorsen otworzyła usta, ale się rozmyśliła. Khoyoulfaz wykorzystał to, by się wtrącić:

– Leno, nie muszę pani mówić, jak ogromny ból mi pani sprawiła, ale niech pani rozwieje dla mnie tę jedną wątpliwość: naprawdę pani sądzi, że wywołała wojnę?

– Ja nie sądzę, ja jestem tego pewna – przytaknęła Dunka butnie.

– A więc sprawa jest jeszcze poważniejsza, niż myślałem – oświadczył Khoyoulfaz. – Niczego pani nie rozpętała. Amerykanie chcieli zacząć tę wojnę i zrobiliby to i bez pani pomocy.

– Bush potrzebował, rzecz jasna, dowodów – przyznała Thorsen obronnym tonem. – Lecz to ja mu ich dostarczyłam.

– Ale, moja biedna Leno, oni przyjęli pani dowody tak samo chętnie jak wszystkie pozostałe. Te od INC, od łowców nagród, od oświeconych neokonserwatystów; wszyscy uciekli się przy tym do drobnej falsyfikacji i proszę wybaczyć, że to powiem, ale te przygotowane przez panią nie były wcale najbardziej błyskotliwe.

– Pan kłamie! – zapiekliła się Lena. – Bush zacytował raport o Nigrze w orędziu o stanie państwa...

– Ale Powell w swoim wystąpieniu nie wspomniał o nim ani słowem – podkreśliłem, nie mogąc się powstrzymać.

Djibo nam przerwał.

– Historia osądzi. Osobiście, Leno, nie mam żadnych wątpliwości co do tego, że uzna panią za winną. Mam tylko nadzieję, że dojrzy w pani jedynie trzeciorzędną wspólniczkę. Kiedy myślę, że przez tak długi czas była pani jedną z nas, jestem przerażony. Nie słyszałem, by wyraziła pani choć cień wyrzutów sumienia z powodu żołnierzy oraz cywilów, którzy zginą za pani sprawą.

– Och, bez przesady – mruknęła Lena. – Saddam Husajn nie jest niewiniątkiem...

Kameruńczyk wolno pokręcił głową. Ton jego głosu stał się twardszy niż kiedykolwiek.

– Wyraźnie niczego się pani nie nauczyła. Każdego roku spotykam na Hawajach finalistów konkursu na pierwszą teczkę i każdego roku jestem zadziwiony ich idealizmem oraz szczerością. Dręczy ich tylko jeden niepokój: że cel KFR-u okaże się sprzeczny z ich etyką. U pani nigdy tego nie wyczułem, Leno. Posłużyła się pani KFR-em jako stopniem, by móc sięgnąć po nie wiadomo jaką zemstę. Przez pewien czas godziliśmy się na ten układ. Jest pani niezrównaną falsyfikatorką – dobrze pani o tym wie – i dużo zyskaliśmy, zatrudniając panią. Ale dziś nie chcemy już pani w naszej organizacji. Proszę wyjść, mamy teraz do omówienia rzeczy ważniejsze niż pani skromna osóbka.

Na te słowa do sali wpadło dwóch rosłych osiłków kryjących się dotąd w kabinie windy, którzy ustawili się za Leną.

– Wyprowadzić ją – polecił Djibo. – I pod żadnym pozorem nie zostawiajcie jej samej. Później zadecydujemy o jej losie.

Jeden z mięśniaków chwycił Lenę za ramię. Wyrwała się instynktownie.

– Precz z łapami, nie zamierzam robić scen.

Co za strata, pomyślałem, patrząc, jak kieruje się do wyjścia. Czy zdawała sobie chociaż sprawę, że ta wspaniała pochwała falsyfikatorskiego ducha była jedynie alibi, wygodną przykrywką dla jej prawdziwego motywu: zazdrości?

Gnębiła mnie ostatnia rzecz. Szepnąłem Djibowi parę słów na ucho.

– Chwileczkę, Leno – rzucił mój sąsiad. – Sliv ma do pani pytanie.

Dunka odwróciła się na pięcie.

– Słucham.

– Mówiłaś przed chwilą o swoich kontaktach w świecie tajnych służb. Kto pomógł ci włączyć do obiegu raport o Nigrze?

Twarz Leny się rozjaśniła. Powiodła wzrokiem po członkach Komitetu, jakby po raz kolejny brała ich na świadków mojej nieuleczalnej głupoty.

– No przecież, że ta sama osoba, która i tobie sprzedała egzemplarz! – zawołała z rozkoszą, obdarzając mnie swym najpiękniejszym uśmiechem. – Otto Dreppner.

Wybuchy jej śmiechu długo niosły się echem, gdy sunęła w dół.

9

– Kim jest Dreppner? – spytał Verplanck tonem inkwizytora.

– Byłym agentem Stasi – odparłem automatycznie, wciąż oszołomiony rewelacją Leny. – To on załatwił nam raport o Nigrze.

– I nigdy nie przyszło panu do głowy, że on może pracować dla kogoś jeszcze? Kiedy wchodzi się w konszachty z najemnikami, jest się narażonym na właśnie tego rodzaju ryzyko.

– Nie przyszło mi to do głowy – wyznałem ze wstydem.

Verplanck wzniósł oczy do nieba, jakby to moje przeoczenie stanowiło ostatni przykład w kwestii generalnej porażki, na którą od dawna usiłował zwrócić uwagę pozostałych członków Komitetu.

– Powiedziałby to panu pierwszy lepszy pracownik Głównego Inspektoratu. Tym bardziej trzeba było się z nami skonsultować.

Djibo postanowił puścić tę uwagę mimo uszu.

– Proponuję, żebyśmy wrócili do tego tematu później, a teraz przeszli do kluczowego punktu naszego spotkania – rzekł. – Kilkoro z was zwierzyło mi się ostatnio z życzenia, aby organ ten rozważył wszystkie opcje, wliczając w to te najbardziej ekstremalne, mogące zapobiec szykującej się wojnie. Myślę, że wyrażę powszechną opinię, gdy powiem, że w obecnej sytuacji czujemy szczególny rodzaj odpowiedzialności: przyczyniliśmy się do strukturyzacji Al-Kaidy, a jedna z naszych agentek sfabrykowała część dowodów, którymi administracja Busha się posłużyła, by usprawiedliwić inwazję na Irak. Stawiam zatem pierwsze pytanie: czy uważacie, że KFR może powstrzymać wojnę swoimi zwykłymi sposobami?

– Co dokładnie ma pan na myśli? – spytałem.

– Och, scenariuszy nie brakuje – wyjaśniła Karvelis; ta sugestia najwyraźniej wyszła właśnie od niej. – Bin Laden mógłby nagrać nową wiadomość wideo, w której całkowicie oczyściłby Saddama z zarzutów...

– To by nie wystarczyło – oceniłem. – Amerykanie stwierdziliby, że kłamie, żeby uniknąć wojny.

– Nie, gdybyśmy najpierw zdyskredytowali Busha – odparł Ménard.

– W jaki sposób?

Francuz wzruszył ramionami.

– W aferach możemy przebierać. Osobiście preferuję skandale seksualne. Efekt gwarantowany.

– Nie zawsze – sprzeciwiłem się. – Proszę spojrzeć na Clintona.

– Potrzeba by, rzecz jasna, czegoś dużo gorszego niż obciąganko w Gabinecie Owalnym – wymruczała Karvelis z miną smakoszki.

– Zdaje się, że dziecko z nieprawego łoża to minimum. – Ménard przytaknął ruchem głowy.

Khoyoulfaz skrzywił się w powątpiewającym grymasie.

– Yakoubie? – zagadnął Djibo.

– Wierzcie mi, nic nie sprawiłoby mi większej przyjemności niż poinformowanie któregoś z dzienników, że Bush zrobił dziecko cheerleaderce Dallas Cowboys – odrzekł Azerbejdżanin – ale moim zdaniem Biały Dom nie zawróci z raz obranej drogi. Wie, że jego dowody nie trzymają się kupy, i już zaczął naginać swoją argumentację. Jeszcze kilka tygodni temu CIA utrzymywała, że zna umiejscowienie broni masowego rażenia; teraz przyrzeka, że zlokalizuje ją, gdy tylko znajdzie się na miejscu...

– To diablo zmienia postać rzeczy – zauważył Verplanck.

– A jednak wygląda na to, że fakt ten umknął uwagi większości autorów wstępniaków, łącznie z tymi, których trudno podejrzewać o sympatię względem obecnej administracji – ubolewał Khoyoulfaz.

– Bo amerykańska opinia publiczna sądzi, że ta historia ciągnie się już za długo – wyjaśniłem. – „Pozwólmy im działać", czytamy to tu, to tam. „Tak czy owak, sprawa wkrótce będzie załatwiona".

– Zgadzam się ze Slivem – zaznaczył Djibo.

Widząc, że nikt nie rwie się do zabrania głosu, kontynuował:

– Proponuję, żebyśmy przeszli do głosowania. Kto jest za tym, żebyśmy zaangażowali się w przedsięwzięcie mające na celu zdestabilizowanie Stanów Zjednoczonych oraz ich prezydenta?

Jedynie Karvelis podniosła rękę.

– Wniosek odrzucony – podsumował Djibo, nalewając sobie wody do szklanki.

Pochyliłem się do Claasa Verplancka i wymamrotałem mu do ucha:

– Nie policzył głosów przeciw, to normalne?

– Absolutnie. Nie wolno się wstrzymywać.

– Nie wolno? A jeśli nie mam zdania?

– Jeśli wierzyć Lenie Thorsen, byłby to pierwszy raz – odparł oschle Holender.

Djibo odchrząknął.

– Mam teraz obowiązek zadać wam drugie pytanie, być może większej wagi niż jakiekolwiek zagadnienie poddane pod rozwagę temu zgromadzeniu przez któregokolwiek przewodniczącego: czy myślicie, że ujawnienie istnienia KFR-u pozwoliłoby zapobiec wojnie? Rozumiecie, oczywiście, że odpowiedź twierdząca pociągnie za sobą ni mniej, ni więcej, tylko rozwiązanie naszej organizacji.

Karvelis i Khoyoulfaz skinęli z powagą głowami, Verplanck kiwał energiczniej, jakby niecierpliwie czekał na rozpoczęcie debaty. Ménard zamknął oczy. Shao potarła płatek ucha.

– Chciałbym, żebyśmy przed przystąpieniem do deliberacji zgodzili się co do dwóch kwestii – ciągnął Djibo. – Po pierwsze, jeżeli uważacie, że obnażenie naszej roli pomoże uniknąć albo chociażby opóźnić inwazję na Irak, zachęcam, abyście więcej się nie wahali. Nie zaczynajcie sporządzać listy osiągnięć KFR-u na przestrzeni wieków. Nie zniżajcie się też do odrażających zestawień rachunkowych naszych kadr z przewidywaną liczbą ofiar konfliktu. Niektórzy z nas zakosztują być może więzienia, ale żaden agent nie straci życia...

Innymi słowy, los jednego Irakijczyka znaczy więcej niż los wszystkich agentów KFR-u razem wziętych. W tej chwili dałbym wszystko, by mieć u boku Youssefa.

– Po drugie, chciałbym, żeby każde z nas zobowiązało się do uszanowania zdania większości. Jeśli postanowimy oddać się w ręce sprawiedliwości, głosujący za ocaleniem KFR-u tak czy inaczej zostaną uniesieni z prądem. Ale jeśli zdecydujemy zachować nasze działanie w sekrecie, proszę głosujących za rozwiązaniem przeciwnym, aby nie ulegli pokusie jednostkowego aktu. Będą mogli oczywiście złożyć dymisję ze stanowiska w Komitecie, ale w żadnym wypadku nie wolno im ujawnić istnienia KFR-u. Czy wszyscy zgadzamy się w tych dwóch tematach?

Obie reguły przyjęto jednomyślnie i wyczułem, że Djibo się rozluźnia.

– Dziękuję za okazane zaufanie – rzekł. – Możemy teraz dyskutować bez przeszkód. Każdy punkt widzenia wart jest wysłuchania. Kto chce zacząć?

Przez moment przyglądaliśmy się sobie nawzajem, a potem Yakoub rzucił się na głęboką wodę.

– Wątpię niestety, abyśmy w obecnym stanie rzeczy mogli odwrócić sytuację. W końcu Thorsen sfabrykowała jedynie niewielką część wykorzystanych przez Powella argumentów. Amerykanie spokojnie będą mogli powiedzieć, że korzystali z mnóstwa innych źródeł – co, tak przy okazji, jest prawdą.

– Ale wszystkie ich źródła są tak samo wątpliwe jak te wysmażone przez Thorsen – spierała się Karvelis. – Można mieć nadzieję, że CIA wreszcie zda sobie z tego sprawę, kiedy na nowo przeanalizuje dokumentację w świetle naszych rewelacji…

– Zakładając, że w ogóle zależy im na ustaleniu prawdy – przerwał jej Djibo. – Ja już od dawna w to nie wierzę. W przeciwnym razie dlaczego pozwalają Bushowi twierdzić, że Irak próbuje kupić uran w Afryce, podczas gdy na biurku Teneta leży raport wykazujący coś zupełnie innego? Dlaczego utrzymują, że aluminiowe rury służą do produkcji wirówek, czym przeciwstawiają się opinii wszystkich ekspertów z Departamentu Energii? I czemu dysponując podobno tak ważnym świadkiem jak Curveball, pozwalają, by przesłuchiwali go Niemcy, którzy nie poddali go nawet badaniu wykrywaczem kłamstw? Jeśli chcecie znać moje zdanie, Lena Thorsen jedynie przyspieszyła bieg historii. Do tej wojny doszłoby i bez pomocy KFR-u…

Był to nieco pospiesznie sformułowany wniosek i Verplanck nie omieszkał tego wykorzystać.

– Bez pomocy Leny, możliwe – ocenił. – Bez twojej fatwy, na pewno nie.

– Nasza fatwa – poprawił Djibo, kładąc nacisk na zaimek dzierżawczy – odegrała pomniejszą rolę w porównaniu z takimi czynnikami jak osobowość Saddama czy pragnienie Busha, by zemścić się za ojca oraz podreperować autorytet po początkach sprawowania władzy z niepewnym mandatem.

– Nie jesteś więc zwolennikiem ujawnienia istnienia KFR-u? – podsumował Khoyoulfaz.

– Tak jak ty, uważam, że na nic się to zda. Ale bardzo chciałbym zmienić zdanie.

Pomimo całej sympatii, jaką żywiłem do Kameruńczyka, jego udział w naszych rozmowach od samego początku budził we mnie kilka zastrzeżeń, a jego ostatnie słowa jedynie mnie w nich utwierdziły. Bo czy naprawdę można było od Djiba oczekiwać, że nieodwracalnie skazi bilans swojej kadencji, opowiadając się przeciwko utrzymaniu KFR-u? Z drugiej strony, nie byłem pewien, ile osób przy tym stole potrafi zdobyć się na bezinteresowność, jakiej potrzeba, by w momencie podejmowania tak ważnej decyzji nie zawracać sobie głowy jej implikacjami dla każdego z osobna. I tak mogłem się założyć, że Verplanck nie zagłosuje za rozwiązaniem organizacji, o której przewodniczenie otwarcie się ubiegał, i że Pierre Ménard w chwili oddawania głosu posłucha podszeptów ducha swojego przodka. Co do motywów kierujących pozostałymi członkami Komitetu, mimo iż nie jawiły mi się z taką wyrazistością, ani przez chwilę nie wątpiłem, że istnieją.

Ching Shao dyskretnie podniosła rękę. Po zaciekawionych minach, które pojawiły się na twarzach sąsiadów, poznałem, że Chinka nie miała zwyczaju prosić o głos.

– Tak, Ching – zachęcił Djibo.

– Fakt, że pojedynczy agent potrafi wywołać wojnę, pokazuje, że posiadamy zbyt dużą władzę – ogłosiła wolno Shao ze swym zawiesistym akcentem.

Najwyraźniej nie zamierzała rozwijać tej myśli, więc po raz kolejny to Zoe Karvelis zajęła się doprecyzowaniem.

– Ching chce z pewnością powiedzieć, że w dzisiejszym świecie osoba zdeterminowana może spowodować znaczne szkody, nawet działając w pojedynkę.

– To nic nowego – zamruczał Ménard.

– Ależ oczywiście, że tak – sprzeciwiła się Karvelis żywo. – Dzięki nowym technologiom haker operujący z własnego garażu jest w stanie przejąć kontrolę nad lotniskowcem albo zawiesić obrót akcjami na giełdzie w Nowym Jorku. Nasi poprzednicy nigdy nie mieli takich możliwości.

To akurat nie było takie pewne. Jeżeli Ménard poprawnie zinterpretował ostatnie dni swojego przodka, to ten rozkręcił niezwykłe przedsięwzięcie, jedynie dając się aresztować.

– No dobrze – zgodził się Khoyoulfaz. – Dysponujemy bronią potężniejszą niż ci urzędujący przed nami. Co w tym złego?

– Sądzę, że Ching wątpi w umiejętność niektórych naszych agentów do zrobienia dobrego użytku z tego arsenału – wytłumaczył Djibo.

– Zawsze zdarzały nam się jakieś czarne owce – odparował Khoyoulfaz.

– To prawda. Ale w przeszłości musiały one sięgać po istne skarby pomysłowości, żeby obejść nasze wewnętrzne kontrole. W obecnym przypadku Lenie udało się wywołać poważny geopolityczny wstrząs, nawet nie ściągając na siebie uwagi Głównego Inspektoratu.

Verplanck, który nie spodziewał się ciosu, podskoczył jak ukłuty ostrogą.

– Gdybyście się do nas zwrócili, zamiast bawić się w Sherlocka Holmesa...

– Niczego by to nie zmieniło – uznał lapidarnie Khoyoulfaz.

Z satysfakcją przyjąłem te słowa, świadczące, iż Azerbejdżanin wybaczył mi, że pominąłem go, idąc na skróty do Djiba. Shao tymczasem przesuwała po zebranych nieprzeniknionym spojrzeniem. Gdy dotarła do mnie, zatrzymała się na chwilę, jakby dawała mi znak, że mam przejąć pałeczkę po Karvelis.

– Widzieliście *Doktora Strangelove'a*? – zapytałem nagle. – Stanley Kubrick, rok tysiąc dziewięćset sześćdziesiąty czwarty.

– Nie wydaje mi się – odparł Khoyoulfaz.

– Myśli pan, że mam czas na chodzenie do kina? – mruknął Verplanck.

– To historia ogarniętego paranoicznym szałem amerykańskiego generała, który wydaje uzbrojonym w ładunki atomowe samolotom B-52 rozkaz ataku na ZSRR. Gdy tylko amerykański prezydent dowiaduje się o operacji, informuje o niej radzieckiego ambasadora, który także dzieli się z nim straszliwą nowiną: jego rząd zainstalował właśnie rewolucyjny system odstraszania nuklearnego, który w razie ataku jądrowego na radzieckie ziemie automatycznie odpala chmarę pocisków w kierunku Stanów Zjednoczonych.

– To niedorzeczne – ocenił Verplanck. – Mechanizm odstraszania ma jakąkolwiek wartość tylko pod warunkiem, że powiadomi się o nim wroga.

– To samo mówi prezydent radzieckiemu premierowi. „Zamierzaliśmy podać to do wiadomości publicznej na dniach – jęczy ten. – Wasz atak nastąpił w najgorszym możliwym momencie".

– Jak Amerykanie się z tego wyplątują? – dociekał Khoyoulfaz.

– Udaje im się skontaktować z większością pilotów bombowców, ale niektóre aparaty okazują się uszkodzone i odwołanie rozkazu nie dociera. Prezydent nie ma wówczas innego wyjścia, jak tylko przekazać ich współrzędne swojemu radzieckiemu odpowiednikowi i prosić, by ten je zestrzelił. A jednak, za cenę manewrów, które w innych okolicznościach nazwalibyśmy heroicznymi, jednemu z pilotów udaje się oszukać sowieckie radary i zrzucić zgubny ładunek. Film kończy się serią grzybów atomowych wyrastających do wtóru piosenki *We'll Meet Again* Very Lynn.

Shao niemal niezauważalnym skinieniem głowy dała mi do zrozumienia, że poprawnie zinterpretowałem jej myśli.

– Jakie jest przesłanie Kubricka? – spytał Khoyoulfaz. – Że pomimo wszystkich środków ostrożności, jakimi możemy obwarować użycie broni atomowej, ona i tak nieuchronnie przyniesie nam zagładę?

– Właśnie tak. Możemy mnożyć ćwiczenia, wzmacniać nadzór nad pociskami albo co rusz zmieniać kodeksy dotyczące ich odpalania, ale i tak nigdy całkowicie nie wyeliminujemy ryzyka, że ktoś zadziała ze złych pobudek. A zatem zapaleniec, który jeszcze sto lat temu w najlepszym – albo w najgorszym – wypadku wywołałby incydent dyplomatyczny, może dziś wstrząsnąć połową planety. Pozwolę, byście sami przeprowadzili porównanie z agentami KFR-u.

– Jest to jakiś punkt widzenia – przyznał Khoyoulfaz.

– Choć trochę pesymistyczny – złagodził jego wniosek Ménard. – Z tego co wiem, wojskowe programy jądrowe są bardzo ściśle nadzorowane.

– Tak pan uważa? – zdumiałem się. – Po dziś dzień brakuje setek głowic z byłego ZSRR, które zniknęły bez śladu.

Francuz miał właśnie odpowiedzieć, kiedy Shao oświadczyła sentencjonalnie, ledwie poruszając wargami:

– Nie jesteśmy więcej warci niż Amerykanie.

– W jaki sposób utrzymamy naszych agentów w ryzach – przełożyła Karvelis – skoro mimo tych wszystkich wysiłków Amerykanom nie udało się powstrzymać proliferacji?

Przez chwilę dumaliśmy nad tymi słowami. Khoyoulfaz nagryzmolił coś w notesie. Ménard, ze złączonymi dłońmi i odchylonymi prostopadle kciukami, wyglądał, jakby się modlił. Wreszcie Djibo przerwał milczenie:

– Jestem niezwykle wrażliwy na argument Ching. Nie mam jednak pewności, czy w znaczący sposób zmienia postać rzeczy. Od momentu powstania KFR wierzy w czystość intencji swoich członków. Nieraz się na tym sparzyliśmy, ale ogólnie rzecz biorąc, w ciągu dwóch wieków wyrządziliśmy o wiele więcej dobra niż zła. Ching utrzymuje – całkiem słusznie – że agent o złych intencjach może dziś narobić dużo więcej szkód niż przed piętnastoma czy dwudziestoma laty. Ale równie prawdziwe jest twierdzenie odwrotne: szlachetny rekrut – a ogromna większość do takich się zalicza – nigdy wcześniej nie miał tylu możliwości, by wywrzeć wpływ w sprawach, które są mu drogie. Stawka wzrosła, ale gra ciągle jest ta sama, a zatem jeśli zdecydujemy się pozostać przy stole, mniej istotne okaże się ustalenie, czy należy obciążać Lenę Thorsen odpowiedzialnością za zapowiadający się konflikt, a bardziej istotne zrozumienie, dlaczego postanowiła poświęcić swój wyjątkowy talent wojnie.

Podczas tej tyrady Zoe Karvelis wykazywała rosnące oznaki podenerwowania.

– Niepokoisz mnie, Angouo – oznajmiła. – Nie jesteśmy w kasynie! Odnoszę wrażenie, jakbym słuchała człowieka, który przez długi czas grał w rosyjską ruletkę z pistoletem na kapiszony i ponieważ nigdy nie spotkało go nic gorszego niż odrobina strachu i potworna migrena, uznaje, że nadszedł czas, by wsunąć do magazynka prawdziwe naboje.

– Ryzyko istniało zawsze – przypomniał Khoyoulfaz.

– Czyżby? Ale czym tak naprawdę ryzykowaliśmy? Że zdemaskuje nas FBI? Że doniesie na nas agent drugiej klasy, rozwścieczony kiepskim wynikiem, z jakim ukończył Akademię? Oczywiście, to byłaby niepowetowana strata, ale świat by przetrwał. Za to teraz, skoro agenci rozpętują wojnę za każdym razem, gdy poczują, że Komitet nie okazuje im należytego szacunku…

– Mówię ci przecież, że Amerykanie tak czy owak by zaatakowali – przerwał jej Khoyoulfaz zniecierpliwionym tonem.

– I co to zmienia? – wybuchła Greczynka. – Może bardziej wstrząsnęłoby tobą, gdyby Thorsen zamarkowała start pakistańskiego pocisku, na co Indie zrównały z ziemią Islamabad?

Khoyoulfaz nie znalazł na to odpowiedzi. Tak jak i ja, wiedział, że nie istnieje praktycznie żaden sposób na powstrzymanie agenta równie utalentowanego jak Lena przed wprowadzeniem podobnego planu w życie. Karvelis nalała sobie wody. Drżała.

– Chcesz, żebyśmy zrobili przerwę, Zoe? – zaproponował Djibo.

– Nie, dziękuję.

Opróżniła szklankę i powoli wypuściła powietrze.

– Uniosłam się – oświadczyła. – Wiecie, żałuję, że nie odbyliśmy tej dyskusji, kiedy Angoua przedłożył nam projekt fatwy.

– Nie wiem, czego ty chcesz! – zaprotestował Djibo. – Godzinami nad nią debatowaliśmy.

– Problem został źle sformułowany – ubolewała Greczynka, kręcąc głową. – W tamtym czasie trochę niechętnie poparłam twoją teczkę. Teraz zdaję sobie sprawę, że ta fatwa stanowiła pierwszy objaw fatalnej zmiany w naszym podejściu. Nie chcąc ryzykować własną skórą, narażaliśmy odtąd cudzą. Nigdy sobie nie wybaczę, że nie pojęłam tego wcześniej.

Djibo otworzył usta, lecz zrezygnował z odpowiedzi. Odgadł, że nie ma sensu się upierać. Dyskretnie śledziłem reakcje sąsiadów. Na wargach Verplancka kołysał się drwiący uśmiech. Khoyoulfaz zatopił się w myślach. On również głosował za fatwą. Ale w przeciwieństwie do Greczynki żałował tego nie od dziś.

– Co radzisz? – zapytał Azerbejdżanin.

– Natychmiast powiadomić media – odparła Karvelis bez wahania. – Pewnie już za późno, by powstrzymać wojnę, lecz nawet jeśli mamy tylko jedną szansę na milion, powinniśmy się jej uczepić.

– A agenci?

– Rozdzielmy pomiędzy nich oszczędności KFR-u. Będą potrzebowali pieniędzy, żeby zacząć od nowa.

– Mówimy tu o olbrzymich kwotach – zauważył słusznie Verplanck.

– Które tak czy siak zostaną skonfiskowane. A poza tym to nie pora, żeby skąpić na odszkodowania z tytułu zwolnienia!

Uśmiechnąłem się. Plan Karvelis przypominał ją samą: był szczery, zdecydowany i hojny.

– Co o tym myślisz, Claas? – chciał wiedzieć Khoyoulfaz.

Te słowa wyrwały Djiba z odrętwienia, w które popadł po wymianie zdań z Karvelis.

– No właśnie, to prawda – zauważył. – Jak na razie niewiele się odzywałeś...

– Słuchałem waszych argumentów – odparł Holender obronnym tonem.

– Czy udało ci się wyrobić sobie własną opinię? – zapytał Djibo słodko.

– Ależ oczywiście – potwierdził Verplanck, gorączkowo zbierając leżące przed nim kartki, jakby miał nadzieję znaleźć na nich szkielet swojej wypowiedzi. – O, jest. Na początek gratuluję wysokiego poziomu obrad, który wszystkim nam wystawia dobre świadectwo. Następnie zauważam, że chyba osiągnęliśmy konsensus w sprawie roli odegranej przez Lenę Thorsen. Nawet jeśli nie wywołała wojny, to mimo wszystko pogrążyła KFR w chaosie, którego uporządkowanie przysporzy następnemu przewodniczącemu koszmarnych trudności.

Shao ziewnęła głośno. Djibo wyjął z teczki plik listów.

– Nie liczcie – ciągnął niezniechęcony Verplanck – że będę bronił kobiety, która świadomie pogwałciła zasady narzucone przez Główny Inspektorat, ale trzeba przyznać, że klimat bezkarności, jaki panuje na samym szczycie hierarchii naszej organizacji, bez wątpienia nie przyczynił się do ostudzenia jej zapału.

– Nie masz przypadkiem nożyka do papieru? – zagadnął mnie Djibo, naśladując ruch rozcinania koperty.

Zdając sobie sprawę, że słuchacze wymykają mu się z rąk, Verplanck przybrał bardziej bezpośredni ton:

– Jasne, Lena Thorsen jest winna, ale jest również ofiarą tej fatalnej zmiany w podejściu, o której wspominała Zoe i która…

– Pozwolisz – wtrąciła się Karvelis porywczo. – Ja nie mam z tym wszystkim nic wspólnego!

– Ale powiedziałaś, że…

– Wiem, co powiedziałam, i proszę cię, żebyś nie mieszał mnie w swoje osobiste porachunki.

– A zatem, Claas, za czy przeciw? – zapytał Djibo, rozkładając ręcznie pisany list.

– Raczej za – rzucił Verplanck niechętnie.

Djibo przebiegł wzrokiem list i zmiął go w kulkę. Następnie uniósł brew.

– Co mówiłeś?

– Za. Tak, raczej za.

Słysząc, jak Verplanck po raz kolejny wpada głową naprzód w zastawioną przez Djiba pułapkę, zrozumiałem nagle, że kompletnie się co do niego pomyliłem. Nie był pozbawionym skrupułów karierowiczem, jak z makiaweliczną zręcznością przedstawiał go Djibo, by tym lepiej wyalienować go w Komitecie, lecz krzyżowcem najczystszej wody, pewnie, może nieco bezbarwnym, który jednak zdzierał sobie gardło, bez końca powtarzając zasady bezpieczeństwa, na które nikt – a w pierwszej kolejności ja – nie zwracał uwagi.

– Za czym? Za utrzymaniem KFR-u czy za jego rozwiązaniem? – naciskał bezlitośnie Djibo.

– Nie, nie za tym – wybełkotał Holender. – To znaczy, chcę powiedzieć: za utrzymaniem.

– Wiesz, masz jeszcze czas, by przed głosowaniem zmienić zdanie.

– Och, nie ma obawy – odparł Verplanck, prostując się na siedzeniu. – Moimi przekonaniami nic nie zachwieje.

– Coś jeszcze? – rzucił Djibo, nie zwracając się do nikogo w szczególności.

– Tak – odrzekł Khoyoulfaz. – Przemyślałem plan Zoe raz jeszcze. Obawiam się, że byłby skazany na porażkę.

– Dlaczego? – spytała Karvelis.

– Ponieważ odliczanie już się rozpoczęło. W chwili gdy my tu sobie rozmawiamy, sto pięćdziesiąt tysięcy uzbrojonych po zęby amerykańskich żołnierzy czeka już na granicy Iraku. Jeśli zadzwonisz do Associated Press albo „New York Timesa", Biały Dom natychmiast wyda rozkaz rozpoczęcia operacji militarnych, a nowina o istnieniu KFR-u zginie wśród pierwszych doniesień z pola walki.

– Tak uważasz?

– Jestem tego pewien.

Stopniowo zmieniła się natura debaty. Nie dotyczyła już sposobu powstrzymania wojny – panowała powszechna zgoda, że to niemożliwe – a raczej rozstrzygnięcia, czy KFR zasługuje na to, aby przetrwać.

– Pierre? – rzucił znów Djibo.

Ménard otworzył oczy. Sądziłem wcześniej, że zasnął. Myliłem się.

– Podzielam opinię Yakouba: Bush trzyma palec na spuście i żaden komunikat prasowy nie sprawi, że się wycofa. Mimo to zalecam rozwiązanie KFR-u.

– Naprawdę? – spytał Djibo, który zdawał się tak samo zaskoczony jak i ja. – A to dlaczego?

Francuz odkaszlnął i ukrył owoc tej operacji w chusteczce.

– Żeby mieć kontrolę nad sposobem, w jaki zaprezentujemy nasze dziedzictwo. Thorsen przynajmniej co do jednego ma rację: żyjemy w pożyczonym czasie. Myślę, że nikt tu nie wątpi, iż ostatecznie KFR się rozpadnie. Czy nastąpi to za rok czy za sto lat, jest nieistotne: w owym dniu ktoś przeanalizuje nasze dokonania i odkryje, że sprowokowaliśmy – albo ułatwiliśmy, jeśli wolicie – inwazję na Irak. Wtedy nie będziemy już mogli zwalić winy na Thorsen. Nikt nas nie posłucha. Islam ujrzy w naszym postępowaniu dodatkowy dowód na to, że Zachód knuł, by sprowadzić na niego zagładę. Amerykanie, którzy do tej pory zdążą wrócić z Iraku z pustymi rękoma, zakrzykną coś o spisku i – nie całkiem bezpodstawnie – wykpią się od odpowiedzialności w tej sprawie, choć jest ona przytłaczająca. I chociaż byśmy pod niebiosa wychwalali oświeceniową filozofię i wyliczali nasze wspaniałe osiągnięcia, świat zapamięta jedynie nasz udział w jednym z największych oszustw współczesnych czasów...

– Chyba że przyznamy się do błędów... – przerwała mu Karvelis.

– Będziemy mogli przedstawić własną wersję wydarzeń i rozpowszechnić przesłania drogie naszym sercom – ciągnął Ménard. – Sliv wstrząśnie telewizyjnymi panelami dyskusyjnymi, ze swoim zwykłym polotem tłumacząc, w jaki sposób Biały Dom rozdmuchał zagrożenie ze strony Iraku. Angoua odkupi winy, wyznając, że jest autorem fatwy z dziewięćdziesiątego ósmego. Zoe opublikuje wymyśloną biografię Łajki...

– A pan – podjąłem – pan opowie historię kawalera Ménarda, mając nadzieję, że zainspiruje ona nowe pokolenie mężczyzn i kobiet dobrej woli.

– Ha, o to mi mniej więcej chodziło – przytaknął Francuz z promiennym uśmiechem.

Przez kilka sekund każde z nas rozmyślało nad tym, jak zorganizuje swoje nowe życie, wygodnie odsuwając na bok fakt, że może ono zostać ograniczone do czterech ścian federalnej celi.

– To kuszące – westchnął w końcu Djibo.

Przede wszystkim zaś było to praktyczne. Dla Kameruńczyka, który uspokoiłby swoje sumienie, a jeszcze bardziej dla Ménarda, którego śmierć syna zmusiła do wynalezienia innego, oryginalnego sposobu na uczczenie pamięci przodka. Francuz czytał chyba w moich myślach, gdyż oświadczył z powagą:

– Wiem, że może się to wydawać paradoksalne, ale przyznając dziś, że na wykazie naszych działań widnieje plama, zwrócimy uwagę na fakt, że przez dwa stulecia był on praktycznie nieskazitelny.

Djibo po raz ostatni powiódł spojrzeniem wokół stołu.

– Żadnych dodatkowych komentarzy? Możemy więc przystąpić do głosowania.

10

– Jak brzmi dokładny tekst wniosku? – zapytał Verplanck.

– Bardzo prosto – odparł Djibo. – „Jesteś za czy przeciw ujawnieniu istnienia KFR-u?”.

– Pytanie nie precyzuje kiedy – zauważyła Karvelis.

– Życzysz sobie, żebym dorzucił „najszybciej jak to możliwe”?

– Bardzo proszę.

– Jeszcze jakieś uwagi?

– Będziemy głosowali przez podniesienie ręki? – chciał wiedzieć Khoyoulfaz.

– Zważywszy na stawkę, o jaką toczy się gra, wydaje mi się, że lepiej będzie, jeśli wypowiemy się po kolei, zaświadczając, że już nie zmienimy głosu. Co o tym sądzicie?

– Zgoda! – zawołali chórem Karvelis i Khoyoulfaz.

– Mnie pasuje – stwierdził Ménard.

– Czemu nie? – mruknął Verplanck.

Shao skinęła głową.

– Sliv? – rzucił Djibo.

Wciąż z trudem docierało do mnie, że jestem teraz pełnoprawnym członkiem Komitetu.

– Oczywiście – wybełkotałem.

– Zwyczaj chce, żebym w takim wypadku wyraził swoje zdanie jako pierwszy – ogłosił Djibo.

Człowiek uczy się całe życie. Bez wątpienia miało to zrekompensować fakt, że głos przewodniczącego liczy się podwójnie. Tak jak się wszyscy spodziewaliśmy, Kameruńczyk oznajmił:

– Głosuję przeciwko ujawnieniu istnienia KFR-u.

Zwrócił się na prawo.

– Yakoubie?

– Głosuję przeciwko – rzekł Khoyoulfaz.

Karvelis miała rozczarowaną minę. Najwyraźniej aż do samego końca żywiła nadzieję, że kolega zmieni zdanie.

– Zoe?

– Głosuję za – oświadczyła Greczynka dźwięcznie.

– Pierre?

– Za. Niech mi mój przodek-kawaler wybaczy.

– W chwili obecnej mamy dwa głosy za i dwa głosy przeciw. Ching?

– Za – powiedziała Shao, dzięki czemu przewagę zyskali zwolennicy rozwiązania KFR-u.

– Claas?

– Przeciw – rzekł Verplanck, przywracając równowagę.

– Co daje nam po trzy głosy dla każdego obozu – podsumował Djibo.

Odwrócił się do mnie.

– Sliv, wygląda na to, że decyzja należy do ciebie.

– Sądziłem, że pański głos liczy się podwójnie – zadrżałem.

– Jedynie w przypadku równowagi – uściślił Djibo. – Ponieważ jest nas dzisiaj siedmioro, to twój głos przeważy szalę.

Fizycznie odczułem, jak na ramiona opada mi ciężar odpowiedzialności. Po tylu razach, kiedy domagałem się większej władzy, nagle zacząłem się zastanawiać, czy nie posiadam jej zbyt dużo. Czy byłem chociaż pewien, że zasłużyłem na miejsce w Komitecie? Jasne, oddałem pracodawcy ogromne przysługi, ale miałem dopiero trzydzieści cztery lata i ledwie tuzin teczek na koncie. Tak naprawdę swoje powodzenie zawdzięczałem dwóm zrządzeniom losu, którym na imię Youssef oraz Lena: szantaż tego pierwszego zmusił Djiba do wyjawienia mi celu KFR-u, podczas gdy tej drugiej, choć pragnęła sprowadzić na mnie hańbę, udało się w istocie otworzyć mi drzwi do Komitetu.

Zawsze przyjmowałem za pewnik, że po dołączeniu do największych z wielkich KFR-u nastąpi długi – acz ekscytujący – okres nauki. Najpierw zająłbym się obłaskawianiem nowych kolegów i koleżanek, proponując, że wyręczę ich w najniewdzięczniejszych zadaniach. Później stopniowo zacząłbym wypowiadać swoją opinię w mało znaczących sprawach – wysokość kosztów reprezentacyjnych biura w Lizbonie, nominacja dyrektora Głównego Inspektoratu na Oceanię. Od czasu do czasu przedkładałbym wnioski, zręcznie wycyzelowane tak, aby przeszły jednogłośnie. Po kilku latach takiego reżimu być może wreszcie poczułbym się uprawniony do wprowadzenia zmian w programie nauczania Akademii, a nawet do sprzeciwienia się Pierre'owi Ménardowi podczas zebrania. Nawet w najbardziej szalonych dyskusjach z Gunnarem nie ośmielałem się przypuszczać, że pierwsze głosowanie, w jakim wezmę udział, będzie dotyczyło samego istnienia KFR-u. A tym bardziej że mój głos okaże się rozstrzygający.

Aż do tej pory prawie nie uczestniczyłem w dyskusjach, po części przez szacunek dla starszych członków, a prawdopodobnie również dlatego, że wciąż powątpiewałem, czy moje zdanie w ogóle ich interesuje. Rozwinąłem argumenty Khoyoulfaza i przeformułowałem te wyrażone przez Shao, nie dałem jednak do zrozumienia, czy się z nimi zgadzam. Byłem jedyną spośród siedmiu osób zasiadających przy stole, która nie sprecyzowała jasno swojego stanowiska. Nie mogłem zadowolić się oddaniem głosu; musiałem się wytłumaczyć. Nagle owładnęła mną panika, ta sama, która ogarnęła mnie na drodze z Manatuto, kiedy meandry rzeki Laclo odmawiały dostarczenia mi panoramy, jakiej od nich zażądałem.

Ściany pomieszczenia zaczęły kołysać się w tańcu.

– Sliv?

Kto mnie woła?

– Sliv?

Znałem ten głos.

Djibo dotknął mojego ramienia. Podskoczyłem.

– Sliv – powtórzył łagodnie Kameruńczyk. – Czekamy na twoją opinię.

Na moją opinię? Ale ja nie mam opinii!, pomyślałem z przerażeniem. Rewelacje Leny rozbiły w pył większość twierdzeń, które sobie przygotowałem. A więc co? Khoyoulfaz miał rację, ale Karvelis się nie myliła. Djibo przemawiał do mojego rozumu, lecz Ménard znalazł drogę do mojego serca. Verplanck się nie liczył. Co do Shao, a niech mnie, tym chętniej przychylałem się do jej poglądu, że nie byłem nawet pewien, czy go pojąłem. Gdyby tylko był tu Gunnar... Ach, teraz lepiej rozumiałem, czemu drań odrzucił propozycję Tontiego. Podczas gdy mój mózg skręcał się w supły, on spokojnie oglądał mecz hokeja, siedząc z piwem w ręku na kanapie.

A i tak wiedziałby, co powiedzieć.

Ach tak? No dobra, zastanów się, Sliv.

– Chwileczkę – poprosiłem, w przyspieszonym tempie odtwarzając w głowie film z moich rozmów z Erikssonem.

„Nina Schoeman jest więcej niż niesamowita. Jest szczera".

Nina? A jaki ona ma związek z przetrwaniem KFR-u?

„Cel jest w każdym z nas. Jest w tobie. Zawsze tam był".

Tak, tak. Szybciej, Gunnarze.

„Jeśli uważasz, że świat potrzebuje ludzi takich jak Youssef, wówczas powinieneś utrzymać KFR przy życiu".

I nagle wiedziałem już, co powiem.

– Jestem gotowy – oznajmiłem.

– Słuchamy.

Objąłem współczłonków szerokim, pełnym szacunku spojrzeniem, myśląc, że za kilka minut połowa z nich pożałuje, że mnie przyjęli.

– Zanim odpowiem na zadane pytanie, chciałbym wyjaśnić, dlaczego moim zdaniem Lena Thorsen odegrała w ostatnich wydarzeniach rolę nieskończenie bardziej marginalną, niż sama sądzi. Niezliczone źródła – których wymienianie byłoby zbyt nużące – zaświadczają, że neokonserwatyści, z Paulem Wolfowitzem i Douglasem Feithem na czele, dopieszczali projekt obalenia Saddama Husajna od połowy lat dziewięćdziesiątych. Jedni uznawali irackiego dyktatora za pomysłodawcę pierwszych zamachów na World Trade Center z dziewięćdziesiątego trzeciego roku; inni czuli się zaangażowani w uświęconą misję propagowania demokracji na całym świecie; zauważmy przy okazji, że wbrew temu, co głosi szeroko rozpowszechniona opinia, wygląda na to, iż czynnik paliwowy miał jedynie poboczne znaczenie. Ataki z jedenastego września nadają neokonserwatywnym tezom zupełnie nowy wydźwięk. Bin Laden przyznaje się do zamachów? I co z tego? Cheney i Rumsfeld szybko przekonują Busha o wspólnictwie Saddama. „Dobra – stwierdza Teksańczyk – raz na zawsze wyrównamy z nim rachunki. Co na niego mamy?". „Zagazował Kurdów" – odpowiada Rumsfeld. „Wiem, to okropne – mówi Bush – ale nie będziemy przecież zawracać Kongresowi głowy taką drobnostką". „Ten gnój próbował zamordować pańskiego ojca" – przypomina Cheney. „Jakbym nie wiedział! – prycha Bush. – Ale wtedy ryzykujemy, że oskarżą mnie o osobistą wendetę, no nie?" „Wiem, czego panu trzeba – oświadcza Rumsfeld. – Zawsze podejrzewałem, że ten sukinsyn zachował sobie kilka sztuk broni biologicznej". „Ja tak samo – zgadza się Cheney. – A w dodatku usiłuje wznowić swój program nuklearny". „To już poważna sprawa – przyznaje Bush. – Nasi rodacy bez trudu pojmą, że nie możemy żyć w cieniu bezustannego zagrożenia ze strony tego pomyleńca. Macie dowody?" Rumsfeld i Cheney nie mają, nie dysponują w każdym razie niczym niepodważalnym, ale obiecują się tym zająć. „Bo rozumiecie – tłumaczy Bush – byłoby mimo wszystko dużo łatwiej, gdybyśmy mieli dymiący pistolet". Cheney pojmuje przesłanie. Dzwoni do Teneta, szefa CIA. „Przygotuj mi teczkę na Saddama i jego broń masowej zagłady". „Może się okazać, że będzie cieniutka" – ostrzega Tenet. „Potrząśnij swoją siatką, George". „Właśnie w tym problem, nie mamy już żadnej siatki". „Daj spokój! – łaja go Cheney. – Ilu masz w regionie agentów mówiących po arabsku?" „Powiedzmy, że mogę ich policzyć na palcach jednej ręki, co nie przeszkodzi mi jednocześnie podrapać się w nos" – odpowiada Tenet.

Shao parsknęła śmiechem. Jej sąsiedzi spojrzeli na nią ze zdumieniem.

– „Rozumiem – rzuca Cheney. – No cóż, powiedz im, że mają pozwolenie, by płacić za informacje gotówką". „Już to zrobiłem – zwierza się Tenet. – Skontaktowała się z nami tajna grupa, która utrzymuje, że ma ludzi w samym sercu reżimu Saddama. Ale nie dają nic za darmo..." „Ile?". „Żądają miliona dolarów miesięcznie". Cheney aż podskakuje. Milion dolarów miesięcznie? Nawet u Halliburtona tyle nie zarabiał! „No, cenią się ci twoi znajomi...

Jak, mówiłeś, się nazywają?" „Ochrzciliśmy ich «Rockstar» – wyjaśnia Tenet. – Sam się domyśl dlaczego..." „No dobra, nie pora się targować – uznaje Cheney. – Posmaruj im. Ale zostaw trochę kasy dla przyjaciół al-Dżalabiego. Mają w zanadrzu wszystko, czego tylko zapragniesz". Mężczyźni kontaktują się znowu kilka tygodni później. Tenet jest zakłopotany. „Saddam jest przebiegły jak wąż. Nie da się go przyłapać na gorącym uczynku. Ale coś ukrywa, co do tego nie ma cienia wątpliwości". „Dobra, podsumujmy – niecierpliwi się Cheney – co dokładnie masz?" „Setki pogwałceń rezolucji przegłosowanych po wojnie w Zatoce..." – zaczyna Tenet. „Za stare, zapomnij. Albo nie, daj to gdzieś na marginesie, to pokazuje, że ten bandzior Saddam nie ma żadnego szacunku dla Narodów Zjednoczonych. Co jeszcze?" „Pięć czy sześć spraw. Ten włoski raport, wedle którego Irak próbował rzekomo kupić od Nigru pięćset ton yellowcake'u; ładunek aluminiowych rur, który przechwyciliśmy w Jordanii; zeznanie pewnego Irakijczyka, który twierdzi, że w kwietniu widział Mohammeda Attę w Pradze; zamieszkałego w Niemczech uciekiniera, który pracował przy ściśle tajnym programie bakteriologicznym; członka Al-Kaidy, który kupował odczynniki chemiczne w Iraku..." Cheney łagodnieje. „No cóż, może i nie znalazłeś dymiącego pistoletu, ale odnoszę wrażenie, że zebrałeś dla nas całkiem ładny komplecik domniemań. Jeśli dobrze to rozegramy, powinno wystarczyć..."

– Twierdzisz, że Amerykanie wyolbrzymili fakty, mimo że wiedzieli, że są dyskusyjne? – przerwał mi Djibo.

– Ich postawa w kolejnych miesiącach pozwala w każdym razie o to pytać. Otoczenie prezydenta ściśle trzyma się scenariusza przygotowanego przez Teneta, nawet gdy staje się jasne, że pełno w nim dziur. Głosy sprzeciwu podnoszą się nawet wśród amerykańskiego wywiadu. Kilka agencji pomocniczych kontestuje wnioski CIA w swoich mniej lub bardziej tajnych raportach, na które KFR gorączkowo stara się zwrócić uwagę mediów. Jeśli skonfrontować ich z tym ewidentnym rozziewem, Cheney i Rumsfeld zawsze obierają tę samą taktykę. Najpierw zaprzeczają istnieniu przeciwstawnych opinii. Później, gdy jakiemuś mniej zgodliwemu dziennikarzowi uda się przyprzeć ich do muru, przyznają niechętnie, że „ta historia z zakupem uranu jest może troszeczkę mniej pewna niż cała reszta", by następnie wyciągnąć z rękawa swój koronny argument: „Tak czy owak, to nie na niej opieramy swoje przekonanie".

– I podejrzewam, że nie godzą się ujawnić listy tych rzekomo niepodważalnych faktów, na które się powołują? – spytała Karvelis.

– Naturalnie, ponieważ w ten sposób pozbawiliby się możliwości powtórzenia tej zabawy nazajutrz, z innym dziennikarzem. Przez rok administracja Busha będzie grała w Czarnego Piotrusia z przeciwnikami wojny, a przy okazji z Colinem Powellem. Kiedy na tego ostatniego spada obowiązek zaprezentowania amerykańskiego stanowiska przed ONZ-etem, prosi on CIA, aby przygotowała mu zarys wystąpienia, i ze zdumieniem odkrywa, że jego własne służby na piśmie obaliły prawie wszystkie najważniejsze argumenty. Zamyka się wówczas w swoim gabinecie, by przeprowadzić podsumowanie tego, co wie z absolutną pewnością. Ćwiczenie nie trwa długo...

Wyczułem, że Djibo sztywnieje, jak za każdym razem kiedy ktoś wspominał o roli odegranej przez Powella. Odezwał się bezbarwnym tonem:

– Może nie będziesz chciał odpowiedzieć na to pytanie, ale nie mogę się powstrzymać przed jego zadaniem. Czy sądzisz, że Colin skłamał?

Próbowałem jakoś się wykręcić.

– Wszystko zależy od tego, co pan rozumie przez „skłamał"...

– Dobrze wiesz, o co mi chodzi.

Ostrożnie ważyłem słowa.

– Nie potrafię niczego stwierdzić z całą stanowczością.

Djibo westchnął z ulgą i dorzucił:

– Jedno jest za to pewne: nigdy wcześniej nie mieliśmy do czynienia z tak ślepą, niekompetentną i skorumpowaną administracją. Historia oświeci nas co do dokładnych proporcji tych trzech wad.

Nalałem sobie wody. Wyglądało na to, że moja publiczność jeszcze za bardzo się nie niecierpliwi. Yakoub uniósł nawet dyskretnie kciuk na znak, że do tej pory nieźle sobie radzę. Podjąłem:

– Mimo wszystko nadal uważam, choć może was to zadziwić, że naród amerykański ze swoją spektakularną apatią ponosi główną odpowiedzialność za obecne fiasko. Przez cały czas kryzysu brał deklaracje rządzących za dobrą monetę, ani razu nie podejrzewając, że może kierować nimi cokolwiek innego niż chęć chronienia Ameryki. Jestem zresztą głęboko przekonany, że żadna europejska nacja nie wykazałaby się w podobnych okolicznościach takim pobłażaniem wobec władzy.

– Ehm – kaszlnął Verplanck. – Zapomina pan, że Anglia i Polska będą wkrótce walczyły u boku Stanów Zjednoczonych.

Spodziewałem się tej obiekcji.

– Po pierwsze, niech mi będzie wolno zauważyć, że kraje te przystąpiły do koalicji, zawierzając amerykańskim informacjom, gdyż żaden z nich nie ma możliwości gruntownej oceny zagrożenia ze strony Iraku. Tony Blair postanowił zaufać dawnemu sprzymierzeńcowi, wbrew woli opinii publicznej oraz dużej części członków własnej partii. Złożył na szali swój autorytet, żeby wyszarpać poparcie od parlamentu, co przy okazji oznacza, że jego przyszłość polityczna związana jest odtąd z losem koalicji. Ma pan za to rację co do Polski: premier Miller zaangażował swój kraj w konflikt bez konsultacji z reprezentacją narodu; to wiele mówi na temat postępu, jaki musi się jeszcze dokonać w młodych demokracjach Europy Wschodniej.

Na szczęście na sali nie było żadnego Polaka.

– Ale wróćmy do Stanów Zjednoczonych i tej wprawiającej w osłupienie zagadki: jak Amerykanie mogą tolerować fakt, że administracja, która twierdzi, iż chce nieść Irakijczykom demokrację, ukrywa przed własnymi obywatelami dowody, na podstawie których rusza na wojnę? Że prezydent deklarujący przywiązanie do różnorodności kulturowej pięć minut później oznajmia: „Kto nie jest z nami, ten jest przeciwko nam"? Że Sąd Najwyższy nadal podtrzymuje mit o swojej niezależności, podczas gdy pięciu sędziów, którzy przyznali Florydę George'owi W. Bushowi, zostało mianowanych za rządów administracji republikańskiej? Osobiście uważam, że odpowiedzi na te pytania szukać należy w szczególnej więzi, jaka łączy Stany Zjednoczone z ich konstytucją.

Na te słowa Pierre Ménard zaczął słuchać ze zdwojoną uwagą.

– Zwykły zjadacz chleba darzy niemal mistycznym podziwem ojców założycieli, przede wszystkim zaś ich wielkie dzieło, Konstytucję Stanów Zjednoczonych, zredagowaną w lecie tysiąc siedemset osiemdziesiątego siódmego roku i najwyraźniej wyznaczającą kres rozwoju władzy politycznej. To przez pryzmat tego dwustuletniego dokumentu Amerykanie oceniają wszystkie zagadnienia społeczne. Pozwolenie na noszenie broni? Zagwarantowane przez drugą poprawkę pod pretekstem, że „bezpieczeństwo wolnego stanu wymaga dobrze wyszkolonej milicji" i mniejsza z tym, że wskaźnik zabójstw z użyciem broni palnej jest w Stanach Zjednoczonych sto razy wyższy niż w Japonii. Możliwość wykonania aborcji? Nie wynika, jak można by przypuszczać, z prawa kobiet do decydowania o własnym ciele, lecz, o dziwo, z czwartej poprawki i „prawa ludu do nietykalności osobistej, mieszkania, dokumentów i mienia", którego „nie wolno naruszać przez bezzasadne rewizje i zatrzymanie". Wraz z upływem kolejnych dekad konstytucja, która powstała, by określać funkcjonowanie poszczególnych instytucji, stopniowo przekształciła się w swego rodzaju święty tekst, ewangelię kultu, w którym rolę najwyższych kapłanów sprawują sędziowie Sądu Najwyższego. Dziś zagrażają jej liczne niebezpieczeństwa...

– Jakie? – zapytał Ménard.

– W pierwszej kolejności: martwica. Słowa dobierane są elokwentnie: konstytucji się nie ulepsza, ją się dopieszcza. W ciągu ostatnich stu lat została zmodyfikowana tylko przy dwunastu okazjach, najczęściej chodziło o drobiazgi. Ostatnią znaczącą poprawkę, przyznającą prawo głosu kobietom, wprowadzono w tysiąc dziewięćset dwudziestym roku. Najwyraźniej żadne wydarzenie po tej dacie – pojawienie się antykoncepcji, klonowania, internetu, podbój kosmosu, rozwój broni ręcznej – nie zasłużyło na więcej niż dorzucenie pojedynczego paragrafu. Ale nie to jest najgorsze. Ojcowie założyciele pewnie przewracają się w grobach, kiedy widzą, jak administracja Busha – znowu oni – podzleca torturowanie więźniów prywatnym firmom zagranicznym, usprawiedliwiając się faktem, iż te nie podlegają amerykańskiemu prawu...

– Jakby zgodność z konstytucją mogła zastąpić moralność! – oburzyła się Karvelis.

– Nadal nie rozumiem, co ma pan do zarzucenia przeciętnemu Amerykaninowi – wtrącił Verplanck.

– To przecież proste. Pozwolił, żeby sprawy spokojnie toczyły się swoim torem, przekonany, że powołane przez ojców założycieli przeciwsiły w końcu sprawią, że zatryumfuje praworządność. „Ta historia z zakupem uranu wydaje mi się jednak trochę naciągana – ocenił szarak na samym początku. – Zobaczymy, co sądzi o tym Kongres". Kiedy ten zaaprobował stanowisko administracji, nasz człowiek cieszy się na myśl, że media wezmą argumenty Białego Domu pod lupę. „Jeśli Bush skłamał, to niech lepiej ma się na baczności! Bo my, Amerykanie, nie traktujemy lekko prezydentów, którzy opowiadają łgarstwa". Mijają tygodnie. Powell wygłasza swą wielką przemowę przed ONZ-etem. W głębi duszy nasz zjadacz chleba nadal nie jest przekonany, czepia się jednak ostatniej nadziei: „Tak czy siak, jeżeli Bush nie znajdzie broni masowego rażenia, może się pożegnać z Górą Rushmore". Tyle że jest już po ptakach. Mamy czternastego lutego, a wojna wkrótce się zacznie. Więc nasz człowiek wraca do domu, otwiera paczkę chipsów i zasiada przed telewizorem. Fox News właśnie puszcza dokument o George'u Washingtonie, którego za żadne skarby nie może przegapić.

Wybacz, Harvey, pomyślałem. To nie jest wymierzone w ciebie.

– Jednakże – ciągnąłem – nie jesteśmy tu po to, żeby analizować słabości amerykańskiego modelu rządzenia, tylko żeby przedyskutować konsekwencje zdrady Leny, a także, co ważniejsze, naszej niezdolności do zapobieżenia bezpodstawnej wojnie. Czym zgrzeszyliśmy? Wydaje mi się, że nasz błąd polega na tym, że postrzegamy rzeczywistość jako samodzielny scenariusz, wystarczająco mocny i zasadny, by przyjąć się bez niczyjej pomocy. W naszych oczach prawda to prawda; nie może, nie powinna być traktowana w tych samych kategoriach co scenariusze, które wymyślamy przez cały boży dzień. Całą pociechę czerpiemy z następujących złudzeń: po pierwsze z ludowej mądrości, która uczy, że ostatecznie prawda zawsze zwycięży; z pewnej koncepcji moralności; i wreszcie ze strachu przed otchłanią – jeżeli prawda nie jest już największą siłą, to na ilu mitach opiera się nasze życie? A jednak nic bardziej mylnego, jak dowodzą wydarzenia, których niedawno doświadczyliśmy: przez cały rok mieliśmy prawdę przed oczami, rozciągała się wokół nas, a jednak większość jej nie dostrzegła. Osobiście uważam, że prawda to tylko jeden spośród wielu scenariuszy, ten, który ludzie sprawiedliwi, na wysokim poziomie intelektualnym, rozpoznają od razu, gdy tylko się na niego natkną, ale niegodziwa mniejszość nie ma żadnych skrupułów przed odsunięciem go na bok w celu zastąpienia go inną historią według własnego pomysłu. Nazywamy się Konsorcjum Fałszowania Rzeczywistości, ale sądzę, że czasami większą zasługę – i niewątpliwie większy problem – stanowiłoby przywracanie rzeczywistości, a nie jej fałszowanie.

– Szlachetna idea – skomentował sarkastycznie Verplanck – ale dość oddalona od projektu kawalera Ménarda.

– Nie jestem tego taki pewien. Słyszał pan na przykład o masakrze nankińskiej?

– Oczywiście – odparł Verplanck urażonym tonem.

– Mimo wszystko odśwież nam pamięć – poprosił Khoyoulfaz.

Odwróciłem się do Shao, gotów oddać jej głos. Dała mi znak, bym kontynuował.

– W tysiąc dziewięćset trzydziestym siódmym armia japońska, która przed sześcioma laty zaanektowała już Mandżurię, najechała na pozostałą część Chin. W listopadzie zdobyła Szanghaj, a następnie pomaszerowała na stolicę, Nankin, gdzie Czang Kaj-szek zgrupował swoje oddziały. Po kilku dniach zaciekłych walk chiński prezydent, uznając sytuację za beznadziejną, dał sygnał do odwrotu. Sto sześćdziesiąt tysięcy upojonych nienawiścią japońskich żołnierzy zalało ulice Nankinu i w ciągu kilku tygodni wśród nieopisanego chaosu zmasakrowało blisko trzysta tysięcy cywilów. Pod rozbawionym okiem dowódców żołdacy odcinali piersi staruszkom i gwałcili dziewczynki na oczach rodziców. Mówi się nawet, że niektórzy posunęli się do tego, że otwierali brzuchy ciężarnym kobietom, a następnie podrzucali dzieci, próbując złapać je na bagnety…

Karvelis wydała z siebie pełen odrazy odgłos.

– Naprawdę to zrobili, Ching?

Shao stoicko skinęła głową.

– Świadkami tej rzezi było kilku mieszkańców Zachodu – ciągnąłem. – Jednemu z nich, amerykańskiemu pastorowi misjonarzowi nazwiskiem John Magee, udało się nakręcić te sceny szesnastomilimetrową kamerą; film powierzył następnie jednemu ze swych rodaków, George'owi Fitchowi, który po powrocie do Stanów Zjednoczonych zorganizował prywatną projekcję dla członków Kongresu w nadziei – która jednakże spełzła na niczym – że przekona ich do wypowiedzenia wojny Japonii. Potworne obrazy, czarno-białe i nieme, posłużyły za to jako dowód podczas procesu o zbrodnie wojenne, który rozpoczął się w Tokio w czterdziestym siódmym. Dla waszej informacji – MacArthur zawarł pakt z władzą cesarską: Hirohito i jego rodzina nie mieli odpowiedzieć za żadną zbrodnię; książę Asaka, choć w chwili gdy te wydarzenia miały miejsce, był spośród obecnych najwyższy rangą, wystąpił jedynie w charakterze świadka i kategorycznie zaprzeczył wszystkim zarzutom. Za to siedmiu dobrze urodzonych oficerów zostało skazanych na śmierć i straconych. Później Historia podjęła swój bieg. W roku tysiąc dziewięćset siedemdziesiątym drugim Chiny i Japonia znormalizowały relacje dyplomatyczne. Choć rząd Mao powstrzymywał się od tej pory od jakichkolwiek wzmianek o wydarzeniach nankińskich, pewien odważny japoński dziennikarz opublikował serię reportaży zatytułowanych *Podróże po Chinach** i opisujących zachowanie sił okupacyjnych Japonii w czasie wojny. Szczególnie jeden artykuł wzbudził oburzenie. Opowiadał o tym, jak w Nankinie dwaj oficerowie założyli się, który jako pierwszy dekapituje stu Chińczyków. Kilka ekstremalnie prawicowych partii zakwestionowało autentyczność anegdoty, zapewniając przy okazji, że wieść o japońskich przewinieniach jest mocno przesadzona.

– Niech im pokażą dokument tego pastora! – rozsierdziła się Karvelis.

– W tym właśnie problem. Film zniknął. Kilku reżyserów zapożyczyło z niego pewne fragmenty, między innymi Frank Capra do swojego filmu propagandowego *Dlaczego walczymy*, ale oryginalne rolki przepadły bez śladu.

– Cóż za gratka dla rewizjonistów! – zauważył Khoyoulfaz.

– Nie wyobrażacie sobie nawet jak wielka. Bo od roku sześćdziesiątego piątego inny spór budził w Tokio wściekłość: Saburo Ienaga, autor szkolnego podręcznika historii, wniósł pozew przeciwko ministrowi edukacji, oskarżając go o ocenzurowanie jego

* Chodzi o książkę *Chūgoku no Tabi* japońskiego dziennikarza Katsuichiego Hondy.

tekstu o japońskich zbrodniach wojennych. Sami domyślcie się, jak wyglądała linia obrony ministra…

– Nie ma filmu, nie ma masakry – rzuciła Shao, która jeśli nie zacznie uważać, mogła wkrótce dostać słowotoku.

– Koniecznie trzeba odgrzebać ten dokument! – zapaliła się Karvelis.

– Niech się pani nie martwi, to już załatwione. Kilka lat temu syn pastora Mageego znalazł cztery rolki, które zbierały kurz w piwnicy jego nowojorskiego domu. Trzynaście minut filmu, które udało się odtworzyć, całkiem nieźle zamyka usta różnym imbecylom…

– A Ienaga?

– Wygrał wszystkie procesy. Sąd Najwyższy Japonii przyznał mu nawet odszkodowanie wraz z odsetkami. Od tamtego czasu dwukrotnie proponowano go jako kandydata do Pokojowej Nagrody Nobla.

– To piękna historia – zamyśliła się Greczynka. – I co za szczęście, że Magee zachował kopię filmu! Choć sądziłam, że przekazał jedyny egzemplarz swojemu rodakowi…

– Ehem – kaszlnął Djibo. – Powiedzmy, że Sliv temu zaradził.

Karvelis zmierzyła nas kolejno wzrokiem, przybierając zdziwioną minę. Nagle wybałuszyła oczy.

– To pan nagrał ten dokument?

– Z pomocą kilku statystów oraz specjalisty od efektów specjalnych – przyznałem z uśmiechem. – Najtrudniej było położyć rękę na taśmie z tamtego okresu.

W rzeczywistości zużyłem w tym celu zapasy zgromadzone z myślą o nakręceniu fragmentów *Bettlerköniga*, wymyślonego niemieckiego filmu, któremu poświęciłem swoją drugą teczkę.

Karvelis zwróciła się do Djiba:

– Wiedziałeś o tym?

– Sliv poprosił mnie o zgodę – odparł Kameruńczyk. – Zdawał sobie sprawę, że jego teczka jest trochę nietypowa.

– Z jednego bardzo prostego powodu – wyjaśniłem. – Nie miałem scenariusza.

– Nie potrzebował go pan – odrzekła Karvelis.

– Tak właśnie uznałem – oznajmił Djibo.

– Co nie zmienia faktu, że obaj pogwałciliście regulamin – wtrącił Verplanck. – Pan, Sliv, publikując teczkę niezawierającą scenariusza, a ty, Angouo, rozstrzygając tę kwestię bez konsultacji z Komitetem.

– Dopisz to do długiej listy moich występków – zadrwił Djibo.

– Proszę członków Komitetu o łaskawe potraktowanie – powiedziałem, usiłując przybrać skruszoną minę.

– Myślę, że już czas, by opowiedzieć dalszy ciąg tej historii – stwierdził Djibo.

– To ukrywacie przed nami coś jeszcze? – wykrzyknął Verplanck. – Pięknie, po prostu pięknie!

– Sliv przygotował kilka egzemplarzy swojego prawdziwo-fałszywego dokumentu – kontynuował Djibo, jakby go nie dosłyszał.

– Sześć – uściśliłem.

– Dlaczego? – dociekała Karvelis.

– Żeby przeprowadzić pewien eksperyment. Pierwsza kopia poleciała samolotem do Stanów Zjednoczonych. Pięć pozostałych rozsiałem po całej Japonii, za każdym razem upewniając się, że osoby, które je znajdą, będą w stanie należycie docenić ich historyczne znaczenie.

– I...? – spytała Karvelis.

– Nigdy o nich nie usłyszałem.

– I to pana dziwi? – zaśmiał się Verplanck. – Nie, no naprawdę, na co pan liczył? Że pojawią się w dzienniku telewizyjnym jako nowina dnia?

– Daj mu mówić, do cholery! – zdenerwował się Ménard. – Słyszymy tylko ciebie!

Verplanck zachłysnął się z oburzenia. Przez kilka sekund zdawało się, że szuka słów, a potem, skoro żadnych nie znalazł, energicznie skrzyżował ramiona, jakby rzucał nam wyzwanie, byśmy spróbowali jeszcze cokolwiek z niego wydusić.

– Ten eksperyment – podjęła łagodnie Karvelis – czego według pana dowiódł?

Zanim odpowiedziałem, powiodłem spojrzeniem po kolegach i koleżankach. Już odnosiłem wrażenie, że świetnie ich znam. Dobrze będzie z nimi pracować, pomyślałem.

– Że rzeczywistości trzeba czasem pomóc – oświadczyłem – i że nikt nie nadaje się do tego lepiej niż my. Mamy talenty, mamy środki, a od paru dni wiem, że mamy też kompas moralny. Nie moglibyśmy wycofać się w gorszym momencie. Głosuję przeciwko rozwiązaniu KFR-u.

– Seans uważam za zamknięty – ogłosił Djibo.

11

– Witaj u siebie – powiedział Djibo ceremonialnie, odsuwając się, by mnie przepuścić.

– U mnie? – zawołałem, wchodząc do środka. – Przecież to pański gabinet!

– Należał do mnie, kiedy byłem członkiem Komitetu. Czy muszę ci przypominać, że wraz z zakończeniem zebrania oficjalnie przestałem pełnić obowiązki? Od jutra będę patrzył, jak rosną moje wnuki.

Bez słowa pokiwałem głową. W kącie pomieszczenia zauważyłem stertę kartonów z logo firmy specjalizującej się w przeprowadzkach. Djibo, który pochwycił moje spojrzenie, zagadnął:

– Nie miałbyś nic przeciwko, żeby pomóc mi przy pakowaniu?

– Nic a nic – odparłem, próbując ukryć konsternację wywołaną obrotem, jaki przybrały sprawy.

– Zacznijmy od książek – zarządził, wzywając mnie gestem, bym dołączył do niego przy biblioteczce.

Wyciągnąłem rękę po imponujący tom spoczywający na najwyższej półce. *The Story of the Atlantic Slave Trade: 1440–1870**. Przypomniałem sobie, że Kameruńczyk poświęcił pół tuzina teczek kwestii niewolnictwa.

– Proszę powiedzieć, nie chciałby mi pan kilku zostawić?

Djibo uśmiechnął się.

– Zatrzymaj te, które cię interesują. Jak będę potrzebował, to przyjdę do nich zajrzeć.

---

* *Historia atlantyckiego handlu niewolnikami: 1440–1870*, książka autorstwa historyka Hugh Thomasa.

– Dziękuję, Angouo.

Zebrałem się na odwagę, by dodać:

– Chciałbym, żeby pan wiedział, że bardzo żałuję pańskiej decyzji o dymisji. Gdybym tylko miał świadomość, że moje dołączenie do Komitetu będzie oznaczało pańskie odejście, myślę, że jeszcze przez parę lat wstrzymałbym się ze zgłoszeniem własnej kandydatury.

– Daj spokój! – zaśmiał się Djibo. – Nie opowiadaj głupstw, nie dałbyś rady.

– Ma pan rację – przyznałem, również wybuchając śmiechem.

Kameruńczyk złapał karton, rozłożył go jednym ruchem ręki, a następnie wyścielił dno kilkoma atlasami *in quarto*.

– No dobrze, podaj mi w takim razie *O duchu praw* – poprosił, wskazując palcem czerwoną okładkę.

– Dlaczego ma pan aż trzy wydania?

– Pierwsze to anonimowa wersja, która ukazała się w Genewie w tysiąc siedemset czterdziestym ósmym roku. Jest najeżona błędami, które poprawiono w opublikowanym rok później wydaniu drugim. Jeśli chodzi o trzeci egzemplarz, jest on w istocie odpowiedzią z tysiąc siedemset pięćdziesiątego skierowaną do przeciwników książki, w której Monteskiusz precyzuje swoje stanowisko odnośnie do arystokracji oraz determinizmu klimatycznego.

– Determinizmu klimatycznego? O co w tym chodzi?

– Monteskiusz utrzymywał, że klimat danego kraju wpływa na zachowanie jego mieszkańców oraz organizację społeczeństwa. Naturalnie jego zdaniem Francja korzystała z dobrodziejstw klimatu idealnego.

– Śmieszna teoria!

– Która świadczy o skłonności Monteskiusza do tego, co dziś nazywamy naukami humanistycznym.

– Wspomina o Islandii? – spytałem, nie mogąc się powstrzymać.

– Nie przypominam sobie. Poczekaj, sprawdzimy.

Djibo otworzył drugą edycję na stronie ze spisem treści.

– Księga XIV. Ach, jest: „W północnym klimacie natraficie na ludy obdarzone niewieloma wadami, niemałą liczbą cnót, mnóstwem szczerości i uczciwości". A niech mnie, ma sporo racji. *Á propos*, wiesz, że będziesz musiał się tu przeprowadzić.

Już od dłuższego czasu obawiałem się, że usłyszę te słowa.

– Naprawdę? Miałem nadzieję, że uda mi się zostać w Reykjavíku.

Djibo wzruszył ramionami i hermetycznie zapieczętował pierwszy karton.

– Zawsze możesz spróbować, ale Komitet zbiera się co najmniej raz w tygodniu. Zresztą coś mi mówi, że najbliższe tygodnie okażą się intensywne.

– Zrobię wszystko, czego się ode mnie oczekuje – zapewniłem, nie chcąc sprawiać wrażenia niechętnego.

Przez parę minut w milczeniu oddawaliśmy się pracy. Nagle z interkomu dobiegł głos Olgi.

– Angouo, Claas Verplanck chciałby się z panem zobaczyć, zanim pan wyjdzie.

– Proszę mu powiedzieć, że wstąpię do niego nieco później! – krzyknął Djibo.

– Załatwione – odparła Olga.

Uznałem, że to dobra okazja, by zadać cisnące mi się na usta pytanie, więc od razu z niej skorzystałem.

– Kto zostanie następnym przewodniczącym Komitetu?

Djibo zębami oderwał kawałek taśmy klejącej.

– Jeszcze trochę za wcześnie, żeby to stwierdzić. Wszystko zależy od tego, kto w ogóle zostanie.

– Przewiduje pan dymisje?

– Wydaje mi się, że Ménard odejdzie na pewno.

– Ach tak? A to dlaczego?

– Jest chory – zdradził Djibo. – Rak kości. Lekarze dają mu sześć miesięcy.

– Nie wiedziałem.

– Chce umrzeć w Paryżu. Głównie ze względów gastronomicznych, o ile dobrze zrozumiałem.

Przypomniałem sobie, z jakim zapałem Francuz pożerał swoją andouille.

– Nie dziwi mnie to. Ma wilczy apetyt.

– Biedak przeżył okropny szok. Jego ulubiona restauracja zamknęła podwoje.

– Le Relais? Ale dlaczego?

– Zabrał tam pana? – spytał rozbawiony Djibo. – Tak do końca to nie wiem, nie rozwodził się nad tym. Chodziło chyba o jakąś niespodziewaną inspekcję sanitarną.

Choć nie pamiętałem, żebym podawał Louisowi swoje nazwisko, może rozsądniej byłoby zmienić tożsamość. Restaurator wyglądał na człowieka z gatunku tych, co wyciągają pochopne wnioski.

– Khoyoulfaz i Shao zostaną – ciągnął Djibo.

– Jest pan pewien? Przecież Ching głosowała za rozwiązaniem KFR-u.

– Dostosuje się do zdania większości. Zawsze tak postępowała. Z kolei Zoe uprzedziła mnie, że złoży rezygnację, cokolwiek by się wydarzyło…

Nie potrafiłem sobie wyobrazić bardziej katastrofalnej wiadomości.

– Bardzo bym chciał, żeby została. Nowy KFR potrzebuje kobiet jej pokroju.

– Upewnię się, że Zoe o tym wie – obiecał Djibo.

Zbliżył się do ściany i długo studiował mapę imperium mongolskiego, by następnie ostrożnie ją zdjąć.

– Co zrobi Verplanck? – zapytałem.

– Chwileczkę – powiedział Djibo.

Wdusił przycisk interkomu.

– Olgo, czy mogłaby mi pani przynieść folię bąbelkową? Pakuję obrazy.

– Już idę.

Sekretarka zjawiła się kilka sekund później z wielkim rulonem folii w ramionach.

– Claas nalega, żeby spotkanie odbyło się natychmiast – oznajmiła, odkładając swoje brzemię na biurko.

– Poczeka – postanowił Djibo.

Wyszła.

– Nie znosi pana, prawda?

– Aż tak to widać? – zażartował Djibo, starannie owijając ramę kilkoma warstwami folii.

– Co pan mu zrobił?

– Właściwie nic. W dziewięćdziesiątym trzecim wybrano mnie

na przewodniczącego zamiast niego. Claas był bardzo blisko z Tontim. Uważał, że ten fotel mu się należy.

– To wszystko? – nalegałem odrobinę rozczarowany.

– Nie. W zeszłym roku próbował mnie odwołać, twierdząc, że jestem odpowiedzialny za zamachy z jedenastego września.

– Tak też mi się zdawało. Ale nie udało mu się zgromadzić trzech potrzebnych głosów, prawda?

– Ależ tak! Ménard i Yakoub głosowali za moim odejściem.

– Ménard także! Ale w takim razie…

– Jak to możliwe, że nadal tu jestem? – dokończył Djibo. – To bardzo proste. Normalnie członek, wobec którego zgłoszono wotum nieufności, nie bierze udziału w głosowaniu decydującym o jego losie. Na szczęście dla mnie nasz regulamin podaje w innym miejscu, że jedynie przewodniczący może poddać wniosek pod głosowanie. Wyjaśniłem Claasowi, że nie może z czystym sumieniem wymagać, żebym czynił honory przy własnym usunięciu ze stanowiska…

– Jeżeli to był jedyny problem, to podejrzewam, że mógł pan tymczasowo powierzyć pełnienie tych obowiązków innemu członkowi Komitetu.

– To prawda – rzekł Djibo z zadumą, jakby ta myśl nigdy wcześniej nie postała mu w głowie. – A jednak nie zrobiłem tego, więc liczba osób potrzebnych do przegłosowania mnie automatycznie wzrosła z trzech do czterech. Wówczas Claas zaproponował, żebyśmy dobili targu: mogłem pozostać w Komitecie, jeśli zrezygnuję z funkcji przewodniczącego. Odmówiłem. Z technicznego punktu widzenia byłem w prawie.

– Ale z moralnego punktu widzenia był pan w błędzie.

Słowa te wyrwały mi się same. Djibo w żaden sposób nie zareagował, jedynie ze zdwojoną uwagą kontynuował delikatne starania, by zapieczętować taśmą pakunek i nie pokleić sobie przy tym palców.

Muszę mu powiedzieć, pomyślałem. Teraz albo nigdy.

– Angouo?

– Tak – rzucił z udawaną nieuwagą, zdejmując ze ściany wspaniałą *mappa mundi* z XVII wieku.

– Ta fatwa była kolosalną pomyłką.

Westchnął cicho nad ramą i z wielką dokładnością umieścił ją na samym środku arkusza folii bąbelkowej.

– Myślisz, że o tym nie wiem? – zapytał, nie patrząc na mnie.

– Musiałem to panu powiedzieć.

Podniósł wzrok znad swojego zajęcia.

– Wiesz, to trudne. To jedyna plama na mojej karierze, ale przyćmiewa całą resztę. Minęło pięć lat, a nie ma dnia, żebym nie analizował swojego rozumowania od nowa, usiłując dojść do tego, gdzie popełniłem błąd.

– I? – zagadnąłem ciekawy, jakie owoce przyniosły rozważania Djiba.

– Jasne, zdarzyło mi się wiele potknięć, ale sądzę, że zasadniczo liczyłem na uczciwszą reakcję ze strony umiarkowanych muzułmanów...

– Naprawdę? – zdumiałem się. – Czy nie przecenił pan raczej zdolności analitycznych CIA?

Wypowiadając te słowa, zdałem sobie sprawę, że doskonale opisują przewinę, której w ciągu minionego roku sam wielokrotnie się dopuściłem. Djibo, chociaż ewidentnie również to zauważył, zachował się elegancko i nie wytknął mi tego.

– A jednak Claas mnie ostrzegał – wyznał niechętnie.

– Czemu go pan nie posłuchał?

– Z głupiego powodu – chodziło o moje ego. Przez całe spotkanie podważał prawomocność pełnienia przez mnie obowiązków. To nie mogło tak dłużej trwać. Chciałem mu raz a dobrze pokazać, kto przewodzi Komitetowi.

– Nawet jeśli to oznaczało, że musiał pan przymusić Yakouba i Zoe...

Wzruszył ramionami.

– Mieli pewne wątpliwości, powiedzmy, że postarałem się je rozwiać. Nigdy nie przerażała cię własna siła przekonywania?

– Często – wyjawiłem, myśląc o timorskim przemyśle marmurowym.

– Uważaj, żeby nie stała się twoim najgorszym wrogiem.

Długo dumałem nad tą radą. Djibo podjął:

– Bardzo podobała mi się twoja przemowa.

– Dziękuję. Tak naprawdę jej nie przygotowałem.

– Wiem. To właśnie w tobie lubię: nie masz z góry ustalonych poglądów.

– Celowo umieścił mnie pan po swojej lewej, prawda? Wiedział pan, że ostateczna decyzja spadnie na mnie…

Wargi Kameruńczyka rozciągnęły się w uśmiechu.

– Ujmijmy to w ten sposób: żywiłem nadzieję, że uda ci się zsyntetyzować sześć pozostałych opinii. Nie pomyliłem się.

– Dziękuję, że mi pan zaufał.

– I nawzajem.

Powiódł spojrzeniem po pomieszczeniu. Na ścianach wciąż wisiało pięć ram.

– Chcesz jedną? – zaproponował Djibo.

– Nic nie sprawiłoby mi większej przyjemności – odrzekłem.

– Wybieraj.

Uważnie przyjrzałem się pięciu mapom. Niektóre były bardziej wartościowe niż inne, na przykład *Poprawiona mapa Nowey Francyi służąca do nawigacyi sporządzona wedle prawdziwego południka* z 1632 roku, pierwsza, która wiernie odwzorowywała sieć Wielkich Jezior i której cena sięgała prawdopodobnie kilkudziesięciu tysięcy dolarów.

– Och, ma pan Johna Speeda? – zauważyłem, podchodząc do mapy Ameryki, której cechę szczególną stanowiło to, iż Kalifornię przedstawiono jako długą wyspę oddaloną od kontynentu o parę kilometrów.

– Masz oko – stwierdził z uznaniem Djibo. – Pochodzi z tysiąc sześćset dwudziestego siódmego roku. Geografowie potrzebowali ponad stu lat, by zorientować się, że to zatoka, a nie morze oddziela Dolną Kalifornię od reszty kraju. Żeby posłużyć się twoimi słowami: prawda rozciągała się przed nimi, lecz oni jej nie dostrzegli.

– Ich można usprawiedliwić. A tamta?

– To mapa wyspy zwanej Fryzlandią, narysowana na podstawie opisu dwóch osławionych żeglarzy…

– Która jednakże nigdy nie istniała? Pamiętam, że coś na ten temat czytałem.

Tak jak i ja, Djibo nigdy nie mógł się oprzeć przyjemności płynącej z opowiedzenia dobrej historii:

– W roku tysiąc pięćset pięćdziesiątym ósmym wenecki arystokrata ogłosił, że znalazł czternastowieczny manuskrypt relacjonujący podróż jego przodków, Antonia i Nicoli Zeno, przez Północny

Atlantyk. Bracia przybili do brzegów wyspy większej niż Irlandia, rządzonej przez niejakiego Zichmniego, który zaoferował im swoją protekcję. W kolejnych latach trzej mężczyźni wspólnie zaatakowali wiele równie zmyślonych wysp obdarzonych tak szalonymi nazwami jak Broas, Iscant czy Damberc...

– Gdzie dokładnie umiejscowili Fryzlandię?

– Jakieś sto tysięcy kilometrów na wschód od Grenlandii.

Fikcyjna wyspa usytuowana w połowie drogi pomiędzy Islandią a lądem, na którym rozegrała się moja pierwsza misja dla Baldura, Furuseta i Thorberga, o cóż więcej mógłbym prosić?

– Biorę ją – oświadczyłem.

– Doskonały wybór! Zapakuję ci ją.

– Nie trzeba, zostaje tutaj. Która godzina, Angouo?

– Dochodzi trzecia. Czemu? Spieszysz się?

– Obiecałem przyjaciółce, że spotkam się z nią w Londynie na marszu protestacyjnym przeciwko wojnie. To dla niej bardzo ważne.

– A dla ciebie nie? – odparował Djibo od razu.

Mimo że przybrał żartobliwy ton, obaj wiedzieliśmy, że od mojej odpowiedzi na to pytanie częściowo zależy kierunek, jaki KFR obierze w nadchodzących latach.

– Będziemy głosić prawdę – zapewniłem z mocą.

Ku mojemu wielkiemu zaskoczeniu słowa te, których jeszcze przed miesiącem nie potrafiłbym wymówić bez rumieńca, nie wydawały mi się już tak niedorzeczne. Djibo musiał to zauważyć, gdyż zaraz wrócił do manewrów związanych z pakowaniem, jakby spełnił swój obowiązek i mógł odejść z lekkim sercem.

– Chciałby pan do nas dołączyć? – zaproponowałem.

– Niestety obawiam się, że muszę zostać w Toronto. Ale jutro po południu zamierzam wraz z Zoe i Yakoubem wziąć udział w wiecu w centrum miasta.

Uśmiechnąłem się. Youssef i Maga zrobią to samo w Bostonie, Gunnar w Reykjavíku, Stéphane Brioncet i Pierre Ménard w Paryżu, Ling Yi w Hong Kongu, Pedro Barreda w Limie, może nawet Harvey Mitchell będzie protestował w Waszyngtonie. Poczułem, jak ogarnia mnie słodka euforia. Pierwszy raz w życiu miałem absolutną pewność, że jestem w zgodzie z prawdą. Kroczyłem wśród światłości i nie byłem sam.

Moja rozanielona mina musiała zatrwożyć Djiba, który zajął się sprowadzeniem mnie z powrotem na ziemię.

– To dużo trudniejsze, niż ci się zdaje.

– Co takiego?

– Komitet.

Obserwowałem go kątem oka. Przypominał ojca, którego syn otrzymał właśnie prawo jazdy: szczęśliwego, że nie będzie już musiał robić za szofera, ale nieco zaniepokojonego o rodzinnego sedana.

– Poradzę sobie – oświadczyłem, usiłując okazać pewność siebie. – Wszystko pójdzie dobrze, zobaczy pan.

Skinął w milczeniu głową, jakby niczego tak nie pragnął, jak mi uwierzyć, a później skierował się w stronę biurka.

– Odłożyłem dla ciebie jedną teczkę.

– Jasne – odparłem wesoło. – Co tylko pan sobie życzy.

Otworzył szufladę, z której wyjął beżowy folder opasany czerwoną gumką.

– Pewnie można by się upierać, że powinna przypaść mnie, ale szczerze wierzę, że jesteś osobą najlepiej kwalifikującą się do rozpatrzenia tej sprawy.

– Zobaczmy – rzuciłem, już czując, że budzą się we mnie pewne podejrzenia.

Odwróciłem teczkę, aby odczytać tytuł. Był bardzo krótki. Lena Thorsen.

– Uznasz, że wtrącam się w nie swoje sprawy – zaczął Djibo – ale co się między wami wydarzyło?

Zamykam oczy.

Włosy Leny powiewające na wietrze w drodze na lotnisko w Córdobie.

Jej opalone nogi na tarasie u Brinkman.

Jej pełne podziwu spojrzenie na wyżynach Manatuto.

Kłębi się we mnie mnóstwo innych obrazów, choć nie umiem z całą pewnością stwierdzić, które biorą się z pamięci, a które podszeptuje mi wyobraźnia.

Nasze bezsenne noce w Dili.

– Nie wiem – mówię, otwierając oczy. – Naprawdę nie wiem.

Dziękuję François, Julienowi i Huguesowi, którzy wiedzą za co.
Składam również ogromne podziękowania tysiącom anonimowych kontrybutorów Wikipedii – zwycięskim spiskowcom ludzkiego umysłu.

Spis treści